COLEÇÃO CORES DO TEMPO PASSADO

GRANDES ROMANCES HISTÓRICOS — 3ª Série

1. BEN-HUR - (Uma História dos Tempos de Cristo) - Lew Wallace
2. APENAS UMA PRIMAVERA- (Um Maravilhoso Romance de Amor sobre os 100 Dias) - 1º vol. - Claude Manceron
3. APENAS UMA PRIMAVERA - (Um Maravilhoso Romance de Amor sobre os 100 Dias) - 2º vol. - Claude Manceron
4. O SEGREDO DO REINO - Mika Waltari
5. O ESPINHEIRO DE ARIMATEIA - Frank G. Slaughter
6. O EGÍPCIO - MikaWaltari
7. O RENEGADO - Mika Waltari
8. O ROMANO - Mika Waltari
9. O AVENTUREIRO - Mika Waltari
10. O ANJO NEGRO - Mika Waltari
11. O ETRUSCO - Mika Waltari

GRANDES HOMENS DA HISTÓRIA 2ª Série

1. TAL DIA É O BATIZADO - (O Romance de Tiradentes) - Gilberto de Alencar
2. MOISÉS, PRÍNCIPE DO EGITO - Howard Fast
3. O DEUS DA CHUVA CHORA SOBRE O MÉXICO - (A Vida de Fernando Cortez) - László Passuth
4. ALÉM DO DESEJO - Pierre La Mure
5. MOULIN ROUGE - (A Vida Trepidante de Toulouse Lautrec) - Pierre La Mure
6. GOYA - Léon Feuchtwanger

GRANDES MULHERES DA HISTÓRIA – 1ª Série

1. A ADORÁVEL MARQUESA - (O Romance de Madame Pompadour) - André Lambert
2. UM TÃO GRANDE AMOR - (Luís XIV e Maria Mancini) - Gerty Colin
3. MARIA STUART - (Rainha e Mulher) - Jean Plaidy
4. A ÚLTIMA FAVORITA - (A Maravilhosa Aventura de Madame Du Barry) -André Lambert
5. MARIA ANTONIETA - (A Rainha Infeliz) - F. W. Kenyon
6. A FASCINANTE ESPANHOLA (A Intensa Vida de Madame Tallien) - Jean Burnat
7. EMA LADY HAMILTON - (A Divina Dama) - F. W. Kenyon
8. A DIVINA CLEÓPATRA - (A Rainha dos Reis) - Michél Peyramaure
9. NUNCA UMA SANTA (A Incrível Carlota Joaquina) - F.W. Kenyon
10. A SOLIDÃO DO AMOR - (A Impressionista Berthe Morisot) - Claude Damiens
11. A ÚLTIMA CZARINA (Vida Trágica de Alexandra da Rússia) - Jean Burnat
12. O ÚLTIMO AMOR DE WAGNER (O Destino de Cósima) - Gerty Colin
13. DESIRÉE (O Grande Amor de Napoleão) - Annemarie Selinko

O ETRUSCO

COLEÇÃO CORES DO TEMPO PASSADO

GRANDES ROMANCES HISTÓRICOS — 3ª Série

VOL. 11

Diretor editorial
Henrique Teles

Produção editorial
Eliana Nogueira

Revisão
Mariângela Belo da Paixão

Tradução
Olívia Krähenbühl

EDITORA GARNIER
BELO HORIZONTE
Rua São Geraldo, 67 — Floresta — Cep. 30150-070
Tel.: (31) 3212-4600
e-mail: vilaricaeditora@uol.com.br

MIKA WALTARI

O ETRUSCO

5ª Edição

GARNIER
desde 1844

Copyright © O Etrusco
Publicado em língua portuguesa por acordo com a Bonnier Rights, Helsinque,
Finlândia e Vikings do Brasil. Agência Literária e de Tradução Ltda.
Copyright© 2020 Editora Ganier.

Dados Internacionais de Catalogação na Publicação (CIP) de acordo com ISBD

W231e   Waltari, Mika

O Etrusco / Mika Waltari - Belo Horizonte - MG : Garnier, 2020.
340 p. ; 14cm x 21 cm.

Inclui indice.
ISBN 978-65-86588-20-0

1. Literatura brasileira. 2. Romance. I. Título.

CDD 848-97
CDU 821.511.111

2020-977

Elaborado por Vagner Rodolfo da Silva - CRB-8/9410

Indice para catálogo sistemático:

1. Literatura finlandesa 848.97
2. Literatura finlandesa 821.511.11

Copyright © 2020 Editora Garnier.

Todos os direitos reservados pela Editora Garnier.
Nenhuma parte desta publicação poderá ser reproduzida
sem a autorização prévia da Editora.

Sumário

Livro Um — Delfos 9

Livro Dois — Dionísio de Foceia 27

Livro Três — Himéria 49

Livro Quatro — A Deusa de Érix 79

Livro Cinco — Viagem a Érix 121

Livro Seis — Doro 147

Livro Sete — Os Sicanos 177

Livro Oito — Os Presságios 217

Livro Nove — Os Lucumos..265

Livro Dez — O Banquete dos Deuses 314

LIVRO UM

DELFOS

1

Eu, Lars Turms o imortal, acordei ante a primavera e vi que mais uma vez a terra irrompera em flores.

Circunvaguei o olhar por minha bela morada, vi o ouro e a prata, as estátuas de bronze, os vasos de figuras vermelhas e as paredes pintadas. Contudo, não senti orgulho algum, pois como pode um imortal possuir verdadeiramente alguma coisa?

Dentre milhares de objetos preciosos, apanhei um vaso barato, de argila, e pela primeira vez em muitos anos entornei seu conteúdo na palma da mão. Pus-me a contar... eram as pedras da minha vida.

Depois, tornando a colocar o vaso com suas pedras aos pés da deusa, toquei um gongo de bronze. Servos entraram em silêncio, pintaram-me o rosto, as mãos e os braços com o vermelho ritual e revestiram-me do manto sagrado.

Mas porque eu fizesse isso por amor de mim mesmo e não por minha cidade ou por meu povo, não consenti que me levassem na liteira cerimonial, e fui andando pela cidade por meus próprios pés. Ao ver meu rosto e minhas mãos pintadas, o povo recuava para um lado, as crianças interrompiam seus brinquedos, e uma moça, junto às portas, deixou de tocar a sua flauta.

Saí fora da cidade e desci para o vale pela mesma vereda que eu seguira outrora. O céu era de um azul radiante, o chilrear dos pássaros ecoava em meus ouvidos e arrulhavam as pombas da deusa. A gente que labutava nos campos parou respeitosamente quando me viu, depois voltou de novo as costas e continuou a labutar.

Para subir a montanha sagrada não escolhi a estrada fácil, palmilhada pelos canteiros, mas preferi os sagrados degraus, flanqueados por pilares de madeira pintada. Eram íngremes, esses degraus, e eu os galguei de costas, enquanto contemplava, lá embaixo, a minha cidade; e embora muitas vezes eu tropeçasse, contudo não cheguei a cair. Meus próprios servidores, que ter-me-iam amparado, estavam cheios de medo, pois nunca antes viram alguém subir daquele jeito a montanha sagrada.

Quando cheguei, o sol estava no zênite. Passei em silêncio pelas entradas dos túmulos com seus montículos de pedra; passei também pelo túmulo de meu pai, antes de atingir o pincaro.

Diante de mim, em todas as direções, estendia-se a vastidão da minha terra com seus férteis vales e seus montes cobertos de vegetação. Para o norte, cintilavam as águas azul-escuras do meu lago; erguia-se, do oriente, o cone impassível que era a montanha da deusa, e, fronteiras a esta, as eternas moradas dos mortos. Tudo isto eu vira, tudo isto eu conhecera.

Olhei à volta, em busca de um presságio, e vi no chão a pena recentemente caída de uma pomba. Apanhei-a, e, enquanto o fazia, vi junto dela um pequenino seixo avermelhado. Apanhei-o também: era minha última pedra...

Em seguida golpeei levemente o chão com o pé. "É este o lugar da minha tumba", disse. "Talhai-o na montanha, adornai-o de maneira condigna com a minha posição."

Meus olhos ofuscados viram seres de luz, de contornos pouco nítidos, riscarem os céus, como eu os vira no passado, apenas em raras ocasiões. Ergui os braços à minha frente, as palmas para baixo, e pouco depois aquele rumor indescritível que um homem ouve apenas uma vez na vida, ecoou através do céu desanuviado. Era como a voz de um milhar de trombetas fazendo estremecer a terra e os ares, paralisando os membros, mas dilatando o coração.

Meus servidores atiraram-se por terra e cobriram seus rostos, enquanto eu tocava minha fronte com uma das mãos, e, com a outra, estendida no espaço, saudava os deuses.

— Adeus, era minha! O século dos deuses se acabou e outro teve início: novo nos feitos, novo nos costumes, novo nas ideias.

Disse a meus servidores:

— Erguei-vos e rejubilai-vos pelo privilégio que tivestes, de ouvir o divino rumor de uma era em mudança. Quer dizer que todos quantos o ouviram por derradeiro estão mortos e ninguém dentre os vivos o tornará a ouvir. Só os que ainda não nasceram terão esse privilégio.

Ainda tremiam, os meus servos, com aquele tremor que sobrevém a uma pessoa apenas uma vez. Agarrando a última pedra de minha vida, tornei a golpear com o pé o lugar de minha tumba. E ao fazê-lo, um golpe de vento tão violento sacudiu-me, que eu não mais duvidei, mas soube, com a maior certeza, que algum dia eu havia de voltar. Algum dia, eu de novo me ergueria do túmulo com os membros renovados, para ouvir o rugido do vento sob um céu sem nuvens, sentir nas narinas a fragrância resinosa dos pinheiros e ver o azul contorno da montanha da deusa à minha frente. Se eu me lembrasse de fazê-lo, apanharia dentre os tesouros da minha tumba apenas o mais humilde vaso de barro, entornaria suas pedras na minha mão, segurá-las-ia uma a uma e tornaria a viver minha vida passada.

Lentamente regressei à minha cidade e moradia, ao longo da vereda pela qual viera. Lancei o seixo no negro vaso de barro perante a deusa, cobri em seguida o rosto com as mãos e chorei. Eu, Turms o imortal, verti as derradeiras lágrimas de meu ser mortal e suspirei pela vida que eu vivera.

2

Era a noite da lua cheia e o início do festival da primavera. Mas quando os meus servos quiseram lavar a cor sagrada do meu rosto e das minhas mãos, ao mesmo tempo ungir-me e colocar uma grinalda de flores em torno do meu pescoço, mandei-os embora.

—Tomai da minha farinha e assai os bolos dos deuses, disse eu. — Escolhei animais sacrificiais de meu rebanho, e fazei, igualmente, dádivas aos pobres. Dançai as danças rituais e celebrai os jogos divinos, de acordo com o costume. Eu, porém, retirar-me-ei para a solidão.

Não obstante, pedi a ambos os áugures, ambos intérpretes do raio e ambos sacerdotes vitimários, que velassem para que tudo se fizesse segundo decretava o costume.

Quanto a mim, eu próprio queimei incenso nos meus aposentos, até que o ar se adensasse com a fumaça dos deuses. Em seguida estendi-me no colchão triplo do meu estrado, cruzei os braços com força sobre o peito e deixei que a lua se refletisse no meu rosto. Caí num sono que não era sono, até meus membros se imobilizarem. Foi então que o cão negro da deusa penetrou no meu sonho, não já latindo e de olhos alucinados como dantes. Veio mansamente, saltou no meu regaço e lambeu-me o rosto. Falei com ele enquanto sonhava:

— Não vos quero no vosso disfarce infernal, ó deusa! Recebi de vossa mão uma opulência não desejada e um poder que nunca almejei. Mas não há riquezas terrenas que me possam tentar a contentar-me apenas com a tua posse.

O cão negro sumiu do meu regaço e o sentimento de opressão se me esvaiu. Então se ergueram os braços do meu corpo lunar, transparentes ao luar... Tornei a rejeitar a deusa:

— Nem mesmo na minha forma celestial a adorarei — disse eu. Meu corpo lunar cessou de me iludir. Ao invés, meu espírito guardião, um ser alado mais belo que o mais belo dos humanos, corporificou-se à minha vista. Era uma mulher, mais viva que qualquer mortal à medida que se aproximava de mim e se sentava, com um sorriso, à beira do meu leito.

— Tocai-me com a vossa mão, implorei. — Tocai-me para que enfim eu vos conheça. Estou cansado de desejar tudo quanto é terreno, e só a vós desejo.

— Ainda não, replicou ela. — Mas algum dia me vereis. A quem quer que amásseis sobre a terra, foi a mim que amastes sem saber. Nós ambos, vós e eu, somos inseparáveis, mas estamos sempre afastados um do outro. Assim será até o momento em que eu vos possa tomar nos braços e conduzir-vos em minhas possantes asas.

— O que eu desejo não são as vossas asas, mas a vós mesma, disse eu. — Quero apertar-vos nos meus braços. Se não nesta vida, então em alguma vida futura, obrigar-vos-ei a assumir a forma humana a fim de poder ver-vos com olhos humanos. Só por essa razão desejo retornar.

Seus dedos esguios acariciaram-me a garganta.

— Como sois mentiroso, Turms, murmurou ela.

Contemplei-lhe a beleza sem jaça, humana, semelhando uma flama.

— Dizei-me vosso nome para que eu possa conhecer-vos, supliquei.

— Como sois dominador, disse ela, e sorriu. — Mesmo que o soubésseis, não poderíeis governar-me. Mas não temais. Quando finalmente eu vos tomar nos braços, murmurarei meu nome em vosso ouvido, embora provavelmente o esqueçais quando acordardes ao trovão da imortalidade.

— Não quero esquecê-lo, protestei.

— Já o fizestes no passado, declarou ela.

Não mais podendo resistir, estendi os braços para abraçá-la, Eles se fecharam no vazio, embora eu ainda a visse vivente, diante de mim. Gradualmente os objetos no aposento se tornaram visíveis através dela. Levantei-me um pouco, minhas mãos agarrando raios de luar... Desconsolado, dei alguns passos pelo aposento, tocando os vários objetos aí contidos, mas aos meus braços faltava força para levantar até mesmo o menor deles. De novo me sobreveio um sentimento de opressão, e eu golpeei o gongo a fim de chamar um companheiro humano. Mas som nenhum emanou do instrumento.

Quando despertei, achei-me deitado no leito, tendo os braços apertados com força sobre o peito. Descobrindo que podia mexer os membros, sentei-me à beira do leito e escondi o rosto nas mãos.

Através do incenso e do luar aterrador, provei o paladar metálico da imortalidade e senti o seu odor gelado. Sua fria chama oscilou ante meus olhos, seu trovão rugiu nos meus ouvidos...

Levantei-me num desafio, escancarei os braços e gritei:

— Não vos temo, Quimera! Ainda estou vivendo vida humana! Não sou imortal, mas um ser humano vivendo entre seus iguais!

Contudo, não me foi possível esquecer. Falei-lhe novamente, a ela que ainda adejava invisível em torno de mim, protegendo-me com as suas asas.

— Confesso que tudo quanto fiz pela minha própria vontade egoísta foi errado, danoso não só a mim como aos demais. Somente seguindo-vos sem saber, como alguém que caminha num sonho, me é possível, sem errar, fazer o que devo. Mas ainda necessito aprender por mim mesmo o que sou, e por que sou o que sou.

Tendo esclarecido essa parte, comecei a provocá-la:

— Bem verdade que fizestes o impossível para que eu acreditasse, mas não o conseguistes. Sou ainda de tal maneira humano! Só acreditarei quando acordar em alguma outra vida ao rugir da tempestade, e recordar e conhecer à mim mesmo. Quando isso acontecer, serei vosso igual. Então poderemos ditar um ao outro as nossas respectivas condições.

Apanhei o vaso de barro do pedestal da deusa, tirei dele um seixo após outro, colocando-os na minha palma e recordando... E tendo recordado, escrevi tudo o melhor que me foi possível.

3

Os homens, em sua maioria, não se abaixam para apanhar um seixo do chão e encará-lo como a um símbolo do fim de uma era e o começo de outra. É por isso perdoável os parentes colocarem em uma vasilha um montinho de seixos cujo número iguale os anos e os meses de idade das pessoas falecidas. Nesse caso, os seixos revelam tão somente a idade do morto, que viveu a vida ordinária de um mortal e com isso se deu por satisfeito.

Também as nações têm suas eras, conhecidas como os séculos teocráticos. Deste modo, nós, os imortais, sabemos que aos doze povos e cidades etruscos foram outorgados dez ciclos, nos quais deveriam viver e morrer. Referimo-nos aos mesmos, dizendo que duraram mil anos, isso, porque é mais fácil de dizer; mas a duração de um ciclo não é, necessariamente, um centenar de anos. Pode ser mais, ou até menos. Conhecemos-lhe apenas o começo e o fim, mercê dos inconfundíveis sinais que recebemos.

O homem busca uma certeza que não pode ser obtida. Assim, os adivinhos comparam o fígado de um animal sacrificado com um modelo do mesmo, feito de barro e dividido em compartimentos, cada um dos quais traz o nome de uma divindade particular. Carecem do conhecimento divino: logo, são falíveis.

Existem, igualmente, sacerdotes conhecedores de muitas regras de adivinhação, baseadas no voo dos pássaros. Mas quando se defrontam com um sinal imprevisto, ficam confusos e fazem cegamente as suas predições. Nem sequer menciono os intérpretes do raio que sobem as montanhas sagradas antes de uma tempestade e confiantemente interpretam os trovões de acordo com a sua cor e posição na abóbada celeste, por eles quadriculada, orientada e dividida em dezesseis diferentes regiões.

Entretanto nada mais direi, pois assim será eternamente. Tudo se enrijece, tudo se ossifica, tudo envelhece. Nada é mais melancólico do que o conhecimento ultrapassado e obsoleto — o falível conhecimento humano, ao invés da divina percepção. Os únicos mananciais do verdadeiro conhecimento são a certeza interior e a percepção divina.

Há objetos divinos de uma tal potência, que os doentes saram apenas com tocá-los. Há objetos que protegem seus portadores, e outros que lhes fazem dano. Há lugares sagrados e como tais reconhecidos, embora não os balize nenhum altar ou pedra votiva. Há também videntes, capazes de ver o passado mediante um objeto que seguram na mão. Mas por mais convincente que seja seu discurso nessa tarefa de ganharem sua papa e seu azeite, é impossível saber se dizem a verdade, e em que proporção isso é sonho ou mistificação. Nem eles mesmos o sabem — o que eu próprio estou apto a testemunhar, pois sou possuidor do mesmo dom.

Não obstante isso, alguma coisa é retida por objetos que se usaram e que seus possuidores amaram durante muito tempo, objetos que se associam ao bem ou ao mal. É alguma coisa que demora para além do próprio objeto. Mas tudo isso é vago, tem a qualidade do sonho, e é plenamente tão ilusório quanto verdadeiro. Do mesmo modo, os sentidos do homem desorientam-no se apenas são alimentados pelo desejo — o desejo de ver, de ouvir, de tocar, de cheirar, de provar. Não há duas pessoas que vejam a mesma coisa ou sintam o mesmo paladar da mesma maneira. Nem a mesma pessoa toca ou ouve a mesma coisa do mesmo modo em vezes diferentes. Algo agradável ou desejável neste instante, pode dentro em pouco ser repulsivo e sem valia. Em consequência, uma pessoa que apenas acredita em seus sentidos, mente a si mesma a vida inteira.

Mas quando escrevo isso, sei que o faço tão somente porque estou velho e gasto, porque a vida tem um gosto amargo e o mundo não oferece aquilo por que anseio. Na minha juventude eu não teria escrito dessa maneira, embora tudo quanto eu então escrevesse, tivesse sido igualmente verdadeiro.

Por que, então, ao fim e ao cabo escreverei eu?

Escrevo para vencer o tempo e conhecer a mim mesmo. Poderei, entretanto, vencer o tempo? Isto nunca saberei, pois não sei se poderá sobreviver a escrita uma vez apagada... Desta forma ficarei satisfeito em escrever apenas para conhecer a mim próprio.

Mas antes de tudo tomarei na mão um liso seixo escuro e escreverei como tive o primeiro pressentimento daquilo que realmente eu era, antes que aquilo que meramente acreditava ser.

4

Aconteceu na estrada que leva a Delfos, entre sombrias montanhas. Ao deixarmos a praia, o raio fulgurou no oriente longínquo, acima dos pincaros dos montes, e ao chegarmos à vila, os habitantes aconselharam os peregrinos a interromperem a jornada. Era outono, disseram, e uma tormenta estava prestes a estalar. Avalanchas poderiam impedir a estrada ou torrentes arrebatarem o viajante.

Mas eu, Turms, caminhava para Delfos, para aí ser julgado pelo oráculo. Eram soldados atenienses os que me salvaram e proporcionaram asilo em um de seus navios, quando o povo de Éfeso, pela segunda vez em minha vida, tentou apedrejar-me até que a morte sobreviesse. Assim, não me detive a esperar que a tormenta passasse. Os moradores da vila animavam os peregrinos, fazendo-os interromper, sob vários pretextos, suas idas e vindas. Prepararam uma excelente comida, ofereceram-lhes confortáveis camas e venderam-lhes objetos de madeira, osso e pedra, que eles mesmos tinham fabricado. Não acreditei em suas advertências, pois não tinha medo de tormentas nem de raios.

Impelido por meu sentimento de culpa, continuei a jornada sozinho. O ar refrescou, nuvens rolaram montanha abaixo e raios começaram a fulgurar em torno de mim. Estrondos ensurdecedores de trovões ecoavam ininterruptamente através dos vales; raios fendiam os rochedos, chuva e granizo batiam-me o corpo, lufadas de vento quase me varriam para os precipícios, as pedras arranhavam-me os joelhos e os cotovelos.

Eu, porém, não sentia dor alguma. Enquanto os raios lampejavam à minha volta, qual se quisessem demonstrar sua força aterradora, o êxtase me subjugou pela primeira vez na vida. Sem compreender o que fazia, pus-me a dançar ao longo da estrada que conduzia a Delfos. Meus pés dançavam e meus braços se agitavam, não segundo alguma dança que outros tivessem me ensinado, mas em uma dança que se movia e vivia em meu interior. Todo o meu corpo se agitava em um êxtase jubiloso.

Foi então que me conheci pela primeira vez. Nenhum mal poderia acontecer-me, nada poderia causar-me dano. E enquanto eu dançava na estrada que conduzia a Delfos, as palavras de uma estranha linguagem irromperam-me dos lábios — palavras que eu ignorava. O próprio ritmo do cântico era estranho, igualmente o eram os passos da dança.

Para além da muralha da montanha divisei o vale ovalado de Delfos, enegrecido pelas nuvens e enevoado de chuva. Em seguida a tormenta amainou, as nuvens dissiparam-se e o sol surgiu brilhando sobre os edifícios, os monumentos e o sagrado templo de Delfos. Sozinho e sem guia, descobri a fonte sagrada, pousei meu embrulho no chão, despi as minhas vestimentas enlameadas e mergulhei nas águas purificadoras. A chuva turvara a redonda lagoa, mas a água que jorrava das fauces dos leões limpou-me os cabelos e o corpo. Dali saí despido sob o sol, e o êxtase se prolongava, de modo que meus membros eram como fogo e eu não sentia frio algum.

Vendo os servidores do templo acorrerem em minha direção com suas túnicas flutuantes e as cabeças envoltas em faixas rituais, olhei para cima. E ali, tudo coroando, e ainda mais poderosa do que o templo, estava a negra penedia de cuja borda eram atirados os criminosos. Aves negras adejavam sobre o abismo, na esteira da tormenta. Pus-me a correr pelos terraços acima na direção do templo, por entre as estátuas e os monumentos, sem prestar atenção à via sagrada.

Ao chegar ante o templo, pousei a mão no sólido altar e gritei:

— Eu, Turms de Éfeso, invoco a proteção da divindade e submeto-me ao julgamento do oráculo!

Ergui o olhar, e no friso do templo vi Ártemis correndo com seu cão e Dionísio se banqueteando. Então compreendi que teria de ir mais longe. Os servidores tentaram interromper-me, mas esquivei-me e corri para o interior do templo. Corri pelo pátio externo, ao longo das gigantescas urnas de prata, das custosas estátuas e das oferendas votivas... No mais recôndito dos aposentos, vi a eterna chama luzindo num pequeno altar, e junto dele o Ônfalo, ou o centro do mundo, enegrecido pela fumaça dos séculos. Nessa pedra sagrada pousei a mão e entreguei-me à proteção divina.

Emanava da pedra um inefável sentimento de paz, e eu olhei em torno sem nenhum temor. Vi a sagrada tumba de Dionísio, as águias da grande divindade nas sombras do templo acima de mim, e compreendi que estava em segurança. Os servidores do templo não se atreveram a entrar. Encontraria ali os sacerdotes, os consagrados intérpretes da palavra divina...

Alertados pelos servidores do templo, estes acorreram, ajustando as faixas nas cabeças e arrepanhando os vestidos. Eram quatro, tinham as caras disformes e os olhos inchados de sono. O inverno estava próximo e eles já não esperavam senão um número diminuto de peregrinos. Naquele dia, por causa da tormenta, não esperavam ninguém. Em consequência, minha chegada os transtornara.

Enquanto eu jazesse nu, deitado no piso do santuário interior e com ambos os braços enlaçados em torno do Ônfalo, eles não poderiam usar de violência contra mim. Tampouco estavam aflitos para me agarrarem antes de conhecerem a minha identidade.

Em voz baixa consultaram-se entre si e em seguida perguntaram:

—Trazes sangue nas mãos?

Depressa respondi que não, e claramente percebi que ficaram aliviados. Fosse eu culpado, e eles teriam de purificar o templo.

— Pecaste contra os deuses? — perguntaram em seguida.

Pensei um minuto e respondi:

— Não pequei contra os deuses helênicos. Ao contrário, a virgem sagrada, irmã da vossa divindade, protege-me.

— Então quem és e o que pretendes? — perguntaram em tom de queixa. — Por que saíste dançando para fora da tormenta e mergulhaste sem permissão nas águas sagradas? Como te atreves a perturbar a ordem e os costumes do templo?

Afortunadamente não me foi necessário responder, pois naquele momento entrou a Pítia, amparada por seus servidores. Era uma mulher ainda jovem, e em seu medonho rosto sem pintura, os grandes olhos se lhe dilatavam. Tinha o andar cambaleante, e fitou-me como se toda vida me tivesse conhecido; quando principiou a falar, estranho lume se lhe difundiu pelo rosto.

— Afinal vieste, ó esperado! Nu chegaste sobre pés dançarinos, purificado pela água da fonte. Filho da lua, concha marinha, cavalo-marinho, conheço-te. Vens do Ocidente.

Tive a ideia de dizer-lhe que ela errara redondamente, uma vez que eu vinha do Oriente e tão depressa quanto o permitiram remos e velas. Apesar disso, suas palavras comoveram-me.

— Divina mulher, é verdade que me conheceis?

Ela irrompeu numa risada selvagem e chegou mais perto:

— E não havia de conhecer-te! Ergue-te e olha-me no rosto! Sob a compulsão daquele olhar, soltei a pedra sagrada e olhei fixamente para a mulher que, diante de meus olhos, se transformou na Dione de rosadas faces que gravara seu nome em uma maçã, antes de ma atirar... Em seguida Dione se desvaneceu, para surgir em seu lugar o rosto negro da estátua de Ártemis, a que caíra do céu em Éfeso. Novamente o rosto transformou-se no de uma bela mulher que apenas divisei num relance de sonho, antes que desaparecesse nas brumas. E finalmente, eis-me de novo fitando os olhos alucinados da própria Pítia.

—Eu também vos conheço, disse eu.

Ter-me-ia abraçado, não fosse os servidores a haverem contido. Sua mão esquerda estendeu-se, tocando-me o peito, e senti a força que de sua mão fluía para mim.

— Este jovem pertence-me — declarou ela — consagrado ou não consagrado. Não o toqueis. Tenha ele feito o que quer que fosse, ele só o fez em cumprimento da vontade divina, não da sua própria. Não é culpado.

Os sacerdotes resmungaram entre si.

— Estas palavras não são divinas, pois ela não está sentada na trípode sagrada. É um falso êxtase. Levai-a daqui.

Ela, porém, era mais forte que seus servos, e enfureceu-se, desafiando:

— Vejo para além do mar a fumaça dos fogos. Este homem chegou trazendo fuligem no rosto e nas mãos e queimaduras nos lombos, mas eu o purifiquei. Em consequência, está puro, e é livre para ir e vir como bem entender.

Estas palavras foram ditas com clareza e inteligência. Em seguida entrou em convulsões, a boca se lhe encheu de espuma e ela caiu inconsciente nos braços de seus servidores, que a carregaram dali.

Os sacerdotes reuniram-se em torno de mim, trêmulos e assustados.

— Vamos discutir esse assunto em particular, disseram. — Mas não tenhas medo. O oráculo te libertou, e está claro que não és um ser humano ordinário, pois a Pítia entrou em êxtase à simples visão de tua pessoa. No entanto, porque não estava sentada na trípode sagrada, não nos é possível registrar suas expressões. Mas não as esqueceremos.

Apanharam cinzas de loureiro no altar, esfregaram-me com elas os pés e as mãos, e conduziram-me para fora do templo. Nesse ínterim os servos tinham trazido da beira da fonte meu embrulho e meus vestidos enlameados. Ao tatearem a fina lã de minha túnica, os sacerdotes logo compreenderam que eu não era uma pessoa de baixa extração. Ainda melhor se certificaram quando lhes estendi uma bolsa recheada de moedas de ouro, estampadas com a cabeça de leão de Mileto, e alguma prata que trazia a abelha dos efésios. Dei-lhes igualmente as duas tabuinhas de cera seladas, que continham uma recomendação a meu favor e que eles prometeram ler para depois me interrogar.

Passei a noite em um aposento escassamente mobiliado, e de manhã ali entraram os servos e me aconselharam como deveria jejuar e purificar-me, de modo que minha língua e meu coração estivessem puros quando me fosse novamente mister defrontar-me com os sacerdotes.

5

Enqanto subia para o estádio deserto de Delfos, vi o lampejar de um dardo, embora a sombra da montanha já se estendesse pesadamente sobre o campo. Ainda uma vez ela lampejou, surgindo nos ares como um presságio. Vi então um jovem, não mais velho do que eu, porém mais robusto, correndo agilmente para a apanhar.

Fitei-o enquanto corria ao redor da pista. Tinha o rosto sombrio, trazia no corpo uma feia cicatriz, e seus músculos eram cheios de nós. No entanto, dele emanava um ar de tanta força e confiança, que o julguei o jovem mais belo de quantos ainda vira.

— Vem correr em minha companhia! — gritei-lhe. — Estou cansado de apostar corrida comigo mesmo.

Ele atirou no chão o dardo e correu para mim.

— Vamos! — gritou ele, e partimos.

Sendo eu o mais leve dos dois, pensei que venceria com facilidade, mas ele corria sem esforço, e fiz tudo quanto pude para ganhar por uma mão.

Ficamos ambos sem fôlego e ofegantes, embora tentássemos escondê-lo.

— Corres bem, confessou ele. — Agora vamos ao arremesso do dardo.

Seu dardo era espartano, e enquanto eu o equilibrava na mão, lutei para não mostrar que não estava habituado a seu peso. Ganhei impulso e arremessei-o com uma mestria nunca antes alcançada. Ele voou ainda mais longe do que eu previa, e enquanto eu corria para apanhá-lo, não pude conter um sorriso. Ainda sorria ao estender o dardo para o jovem, mas ele o arremessou sem esforço, várias distâncias além da que eu marcara...

— Que arremesso! exclamei, admirado. — Mas provavelmente és muito pesado para o salto em extensão. Queres experimentar?

Mesmo no salto em extensão eu o ultrapassei apenas por um fio de cabelo. Em silêncio, ele estendeu-me um disco. E novamente seu lanço ultrapassou minha marca, como um falcão no voo. Desta vez ele sorriu e disse: — A luta decidirá.

Senti, ao contemplá-lo, uma estranha repugnância em lutar com ele, não porque soubesse que ele alcançaria uma fácil vitória, mas porque eu não tinha vontade de sentir-me enlaçado em seus braços.

— És melhor do que eu, confessei. — A vitória é tua.

Depois calamo-nos, mas cada um prosseguiu jogando separadamente no estádio vazio até que o suor nos inundasse. Quando me dirigi para a beira do rio transbordante, ele me seguiu indeciso, e quando comecei a me lavar e a me esfregar com areia, ele imitou-me.

— Queres esfregar-me as costas com areia? perguntou.

Assim fiz, e ele me fez o mesmo, esfregando com tamanha força que fugi e atirei-lhe água nos olhos. Ele sorriu mas não se rebaixou, entregando-se a uma brincadeira tão infantil.

Apontei-lhe a cicatriz do peito:

— És soldado?

— Sou espartano — disse com orgulho.

Fitei-o com renovada curiosidade, pois era ele o primeiro lacedemônio que eu ainda vira. Não parecia brutal e calejado como diziam ser os espartanos. Eu sabia que Esparta não tinha muralhas, e que seus habitantes se gabavam de que os espartanos eram a única muralha de que necessitavam. Igualmente sabia que não lhes era permitido saírem da cidade, exceto em tropas a caminho da batalha.

Ele leu a pergunta nos meus olhos e explicou:

— Eu também sou prisioneiro do oráculo. Meu tio, o rei Cleômenes, teve maus sonhos a meu respeito e mandou-me partir. Sou descendente de Hércules.

Tive em mente dizer-lhe que, conhecidos o caráter de Hércules e suas vastas andanças, deveria haver pelo mundo, e em várias terras, milhares de seus descendentes... Mas fitando-lhe os músculos ondulantes, sufoquei o impulso.

Sem que eu perguntasse, começou ele a relatar sua descendência, para dizer em conclusão:

— Sou filho de Doro, tido na conta do homem mais belo de seu tempo. Também ele não era apreciado em sua terra e saiu mar afora para conquistar uma nova pátria para si, na Itália ou na Sicília. Aí tombou, faz muitos anos. Fechando a cara, perguntou de repente:

— Por que me olhas? Doro foi meu pai verdadeiro, e agora, que saí de Esparta, tenho o direito de usar-lhe o nome se assim me aprouver. Minha mãe costumava falar-me a seu respeito antes de eu completar sete anos e ser entregue ao Estado. Meu pai, que era incapaz de engendrar filhos, enviou Doro em segredo a minha mãe, pois em Esparta até os maridos só podem estar com suas esposas às escondidas, sem que ninguém o perceba. Tudo isso é verdade; e não fosse o fato de meu verdadeiro pai ter sido Doro, e eu não fora banido de Esparta.

Eu poderia ter-lhe dito que, desde a guerra de Troia, os espartanos tinham boas razões para suspeitar de homens e mulheres excessivamente belos. Isto, porém, ser-lhe-ia um assunto muito penoso, o que eu bem compreendia, uma vez que as circunstâncias do meu nascimento ainda eram mais estranhas.

Vestimo-nos em silêncio junto ao rio. Lá embaixo, o vale ovalado de Delfos escurecia e as montanhas resplandeciam em tons violáceos. Eu me purificara, estava vivo, era forte. Ardia no meu coração um calor de amizade por esse estrangeiro que consentira em competir comigo sem perguntar quem era eu nem o que era.

Enquanto descíamos a montanha demandando os edifícios de Delfos, ele fitou-me várias vezes de soslaio, para afinal dizer:

— Gosto de ti, embora nós, os espartanos, comumente rechacemos os estrangeiros. Mas encontro-me sozinho, e é difícil estar sem companhia quando a gente foi habituada a conviver com outros jovens. Ainda que eu não esteja amarrado aos costumes de meu povo, eles me prendem com mais força do que grilhões. Assim sendo, preferia estar morto a estar aqui; antes ter o nome inscrito numa lápide mortuária...

— Eu também estou só confessei. — Vim a Delfos por minha própria vontade: ou para ser purificado, ou para morrer. A vida não tem sentido, se eu tiver de ser uma maldição para minha cidade e para toda Jônia.

Ele me fitou com ceticismo por debaixo das úmidas e encaracoladas madeixas da testa:

— Não me julgues, antes de me ouvires, supliquei-lhe. — A Pítia declarou-me inocente, embora para isso ela não estivesse mascando folhas de louro nem estivesse assentada na sagrada trípode ou inalando os vapores nocivos do abismo. Bastou-lhe ver-me para entrar em transe.

O ceticismo jônio fez-me sorrir e olhar em torno cautelosamente:

— Pareceu-me uma mulher que gosta de homens. É sem dúvida um ente sagrado, mas os sacerdotes devem ter grandes dificuldades para interpretar satisfatoriamente seus delírios...

Alarmado, Doro ergueu uma das mãos:

— Como assim? Não crês na pitonisa? — perguntou. — Se blasfemares contra a divindade, nada terei a ver contigo!

— Não te assustes — disse eu, procurando acalmá-lo. — Todas as coisas têm dois lados: o lado visível e o invisível. Desconfio do aspecto terreno da pitonisa, é bem verdade; mas isto não quer dizer que não a reconheça ou não me submeta a seus juízos nem que isso me custe a própria vida. O homem precisa acreditar em alguma coisa.

— Não te compreendo — disse ele, assombrado.

Naquela mesma noite separamo-nos, mas no dia seguinte, ou talvez dois dias depois, ele se aproximou de mim e interrogou-me:

— Foste tu, homem de Éfeso, que incendiaste o templo da deusa terrena da Lídia, em Sardes, assim queimando toda a cidade?

— Esse é meu crime — confessei. — Eu, Turms de Éfeso, sou o único culpado do incêndio de Sardes.

Para minha surpresa, os olhos de Doro cintilaram e ele agarrou-me os ombros com ambas as mãos.

— Como podes considerar-te criminoso, tu que és o herói dos helenos? Não sabes que o incêndio de Sardes acendeu as chamas da revolução por toda a Jônia, desde o Helesponto a Chipre?

Suas palavras encheram-me de horror.

— Nesse caso, os jônios estão loucos! Verdade que, com a chegada dos navios atenienses, alcançamos Sardes em três dias, correndo como ovelhas atrás do carneiro. Mas incapazes de conquistar a cidade e suas fortificações, saímos fora ainda mais depressa do que entramos. Os reforços persas mataram muitos dentre nós, e no meio da treva e da confusão, entrematávamos uns aos outros. Não — disse eu — a expedição a Sardes não foi uma expedição heroica. E para tornar a coisa ainda pior, metemo-nos com umas mulheres que celebravam uma festa à meia-noite, fora das portas de Éfeso. Os efésios acorreram e mataram mais alguns dos nossos — tão sem propósito foi nossa expedição e tão infeliz nossa fuga!

Doro sacudiu a cabeça.

— Não falas como verdadeiro grego. Guerra é guerra, e aconteça o que acontecer, ela tem de refletir a glória na mãe-patria e a honra nos mortos, não importa a maneira em que estes tombem. Não te entendo.

— Não sou heleno — disse-lhe. — Sou estrangeiro. Há muitos anos, nas cercanias de Éfeso, achei-me ao pé de um carvalho fendido por um raio. Quando voltei a mim, um carneiro me chifrava, e em torno jaziam ovelhas mortas. Um raio rasgara-me os vestidos deixando nos meus lombos uma listra negra. Mas Zeus não logrou matar-me, embora o experimentasse.

6

O inverno estava quase chegando quando os sacerdotes me intimaram a comparecer perante eles. Nessa ocasião, eu estava magro de tanto jejuar, preparado pelos muitos exercícios, e de tal maneira purificado, que estremeci. Segundo o costume dos velhos, eles me fizeram começar do começo, intimando-me a contar-lhes o que sabia da revolta nas cidades jônias, e do assassínio, ou exílio, dos tiranos que os persas instalaram como governantes.

Relatei-lhes tudo o que sabia sobre o nosso vergonhoso ataque à cidade sátrapa de Sardes. Depois disse:

— Ártemis de Éfeso é uma deusa divina, e porque me tomou sob sua proteção quando cheguei a Éfeso, devo-lhe a vida. Recentemente, porém, Cibele, a deusa negra da Lídia, entrou em concorrência com a Ártemis dos helenos. Os jônios eram um povo frívolo, viviam procurando novas experiências, e durante o governo dos persas, muitos dentre eles foram a Sardes sacrificar a Cibele e participar de seus vergonhosos ritos secretos. Quando me juntei à expedição ateniense, disseram-me (e eu só tinha razões para acreditar) que o levante e a guerra contra os persas eram ao mesmo tempo a guerra da santa virgem contra a deusa negra. Senti, em consequência, que realizava um ato de valor, incendiando o templo de Cibele. Não foi por culpa minha que um forte vento começou a soprar naquela ocasião, propagando as chamas aos telhados cobertos de colmo e incendiando toda a cidade.

Tornei então a relatar nossa fuga e nossas escaramuças com os persas. Em seguida, cansado da minha narrativa, disse:

— Mas aqui estão as tabuinhas de cera que eu trouxe comigo. Acreditai nelas, se é que não acreditais em mim.

— Já as abrimos e lemos — responderam eles. Ao mesmo tempo, averiguamos os fatos referentes aos sucessos jônios e à expedição de Sardes. Depõe a teu favor o fato de não te vangloriares com eles, mas antes te arrependeres de haver tomado parte na ação. Embora existam tolos que gabem aquela expedição, dizendo-a a mais gloriosa proeza dos helenos, o incêndio de um templo — mesmo do templo da Cibele asiática, a qual aborrecemos — é assunto muito sério, pois que do incêndio dos templos, nem os próprios deuses helenos estarão em segurança!

A meu pedido releram as tabuinhas, permitindo que eu também as lesse. A primeira das duas mensagens começava assim:

Artemísia, do templo efésio de Ártemis, saúda o divino Conselho dos Sacerdotes de Apolo em Sardes. Na minha qualidade de zeladora da deusa virgem, estou muito familiarizada com as suas manifestações e seus ritos, e posso declarar que Turms de Éfeso obteve sua plena aprovação. À vista disso, entrego-o confiadamente à proteção de nosso divino irmão Apolo. Que o oráculo o liberte, pois não fez mal algum, antes fez o bem. Foi a própria deusa quem lhe guiou a mão, ao atirar ele a tocha flamejante naquele templo maldito.

Descrevia em seguida minha chegada a Éfeso e minha liberação por Heráclito, irmão do rei sacrificial, para enfim concluir:

Vivei em saúde e fazei justiça ao moço, que é pessoa correta.

A outra tabuinha de cera começava como segue:

Epênides, autorizado pelo Conselho dos Anciãos, saúda respeitosamente o sacratíssimo oráculo de Delfos e seus sacerdotes. A pedido de nosso rei sacrificial, instamos legitimamente convosco para que condeneis o blasfemo, rebelde e incendiário de templos, de nome Turms. O incêndio de Sardes foi a maior calamidade que se poderia ter desencadeado sobre a Jônia.

E a mensagem concluía:

Vivemos uma época nefasta; em consequência, mandai atirar Turms pelo rochedo abaixo, antes que ele faça à nossa cidade um dano maior do que já fez. Quando formos informados de sua morte, teremos o prazer de enviar a esse templo uma trípode de prata para o altar interior.

Após ler a maliciosa mensagem que simulava defender-me,
disse eu iradamente:

— Esperam eles apaziguar os persas pela covardia? Não: estão na mesma canoa com as demais cidades jônias. Não importa minha origem: agora sinto-me orgulhoso de não ser nativo de Éfeso!

Assim que me saíram as palavras, fiquei confuso. Os sacerdotes o notaram, perguntando:

— Qual é, então, a tua origem?

— O raio feriu-me nas cercanias de Éfeso, e nada mais sei. Após o acontecido, fiquei muitos meses acamado.

Pesando cautelosamente as palavras, disse-lhes que, na idade de dez anos, fui enviado de Síbaris, na Itália, para a cidade de Mileto, a fim de ali estar em segurança. Quando os habitantes de Mileto souberam que os soldados de Crotona haviam arrasado Síbaris e desviado um rio para inundar-lhe as ruínas, ficaram lastimosos ao ponto de cortarem os cabelos rente à cabeça. Mas quando seus cabelos tomaram a crescer, esqueceram seus deveres de hospitalidade e maltrataram-me. Fui, primeiro, aprendiz de padeiro, em seguida, de pastor, até que as surras me dispuseram a fugir. Depois, nas cercanias de Éfeso, o raio me feriu...

Os sacerdotes de Delfos ergueram as mãos com desespero: — Como resolver esse difícil problema? Turms não é sequer um nome grego! Mas não pode ser órfão; se o fosse, não teria sido enviado a Síbaris por medida de segurança. As quatrocentas famílias daquela cidade sabiam muito bem o que faziam. Viviam ali muitos bárbaros a fim de adquirirem cultura grega; mas se este rapaz fosse um bárbaro, por que o enviaram a Mileto e não à sua terra?

Meu amor-próprio instigou-me a dizer:

— Fitai meu rosto de perto. É rosto de bárbaro?

Os quatro anciãos, com suas divinas faixas na cabeça, puseram-se a estudar-me.

— Como é possível sabermos? — perguntaram. — Seus vestidos são jônios, sua educação grega. Há tantos rostos quanto pessoas. Um estranho não é reconhecido pelo rosto, mas pela roupa, o cabelo, a barba e a fala.

Enquanto me fitavam, puseram-se a piscar. Depois desviaram a vista e fitaram confusos um ao outro, pois uma divina febre se me insinuara após o jejum e a purificação, e um divino lume fulgia nos meus olhos. Naquele instante enxerguei através daqueles quatro anciãos. Tão cansados andavam da sua própria sabedoria, que já não tinham fé em si mesmos. Algo em mim era mais poderoso do que eles. Algo em mim possuía uma sabedoria maior...

Aproximava-se o inverno, e dentro em breve o deus ia partir para o Norte longínquo, para a terra dos lagos e dos cisnes, e Delfos seria deixado a Dionísio. Raivavam as tormentas no mar, navios demandavam os portos, peregrinos já não vinham a Delfos. Os mais velhos suspiravam pela paz, evitavam decisões, e apenas esperavam pelo calor dos braseiros e a fumarenta sonolência do inverno.

— Anciãos — disse-lhes eu — dai-me a paz, e que ela seja igualmente convosco. Saiamos fora sob o céu aberto e esperemos um presságio.

Saímos fora, os anciãos arrepanhando os vestidos enquanto fitavam o céu sombrio. Subitamente, a pena azulada de uma pomba esvoaçou e tombou na minha mão.

— O presságio! — gritei exultante. Só mais tarde percebi que um bando de pombas remoinhava algures, voando acima de nós. Mas ainda considerava a pena como presságio.

Os sacerdotes cercaram-me.

— A pena de uma pomba! — exclamaram maravilhados. — A pomba é a ave de Citera! Eis que Afrodite atirou sobre ele o véu dourado! Seu rosto está radiante!

Uma súbita lufada de vento enfunou nossas vestes e um distante bruxulear de raio aflorou o pico da montanha a ocidente. Ecoou no vale de Delfos o ribombo do trovão.

Esperamos mais um pouco, e, como nada acontecesse, os sacerdotes entraram no templo, deixando-me no vestíbulo. Li então as máximas dos sete sábios, escritas nas paredes, contemplei os vasos de prata de Creso e o busto de Homero. Chegou-me às narinas o cheiro do sagrado lenho do loureiro, queimando no eterno fogo do altar.

Os sacerdotes afinal regressaram e pronunciaram a sentença: — Estás livre, Turms de Éfeso; podes ir aonde bem quiseres. Os deuses enviaram seus sinais e a Pítia falou. Em ti se cumpre não a tua vontade, mas a dos deuses. Continua a adorar a deusa Ártemis assim como o fizeste no passado e a fazer oferendas a Afrodite, que salvou tua vida. Mas o deus de Delfos não condena nem se arroga a tua culpa, pois essa fica a cargo de Ártemis, que se revoltou contra a deusa asiática.

— Para onde devo ir? — perguntei.

— Para o Ocidente, donde vieste outrora. Assim diz a Pítia; assim dizemos nós.

Desapontado, perguntei:

— É essa a ordem do deus?

— Decerto que não! — exclamaram. — Não ouviste dizer que o deus délfico nada tem a ver contigo? O que te damos é um simples conselho.

— Não sou consagrado a Ártemis, disse eu; mas na lua cheia ela me apareceu em sonhos, acompanhada de um cachorro preto. Em sua aparência infernal de Hécate, ela me aparecia a chamado da sacerdotisa, sempre que eu dormia no templo, em noites de lua cheia. Sei, por isso, que ainda hei de ficar rico.

Quando tal acontecer, enviarei a este templo uma oferta votiva.

Eles, porém, a rejeitaram, dizendo:

— Não envies nenhuma oferta ao deus délfico, pois não a aceitaremos.

Chegaram mesmo a mandar o guardião do tesouro devolver-me o dinheiro, retendo apenas o custo do meu sustento e da minha purificação quando prisioneiro do templo — tão suspeitosos estavam de mim e de tudo quanto, naquele tempo, fosse originário do Ocidente.

7

Estava livre para partir, mas Doro ainda não recebera a resposta dos sacerdotes de Delfos. Desafiadoramente saímos do templo e matamos o tempo junto à muralha, entalhando nossos nomes na pedra macia. No chão jaziam nuas as rochas naturais que ali foram cultuadas como rochas sagradas das deusas infernais, havia disso um milhar de anos antes da chegada de Apolo a Delfos.

Impaciente, Doro vergastava as rochas com uma vara de salgueiro.

— Exercitei-me entre os meus para a guerra e para a vida. A solidão e a ociosidade apenas engendram ideias vãs. Começo a duvidar do oráculo e de seus mirrados sacerdotes. Ao fim e ao cabo, meu problema é político, não divino, e assim sendo, pode ser resolvido mais a contento pela espada, não pela manducação de folhas de louro.

— Deixa-me ser teu oráculo — sugeri-lhe. — Vivemos uma época de agitação. Vem comigo para o Oriente, através do mar da Jônia, onde foi dançada a dança da liberdade. Represálias persas ameaçam as cidades insurretas. Um soldado experimentado será ali recebido de braços abertos, poderá conquistar muitos despojos e até chegar a comandante.

Doro respondeu com repugnância:

— Nós, homens de Esparta, não gostamos do mar, nem nos metemos em negócios ultramarinos.

— És livre — insisti — já não estás amarrado pelos preconceitos de teu povo. O mar é maravilhoso, mesmo quando ele arfa espumejando, e as cidades jônias são belas: nem demasiado frias no inverno ou demasiado quentes no verão. Acompanha-me; vem comigo para o Oriente.

Ouvindo isso, ele sugeriu:

— Tiremos a sorte com ossinhos de ovelha, a ver se indicam a direção que devemos seguir.

Junto às rochas dos deuses infernais, lançamos três vezes os ossinhos de ovelha antes de crermos em suas sortes. De cada vez apontaram claramente para o Ocidente, para longe da Jônia.

— Devem estar errados — disse Doro aborrecido. — Não são proféticos.

Tais palavras revelaram inconscientemente seu desejo de ligar-se a mim na guerra contra os persas. Em consequência, disse eu com fingida relutância:

— Vi com estes olhos uma réplica do mapa-múndi de Hecateu. Indubitavelmente, o Grande Rei é adversário formidável, pois governa um milhar de nações, do Egito à Índia!

— Quanto mais forte o adversário, tanto mais gloriosa a batalha — retorquiu Doro.

— Nada tenho a temer — observei. — Como podem ferir-me armas humanas, quando um raio foi incapaz de o fazer? Acredito-me invulnerável. Mas contigo o caso é diferente, de modo que não mais insistirei em persuadir-te a partires comigo para uma incerta fortuna. Os ossos apontam para o Ocidente. Acredita neles.

— Por que não me acompanhas para o Oriente? — perguntou ele. — Tal como disseste, sou homem livre, mas a minha liberdade é desoladora, a menos que tenha um companheiro com quem reparti-la.

— Tanto os ossos como os sacerdotes indicaram-me o Ocidente, e é precisamente por isso que irei para o Oriente. Quero provar a mim mesmo que os presságios e as divinas advertências não me impedem de fazer o que quero.

Doro riu-se.

— Estás te contradizendo — observou.

— Não entendes — disse eu. — Quero provar a mim próprio que não escaparei a meu destino.

Naquele instante, os servidores do templo chegaram em busca de Doro. Este levantou-se da rocha, o rosto iluminado, e correu para o templo. Esperei-o junto ao grande altar sacrificial. Quando regressou, trazia a cabeça baixa.

— A Pítia falou e os sacerdotes examinaram os presságios. Se eu voltar, Esparta está ameaçada de uma maldição. Devo, por isso, viajar para o outro lado do mar. Recomendam-me partir para o Ocidente, onde qualquer tirano de cidade rica se dará por muito feliz em ter-me a seu serviço. Meu túmulo será aberto no Ocidente, disseram eles, e no Ocidente granjearei fama imortal.

— Então naveguemos para o Ocidente — disse eu com um sorriso. — Ainda és jovem. Por que correres inutilmente para o túmulo?

Naquele mesmo dia saímos para o litoral, apenas para descobrir que o mar estava tempestuoso e os navios haviam deixado de levantar âncora. Deste modo encetamos nossa jornada por terra, pernoitando em abrigos desertos, de pastores. Após passarmos além de Megara, foi-nos mister decidir sobre qual seria a melhor maneira de chegarmos à Jônia. Em Atenas eu possuía amigos entre aqueles que participaram da expedição a Sardes, mas em virtude de uma facção conservadora ter ali alcançado o poder, tais amigos talvez não gostassem que se lhes recordasse o passado.

Por outro lado, era Corinto a mais hospitaleira das cidades gregas. De ambos os seus portos, partiam navios para o Oriente e o Ocidente, e até navios fenícios ali fundeavam com a maior liberdade. Ouvi dizer igualmente que ali não se rechaçavam estrangeiros.

— Vamos a Corinto! — sugeri. — Ali ouviremos notícias frescas da Jônia e nos prepararemos para partir, o mais tardar, na primavera.

Doro ficou sombrio.

— Somos amigos, e como jônio, estás mais familiarizado do que eu com viagens e cidades. Mas, como espartano, não posso sem protesto seguir o conselho alheio.

— Então, tornemos a jogar aos ossinhos.

Tracei na areia, de acordo com o sol, os pontos cardeais, e indiquei as posições de Atenas e Corinto o melhor que me foi possível. Doro lançou os ossos, e estes inegavelmente apontaram para o Ocidente.

Disse-lhe então, sem entusiasmo:

— Vamos a Corinto. Mas esta decisão é minha e não tua.

Mas porque a vontade dele era mais forte que a minha, confessei:

— Os costumes jônios estragaram-me. Tenho a mente pervertida pelos ensinamentos de um sábio que despreza os homens. Tudo quanto aumenta o conhecimento só faz consumir a vontade. Em consequência, obedeçamos a teu desejo e viajemos para Corinto.

Seu rosto iluminou-se, ele sorriu, deu uma corrida e arremessou o dardo o mais longe que pôde na direção de Corinto. Mas quando nos aproximamos, vimos que ele golpeara um pedaço apodrecido do corrimão de um navio, que o mar lançara sobre a praia. Ambos sentimos que o presságio era desfavorável, mas evitamos cruzar nossos olhares. Doro desprendeu o dardo e ambos partimos na direção de Corinto sem olhar para trás.

8

Em Corinto nenhum estrangeiro se vê obrigado a hospedar-se em casa dos amigos, pois a cidade possui estalagens onde é fácil obter comida e alojamento. Tampouco é um estrangeiro julgado pela cara que tem, pelas roupas que traz ou pela cor da epiderme. A base do julgamento, ali, é apenas o peso da bolsa onde ele carrega o dinheiro. Desconfio que a maioria dos moradores da cidade não se ocupa em nenhum comércio honesto, sendo sua única profissão a de ajudar os estrangeiros a gastarem o mais rápido possível o dinheiro que trazem na sacola.

À nossa chegada ali, encontramos muitos refugiados das cidades jônias. A maioria deles compunha-se de pessoas ricas, as quais, embora temendo a liberdade e o desejo do povo, ainda temiam muito mais a vingança persa. Tinham certeza de que represálias esperavam a todas as cidades jônias que haviam banido seus tiranos, arrasado os edifícios persas e substituído as pedras de suas cimalhas.

Muitos dentre os refugiados esperavam pela primavera a fim de poderem partir em navios mercantes para as grandes cidades da Sicília ou da Itália, e assim se distanciarem o mais possível dos persas.

— No Ocidente está a Magna Grécia com suas ricas cidades e espaço para respirar —diziam eles. — O futuro está no Ocidente, enquanto no Oriente estão apenas a destruição e uma opressão interminável.

Tinham, porém, de confessar que a revolta se espalhara a uma distância tão grande quanto Chipre, que os navios jônios dominavam o mar e que todas as cidades jônias participavam novamente da revolta.

Quando chegou a primavera, saímos da Jônia em um dos primeiros navios que zarparam dali.

LIVRO DOIS

DIONÍSIO DE FOCEIA

1

Na guerra contra os persas granjeei fama de homem que ria em destemor da morte. De sua parte, Doro ficou famoso pelo senso de segurança que seu comando proporcionava.

Quando, porém, os persas bloquearam Mileto por terra, Doro disse:

— Embora Mileto ainda sirva de anteparo às cidades jônias que se encontram para além dela, cada cidadão jônio daqui está temeroso por sua cidade natal, e esse temor é responsável pela confusão reinante à nossa volta. Não só isso, mas em terra os persas são mais fortes do que nós. Nossa frota, entretanto, ainda está intata por detrás da península de Lade.

Doro era agora um gigante barbado com uma crista de plumas sobre o capacete e traçados de prata no escudo. Olhando em torno, disse:

— Esta cidade, com sua riqueza e seus muros inexpugnáveis se me tornou armadilha. Não tenho o hábito de defender muralhas, pois a única muralha de um espartano é seu próprio escudo. Turms, meu amigo, partamos para Mileto. Esta cidade já cheira a defunto!

— Trocaremos um campo de batalha que é chão firme, por outro que é um tombadilho balouçante? — perguntei. — Ao fim e ao cabo, odeias o mar, e teu rosto empalidece quando o navio balança.

Mas Doro ficou firme.

— É verão e o mar está calmo. Além disso estou pesadamente armado e posso lutar no convés, onde o ar é fresco. Um navio se movimenta, as muralhas não. Vamos a Lade dar uma espiadela.

Fomos de barco para Lade. A viagem foi muito fácil, pois muitas embarcações faziam a travessia entre a cidade e a península. Provisões, fruta e vinho eram regularmente trazidos para a frota, e os marinheiros frequentemente visitavam, por turnos, a dourada cidade.

Vimos em Lade inúmeros navios de guerra provenientes de todas as cidades jônias, sendo que os maiores provinham de Mileto. Diariamente passavam os navios pelo estreito canal, na direção do mar largo, onde se alinhavam em formações, as pás de seus remos rebrilhando ao sol. Depois, aumentando de velocidade até que a água espumejasse, exercitavam-se em marretar os navios inimigos com seus aríetes de enormes cabeças metálicas submersas.

Mas a grande maioria dos navios estava fundeada ao longo das praias da ilha, onde a equipagem abrira as velas para proteger-se do sol. Toda a ilha reboava com os gritos dos mascates, as rixas dos bebedores, as discussões dos comandantes e o costumeiro palrar dos gregos. Muitos, porém, de pura exaustão, dormiam em meio do barulho.

Doro falou com vários marinheiros:

— Por que estais deitados aí a beber vinho, quando a frota persa se aproxima? Diz-se que eles têm trezentos ou quatrocentos navios de guerra!

— Esperemos que tenham um milhar — responderam os homens — a fim de que esta guerra melancólica chegue logo a seu termo. Somos jônios livres, peritos em terra e ainda mais peritos no mar, onde os persas nunca nos bateram.

Mas após gabarem-se um pedaço, começaram os soldados a reclamar.

— Estamos aborrecidos apenas com os nossos ambiciosos comandantes, que têm a mania da guerra, e que nos obrigam a remar de cá para lá ao calor do meio-dia, e, mais que os persas, nos tratam como escravos. Trazemos as mãos cheias de rachaduras, e a pele da nossa cara se descasca...

Mostraram-nos as mãos empoladas e feridas, pois eram citadinos, e em seus vários ofícios tinham sempre levado uma vida pacata e abrigada. Julgavam insensato estarem a remar de cá para lá, com grande fadiga para as equipagens.

— De maneira que escolhemos comandantes novos e mais inteligentes. Agora descansamos e reunimos forças, a fim de agirmos como leões quando os persas atacarem.

Enquanto a tarde esfriava e a lisa superfície do mar se fazia cor de vinho, os últimos cinco navios vieram fundear em sua base da ilha. Eram apenas galeras de cinquenta remos que caíam e se erguiam, avançando e puxando a água com tanta suavidade e ritmo como se um só homem empunhasse os remos.

Doro olhou-os satisfeito:

— Vamos indagar de que cidade provêm esses navios e quem são seus comandantes.

Quando os remos se recolheram, os remadores saltaram na água para encostar as galeras. Ao mesmo tempo alguns homens exaustos foram atirados ao mar, onde reviveram o suficiente para rastejarem até à praia e se deixarem tombar na areia. Alguns ter-se-iam afogado, não fosse os companheiros os terem arrastado para lugar seguro. As galeras não traziam decorações ou figuras de divindades, mas eram fortes, estreitas e adequadas ao mar, ao mesmo tempo que cheiravam a alcatrão e piche.

Esperamos até se acenderem os fogos do acampamento. Quando os que ainda estavam na praia sentiram o cheiro da sopa e dos legumes, do pão e do azeite, arrastaram-se sozinhos para as panelas. Foi então que nos aproximamos dos soldados e perguntamos por sua identidade.

— Somos homens pobres e humildes de Foceia — replicaram — e nosso comandante é Dionísio, homem bruto e implacável, que mataríamos se a isso nos atrevêssemos...

Mas enquanto falavam, riam, e a comida lhes sabia bem, embora não fosse tão rica quanto a que se servia nos navios de Mileto. Apontaram para o comandante, que aparentemente não diferia deles, sendo apenas um sujeito grandalhão, barbado e muito sujo.

Doro caminhou para ele, chocalhando as correntes das pernas, balouçando as plumas do capacete e fazendo reluzir o escudo adornado de prata.

— Dionísio, comandante dos navios de Foceia, contrata-me, e mais este amigo, para lutarmos contigo contra os persas. Dionísio riu com estardalhaço.

— Se eu tivesse dinheiro: te alugaria como emblema de meu navio, pois teu ar atrevido seria suficiente para assustar os persas. Eu próprio não tenho mais que um capacete de couro e um peitoral, e não luto por dinheiro mas por amor da minha cidade e minha própria glória. Claro está, em acréscimo da glória, espero capturar alguns navios persas por causa dos despojos... De outra maneira, meus soldados me matarão atirando-me pela amurada — coisa que todos os dias ameaçam levar a cabo.

— Não irrites a meu amigo — disse eu, intervindo. — Ele tem o riso tardio. Hoje em dia um marinheiro pesadamente armado ganha cinco e até dez dracmas por dia.

Dionísio retrucou:

— Também eu tenho o riso tardio; talvez até mais do que teu amigo. Mas nos dias que correm, aprendi a rir prontamente. Circula neste acampamento mais ouro persa do que eu julgava possível. Bebemos e empanturramo-nos, dançamos e cantamos, gabamo-nos e discutimos, e até eu, homem mal-humorado, aprendi a divertir meus soldados. Mas a coisa mais maluca que ainda ouvi é a proposta de dois guerreiros aparentemente experimentados como vós, a se oferecerem como voluntários às minhas forças, embora eu não traga nem velas listradas nem pulseiras nos braços...

— Consideramos o assunto como soldados — disse Doro. — Com soldo ou sem soldo, preferimos lutar em um navio cujos remos obedeçam aos desejos de um comandante, a servir num navio cuja equipagem escolha voluntariosamente seus próprios guias. Não estou acostumado à guerra naval, mas a julgar pelo que hoje vimos em Lade, tu és o único marujo verdadeiro.

Dionísio escutou e simpatizou-se conosco. Doro e eu, nós ambos recebemos nosso soldo e algum ouro persa, com o qual compramos para a equipagem um pouco de carne sacrificial do altar de Netuno, assim como um pouco de vinho, tudo para grande espanto de Dionísio:

— Somos de Foceia — contou-nos ele aquela noite — e como tais, vivemos e morremos no mar. Nossos ancestrais estabeleceram uma colônia em Massília, muito além do mar ocidental. Nossos pais aprenderam a arte da guerra naval no Ocidente, no combate contra os tirrenos, mas não regressaram para nos transmitir sua perícia. Foi assim que tivemos de aprender sozinhos.

Para provar sua asserção, mandou subitamente soprar nos búzios o toque de alerta. Acordando de seu profundo sono, os soldados saltaram aos tropeções para os navios, e em meio à escuridão desamarraram os mastros, ergueram-nos e fincaram-nos no lugar, logo em seguida desenrolando as velas, antes que eu tivesse tempo de subir para o convés. A despeito da sua diligente rapidez, Dionísio chicoteava-os com um pedaço de corda, praguejando e vociferando, chamando-os de lesmas.

O rumor despertou todos os outros acampamentos da ilha, toques de alerta ressoaram e espalhou-se o boato de que os persas se aproximavam. Muitos choravam de medo e corriam a esconder-se nos bosques. Era em vão que os comandantes gritavam suas ordens, e a confusão na ilha era ainda maior do que o fora durante o dia. Quando se soube que Dionísio fizera soar os búzios simplesmente para exercitar seus soldados a agirem no escuro, os comandantes caíram sobre nós com armas desembainhadas, ameaçando matar-nos se tornássemos a perturbar-lhes o sono. Mas os soldados de Dionísio correram sobre eles com cordas espichadas nas quais aqueles tropeçaram, derrubando os escudos e as espadas. Se os soldados não estivessem com tanto sono, poderia ter irrompido entre os jônios uma verdadeira guerra.

2

A guerra naval é uma guerra implacável, e nenhuma batalha terrestre se lhe pode comparar. Tendo-a experimentado, não falarei com muita severidade a respeito dos navios de Mileto e seus aliados, pois eram sem dúvida excelentes, e suas equipagens intrépidas. Após resmungarem um pouco, os homens saíram ao mar, afadigando-se nos remos. Nada mais perigoso do que um remo nas mãos de uma pessoa inexperiente, pois a mesma pode, sem querer, golpear a cabeça de alguém, ou quebrar-lhe as costelas. Posso falar por experiência própria, pois Dionísio atirou-me um remo, e em um só dia o mesmo me arrancou a pele de ambas as mãos.

Mileto enviara navios para servirem de alvo, navios estes carregados de troncos e de galhos, e que flutuavam mau grado as fendas abertas nos seus flancos. Muitos comandantes, porém, recusaram-se a atacar esses navios-alvo, temendo que se lhes entortassem os aríetes de bronze, os remos se quebrassem e suas galeras rebentassem nas juntas.

Dionísio entretanto declarou:

— Temos de pôr à prova a força de nossos navios e aríetes assim como a nossa habilidade em desvencilharmo-nos com rapidez depois do ataque.

No primeiro embate caí do banco, levei uma batida na cabeça e quase perdi meu remo. Ouvia, do convés, o rumor dos entrechoques de popa a proa, como se algum escravo tivesse deixado cair uma braçada de pratos de bronze em uma rua pavimentada. Mas aconteceu que era apenas Doro que perdera o equilíbrio na ocasião em que marretara o alvo.

Quando teve suficientes provas da minha boa vontade, Dionísio soltou-me, e porque eu sabia ler e escrever, levou-me em sua companhia para o convés. Ensinou-me, ali, a reconhecer os vários sinais e toques de trombeta empregados para dirigir o movimento unificado das galeras. Quando recebeu tabuinhas de cera da cidade e do Conselho Naval, fez que eu lhas lesse em voz alta e escrevesse as respostas. Antes disso tinha o costume de atirá-las pela amurada abaixo. Depois que lho ensinei, escreveu do próprio punho uma curta mensagem, e como resultado recebeu, para sua grande surpresa, um touro sacrificial, três ovelhas e um barco carregado de frutas e legumes. Expliquei-lhe que a cidade de Foceia era obrigada a contribuir com a mesma quantidade de provisões para o depósito aliado de Mileto, onde havia igualmente muitos tocadores de flauta disponíveis, azeite, vinho e placas de cobre, decoradas com cabeças de leão, que deviam ser usadas como distintivos pelos comandantes da frota.

— Isto é inacreditável — resmungou Dionísio. — Embora eu chorasse, xingasse e batesse o pé lá no depósito, ninguém me deu nada, nem sequer um saco de farinha para os navios! Enquanto ficas rico só com traçar umas letras em cima da cera! Esta guerra talvez não seja tão ruim quanto eu pensava.

Toda a armada começava a desconfiar que a guerra piorava dia a dia. Somente a autoridade de Mileto conservava a frota intata, pois a cidade mais rica do mundo, mãe de uma centena de colônias, não podia deixar-se conquistar.

Então aconteceu que uma noite o céu sobre a cidade avermelhou-se, e correu a notícia de que os persas haviam roubado o templo jônio de Apolo, incendiando-o para servir de sinal à sua armada. Contemplando o clarão, súbito compreendi que os persas estavam vingando o incêndio do templo de Cibele em Sardes. Foi uma sorte eu estar no acampamento de Foceia; se estivesse em Mileto e me reconhecessem, certamente teria sido morto pela população enfurecida.

Lade estava nas garras do medo e da confusão, mas no correr da noite os soldados acalmaram-se. Muitos achavam que os persas haviam atraído a maldição sobre eles próprios mercê da destruição do templo do oráculo; outros pensavam que coisa alguma poderia salvar a Jônia, uma vez que o deus não fora capaz de proteger seu próprio templo. Mas todos os soldados se purificaram, trançaram os cabelos, ungiram os rostos e vestiram seus melhores trajes, preparando-se para a batalha.

3

Quando o céu ficou limpo, da cidade ainda se elevava uma densa coluna de fumo, sinal para se empenharem na batalha as centenas de galeras persas que saíram ao mar. Ao som de búzios e trombetas, saímos a seu encontro na formação de combate prescrita pelo Conselho, os navios maiores no centro e os menores nos flancos. A dourada cidade de Mileto ficou para trás. A marcha era lenta, pois muitos remos se quebraram e os navios mutuamente atravancavam o caminho uns dos outros. Quanto mais nos aproximávamos dos persas, tanto mais nossos navios se aconchegavam, visando protegerem-se mutuamente.

Vimos os lampejos prata e bronze dos navios fenícios, que traziam na proa as medonhas figuras de suas divindades. Vimos igualmente navios gregos de Chipre assim como outras galeras jônias na formação inimiga. Nos navios fenícios sacrificavam-se prisioneiros jônios e seu sangue escorria sob as proas para dentro da água.

O mar estava coalhado de navios persas. Do mesmo modo, a frota aliada cobria a superfície do mar. Malhos começaram a bater um ritmo acelerado nos gongos de bronze e o canto dos remeiros se tornou frenético. A água remoinhava sob as proas à medida que as duas filas de navios se atiravam uma de encontro à outra. Minha garganta estava seca, meu estômago contraído de medo. O que percebi logo em seguida foram o estrondo e o estrépito, a confusão tremenda, o espadanar da água e os gritos dos moribundos.

A sorte nos sorriu no primeiro ataque. Sob o comando de Dionísio, nosso navio avançou em ângulo para as galeras inimigas que pareciam apresentar-nos resolutamente os flancos, depois viramos de repente e investimos a aríete contra o navio mais próximo. Este empinou-se sobre nós, seus tripulantes caindo na água e em nosso convés. Setas sibilavam no ar. Alternadamente avançando e recuando, lutamos para nos desvencilhar do navio, que submergia. Mas ao largarmos, nossa popa abalroou outra galera, cujos soldados caíram como um enxame sobre a nossa. Nosso convés rangia sob o peso do combate.

Cinco de nossos navios se embaraçaram em um nó inextrincável com as galeras inimigas. Nossos remadores correram para o convés com suas armas, porém muitos dentre eles caíram sob as setas persas. Em meio à confusão, encontrei-me junto de Doro no convés de um navio fenício, e antes de eu saber o que acontecera, havíamos tomado a galera, arremessado ao mar a divindade de sua proa e empurrado na água todos quantos não se atreviam a combater ou a saltar no tombadilho ensanguentado.

Devido, porém, à escassez de nossas forças, fomos obrigados a abandonar o navio, deixando-o a flutuar com remos partidos. Quando o tumulto serenou e Dionísio convocou seus navios, os cinco responderam; então vimos que quebráramos a frente inimiga. Com a força conjunta de nossas cinco galeras, avançamos na direção do centro, onde os magníficos vasos de Mileto estavam empenhados na luta contra o inimigo.

Nas proximidades do meio-dia, nossa galera afundava sob nós, e para nos salvarmos, fomos obrigados a capturar uma birreme fenícia. Após içar seu emblema, Dionísio olhou em torno:

— Que significa isso? — perguntou.

Então vimos navios derivando a esmo, outros afundando, soldados nadando e corpos boiando, outros agarrados a remos e a fragmentos de madeira. Para além deles, a frota jônia que ficara para trás a fim de proteger o porto de Lade, avançava remando a toda velocidade para a nossa retaguarda, e antes que o compreendêssemos, atacava os navios de nossos aliados.

— Esperaram para ver qual dos dois lados venceria — disse Dionísio com amargura. — Com essa proeza estão comprando clemência para suas cidades. A deusa da vitória abandonou a Jônia.

Não obstante, continuamos a combater e perdemos dois navios na luta desigual. No entanto conseguimos salvar os sobreviventes, de modo que as galeras restantes ficaram inteiramente equipadas. Dionísio ordenou aos remeiros, escravos fenícios nos quais não confiava, que se atirassem ao mar; em seguida saiu fora da batalha e orientou os navios na direção do mar largo. Muitos navios jônios fugiam para o norte, perseguidos pelos persas implacáveis. Os remeiros jônios precisaram então empregar toda a força que conseguiram reunir durante as semanas de repouso gozadas sob as velas...

Na qualidade de participante, eu devia ter mais coisas a relatar sobre a batalha naval de Lade. Mas era inexperiente na guerra marítima e meu olho não sabia distinguir um navio do outro. Prova da minha inexperiência foi o espanto que senti ao ver os montes de cofres cheios de tesouros, as armas caras, os vasos sacrificiais, as urnas e a joalheria de ouro dos nossos navios. Enquanto eu lutava pela vida, Dionísio e seus soldados tiveram tempo de salvar a presa dos navios capturados e cortar rapidamente polegares e braços onde se exibiam anéis e braceletes.

Dionísio ficara satisfeito com a galera fenícia que capturara.

Golpeou-lhe as pranchas de cedro, examinou-lhe as acomodações e a localização dos bancos dos remadores, e exclamou:

— Que navio! Se eu tivesse cem desses, e cada um equipado com gente de Foceia, conquistaria todos os mares!

Não destruiu a figura da divindade, mas fez-lhe uma oferenda:

— Ficai do meu lado, deus fenício, seja qual for vosso nome, e combatei por nós!

Não fez, entretanto, nenhuma modificação no navio, exceto mandar pintar-lhe na proa um par de olhos para que a embarcação pudesse continuamente se orientar, mesmo nos mares mais distantes.

Ao cair a noite, o mar em torno de nós ficou deserto. Dionísio não fez nenhuma tentativa de ancoragem, mas ordenou que os navios avançassem à distância de um grito entre um e outro, com os remadores se alternando nos remos. Os gemidos dos feridos ecoavam por todo o navio, e o único remédio de Dionísio foi mandar lavar as feridas com água do mar e cobri-las de alcatrão. Doro recebera vários ferimentos. Fora igualmente golpeado na cabeça por um remo, e tamanha fora a força, que o couro cabeludo se lhe fendeu antes que ele pudesse retirar o capacete.

Vendo em torno de mim a escuridão da noite e a aterradora solidão do mar, envergonhei-me da minha invulnerabilidade e chorei em voz alta — coisa que eu não fazia desde que Heráclito me banira de sua casa, chamando-me de ingrato. Eu havia dançado a dança da liberdade e ajudara o povo a exilar de Éfeso o tirano Hermadoro, o que Heráclito não pôde jamais perdoar-me.

4

Quando acordei, o sol ia alto, a água murmurava sob a proa, os soldados cantavam ao compasso das batidas do gongo de bronze, e, para minha surpresa, vi pelo sol que íamos na direção do sul e não do norte: íamos para a Foceia.

Doro estava sentado à proa, segurando na cabeça um pano molhado. Perguntei-lhe, em nome de todos os deuses marinhos, para onde nos dirigíamos entre aquelas colinas pardacentas à esquerda e as ensombradas ilhas azuis à direita.

— Não sei, respondeu ele, nem me importa. Sinto na cabeça um enxame de abelhas, e fico doente só de ver o mar.

O vento levantara-se e as ondas golpeavam nossos flancos, de vez em quando espadanando pelas vigias adentro. Dionísio discutia alegremente com os remeiros a respeito de sombras e pontos de reconhecimento em terra.

— Para onde vamos? — perguntei. — Estás nos conduzindo rumo a águas persas...

Dionísio riu.

— Os navios jônios fogem para o norte, rumo a suas respectivas cidades, mas nós seguimos a frota persa e ninguém se lembrará de procurar-nos aqui.

Um golfinho saltou para o ar, mostrando o dorso fulgurante. Dionísio apontou para ele:

— Não vês que as ninfas do mar nos estão tentando com seus quadris arredondados? É-nos propício qualquer presságio que nos conduza para longe dos persas e da perdida Jônia.

Mas pude ver pelo lampejo do olhar que ele gracejava e já havia tomado uma resolução. Indicando uma grande ilha azul à nossa frente, fez um sinal ao piloto e disse:

— Aquela é Cós, ilha dos curadores. Para de falar e vai lá embaixo ver quantos dentre os nossos precisam de uma moeda na boca para pagar a travessia...

Deixando para trás o saltador golfinho, a deliciosa brisa marinha e o canto dos remadores, desci para o fundo do navio onde jaziam os feridos em pranchas escorregadias de sangue. Uma luz débil coava pelas vigias dos remos e os gemidos tinham cessado.

— Alguns morreram, disse eu a Dionísio; — outros não podem sequer erguer a mão, e outros ainda experimentam sentar-se e estão pedindo água e comida.

— Atira os mortos a Netuno e suas ninfas — disse Dionísio. — Levarei comigo apenas aqueles que ainda podem chegar ao convés por seus pés ou de rastos. Quanto aos outros, deixá-los-emos no templo do curador, em Cós.

Bradou as mesmas ordens aos dois navios que nos seguiam. Os soldados de Foceia despiram os mortos, enfiaram uma moeda na garganta de cada um e atiraram-nos ao mar. Muitos dentre os feridos lograram arrastar-se para o convés, blasfemando, gemendo e invocando o auxílio dos deuses, pois nenhum queria ser deixado para trás.

Nem todos os soldados lograram alcançar o convés. Mediante o esforço, os ferimentos de muitos se reabriram, seu sangue corria em borbotões sobre as pranchas, suas forças afrouxavam e eles caíam na escuridão.

Ao ver isso, disse eu asperamente:

— És inexorável, Dionísio!

Ele abanou a cabeça.

— Ao contrário, sou misericordioso. Que direito te assiste de falar, Turms? Estes feridos são meu povo. Alcei-me à posição de seu comandante, partilhei com eles o pão e o sal, e neles incuti a ciência marítima com meu azorrague. Mas um homem só progride na vida por seu próprio esforço. Os imortais não me arrastarão pelos cabelos até o tombadilho, se fico deitado e inerte na escuridão do navio. Sou eu próprio quem tem de fazer o esforço, ainda que este consista no ato de eu ir rastejando para o convés à força de dentes. Não exijo deles mais do que aquilo que exijo de mim mesmo.

Mas ainda assim não quis me relatar seus planos. Com o templo de Esculápio como ponto de referência, entramos no Porto de Cós. Só restavam ali navios pesqueiros e de mergulho, pois os persas haviam capturado todos os navios maiores. Entretanto, a cidade estava incólume.

Sacerdotes e médicos vieram a nosso encontro na praia e Dionísio fez carregarem para terra os feridos mais graves. Muitos estavam inconscientes, outros deliravam, e os sacerdotes consentiram em recolher no templo a estes últimos a fim de que ali descesse sobre eles uma sonolência curativa.

— Não tememos os persas, disseram os sacerdotes. — Um curador nada tem a ver com a nacionalidade e a língua do doente, ou com suas barbas ou com o talhe de sua roupa. Os persas também deixaram seus feridos no templo.

Dionísio riu.

— Respeito o templo, e felizmente meus soldados ou estão delirantes ou inconscientes. De outro modo se arrastariam pelo chão do templo e por suas próprias mãos afogariam os persas que estivessem deitados perto deles. E embora um curador não tenha interesse na língua do doente, sempre achei que sua bolsa o interessava tremendamente...

Os sacerdotes fitaram-no francamente nos olhos.

— Muitos que regressaram do limiar da morte fizeram oferendas votivas ao templo. Mas a tigela de barro do pobre é tão apreciada quanto a estatueta ou a trípode de prata enviada pelos ricos. Não curamos por dinheiro, mas para desenvolver a divina ciência que Esculápio legou a nós outros, seus herdeiros. E isto juramos, em nome do olho, da mão e do nariz; da chama, da agulha e da faca.

Os moradores da cidade prepararam-nos depressa um banquete, mas diluíram o vinho em cinco partes de água, pois no passado já tinham tido uma triste experiência com marinheiros bêbados. O dia findou-se, os pincaros das montanhas se inflamaram e manchas purpúreas flutuaram no mar, mas apesar disso Dionísio retardava nossa partida. Os sacerdotes começaram a deitar olhadelas ferozes e a sugerir que sua intenção não fora providenciar asilo para navios de guerra, mas tão somente para os feridos.

— Compreendo — disse Dionísio. — A liberdade da Jônia se acabou em terra e no mar, e de agora em diante tendes de dar as boas-vindas aos persas, de preferência a vosso próprio povo. Partirei assim que receber um presságio favorável.

Enquanto o crepúsculo descia sobre a ilha e a fragrância das especiarias se elevava dos jardins do templo, Dionísio me chamou para um lado.

— Aconselha-me, Turms, tu que és homem educado, pois estou numa situação deveras crítica. Por nada no mundo insultaria estes anciãos e o deus deles, mas estamos a pique de partir para águas cheias de perigos e não posso permitir-me a perda de um só marinheiro. Essa a razão por que pretendo carregar comigo um desses herdeiros de Esculápio. Que não seja muito velho, do contrário não aguentará os rigores do mar; ao mesmo tempo, deve ele ser capaz de curar ferimentos, febres e doenças do estômago. Como complemento, seria bom se soubesse falar a língua fenícia, assim como a falam muitos sacerdotes.

— Que planejas fazer? — perguntei.

Ele me olhou com um ar de culpabilidade e em seguida confessou:

— Não compreendes, Turms? Os persas tomaram a seu serviço todos os navios de guerra desde Chipre e a Fenícia até ao Egito, deixando o mar franqueado e sem defesa como a barriga de uma vaca. Cairos[1] me ajuda: pretendo servir o deus do momento oportuno.

— Em nome dos imortais! — gritei horrorizado. — A guerra honesta pela liberdade é uma coisa; a pirataria num mar desprotegido é outra. A vida do pirata é curta, sua morte terrível, e seu nome para sempre maldito. Perseguem-no de uma para outra extremidade do mar, ele não pode encontrar refúgio, e basta seu nome para inspirar terror às pessoas respeitáveis.

— Não fales tolices, advertiu Dionísio. — És tu que me acusas, incendiário de templos?!

— Tenho a certeza de que Doro e eu não te acompanharemos. — Então que fiquem aqui, disse ele sarcasticamente. — Fiquem na companhia desses amáveis sacerdotes... e tu, explica aos persas quem és e donde vieste. Algum dia nos encontraremos nos campos do Hades, mas juro que lá chegarei muito mais tarde do que tu.

Suas palavras fizeram-me hesitar.

— Logo virá a escuridão, disse ele com ansiedade. — Ensina-me a melhor maneira de raptar um médico. Precisaremos de um que seja bom, antes de decorrerem muitos dias.

— Os bons médicos cuidam bem de si — retruquei. — Isso é compreensível, pois se uma espada os esfuraca, toda a sua sabedoria, com tantos labores conseguida, vazará para fora, e com ela a vida. Nem mesmo os médicos de Mileto consentem em servir a bordo de navios de guerra, embora prometam cuidar gratuitamente dos feridos na cidade, depois da vitória. Não é possível: não encontrarás médico algum que se ofereça como voluntário a teus navios piratas!

— Não seremos piratas caso continuemos a guerra naval nas águas inimigas depois que os outros largarem mão — protestou Dionísio. — Farei do médico homem rico, assim como a todos que me seguirem.

— Mesmo que sobrevivesse, que prazer tiraria ele de suas riquezas se fosse reconhecido e seu passado descoberto? —perguntei. — Ninguém o defenderia,

— Turms — disse Dionísio lentamente, — Receio ter de deixar-te em Cós, gostes ou não; a menos que deixes de palrar e faças alguma coisa...

Soltando um suspiro afastei-me e pus-me a olhar à volta. Súbito reparei num homem baixo que estava de pé, afastado dos demais. Havia nele alguma coisa tão familiar, que lhe berrei uma saudação antes de perceber que ele carregava um caduceu. Seu rosto era redondo, tinha o olhar inquieto, e havia um sulco entre suas sobrancelhas.

— Quem és? — perguntei. — Julguei reconhecer-te no escuro. — Meu nome é Micon — disse ele. — Sou consagrado; mas não te reconheço, a menos que me dês o sinal.

— Micon — repeti. — Na expedição de Sardes havia um oleiro ático de nome Micon. Ele foi para a guerra com a esperança de granjear uma grande presa a fim

---

1. *Kairos* (do grego): deus do momento oportuno. — N. da T.

de instalar fornalha própria, mas regressou a Atenas tão pobre como quando partira. Era homem forte e tinha os braços nodosos como raízes de árvore. A gente tinha a sensação de segurança ao fugir dos persas em sua companhia... Mas jamais me senti tão chegado a ele quanto a ti.

— Vens no momento oportuno, estrangeiro — disse ele. — Tenho a mente intranquila, e ela me arde como cinzas à brisa. Que desejas de mim?

Para provar-lhe as opiniões, louvei Esculápio, a celebridade do templo e a sabedoria dos médicos de Cós.

Ele retrucou:

— Uma barba branca nem sempre é indício de sabedoria. A tradição não apenas cura: também embaraça.

Suas palavras deixaram-me espantado.

— Micon — disse eu — o mundo é grande e a sabedoria não nasce apenas num lugar. Ainda não és velho. Por que hás de ficar aqui, no caminho dos persas?

Ele estendeu-me a mão amiga.

— Cós não é o único lugar que conheço. Viajei muitas terras, algumas tão remotas como o Egito; falo muitas línguas e sei de moléstias desconhecidas aqui. Que desejas de mim?

Sua presença me era tão familiar quanto a de um velho amigo.

— Talvez todos sejamos escravos do destino. Tu és a espécie de homem que meu comandante necessita. Tenho de indicar-te a ele, e depois disso seus soldados te darão uma pancada na cabeça e te arrastarão para bordo.

Micon não tremeu, mas fitou-me interrogativamente.

— Por que me advertes? Tua cara não é de grego.

Enquanto ele me fitava, senti um impulso irresistível de erguer os braços, as palmas para baixo, na direção da dourada fímbria da lua nova.

— Não sei por que o advirto — confessei.— Nem sequer sei quem sou. Só sei que chegou o instante da partida —para ti e para mim.

— Então vamos! — E ele riu-se, engachou o braço no meu e conduziu-me a Dionísio.

Desorientado com a repentina decisão, perguntei-lhe:

— Não queres dizer adeus a alguém, ou reunir tuas roupas e pertences?

— Se partir, fá-lo-ei tal como estou — declarou ele. — Do contrário, minha partida terá muito pouca significação. Naturalmente, minha caixa de remédios seria um bom ajutório, mas receio que se impeça minha partida, embora eu ainda não tivesse feito juramento.

Dionísio advertiu-o contra o regresso.

— Se me acompanhares voluntariamente, recompensar-te-ei de acordo.

— Voluntariamente ou obrigado — isso não passa de palavras, disse Micon alegremente. — Só me acontecerá aquilo que tiver de acontecer e que não poderei impedir.

Entre nós ambos conduzimo-lo à galera. Dionísio fez soar o búzio para chamar os soldados, e nossos três navios puseram-se ao mar que se transformara em uma calma ametista. A lua da impiedosa deusa virgem brilhava debilmente no céu ao zarparmos do porto de Cós.

5

Navegamos tão longe mar afora, que já não era visível sequer a mínima sombra de terra. Os remadores puseram-se a ofegar e alguns dentre eles devolveram a boa comida que haviam saboreado em Cós. Amaldiçoaram Dionísio e enfureceram-se, dizendo não haver sentido em tal maneira de remar, pois os primeiros princípios da arte de navegar exigiam vogar-se com terra à vista e saber-se o lugar para o qual se ia.

Dionísio escutou sorrindo as queixas enraivecidas e chicoteou os mais palradores com seu azorrague, não tanto movido pela raiva como pela benevolência. Disseram-lhe nomes feios, mas nenhum parou de remar até que ele ordenasse unir as galeras e amarrá-las umas às outras para a noite.

— Não é que eu tenha pena de vós — disse ele — mas a intoxicação da batalha provavelmente se esvaiu, deixando vossos cérebros ainda mais desgraçados do que vossos corpos. Vinde para perto de mim: tenho muito o que dizer-vos.

Enquanto Dionísio falava, não lembrou a seus soldados a bravura que eles haviam demonstrado em Lade. Em vez disso comparou-os ao pobre campônio que fora à cidade adquirir um burro, mas gastara o dinheiro em vinho, empenhara-se numa rixa e na manhã seguinte acordara em uma casa estranha, com as vestes rasgadas e cheias de sangue, e os pés descalços. Rodeiam-no riquezas e cofres de tesouros, e ele percebe ter penetrado na casa de algum nobre. Longe porém de ficar contente, a vista das riquezas o deixa horrorizado, pois compreende que naquele mesmo instante está sendo perseguido e não tem a mínima esperança de voltar para casa.

Dionísio interrompeu-se e olhou à volta:

— É essa, meus amigos, a situação em que vos encontrais. Mas graças aos imortais, escolhestes um comandante que sabe o que quer. Eu, Dionísio, filho de Foceia, não vos abandonarei. Mas também não vos peço que me sigais simplesmente porque sou mais forte e mais astuto do que qualquer de vós, e ao mesmo tempo melhor navegante. Pensai maduramente. Algum dentre vós está melhor qualificado para comandar do que eu? Se assim for, que ele dê um passo à frente e diga-mo na cara!

Ninguém avançou para pôr em dúvida a autoridade de Dionísio, de modo que ele finalmente revelou seus planos.

— A Jônia está perdida e por isso não podemos voltar a Foceia. Mas a frota persa está reparando suas avarias e se empenha no bloqueio de Mileto e seus aliados. Em consequência, o mar está livre e eu vou sacrificar a Netuno a fim de que ele nos favoreça com um forte vento oeste amanhã de manhã.

Os soldados puseram-se a gritar horrorizados, mas Dionísio elevou a voz triunfalmente:

— Sim, um vento oeste, para podermos descansar nossos doloridos ossos e para nos deixarmos carregar até às águas inimigas, tão longe quanto as praias da Fenícia. Ali encontraremos os lentos navios mercantes com seus bojos atopetados de riquezas do Oriente e do Ocidente, pois o comércio não pode parar nem mesmo em tempo de guerra. Uma rápida viagem nas águas inimigas, e juro que dentro de um ano seremos ricos, mais ricos do que jamais poderíamos sonhar quando vivíamos nos fuliginosos casebres de madeira de Foceia.

Mas os soldados demonstraram pouco interesse pelo plano. A ideia das águas perigosas, onde a morte espreitava atrás de cada mastro e cada esteira de espuma, não era de molde a despertar-lhes entusiasmo. Dionísio fitou-os.

— Um mês! — suplicou. — Apenas um mês, peço-vos: nem um dia a mais. Depois invocarei, em nome dos deuses, o melhor vento leste, e navegaremos diretamente para o Ocidente, atravessando toda a largura do mar, rumo a Massília.

Alguns dentre os soldados observaram humildemente que uma apreciável quantidade de presa já lhes cruzara o caminho em Lade. A viagem para Massília, através de estranhas águas, era terrivelmente longa, e às vezes nem toda uma estação era tempo suficiente para que se levasse a cabo. De modo que, se a intenção deles era ir a Massília, melhor virar imediatamente as proas nessa direção e rogar por ventos propícios. Mas o melhor caminho, disseram eles, seria procurarem abrigo nas cidades gregas da Sicília ou da Itália, naquele grande Ocidente cuja fama de riqueza e vida extravagante se espalhara por todo o mundo.

Dionísio ouviu-os, fechou o cenho, e em seguida perguntou com fingida humildade se mais alguém tinha algum conselho a dar-lhe.

— Dizei o que tendes para dizer e saberemos a posição de cada um. Todos têm o direito de falar e exprimir sua própria opinião. Falai, por isso, livremente. Primeiro vejamos quem deseja ir diretamente à Sicília ou à Itália, onde as cidades gregas guardam zelosamente seus respectivos territórios e as terras que há séculos foram repartidas.

Alguns dos soldados consultaram-se apressadamente entre si e declararam que um pássaro na mão valia mais do que dois voando. Assim sendo, solicitavam humildemente a sua parte da presa e um dos navios no qual pudessem partir para a Sicília.

— É varonil e é justa a franqueza com que falastes — disse Dionísio. — Podeis levar a vossa parte dos despojos — e uma parte generosa — mas não posso ceder-vos nenhum navio. Os navios me pertencem, e toda a vossa presa não basta para comprar sequer um dentre eles. Melhor ainda é separarmo-nos o mais depressa possível. Tomai, pois, a vossa parte e atirai-vos ao mar, nadando rumo da Sicília, com as correntes de ouro em torno do pescoço. Se hesitardes, ajudar-vos-ei alegremente com a ponta da minha espada a saltardes pela amurada. A água está morna e vós sabereis encontrar o rumo pelas estrelas.

Deu alguns passos ameaçadores, enquanto os outros soldados começaram risonhamente a empurrar os infelizes que falaram, fingindo querer atirá-los amurada abaixo. Estes, porém, amargamente arrependidos de suas palavras impensadas, rogaram em altas vozes que Dionísio lhes consentisse acompanhá-lo.

Ele abanou a cabeça e suspirou:

— Que volúveis criaturas sois! Ora quereis uma coisa, ora outra. Mas voltemos a ser a mesma grande família onde a cada um assiste o direito de exprimir seus pensamentos livremente e votar segundo a sua vontade. Aqueles que desejam seguir-me primeiro para as águas fenícias e depois para Massília, levantem a mão.

Todos os marinheiros, inclusive Doro e eu, levantaram as mãos. Apenas Micon, que sorria em silêncio, não o fez.

Dionísio pôs-se a andar entre os soldados, batendo-lhes nos ombros e chamando-os de valentes. Mas em frente de Micon parou, e seu rosto se tornou sombrio:

— E tu, médico e curador? Pretendes voltar para casa às costas de um golfinho?

Micon fitou-lhe os olhos sem tremer.

— Seguir-te-ei de boa vontade, Dionísio, e assim continuarei por quanto tempo for necessário. Mas aonde iremos após deixar as águas fenícias, isso pertence aos fados. Essa a razão por que não desafio os imortais levantando a mão.

Sua atitude era tão dócil que Dionísio nem ao menos pôde censurá-lo. Voltando-se então para seus homens, berrou:

— Amanhã cedo, que sopre um vento oeste bem esperto. Para obter isso, já sacrifiquei ao deus fenício da nossa proa e banhei-lhe o rosto, as mãos e os pés com sangue humano, de acordo com os desejos das divindades fenícias. Mas a Netuno e aos deuses marinhos, ofereço agora esta cadeia de ouro que vale muitas casas e vinhas, com isso vos provando quão plenamente acredito na minha boa sorte. Sacrifico-a com alegria, sabendo que num futuro próximo obterei uma outra, ainda mais valiosa.

Com essas palavras caminhou para a proa e arremessou no mar a cadeia de ouro. Os soldados gemeram ouvindo o baque, mas convencidos de que Dionísio tinha fé em sua própria boa sorte, louvaram-no e puseram-se a arranhar o convés a fim de confirmar o sacrifício e conjurar o vento.

Dionísio mandou-os dormir, prometendo ficar ele mesmo de vigia até romper a manhã. Novamente louvaram-no os homens, e dentro em pouco o único som acima do suspiro do mar e do ranger dos navios era um pesado ronco.

Quanto a mim não podia dormir, pensando no futuro. Os ossinhos de ovelha haviam apontado para o Ocidente, e fossem quais fossem os outros métodos de adivinhação que eu e Doro experimentamos, estes haviam igualmente apontado para o Ocidente. Teimosamente rumamos para o Oriente, mas a fatalidade alada bem depressa nos conduziria para a praia mais ocidental do mar.

Minha garganta ficou seca quando compreendi que perdera a Jônia para todo o sempre, e dirigi-me às apalpadelas, entre os soldados adormecidos, para a jarra de água. Subi em seguida para o tombadilho, fitei o céu argentado e o mar que escurecia, escutei o chapinhar das ondas e senti sob mim o lento balouçar da embarcação.

Fui despertado de meus pensamentos por um débil chocalhar de encontro ao flanco do navio. Descalço e em silêncio, tropecei com Dionísio no mesmo instante em que ele puxava, uma mão após outra, alguma coisa do mar.

— Estás pescando? — perguntei.

Dionísio deu tamanho salto, que quase perdeu o equilíbrio.

— Ó, és tu, amigo Turms! — disse ele tentando esconder o objeto atrás das costas. Mas seu esforço foi vão, pois mesmo no escuro reconheci a cadeia de ouro que com tamanha ostentação ele atirara ao mar.

Não ficou nem um pouco vexado, mas riu-se, dizendo:

— Como homem letrado que és, indubitavelmente não tens preconceitos no tocante a oferendas e coisas que tais. Minha oferenda a Netuno foi, por assim dizer, simbólica, assim como os sábios da Jônia qualificam de alegorias suas fábulas divinas, interpretando-as de várias maneiras. Como homem econômico, atei, naturalmente, um cordel à minha corrente e amarrei-o firmemente à proa do navio antes de atirar a cadeia ao mar...

— Mas... e o vento oeste que prometeste?

— Já de noite o farejara pela cor do mar e o murmúrio da escuridão — confessou Dionísio calmamente. — Atenta nas minhas palavras: mesmo sem a cadeia de ouro, teremos um vivo vento oeste. Verás o sol nascer por detrás de uma nuvem, e com o vento virá uma chuva de encharcar.

Sua franqueza amedrontou-me, pois até o mais duro sarcasta conserva, em algum canto do coração, um certo respeito para com as oferendas votivas.

— Não crês nas divindades? — perguntei.

— Creio naquilo que creio — respondeu ele evasivamente. — Mas uma coisa eu sei: mesmo que tivesse atirado um centenar de cadeias de ouro no mar, nem assim sopraria o vento oeste, a menos que o oceano tivesse indicado previamente que ele sopraria.

6

Conforme Dionísio predissera, o dia nascente trouxe consigo um pé de vento borrascoso que nos empurrou na direção do Oriente com os mastros rangendo. Era tão violento o redemoinho do mar, que Doro, ainda sofrendo por causa do golpe na cabeça, vomitou várias vezes. Muitos dentre os soldados de Dionísio jaziam no convés agarrados à amurada e impossibilitados de comer.

O vento oeste impelia para os abrigos os navios mercantes que demandavam o Ocidente, largando o mar deserto a Dionísio. A boa sorte o acompanhava, pois quando ele chegou aos estreitos entre Rodes e o continente, o vento amainou. A madrugada trouxe consigo um vento terral e uma verdadeira frota de navios carregados até às amuradas de grãos e azeite destinados à armada persa fundeada nas cercanias de Mileto. Suas equipagens nos saudaram alegremente, iludidas pelo navio fenício e os emblemas persas que Dionísio ostentava.

Era presumível que Dionísio tinha pouco interesse em tal carregamento e simplesmente queria provar a si mesmo e a seus soldados que ele continuava empenhado na guerra jônia. Capturamos o maior dos navios, antes que sua equipagem soubesse o que ocorria. Quando Dionísio compreendeu que os navios eram embarcações gregas a serviço dos persas, imediatamente ordenou às nossas galeras que os metessem ao fundo.

Não tínhamos necessidade de grão ou azeite, tampouco poderíamos transportá--los conosco.

À força de velas e de remos rumamos para Chipre, e de caminho surpreendemos um grande navio mercante, ricamente carregado, e que também transportava

41

passageiros. Quando o cercamos e subimos seus íngremes flancos, foi em vão que sua equipagem procurou rechaçar nosso ataque. Os passageiros, refeitos do choque inicial, apareceram-nos com as mãos levantadas, e em várias línguas prometiam grandes resgates por eles próprios, suas mulheres e seus filhos. Mas como homem cauteloso que era, Dionísio não quis poupar ninguém que pudesse, no futuro, identificar a ele mesmo ou a seus soldados. Em consequência, ele próprio abateu com sua machadinha os passageiros do sexo masculino e deixou as mulheres entregues aos marinheiros enquanto o navio era pilhado.

— Depressa, companheiros — disse ele. — Embora eu não possa negar-vos os prazeres que uma mulher pode dispensar, lembrem-se de que matarei com minhas próprias mãos aquele que tentar esconder uma mulher a bordo de um de nossos navios. Isto só serviria para provocar brigas e confusão.

Os marinheiros cofiaram as barbas e fitaram com olhos ardentes as mulheres, que choravam.

Dionísio riu-se e acrescentou:

— Lembrai-vos também, meus bravos, de que toda alegria tem seu preço. Quem quer que empregue o breve tempo à nossa disposição satisfazendo paixões infantis ao invés de recolher a presa, perderá sua quota nesta.

Tão grande era a cobiça dos homens de Foceia, que apenas alguns poucos optaram pelas mulheres. Nós outros, os restantes, espalhamo-nos pelo navio, onde encontramos ouro e prata sob a forma de moedas e de objetos, belas peças esculpidas, joias de mulher e tecidos coloridos, até mesmo dois rolos de púrpura. Tomamos conta igualmente do armazém de vinhos e especiarias, assim como dos pertences dos passageiros.

O modo mais fácil de dispormos do navio seria incendiá-lo, pois nos era impossível furar seus pesados flancos de cedro. Dionísio, porém, não quis que o fogo e a fumaça traíssem nossa presença. Então pusemo-nos a abrir buracos no fundo do navio, e enquanto o mesmo submergia, Dionísio fez levantarem-se os marinheiros que haviam optado pelas mulheres em lugar da presa e mandou fender as gargantas das mulheres, assim lhes proporcionando uma morte fácil em compensação pela desonra que haviam sofrido.

Apenas Doro não participara da pilhagem e do estupro, mas retornara a nosso navio logo após a captura. Micon, que não tomara parte na refrega, inspecionara o navio e encontrara, junto com os demais instrumentos cirúrgicos, uma caixa de remédios incrustada de marfim.

Quando Dionísio o censurou pela sua preguiça, Doro declarou que só combatia homens armados, quanto mais destros melhor. Mas a matança e a pilhagem de homens desarmados estava abaixo da sua dignidade. Essa explicação satisfez Dionísio, que lhe prometeu sua partilha da presa, embora ele não tivesse contribuído para obtê-la.

Tendo narrado até este ponto, o que fiz foi em verdade descrever toda a nossa viagem, pois tudo aconteceu de maneira idêntica à relatada. A única diferença era o tamanho e o número dos navios, a hora do dia, a dureza da resistência, o montante da presa, e outros assuntos de importância secundária. Rodeamos Chipre pelo lado do mar e afundamos muitos navios de Cúrio a Amatunta, após havê-los atraído para mais perto mediante os escudos e os emblemas persas. Mas não pudemos impedir a fuga de inúmeros botes pesqueiros que testemunharam o ataque. Com grande insistência Dionísio bateu o convés com o pé e suplicou por um vento favorável que nos conduzisse diretamente à costa fenícia. Ninguém suspeitaria da nossa presença nas rotas mais comerciais, pois durante muitas gerações os piratas não se atreveram a frequentar as águas mais seguras do mundo civilizado.

Mas a doce brisa continuou soprando para Chipre, do mesmo modo que a brisa sempre sopra durante o dia na direção da terra, e, de manhã, da terra para o mar, exceto quando prevalecem as tormentas ou os caprichosos furacões. Isso se tornou possível aos pescadores graças aos deuses marinhos, de modo que os homens podiam partir antes da madrugada e regressar com os ventos diurnos.

Não era o vento o nosso único obstáculo, pois uma forte corrente, segundo nos advertiram os homens de Salamina, tornava nossos remos impotentes para nos conduzirem no rumo demandado por Dionísio. E enquanto este, no convés, batia o pé, chocalhava escudos e invocava um vento favorável, Micon aproximou-se de mim.

— Por que não invocas o vento, Turms, — sugeriu ele. — Faze-o ao menos por brincadeira. — Ele␣ sorria, e entre suas sobrancelhas havia um vinco familiar.

Não posso explicar por que o fiz, mas ergui os braços e três vezes chamei o vento, depois sete vezes, e, por último, doze vezes e numa voz que se alteava cada vez mais, até que meus próprios gritos me tontearam e eu já não sabia o que estava acontecendo ao meu redor.

Quando voltei a mim, tinha a cabeça deitada no braço de Micon, que me entornava vinho na garganta. Doro me fitava de um modo estranho e Dionísio parecia aterrado, como se não acreditasse no que via. O céu, que ainda há pouco estava limpo, mudara de cor, e do Ocidente se aproximava uma grande massa de nuvens azul-escuras com a velocidade de um milhar de negros cavalos de guerra. Enquanto Dionísio gritava pelas velas, ouvimos um trovejar de cascos, o mar escureceu e espumejou, e o raio fuzilou sobre nossas cabeças. Com as velas batentes, afundamo-nos na saraiva e na espuma que nos deixaram cegos e incapazes de fazer outra coisa exceto seguir o vento para evitar que fôssemos engolidos pelas ondas tão altas como casas.

Enquanto o raio fuzilava e o navio rangia, nós, no convés, agarramo-nos a qualquer ponto de apoio que se nos deparasse. Depois, quando o vinho que Micon me dera me subiu à cabeça, ergui-me cambaleante, e, agarrando a corda do mastro, ensaiei dançar no convés balouçante a dança que eu dançara outrora na estrada de Delfos. A dança penetrou-me os ossos, e de minha garganta saíram palavras que eu não compreendia. Só quando a tormenta começou a amainar foi que caí exausto sobre o convés.

7

Naquela noite perlongamos até tarde a linha azul do litoral de Chipre, lutando em vão para atingir o mar largo. Uma áspera brisa nos tangia implacavelmente para o norte, e todas as mudanças do velame não bastaram para nos afastar do rumo para o qual aparentemente nos conduzia uma vontade inexorável. Quando escureceu, Dionísio mandou colher as velas e amarrar os navios uns aos outros para que não nos separássemos durante a noite. Enquanto dormia a maior parte da equipagem, ele e vários outros ficaram de vigília, guardando o navio contra possíveis assaltantes.

Mas nada aconteceu, e acordamos ao romper do dia com os gritos espantados dos vigias. Ao chegarmos ao convés, vimos que o mar se acalmara e que deixávamos para trás a ponta mais oriental de Chipre. O sol se ergueu de um mar todo aurirrubro, e na montanha, no extremo do promontório, vimos o templo de Afrodite de Acraia com seus terraços e colunas. Estávamos tão perto, que na ofuscadora luz da madrugada podíamos distinguir todos os pormenores e ouvir o crocitar dos famosos corvos negros de Afrodite na superfície da água.

Os homens de Salamina gritaram que isto era um sinal e um presságio. A poderosa Afrodite de Acraia, a Afrodite dos navegantes, a poderosíssima Afrodite do mar oriental, enviara uma tormenta que nos conduzisse a ela. Demais, ela era cipriota, tendo naquela praia descido de sua concha com apenas os cabelos de ouro velando-lhe o corpo alvo como espuma. Por todas essas razões, diziam os homens de Sardes, era-nos preciso descer à praia e fazer um sacrifício, a menos que desejássemos incorrer nas iras de Afrodite.

Mas Dionísio berrou, comandando os marinheiros que empunhassem os remos, pois só um milagre nos salvara de bater nos recifes entre as ilhas menores, enquanto olhávamos embasbacados para o templo. Os homens de Salamina protestaram dizendo que o milagre se devia a Afrodite e que não assumiriam a responsabilidade de partir sem lhe fazer suas oferendas.

— Reconheço jubilosamente o poder da deusa de cabelo dourado — disse Dionísio — e prometo fazer-lhe um sacrifício na primeira oportunidade. Mas podeis ver por vós mesmos que há muitos navios grandes fundeados no porto. Prefiro sofrer as iras de Afrodite às do deus da guerra.

E ordenou que batessem os gongos ao ritmo acelerado da batalha.

— Farei sair-vos em suor pelos poros até o último desejo de sacrificardes a Afrodite...

Mas a despeito do grande esforço dos remadores, notaram os timoneiros que a nossa velocidade não era aquela que devia ser, e os próprios homens se queixaram de que nunca antes os remos lhes pareceram tão pesados.

Finalmente, quando a sombra do templo caiu para além do horizonte, nossa velocidade aumentou. O céu sem nuvens nos sorria, o mar arfava docemente e tudo à nossa volta parecia radiante.

Dionísio gritou triunfalmente:

— Vede! A cipriota não tem comando sobre o mar!

Aliviados, os remadores puseram-se a cantar, alguns com boa voz, outros crocitando como corvos ou estridulando como gaivotas. Quanto mais alto cantavam, tanto mais puxavam os remos, como se aquilo já não fosse um esforço mas um prazer. A água espumava junto às proas, referviam as esteiras e os remos chicoteavam o mar a nossos flancos.

Ao meio-dia os vigias gritaram a uma só voz que avistaram um mastro e uma vela colorida. O navio vinha diretamente sobre nós, e dentro em pouco vimos os mainéis entalhados e pintados, o brilho da divindade de prata e de marfim à proa e o lampejar do sol nos remos. Era um navio estreito e rápido, belo como um sonho. Quando chegou suficientemente perto, içou seus pendões e exibiu seus escudos.

Disseram os homens de Salamina:

— É um navio de Tiro. Certamente não pretendes provocar a ira da deusa do mar, hein, Dionísio?

Mas sem vacilar, Dionísio exibiu um escudo persa, acenou ao navio para que parasse e ordenou aos nossos marinheiros que o escalassem. Ao subirmos para seus flancos, ninguém ofereceu resistência, conquanto os fenícios gritassem com suas vozes guturais e erguessem as mãos em sinal de protesto. Entre estes havia sacerdotes com faixas de cabeça bordadas a miçangas, com chocalhos de prata e guizos em torno do pescoço.

— Por que berram? — perguntou Dionísio, baixando a machadinha.

Tremendo, os homens de Salamina explicaram:

— Trata-se de um navio sagrado. Transporta incenso e oferendas votivas para o templo de Afrodite em Acraia.

Dionísio arregalou os olhos e coçou a cabeça, perplexo; em seguida inspecionou o navio. Seu carregamento era inegavelmente valioso, conquanto inútil para nossos propósitos. Quando Dionísio quis entrar na cabina da proa, os sacerdotes agarraram a cortina ante a entrada. Dionísio rasgou-a, penetrou na cabina e depressa voltou com o rosto cor de púrpura:

— Não há nada lá dentro: apenas quatro filhas de Astarté.

Os homens de Salamina entabularam conversa com os sacerdotes e ficaram sabendo que as quatro moças eram uma dádiva de Astarté de Tiro à sua irmã Afrodite de Acraia, e simbolizavam os quatro cantos do mundo governados pela cidade de Tiro, rainha dos mares.

— Isto é um presságio! — gritaram os homens e insistiram para ver as moças.

Dionísio sentiu um breve instante a tentação de pilhar o navio e depois metê-lo a pique, mas a vista do sol acariciante, do céu reluzente e do mar azul-escuro levou-o a rir. Deu ordens para que trouxessem as moças para fora.

Saíram as quatro, graciosas e sem medo, para fora do abrigo, trazendo apenas seus atavios de cabelo, seus colares e o cinto da deusa. Uma delas era branca como a neve, a segunda cor de mostarda, a terceira cor de cobre e a quarta preta como piche. Soltamos gritos de espanto, pois nunca antes qualquer de nós tinha visto alguém de epiderme amarela.

— Não nego que isto seja sinal e presságio — disse Dionísio.

— A deusa compreendeu que não poderíamos parar a fim de lhe fazer nossa oferenda, e por isso enviou-nos este navio. Ele nos pertence, e, como prova disso, enterro minha machadinha no seu convés e dedico o navio à deusa de Acraia.

Os homens gostaram da decisão e declararam não ter a intenção de mover guerra aos deuses e às moças a eles consagradas. Com toda a amabilidade apossaram-se dos ornamentos e guizos dos sacerdotes como lembrança, mas não tocaram nas moças.

Quando perceberam que estávamos a pique de deixar o navio, as moças começaram a falar entre si com grande nervosismo e a apontar para nós. A moça negra agarrou a barba de Dionísio, enquanto a branca de neve corria os dedos tentadoramente pelas comissuras de meus lábios.

Dionísio fechou a cara:

— Que querem elas? — perguntou.

Então os sacerdotes de Tiro explicaram com relutância que o desejo delas era que sacrificássemos a Afrodite. Como a totalidade da equipagem não podia fazê-lo, queriam elas escolher os homens dos quais aceitariam a oferenda.

Dionísio fez soltarem-se de suas barbas os dedos da negra, empenhou-se numa violenta luta espiritual consigo mesmo e disse:

— Quem deu o primeiro passo, tem de dar também o segundo. De qualquer modo, teríamos de parar para comer enquanto o mar está calmo. Mas não quero tirar vantagem da minha posição. Tiremos à sorte, assim escolhendo os nossos quatro representantes.

A deusa sorriu imparcialmente, pois um seixo vencedor — um vermelho, um preto, outro amarelo — foi tirado com vistas a cada navio. Mas por mais incrível que pareça, fui eu mesmo que tirei o seixo branco do barril. Contemplei-o alarmado, e lembrando o contato daqueles dedos esguios no meu rosto, passei-o depressa a Micon.

Este fitou a própria palma:

— Pensei que a Lua te governasse. Só agora compreendo por que a tempestade que conjuraste nos conduziu ao templo de Acraia.

Disse-lhe que parasse de tagarelar e exibisse o seixo para que todos o vissem na sua mão. Em seguida os remadores lavaram, esfregaram e ungiram os que haviam tirado os seixos vencedores, e enfeitaram-nos com correntes e anéis escolhidos dentre os tesouros apresados.

Enquanto os restantes se enfileiravam junto aos caldeirões de comida, os quatro felizardos, Micon à frente por causa da sua posição, penetraram na cabina do convés. Os sacerdotes deixaram cair a cortina e puseram-se a cantar com voz rouca.

Após comermos e bebermos o vinho que Dionísio servira para celebrar a ocasião, o sol começou a descambar de maneira pressaga para o oeste. Dionísio impacientou-se e afinal mandou chamar os quatro homens.

Nossas mãos se ergueram involuntariamente até à boca quando os vimos sair cambaleando porta afora, auxiliados pelos companheiros. Tinham os olhos vidrados, as línguas dependuradas e mal podiam ficar de pé. O próprio Micon vinha amparado ao pescoço de dois remadores, e quando experimentou saltar para bordo de nosso navio, caiu de chapa sobre o rosto.

Dionísio mandou as equipagens voltarem aos remos e virou as proas dos navios rumo do norte, como se a nossa intenção fosse regressar às águas jônias rodeando o lado continental de Chipre. Suspeitou que os sacerdotes de Tiro informariam imediatamente os persas de nossa presença e engendrou um plano ousado. Assim que o navio sacrificial se sumiu, mudamos a rota para sudeste. Um jovial sopro de vento levantou-se no mar, como se a própria Afrodite nos estivesse caprichosamente concedendo seus favores.

Micon ergueu-se tremulamente nos joelhos e vomitou antes que tivesse tempo de arrastar-se até à amurada. Depois uma expressão racional novamente lampejou em seu olhar.

— Em toda minha vida nunca experimentei coisa igual disse com um débil sorriso. — Por ter quarenta anos, pensei que sabia muito. Mas agora acredito finalmente na teia dourada de Afrodite, na qual até o mais forte dentre os homens se deixa apanhar. — Fez voltar na palma da mão o liso seixo que eu lhe dera. — Fica com ele, Turms. Não foi destinado a mim mas a ti, que és o favorito da deusa.

Recebi o seixo e guardei-o, assim como guardara o seixo negro que encontrara no chão de terra batida do templo de Cibele em Sardes. E esse seixo branco também significava o fim de uma era em minha vida, conquanto eu ainda não o soubesse naquele momento.

Micon advertiu:

— Os deuses não apenas dão: também tiram. Vê-se que Ártemis é tua deusa, mas, por algum motivo, Afrodite também te escolheu. Isso pode ser uma infelicidade, logo que ambas essas poderosas deusas têm ciúmes uma da outra. Precisas ter cuidado em não fazeres muitos sacrifícios a qualquer delas; melhor procurares granjear os favores de ambas enquanto elas competem por tua causa.

Mas tudo isso se esqueceu na canseira da labuta com os remos à medida que navegávamos em águas fenícias. Chegou o quarto da lua cheia e assolamos o mar como os cães selvagens de Ártemis — matando, pilhando e afundando navios. Fogos de sinalização ardiam ao longo de toda costa fenícia, e em uma áspera batalha conseguimos afundar dois pequenos navios de guerra que surgiram inesperadamente. Perdemos alguns homens e muitos mais foram feridos. Mas escudos invisíveis me protegiam, de modo que me safei sem o mínimo arranhão.

Muitos de nossos homens começaram a queixar-se por verem no escuro os fantasmas de nossas vítimas e sentirem o beliscão de dedos frios quando estavam a ponto de adormecer. Um comboio de espíritos vingadores nos acompanhava, pois o mar e o céu a nosso redor muitas vezes escureciam sem motivo aparente.

Dionísio fez inúmeros sacrifícios para aplacar os espíritos, cuspiu no mar e arranhou a proa com as unhas a fim de obter um vento favorável. Mas quando a lua nova apareceu como uma foice de prata delgada como um fio, disse de repente:

— Já pus suficientemente à prova a minha boa sorte e nossos navios já não podem conter mais carga. Não sou tão ambicioso ao ponto de sacrificar o valor marítimo dos meus navios a favor de despojos. Nossa expedição chega ao fim, e nada mais temos a fazer exceto salvar nossas vidas e nossa presa. Assim sendo, volvamos nossas proas para o ocidente, e que Netuno nos assista através do mar imensurável.

Enquanto os homens de Foceia gritavam de alegria, Dionísio fazia súplicas aos deuses jônios e fenícios, manchava de sangue o rosto, as mãos e os pés da divindade e sacrificava vários prisioneiros, deixando-lhes o sangue escorrer para o mar. Sacrifícios que já não eram permitidos em terra eram tolerados no mar, e ninguém protestava ante essas bárbaras oferendas.

Inebriados pelo sangue, pela presa e nosso bom êxito, os remadores se juntaram a nós, clamando pelo vento. A temporada de navegação tocava ao fim, bandos de pássaros voavam inquietos sobre o mar, e a água mudou suas cores. Mas o sol ainda nos causticava impiedosamente, o firmamento nos ofuscava a vista e o vento não aparecia.

Finalmente os remadores de palmas calejadas pelos remos e gargantas roucas, começaram a gritar:

— Turms, invoca-nos o vento! Preferimos morrer afogados a morrer remando com este pesado carregamento de despojos!

Seus gritos desanuviaram-me o cérebro e vi em torno de mim as sombras dos mortos com suas visagens vingadoras e suas mãos engalfinhadas nos marnéis, como se quisessem impedir que fugíssemos.

Um êxtase se apossou de mim. Senti-me mais forte que os espíritos e comecei a invocar o vento leste. Outros imitaram-me, repetindo palavras cuja significação eu mesmo não entendia. Três vezes, depois sete vezes e finalmente doze vezes, fiz a invocação. Cheio de medo, Micon cobriu a cabeça, mas não fez nenhuma tentativa para me conter, pois tanto a minha vida quanto a dele estavam em risco perante os navios egípcios e fenícios que nos perseguiam.

O mar amarelou-se no oriente e uma tormenta de toldar a vista remoinhou sobre nós, trazendo no seu bojo a poeira de desertos longínquos. A última visão que tivemos do mar largo que ficava para trás foi uma tromba de água erguendo-se das ondas para as alturas do céu.

LIVRO TRÊS

HIMÉRIA

1

Ainda maior que a intrepidez de Dionísio na batalha de Lade, mais notável que suas incursões nas águas fenícias, era sua perícia de navegador. A despeito dos temporais de outono, que obrigavam outros navios a voarem para o abrigo dos portos invernais, logrou ele alcançar em três semanas as praias da Sicília sem fundear sequer uma vez e tendo como ponto de referência apenas as montanhas de Creta. Esta incrível proeza bem merece que a reconheçamos plenamente.

Quanto a nós, tão imundos e enfermos estávamos, tão machucados e apodrecidos pela água do mar, que finalmente, ao avistarmos terra e ao sabê-la real, choramos de alegria e pedimos que nos levassem para a praia, fosse de quem fosse aquele território.

Nossos navios faziam água tão irreparavelmente e o outono ia tão adiantado, que nem o próprio Dionísio acreditava possível continuarmos a viagem sobre a imensidão das águas ignotas que nos separavam de Massília. Chamando os capitães e os pilotos assim falou ele:

— A montanha gigantesca encapuçada de neve que estais vendo nos adverte que chegamos à Sicília. Se ansiais por cidades maiores, podeis continuar rumo ao norte demandando Crotona, ou rumo ao sul, para Siracusa, a maior das cidades sicilianas.

Os comandantes ficaram encantados.

— Agora somos ricos, disseram, e ser-nos-á mais fácil vender nossa quota da presa numa cidade grande. Ao mesmo tempo podíamos mandar consertar mais depressa nossos navios em algum estaleiro, ou mesmo comprar navios novos com os quais prosseguir na primavera nossa viagem para Massília. Mas antes de tudo estamos precisados de descanso, comida boa, música e guirlandas, para apressar a nossa recuperação destas semanas passadas no mar.

— Bem verdade que encontrareis mais prontamente tais prazeres numa cidade grande — concordou Dionísio—mas cidades grandes são também cidades fortificadas. Têm muralhas, mercenários e portos vigiados, e talvez até navios de guerra. Também recebem notícias do mundo exterior, mais depressa do que as cidades pequenas...

Fitou então agudamente os homens.

— Temos nossa consciência limpa — acrescentou — pois sabemos que nos empenhamos contra os persas numa guerra legal. Mas somos demasiado ricos para não levantar suspeitas, por mais que queiramos explicar a origem dos nossos tesouros. E o vinho leva muita gente a falar demais. Conhecemos nossa própria tagarelice. Ao fim e ao cabo, os imortais deliberaram fazer de nós, os jônios, o mais tagarela de todos os povos.

— Não — concluiu — será melhor passarmos o inverno nalguma cidade retirada e aí comprar a amizade do tirano. Três navios de guerra e um grupo experimentado como o nosso não são para se olhar com menosprezo, muito menos por um tiranete que luta para viver independente. Há cidades dessa ordem no litoral Norte, donde podemos folgadamente zarpar para Massília quando chegar a primavera. Desse modo, tenho de pedir-vos um último esforço, meus bravos companheiros. Naveguemos corajosamente pelos estreitos que destruíram centenas de navios, pois do contrário perderemos tudo quanto logramos adquirir.

Os homens empalideceram recordando os redemoinhos, as correntes e os ventos traiçoeiros daqueles fabulosos estreitos, mas após protestarem algum tempo, acalmaram-se. Quando a noite caiu, ouvimos um surdo rugido e vimos um fulgor avermelhado iluminando o céu, acima do pico da montanha envolto em fumo. Cinzas começaram a cair nos tombadilhos e os remadores já não pediam para ir à praia. Só Doro sorria, proclamando:

— A terra onde meu pai morreu me saúda com trovões e colunas de fogo. Esse sinal me basta. Agora sei porque os ossinhos de ovelha apontaram para o ocidente.

De sua parte, Micon falou:

— A boa sorte de Dionísio nos trouxe a esta altura. Que ele continue conduzindo-nos.

Por mim também senti que dificilmente teriam os deuses nos protegido contra os terrores do mar para agora nos afundarem ignominiosamente nos estreitos negregandos. Assim terminou a conferência, e Dionísio teve licença de prosseguir em seus planos. No silêncio da noite sacrificou nossos pilotos fenícios ao implacável deus dos estreitos. Na manhã seguinte, ao perceber que eles haviam desaparecido, senti uma grande tristeza: com eles conversara muitas vezes, e com toda a sua nacionalidade estrangeira, demonstraram pertencer à mesma espécie humana à qual nós outros pertencíamos.

Os estreitos eram tão traiçoeiros quanto diziam e lutamos tremendamente para os atravessar. Mais mortos do que vivos, e com o estrondo dos vagalhões ainda ecoando nos ouvidos, chegamos afinal ao Mar Tirreno e a seu azul outonal. Ventos favônios assopravam enquanto navegávamos com terra à vista ao longo da costa montanhosa. Dionísio fez oferendas de gratidão, entornou vinho na superfície do mar e até cortou os pés do deus fenício e arrojou-o amurada abaixo com as seguintes palavras:

— Sê tu quem fores, já não preciso de ti, pois não conheces estas águas.

Mas nossos navios, que faziam água, e ainda estavam mais danificados pela passagem nos estreitos, avançavam com dificuldade. Todos nós suspirávamos pela terra firme, água fresca e frutas, mas Dionísio prosseguia na derrota, farejando o vento, puxando prosa com os pescadores e comprando-lhes pescado. Mas à medida que avançávamos, a água subia no interior da embarcação.

Na boca da noite um vento começou a soprar-nos para terra. Vimos a embocadura de um rio e uma cidade rodeada por grossa muralha. Colunas de vapor erguiam-se das fontes de água quente que a circundavam, e para além dela surgiam altas montanhas.

Quando a água atingiu os bancos dos remadores, estes puseram-se a remar desesperadamente. Quiséssemos ou não, era-nos mister descer a terra, pois o navio estava afundando. Mal os remadores fugiram para o tombadilho, ouvimos um estalo e sentimos uma sacudidela: o navio encalhara. Estávamos salvos, embora as ondas lavassem o convés e o navio adernasse com um rangido. Ambas as galeras fundearam a salvo, e, saltando para dentro da água, empurramo-las para a praia. Só então agarramos nossas armas e preparamo-nos para a defesa, embora a terra balançasse sob nossos pés e cambaleássemos de um lado para outro.

2

Uma porção de navios, cobertos para o inverno, estavam ancorados em cada margem do rio. Depressa apareceu uma multidão variegada, conversando animadamente em muitas línguas. Quando viram nossas armas, conservaram-se a distância, conquanto alguns, quebrando ramos enfolhados de árvores, os sacudissem para cima em sinal de amizade.

Arrojamos nossas armas e escudos ao chão. Encorajadas, as pessoas se aproximaram, falaram conosco, examinaram-nos de todos os lados, e puxaram nossas roupas, tal como fazem os curiosos em todas as terras. Muitos dentre eles falavam grego, embora num dialeto estranho. Vendedores ambulantes nos ofereciam uvas e frutas, e alegremente recebiam em pagamento uma moeda persa de ouro, dando-nos em troca sua própria prata. Disseram que o nome da cidade era Himéria, e que ela fora fundada pelo povo de Zancle, ao qual mais tarde vieram juntar-se os siracusanos, cansados das guerras civis que campeavam ininterruptamente em sua cidade. Mas a maioria do povo se compunha de sículos de origem, com os quais os gregos se mesclaram pelo casamento.

Ao pôr-se o sol, os portões da cidade se fecharam, e nós outros, sem nenhuma vontade de conhecer mais gente naquela ocasião, espichamo-nos ali mesmo para a noite. O cheiro da terra, a relva e o próprio contato do chão firme enchiam-nos de júbilo após o mau cheiro e as duras pranchas que conhecêramos no mar.

Quando, na manhã seguinte, os portões se abriram novamente, Dionísio mandou-nos procurar um touro e algumas ovelhas. Enfeitamo-los de guirlandas e sacrificamos o touro, queimando os ossos de suas pernas assim como a gordura das ovelhas. Em seguida assamos a carne e comemos à vontade. Surgiram mais vendedores ambulantes com suas cestas, vendendo pão e bolos de mel, e gastamos à larga até que Dionísio interviesse. Ao fim e ao cabo, lembrou-nos ele, éramos jônios.

A manhã decorreu em ruidosas danças e festins que atraíram todos os elementos de má reputação da cidade. Finalmente o tirano de Himéria, escoltado por uma guarda armada e um certo número de homens montados, veio cumprimentar-nos e indagar quais eram nossas intenções. Era ele um velho de barba rala e ombros curvados, que caminhava modestamente entre seus homens, revestido de um manto de fabricação caseira.

Dionísio avançou, relatou-lhe a batalha de Lade falando dos despojos que conquistáramos aos persas, e pediu asilo durante o inverno. Pediu, igualmente, cordas e bois, um molinete e carpinteiros para trabalharem nos salvados do navio submerso e porem a seco as galeras.

Enquanto Dionísio falava, o tirano nos fitava astutamente. Podia-se ver que não era homem insignificante, apesar da sua aparente modéstia.

Quando Dionísio acabou de falar, o tirano declarou:

— A vontade de meu povo fez de mim, Crinipos, o autocrata de Himéria, embora me desagrade governar. Daí eu precisar submeter a meu povo todas as decisões importantes. Mas porque existem assuntos que não devem transpirar, sugiro irdes todos à minha casa, onde poderemos conversar entre quatro paredes. Ou, se alimentardes alguma suspeita, afastemo-nos daqui a uma distância onde vossos homens não nos possam ouvir. A presença de muita gente me perturba, pois careço de eloquência e sou por natureza um recluso.

Dionísio concordou e o homem grisalho o acompanhou sem receio para a extremidade mais afastada do campo, embora Dionísio fosse quatro cabeças mais alto do que ele e pudesse torcer-lhe o frágil pescoço com as mãos nuas. Sentaram-se ambos no chão e puseram-se a falar animadamente.

Os guerreiros de Crinipos sorriam com orgulho.

— Nosso tirano é incomparável, e devíamos guindá-lo ao trono se ele não aborrecesse a palavra "rei". Não lhe é mister temer nenhum rival, pois sua casa está atopetada de amuletos dos deuses subterrâneos — amuletos que ele obteve mediante algum recurso misterioso. Ameaçando-nos com eles, logrou abolir entre nós toda a rivalidade destruidora, e governou-nos com tamanha sabedoria que ambos, os cartagineses e os tirrenos, são nossos amigos, e nem Siracusa se atreve a ameaçar nossa liberdade. Contaram-nos que Crinipos se casara com uma mulher de Cartago e governava todo o povo da sua cidade com imparcialidade, sem olhar nacionalidades. De acordo com os homens de Crinipos, era Himéria uma cidade feliz, onde se desconheciam o medo e a injustiça.

Finalmente vimos Crinipos e Dionísio levantarem-se, limparem cortesmente a relva um do outro e regressarem para onde estávamos. Quando o tirano partiu para a cidade escoltado por seus homens, Dionísio nos contou o que transpirara.

— Fiz um pacto com esse competente governador. De agora em diante somos livres de entrar na cidade e dela sair armados ou desarmados. Podemos, ou alugar alojamentos ou construir casas, exercer o comércio, adorar os deuses da cidade ou os nossos (como quisermos), contrair matrimônio com as mulheres himérias, ou, de outro modo, granjear seus favores, pois aqui os costumes são livres. Precisamos, entretanto, guardar os muros da cidade como se fossem nossos enquanto vivermos em Himéria.

Seus homens disseram com ceticismo:

— Tudo isso é demasiado bom para ser verdade... Crinipos é mais astuto do que imaginais. Depois de nos atrair para a cidade, fará seus homens assassinar-nos por causa da nossa presa, ou talvez nos enfeitice com seus amuletos, ou nos seduza à prática de jogos de azar onde perderemos tudo quanto possuímos.

    Dionísio ordenou-lhes que calassem a boca, pois as garantias que recebera de Crinipos não podiam ser postas em dúvida. Entretanto, mais importante que seus sagrados juramentos, era o fato de seus interesses serem idênticos. Por essa razão resolveu guardar nossa presa fechada e selada nos subterrâneos de Crinipos como garantia da nossa boa conduta, e entregar a cada um dos homens uma quantia suficiente para viver durante todo o inverno. Crinipos não estava aflito para obter um repentino afluxo de dinheiro em sua cidade, pois isto redundaria na alta dos preços e em carestia de vida para seus governados.

    Conquanto os homens já suspeitassem que Dionísio caíra sob a magia de Crinipos, a sedução da cidade era tão grande que dentro em pouco fomos saindo em grupos, deixando os mais velhos a vigiarem os navios.

    Os guardas dos portões deixaram-nos entrar sem pedir nossas armas. Enquanto vagávamos pelas ruas, fomos vendo as lojas dos vários artesãos, as tinturarias de púrpura e os tecelões em seus teares. Vimos a praça do mercado e as bancas dos professores, escribas e mercadores. Vimos também o belo templo de Netuno com suas colunas sulcadas de caneluras, assim como os templos de Deméter e Baal. Onde quer que fôssemos, as pessoas vinham nos saudar, as crianças corriam atrás de nós, e tanto homens como mulheres puxavam-nos pelos vestidos, convidando-nos a entrar em suas casas.

    Depois de tanto sofrerem no mar, os homens não podiam resistir aos convites, e gradualmente, aos dois e aos três, afastaram-se de nós para gozar a hospitalidade de Himéria. Assim, foi o nosso grupo diminuindo, até que, antes de o percebermos, apenas Doro, Micon e eu remanescemos.

Disse Doro:

— Se eu descobrisse um templo de Hércules, faria um sacrifício. Talvez tivésseis notado a figura do galo na moldura dos portões da cidade e o emblema do galo nas moedas himérias. Estávamos destinados a vir para este lugar e aqui encontrar nosso destino.

Aspirei as tentadoras fragrâncias da cidade e perguntei:

— Onde encontrar uma casa digna de nós? A residência de Crinipos não me tenta, pois dizem-no frugal no seu modo de vida. Mas tampouco podemos condescender em ser hóspedes de algum homem humilde.

Disse então Micon com fingida gravidade:

— Tu, Doro, que és descendente de Hércules, dize-nos o que devemos fazer.

Doro não hesitou:

— Não há dúvida de que devemos caminhar para o oeste, até o extremo limite da cidade. Isso nos levará mais para perto da terra que é minha herança.

Assim, pois, caminhamos para o extremo ocidental da cidade, onde havia casas enormes de paredes sem janelas deitando para a rua e jardins rodeados de muros. A rua era suja e quieta, e o barro se esboroara das alvenarias. Súbito, porém, minha cabeça ficou leve e o ar tremulou à minha vista.

— Caminhei por esta rua em sonho! — exclamei. — Conheço estas casas. Mas no meu sonho um carro estrondejava rua abaixo, um poeta cego tangia sua lira e toldos coloridos protegiam as portas e os portões. Sim: é esta a rua do meu sonho... Será mesmo? — Fiz uma pausa e olhei em torno, pois a memória me voltara por um minuto apenas, e escamas tornavam a cobrir-me os olhos.

— A rua não está desabitada — observou Micon — conquanto fosse outrora ocupada pelos ricos e a nobreza. Isto é evidente nas muralhas, nos portões de ferro e nas ferragens de bronze. Mas o tempo da nobreza já pertence ao passado, agora que o povo conquistou o poder e um tirano passa a protetor de seus direitos.

Eu mal o escutava, pois chamara-me a atenção uma pena branca tombada havia pouco. Quando a apanhei, olhei em torno e reparei que estávamos parados em frente de uma pequena porta inserida num grande portão. Sua aldrava de bronze representava um sátiro enlaçando uma ninfa esquiva, mas não me foi preciso bater, pois a porta se abriu com um rangido quando me encostei a ela. Penetramos em um pátio onde havia árvores frutíferas, negros ciprestes e um tanque de pedra.

Um velho escravo veio mancando em nossa direção, um de seus joelhos aparentemente endurecido por uma pedra aquecida ao rubro, segundo o bárbaro costume de outrora. Cumprimentou-nos suspeitoso e protestando, mas não fizemos caso de seus protestos. Micon lavou as mãos na água amarela do tanque e gritou que a água estava quente. Conjeturamos que aquela era a mesma água borbulhante das fontes termais que rodeavam a cidade.

Nesse ínterim, o velho escravo voltou para dentro em busca de auxílio, e logo após fomos enfrentados por uma mulheraça envolta da cabeça aos pés num vestido listrado. Num grego com sotaque himérico perguntou se éramos ladrões, uma vez que nos introduzimos abruptamente no pátio de uma viúva desamparada.

Não estava, entretanto, totalmente desamparada, pois o velho escravo agarrara um bastão, e na escada um homem robusto empunhava um agourento arco fenício. A mulher nos fitava com altivez e era evidente que fora bela outrora, conquanto agora as rugas lhe sulcassem o contorno dos olhos, o nariz recurvo e os lábios zombeteiros.

Micon respondeu humildemente:

— Somos meros refugiados da Jônia e demos combate aos persas. Os deuses marinhos nos tangeram para as praias de Himéria e vosso governador Crinipos prometeu a nós outros, homens sem lar, um abrigo para o inverno.

Doro, porém, renegou de tal humildade e berrou:

— Talvez tu sejas um refugiado sem lar, mas eu sou espartano e aqui estou em busca de uma nova terra, não como pedinte mas herdeiro! Introduzimo-nos em vosso jardim porque todos os demais moradores de Himéria entraram em concorrência pelo privilégio de oferecer sua amizade e hospitalidade a nossos humildes marinheiros. Fomos incapazes de descobrir uma casa digna de nós, e agora é evidente que escolhemos a porta errada. Certamente não podemos esperar que uma pobre viúva desamparada nos demonstre seu sentimento de hospitalidade...

A mulher aproximou-se, tirou distraidamente da minha mão a pena que eu ainda segurava, e disse:

— Perdoai-me a grosseria. Foi a vista de suas armas e escudos reluzentes que me alarmou. Agradeço ao deus, seja ele quem for, vossa presença no meu pátio e dou-vos as boas-vindas. Ordenarei sem demora a meus servos que preparem um festim digno de vós. Vossa aparência me revela que não sois gente humilde — longe disso! — mas eu também não sou mulher humilde. Chamo-me Tanaquil. Se isso nada significa para vós, garanto-vos que esse nome é conhecido por muita gente, mesmo para além de Himéria.

Levou-nos para dentro, fez-nos dependurar as armas no vestíbulo e conduziu-nos à sala do banquete, onde havia leitos em redor da mesa, todos acolchoados e cheios de coxins com borlas. Havia igualmente cofres marchetados com cenas orientais, e um deus doméstico, de origem fenícia, cujo rosto de marfim era pintado de modo a imitar a vida e que estava coberto de vestidos caros. No centro do piso havia uma grande vasilha de Corinto destinada aos vinhos, e ao longo das paredes se alteavam vasos áticos, tanto os antigos, com figuras negras, como os novos, realçados por figuras vermelhas.

Tanaquil disse com timidez:

— Vede como é sombrio o meu salão de banquete, e como as aranhas lhe teceram teias nos cantos. Maior por isso é minha alegria por acolher hóspedes tão altamente nascidos e que não zombam da modéstia da minha casa. Se tiverdes paciência, porei meus cozinheiros a trabalhar e o vinho a gelar nos odres, e enviarei meu escravo comprar carne para o sacrifício e contratar músicos.

Sorriu, e seus olhos pretos cintilaram.

— Quanto a mim, sou velha e feia, mas sei o que querem os homens após a provação de uma viagem, e julgo que não ficareis desiludidos...

Enquanto se preparava a refeição, instou conosco para que nos banhássemos nas águas sulfurosas do tanque. Despimo-nos e mergulhamos, e a água quente descansou deliciosamente nossos membros. Escravos vieram banhar-nos, lavar nossas cabeças e ungir-nos os corpos com óleos perfumados. Tanaquil também compareceu e fitava-nos com indisfarçável prazer.

Quando os escravos terminaram, foi como se tivéssemos nascido de novo. Em lugar de nossas roupas, deram-nos túnicas da lã mais fina, sobre as quais envergamos mantos já preguedos. Depois de vestidos, regressamos ao salão de banquete e reclinamo-nos nos leitos, enquanto os escravos nos ofereciam saborosos *hors-d'oeuvre,* tais como azeitonas recheadas de peixe salgado e rolos de carne defumada contendo uma pasta de azeite, ovos, leite fresco e especiarias.

A comida salgada esporeou nosso apetite e nossa sede, de modo que pouco interesse nos despertaram o flautista cego e as três donzelas que cantavam suavemente velhos cantos himérios. Finalmente Tanaquil reapareceu, vestida de ricos trajes, os braços e o pescoço nus, não fosse a fortuna considerável que os cobria em ouro e prata. Penteara o cabelo em cúpula, pintara de vermelho as faces e os lábios, e seus olhos faiscavam sob as negras sobrancelhas.

Emanava uma fragrância de água de rosas, e sorria prazerosa ao entornar todo o vinho de um odre na vasilha coríntia, ao qual acrescentou a quantidade necessária de água gelada.

As moças cantoras apressaram-se a encher nossos cálices vazios e no-los ofereceram com uma mesura de joelhos curvados.

— Posso imaginar como estais sequiosos — disse Tanaquil. — Saciai vossa sede com vinho e água. Provavelmente já ouvistes a casta cantiga da pastora, que se consumiu de amor. Logo mais ouvireis a lenda de Dáfnis e Cloe, que é bastante cansativa e não perturbará vosso apetite. Respeitemos, entretanto, as tradições de Himéria. Em tempo oportuno sabereis por que e como honramos o galo em sua qualidade de protetor de nossa cidade.

Trouxeram-nos carne de anho e de vaca, e aves desossadas assadas no espeto, vegetais de raiz, molho de mostarda e um delicioso creme. De cada vez que bebíamos, as moças colocavam-nos nas mãos um novo cálice em cujo fundo se distinguia um quadro diferente.

Afinal, ofegantes de tão repletos, pedimos misericórdia. Então Tanaquil fez servir frutas e uvas, ricos bolos e outros doces, e com suas próprias mãos abriu uma jarra de vinho, lacrada. A bebida, que sabia a menta, refrescou-nos as bocas, mas tão rapidamente subiu-nos à cabeça, que nos parecia estarmos flutuando sobre nuvens. O vinho traiçoeiro fez latejarem nossos membros, e foi com olhos renovados que fitamos as donzelas que com tanta modéstia haviam cantado.

Tanaquil notou nossos olhares e trocou de vestido a fim de que melhor lhe víssemos os alvos braços e o colo. Na penumbra já não era feia, e sua idade não transparecia quando ela conservava o queixo levantado.

— As donzelas que vos serviram vão agora dançar — disse ela — embora saibam apenas inocentes danças pastoris. Crinipos não admite em Himéria dançarinas profissionais.

Chamou o flautista e acenou para as moças, e estas puseram-se a cabriolar como potrinhos novos e a arrancar os vestidos à medida que dançavam. A dança nada tinha de artística, e "inocente" não era o qualificativo que eu lhe daria, pois sua única finalidade era, desnudando, revelar o corpo das donzelas.

Ao pararem à nossa frente com a respiração ofegante, disse eu:
— Tanaquil, hospedeira inestimável! Vossa refeição foi soberba, mas vosso vinho de menta é perigoso, e estas moças nuas são uma visão sedutora. Não nos deixeis cair em tentação, pois fizemos a promessa de não causar dano algum aos moradores de Himéria...

Tanaquil fitou com inveja as três moças, suspirou e respondeu:
— Certo, não é fazer-lhes dano o fato de as possuirdes. São moças de respeito, mas devido a seu humilde nascimento, se lhes consente aceitarem dádivas daqueles a quem logram agradar, contanto que isto não se lhes transforme em hábito. Assim, podem elas juntar um dote mais substancial do que se trabalhassem, e casar-se com algum marujo, artesão ou lavrador.

— Cada terra com seu uso — observou Micon. — Também os lídios agem assim, enquanto na Babilônia, uma donzela, antes de casar-se, tem de sacrificar sua vingindade ao templo e em troca de dinheiro! E a maior honraria que um cita pode dispensar a um hóspede, é conduzir de noite ao leito deste sua própria mulher! Desta forma, por que amesquinharmos os costumes de Himéria, que tão graciosamente nos concedeu asilo no interior de seus muros?

As moças correram para nós, enlaçaram os braços em torno de nossos pescoços e começaram a beijar-nos. Mas Doro, cheio de ira, afastou a dele para longe.

— Pelo galo que se empoleirou no ombro de Hércules, tenho em grande conta minhas paixões para me aproveitar de uma moça de baixa extração. Isto não assenta à minha posição, mas darei à moça o presente que a ela lhe aprouver.

Micon entornou umas gotas de vinho no piso, beijou a moça que lhe trouxera o cálice, e disse:

— O maior crime de todos é insultar as leis da hospitalidade. O tempo voa com pés velozes. Na minha devoção a Afrodite de Acraia, julguei que nunca mais desejaria olhar para uma mulher mortal. Mas estava redondamente enganado, pois neste mesmo instante Afrodite enfeitiça-me os olhos e faz-me os membros latejarem de desejo.

Dizendo isso, levou a moça para o jardim penumbroso. Tanaquil suspirou e ordenou que se acendessem as luzes. Doro segurou-lhe a mão.

— Não acendas as luzes, Tanaquil. Esta luz te fica bem e amacia tuas orgulhosas feições. Teus olhos vivos e nariz de falcão provam que és nobre de nascimento. Confessa que assim é.

Percebi que Doro estava completamente embriagado.

— Cuidado! — adverti-o. — Não insultes nossa hospedeira!

A boca de Tanaquil escancarou-se de espanto, mas imediatamente ela a cobriu com a mão para esconder sua falta de dentes.

— Acertaste, espartano. Sou filha de Cartago e meus ancestrais descendiam da rainha Dido, fundadora da cidade, e ela, por sua vez, tinha origem divina.

Mostrou-se tão interessada que, dirigindo-se para uma das salas internas, de lá trouxe um registro genealógico. Estava este escrito em caracteres fenícios e não pude entendê-lo. Ela, porém, leu pelo menos trinta nomes, cada um mais estranho que outro.

— E agora: acreditas em mim? — perguntou em conclusão. — Só posso lamentar minha idade e as rugas do rosto, pois ficaria muito satisfeita de proporcionar-te a hospitalidade que tanto desejas. — E estendendo o braço, alisou o pescoço de Doro e comprimiu seus seios lassos de encontro ao ombro dele.

Doro exclamou cheio de admiração:

— És em verdade uma grande mulher; nada ficas a dever a um homem! Nem teus seios parecem ter murchado. Bom nascimento e a experiência da mulher madura valem mais que a idade.

Tanaquil imediatamente levantou-se, seu rosto púrpura de vinho, obrigou Doro a ficar de pé e conduziu-o para um quarto interior, levando sob o braço a pesada tábua genealógica. Ficamos nós três sozinhos — as duas moças e eu — mais o flautista cego a soprar no seu recanto suaves melodias.

3

Acordei de manhã cedo, ao crocitar estranho dos centenares de galos de Himéria. Meus ouvidos zumbiam, latejavam-me as têmporas, e a princípio eu não sabia onde estava ou quem era. Quando meus olhos clarearam, percebi que estava deitado em um dos leitos do salão de banquete de Tanaquil, com uma grinalda amarfanhada na cabeça e um manto de lã colorida como única coberta. A bela túnica se me escorregara para os pés e nela vi vários sinais de pintura para lábios. A memória fugira-me e eu já não sabia o que acontecera comigo, mas em outro leito avistei Micon, o médico de Cós, espichado e de boca aberta, roncando ruidosamente.

As moças e o tocador de flauta haviam desaparecido. Esfreguei os olhos e lembrei-me como em sonho dos macios membros da moça de encontro aos meus. Tinha a boca amarga, e a desordem do quarto ainda estava pior. Fragmentos de xícaras e vasos caros jaziam espalhados no chão, e tropeçando pela sala afora havíamos derrubado o deus doméstico dos fenícios. O incessante cocoricar dos galos feria-me os ouvidos e eu resolvi nunca mais provar do vinho que sabia a menta...

— Micon — disse eu — acorda. Acorda e verifica de que maneira respeitamos a hospitalidade da melhor mulher de Himéria!

Sacudi-o até que acordasse, e ele sentou-se, apoiando a cabeça na mão. Descobri um espelho de bronze, olhei-me nele e passei-o a Micon. Ele fitou longamente o próprio reflexo e afinal perguntou numa voz empastada:

— Quem é o devasso que me fita com essa cara inchada?

E suspirou fundamente. Depois, de repente, arrasado pela lucidez recuperada, exclamou:

— Turms, meu amigo, estamos perdidos! Finalmente atraí sobre mim a maldição mais terrível, pois lembro-me perfeitamente que falei até noite alta e descobri-te todos os segredos do sagrado! Lembro-me que tentaste fazer-me calar, mas agarrei teu braço obrigando-te a ouvir!

— Não te preocupes — disse eu, tentando acalmá-lo. — Provavelmente não fizeste nenhum dano, pois não me é possível lembrar uma só palavra de tudo quanto disseste. Mas se o nosso despertar é desagradável, irmão Micon, pensa no que espera Doro! Receio que em sua bebedeira ele tenha desonrado não apenas nossa hospedeira e ele próprio, mas também nós ambos e até Dionísio que, em última instância, é o responsável pela nossa conduta!

— Onde está ele? — perguntou Micon, olhando em torno com os olhos injetados de sangue.

— Não sei nem quero saber. Certamente não irei dar busca nos quartos interiores, pois que horrível espetáculo se me poderá deparar? A melhor coisa que podemos fazer é esgueirarmo-nos silenciosamente para fora da casa. Não posso imaginar que hoje Doro esteja desejoso de encontrar algum de seus amigos...

Saltando cautelosamente o escravo bêbado no corredor, saímos para fora. Os raios do sol subiam, os galos cantavam em todas as casas de Himéria e o outonal cheirava deliciosamente fresco. Banhamo-nos nas águas termais do tanque, descobrimos, junto às armas no vestíbulo, nossas próprias roupas passadas e preguedas. De comum acordo volvemos ao salão de banquete e esvaziamos a vasilha de vinho a fim de ganharmos coragem antes de partir para a cidade.

Enquanto os moradores acendiam seus fogões, fomos encontrando pela rua muitos de nossos infelizes companheiros, gemendo e amparando a cabeça nas mãos. Juntamo-nos a eles, e no momento em que cruzamos os portões da cidade, éramos mais de cem, e nenhum se sentia melhor que os outros.

Dionísio labutava nos navios, auxiliado por uma extensa fila de burros de carga e bois. Amaldiçoou-nos furiosamente, pois ele e seus timoneiros haviam passado a noite na casa de Crinipos, onde só lhes deram água para beber e uma sopa de ervilhas como jantar. Golpeando com corda seus homens enfermos, pô-los a trabalhar no descarregamento do tesouro e sua colocação dentro de sacos, barricas e canastras. De pura humildade Micon e eu juntamo-nos a eles embora tal trabalho não fosse de nossa competência.

A tarefa mais difícil era o descarregamento da galera maior, profundamente afundada no lodo. Nem a totalidade dos homens e dos bois podia libertá-la; tampouco o molinete, construído de pesados caibros pelos técnicos de Crinipos, logrou levantar a pesada embarcação. A única solução era mergulhar para tirar-lhe uma parte do carregamento. Os mergulhadores de coral de Himéria teriam se empenhado de bom grado na perigosa tarefa, mas Dionísio não tinha nenhum desejo de tornar conhecido nosso tesouro: Disse que o mais certo era seus próprios libertinos e bêbados desanuviarem a cabeça e irem refrescar os ossos na enregelada água marinha.

Enquanto alguns dentre nós classificavam e contavam a presa de ambas as galeras, cestos com lastro eram baixados dentro do navio afundado mediante botes pequenos, e nossos melhores mergulhadores iam descendo pelas cordas abaixo. Lá na escuridão enchiam as cestas com os despojos e só vinham à tona para respirar. Tremendo de frio e medo amontoavam-se nos botes até que Dionísio de novo os chicoteasse com sua corda, tangendo-os para o mar. Naquele dia muitos desgraçados amaldiçoaram a perícia de mergulhadores que haviam adquirido na Jônia quando meninos.

A Micon e a mim nos foi confiada a tarefa de arrolar o conteúdo dos sacos e das barricas, nos quais o próprio Dionísio garatujara os números até esgotar o que sabia. Afinal contentou-se simplesmente em selar os receptáculos com um sinete persa, de ouro, sem levar em conta o que escrevera.

— Em nome de Hermes — declarou — persegue-me a ideia de que posso ser roubado; mas apesar do risco, prefiro conservar a cabeça fresca a envolver-me com róis e números.

Ao anoitecer, ambas as galeras tinham sido esvaziadas. Todos sorriram quando Dionísio comandou um "alto" por aquele dia e deu-nos permissão para voltarmos a gozar a hospitalidade das casas de Himéria.

Mas nosso entusiasmo logo se mudou em amargo desapontamento, pois Dionísio ordenou a todos e a cada um que se despisse. Das dobras dos vestuários extraiu então uma surpreendente quantidade de joias, moedas de ouro e outros objetos de valor. Alguns haviam escondido ouro e pedras preciosas até nos cabelos, e da boca de um remeiro. resmungão retirou Dionísio um peixe de ouro! Os homens gritavam de horror ante a espantosa desonestidade de uns e outros.

Larguei voluntariamente uma pesada corrente de ouro ao ver o que me aguardava, e Micon tirou de uma de suas axilas um leão de ouro, com asas. Amargados pela cobiça de Dionísio e pela nossa própria desonestidade, pusemo-nos a exigir em troca o direito de examinar as roupas de Dionísio, pois havíamos reparado que ele começara a andar com dificuldade crescente e com um rumor de chocalho.

Dionísio enrubesceu:

— Quem comanda aqui? — rugiu. — Quem foi que os habilitou a conquistar em Lade uma fama imorredoura? Quem foi que vos fez ricos e vos trouxe, sãos e salvos, a esta nova terra? Quem, senão eu, é mais digno da vossa confiança?

Tão comovido ficou com suas próprias palavras que a barba lhe começou a tremer e lágrimas subiram-lhe aos olhos.

— Ó, a crueldade e a ingratidão dos homens! Cada um julga seu semelhante — até a mim! — de conformidade com seus próprios padrões corrompidos!

— Cala a boca! — ordenamos com aspereza. — Como nosso comandante, decerto não és melhor do que nós: hás de ser pior. Com efeito, nem mesmo te respeitaríamos se não procurasses tirar vantagem de nós outros.

Resfolegando e rindo, caímos em cima dele, atiramo-lo ao chão e tiramos-lhe as roupas. Em torno da cintura, debaixo das axilas e entre as coxas, dependurara sacolas, donde entornamos para fora um jorro de moedas, joias, sinetes, correntes e braceletes, que equivaliam à presa coletiva de todos os demais.

Vendo o montão, rimos às escâncaras, pusemo-lo de pé e batemos-lhe nos largos ombros:

— Que comandante tu és! Em verdade, és o mais inteligente de todos nós e jamais te abandonaremos.

Após uma interminável discussão, ficou decidido que cada um conservasse em seu poder aquilo que roubara. Apenas os mergulhadores, porque estavam nus, se queixaram.

— E nós? Ficaremos sem nada — gritaram — embora o nosso trabalho fosse mais duro?

Dionísio rompeu a praguejar:

— Nenhum é melhor do que o outro, seus gananciosos! Tornem a voltar e exibam o que esconderam dentro da água! Se algum voltar de mãos vazias, só terá de queixar-se de si mesmo.

Os mergulhadores piscaram uns para os outros e para nós, e voltaram ao mar. Aí mergulharam e puseram-se a rolar para o lado algumas pedras do fundo. Logo regressaram com uma grande quantidade de objetos, cada um mais avantajado e mais valioso do que tudo quanto pudemos esconder em nossas roupas. Mas não lhes cainhamos a presa depois de seus esforços na escuridão do navio, entre polvos, caranguejos e o queimor das medusas.

— Ofereçamos uma boa parte de nossa presa aos deuses de Himéria — sugeriu Dionísio — em gratidão pela maneira cordata e pacífica com que começamos a partilhar os despojos.

Sentimos que isso era certo e de justiça, de modo que consagramos algumas trípodes de cobre, vasilhas também de cobre e um aríete fenício, de bronze, aos vários templos de Himéria, e um escudo persa ao templo dos mercadores cartagineses.

4

Passamos todo o dia sem avistar Doro. Quando escureceu e as estrelas se acenderam naquele céu estrangeiro acima de Himéria, já não mais pude conter meu nervosismo.

Disse a Micon:

— Temos de regressar à casa de Tanaquil, não importa com que repugnância. Alguma coisa aconteceu a Doro, e eu não ficaria surpreso se aquela orgulhosa mulher não lhe tivesse furado a garganta com um grampo de cabelo enquanto ele dormia, a fim de vingar a perda de sua honra.

— Em minha qualidade de médico, posso garantir que nessa condição, com a cabeça ainda tonta de vinho e um gosto nauseante na boca, um homem exagera suas malfeitorias e imagina que nunca mais será capaz de fitar cara a cara uma pessoa decente. Que fizemos, pois, de tão ruim? Parece que me lembro que dançaste em cima da mesa a dança da Fênix, a fim de mostrares tua agilidade às moças, mas houve chefes e conselheiros que fizeram a mesma coisa sob a influência do vinho e nem por isso ficaram com a reputação manchada...

— Doro é homem perigoso — continuou Micon — e a exemplo de muitos soldados, limita-se a pensar que os problemas podem ser melhor resolvidos mediante a matança. Nasceu para criar dissensões, e não lamento se formos obrigados a arranjar um enterro honroso. Penso, porém, que em teu ominoso estado, estás sendo um pouco prematuro. Vamos por isso, corajosamente, procurar a verdade, e ao mesmo tempo levar presentes a Tanaquil em sinal de gratidão pela sua hospitalidade. Fiquei enormemente animado com a proposta.

— És o homem mais sábio que ainda conheci. Na verdade, não sou ganancioso e pouco me tentam os objetos de grande valia. A deusa Ártemis apareceu-me disfarçada em Hécate, e prometeu, com o atiçador erguido e o cachorro preto latindo a seus pés, que nunca passarei necessidades. Levemos então a Tanaquil esta corrente de dez minas, que roubei. Eu mesmo não compreendo por que a fiz escorregar para dentro da minha túnica, mas deve ser pela razão de que agora, mediante ela, aplacaremos Tanaquil.

Ao chegarmos à praça do mercado, vimos muitos mercadores ainda sentados em frente de suas bancas. Bebemos juntos um pequeno odre de vinho, que me alegrou desmedidamente. Comemos também um pouco de peixe e umas fatias do bom pão de Himéria assado nas cinzas. Em seguida prosseguimos em nosso caminho, tropeçando nas ruas estreitas que levavam para o extremo ocidental da cidade. Afortunadamente, uma tocha bruxuleava debilmente à entrada da casa de Tanaquil. Era um sinal de que estava à nossa espera, por isso abrimos o portão que rangeu, penetramos na casa, dependuramos nossas armas no vestíbulo e surgimos na sala iluminada do banquete.

Ali, num leito junto à mesa, espichava-se Doro, mais vivo do que nunca apesar de carrancudo, vestido com uma tal magnificência de trajes fenícios, que no primeiro lance de olhos não o reconhecemos. Do lado oposto, em outro leito, jazia Tanaquil com uma expressão não menos infeliz. Tinha as faces fundas e os olhos ensombrados, embora tivesse experimentado pintar-se para melhorar a aparência. Entre ambos os leitos erguia-se uma mesa com pés de bronze repleta de alimentos e o vaso coríntio sobre o piso estava cheio até a metade de um vinho de cor amarelada. Limpara-se o salão, o piso de mosaico estava lavado e o deus doméstico fora devolvido a seu lugar.

— Tanaquil — disse eu suplicante — perdoa-nos o vergonhoso comportamento da noite passada. Tua hospitalidade foi irresistível, e nós outros, homens cansados e infelizes, desabituados ao vinho de menta, não pudemos resistir à sua capitosidade.

Com a mão tapando a boca, Tanaquil olhou para Micon e perguntou:

— És médico grego, não é assim? Dize-me: é possível fabricarem-se dentes que substituam aqueles que a gente perdeu? Horrorizado perguntei:

— Nalguma crise de bebedeira teria Doro quebrado alguns de teus dentes?

Doro soltou uma praga.

— Não digas tolices, Turms. — E com mão trêmula encheu um copo com vinho do vaso coríntio e bebeu avidamente, deixando um pouco da bebida escorrer-lhe no queixo.

— Doro não me fez mal algum — disse Tanaquil defendendo-o — por isso não o insultes com as tuas cruéis insinuações. Comportou-se em todos os sentidos como deve um homem bem-nascido comportar-se para com uma mulher.

Eu estava a pique de dizer o que pensava, quando Doro exclamou:

— Onde diabo vos metestes, desgraçados sem coração? Não sei por que hei de ter tais amigos e defendê-los em combate, quando eles me abandonam justamente na hora da minha maior necessidade!

— Sim — interveio Tanaquil. — Onde vos escondestes? Estou sofrendo muito por causa de alguns dentes que me faltam, conquanto nem pensasse neles antes de Doro me dizer que eu não tinha qualquer outro defeito. Sabe-se que os médicos tirrenos fabricam dentes de marfim e os fixam no lugar mediante tiras de ouro. Não me incomodo com os dentes de trás, pois quanto melhor comida se come tanto mais depressa eles se gastam, de modo que os maus dentes são na realidade um sinal de nobreza. Isto, porém, não me consola da falta de alguns dentes da frente. Não me atrevo a falar perante Doro, a não ser com a boca tapada.

Doro depôs com tanta força sua taça na mesa que a espatifou:

— Para de falar nos dentes, benzinho! Não podes falar de outra coisa? Só me referi a eles porque te vi deitada com a boca aberta quando acordei hoje de tarde. Com efeito, minha intenção foi boa quando disse que não tens outros defeitos, pois existem muitas mulheres de tua idade que têm ainda menos dentes do que tu!

Tanaquil pôs-se a chorar ruidosamente, e as lágrimas empastaram-lhe a pintura das faces chupadas.

— Agora te queixas da minha idade, mas ontem à noite isso pouco te importava...

— Silêncio, mulher! — rugiu Doro, as veias das têmporas se lhe tornando mais salientes. — Não aguento mais. Se continuas, vou-me embora, e será tua a culpa se eu matar todos os himérios que se atravessarem no meu caminho.

Agarrou a cabeça nas mãos e gemeu:

— Amigos, amigos, por que me abandonastes? Tenho a cabeça em fogo, dói-me o estômago, e os membros não me ajudam. Vomitei o dia todo, e só agora me foi possível comer algum bocado.

Cheio de aflição Micon apalpava a cabeça, e levantando as pálpebras com os dedos examinou os próprios olhos, depois a garganta, em seguida apertando o estômago com as mãos. Enquanto Doro gemia, estendi a corrente de ouro para

Tanaquil na esperança de a recompensar pelos estragos que fizéramos. Ela aceitou prontamente a joia e a colocou ao pescoço.

— Não sou mulher mesquinha — disse ela. — De que valem as riquezas se a gente não pode oferecer um banquete aos amigos? Os vasos que quebrastes eram em verdade valiosos, mas um dia ou outro todos os vasos se quebram. Nem mesmo acredito que o meu deus doméstico se desse por insultado, pois hoje cedo ofereci-lhe roupas novas e queimei-lhe incenso. Não sofri nenhum dano, e por isso aceito o vosso belo presente simplesmente para não vos causar desagrado. O único mal resultante da vossa visita foi uma das moças que vos enteteve ter ficado muda!

Micon e eu entreolhamo-nos com um ar de culpa, pois nenhum se lembrava exatamente do que acontecera. Micon supunha que a moça se assustara com a violência da minha dança da cabra, mas resultava que a moça em questão era a mesma que Micon levara para o jardim. Ela devia ter adormecido sobre a relva orvalhada, declarou Micon, e isso fez com que a garganta se lhe inchasse. Ele é que não se lembrava de lhe ter feito mal algum. . .

Tanaquil respondeu que o assunto era sério e refletia desfavoravelmente em nossa reputação de estrangeiros.

— Os himérios são uma gente supersticiosa, disse ela. — Por causa deste incidente, tanto eu quanto a minha casa seremos cobertos por uma sombra, pois toda a gente sabe que uma pessoa que, de súbito, perde a faculdade de falar, está enfeitiçada, a menos que, sem o fazer de propósito, ela tenha ofendido algum deus excessivamente sensível.

Micon ficou nervoso como qualquer pessoa que adquire a consciência de sua culpa.

— A única divindade que poderíamos ter ofendido, foi aquela que nasceu da espuma; mas, por seu mágico cinto, juro que a honramos mediante todas as maneiras que aprendi no navio sacrificial de Afrodite, e é quase certo que não foi nessa ocasião que a moça perdeu a fala. Com efeito, até a empregou para exprimir ruidosamente sua alegria ante a minha perfeita educação.

— Não o censuro — disse Tanaquil — pois és homem amável e inofensivo. Já enviei à moça uma recompensa de tua parte, mas os pais dela estão alarmados, temendo que a moça não encontre casamento se continuar sem fala.

Tanaquil mandou buscá-la a fim de que víssemos por nós mesmos as condições em que ficara. Quando ela afinal surgiu acompanhada de seus pais, grande foi minha dificuldade em afrontar os olhares acusadores daquela gente simples.

Micon tentou esconder-se por detrás de nós, mas quando a moça o viu, correu alegremente em sua direção, ajoelhou-se para beijar-lhe as mãos e encostou-as carinhosamente nas faces. Com um olhar desolado para os pais dela, Micon fez a moça ficar de pé, abraçou-a e beijou-a nos lábios.

Não foi preciso mais nada, pois a moça deu um fundo suspiro e rompeu a falar. Falava, chorava, gritava e ria, até que seus pais, embora estivessem entusiasmados, começaram a sentir vergonha e mandaram-na calar-se. Micon presenteou-os com uma mancheia de moedas de prata, e depois disso eles se retiraram, jubilosos com a sua boa sorte e levando a filha em sua companhia.

Depois que o assunto foi resolvido com tanta felicidade, agradeci a Tanaquil por toda a bondade que nos demonstrara e dissemos-lhe que precisávamos procurar alojamentos permanentes na cidade.

Ela então disse depressa:

— Bem sei que minha casa é modesta, e com certeza estais acostumados ao luxo da Jônia. Mas se não zombais da minha casa, ficai aqui como meus hóspedes pelo tempo que quiserdes. Quanto mais tempo ficardes, tanto mais feliz serei.

Para reforçar o convite, e provar que não o fazia por interesse de lucro, desapareceu numa sala interior e de lá voltou trazendo presentes para cada um de nós. Fez deslizar no polegar de Doro um anel de ouro, deu a Micon uma tabuinha de cera emoldurada em marfim, e a mim me ofereceu uma opala dependurada de um cordão. Esses valiosos presentes muito contribuíram para alegrar-nos.

Tanaquil mandou seus servos colocarem em fila três leitos para nós. Tinham, esses leitos, pés de cobre e estrados de varas de ferro cruzadas, tais como eram fabricados pelos tirrenos. Colchões macios foram dispostos sobre os estrados, e teríamos imediatamente caído no sono, não fosse a agitação e os gemidos de Doro, o qual finalmente arrancou fora as cobertas e gritou que, como soldado espartano que era, não estava habituado a colchões macios, e preferia o chão duro por leito e um escudo por coberta. Tateando o caminho na escuridão do quarto, deu uns esbarrões nas arcas e derrubou objetos no chão. Depois, nada mais ouvimos e dormimos profundamente toda a noite.

5

Instalados, então, em casa de Tanaquil, levávamos ali, na qualidade de seus hóspedes, uma vida sem cuidados. Depois que nosso tesouro ficara seguro por detrás das portas de ferro dos subterrâneos de Crinipos, a vida começou a correr para nós tão mansa como um rio. O único revés de Dionísio proveio da sua aflição em salvar o navio maior. Acreditando que seu carregamento fora suficientemente aligeirado, tentou de novo arrastá-lo para a praia, mas tão fortes eram os molinetes e tão resistentes as cordas, que o navio se partiu ao meio.

Depois que mergulhamos e arranhamos o lodo em cata dos restos da presa que nos pertencia, achamo-nos livres para fazer o que bem entendêssemos. Não tardou muito, e o povo de Himéria exigiu que Crinipos pusesse fim ao tumulto causado pelos foceanos.

— Estão transtornando completamente nossa vida — queixavam-se eles. — Antigamente, despertávamos ao cantar do galo para exercer nossos ofícios, mas agora roncos atroam todas as casas até o sol a pino. Nossos hóspedes ficam furiosos se os tentamos acordar. Não somos exageradamente sensíveis quanto à moral de nossas filhas e esposas, mas é incômodo vê-las agarradas às barbas de um marujo de manhã à noite, ou catando-lhes os piolhos das guedelhas. Com referência ao que acontece de noite, nem é bom falar!

Crinipos ergueu-se de um salto da simples cadeira de pau cujo assento era tecido de tiras arrancadas à pele do seu infeliz antecessor.

— Chegastes em hora oportuna, cidadãos: meus amuletos me advertem de que o perigo ameaça Himéria, e isto foi confirmado pelos meus espiões de Siracusa. Em consequência, poremos os homens de Dionísio trabalhando no levantamento de mais três alnas[2] das muralhas, para desse modo retribuírem nossa hospitalidade. Quando Siracusa souber que as muralhas de Himéria ficaram mais altas, duvido que nos ataque; decerto escolherá outra cidade.

Dionísio não tinha muita fé nos amuletos de Crinipos, mas percebeu que, sem disciplina, dentro em breve os marinheiros se transformariam num rebanho ingovernável. Intranquilos como estavam, viviam provocando rixas entre si, os homens de um navio entrando em luta com os do outro, ou os remadores de bombordo brigando com os de estibordo.

Em consequência, Dionísio prontamente concordou:

— Teu plano é excelente, Crinipos, e posso garantir-te que meus disciplinados marujos trabalharão alegremente para tornar mais altas as muralhas desta cidade. No entanto, quando disseste "alna", à qual delas te referias? À alna grega ou à fenícia?

Como homem astuto que era, Crinipos logo entendeu o que Dionísio queria dizer, e respondeu cheio de admiração:

— És feito para me encheres as medidas, Dionísio; mas naturalmente que eu me referia à alna fenícia. Uma simples cortesia para com os meus aliados cartagineses, exige que eu empregue medida fenícia...

Dionísio rasgou sua camisa, puxou as barbas e berrou para seus marujos:

— Estais ouvindo, rapazes, como este tirano desprezível ousa insultar nossa honra de jônios? Naturalmente, levantaremos de três alnas gregas os muros de Himéria; nem mais a largura de um dedo!

Os homens puseram-se a berrar, e os mais afoitos até correram para seus alojamentos em busca de armas:

— Uma alna grega! Uma alna grega! — clamavam, bem sabendo que uma alna grega é três dedos mais curta que uma alna fenícia.

Crinipos retirou-se para sua famosa sede e começou a regatear com Dionísio, embora finalmente tivesse de concordar com o emprego da medida grega. Ao saberem disso, os marinheiros de Dionísio puseram-se a aplaudir e a abraçar-se uns aos outros de júbilo, como se tivessem ganho uma grande vitória. Foi assim que Dionísio obteve a plena submissão deles a um pesado labor e durante todo o inverno. Doro, Micon e eu não precisamos participar do mesmo, pois nenhum de nós três tinha culpa dos distúrbios.

Não se passaram muitos dias em casa de Tanaquil, quando o casal de sículos ali voltou trazendo a filha. A moça estava pálida e de olhar esgazeado.

— Temos vergonha de incomodar-vos novamente — disseram eles — mas parece que nossa filha foi amaldiçoada. Assim que chegamos em casa, ela tomou a perder a fala, e desde então não disse nem mais uma palavra. Não vos censuramos, conquanto fosse inusitada a facilidade com que aquele médico grego lhe soltou a língua apenas com beijá-la! Experimentemos de novo a cura e vejamos o que acontece.

2. Medida antiga de três palmos. — N. da T.

Micon protestou dizendo haver uma oportunidade para cada coisa, e que não era decente beijar mulheres quando se andava meditando em coisas divinas. Mas Tanaquil e Doro achavam que, voluntária ou involuntariamente, Micon amarrara a moça a ele próprio, e era por isso obrigado a libertá-la.

Obediente, Micon tomou a moça nos braços, mas nada aconteceu. Em seguida corou e beijou-a com notável entusiasmo. Quando a soltou, a moça começou novamente a palrar entre riso e lágrimas. Não era culpada daquilo, dizia: era vítima de algum feitiço. Mas quando se afastou de Micon, a garganta se lhe inchou e a língua ficou paralisada, razão pela qual pediu a Micon que lhe permitisse ficar com ele.

Micon ralhou com ela dizendo-lhe que tal coisa era impossível. Seus pais também protestaram. Ninguém a impedia de cantar e dançar ocasionalmente para estrangeiros a fim de aumentar seu dote de casamento, mas era absurdo ela mudar-se para uma casa estranha para aí viver na companhia de um homem de outras terras. Fazendo isso, uma moça decente perderia a reputação, e nenhum homem honrado a quereria para esposa.

A moça gritou que não podia viver sem Micon, teve um ataque e caiu no chão sem sentidos. O pai deu-lhe uns tapas nas faces, Tanaquil entornou-lhe no rosto uma jarra cheia de água, e a mãe enfiou-lhe na coxa um grampo de cabelo, mas a moça não se mexia. Mas quando Micon se curvou para esfregar-lhe os membros, seus olhos cintilaram, a cor voltou-lhe ao rosto e ela sentou-se pedindo que lhe dissessem o que acontecera.

Ainda com relutância, Micon começou a interessar-se no assunto como médico. Instou com os pais que levassem a moça em sua companhia e tentassem outra vez a experiência. Mas nem bem saíram à rua, tornaram a voltar, dizendo que a moça tornara a ficar muda apenas eles saíram para fora do portão. Micon ficou sério, e chamou de parte a mim e a Doro.

— Faz muito tempo que desconfio que estamos sendo conduzidos por forças invisíveis — disse ele. — Devia ter suspeitado daquela pluma que nos trouxe a esta casa. Fomos apanhados nas redes de Afrodite e foi ela quem mandou esta moça para cá a fim de me prender. Tendo afinal encontrado a oportunidade para meditar sem ser perturbado, estava já à beira da divina compreensão, mas isto fez irar-se "aquela" de cabelos de ouro, pois que não pode suportar homem algum que ponha sua ideia em outras coisas exceto naquelas em que ela se compraz. Se mandamos embora a moça e ela continua muda, toda a cidade nos censurará e seremos levados perante Crinipos. Que faremos?

Doro e eu dissemos imediatamente que aquilo era um problema, pois fora ele quem levara a moça para o jardim, onde talvez lhe tivesse feito alguma coisa que não deveria fazer-se a uma moça sensível.

— É esta a razão pura e simples — disse eu em conclusão. — Não é preciso excogitar nenhuma explicação sobrenatural.

— Não queiras lançar-me a culpa aos ombros — protestou Micon. — Foste tu mesmo que lançou o seixo branco na minha mão e me trouxeste a esta casa. Afrodite atirou-nos suas redes, conforme Doro bem o sabe. Se não, por que motivo teríamos caído no regaço de uma velha bruxa?

Doro rangeu os dentes.

— Tanaquil é uma mulher inteligente e sem preconceitos. Não é preciso lhe exagerarem a idade. De minha parte, não compreendo como pudestes rebaixar-vos — sim: tu, Micon, e Turms — a tocar numa moça de classe inferior. Vede agora quais são os resultados. Tanaquil é uma mulher requintada, e nunca haveria de sonhar em pedir mais do que aquilo que lhe fosse lícito obter.

— Seja como for, a verdade é que estás lutando nas douradas redes, sem ao menos percebê-lo. Também fui apanhado por ela. Porém tu, amigo Turms, és alguém por quem tenho compaixão. Ela está apenas brincando conosco para pôr à prova seu poder, mas nem sequer me atrevo a pensar na horrível armadilha que ela te armou — a ti, que és o preferido dela.

— Estás sonhando — disse eu com arrogância. — Estás exagerando o poder da deusa. Aceito de bom grado as dádivas que ela envia e alegro-me gozando da sua proteção, mas não tenho a intenção de submeter-me ao seu poderio. Há algo errado em vós ambos, quando permitis que aquela deusa frívola vos quebrante a vontade. A esse respeito sou mais forte que vós.

Nem bem eu pronunciara essas palavras insensatas, espantado cobri minha boca com a mão, pois elas eram um puro desafio àquela que nascera da espuma do mar.

Incapazes de dar conselho a Micon, regressamos para junto dos outros. A moça se tornara ainda mais obstinada e ameaçava enforcar-se na tocha, junto ao portão. Teríamos de explicar isso ao povo, e a Crinipos, se nos fosse possível...

Suas ameaças nos puseram em difícil situação. Finalmente, cansados de discussões infrutíferas, disse Micon:

— Assim seja. Ficarei com a moça e a comprarei como escrava, se vos contentardes com um preço razoável. Não posso pagar uma exorbitância, pois não passo de um médico itinerante.

Os pais da moça ficaram mutuamente pasmos de horror, e avançando para Micon começaram a bater-lhe com os punhos fechados.

— Que estás pensando? Que vamos vender-te nossa filha como escrava? — gritaram. — Fica sabendo que somos sículos livres, nativos desta mesma terra!

— Então, que desejais?

Parecia que os pais da moça não sabiam exatamente o que desejavam no instante em que chegaram ali, mas suas ideias se aclararam com a conversa que ouviram e com o comportamento da moça.

— Tens de casar-te com ela — declararam. — A única pessoa a censurar és tu mesmo, pois a enfeitiçaste. Daremos à nossa filha o dote costumeiro, e que é maior do que imaginais, pois não somos tão pobres quanto parecemos.

Micon arrepelou os cabelos.

— Isto é insuportável! Trata-se apenas de um ardil da deusa para conservar meu pensamento afastado de assuntos sobrenaturais. Qual o homem casado, capaz de pensar em outra coisa exceto nos problemas da vida diária?

Os pais da moça seguraram-lhe a mão e colocaram-na na mão de Micon.

— O nome dela é Ahura — disseram.

Quando pronunciaram o nome da moça em sua própria língua, Micon levou as mãos à cabeça.

— Aura — se é esse o teu nome—nada podemos fazer, pois os deuses zombam de nós. Aura, se é que te lembras, era uma moça de pés alígeros, companheira de caçada de Afrodite. Dionísio a amara, mas a moça não cedeu até que Afrodite a fez enlouquecer. O nome é um presságio, pois Dionísio e Afrodite, ambos têm as mãos metidas nesta armadilha onde me conduziram.

Não poderei dizer que a solução fosse de nosso agrado, mas não havia outra coisa a fazer. Celebramos o casamento com cânticos e danças na casa dos sículos, em meio ao gado e às cabras. O dote matrimonial estava em exposição para que os vizinhos o vissem, e os parentes mataram, cozinharam e assaram carne em quantidade mais do que suficiente para fartar a todo o mundo. Após haverem sacrificado uma pomba e manchado com seu sangue as roupas do noivo e da noiva, de acordo com o costume sículo, tocou-se música e serviu-se vinho. Sob a influência deste, até dancei a dança da cabra, granjeando a profunda admiração daqueles simples lavradores.

Antes do casamento, Micon estivera deprimido, e dizia que provavelmente teria de comprar uma casa, pendurar seu caduceu em cima da porta e permanecer em Himéria a fim de exercer sua profissão. Mas Tanaquil não queria nem ouvir falar de semelhante coisa. Durante o casamento Micon parecia consideravelmente mais feliz, talvez devido ao vinho, e foi o primeiro a fazer-nos lembrar que era hora de regressarmos à casa de Tanaquil. E por muito tempo após o casamento, deixou de falar sobre coisas sobrenaturais.

6

Depois que lhe obtivemos a confiança, Aura nos conduziu para fora da cidade, indo conosco até os bosques e as montanhas, onde nos mostrou as fontes sagradas, as árvores e as rochas dos sículos.

Um estrangeiro não teria sido capaz de distingui-los, mas Aura explicou:

— Quando toco esta pedra sagrada, meus membros formigam; quando coloco minha mão nesta árvore, minha mão adormece; e quando olho nesta fonte, mergulho em êxtase.

Enquanto pervagávamos por ali, percebi que também eu começava a sentir a proximidade daqueles santos lugares. Se segurava a mão de Aura, de súbito exclamava:

— É este o lugar! Aquela é a árvore, aquela é a fonte!

Mas como eu o sabia, não me era possível explicar.

Dentro em pouco já não me foi mais preciso segurar a mão de Aura: bastava-me uma simples indicação da direção. Bem na dianteira dos outros, eu às vezes parava e dizia:

— É neste lugar que sinto o poder. O lugar que piso é lugar santo.

Dionísio me pedira que entabulasse relações com os tirrenos, que vendiam objetos de ferro e joias incomparavelmente belas em seu próprio mercado. Estava aflito para saber mais pormenores com referência ao mar que teríamos de cruzar a fim de chegarmos a Massília. Mas alguma coisa me levou a evitar aqueles homens silenciosos, de feições estranhas, que se recusavam a fazer pechincha e a palrar como os gregos, e que ao invés disso faziam concorrência à excelência dos produtos deles. Escutando-os falar, tinha a impressão de que há muito ouvira sua língua em um sonho e que poderia compreendê-la se me fosse dado transpor não sei que insondável limiar.

Quando indaguei dos himérios a respeito dos tirrenos e seus costumes, disseram-me que era aquele um povo cruel e amante do prazer, e tão licencioso, que nos banquetes até as mulheres de alta classe se deitavam com os homens no mesmo leito. No mar, eram os tirrenos temíveis adversários, e como trabalhadores de ferro ninguém os superava. Dizia-se também que haviam inventado a âncora, assim como os aríetes metálicos dos navios de guerra. Chamavam-se a si próprios *o povo de Rasenna*, mas os habitantes do continente italiano chamavam-nos de etruscos.

Incapaz de explicar minha própria relutância, decidi não obstante visitar o mercado tirreno. Já no pátio, senti ter penetrado no domínio de deuses estranhos. O céu parecia escurecer-se ante meus passos e a terra tremer sob meus pés. No entanto sentei-me no banco que os mercadores me ofereceram e pus-me a negociar um belo incensório postado em pernas altas.

Enquanto isso fazia, o negociante surgiu de um dos quartos internos. Seus olhos amendoados, o nariz reto e o rosto comprido pareceram-me estranhamente familiares. Tendo pedido aos outros que saíssem, sorriu para mim e disse-me alguma coisa em sua própria língua. Sacudi a cabeça e expliquei no jargão himérico que não entendia.

Ele então respondeu num excelente grego:

— É verdade que não entendes, ou estás apenas fingindo? Embora queiras passar por grego, compreendes naturalmente que, se penteasses o cabelo à nossa moda, se raspasses a barba encaracolada e se te vestisses com as nossas roupas, passarias, em qualquer lugar, por etrusco...

Só então compreendi por que ele me parecera tão familiar. O rosto oval, os olhos com sua prega nos cantos, o nariz reto e a larga boca, pareciam aqueles que eu vira num espelho.

Expliquei-lhe que eu era um refugiado jônio de Éfeso, e acrescentei, brincalhão:

— É possível que o corte do cabelo e o talhe da roupa componham um homem. Até mesmo os deuses de vários povos podem distinguir mais prontamente baseando-se nos trajes e nas caras. Não tenho razões para duvidar do meu nascimento jônio, mas não me esquecerei de tua observação. Fala-me a respeito dos etruscos, com os quais tanto me pareço, e de quem se fala tanto mal...

— Temos doze cidades aliadas — começou ele — mas cada cidade tem os costumes, as leis e o governo que lhe são peculiares. Temos doze deuses risonhos, doze aves e doze compartimentos no fígado, que determinam nossas vidas. Nossas mãos têm doze linhas e nossas vidas são divididas em doze eras. Queres ouvir mais?

Havia uma ponta de sarcasmo em minha voz quando lhe respondi:

— Na Jônia também tínhamos doze satrapias que combatiam as doze satrapias persas, e derrotamos os persas em doze batalhas. Temos igualmente doze deuses celestiais assim como doze deuses infernais. Mas não sou pitagórico e não discuto números. Dize-me, ao invés, alguma coisa sobre seus costumes e condições de vida.

— Nós, os etruscos, sabemos muito mais do que geralmente se acredita, replicou ele, mas também sabemos refrear a língua. Assim é que sei mais coisas sobre tua batalha naval e tuas expedições, do que conviria a ti e ao teu comandante. Mas nada tens a temer, pois não violaste o poderio naval etrusco... pelo menos não ainda. Partilhamos o mar ocidental com os nossos aliados fenícios de Cartago, e navios etruscos navegam nas águas cartaginesas com a mesma liberdade com que os navios de Cartago navegam nas nossas. Somos, também, amigos dos gregos, aos quais permitimos estabelecerem-se em nossos litorais. Vendemos com satisfação o melhor que possuímos em troca do melhor que os outros povos nos possam oferecer, mas não fazemos negócio dos nossos conhecimentos. E por falar em venda, já concordaste com o preço daquele incensório?

Expliquei-lhe que não tivera tempo de pechinchar o suficiente:

— Na verdade, não gosto muito de pechinchar, mas negociando com gregos e fenícios, aprendi que pechinchar é para um negociante uma fonte de alegria ainda maior do que vender. Um verdadeiro negociante fica profundamente ofendido com uma pronta aceitação do preço que estabeleceu.

— Leva o incensório sem dinheiro ou preço — disse o etrusco.

— Faço-te presente dele.

Fitei-o desconfiado.

— Que razão tens para me ofereceres um presente? Nem mesmo sei se tenho algo adequado para te dar em troca!

O homem tornou-se repentinamente sério, inclinou a cabeça, cobriu os olhos com a mão esquerda, ergueu a direita e declarou:

— Faço-te dom do incensório sem nada esperar em troca. Mas ficarei contente se beberes um copo de vinho em minha companhia e descansares um momento comigo.

Compreendi mal suas palavras e disse asperamente:

— Não me entrego a esses luxos, embora seja jônio.

Quando ele compreendeu o que eu quis dizer, mostrou-se profundamente ofendido:

— Não, não. A esse respeito, nós, os etruscos, não imitamos os gregos. Não me atreveria a tocar-te, pois és quem és.

Falou com tal sinceridade, que uma súbita tristeza me invadiu. Não mais relutando em confiar nesse desconhecido, perguntei:

— Quem, e o que sou eu, afinal? Como se poderá saber? Cada um de nós carrega dentro de si um outro eu, um estranho eu, que o apanha de surpresa e o leva a praticar ações contra a sua vontade.

Os olhos amendoados do etrusco me fitaram sagazmente e um sorriso aflorou-lhe aos lábios:

— Cada um de nós, não — protestou ele. — Longe disso. Pois não é a maioria um simples rebanho que se tange para o rio a fim de que aí beba, e que se tange de volta para a pastagem? Uma funda angústia me empolgou.

— A melhor sorte de um homem, e a mais invejável, é estar ele satisfeito com o que lhe tocou em partilha. Mas também é digno de inveja quem não está satisfeito e procura alcançar aquilo que humanamente é possível atingir. Eu mesmo, por exemplo, estou provavelmente lutando por alguma coisa que está fora das possibilidades humanas.

— Que coisa será essa — perguntou ele.

— Não sei — confessei-lhe. — Só conheci minha mãe em sonhos, e meu único pai era um ferrenho inimigo da sabedoria. Nasci de um raio nas cercanias da cidade de Éfeso, e fui salvo por Ártemis dos pastores que ter-me-iam morto a pedradas.

Novamente o etrusco cobriu os olhos com a mão esquerda, curvou a cabeça e levantou o braço direito como se saudasse. Nada disse, porém, e eu comecei a arrepender-me de haver confiado tanta coisa a um perfeito estranho. Ele me conduziu a uma pequena sala de banquete, arranjou uma jarra de vinho e misturou-o numa vasilha com um pouco de água. O quarto encheu-se de um perfume de violetas.

O hospedeiro derramou uma gota no piso e disse:

— Bebo à saúde da deusa, cuja cabeça ostenta uma coroa mural[3], e cujo emblema é uma folha de hera. É a deusa das muralhas, mas diante dela as muralhas do corpo se esboroam.

E esvaziou a taça, solenemente.

— A quem te referes? — perguntei.

— A Turan — respondeu ele.

— Não a conheço — tornei eu. Ele, porém, nada mais disse, e simplesmente sorriu com um ar de mistério, como se pusesse em dúvida minhas palavras. Esvaziei polidamente minha taça.

— Não sei se devo estar bebendo em tua companhia. Teu vinho de violeta é capitoso. A verdade é que notei minha incapacidade de beber com moderação, como as pessoas civilizadas. Já em duas ocasiões, nesta mesma cidade, fiquei tão embriagado, que dancei a obscena dança da cabra e afinal acabei por perder a memória.

— Agradece-o ao vinho — observou ele. — És feliz por encontrares no vinho um alívio à tua ansiedade. Mas o que desejas de mim? Chamo-me Lars Alsir.

Consenti que ele tornasse a encher de vinho taça preta e confessei:

— Sabia o que pretendia de ti ao vir para aqui. Podes prestar-me um serviço muito útil, obtendo para mim um périplo dos mares etruscos, seus litorais, balizas terrestres, ventos, correntes e portos, de modo que possamos a são e salvo chegar a Massília na primavera...

— Isso seria um crime — disse ele — pois não somos amigos dos foceanos. Há muitas gerações passadas fomos obrigados a empenharmo-nos em combates contra os foceanos, que lutavam pela conquista de uma base de apoio na Sardenha e na Córsega, onde possuíamos minas. E embora eu te desse um périplo, nem assim chegarias a Massília, pois primeiramente seria necessário que Dionísio obtivesse uma licença de navegação, tanto dos cartagineses quanto dos etruscos. E isto ele não poderia comprar nem com o seu tesouro roubado...

— É isso uma ameaça? — perguntei a Alsir.

— Claro que não. Como posso ameaçar-te, se na verdade és filho do raio, segundo afirmas?

---

3. Coroa mural: coroa oferecida ao primeiro soldado romano que escalasse as muralhas de uma cidade sitiada e atributo da deusa etrusca Turan. — N. da T.

— Lars Alsir... — comecei.
— Que desejas de mim, Lars Turms? — perguntou ele com uma seriedade zombeteira.
— Por que me chamas assim? Meu nome é Turms; bem verdade que é Turms, mas não Lars Turms.
— Quis apenas demonstrar-te meu respeito. Usamos a palavra *Lars* com a intenção de honrar o nascimento de alguém. E porque és um Lars, nenhum mal te poderá acontecer.

Não compreendi, mas expliquei-lhe que eu me ligara aos foceanos, e, que se ele não pudesse vender-me um périplo, talvez pudesse arranjar um piloto que consentisse em conduzir-nos a Massília.

Lars Alsir fez um desenho no piso sem me olhar.
— Os mercadores cartagineses escondem com tanto zelo suas rotas marítimas, que qualquer capitão, ao descobrir que seu navio está sendo espionado por gregos, prefere mil vezes ir a pique, destruindo-se a si próprio e ao navio grego, a revelar seu roteiro. Nós, os etruscos, não somos tão ciosos de nosso segredo, mas, como donos do mar, também possuímos nossas tradições.

Levantou a cabeça e fitou-me nos olhos:
— Compreende-me como é devido, Lars Turms. Nada me impede de vender-te por alto preço um périplo falsificado, ou arranjar-te um piloto que te arremesse contra os recifes. Mas não posso agir contigo dessa maneira, uma vez que és um Lars. Que Dionísio colha o que semeou. Esqueçamos este assunto desagradável, e conversemos sobre coisas divinas.

Declarei-lhe, com alguma amargura, não saber por que as pessoas insistiam, depois de um copo de vinho, em discutir comigo a respeito de coisas divinas.
— Trago verdadeiramente na testa o sinal de alguma maldição? — perguntei. Relatei-lhe o episódio da minha salvação por Ártemis, declarando que desde então não tinha medo de nada.
— Não tenho medo nem mesmo de ti, Lars Alsir, ou dos teus deuses risonhos. Com efeito, neste mesmo instante me parece que estou postado junto ao teto e baixo a vista para ti, que estás rente ao chão, pois em verdade és bem pequeno ante meus olhos...

Sua voz era um suspiro que parecia provir de largas distâncias:
— Precisamente, Lars Turms. Estás sentado num assento redondo e encostado em seu redondo espaldar. Mas que é isso que tens seguro na mão?

Estendendo as mãos para a frente com as palmas voltadas para cima, fitei-as surpreendido:
— Numa delas tenho uma romã, na outra um cone.

Muito abaixo de mim, ajoelhado na penumbra, Lars Alsir me contemplava:
— Exatamente, Lars Turms: em uma das mãos seguras a terra, em outra o céu, e não precisas temer os mortais. Mas ainda não conheces nossos deuses que riem...

Suas palavras eram como um desafio. Alguma coisa dentro de mim se expandiu até ao infinito, o véu da terra se rasgou e eu vi uma deusa de contornos indecisos. Trazia ela uma coroa mural e era portadora de uma folha de hera, mas seu rosto era invisível.

— Que vês? — E as palavras de Lars Alsir chegavam a meus ouvidos de uma distância incomensurável. — Que vês, filho do raio?

— Vejo-a! — gritei. — Pela primeira vez vejo aquela que até agora vira apenas em sonhos! Mas um véu cobre-lhe o rosto; não posso reconhecê-la.

Súbito, despenquei de minha altura; de velado que era o mundo se fez de novo sólido e impenetrável, e voltou-me a consciência de meu corpo. Achava-me deitado no leito da sala de banquete e Lars Alsir sacudia-me pelos ombros.

— Que acontece? De repente te alheaste de mim e caíste em transe!

Agarrei a cabeça com ambas as mãos, bebi o vinho que ele me oferecia e em seguida arremessei a taça para longe.

— Que veneno estás me propinando? Não costumo embebedar-me tão depressa. Pensei que vi uma mulher velada, mais alta que qualquer mortal, e junto dela eu era como uma nuvem...

— Este é apenas um inocente vinho de violeta — protestou Alsir. — Mas talvez a forma da taça preta provocasse o movimento da tua mão. Como vês, os deuses etruscos perseguem um etrusco onde quer que ele torne a nascer...

— Estás afirmando que sou etrusco de nascimento e não grego?

— Podes ser filho de um escravo ou de uma prostituta, mas foste escolhido por um raio divino. Deixa, porém, que eu te advirta. Não reveles a tua identidade, nem te gabes de teu nascimento, se algum dia te encontrares em nossa terra, como penso que vai acontecer. Serás reconhecido em tempo oportuno.

Deves vaguear de olhos vendados e deixar que os deuses te conduzam. Não me é possível dizer mais.

Ficamos amigos no decorrer do tempo, mas nem uma só vez Lars Alsir tornou a fazer menção do meu nascimento.

Disse eu a Dionísio que os tirrenos eram gente de difícil acesso e que um estranho não poderia nunca esperar suborná-los a fim de que revelassem seus segredos marítimos.

Dionísio enfureceu-se.

— Ossos de foceanos descansam em suas praias, e se os tirrenos preferem morder ferro ao invés de consentirem de bom grado que naveguemos para Massília, só a eles próprios terão de culpar se cortarem os lábios!

Dionísio iniciara a construção de um novo navio de guerra enquanto dirigia a elevação das muralhas de Himéria por três alnas gregas. Não obrigava seus homens a trabalharem com muito afinco: bastava-lhe manterem a disciplina. Muitos foceanos se casaram com mulheres de Himéria e faziam planos de levá-las para Massília em sua companhia.

O inverno siciliano era benigno e agradável. Sentia-me feliz em Himéria, naquele tempo em que buscava aprofundar o conhecimento de mim mesmo. Foi então que conheci Cidipe, neta do tirano Crinipos.

7

Crinipos era um homem enfermo, e embora não fosse discípulo de Pitágoras, só comia legumes. Com efeito, havia até banido os pitagóricos, porque estes erravam pregando a oligarquia dos sábios e virtuosos ao invés da oligarquia dos ricos e aristocratas.

Crinipos tinha o costume, em seu leito de dores, de exprimir tais amargos pensamentos a seu filho Terilo, cuja cabeça se tornara calva de tanto esperar em vão pela morte do pai e o legado de seus amuletos. Tive ocasião de escutar as palestras de Crinipos de cada vez que, por mera curiosidade, ia a seu palácio em companhia de Micon. As poções de Micon aliviavam-lhe as dores, mas Micon avisava:

— Não posso curar-vos, pois a força que consumistes desceu toda para vosso ventre e vos devora por dentro, como um caranguejo.

Crinipos suspirava:

— Ai, eu morreria de bom grado! Mas não posso pensar em meu próprio bem-estar, pois o coração me pesa, cheio de preocupação por Himéria, e não posso imaginar de que maneira me substituirá em seu governo meu filho Terilo, ainda inexperiente. Faz quase quarenta anos que o trago seguro pela mão e experimento transmitir-lhe a ciência do estadista, mas não se pode esperar muito de alguém tão pouco dotado de talento.

Terilo ajeitou a coroa de folhas douradas que ostentava para esconder a calvície, e gemeu:

— Querido pai, ao menos aprendi que a paz e a liberdade de Himéria dependem da nossa aliança com Cartago. A deusa Érix deu-me uma mulher de Segesta, a qual venho aturando todos estes anos, apenas para garantir-nos um aliado no caso em que Siracusa nos ameace. Mas o único rebento que me deu foi nossa filha Cidipe. Em virtude da vossa ciência de estadista, nem mesmo tenho um filho a quem possa legar vossos amuletos.

Micon tomou o pulso de Crinipos, que estava deitado numa suja pele de carneiro.

— Nada de agitar-vos, governador Crinipos, pois a raiva e as contrariedades só servirão para aumentar vossos males.

— Minha vida inteira não consistiu de outra coisa senão de raiva e contrariedades — disse Crinipos desanimado. — Sentir-me-ia incomodado se alguma coisa não estivesse constantemente me contrariando. Porém tu, Terilo, não te preocupes com o teu sucessor, pois receio grandemente que terás um poder demasiado pequeno para o legares a alguém. Trata de casar Cidipe com alguma cidade leal e seu governador, de modo que, ao perderes Himéria, possas roer o pão da caridade que eles porventura te deem.

Terilo, que era homem sensível, rompeu a chorar ouvindo as cruéis palavras de seu pai. Crinipos enterneceu-se, e com sua mão de veias salientes, deu-lhe uma pancadinha no joelho.

— Não te estou censurando, meu filho. Fui eu que te engendrei, e tenho de sofrer as consequências. Nasceste numa época pior do que a minha, e mesmo de posse dos meus amuletos, duvido que pudesse persuadir a Himéria de agora a eleger-me seu tirano. As pessoas já não são tão supersticiosas como antigamente. Mas estou satisfeito, meu filho, pois não terás sobre teus ombros o peso do poder, e viverás o resto de teus dias sob os cuidados de Cidipe.

Em seguida acrescentou:

— Vai buscar Cidipe para ela beijar seu avô. Quero apresentá-la a estes senhores. Não fará nenhum mal que a fama de sua beleza se espalhe para além dos limites da cidade.

Eu não esperava grande coisa da beleza de Cidipe, pois é fácil ao amor tornar cegos os avós; mas quando Terilo a escoltou até nós, era como se uma radiosa manhã houvesse irrompido na sombria sala. Cidipe tinha apenas quinze anos, mas seus olhos dourados cintilavam, sua epiderme era branca como o leite, e, quando sorria, seus dentes miúdos brilhavam como pérolas.

Depois de nos saudar timidamente, Cidipe correu a beijar o avô e a acarinhar-lhe a barba escassa. Crinipos fê-la virar de um lado para outro, como uma novilha que estivesse à venda, levantou-lhe o queixo e perguntou-nos cheio de orgulho:
— Vistes jamais uma donzela tão desejável?

Micon disse com firmeza que não era aconselhável dar a uma jovem a consciência da sua beleza.

Crinipos respondeu com sua voz monótona:
— Estarias com a razão se se tratasse de uma moça mais estúpida, mas Cidipe não só é bela como inteligente. Eu mesmo fui seu professor. Não acredites na mansidão de seus olhos e na timidez de seu sorriso, pois ela já te estudou e resolveu o melhor modo de tirar proveito de ti; não é mesmo, Cidipe?

Cidipe enrubesceu, pôs uma de suas palmas na boca desdentada do avô e perguntou:
— Ó avô, por que és sempre tão cruel? Eu não podia estar calculando, mesmo que o tentasse. E provavelmente, na opinião deles, não serei nem ao menos bonita. Sinto vergonha, avô.

Micon e eu gritamos a uma voz que ela era a moça mais bela de quantas ainda víramos, e Micon exprimiu sua gratidão por ser casado e não poder, por causa disso, ser tentado a suspirar pela lua no céu.

— A lua, não — retifiquei — mas o sol mais brilhante e mais ofuscador, nascendo... Vendo-te, Cidipe, eu queria ser rei, de modo a poder conquistar-te para mim.

Ela empinou a cabecinha e fitou-me por entre as compridas pestanas:
— Ainda não estou na idade de pensar em homens. Mas se pensasse em algum, este teria de ser um belo homem, de cuja lareira eu cuidaria, e para quem haveria de fiar tecidos de lã de meus próprios carneiros. Mas estou certa de que zombais de mim. Meus trajes provavelmente estão preguegados à moda antiga, e meus sapatos são ridículos.

Ela trazia um par de sapatos de um macio couro tingido de vermelho e amarrado até os joelhos por fitas cor de púrpura. Crinipos disse com orgulho:
— Eu mesmo andei descalço metade da vida, e até agora ainda costumo tirar os sapatos a fim de que eles não se gastem sem necessidade. Mas esta vaidosa me deixa pobre com as suas exigências. Ao afagar-me a barba, vai dizendo baixinho: "Avô, compra-me uns sapatos etruscos." E ao beijar-me a fronte, murmura: "Avô, vi hoje um pente fenício que assenta bem em meus cabelos." Mas se fico zangado com a sua vaidade, ela diz que não se enfeita por amor dela mesma, mas por causa da minha posição.

Cidipe ralhou-lhe:

— Ó avô, como podes provocar-me tanto em presença de estranhos? Bem sabes que não sou vaidosa nem exigente. Mas ninguém como tu. Mesmo com vestidos rasgados e pés descalços, és o autocrata de Himéria. Mas meu pai tem de usar uma coroa dourada para distinguir-se do povo comum, e eu preciso enfeitar-me para as cerimônias rituais e as procissões, senão algum marujo ou algum cocheiro bem pode dar-me um beliscão ao passar.

Ao sairmos da casa de Crinipos, Micon me disse à guisa de advertência:

— Essa Cidipe é uma moça sem coração, justamente na idade em que deseja pôr à prova seu poder sobre os homens. Não queiras conquistá-la. Em primeiro lugar, não lograrias bom êxito, pois sua ambição não tem limites. E se o fizesses, ela te causaria apenas sofrimento, e, por último, Crinipos te mandaria assassinar como a uma mosca importuna.

Eu, porém, não podia julgar mal uma donzela tão maravilhosamente bela, e sua inocente vaidade não era para mim mais que um pueril desejo de seduzir. Quando pensava nela, era como se o próprio sol brilhasse dentro de mim, e dentro em pouco deixei de pensar em qualquer outra coisa. Comecei a rodear a casa de Crinipos na extremidade da praça do mercado, na esperança de vê-la ao menos de relance.

Minha única esperança era encontrá-la quando ia às compras em companhia de suas servas e de dois guardas de caras sulcadas por uma cicatriz. Ela caminhava com decoro e os olhos abaixados, mas trazia uma guirlanda nos cabelos, brincos nas orelhas, pulseiras nos braços e macias sandálias nos pés. Quando nada mais adiantava, recorri a Lars Alsir. Ele consentiu em ajudar-me, mas disse com sarcasmo:

— Estás verdadeiramente satisfeito com tais pueris passatempos, Turms, quando os miraculosos brinquedos dos deuses podem estar à tua disposição? Se cobiças aquela moça de coração duro, por que não empregares teus poderes sobre ela? Não é com suborno que conquistarás seu coração.

Disse-lhe que a simples vista de Cidipe esgotava-me completamente as forças.

Quando ela foi visitar a joalheria etrusca, ficou encantada com um colar de grãos de ouro que Lars Alsir exibiu sobre um tecido preto, de modo que incidisse sobre ele a luz que provinha de um buraco no teto. Cidipe perguntou o preço.

Lars Alsir abanou a cabeça com tristeza:

— Já está vendido.

E quando Cidipe perguntou para quem, Alsir disse meu nome, conforme havíamos combinado.

— Turms de Éfeso! — exclamou Cidipe. — Conheço-o. Que fará ele com essa joia? Pensei que fosse solteiro!

Lars Alsir arriscou-se a aventar que eu tinha uma amiga, à qual queria fazer presente do colar. Não obstante isso, mandou chamar-me, e, naturalmente, eu não estava muito longe.

Cidipe sorriu o seu mais radioso sorriso, saudou-me timidamente e disse:

— Ó Turms, estou encantada com este colar. Não queres desistir dele... por minha causa?

Fingi ficar embaraçado e disse que já o havia prometido a alguém. Ela pousou a mão no meu braço e senti-lhe o hálito bafejar minhas faces.

— Acredito em tua seriedade, disse ela. — Foi isso o que em ti me seduziu e não me foi possível esquecer teus olhos amendoados. Em verdade, estou desapontada contigo.

Murmurei que tais assuntos não podiam ser discutidos em presença da curiosidade de moças escravas. Rapidamente ela as mandou para o pátio, e ficamos nós três — ela, Lars Alsir e eu.

— Vende-me esse colar — suplicou Cidipe. — Do contrário, tenho de considerar-te homem frívolo e perseguidor de mulheres mal-afamadas, pois somente uma mulher ordinária aceitará presente tão dispendioso de um estranho. Fingi hesitar.

— Quanto darás pelo colar? — perguntei.

Lars Alsir, virou devidamente as costas. Cidipe apalpou sua bolsa e disse tristemente:

— Ai, ai! Terei talvez apenas dez moedas, e o avô já me acusa de desperdício. Não mo venderás por um preço bem barato?

— Sim, Cidipe — respondi. — Vendo-te o colar por uma moeda de prata se permitires que eu te beije na boca.

Ela fingiu-se profundamente chocada.

— Não sabes o que pedes. Homem algum ainda me beijou na boca, exceto meu pai e meu avô. O avô me advertiu, dizendo que uma moça que se deixa beijar por um homem, está perdida. Nem sequer o insinues, Turms.

— É verdade que eu pretendia oferecer aquele colar a uma certa mulher leviana, mas ser-me-ia mais fácil esquecê-la se eu só pudesse beijar tua boca inocente.

Cidipe hesitou.

— Prometes não contar ta ninguém? Desejo tanto aquelas lindas contas de ouro, mas desejaria ainda mais salvar-te da tentação, se eu pudesse apenas acreditar que de hoje em diante pensarias somente em mim.

Jurei segredo. Cidipe certificou-se de que Lars Alsir continuava de costas voltadas para nós, abriu os lábios para meu beijo e até puxou seu vestido para o lado. Depois, subitamente recuou, endireitou o vestido, tirou da bolsa uma moeda de prata e apanhou o colar.

— Toma a tua dracma — disse friamente. — O avô tinha razão. Mas de maneira alguma me impressionaste, e, francamente, foi como se eu tivesse beijado o úmido focinho de um bezerro.

Ela era mais astuta do que eu, que nada ganhei com o beijo, e ainda por cima ficara devendo o colar a Lars Alsir. Aquilo devia ter-me servido de lição, mas guardei a moeda de prata e tremia todas as vezes que mexia com ela.

Foi em vão que invoquei Afrodite. Tinha certeza que a deusa me renegara, mas em verdade a deusa me preparava uma armadilha, da qual Cidipe era simplesmente a isca.

Quando os ventos primaveris começaram a soprar, Doro me chamou à parte e disse:

— Turms, pensei bastante nestes últimos meses e tomei uma resolução. Pretendo viajar para Érix, por terra, a fim de conhecer toda a região ocidental. Tanaquil me acompanha, pois os ourives de Érix sabem fabricar dentes de ouro e marfim. Todos acreditarão se ela disser que parte para sacrificar a Afrodite por causa de sua viuvez. Micon e Aura também vão, e eu gostaria que também tu visitasses a cidade cerealífera de Segesta e a terra de Érix.

Mal notei seu aspecto sombrio, pois pensava em Cidipe.

— Teu plano é excelente—disse eu com sofreguidão. — Eu também tenho negócios com Afrodite de Érix. Ao fim e ao cabo, é ela a mais famosa Afrodite do mar ocidental. Partamos sem demora.

No dia seguinte partimos para Érix a cavalo, em dorso de burro e de liteira. Deixamos nossos escudos em casa de Tanaquil e levamos conosco apenas as armas necessárias para defendermo-nos em viagem contra ladrões e animais selvagens. Com os meus sentidos ardendo por Cidipe, aprontei-me para a jornada, pensando que meu desejo seria satisfeito com o auxílio de Afrodite de Érix. Mas a deusa foi mais astuta do que eu.

LIVRO QUATRO

A DEUSA DE ÉRIX

1

O Turms que viajou de Himéria para Érix era um ser diferente daquele que dançara em meio à tempestade no caminho de Delfos. O homem muda lentamente em cada fase de sua vida, e se assusta ao perceber como lhe é difícil lembrar e reconhecer o seu eu anterior. Desta forma, é a vida uma sucessão de renascimentos, o início de cada nova fase é como um salto subitâneo sobre um abismo que se estende irremediavelmente para trás, sem deixar margem alguma para o retorno.

A leve bruma das nuvens primaveris engrinaldava os íngremes penhascos sicilianos, e as brandas chuvas da primavera caíam nas densas florestas da Sicília inundando os leitos secos dos rios à medida que viajávamos de Himéria para o ocidente, na direção de Érix. Devido aos leitos confortáveis de Tanaquil e à sua mesa de banquete, ficáramos frouxos e molengos durante os meses invernais, e era-nos um prazer, a Doro e a mim, e até a Micon, exercitarmo-nos e sentirmos nossos músculos retesos com força renovada.

Seguíamos a estrada usualmente transitada pelos peregrinos, e os sicanos, que moravam nas florestas, não nos molestaram. Respeitavam a deusa, embora conservando seus costumes primitivos e dizendo-se os primeiros habitantes do país.

Após viajarmos por montanhas quase inacessíveis e infindáveis florestas, e quando nos aproximávamos dos ridentes vales de Segesta, topamos com uma matilha de robustos cães perseguindo a caça. Os caçadores, de alto nascimento evidentemente, vinham vestidos à moda grega e proclamavam que seus cães descendiam diretamente de Crimisos, a divindade canina que se casara com a ninfa Segesta.

Quando prosseguiram em seu caminho, Micon relanceou o olhar no campo que nos cercava e observou:

— O sangue de muitos povos tornou férteis estas terras. Há também foceanos enterrados aqui. Sigamos a sugestão de Dionísio e celebremos um sacrifício.

Não foi sequer necessário sacrificarmos às escondidas, pois os próprios segestanos ali haviam erigido altares aos homens que tentaram conquistar suas terras. Apontando para os monumentos que se erguiam na fímbria dos campos de grão, disseram com orgulho:

— Foram muitos os que tentaram penetrar aqui, e poucos foram os que regressaram.

Seus pais e seus avós tinham o costume de enterrar os corpos dos vencidos nos campos de cultura; estes, porém, disseram-nos com a evidente intenção de nos tranquilizar:

— Vivemos em tempos civilizados e já não é preciso empenharmo-nos em guerra por causa de Érix. Se alguma nação nos atacar, isso é motivo suficiente para Cartago declarar-lhe guerra, e com certeza nenhuma nação é suficientemente audaz para deliberadamente provocar uma briga com Cartago.

Depois que sacrificamos nos altares foceanos, Doro começou a olhar em torno e a perguntar-nos inquiridoramente:

— Se eles erigem altares aos heróis, onde estará então o altar de meu pai? Seu altar devia ser o mais imponente de todos, pois não veio ele aqui para conquistar a terra, em sua qualidade de descendente de Hércules?

Felizmente os segestanos não entenderam seu dialeto; e quando lhes falei acerca de um monumento erigido a Doro de Esparta, eles abanaram a cabeça.

— É verdade que vencemos um grande número de espartanos, mas como todos são pouco dignos que os lembremos, nem lhes registramos os nomes. Entretanto, com eles veio Filipe de Crotona, muitas vezes vencedor nos jogos olímpicos e o mais belo de seus contemporâneos. Mesmo morto, era ele tão belo que lhe erigimos um templo, e de quatro em quatro anos honramos-lhe a memória realizando uma olimpíada.

E apontaram para o grande monumento e o estádio fronteiro ao mesmo. A princípio Doro ficou mudo, depois o rosto se lhe tornou sombrio e as tiras de seus ombros se partiram de fúria.

— Que despropósito! — gritou ele. — Meu pai, Doro, foi o ganhador de coroas de louro em Olímpia e o mais belo entre seus contemporâneos. Como poderia um crotônio qualquer ter entrado em concorrência com ele?

Os segestanos fugiram ante sua ira, e Micon mais eu tivemos grande dificuldade em acalmá-lo.

Quando afinal ele pôde respirar normalmente, disse o seguinte:

— Agora percebo por que o espírito de meu pai ainda não me deixou em paz e por que os ossinhos de ovelha apontaram para o Ocidente. A terra está tremendo debaixo de meus pés, pois estes montes, estes vales e campinas são o legado de Hércules, sendo, em consequência, terra de meu pai e minha. Mas eu já não a cobiço com o fito único de governá-la. Meu mais fundo desejo de agora em diante é corrigir aquele erro medonho, a fim de que o espírito de meu pai possa descansar em paz.

Comecei a recear de Doro algum contratempo que atrasasse nossa viagem.

— Quanto menos falares sobre teu pai e teu legado nesta cidade, tanto melhor para todos nós, adverti-o. — Lembra-te que estamos a caminho de Érix e não temos vontade de possuir monumentos erigidos à nossa memória nos campos de Segesta.

Tanaquil também lhe falou em tom apaziguante.

— Tua ideia é digna de um rei, Doro, mas permite-me ser tua conselheira, assim como combinamos. Já enterrei três maridos e tenho experiência nesses assuntos. Em Érix terás uma resposta para tudo.

Micon também o advertiu:

— És para ti mesmo uma ameaça muito maior do que os segestanos, disse ele.
— Se consentires que as paixões te dominem, tuas veias rebentarão antes que o percebas. Quem sabe se aquela pancada de remo em Lade não te afetou muito mais do que imaginamos? Hércules, teu ascendente, também era sujeito a acessos de ira depois que lhe bateram na cabeça e ele ouviu o choro imaginário de uma criança.

Doro protestou iradamente, dizendo que aquele não fora um golpe de remo mas um honrado golpe de espada. Além disso, não lhe machucara a cabeça: apenas lhe amolgara o capacete. Desta maneira recaímos na conversação normal e ele não mais assustou os segestanos com suas ameaças.

Segesta era uma cidade civilizada e amena, com seus templos, sua praça do mercado e seus banhos, e, em seus costumes, mais grega do que himérica. Seu povo se dizia de origem troiana e declarava que sua progenitora era uma mulher de Troia pela qual Crimisos, o deus canino do rio, se tomara de paixão.

Enquanto demoramos em Segesta, aí usufruímos da hospitalidade dos dois filhos oriundos do segundo casamento de Tanaquilo. A casa deles era próspera, tinha muitas jardas de extensão, muitos galpões e grandes celeiros. Fomos recebidos com a maior distinção, mas Tanaquil proibiu aos filhos aparecerem antes de se barbearem e tornarem a pentear o cabelo. Tal exigência provavelmente provocara algum azedume, pois eles ambos eram homens de idade, o que não se poderia esconder com um queixo escanhoado e o cabelo em caracóis. Em deferência para com os desejos de sua mãe, eles não obstante obedeceram, e durante toda a nossa visita fizeram ausentarem-se seus filhos mais velhos, não fosse sua presença nos fazer lembrar a idade de Tanaquil.

Foi-nos dada toda a liberdade de conhecermos a cidade e seus panoramas. No recinto do templo do deus fluvial Crimisos vimos o cão sagrado com o qual se casavam anualmente, num ritual secreto, as mais belas moças da cidade. Doro, porém, preferiu caminhar no alto da muralha citadina, que o povo deixara esboroar-se, e contemplar os jogos: a luta corporal e o boxe, onde atletas pagos se empenhavam para divertimento dos nobres. Mas não abriu a boca nem criticou os bárbaros costumes da cidade.

Na manhã de nossa partida Doro levantou-se com um suspiro, sacudiu a cabeça e lamentou-se:

— Esperei a noite inteira pelo espírito de meu pai, a ver se ele me aparecia em sonho com algum presságio. Mas não sonhei coisa alguma e não sei o que pensar de meu pai.

À nossa chegada deram-nos roupa limpa para trocar enquanto os criados lavavam o vestuário que se nos sujara durante a jornada. Já nos preparávamos para a partida, quando Doro achou falta em sua pesada capa de lã. Procuramo-la por toda parte e Tanaquil ralhou com seus filhos, até que descobrimos que a mesma fora dependurada num poste para secar. Devido à sua grande espessura, secara com maior lentidão do que as demais roupas e fora esquecida pelos criados.

Tanaquil observou maliciosamente que tal coisa nunca poderia ter acontecido em sua casa e Doro declarou que em sua qualidade de exilado da pátria já se acostumara com tratamento de tal modo humilhante. Uma verdadeira briga ia rapidamente tomando corpo em sinal de gratidão pela hospitalidade que usufruíramos...

Empurrando para a margem os servos alarmados, Doro arrancou sua capa do poste. Ao fazer isso, um passarinho saiu voando das dobras da mesma e pôs-se a rodear Doro com as asas tatalantes. Dentro em pouco se lhe reuniu um outro passarinho, chilreando um irado protesto.

Doro sacudiu a capa com espanto. Um ninho caiu-lhe das dobras, e do ninho rolaram dois ovos que foram esmigalhar-se no chão.

Doro, porém, não ficou zangado. Ao contrário, sorriu e disse:

— Vede: era esse o presságio pelo qual eu ansiava. Minha capa preferia ficar aqui, embora eu mesmo tivesse de partir. Não podia esperar melhor presságio.

Micon e eu trocamos um olhar ansioso, pois a nosso ver o ninho e os ovos quebrados pareciam um mau presságio. Mas Tanaquil começou a sorrir e timidamente cobriu a boca com a mão:

— Não me esquecerei deste presságio, Doro, e far-te-ei lembrar dele em Érix.

No dia seguinte avistamos na distância o alto cone da montanha sagrada de Érix. Nuvens fofas escondiam-lhe o pico, mas quando elas se esgarçaram, ali vimos o antigo templo de Afrodite em Érix.

A terra de Érix explodia em primavera, as flores pintalgavam as campinas e pombas arrulhavam nos bosques conquanto o mar ainda estivesse intranquilo. Não tendo vontade de esperar, começamos a subir a deserta estrada dos peregrinos, que espiralava em torno da desolada montanha. Chegamos à cidadezinha situada no seu cimo, no mesmo instante em que a escuridão do mar e toda a terra de Érix se inflamavam ao vermelhão do poente. Os guardas haviam notado nossa aproximação e retardaram o fechamento do portão a fim de nos permitirem entrar na cidade antes que a noite caísse.

Ao chegarmos ao portão, veio ao nosso encontro uma multidão de homens ruidosos que tentavam superar uns aos outros puxando-nos pela roupa e oferecendo-nos hospitalidade. Mas Tanaquil, que conhecia a cidade e seus costumes, dispersou os importunos e conduziu-nos através da urbe para a área do templo em cujas vizinhanças havia uma casa rodeada de jardim, onde fomos recebidos com muita amabilidade. Levaram nossos cavalos e burros para o estábulo, e em nossa intenção acendeu-se um fogo de madeira resinosa, pois o ar da montanha sagrada se tornava, no começo da primavera, de um frio cortante depois que o sol se punha.

O taverneiro de escuro rosto deu-nos as boas-vindas em grego fluente.

— Há ainda tempo para o festival da primavera; o mar está agitado e a deusa ainda não chegou de além-mar. Por causa disso, minha estalagem ainda se encontra condicionada para o inverno e não sei se me será possível arranjar banquetes dignos de vós. Mas se vos contentardes com os meus quartos gelados, as camas sem conforto e a comida ruim, podereis considerar minha casa vossa casa por todo o tempo que permanecerdes em Érix,

Não fez nenhuma tentativa de meter o nariz em nossa vida, mas, saindo com dignidade, mandou seus escravos e servos tomarem conta de nós. Seu comportamento me causou funda impressão e perguntei a Tanaquil se acaso ele não era de alto nascimento.

Tanaquil soltou uma risada sarcástica:

— É o mais ganancioso, o mais inescrupuloso extorsionário de toda a cidade, e cobra a peso de ouro cada bocado que oferece. Mas sua estalagem é a única digna de nós, e enquanto morarmos aqui ele nos protegerá de toda a restante vermina que fervilha nesta santa cidade...

— Mas teremos de esperar ante um templo vazio até o festival da primavera? — perguntei desapontado. — Não temos tempo para isso.

Tanaquil sorriu astutamente:

—Afrodite de Érix tem seus mistérios, exatamente como as outras divindades. No começo da estação marítima ela chega da África com seu séquito em um navio de velas cor de púrpura. Apesar disso, o templo não fica vazio no inverno para quem está familiarizado com ele. Ao contrário, as mais importantes visitas de cerimônia e as oferendas mais dispendiosas se fazem durante a temporada tranquila, quando as grandes multidões, os marinheiros e os mascates não perturbam os mistérios. A fonte milenarmente cultuada da deusa, jorra tanto no inverno como no verão, e a deusa pode manifestar-se no interior do templo, embora não se banhe no tanque antes do festival da primavera.

Suas palavras encheram-me de dúvidas. Fitei-lhe as faces pintadas e os olhos sagazes, e perguntei:

— Acreditas de verdade na deusa?

Ela contemplou-me longamente:

— Turms de Éfeso — disse afinal — não sabes a pergunta que me fazes. A fonte da deusa é antiga em Érix. É mais velha que as fontes gregas, mais velha que as etruscas, ainda mais velha que as fenícias. Já era uma fonte sagrada mesmo antes que a deusa aparecesse aos fenícios como Astarté e aos gregos como Afrodite. Em que acreditaria eu, se não acreditasse na deusa?

O calor do borralho levou-me a sair para o ar livre a fim de aí respirar o ar fino das alturas. O céu cintilava com as estrelinhas da primavera, e no ar leve eu aspirava a fragrância da terra e dos pinheiros. O sólido templo se erguia do seu terraço em direção ao céu noturno, e senti-me dominado por um pressentimento de que a deusa, em seu capricho, era um enigma muito maior do que eu acreditara.

2

Mas ao despertar para uma nova madrugada, tudo era diferente. Quando se chega a uma cidade na hora do crepúsculo, ela parece maior e mais misteriosa do que à luz do dia. Mas quando a examinei com olhos descansados, vi que a cidade santa de Érix era em verdade de todo insignificante com suas cabanas de barrote e choças de pedra. Conhecia Delfos, residira em Éfeso e vira em Mileto uma grande cidade moderna, sem rival em todo o mundo. Esta minúscula cidade estrangeira, com seus habitantes e moradores de voz ruidosa me parecia dolorosamente insignificante comparada ao que eu conhecera anteriormente, e sua insignificância aumentava enquanto eu olhava em torno do alto da muralha que era um amontoado de terra e pedras. Rodeava-a a imensidão do mar. Era ali a ponta mais ocidental do mundo civilizado, e para além as ignotas águas fenícias estendiam-se até às Colunas de Hércules, e destas para o imenso mar do mundo. Do lado de terra se desenrolavam grandes florestas de castanheiros, oliveiras e campos cultivados, e por detrás se alteavam as íngremes montanhas da terra de Érix.

Tendo nos ouvidos o rumor do vento e os olhos ofuscados pelo mar infinito, olhei as paredes do templo e suas colunatas barbaramente canhestras. Que poderia esperar descobrir naquele templo insignificante? Dominou-me então um súbito sentimento de que estava sozinho no mundo e já não acreditava nos deuses.

Depois que Tanaquil tomou providências para entrarmos no templo, banhamo-nos e vestimos roupas imaculadas, cortamos um tufo de cabelo da cabeça e queimamo-lo em uma chama. Apanhamos em seguida nossas oferendas votivas e fomos para o templo.

Foi-nos permitido entrar livremente no edifício e apreciar as oferendas contidas no vestíbulo, assim como o pedestal vazio na sala da deusa. Vários sacerdotes irascíveis guiaram-nos os passos e aceitaram nossas oferendas sem sequer agradecer. Excetuando uma porção de grandes urnas de prata, vimos poucas oferendas caras, mas os sacerdotes explicaram que os vestidos e as joias da deusa eram guardados na adega do tesouro. Quando ela se despisse de seus trajes de inverno e se banhasse na antiga fonte, haveria de envergar novamente suas roupas incomparáveis, enfeitar-se com suas pérolas e demais pedras preciosas.

Com efeito, tínhamos a impressão de estar visitando qualquer outro edifício público. Somente quando nos aproximamos da fonte, e as pombas da deusa fugiram voando, foi que senti a proximidade do poder. A fonte era larga e funda, e seus muros côncavos se curvavam invisíveis para dentro da montanha sob sua abertura. Estava cheia de água pela metade, e a lisa superfície obscura refletia nossos rostos. Rodeando-a no interior do moderno peristilo havia uma série de antigas rochas em forma de cone, e os sacerdotes garantiram-nos que um homem recuperaria imediatamente sua perdida virilidade mediante o simples pousar da mão em uma daquelas pedras.

Não vi nenhuma das habituais servidoras do templo, tendo os sacerdotes explicado que elas chegavam com a deusa a fim de participarem do festival da primavera e servirem os visitantes mais exigentes, mas no outono acompanhavam-na de regresso. Além disso, Afrodite não estimulava tais sacrifícios no interior dos muros de seu templo. Para esse fim existia a cidade. Meretrizes de toda parte vinham a Érix para o verão e erigiam seus abrigos de ramagens fora dos muros e nas encostas da montanha.

Um dos sacerdotes perguntou ironicamente se eu não tinha outros problemas para Afrodite de Érix.

— Vós, os gregos, pouco entendeis Afrodite — disse com sarcasmo. — O poder que ela tem não se funda apenas na proficiência. O êxtase sensual e os prazeres eróticos são-lhe meros disfarces, assim como ela se atavia com nove fios de pérolas com o único propósito de contrastar o brilho da sua epiderme viva com o brilho inerte das pérolas.

Tanaquil falou-lhe, conciliadora:

— Não vos lembrais de mim? Já por duas vezes a deusa me apareceu e me mostrou meu futuro marido. Primeiro me casou com Segesta, depois com Himéria, e de cada vez eu lhe trouxe oferendas: primeiro, quando recebi o marido, e segundo, depois de enterrá-lo. Agora tenho a esperança de que a deusa me apareça ainda uma terceira vez.

O sacerdote olhou primeiro para ela e depois para Doro, dizendo com uma careta:
— Claro que me lembro de vós, Tanaquil — ó incorrigível! A deusa vos protege, mas seu poder tem um limite.

Voltou-se para nós e Micon apressou-se em explicar:
—Também sou consagrado, e na minha qualidade de médico, tenho-me esforçado em familiarizar-me com as coisas divinas. Devido ao capricho da deusa, tive de casar-me com esta moça sícula. Quando a toquei pela primeira vez, ela perdeu a faculdade da fala, mas agora, que estamos casados, fala até demais, especialmente quando me entrego a assuntos sobrenaturais. Em consequência, fico cada vez mais fraco, e estou agora impotente de uma vez. Entretanto esperamos que a deusa nos apareça, e nos auxilie a obter relações conjugais mais harmoniosas.

De minha parte disse eu:
— Outrora Afrodite me favoreceu, vestindo minha nudez com suas sagradas ligaduras de lã. Apenas um nome vibra noite e dia na minha cabeça, mas só me atreverei a mencioná-lo diante da própria deusa, se ela me aparecer.

Olhei em torno o pátio manchado de excremento de pombas, as rochas sem desbastar e as cabeças erosadas dos touros suspensas dos muros, e vi quão pobre e insignificante era tudo aquilo.

— Não creio, acrescentei, que ela venha a aparecer.

O sacerdote não deu atenção às minhas palavras e convidou-nos a ir para seus aposentos, onde mesclou para nós um vinho bastante ruim e nos disse o que deveríamos comer e como nos purgarmos enquanto esperávamos a aparição da deusa. Enquanto nos aconselhava fitava-nos de um em um, e agitava no ar ambos os braços.

Depois, pousando a mão no meu ombro, disse o seguinte:
— Não duvides nem desesperes. Creio que a deusa te aparecerá, libertando-te da tua preocupação.

O contato da mão do sacerdote dissipou minha indolência, os membros se me aligeiraram, e o sacerdote já não dava a impressão de um velho irritadiço, mas a de um mentor digno de toda a confiança.

As palavras subiram-me aos lábios:
—Vi a Pitonisa de Delfos. Disse ela que me reconhecia, mas era uma mulher intranquila e violenta. Em ti tenho confiança.

O sacerdote deixou que os demais caminhassem na dianteira, segurou-me pelos ombros, fitou-me dentro dos olhos e disse:
— Bem longe vieste.
— Sim — respondi. — E talvez ainda vá mais longe.
— Já te prendeste? — perguntou ele.
— Não sei o que queres dizer — disse eu — mas um certo nome me prende e me obriga a buscar a deusa.

— O fim era esse mesmo. Pelas aparências, a deusa queria que viesses para cá. Não te inquietes, que decerto ela te aparecerá. Quem quer que te prenda, terá força bastante para afrouxar os laços.

Naquela mesma noite Doro e Tanaquil foram ambos para o templo a fim de passar a noite junto ao pedestal vazio onde iam esperar a aparição da deusa, enquanto Micon e eu ficamos bebendo vinho pela vizinhança.

Mais tarde tornamos a beber com o competente artesão que à tardinha tirara um molde de cera dos dentes que faltavam a Tanaquil. Falou-nos da sua perícia, que nos disse haver adquirido em Cartago. Os dentes novos eram esculpidos em marfim e amarrados com tirinhas de ouro aos dentes restantes.

— Mas depois disso — disse ele — só se podem comer alimentos já cortados. Os etruscos proclamam-se capazes de colocar dentes falsos com uma firmeza ainda maior do que a dos dentes naturais, mas isso talvez não passe de gabolice.

Era homem viajado e disse ter visto com seus próprios olhos, no templo de Baal em Cartago, as peles de três homens inteiramente peludos que uma expedição fenícia trouxera de uma viagem ao sul das Colunas de Hércules. Dentre todos os povos, dizia ele, somente os fenícios conhecem os segredos do oceano. Tão ao norte haviam navegado nele, que ali as águas viravam gelo; e tão longe no Ocidente, que seus navios ficaram presos num mar de sargaços.

Contou-nos ainda muitas outras coisas inacreditáveis a respeito dos fenícios de Cartago e bebemos tanto que o hospedeiro mandou um criado conduzir o fabricante de dentes de volta para seu alojamento, e Aura, por entre lágrimas, levou Micon para a cama. Não sei se o vinho nos tornava mais sensíveis à deusa, mas sei que no dia seguinte todos os alimentos que nos foram permitidos provar me sabiam a piche.

Na manhã seguinte, ao voltarem do templo, Doro e Tanaquil vinham agarradinhos, só olhavam um para o outro e não responderam às nossas perguntas. Recolheram-se imediatamente para dormir e dormiram até à noite, ocasião em que Micon e Aura também foram ao templo.

Ao levantar-se, Doro segredou-me que pretendia casar-se com Tanaquil, a quem chamava a "pomba de Afrodite."

— Em primeiro lugar — declarou ele — Tanaquil é a mulher mais bela do mundo. Sempre a respeitei, mas quando Afrodite entrou nela no templo, seu rosto pôs-se a brilhar como o sol, seu corpo se tornou abrasador como uma pira, e então compreendi que dali em diante ela seria para mim a única mulher. Em segundo lugar, ela é infinitamente rica. Em terceiro, mediante seus primeiros casamentos e seu próprio nascimento, ela possui excelentes relações com a melhor gente da terra de Érix. Até aqui não as aproveitou para obter vantagens políticas, pois é mulher. Mas já logrei despertar-lhe a ambição.

— Em nome da deusa! — exclamei — vais verdadeiramente ligar-te a uma bruxa fenícia com idade suficiente para ser tua avó?

Mas Doro nem sequer se zangou com as minhas palavras. Com uma compassiva sacudidela de cabeça respondeu:

— És tu quem está louco! Não eu! Algum feitiço cegou-te os olhos, de modo que não podes ver como são finas as feições de Tanaquil, como os olhos lhe cintilam e como é viçosa a sua compleição.

Os olhos de Doro acenderam-se como os de um touro; ele ergueu-se e disse:
— Por que estou perdendo tempo a tagarelar contigo? Minha pomba, minha Afrodite, indubitavelmente estará me esperando com impaciência depois de provar seus dentes novos!

Tarde da noite, quando toda a casa dormia, Tanaquil esgueirou-se para fora do quarto, veio até mim e perguntou-me:
— Doro já te confiou nosso grande segredo? Naturalmente reparaste que já em Himéria ele abusara da minha viuvez... Agora, porém, graças à deusa, prometeu fazer de mim uma mulher honesta novamente.

Disse-lhe asperamente que, sendo espartano, Doro tinha pouca experiência de assuntos sentimentais. Ela, Tanaquil, três vezes viúva, era quem não devia ter seduzido um moço tão sensível.

Mas Tanaquil respondeu, acusando a Doro:
— Ele é quem foi o sedutor. Quando chegaste em minha casa não me ocorreu sequer a ideia de tentá-lo, pois sou mulher de idade. Ainda na noite de ontem repeli-o três vezes, e três vezes ele me dominou.

Falava com tal convicção, que fui obrigado a acreditar. Não sei se a responsabilidade de uma tal união cabia a um feitiço da deusa ou se era apenas o vinho que me escurecia a vista, mas à luz da tocha as feições de Tanaquil pareciam belas e seus negros olhos cintilavam tentadoramente. O procedimento de Doro logo se me tornou compreensível.

Notando que meu coração se abrandara, Tanaquil sentou-se perto de mim, pousou a mão no meu joelho e explicou:
— O fato de Doro gostar de mim não é tão fora do natural como imaginas. Ele deu a entender tantas coisas, que nem ele próprio entende; eu, porém, que já enterrei três maridos, mediante meia palavra sei ler no pensamento de um homem. Contou-me Doro que seu ascendente Hércules, vestido com roupa de mulher, passou um ano fiando lã e executando outros trabalhos femininos, embora fosse comumente um homem muito briguento. Certa vez, uma parte do rebanho que ele roubara fugiu para a Sicília atravessando a nado os estreitos da Itália. Um valioso touro de nome Europa estava no rebanho, e Hércules abandonou o gado restante a fim de ir à procura dos animais fugitivos. Durante a perseguição chegou a Érix, onde matou o rei, devolvendo a terra aos elímios. Antes de partir disse que um dos seus descendentes voltaria ali algum dia a fim de reclamar a terra como sua herança.

Toda confusa, Tanaquil levou ambas as mãos ao rosto:
— Perdoa-me essa tagarelice: é de alegria. Mas no meu entender, Doro, herdeiro de Hércules, se considera o único rei legítimo de Érix, e, em consequência, de Segesta. Como mulher que sou, não estou tão interessada no assunto quanto ele. O homem precisa empenhar-se em toda espécie de atividade política e isso o ajuda a passar o tempo. Mas muitas vezes reparei de que maneira aprovadora Doro mencionava o fato de Hércules vestir-se de mulher. Contou-me, além disso, que na

idade de sete anos os meninos espartanos se separam de suas mães para viverem só com os homens. É claro que o pobre Doro anseia pela ternura e os cuidados maternais, que nunca usufruiu. Isto explica a sua inclinação por uma mulher de minha idade. Compreendo, melhor que qualquer outra, seus desejos mais secretos.

— Mas estamos ligados ao nosso comandante Dionísio. Assim que se iniciar a temporada marítima, teremos de acompanhá-lo por mar até Massília.

Veio-me nesse instante a ideia insensata de que, com o auxílio de Afrodite, eu poderia raptar Cidipe e levá-la comigo na viagem.

Mas Tanaquil abanou a cabeça e disse com firmeza:

— Doro permanecerá obedientemente em casa, não mais navegando por mares incertos. Ao fim e ao cabo, exercitou-se na guerra terrestre. Por que iria ele para alguma terra bárbara, quando o assunto da sua herança tem de ser tratado aqui?

— Vais em verdade animar Doro a prosseguir em seu sonho alucinado? — perguntei. — Aqueles altares e monumentos erigidos aos invasores não te foram advertência suficiente? Já enterraste três maridos. Por que permitires que os habitantes de Segesta enterrem o quarto?

Tanaquil refletiu um instante com o queixo na mão:

— Os homens têm suas próprias empresas — disse ela afinal. — Para ser franca, não sei o que fazer. Fisicamente, Doro é sem dúvida um rei, e a coroa do cão de Segesta lhe iria a calhar. Mas receio que ele seja muito estúpido para reinar na complicada situação política da Sicília. Chocalhar escudos e fender crânios com espadas não bastam ao estadista. Mas se ele quiser fazer de mim uma rainha ao mesmo tempo que mulher honrada, tenho de curvar-me à sua vontade.

3

Na manhã seguinte Micon e Aura regressaram do templo, ambos mortalmente pálidos e com olheiras, por haverem permanecido acordados a noite inteira. Micon levou Aura para o leito, cobriu-a e beijou-lhe a fronte. Em seguida, os joelhos trêmulos, caminhou para mim.

— Prometi falar-te sobre a aparição da deusa, a fim de ficares preparado — disse ele enxugando a testa. — Mas a coisa é tão alucinante, que não encontro palavras para descrevê-la. Julgo que ela surge de modos diferentes a diferentes pessoas, e a cada uma de acordo com suas necessidades. Além disso tive de jurar que nunca revelaria a ninguém a maneira como ela apareceu. Provavelmente reparaste como Aura estava calada quando regressamos. Tudo isto pode parecer-se com a pacificação dos doentes no templo de Esculápio, mas basta-me tocar Aura com a mão para ela se calar, de maneira a facultar-me a contemplação das coisas sobrenaturais.

Já ia a tarde avançada quando Aura acordou e começou a chamar Micon. Ele piscou-me um olho, sentou-se à beira do leito dela, puxou a coberta, e com a ponta do dedo tocou-lhe o bico do seio. Um fundo suspiro lhe escapou, o rosto da moça empalideceu, seus olhos se fixaram no vazio, e o corpo se lhe contorceu para depois ficar imóvel.

— Bem vês, Turms — disse Micon com orgulho — os poderes que Afrodite me conferiu. Mas a pessoa à qual a deusa empresta tais dons morrerá jovem. Não me refiro a mim, porém a Aura. Não sinto o menor prazer físico, mas uma pura satisfação espiritual por saber que tenho domínio sobre seu corpo.

— Mas como sabes que tu, e somente tu, afetas o corpo dela dessa maneira? — perguntei. — Quem sabe se qualquer outro homem não poderá fazer o mesmo, e nesse caso não posso verdadeiramente invejar-te.

Micon fitou-me.

— Sou aquele que ela perseguiu desde que a iniciei no amplexo de Afrodite de Acraia. Agora Afrodite de Érix mostrou sua força, tornando Aura tão sensível, que o mero contato de um dedo lhe produz a exaltação erótica. Isto me poupa trabalho e tempo, que poderei melhor empregar na meditação das coisas divinas. Mas não posso imaginar que outro qualquer lhe cause o mesmo efeito.

Iludido pela deusa, sugeri:

— Seria mais razoável ter certeza, ao menos para obter razões científicas. Não sei por que havias de diferir dos outros homens, logo que Aura é tão sensível!

Micon sorriu com superioridade.

— Não sabes o que dizes, Turms. És mais moço do que eu e menos experiente nesses assuntos. Mas por que não o experimentas, se assim o desejas? Então veremos.

Garanti-lhe que não me referia a mim mesmo e sugeri-lhe pormos à prova qualquer outro, por exemplo, o taverneiro. Micon porém respondeu que sentia certa repugnância em deixar a mão de um estranho tocar os peitos de sua mulher.

Quanto mais eu protestava, tanto mais aflito ele ficava para que eu fizesse a prova, inchando como um sapo, de pura presunção. Assim, quando Aura começou a bater as pálpebras e sentou-se na cama, perguntando com voz débil o que acontecera, Micon empurrou-me para junto dela. Estendi então o dedo e toquei-lhe hesitante a ponta do seio.

O resultado da infeliz experiência excedeu toda a expectativa. Uma chispa faiscou no meu dedo e senti no meu braço o látego de um chicote invisível. O corpo de Aura contorceu-se, sua boca abriu-se, o rosto se lhe tornou escuro enquanto o sangue lhe subia à cabeça, e ela tornou a cair deitada, tremendo convulsivamente por todos os membros. Um som de guizo soava em sua garganta enquanto o ar era expelido dos pulmões, seus olhos amorteceram-se e seu coração, já enfraquecido, baqueou, e ela morreu antes de compreendermos o que se passara.

Mas até na morte, a seus olhos vidrados e à sua boca aberta aflorava um sorriso de êxtase tão voluptuoso, que jamais hei de esquecer. Micon acorreu para aquecer-lhe as mãos, porém dentro em pouco percebeu a futilidade de seu esforço.

Nossos gritos de dor atraíram Doro e Tanaquil, e os criados foram buscar o taverneiro. A princípio ele torceu as mãos, berrou e praguejou, mas quando voltou a seu estado natural apontou para o rosto de Aura e confessou:

— Não se poderia desejar uma morte mais feliz. Está impressa em seu rosto a causa da sua morte.

Enquanto Micon, a cabeça nas mãos, parecia esmagado pela dor, Tanaquil arranjou com o taverneiro para que o corpo fosse lavado e removido, e se procedesse à purificação do leito. Doro estava tão nervoso com o acontecido que de novo cortou um tufo de cabelo e queimou-o. Deu palmadinhas no ombro de Micon e murmurou palavras confortadoras.

Na mesma noite nos reunimos no pátio do templo, onde Aura, belamente vestida, de faces e lábios pintados e o cabelo enfeitado com pentes de pérolas, jazia na pira de álamos brancos ainda mais bela do que fora em vida. O templo sacrificou na pira incenso e perfumes, e Micon acendeu-a dizendo:

— Para a deusa.

Por sugestão dos sacerdotes, não contratamos carpideiras, mas moças novas que dançassem as danças da deusa ao redor da pira e em seu louvor entoassem hinos elímios. Tão comovente era a cena que, à medida que as chamas saltavam para o céu límpido e o cheiro da carne queimada se perdia na fragrância do incenso, derramamos lágrimas de alegria por Aura, desejando-nos uns aos outros uma morte tão bela e rápida e em lugar tão santo.

— Uma vida longa não é de modo algum um presente muito desejável dos deuses — disse Micon pensativo. — Antes parece indicar que alguém é lento e obstinado, e precisa mais tempo para cumprir sua missão, o que não acontece com uma pessoa mais ligeira. Uma vida comprida geralmente se acompanha com a diminuição da vista e a tendência para julgar o tempo passado melhor do que o presente. Se eu fosse mais sábio talvez me atirasse na pira de Aura seguindo-a em sua viagem, mas para isso seria preciso um presságio que me compelisse a fazê-lo. Entretanto, em tudo quanto aconteceu não vejo outro sinal de compulsão, exceto o de que este casamento foi um erro. E esta compreensão me habilita a suportar minha dor profunda com varonil resignação.

Mas durante todo o tempo minhas ideias estavam perturbadas pelo problema não solucionado da morte de Aura. Teria ela morrido mediante o contato de outro qualquer, ou fui eu, sem querer, o único causador de sua morte? Fitei minhas unhas e convenci-me de que, como pessoa, eu era igual a qualquer outra. Mas a dieta prescrita pela deusa e o vinho que há três dias eu vinha bebendo por solicitação dos sacerdotes, embotavam-me a faculdade de raciocinar. Perseguia-me a lembrança da tempestade na estrada de Delfos, e a do mar que espumejara ao meu chamado. Reconhecera, igualmente, os santos lugares dos sículos, e com a taça negra na mão, me elevara até o forro. Talvez por isso é que Aura morrera quando a toquei no momento em que, distraidamente e por pura curiosidade, estendi o dedo para tocar-lhe a ponta do seio.

Ao pôr do sol a pira esboroou-se e o mar ficou cor de ametista. Micon estava convidando gente para o banquete funerário, quando um dos sacerdotes se me aproximou e disse:

— É chegado o tempo de te preparares para a deusa.

Pensara que a morte repentina adiaria o meu turno de apresentação no templo. Mas ao tocar-me o sacerdote, compreendi que era assim que devia ser. Com o calor da pira funerária, o cheiro do incenso nas narinas, o mar sombrio e a luz da primeira estrela, apoderou-se de mim a convicção de que algum dia, no passado, eu vivera aquele mesmo instante. Tão eufórico me senti, que meus pés mal tocavam o chão enquanto eu acompanhava o sacerdote para seus aposentos.

Ali ele me pediu que tirasse as roupas, e depois que o fiz, examinou-me, fitou-me o branco dos olhos, soprou-me na boca e me perguntou qual a causa das manchas brancas que eu tinha nos braços. Disse-lhe francamente que provinham de queimaduras, mas não achei necessário dizer-lhe que elas foram causadas pelos caniços ardentes soprados dos telhados de Sardes. Depois de examinar-me, ungiu minhps axilas, meu peito e minhas virilhas com um unguento de cheiro acre e estendeu-me uma mancheia de erva com a qual eu devia esfregar as palmas das mãos e as solas dos pés. De cada vez que o sacerdote me tocava, eu me sentia mais eufórico, até que meu corpo ficou como se fosse feito de ar. A alegria borbulhava dentro de mim e eu sentia-me capaz de estourar em riso a qualquer momento.

Ele afinal me ajudou a vestir uma capa de lã enfeitada com um desenho de pombas e folhas de mirto. Depois me conduziu com indiferença até os degraus do templo e disse:

— Entra.

— Que devo fazer? — perguntei-lhe.

— Isso é contigo — respondeu ele. — Faze o que quiseres, e dentro em pouco sentirás sono, ficando cada vez mais sonolento.

A sonolência invadirá teus membros, tuas pálpebras se fecharão e serás incapaz de abri-las. Descansarás como nunca antes o fizeste, mas não dormirás. Depois alguma coisa acontece: abrirás os olhos e encontrarás a deusa.

Empurrou-me no caminho que eu devia seguir e regressou a seus aposentos. Caminhei pela silente escuridão do templo e esperei até meus olhos se habituarem à refulgência da noite que brilhava debilmente numa abertura do teto. Distingui então o pedestal vazio da deusa e, diante dele, um leito de pés de leão: bastou-me vê-lo para me invadir uma sonolência irresistível. Assim que nele me deitei comecei a sentir-me tão pesado que me admirei de como um leito tão frágil aguentava meu peso e eu não caía, através do chão de pedra, nas profundezas da terra. Meus olhos fecharam-se. Eu sabia não estar dormindo, mas senti que caía—que caía sem parar.

Subitamente abri os olhos a uma luz radiosa e vi que estava sentado num banco de pedra da praça de um mercado. As sombras dos passantes deslizavam sobre as lajes carcomidas. Quando ergui a cabeça, não reconheci o lugar. Todo o mundo estava ocupado vendendo suas mercadorias, campônios conduziam burricos ajoujados de cestas de legumes, e junto de mim uma velha pusera alguns queijos em exposição.

Perambulei pela cidade e compreendi que outrora eu havia palmilhado aquelas mesmas ruas. As casas eram adornadas de ladrilhos pintados, o pavimento estava gasto pelo uso, e ao virar uma esquina, vi diante de mim um templo com a sua colunata. Entrei, e um porteiro sonolento aspergiu em mim um pouco de água consagrada. Naquele instante ouvi um débil rumor, alguma coisa tilintando.

Abri os olhos para a escuridão do templo de Afrodite de Érix e percebi que minha visão fora apenas um sonho embora eu não tivesse dormido.

Um novo tilintar levou-me a ficar de pé. Nunca antes me sentira tão repousado, tão alerta e tão sensível. Na luz penumbrosa vi que uma mulher velada se sentara à beira do pedestal da deusa. Do pescoço aos calcanhares estava ela envolta numa cintilante roupagem, pesada de lavores. Em sua cabeça uma coroa fulgurante mantinha no lugar o véu que lhe tapava o rosto. Ela caminhou, e tornei a ouvir o mesmo tilintar de braceletes. Ela caminhava; logo, estava viva! Em verdade, existia!

— Se és verdadeiramente a deusa — disse eu tremendo —descobre-me teu rosto!

Ouvi um riso por detrás do véu. A mulher assumiu uma posição mais cômoda e disse em grego compreensível:

— A deusa não tem rosto próprio. Que rosto desejas ver, ó Turms, incendiário de templos?

A suspeita invadiu-me, pois seu riso era um riso humano, sua voz uma voz humana, e ninguém em Érix podia saber que eu outrora incendiara o templo de Cibele em Sardes. Apenas Doro ou Micon estavam em condição de relatar esse fato àquela desconhecida.

Respondi asperamente:

— Tenhas o rosto que tiveres, aqui faz muito escuro para que eu o veja.

— Cético que és! — e ela riu-se. — Pensas que a deusa tem medo da luz?

Seus braceletes tilintaram enquanto ela tirava uma faísca e acendia a lâmpada ali perto. Piscando depois que a escuridão se dissipou, pude distinguir o bordado perolino de sua túnica, sentindo ao mesmo tempo uma débil fragrância de âmbar.

— És tão mortal quanto eu — falei desapontado. — És uma mulher como as outras. Eu esperava ver surgir a deusa.

— E a deusa não é acaso uma mulher? — perguntou ela. — Ainda mais mulher do que qualquer mulher mortal? Que desejas de mim?

— Descobre-me teu rosto—pedi-lhe, dando um passo em sua direção.

Ela ficou rija e sua voz mudou:

— Não me toques; não é permitido.

— Por quê? Isso me transformaria em cinzas? — perguntei zombeteiro. — Ou cairia morto no chão se te tocasse?

Sua voz advertiu:

— Não brinques com essas coisas. Lembra-te do que te aconteceu hoje: sacrificaste à deusa uma criatura humana.

Lembrei-me de Aura e já não me senti com vontade de zombar.

— Descobre-me teu rosto — insisti — para que eu possa saber quem és.

— Como quiseres — disse ela. — Lembra-te porém que a deusa não tem rosto próprio. E tirando da cabeça sua cintilante guirlanda, removeu o véu. Depois, levantando o rosto para a luz, exclamou:

— Turms, Turms! Não te lembras de mim?

— Dione! — exclamei. — Como vieste ter aqui?

Pensei um instante que Dione fugira rumo do Ocidente para escapar aos persas que ameaçavam a Jônia, e que, por um miraculoso capricho do destino, viera ter ao templo de Afrodite em Érix. Mas dentro em pouco compreendi que muitos anos haviam se passado irrevogavelmente desde que Dione me atirara a maçã. Não era possível que ela ainda fosse a mesma moça de então, nem eu o mesmo moço apaixonado.

A mulher tapou o rosto com o véu.

— Então me reconheces; não é assim, Turms?

Respondi com petulância:

— As sombras e a luz vacilante da lâmpada atrapalharam-me a vista. Pensei reconhecer em ti a moça que em minha juventude eu conhecera em Éfeso. Mas enganei-me: não és ela. Não és moça.

— A deusa não tem idade. Não tem idade e é intemporal, e seu rosto se transforma com quem a contempla. Que desejas de mim?

— Se fosses a deusa — disse eu desiludido — sem que eu o dissesse, saberias a que vim.

Ela agitou a grinalda cintilante na mão, de modo que meus olhos foram obrigados a segui-la. E segurando o véu sobre o rosto com a outra, comandou:

— Torna a deitar-te. Estás com sono. Descansa.

Dirigiu-se com leveza para os pés do leito, ainda balançando a grinalda na mão. Minha vigilância derreteu-se e uma sonolenta sensação de segurança me invadiu.

Súbito ela endireitou-se, mostrou o rosto e perguntou:

— Turms, onde estás?

Seu rosto enegreceu e tornou-se luzidio ante meus olhos; seu manto estava adornado com seios de amazonas, a lua era sua tiara e leões jaziam a seus pés. Senti as sagradas ligaduras de lã de Artemis enfaixando-me os membros, e a própria Ártemis estava de pé à minha frente, não mais uma estátua caída do céu, mas viva, ameaçadora e com um sorriso implacável no rosto.

— Onde estás? — repetiu a voz.

Fazendo um tremendo esforço, loguei desembaraçar a língua:

— Ártemis! Ártemis! — exclamei.

Uma mão caridosa pousou nos meus olhos, todo meu corpo respirou e fiquei livre da opressão. A lua já não tinha poder sobre mim.

— Livrar-te-ei do domínio da deusa estrangeira se quiseres e prometeres servir somente a mim. Rejeita a melancolia da lua e te darei a alegria e o sol.

Murmurei (ou pelo menos pensei que o fiz):

— Ó tu, que nasceste da espuma, a ti me consagrei muito antes que Ártemis me dominasse. Nunca mais me abandones.

Ouvi um estrondo nos ouvidos, o leito balançou-se sob meu corpo e uma voz repetiu diversas vezes:

— Onde estás, Turms? Acorda. Abre os olhos!

Abri os olhos e disse, cheio de espanto:

— Estou vendo um ameno vale de onde se levantam montanhas toucadas de neve. Sinto a fragrância das ervas, e a encosta do vale é tépida para o corpo que ali se deita. Jamais vi tão belo vale, mas estou só. Não vejo casas nem caminhos nem ao menos alguém.

Ouvi então sussurrar uma voz provinda de largas distâncias:

— Volta, Turms. Regressa. Onde estás?

Tornei a abrir os olhos. Era noite e eu me encontrava num estranho quarto. Suspendendo a respiração, reconheci Cidipe estendida na cama. Dormia com os lábios entreabertos, e suspirava ao dormir. Súbito acordou, avistou-me e fez uma tentativa de cobrir a nudez. Mas ao reconhecer minha cara, começou a sorrir e sua mão imobilizou-se. Corri para ela e abracei-a. Ela pôs-se a gritar, depois se amolentou em meus braços e deixou-me agir como quisesse. Mas seus lábios de menina eram frios sob minha boca, seu coração não pulsava de encontro ao meu, e, quando a soltei, e ela cobriu os olhos de vergonha, percebi que nada tinha de comum com ela.

Um gemido de desilusão me escapou, e quando tornei a abrir os olhos, estava deitado no leito do templo de Afrodite em Érix com os braços rigidamente erguidos. À beira do leito estava sentada uma estranha mulher que me falava, experimentando segurar meus braços para baixo.

— Que aconteceu, Turms? — perguntou ela inclinando a cabeça para enxergar meu rosto à luz da lâmpada.

Vi que despira o manto endurecido de lavores, retirara o colar e as pulseiras. Estava tudo no chão, assim como o véu e a grinalda. Vestia agora uma fina camisa, e seus cabelos louros se arrepanhavam no alto da cabeça. A forma de suas altas e finas sobrancelhas fazia seus olhos parecerem oblíquos. Quando se inclinou sobre mim, eu sabia que nunca a vira antes, e no entanto sentia que me era familiar.

Meus braços afrouxaram e caíram ao longo do meu corpo. Tinha os membros exaustos como após um árduo trabalho. Ela tocou-me as sobrancelhas, o peito e a boca com as pontas dos dedos, e começou distraidamente a traçar um círculo no meu peito nu. Súbito empalideceu, e com grande surpresa de minha parte reparei que chorava.

Cheio de medo perguntei:

— Que aconteceu?

— Nada — respondeu com aspereza, e abruptamente puxou a mão.

— Por que choras?

Ela sacudiu a cabeça com tanta força que uma lágrima me tombou no peito.

— Não estou chorando.

A seguir esbofeteou-me e perguntou raivosamente:

— Quem é essa Cidipe, cujo nome repetiste com tamanho êxtase?

— Cidipe? É por causa dela que estou aqui. É a neta do tirano de Himéria. Mas já não a desejo. Obtive o que queria, e a deusa libertou-me dela.

— Foi bom — disse ela teimosamente. — Foi muito bom. Por que então não segues teu caminho, se já obtiveste o que querias? — E levantou a mão como para me tornar a bater, mas agarrei-lhe os pulsos. Delgados e belos eram eles na minha mão.

— Por que me bates? — perguntei. — Não te fiz nenhum mal. — Não fizeste! — exclamou. — Homem algum me fez tanto mal como tu! Por que não te vais embora daqui sem nunca mais regressares a Érix?

— Não posso: estás sentada em cima de mim. Além disso, prendeste minha túnica.

Com efeito, ela havia enrolado em seus joelhos, como se tivesse frio, uma ponta da minha túnica.

— Quem és? — perguntei, tocando-lhe o colo.

Ela assustou-se e gritou:

— Não me toques! Odeio tuas mãos!

Quando tentei erguer-me ela me empurrou para trás, inclinou-se em cima de mim e ardentemente me beijou na boca. Fê-lo de tal maneira inesperada que não compreendi o que acontecera antes que ela se endireitasse e de novo se sentasse à beira do leito com o mento altivamente erguido.

Segurei-lhe a mão.

— Falemos sensatamente como criaturas humanas, pois que és humana e da minha espécie. Que aconteceu? Por que choraste e me bateste?

Ela fechou a mão para uma punhada, mas consentiu que eu a segurasse.

— Inútil vires aqui em busca de auxílio, pois sabes mais do que eu a respeito da deusa. Eu sou apenas o corpo no qual a deusa se manifesta, mas teu poder penetrou dentro de mim e eu nada posso fazer. Não entendo o que aconteceu. Deveria ter apanhado minhas roupas e saído, e ao acordares, considerarias a tua visão como resposta a teu problema. Não sei por que fiquei. Dize-me: estás acordado de verdade?

Palpei a cabeça e o corpo.

— Penso que sim. Entretanto há poucos instantes teria jurado que também estava desperto. Nunca senti nada parecido com isto.

— Provavelmente que não. E julgo que aquela mulher nunca se importou contigo, logo que te foi preciso recorrer ao auxílio da deusa...

Segurando em minha mão seu delicado pulso, fitei-a demoradamente.

— Teus lábios são lindos. Conheço a curva de tuas sobrancelhas, e também teus olhos e tuas faces. Pertences ao número dos que regressaram? Parece que te reconheço.

— Dos que regressaram? — perguntou ela. — Não sei o que queres dizer.

Enlacei-lhe os ombros com meus braços e puxei-a para junto de mim. Seu corpo pusera-se rijo, mas ela não resistiu.

— Teus braços estão frios — disse eu. — Deixa-me aquecê-los com o meu corpo. Ou será que já amanheceu?

Ela espiou o céu pela abertura do teto.

— Ainda não. Mas por que continuas interessado em mim? Por que me aquecerás com o teu corpo? Se já obtiveste o que querias...

Súbito escondeu o rosto em meu peito e pôs-se a chorar amargamente.

— Não te zangues se me torno cacete. A escuridão da lua sempre me põe caprichosa. De hábito faço com humildade aquilo que me pedem, mas tu me tornas obstinada.

Através do fino tecido eu sentia a maciez de seus membros, e tremores perpassavam no meu corpo. Parecia-me estar postado num limiar, o qual, uma vez transposto, não havia voltar atrás.

— Dize-me teu nome — supliquei de modo que eu possa conhecer-te e falar-te...

Ela sacudiu a cabeça teimosamente. Seus cabelos se escaparam dos pentes e caíram sobre mim. Ao apertar o rosto contra o meu peito, abraçava-me com ambos os braços.

— Se soubesses meu nome, eu estaria sob teu poder. Não percebes? Pertenço à deusa. Não posso e não devo ser dominada por homem algum.

— Não podes escapar-me — disse-lhe eu. — Ao iniciar uma vida nova, a gente escolhe um nome novo. Neste mesmo instante estou te dando um nome novo. Será teu, e por meio dele te dominarei: Arsinoé.

— Arsinoé — repetiu ela lentamente. — Como o inventaste? Já conheceste antes alguma Arsinoé?

— Nunca: esse nome acaba simplesmente de me vir à cabeça — garanti-lhe. — Veio de algum lugar, ou estava em mim, pois ninguém inventa nomes por si mesmo.

— Arsinoé — repetiu ela, como se o saboreasse. — E se eu não aceitar o nome que me dás? Que direito tens de dar-me outro nome?

— Arsinoé — murmurei — quando te aqueço deste jeito no meu colo e enrolo em torno de ti o manto de lã da deusa, és para mim a mais familiar das pessoas, embora eu não te conheça.

Pensei um momento.

— Que não és grega, isso eu sei pela tua fala. Nem podes ser fenícia, pois teu rosto não é da cor do cobre. És branca como a espuma do mar. Serás talvez descendente de refugiados troianos?

— Por que te importares com a minha nacionalidade? A deusa não faz distinção entre nacionalidades ou clãs, línguas ou cor da pele. Escolhe pessoas a esmo, faz as belas ainda mais belas, e faz belas mesmo as feias. Mas dize-me, Turms: agora vês meu rosto como ele realmente é?

Voltou-se para mim e examinei-a:

— Nunca vi rosto tão vivo e tão mutável como o teu, Arsinoé. Todos os teus pensamentos se refletem nele. Agora compreendo que a deusa te empresta um número infinito de rostos, e cada homem que adormece do sono da deusa julga ver em ti o rosto de alguém que ele ama ou alguma vez amou. Mas quando te encostas de encontro a mim como criatura humana, creio ver em ti tua verdadeira face.

Recuando um pouco ela tocou os cantos dos meus olhos e da minha boca e suplicou:

— Turms, jura-me que és uma criatura somente humana.

— Em nome da deusa, juro que experimento a fome e a sede, o cansaço e o sono, o desejo e o anseio de uma criatura humana. Mas o que sou não posso dizer, pois eu mesmo não sei. Juras que não desaparecerás repentinamente do meu colo nem mudarás .de rosto? Para mim, o teu é o rosto mais belo que ainda vi.

Ela enunciou um juramento e então disse:

— Às vezes a deusa me aparece e eu já não me conheço. De outras vezes minha tarefa é tediosa e eu sei que estou apenas enganando as pessoas que em seus sonhos julgam que eu sou a deusa. Turms, às vezes nem mesmo acredito na deusa, mas anseio ser livre e viver a vida comum de uma criatura humana. Agora o meu único mundo é esta montanha de Érix, e a fonte da deusa será minha sepultura quando eu estiver gasta e outra tomar o meu lugar no serviço da deusa.

Tocou com o pé as roupas do chão, sacudiu a cabeça e acrescentou:

— É um disparate eu falar nestes termos contigo, que és um estrangeiro. Dize-me: tens o poder de enfeitiçar a gente, pois não saí a tempo, como devia?

Mas uma ideia peculiar começou a empolgar-me. — Em meu sonho, se é que era sonho, eu estava em Himéria, no quarto de Cidipe. Cingi-a assim como um homem cinge uma mulher, e ela permitiu que eu a possuísse. Saciei-me dela e fiquei sabendo que foi apenas o desejo que me cegara e que eu nada tinha de comum com ela. Mas aquilo que aconteceu foi real. Sei-o, sinto-o no meu corpo. Mas quem foi afinal que eu possuí, se meu corpo estava aqui e não em Himéria?

Ela evadiu a pergunta e ripostou irada:

— Não me fales a respeito da tal Cidipe. Já falaste demais a seu respeito.

Depois continuou, triunfalmente:

— De qualquer modo, ela não é para ti. Seu pai já recebeu a profecia da deusa. Cidipe será mandada com uma parelha de mulas para sua câmara nupcial e um coelho a precederá. O coelho é o emblema de Régio, e Régio governa os estreitos do lado italiano assim como Zancle os governa do lado da Sicília. E porque a deusa de Érix também dá cumprimento a planos políticos em suas visões e profecias, não posso sempre acreditar nela.

— Com efeito — prosseguiu — o templo de Érix é o mercado matrimonial de todo o mar ocidental. Os mais sabidos creem na deusa apenas pela metade e negociam diretamente com os sacerdotes a fim de obterem os casamentos mais vantajosos. Muitos homens e mulheres confiantes receberam aviso para visitar Érix e ali viram numa visão seus futuros cônjuges, embora nunca antes tivessem sequer ouvido falar um do outro. A deusa pode persuadir os relutantes.

— E quanto a mim — perguntei. — Serei igualmente vítima de algum cálculo?

Ela ficou séria.

— Não compreendas mal minhas palavras. A deusa é mais poderosa do que pensamos, e às vezes confunde os cálculos mais bem feitos, substituindo-os por sua própria vontade. Senão, por que fui obrigada a ficar aqui e revelar-me diante de ti?

Cheia de medo ela tocou-me os lábios com a mão.

— Não, Turms, sinto-me alternadamente quente e fria quando fito teus olhos amendoados e tua larga boca. Algo mais forte do que eu me prende a ti e faz-me os joelhos tão fracos que não posso baixar-me para apanhar minhas roupas do chão. Algo terrível vai acontecer.

Olhou para cima, para a abertura do teto:

— O céu está clareando — exclamou. — Como foi curta esta noite! Devo partir para não ver-te nunca mais!

Agarrei-lhe a mão.

— Arsinoé, não te vás ainda. É preciso encontrarmo-nos novamente. Dize-me o que devo fazer.

— Não sabes o que dizes — protestou ela. — Não basta uma mulher ter morrido mediante o teu contato? Muito se falou a esse respeito no templo. Queres que eu também morra?

Naquele instante ouvimos um tatalar de asas. Alguém entrara no pátio do templo e um bando de pombas fugira assustado. Algo caiu da abertura do teto, tombando no círculo de luz a nossos pés. Juntei do chão uma pequena pluma.

— A deusa enviou-nos um sinal! — gritei exaltadamente. — Ela mesma está a nosso favor. Se antes não acreditasse nela, agora acredito, pois isto é um milagre e um presságio.

O corpo da moça estremeceu no meu regaço.

— Alguém caminhou no pátio — sussurrou ela. — Mas uma porção de mentiras já estão saltando na minha cabeça como lagartixas. Talvez a deusa esteja me concedendo seu próprio engenho. Turms, por que me fizeste isto?

Beijei-lhe a boca protestadora até que ela cedeu, animando-me com seu próprio sopro apaixonado.

— Turms — disse ela afinal com os olhos marejados de lágrimas — tenho um medo horrível. Reconhecer-me-ias o rosto se o visses à luz do dia? A luz da lâmpada é traiçoeira. Talvez eu seja mais feia e mais velha do que pensas, e ficarias desiludido comigo.

— E que achas do meu rosto? — perguntei.

— Nada tens a recear, Turms — disse rindo. — Tens o rosto de um deus.

Naquele instante estremeci da cabeça aos pés, e preso de um profundo êxtase, senti-me maior do que eu mesmo. Nada havia que eu não pudesse vencer.

— Arsinoé — disse eu. — Nasceste para mim e não para a deusa, assim como eu também nasci para ti. Esse o motivo por que tive de vir a Érix a fim de encontrar-te. Aqui estou, sou livre, sou forte. Vai, pois, e não tenhas medo. Se não nos encontrarmos de dia, encontrar-nos-emos de noite — bem o sei, e nenhuma força do mundo nos poderá impedir.

Ajudei-a a apanhar do chão as roupagens e as joias. Ela apagou a lâmpada, levou-a consigo e saiu do templo por uma porta estreita, aberta atrás do pedestal vazio da deusa. Deitei-me no leito, puxei para cima de mim o manto de lã trescalando a mirra, palpei seu bordado de pombas e fitei no alto o céu alvorescente.

4

O sol já ia alto quando acordei ao toque da mão de um dos sacerdotes que entrara no templo trazendo um vaso de beber, lindamente decorado. Quando o avistei não sabia qual dentre as minhas experiências tinha sido simples sonho. Mas quando a memória voltou, foi tal a alegria — que me encheu que ri ruidosamente.

— Ó sacerdote de Afrodite: a deusa me libertou das agonias do amor! — exclamei. — A noite passada vi a moça que eu pensava amar, e até a possuí, embora ela esteja muito longe em Himéria. Ela porém transformou-se num coelho e fugiu de meus braços, e não mais a desejei.

— Bebe isto — disse ele estendendo-me a taça. — Vejo em teu rosto que ainda estás em estado de excitação. Esta bebida te acalmará.

— Não quero calma — protestei. — Ao contrário, esta situação é deliciosa e alegremente eu a prolongaria. Mas tu conheces os segredos da deusa. Por que esconderei de ti, que eu, um estranho, esperava o impossível, e apaixonei-me por Cidipe, neta do tirano de Himéria? Felizmente, entretanto, a deusa me libertou de meus anseios. — E enquanto falava, ia bebendo a mistura de mel e vinho que ele me oferecera.

O sacerdote olhou-me astutamente e franziu o cenho.

— É verdade que dizes que Cidipe virou coelho e fugiu de ti? — perguntou suspeitoso.

— Se assim for, a deusa em verdade te protegeu, pois esse presságio vem confirmar outros presságios anteriores que tivemos a respeito dessa Cidipe.

— Cidipe — repeti lentamente. — Ontem, porém, esse nome me fazia todo o corpo estremecer. Não me importo se não voltar a vê-la.

— Que mais viste? — perguntou o sacerdote com curiosidade. — Experimenta lembrar.

Cobri os olhos com a mão e fingi pensar:

— Julgo ter visto uma parelha de mulas e uma carruagem enfeitada de prata. As mulas atravessaram a água dos estreitos, mas não sei como isso foi possível. Ainda há poucos instantes a visão era clara, mas a bebida que me deste embaralhou-a. Não: já não posso ver nada nem me lembrar de coisa alguma. Mas isso nada significa. Finalmente Cidipe já não me transtorna os miolos...

— Não há dúvida que tens algum talento de adivinho — disse ele.

Deixei o templo e voltei à estalagem, onde os restos do banquete funerário, pratos quebrados e poças de vinho se espalharam pelo soalho. Micon dormia sua tristeza tão profundamente, que não pude despertá-lo. Mas Tanaquil se levantara, e seus dentes estavam sendo ajustados pelo dentista. O sangue lhe corria das gengivas, mas ela bebia vinho para fortificar-se e sem uma queixa deixava o dentista machucá-la com seus alicates e fixar com segurança no lugar as tirinhas de ouro. O dentista gabava-lhe a coragem, e ele próprio estava admirado da beleza dos dentes que fabricara. Quando estes foram colocados no lugar, ele esfregou as gengivas sanguinolentas com um unguento de ervas e recebeu o dinheiro pelo seu trabalho. Este não era pouco, mas a fim de aumentar seus ganhos, empurrou para Tanaquil escovas de dentes, óleos para o rosto, escurecedores de sobrancelhas e corantes de rosto cartagineses, que tornavam invisíveis as rugas.

Quando afinal ele partiu, segurei Tanaquil por ambas as mãos e disse:

— Somos, ambos nós, pessoas maduras. Estás familiarizada, aqui em Érix, com os ritos secretos da deusa, mas eu também possuo poderes que não suspeitas. Lembra-te do que aconteceu a Aura, quando a toquei. Quem é a mulher que na figura da deusa, aparece aos suplicantes do templo?

Tanaquil recuou assustada, olhou em torno e disse:

— Fala baixo, embora eu não saiba o que queres dizer com isso.

Disse eu então com firmeza:

— É uma mulher feita de carne e sangue como eu. Lembra-te de que tenho o poder de revelar a Doro muitas coisas que poderão afastá-lo de ti, apesar de teus dentes novos. Por isso usa de franqueza comigo e conta-me o que sabes.

Ela refletiu um instante:

— O que é exatamente que desejas saber? — perguntou. — Sejamos amigos. Naturalmente que te ajudarei se puder.

— Quero tornar a encontrar-me com aquela mulher do templo — pedi eu. — Tão logo quanto possível e de preferência durante o dia e sozinhos.

— Isso é proibido — afirmou Tanaquil. — Demais, ela é apenas um vaso barato que a deusa enche de vinho à sua escolha. Os vasos mudam, mas o vinho da deusa permanece inalterável. O poder não está na moça. Ela não passa de uma escrava que se exercitou na escola da deusa.

— Pode ser — disse eu — mas é precisamente esse vaso barato o que eu desejo, de preferência vazio e sem vinho, pois pretendo enchê-la de meu próprio vinho.

Tanaquil fitou-me pensativa, tocou seus dentes novos e confessou:

— Conforme adivinhas, sou consagrada. Confesso que muitas vezes ajudei aquela moça a pregar peças aos homens enquanto eles dormiam o sono da deusa. Foi ela quem ajudou Doro a me achar mais bela do que Helena de Troia e a usufruir delícias insuspeitadas no meu amplexo...

— Quem é ela? — perguntei.

— Como poderei saber? — e Tanaquil ergueu os ombros. — Estas mulheres são compradas na infância e estudam no templo. Julgo que esta foi instruída em Cartago e também viajou outras terras para desenvolver os talentos necessários. Os templos frequentemente trocam entre si mulheres bem dotadas, mas aquela que chegou às culminâncias de Érix não pode ir mais longe. Pode viver como uma deusa e experimentar todos os prazeres, até que enlouqueça ou se torne imprestável. Não penses nela, Turms; estás perdendo tempo.

— Tanaquil — disse eu — certa vez me disseste que acreditavas na deusa. Eu também acredito nela, assim como devo acreditar depois de todos os indícios que ela me deu da sua existência. Tem ela o poder de confundir os mesquinhos cálculos humanos, incluindo os dos seus próprios sacerdotes. Seu capricho trouxe-me a Érix. Seu capricho revelou-me aquela mulher, e é ainda seu capricho que me obriga a tornar a encontrar aquela mulher. Como posso resistir-lhe ao capricho? Ajuda-me, Tanaquil. Por tua causa, por minha causa e também por causa daquela mulher.

Tanaquil respondeu irritada:

— Por que não confias teu problema ao sacerdote? Ele pode, melhor do que eu, provar como estás enganado.

— Por que tu mesma não te diriges ao sacerdote? — roguei. — Dize-lhe que ainda precisas da espécie de conselho que só uma mulher pode dar. Com certeza aquela mulher não é uma prisioneira. Com certeza poderá sair do templo em companhia de uma pessoa de confiança. Ao fim e ao cabo, aparece aos suplicantes sob muitos disfarces, e provavelmente ninguém, exceto os sacerdotes e tu, e, naturalmente, os servidores do templo, conhecem seu verdadeiro rosto. Certamente ela poderá andar como uma mulher entre mulheres, embora sirva à deusa durante a noite.

— Naturalmente que terá suas próprias diversões — confessou Tanaquil. — Com efeito, é a pior imundície que conheço. No verão aparece até para os marinheiros, os cocheiros e os pastores das encostas montanhesas. Não, Turms: desvia dela teu pensamento. Se é verdade que sou mulher experiente e traiçoeira, ela é incomensuravelmente mais experiente e traiçoeira.

Suas cruéis palavras me assustaram, mas eu tinha a certeza de que era de propósito que ela falava descaridosamente de Arsinoé a fim de me desviar, e a si própria livrar do apuro. Via diante de mim aquelas sobrancelhas oblíquas, o rosto vivaz, a linda boca e o alvo colo. Ainda sentia nos membros seu calor de mulher, e tudo dentro de mim gritava que não havia nela mal algum.

— Tanaquil — disse eu — olha-me nos olhos. Precisas obedecer-me. Desde que é tão fácil, vai e traze-ma. Em nome da deusa, exijo que cumpras meu pedido. Em caso contrário ela te abandonará.

Tais palavras fizeram Tanaquil hesitar. Como mulher, conhecia melhor do que eu os caprichos da deusa e realmente receava que a deusa a abandonasse.

— Seja então como queres — disse suspirando. — Mas apenas com a condição de que a própria mulher consinta em encontrar-se contigo como pessoa entre pessoas e em dia claro. Tenho dificuldade em acreditar nisso, pois não há muita coisa a ver naquele rosto.

Depois que penteou o cabelo, pintou o rosto e adereçou-se com suas joias, saiu realmente para o templo. Com dentes novos na boca, caminhava ereta e com o queixo levantado.

Não demorou muito, e reapareceu com uma mulher vestida da cabeça aos pés com uma elegância bem fenícia e protegendo seu rosto do sol mediante uma sombrinha franjada nas bordas. Atravessaram a casa em demanda do terraço e do pomar, sob as floridas árvores frutíferas. Ao vê-las, ondas de calor pulsavam no meu corpo. Tanaquil deixou a mulher sentada numa pedra e disse que ia buscar comida e bebida.

— Turms — chamou ela — vem cá, e zela para que nenhum dos servidores do templo venha perturbar esta deusa. Quero servi-la com minhas próprias mãos.

Enquanto eu dava aqueles poucos passos na direção de Arsinoé, sentia os membros como água e meus lábios tremiam. Florzinhas me tombavam aos pés e o mar no sopé da montanha estava inquieto. Ela fechou a sombrinha, levantou a cabeça e fitou-me no rosto.

Reconheci as altas sobrancelhas oblíquas mas não os olhos ou a cruel boca pintada.

— Arsinoé — murmurei e estendi a mão. Mas não me atrevi a tocá-la.

A mulher franziu com impaciência a fronte arqueada.

— O sol faz latejarem-me as têmporas e eu não dormi o suficiente. Se eu não respeitasse tão altamente a Tanaquil, decerto não teria acordado tão cedo e vindo aqui visitá-la. A ti, porém, não conheço. Falavas comigo? Que desejas?

A pintura fazia-lhe o rosto parecer mais duro. Ao falar apertava os olhos, tornando-os meras fendas, e havia rugas em seus cantos. Tinha o rosto mais experiente do que eu o acreditara à luz da lâmpada, mas quanto mais eu a fitava, tanto mais claramente começava a distinguir o outro rosto que ela tinha debaixo da pintura.

— Arsinoé — repeti num murmúrio; — é verdade que não te lembras de mim?

Os cantos de sua boca puseram-se a tremer. Ela abriu os olhos, e estes já não eram furtivos, mas radiosos de alegria.

— Turms, ó Turms! — gritou ela. — Reconheces verdadeiramente meu rosto à luz do dia e tal como sou? Tens verdadeiramente receio de mim, como um meninozinho num portão proibido? Ó Turms, se soubesses como eu mesma tinha medo!

Num salto ficou de pé e correu para meus braços. Senti o tremor do seu corpo através do vestido à medida que a enlaçava.

— Arsinoé, Arsinoé! — suspirei. — Naturalmente que te reconheço.

Seu rosto ficou iluminado e era como se eu segurasse a própria deusa nos braços. O céu acima de nós arredondou-se num azul profundo e meu próprio sangue rugia em meus ouvidos.

— Arsinoé — disse eu — para isto nasci, para isto vivi, para isto sonhei meus sonhos inquietos. O véu já não tapa teu rosto.

Mostraste-mo, e neste instante estou pronto a morrer. Ela pousou as palmas da mão no meu peito:

— Uma seta atravessou meu coração — disse — e meu sangue foge cada vez que me fitas, Turms. Cada vez que sorris teu divino sorriso, fico sem forças. Como são belos e fortes teus membros másculos! Aperta-me contra ti senão tombo! E eu pensava que era uma serva invulnerável da deusa!

Apertou os lábios de encontro ao meu pescoço, mordeu-me o peito e contorceu-se no meu colo ao ponto de se lhe abrir o broche do ombro e seu vestido cair no chão. O vento principiou a gemer e pétalas caídas eram sopradas sobre nós, mas nenhum poder da terra teria força suficiente para nos separar. Qualquer pessoa nos poderia transfixar com a mesma lança, que nem sequer sentiríamos. Depois seus lábios esfriaram, suas pálpebras tremeram, um grito se lhe escapou da garganta e ela ficou completamente largada.

Só então recuperei o estado normal e olhei à volta. O vento açoitava as árvores frutíferas e Tanaquil estava postada ali perto com seus vestidos volumosos e fitando-nos cheia de horror.

— Perdestes o juízo, vós ambos? — gritou com voz estrídula de medo. — Não tendes senso suficiente para buscardes o abrigo dos arbustos, como faz toda gente decente?

Com mãos trêmulas ajudou Arsinoé a vestir-se. Flores e galhos quebrados voavam pelos ares e colmos de telhados urbanos escureciam o sol. Muito abaixo de nós o mar espumejava e montanhas de nuvens rolavam do horizonte em direção a Érix.

— Despertastes a ira dos imortais com vossa conduta obscena — ralhava Tanaquil, seus olhos negros cintilando de inveja. — Mas a deusa teve piedade de vós e atirou-vos seu véu, que vos cobriu. Até obscureceu minha vista, de modo que parecíeis cobertos de nevoeiro. Como pudestes fazer isto?

— Uma tormenta desaba — disse eu, ainda ofegante — uma tormenta do ocidente. Não me admira. A tormenta que há dentro de mim e de meu corpo varrem toda Érix.

Arsinoé baixou os olhos como uma menina apanhada em travessura, tomou a mão de Tanaquil e suplicou:

— Perdoa-nos, tu que és a mais abençoada das mulheres. Torna a ajudar-me, pois preciso lavar-me.

— Entremos para o abrigo de paredes de pedra — sugeriu Tanaquil.

Conduziu Arsinoé para seu quarto onde tudo estava pronto, pois aquela astuta e experiente mulher já havia providenciado toalhas e água quente, de modo que depois que Arsinoé se banhou, eu também entrei para fazer o mesmo. Depois que terminamos pusemo-nos os três a rir sem mais cerimônias.

Tanaquil enxugava lágrimas de riso e disse:

— Eu não te preveni, Turms, de que ela é a pior imundície que conheço? Em verdade invejei-a quando a ouvi gritar há pouco no teu amplexo, embora ela pudesse estar fingindo para lisonjear-te e assim te dominar com maior facilidade. Nunca acredites numa mulher, Turms, pois o corpo de uma mulher é tão astuto como seus olhos e sua língua.

Arsinoé sorriu radiosamente:

— Não acredites nesta mulher ciumenta, Turms. Tu mesmo sentiste a montanha rachar-se debaixo de nós e a terra tremer.

Falava por sobre o ombro enquanto se mirava no espelho de bronze de Tanaquil e habilmente tirava a pintura do rosto e dos lábios. O rosto que ainda havia pouco tinha a intensidade da paixão, de novo se tornou pequeno, um rosto de criança, mas seus olhos ainda cintilavam sombrios e o azul de suas sobrancelhas altas aumentava-lhes o brilho.

— Tens outra vez um novo rosto, Arsinoé — disse eu. — Mas para mim é esse o teu rosto mais verdadeiro. Não o tornes a mascarar.

Ela sacudiu a cabeça, e seu cabelo — o cabelo tradicionalmente louro daquela que nasceu da espuma despencou-lhe pelas costas nuas. Ao examinar seu reflexo, franziu o nariz, cada pensamento ondulejando visivelmente em seu rosto caprichosamente mutável. Com ciúmes do espelho, pousei a mão no seu ombro nu a fim de fazê-la voltar-se para mim. Ela deixou cair o espelho e tapou o rosto com ambas as mãos.

— Em nome da deusa! — gritou Tanaquil sinceramente espantada. — Basta que a toques para que ela enrubesça! Estais seriamente apaixonados um pelo outro? Era isso que prediziam teus sorrisos misteriosos, Turms. A deusa de Érix te enfeitiçou. — Tanaquil — pedi-lhe eu — vai e traze-nos refrescos segundo prometeste, pois sou incapaz de entender o que dizes.

Ela sacudiu a cabeça qual uma ave debicando o chão, riu consigo mesma e disse:

— Pelo menos fechem a porta a cadeado, o que me servirá de aviso quando eu voltar.

Depois que ela saiu, ficamos a olhar um para o outro. Arsinoé empalideceu lentamente e as pupilas de seus olhos se dilataram até me parecer que eu olhava em fundos poços negros.

Estendi-lhe os braços, mas ela ergueu a mão me repelindo:

— Não venhas — suplicou.

Mas a força cantava dentro de mim e não fiz caso de seus protestos. Ao contrário, eles estimularam-me a alegria, pois percebi que ela era obrigada a curvar-se ante minha vontade. A violência da tempestade aumentava e fazia chocalhar o postigo, como se forças estranhas quisessem entrar pela janela. O telhado estalava e o vento assobiava pelas fendas da porta. Os espíritos do ar tombavam à nossa volta com alegria tumultuosa enquanto parecia balançarmo-nos em uma nuvem no meio da tormenta.

Quando afinal jazemos exaustos no leito, ela apertou o rosto contra meu peito e disse:

— Nenhum homem ainda me possuiu de uma maneira tão terrível e arrebatadora.

— Arsinoé — disse eu — para mim ainda és pura e intocada. Não importa o número de vezes que eu te possuir: serás sempre nova e intocada.

A tormenta assobiava pelas fendas e sacudia os postigos. Ouvíamos os gritos da gente, o choro das crianças e o mugido do gado. Mas estávamos completamente impassíveis ante esses ruídos. Eu segurava as mãos dela entre as minhas enquanto mutuamente nos fitávamos, os olhos nos olhos.

— É como se eu tivesse tomado veneno — disse ela. — Vejo sombras negras à minha frente e meus membros estão esfriando. Parece que morro lentamente quando me olhas.

— Arsinoé, nunca antes tive medo do futuro. Corri célere para ele, com gula e impaciência. Mas agora tenho medo. Não por mim mas por ti.

— A deusa está em mim e por mim — disse ela. — Do contrário, não teria acontecido nada parecido com isto. Dou ouvidos a mim mesma. Ondas de fogo me perpassam pelo corpo e sinto dentro de mim a felicidade dos imortais. A deusa precisa proteger-nos. De outro modo não mais acreditarei nela.

Naquele instante ouvimos baterem à porta.

Quando a abri, Tanaquil entrou com um pequeno odre de vinho sob o braço e algumas taças.

— Nem ao menos têm medo da tormenta? — perguntou ela. — Ela varreu telhados, derrubou paredes, e muita gente saiu ferida. Netuno está sacudindo a montanha e o mar espuma de ira. Eu, pelo menos, preciso beber um pouco de vinho para ganhar coragem.

Ergueu o odre e entornou um jorro na própria boca. Depois de engolir o suficiente encheu as taças e nos ofereceu, falando o tempo todo.

— Meu herói Doro está se debatendo na cama com a cabeça coberta e dizendo entre gemidos que a terra balança debaixo dele. Micon agarrou a cabeça nas mãos e se imagina nos mundos infernais. O dia está escuro e ninguém se lembra de uma tormenta tão violenta e repentina, embora a primavera de Érix seja sempre imprevisível. Mas vós ambos brincais de boca a boca, embebedados mesmo sem vinho!

Zombeteiramente exultante, fitei a tremente Tanaquil e a Arsinoé cuja cabeça se inclinava submissa. Alguma força no meu interior ergueu-me os braços e moveu-me os membros numa dança, como se esta estivesse dentro de mim. Dancei ao redor do quarto a dança da tormenta, golpeando o chão com os pés e levantando os braços como se quisesse arrancar as nuvens do céu. A tormenta correspondia à minha dança com tambores, trombetas e assobios.

Parei para escutar, e algo fez minha boca gritar:

— Cala-te, vento; acalma-te, tormenta, pois já não preciso de vós!

Apenas um instante se escoou, e o grito do vento pelas fendas baixou a um tom de queixume inquiridor, o estrondo e o tumulto retrocederam, o quarto clareou e tudo voltou à calma. A tormenta obedecera-me.

Meu êxtase se desvaneceu e olhei em torno. A razão me garantia que não podia ser verdade. Algo em mim simplesmente intuiu que o auge da tormenta havia passado e incitou minha explosão.

Mas Tanaquil olhou-me com olhos redondos e perguntou temerosa:

— És tu, Turms, ou foi o apaziguador da tormenta que entrou no teu corpo?

— Eu sou Turms, nascido do raio, senhor da tormenta — disse eu. — Os espíritos do ar me obedecem. Algumas vezes — o raciocínio me levou a acrescentar— se tenho em mim o poder...

Tanaquil apontou acusadoramente para Arsinoé:

— Já ontem mataste uma moça inocente com um toque de teu dedo. Hoje um maior número de pessoas sofreu por tua causa. Se não levas em conta as vidas humanas, considera ao menos os prejuízos econômicos que causaste a esta inocente cidade.

Saímos para fora e vimos a tempestade retrocedendo ao longo da planície na direção de Segesta, arrancando árvores pelo caminho. Mas acima de Érix o sol brilhava, embora o mar ainda fervesse e as ondas batessem nas penedias fazendo tremerem as montanhas. Telhados foram arrancados, paredes se desmoronaram e inúmeras aves jaziam mortas. O chão estava branco de pétalas caídas das árvores frutíferas, mas felizmente os moradores tiveram tempo de apagar seus fogos de modo que as chamas não se espalharam.

Micon se nos dirigiu com os pés vacilantes. Lágrimas lhe rolavam pelo rosto bondoso enquanto ele nos agarrava pela roupa.

— Também vós estais mortos e no mundo subterrâneo? Receio ter bebido, por engano, no rio do esquecimento, pois não me lembro de nada do que aconteceu. Quem está contigo é Coré e onde está a sombra da minha infeliz esposa Aura? Mas se ela está aqui e é tão tagarela como foi em vida, não quero vê-la nunca mais!

Só depois que me apalpou o suficiente e puxou o cabelo de Arsinoé, foi que se convenceu.

— Então ainda estás vivo! Ainda és carne e sangue! Em consequência, eu também estou vivo. Tem compaixão, Turms: apanha uma pedra, rebenta-me o crânio e libera este enxame de abelhas furiosas que me perturbam com seu zumbido a contemplação das coisas eternas!

Arrancou um tufo de cabelo, pisou em cima dele e praguejou:

— Contemplai o porco, que é o mais manso de todos os animais. Mas quando se enraivece, mostra as presas. Eu, homem pacífico, não sou mais que um porco e não tenho outra defesa senão a que bebo na tristeza, antes do que na alegria.

Decorridos alguns momentos acalmamo-lo e em seguida Doro surgiu, trazendo nos ombros um pano arrepanhado.

— Que aconteceu? — perguntou. — Sonhei com grande clareza que estava em um navio. Ele balouçava sob meus pés e as ondas estrondejavam com tamanha violência nos seus flancos que achei melhor deitar-me de bruços e agarrar as guardas da minha cama.

Mas olhando em torno, teve o interesse despertado.

— Vejo que uma guerra irrompeu sem o meu conhecimento! exclamou ele. — Por que deixei meu escudo em Himéria? Mas ao menos trazei-me uma espada e mostrai a quem devo golpear, e em troca vos mostrarei como combate um espartano!

Vendo o confuso estado em que se achavam Micon e Doro, percebi que o mesmo não era causado apenas pelo vinho, e comecei a desconfiar de mim. Talvez meus sentidos estivessem tão perturbados pelos sonhos no templo, que eu já não podia conceber a realidade e exagerava minhas experiências.

Mas a confusão da cidade, pelo menos, era real. Magotes de gente fugiam para o templo carregando feridos e arrastando pela mão crianças em pranto. Ninguém nos prestava atenção. Ricos e pobres, negociantes e pastores, amos e escravos se mesclavam num rumoroso ajuntamento. Disse Tanaquil:

— Se tivermos juízo, juntaremos meus servos, os burros e os cavalos, daremos presentes de despedida para o estalajadeiro distribuir e partiremos de Érix. Eu sei, e tu sabes ainda mais, Turms, por que a catástrofe golpeou a cidade. O povo e os sacerdotes também podem percebê-lo daqui a pouco...

Suas palavras continham uma grande dose de sabedoria; mas quando fitei o rosto de Arsinoé, e vi-lhe a suave boca e os olhos brilhantes, compreendi que não podia abandoná-la.

— Sim — disse eu ousadamente — partamos. Mas tu, Arsinoé, vais junto conosco.

Enquanto meus companheiros relanceavam um olhar incrédulo de Arsinoé para mim, sugeri:

— Veste os trajes de Aura e assume o rosto dela, assim como mudas de rosto segundo a vontade da deusa. Tudo o que aconteceu não foi à toa. As cinzas de Aura ficarão em Érix te substituindo. Podemos sair facilmente da cidade no meio desta confusão.

Mas as minhas palavras encheram Arsinoé de horror.

— Não sabes o que dizes, Turms. Como posso confiar em ti — em ti que és um homem, e, além do mais, estrangeiro? Que tens para me oferecer? Na minha qualidade de sacerdotisa de Afrodite em Érix, alcancei a mais alta posição possível a uma mulher. Vou abandonar uma vida de luxo, e as joias, e as belas roupagens da deusa, só porque me aconteceu ter uma queda por ti durante o tédio do inverno? Ao contrário, devia fugir para longe de ti devido ao próprio poder que exerces sobre mim e meu corpo.

Tocou-me a mão, suplicante:

— Não me fites com tal censura nos olhos, Turms. Bem sabes que choro e anseio por ti. Mas dentro em pouco a deusa chegará de além-mar. As procissões e os ritos secretos, o júbilo, a variedade e as multidões depressa dissiparão meus anseios. Tem juízo, Turms, e não me tentes com o impossível.

Os músculos de minhas faces contraíram-se de raiva.

— Mas ainda há pouco, chorando de alegria, juraste em nome da deusa que não podias viver sem mim.

Arsinoé pareceu perturbar-se, mexeu o pé e fitou o chão:

— Ainda há pouco é ainda há pouco, e agora é agora. Disse a verdade ao afirmar que não podia imaginar-me amando outro homem assim como te amo. Mas nem ao menos tento captar de novo esse momento. Agora estou com dor de cabeça, os olhos me ardem e meus seios me doem. Basta a tua sugestão para eu ficar doente de medo.

Tanaquil entrou na conversa:

— Não percebes, insensato, que ela é escrava da deusa? Se a raptares do templo, toda a terra de Érix sairá em tua perseguição.

Ordenei-lhe que se calasse e perguntei asperamente a Arsinoé:

— És livre ou escrava?

Ela desviou o olhar de mim e retrucou:

— E que tem isso? Tu me desprezarias se eu fosse escrava? Meu coração esmoreceu e eu disse:

— Depende de seres escrava de nascença, ou teres sido vendida na infância como escrava. Além disso, até o escravo de nascença, que resolva dedicar-se ao serviço de alguma divindade, é considerado livre.

Tanaquil ficou zangada e gritou:

— Doro, bate na cabeça de Turms para fazê-lo calar a boca, e tu, mulher, volta com a mesma pressa para o abrigo do templo como se já estivesses lá!

Arsinoé apressou-se em partir, depois parou e regressou:

— Onde está minha sombrinha? Deixei-a no pomar.

Disse-lhe que a tormenta provavelmente a varrera para o mar e ela rompeu em pranto, dizendo que a mesma lhe custara muito caro. Deste modo saí a procurá-la e afinal a encontrei enfiada tão apertadamente na forquilha de uma árvore frutífera, que o pano alegremente colorido se rasgou quando a pude desembaraçar.

Ela começou de novo a chorar e disse acusadoramente:

— Vê a desgraça que trazes sobre mim! Rasgou-se o pano redondo e o cabo de marfim se partiu!

Irado com a sua mesquinhez quando assuntos mais importantes estavam em jogo, pedi emprestadas a Tanaquil algumas moedas de ouro a fim de poder comprar para Arsinoé uma sombrinha nova e mais bonita. Tanaquil se queixou de que já gastara muito, mas não obstante, a pedido de Doro, abriu o cofre e contou algumas moedas. Diante disso Arsinoé sorriu, bateu as mãos de alegria e disse conhecer um negociante fenício que vendia tanto sombrinhas redondas quanto quadradas, com franjas ou com borlas.

Fitei-a com incredulidade e perguntei:

— Arsinoé, como podes pensar em sombrinhas quando a cidade jaz em ruínas em torno de ti, e tu mesma és para mim uma questão de vida ou de morte?

Brincalhona, ela bateu os cílios para mim:

— Sou mulher, Turms. Ainda não o percebeste? Tens ainda muito que aprender!

E aconteceu que ela levou a todos nós para a loja do mercador fenício, saltando jubilosa sobre os vigamentos quebrados e as pedras da rua. A loja do fenício era solidamente construída e não sofrera grandes estragos. À nossa aproximação ele acendeu incenso ao Baal que havia em sua parede, esfregou as mãos e preparou-se para uma venda proveitosa.

Enquanto Tanaquil e Arsinoé olhavam as sombrinhas e outros artigos, disse Micon:

— Turms e Doro, meus amigos, esta cidade é uma cidade de loucuras. Olhando para aquelas duas mulheres, prevejo que ficaremos aqui até à noite. Nesse entretempo, a única coisa sensata que podemos fazer é embriagarmo-nos.

Contemplando os lestos dedos de Arsinoé apalpando o tecido e as franjas das sombrinhas e ouvindo seu riso leve enquanto ela negociava com o fenício, agarrei a cabeça com as mãos para ver se ela ainda estava no lugar.

— Com efeito, por que me aborrecer pensando no dia de amanhã? — perguntei. — O vinho não pode, pelo menos, piorar as coisas, que estas já são as piores possíveis.

O fenício mandou seu escravo buscar vinho. O cheiro do incenso e das mercadorias nos deixou tão nauseados que saímos fora e nos abancamos no dorso dos leões de pedra que ladeavam a entrada. Não levou muito tempo, e havíamos esvaziado uma jarra de dispendioso vinho doce.

— Comportamo-nos como bárbaros! — disse eu — Não temos nem ao menos uma vasilha decente, e eu por mim nunca tomei vinho da boca de uma jarra!

Doro então disse:

— Este vinho tem gosto de bolor. É conservado mediante essências que fazem soltar os intestinos. Em vez dele, bebamos um decente vinho resinoso!

Bebemos um odre cheio deste, e, à guisa de oferenda, borrifamo-nos mutuamente com algumas gotas. Arsinoé chegou até à porta a fim de experimentar um delicado anel para as narinas e perguntar se gostávamos do enfeite.

Micon cobriu o rosto com as mãos e gemeu:

— Pensei que minha esposa Aura tivesse morrido, mas lá está ela em tamanho natural!

— Não comeces a ver visões como fizeste ontem à noite — disse Doro com expressão de menosprezo. — Ela é apenas a deusa que aparece no templo. Reconheço-a pelas orelhas. Mas não vale nada se a comparo com Tanaquil. É como se alguém enfiasse um dedo no mel e o lambesse até deixá-lo limpo. Mas quando enlaço Tanaquil no meu amplexo, é como se eu estivesse caindo num poço, de cabeça para baixo. Logo seremos marido e mulher, de acordo com as leis tanto fenícias como dóricas, e então vós ambos podereis experimentá-la. Um espartano nada recusa a seus amigos.

Pensou um instante, os olhos opacos de vinho, e acrescentou:

— Mas se o fizerdes... mato-vos! Pois se estiverdes uma só vez com Tanaquil, tereis mais ânsia pela morte do que pela vida. É difícil sair do fundo de um poço.

Afundou o rosto nas mãos e chorou sacudindo os ombros.

Micon também chorou:

— Estamos, nós três, sozinhos no mundo. Sozinhos viemos para cá e sozinhos voltaremos. Agora, não vamos brigar uns com os outros, mas bebamos com moderação e espírito lúcido, tal como o fazemos. Já lhes contei que a noite passada desci aos infernos para acompanhar minha esposa Aura, ou, pelo menos, para ali conduzi-la pelo caminho?

Nesse instante Arsinoé saiu da loja e nos mostrou a sombrinha que escolhera. Não era maior do que a medida de algumas mãos, mas tinha a forma quadrada e terminava em franjas; inegavelmente, um belo objeto, mas que não abrigaria do sol nem mesmo um sapo.

— Oh, Turms, estou tão contente com a minha sombrinha! — exclamou ela.

— O negociante prometeu consertar minha sombrinha velha, de modo que agora ficarei com duas. Mas agora devo deixar-te. Não me esquecerei de ti, Turms, especialmente quando contemplar esta linda sombrinha. Que faças uma boa viagem e que não me esqueças muito depressa!

— Arsinoé—disse eu em tom de ameaça — lembra-te de que te pus um nome novo. Mediante isso eu te domino, queiras ou não queiras.

Ela acariciou-me o rosto e riu-se estouvadamente.

— Naturalmente, querido Turms, será como dizes. Mas neste instante estás embriagado o suficiente para não poderes responder por tuas palavras.

Voltou-se e desceu a rua, com a sombrinha delicadamente pousada no ombro e levantando com a outra mão a barra da túnica enquanto saltava com agilidade os obstáculos que a tempestade acumulara no chão. Quando tentei correr em sua perseguição, tropecei no primeiro caibro, caí sobre o rosto e ali fiquei sem poder levantar-me, até que Doro e Micon acorreram, ajudando-me a ficar de pé. Apoiado em ambos caminhei de volta à estalagem, seguindo-nos Tanaquil com uma enorme sombrinha no ombro.

5

Despertei no meio da noite com uma agonia paralisadora, como se o veneno de uma cobra estivesse se espalhando em minhas veias. No instante em que acordei, sabia e recordava tudo quanto acontecera, sabendo ao mesmo tempo que estava em poder da deusa. Ela me fizera amar uma mulher frívola em cujas palavras eu não podia acreditar e cujo próprio corpo era uma mentira ao meu amplexo.

Mas embora pensasse a seu respeito as piores coisas imagináveis, via-lhe distintamente o rosto cambiante e as sobrancelhas oblíquas, e seus olhos se obscureciam diante de mim. Ela talvez experimentara um milhar de homens. Talvez fosse mesmo uma "imundície", na expressão de Tanaquil. Mas só de lembrá-la, pungiam-me a ternura, o desejo e o anseio, e eu sabia que todo o minuto separado dela me era terrivelmente mortal.

Dirigi-me cambaleando para o pátio e bebi um pouco de água fria numa caneca de barro que pendia junto à porta. Tudo silenciara, e na cidade as luzes estavam apagadas. O firmamento enchia-se de estrelas, e a lua nova — uma foice cruel — ameaçava-me lá da fímbria do céu.

Caminhei para o estábulo, e ali, dentro de uma cesta, achei os pinos da tenda de viagem de Tanaquil. Depois me esgueirei dentro da noite em direção à porta do templo. Estava fechada, mas o guarda não se encontrava na muralha e som algum se ouvia lá dentro. Contornei a muralha até descobrir um lugar apropriado, meti um pino de tenda por entre as pedras, subi nele e em seguida meti outro pino mais para cima. Dessa maneira construí meus próprios degraus e logrei alcançar o topo da muralha. Rastejando sobre o ventre descobri finalmente a escada do guarda e desci por ela para o pátio interno.

Montes de cascalho ainda estavam ali, amontoados pela tempestade. Vi confusamente o brilho do peristilo de mármore ao redor da fonte e fui tateando o caminho em sua direção. Depois, prostrado junto à fonte, rezei:

— Tu, que nasceste da espuma, cura-me, pela tua fonte eterna, das agonias do amor. Tu o acendeste, e só tu tens poder para apagá-lo.

Inclinando-me por sobre a margem, tentei tocar a superfície da água com um ramo de salgueiro e desse modo captar algumas gotas para beber. Cauteloso, atirei na fonte uma moeda de prata. A luz da lua nova se aclarou e a deusa Ártemis me contemplou ominosamente do alto do céu. Eu, porém, não sentia nenhum pesar. Não tinha receio de suas setas fatais, e ao redor do meu pescoço trazia suspensa a opala que me protegia contra a loucura.

— Vem! — chamei. — Surge ante mim, tu que és a mais gloriosa entre as deidades — sem sacerdote, sem nenhuma medianeira mortal, embora eu seja reduzido a cinzas quando te vir!

Das profundezas da fonte ouvi um gorgolejo, como se alguém tivesse respondido. Fitando a água, pensei que a via encrespar-se. Comecei a ficar tonto e foi preciso sentar-me e esfregar os olhos para continuar consciente.

Durante muitos minutos nada aconteceu. Depois, uma mancha penumbrosa de luz começou a tomar corpo diante de mim. Era uma figura alada e nua, mas tão imaterial, que através dela eu podia distinguir as colunas. Era mais bela que qualquer mortal, e mesmo a beleza vivente de Arsinoé era apenas a sombra daquele corpo de luz em argila mortal.

— Afrodite, Afrodite! — murmurei. — És tu, deusa?

Ela sacudiu tristemente a cabeça e fitou-me com olhar de censura.

— Não me conheces? Não; vejo que não. Mas algum dia te enlaçarei nos meus braços e te arrebatarei em asas poderosas.

— Quem és, então, para que eu saiba? — perguntei.

Ela sorriu um sorriso radiante que me trespassou o coração:

— Sou teu espírito guardião — disse. — Conheço-te e estou presa a ti. Não rezes a deuses terrenos nem te entregues a seu poder. Tu mesmo és imortal — se apenas ousares admiti-lo.

Ela sacudiu a bela cabeça desoladamente.

— Esculpir-se-ão imagens tuas — disse — e oferendas te serão feitas. Sou tua e estarei dentro de ti até o último momento em que me reconheceres e eu beijar em tua boca o alento mortal. Ó Turms, não te prendas a divindades terrenas! Ambas — Ártemis e Afrodite — não passam de espíritos ciumentos, caprichosos e malignos, da terra e do ar. Têm poderes e feitiços, e ambas querem possuir-te. Mas nem o sol nem a lua te darão imortalidade, simples sede do olvido. E de novo deves voltar, de novo me prenderás à dor do teu nascimento e a teu vivo corpo humano insaciável.

Meus olhos mortais se deleitavam na contemplação da sua radiosidade. Logo, porém, a dúvida assaltou-me:

— És apenas uma visão — disse eu—igual a outras visões. Por que haverias de me aparecer justamente agora, se é verdade que me acompanhaste toda a vida?

— Estás em perigo de te prenderes — explicou ela. — Nunca antes quiseste fazer isso, mas agora estás pronto a fazê-lo por amor de uma mortal, uma espuma e um prazer sensual. Aqui vieste para te ligares a Afrodite, embora sejas filho da tormenta. Se apenas tivesses fé em ti mesmo, Turms, de outro modo agirias, e com outro acerto.

Respondi obstinadamente:

— Aquela mulher de nome Arsinoé é o sangue de meu sangue. Sem ela não posso nem quero viver. Nunca antes desejei alguma coisa com desejo tão terrível, e estou pronto a prender-me à deusa, qualquer que ela seja, que me faça dom de Arsinoé enquanto esta vida durar. Nem ao menos peço outra vida. Por isso não me tentes, ó desconhecida, embora sejas tão bela como és.

— É verdade que me achas bela? — perguntou ela, e suas asas estremeceram. Depois, irada ante sua própria vaidade, repreendeu-me severamente:

— Não tentes confundir-me, Turms. Eu queria ser como essas exasperantes divindades terrenas, de modo a poder assumir um corpo de mulher apenas um instante para esbofetear-te. És tão mau e tão difícil de proteger.

— Então, por que não desapareces? — perguntei. — Chamei a deusa e não tu. Estás livre para deixar-me, se quiseres; em absoluto, não preciso de ti.

A mancha luminosa estremeceu de ira. Depois, lamentosamente inclinou a cabeça e disse submissa:

— Seja como queres, Turms; mas por amor da tua própria imortalidade, jura que não te prenderás. Mesmo sem isso, obterás o que desejas. Obtê-lo-ás com teu próprio poder, se apenas acreditares em ti mesmo. Obterás até aquela detestável cadela Arsinoé. Mas não julgues que estarei contigo quando enlaçares aquele odioso corpo de argila. Também Ártemis te apareceu, prometendo-te riquezas terrenas. Deixa-te subornar pelas duas, mas em caso algum te prendas a elas. Não lhes ficarás devedor pelas dádivas que te fizerem. Aceita tudo quanto te derem na terra, pois sacrifícios só se fazem a imortais. Nunca te esqueças disso.

A fala se lhe fez mais rápida, suas asas lampejaram:

— Turms, és mais que humano, se apenas o acreditares. Nada receies, quer aqui quer no além. Turms, a maior coragem consiste em a gente acreditar que é mais do que uma criatura humana. Por mais cansado, por mais deprimido que estiveres, jamais sucumbas à tentação de te prenderes a deidades terrenas. Rejubila-te no teu corpo perverso, se o quiseres. Isso não me preocupa. Mas não te prendas...

Ouvindo-lhe palavras tão convincentes, enchi-me de coragem. Tinha de conquistar Arsinoé pela minha própria força, e a força estava em mim. Fora consagrado pelo raio, e essa consagração me bastava por toda a vida.

Ela leu meus pensamentos, seu corpo se tornou ofuscante, e seu rosto, de uma radiosidade sem-par:

— Tenho de partir, Turms querido. Mas algumas vezes lembra-te de mim, nem que seja apenas um instante. Deseja-me ao menos um pouquinho. Deves compreender por que anseio enlaçar-te nos braços quando morreres.

E ela se desvaneceu à minha vista, ao ponto de as colunas de mármore ficarem novamente visíveis através de seu corpo. Mas eu já não duvidava da sua realidade.

Um júbilo inexprimível estuava em mim. Levantei a mão em despedida e gritei:

— Obrigado, espírito guardião! Creio em ti. Desejar-te-ei como jamais desejei mulher mortal. Quanto mais eu viver, tanto mais te hei de desejar. És provavelmente meu único amor verdadeiro, e se de fato o és, faze por compreender-me. Então, no instante do meu maior desejo, enquanto eu enlaçar uma mulher mortal, estarei talvez enlaçando-te um pouquinho também.

Ela desapareceu e fiquei sozinho junto à fonte de Afrodite em Érix. Pousei a mão no piso de mármore: era frio e respirei profundamente. Estava ciente de que vivia e existia, e que absolutamente não sonhara. No silêncio da noite, sob o céu recamado de estrelas e a foice ameaçadora da lua, sentei-me junto à antiga fonte da deusa e senti um vazio em meu interior.

Naquele instante uma porta rangeu, vi luz, e um sacerdote caminhou através do pátio em minha direção, trazendo suspensa uma lâmpada fenícia. Focalizou seus raios sobre mim, reconheceu meu rosto e perguntou iradamente:

— Como vieste parar aqui e por que me acordaste em meio do meu sonho, maldito estrangeiro?

À sua chegada o veneno da deusa tornou a se me insinuar no sangue e minha paixão se acendeu como se fios ardentes me estivessem cauterizando a epiderme.

— Aqui vim para encontrá-la — disse. — Vim para encontrar a sacerdotisa que aparece no templo e faz os tolos acreditarem que viram a deusa.

— Que desejas da parte dela? — perguntou o sacerdote, franzindo profundamente o cenho.

Mas a sua carranca não me amedrontou.

— Quero-a — declarei. — O veneno da deusa penetrou no meu corpo e eu não posso libertar-me dela.

Após me haver fitado mortiferamente um instante, o sacerdote ficou desconcertado e a lâmpada começou a tremer-lhe na mão.

— Isso é uma blasfêmia, estrangeiro! Devo chamar os guardas? Tenho o direito de matá-lo como a profanador do templo!

— Chama os guardas se quiseres — respondi alegremente. — Deixa que eles me matem. Tenho a certeza de que isso acrescentará a reputação deste templo.

Ele fitou-me desconfiado:

— Quem és? — perguntou.

— Devias sabê-lo — respondi com arrogância. — A pira funerária do templo não te foi suficiente evidência? Não me reconheceste, mercê da tempestade que varreu os telhados das casas e amontoou cascalho em frente do templo? Mas ainda podes examinar-me mais um pouco, se o quiseres.

Enquanto ele erguia a lâmpada inclinei-me por sobre a beira da fonte. Vi ondazinhas se expandindo e contraindo ao reflexo da luz, em cima da água escura. Fitei com insistência a fonte, até que a água se acalmou. Então me levantei, limpei os joelhos e perguntei:

— E gora?

Ele fitou-me ceticamente:

— Olhaste com efeito a fonte, ou tinhas os olhos fechados?

— Vi as ondazinhas na água e o reflexo da tua lâmpada: isso foi tudo.

Ele balançou lentamente a lâmpada de um lado para outro.

Depois disse:

— Vem comigo para o templo.

Agradeci-lhe e ele me precedeu, a lâmpada na mão. O ar estava tão parado, que a chama nem ao menos vacilava. Enquanto o seguia, a pele se me arrepiava com o frio noturno, mas meu corpo estava tão quente de desejo que eu nem sequer tremia. Entramos no templo, ele colocou a lâmpada no pedestal vazio da deusa e sentou-se num tamborete de pés de cobre.

— Que desejas? — perguntou.

— Desejo a mulher, seja o seu nome qual for — respondi com idêntica paciência.

— Aquela do rosto cambiante. Chamo-a de Arsinoé, pois me diverte fazer assim.

— Bebeste uma bebida cítia — disse ele. — Dorme para desanuviares a cabeça e depois vem em busca do olvido.

— Podes palpar quanto quiseres, velho. Desejo-a e tê-la-ei. Com a assistência da deusa ou sem ela.

Aprofundou-se-lhe o sulco entre as sobrancelhas até quase lhe fender a cabeça. À luz da lâmpada fenícia ele riu-se de mim sarcasticamente com uma expressão maligna no olhar.

— Hoje à noite? — perguntou ele. — Talvez seja possível arranjar isso, se fores suficientemente rico e não deixares o assunto transpirar. Vamos fazer um acordo. Sou velho e prefiro evitar a luta. Provavelmente a deusa te inoculou a loucura, uma vez que já não respondes pelos teus atos. Quanto me ofereces?

— Por uma noite? Nada. Posso obter isso quando quiser. Não, velho: não entendes. Quero-a de uma vez. Pretendo levá-la comigo e viver com ela até que a morte nos separe.

Convulso de raiva, ele se pôs de pé:

— Não sabes o que dizes! Podes morrer mais depressa do que imaginas.

— Não desperdices as poucas forças que te restam — disse eu rindo. — Em vez disso examina-me, de modo a compreenderes que estou falando sério.

Ele alçou a mão em um gesto de esconjuro e seus olhos dilataram-se, grandes como taças. Eu os teria receado, não fosse o poder que sentia dentro de mim. Suportei-lhe o olhar risonhamente, até que ele apontou para o chão e exclamou:

— Olha a serpente!

Olhei para baixo e involuntariamente retrocedi, pois uma cobra gigantesca tomou corpo diante de mim. Tinha o comprimento de muitos homens e a grossura de uma coxa, e enquanto se contorcia, sua pele rebrilhava mostrando desenhos axadrezados. Enrolou-se em voltas elásticas e ergueu para mim sua cabeça achatada.

— Ai! — exclamei. — És mais poderoso do que eu pensava, velho. Ouvi dizer que uma cobra igual a essa morava no precipício de Delfos e guardava o ônfalo.

— Cuidado! — gritou o sacerdote com gesto ameaçador.

Como um raio, a serpente ficou ereta e se enrolou em torno de meus membros até que fiquei inteiramente envolvido em seus anéis. Sua cabeça meneava-se ameaçadoramente diante de meu rosto. Senti-lhe a pele fria. Seu peso era insuportável e um terror pânico me invadiu.

Em seguida pus-me a rir.

— De boa mente brincarei contigo, se é essa a tua vontade, meu amigo sacerdote. Mas não tenho medo. Nem de coisas subterrâneas, nem de coisas terrenas ou celestiais. Receio ainda menos as coisas irreais. Mas de bom grado serei teu companheiro nestes jogos infantis durante toda a noite, se isso te diverte. Talvez eu mesmo te pudesse mostrar alguma coisa muito divertida, se eu apenas quisesse experimentar...

— Não o faças — falou ele, respirando com dificuldade. Passou a mão pelos olhos e a serpente desapareceu, embora eu ainda sentisse na pele seus pesados anéis. Sacudi-me todo, esfreguei os membros e sorri.

— És com efeito um velho poderoso — confessei. — Mas não te canses por minha causa. Senta-te, e te mostrarei uma coisa que talvez não queiras ver.

— Não o faças — repetiu ele. Tremendo, caiu no tamborete. Voltara a ser o mesmo velho de olhos astutos e funda ruga entre as sobrancelhas. Depois de respirar profundamente algumas vezes, perguntou com voz inteiramente mudada:

— Quem és, estrangeiro?

— Se não me queres reconhecer, continuarei alegremente ignorado—respondi.

— Mas deves compreender que pedes o impossível. Teu próprio pedido é uma blasfêmia à deusa. Decerto não quererás provocá-la à ira, embora te atrevas — a provocar-me, pobre velho que sou...

— Não quero irar nem provocar ninguém — disse eu amavelmente. — Com toda a certeza, não blasfemo da deusa. Ao contrário. Não percebes, velho, que é honrar a deusa pedir-lhe que ela me conceda a sua sacerdotisa?

Súbito o homem começou a chorar. Cobrindo o rosto com a mão, meneava-se para diante e para trás:

— A deusa me abandonou — gemeu ele. Depois, enxugando as lágrimas da barba, prosseguiu com voz estrídula:

— Não podes ser humano, embora estejas disfarçado de humano! Uma criatura humana não teria resistido à magia da serpente. A serpente gigante é o símbolo da terra, seu peso e seu poder. Não pode ser um simples mortal aquele que ela não consegue subjugar.

Tirei partido da situação e disse:

— Voltando a meu pedido, era este um pedido amigável, não uma exigência. Ao mesmo tempo, procuro evitar discussões, e espero, em consequência, que o assunto seja resolvido por mútuo acordo. Mas também estou pronto a fazer exigências. Nesse caso, também eu, por minha vez, me verei obrigado a recorrer à força.

A voz do sacerdote tornou a estridular:

— Embora não sejas mortal, teu pedido não tem precedentes. Como sabes se aquela mulher quer ou não acompanhar-te?

— Ela não quer — confessei alegremente. — Mas isto diz respeito à minha vontade, não à dela ou à tua.

Levantei a mão para esfregar meus olhos cansados, mas ele não entendeu o gesto e retirou-se com as mãos erguidas.

— Não me agridas — suplicou. — Deixa-me pensar.

Depois, com desespero:

— É uma mulher excepcional. Não há muitas iguais a ela; vale mais que seu peso em ouro.

— Sei que assim é.

A lembrança de Arsinoé me acordava tremores por todo o corpo.

— Ao fim e ao cabo, ela foi minha...

— Seu corpo corresponde às qualidades requeridas pela deusa e isso não é fora do comum. Exercitou-se nas artes da divindade, que podem ser aprendidas. Mas a mobilidade do seu rosto é uma maravilha. Transforma-se em tudo quanto quero e como quero, seja qual for a finalidade. Ao mesmo tempo não é uma mulher estúpida. E é esta, entre todas, a maravilha maior.

— Pouco me importa a sua inteligência — disse eu, sem perceber o que dizia.

— Mas todo o resto é verdade. Ela é igual à deusa.

Com ar súplice o sacerdote me estendeu suas mãos venadas: — No templo de Érix ela serve a todo o mar ocidental, Cartago, a Sicília, os tirrenos, os gregos... — Mediante seu corpo reina a paz nos interesses em conflito. Não existe conselheiro ou tirano que ela não possa persuadir a acreditar na deusa.

Rangi os dentes pensando nos homens que julgavam enlaçar a deusa quando estavam meramente nos braços de Arsinoé.

— Basta — disse eu. — Não pretendo evocar seu passado, mas aceito-a tal como ela é. Até já lhe dei um nome novo.

O velho começou a arrancar as barbas, depois abriu a boca para gritar.

— Não grites! — ordenei-lhe. — Que julgas que teus guardas me poderiam fazer? Não me enfureças!

Sua boca continuava aberta, a língua se lhe contorcia sem produzir som algum; nem podia ele fechar boca. Olhei-o espantado, até que percebi que meu poder o afetara, da mesma forma que sua força disciplinada me escravizara um pouco antes. Tornei a rir.

— Podes fechar a boca — disse eu — e readquirir o dom da palavra.

Ele fechou os maxilares com um estalido e molhou os lábios:

— Se eu permitir que a leves contigo, vou sofrer — afirmou obstinadamente. — Não importa a história que eu inventar, ninguém lhe dará crédito. Ao fim e ao cabo, vivemos em uma época civilizada, e entre os sacerdotes a deusa já não manifesta a sua vontade, mas esta é antes manifestada pelos sacerdotes, que fazem as suas vezes...

Refletiu alguns instantes e logo uma expressão manhosa lhe apareceu no rosto:

— A única saída é o rapto. Rapta-a e leva-a contigo tão nua como ela nasceu. Não deve levar consigo nem um só objeto dentre os que pertencem à deusa. Fecharei os olhos quando a agarrares e só depois de se passarem muitos dias é que anunciarei o seu desaparecimento. Não é preciso nem saber-se quem foi que a raptou, conquanto a suspeita recaia naturalmente em todos os estrangeiros. Quando ela regressar, poderá defender-se dizendo que a roubaste pela violência.

— Ela não voltará — disse eu com firmeza.

— Quando ela voltar — prosseguiu ele com igual firmeza — poderá de novo revestir-se das joias da deusa, e com mais sabedoria do que até aqui. Talvez seja esse mesmo o propósito da deusa. Senão, por que terias vindo aqui?

Um ar de malicioso deleite cobriu-lhe o rosto.

— Tu, porém, não terás um só dia de paz pelo resto da vida — disse ele. — Não quero apenas dizer que serás perseguido por Cartago e outras cidades nativas da

Sicília. Não: quero dizer que ela mesma é que será um espinho em tua carne. Embora não sejas mortal, ainda possuis um corpo, e ela será a maior aflição desse corpo. Ele alisou a barba e riu um riso reprimido.

— Com efeito, não sabes o que pedes. A deusa te enredou em suas meadas, e os fios vão chamuscar a carne do teu coração a ponto de clamares pela morte.

Mas suas palavras apenas me excitaram e de novo senti a maravilhosa pungência dos fios da deusa: estava cheio de impaciência.

— Arsinoé — murmurei. — Arsinoé.

— O nome dela é Istafra — disse o velho com petulância. — Por que não saberás também isso? Devo morrer, ou agora ou mais tarde, e preferiria fazê-lo mais tarde. Em verdade, é este o único problema. Mas, de qualquer modo, algum dia morrerei, e, comparado a isso, não tem importância o que acontecer a ti ou a ela. Desperdicei meus poderes em vão, e em vão saí do meu macio leito. Faze o que quiseres: isso não me interessa.

Acabou-se a nossa discussão. Ele apanhou a lâmpada e me conduziu para trás do pedestal vazio da deusa, abriu uma porta estreita e desceu à minha frente alguns degraus de pedra que se afundavam terra adentro. A passagem era tão estreita que me foi preciso andar de lado. Ele me conduziu pela sala do tesouro da deusa até o quarto de Arsinoé, a quem despertou.

Arsinoé dormira com apenas uma tênue coberta de lã sobre o corpo e tendo na mão a sombrinha nova. Mas quando nos viu ao despertar, teve um acesso de raiva.

— Que educação recebeste, Turms, que não deixas uma mulher dormir em paz? Deves estar louco, para assim forçares a entrada nos quartos secretos da deusa, à minha procura.

Irada, nua, e com a sombrinha na mão, estava tão encantadora, que me tomou um desejo irresistível de empurrar o sacerdote para fora do quarto e enlaçá-la nos braços. Mas como sabia que isso duraria até de manhã, dominei minha impaciência.

— Arsinoé — disse eu; — alegra-te. A deusa me faz presente de ti, mas temos de partir imediatamente em segredo e tens de vir como estás.

O sacerdote aquiesceu com a cabeça:

— É isso mesmo, Istafra. O poder deste estrangeiro é maior que o meu, por isso é melhor ires com ele. Quando te livrares, poderás voltar, e serei testemunha de que foste raptada à força. Antes disso, porém, e para me agradares, faze a vida dele o mais difícil que puderes e deixa-o sofrer as consequências da sua loucura.

Arsinoé protestou sonolenta:

— Não quero ir com ele e nunca prometi que iria. Além disso, nem mesmo sei o que hei de vestir.

Disse-lhe com impaciência que ela teria de partir como estava, pois eu prometera não apanhar coisa alguma que pertencesse à deusa. Não queria roubar a divindade, disse eu, e de minha parte a pele branca de Arsinoé seria o seu traje mais belo até quando eu pudesse comprar-lhe roupa nova.

Minhas palavras pareceram apaziguá-la e ela disse que levaria ao menos a sombrinha, uma vez que era presente meu. Mas de maneira alguma pretendia seguir-me e atirar-se como uma estúpida garota nos braços do primeiro estranho.

— Assim seja — disse eu, furioso. — Golpear-te-ei a cabeça e te levarei em cima do ombro se assim o preferes, embora eu possa ferir tua linda pele.

Ela ficou mais calma ouvindo isso e voltou-nos as costas, como imersa em contemplação.

O sacerdote me estendeu uma vasilha redonda e uma faca de pedra e disse:
— Agora, consagra-te.
— Consagrar-me? — repeti. — Que queres dizer?
— Liga-te eternamente a Afrodite. É o menos que posso esperar de ti, sejas ou não mortal.

Quando viu que me calava, julgou-me vacilante por falta de conhecimento. Cheio de irritação, explicou:
— Faze um ferimento em tua coxa com a faca da deusa, que é tão antiga como a sua fonte. Derrama teu sangue nesta vasilha, que é feita da madeira da deusa. Gota a gota, repete após mim as palavras da consagração. Isso é tudo.
— Não — protestei. — Não tenho a menor intenção de me consagrar a Afrodite. Sou o que sou. Que isto baste à deusa da qual recebo de presente esta mulher,

O sacerdote me fitou sem acreditar no que ouvia. Depois suas têmporas e lábios incharam-se de raiva, as palavras lhe faltaram e ele caiu no chão, a vasilha e a faca da deusa rolando-lhe das mãos. Receei que ele tivesse sofrido um colapso, mas não havia tempo de tentar revivê-lo.

Arsinoé olhava, de lábios estreitamente cerrados, e palpei-lhe os cabelos para verificar se ela não trazia alguma coisa pertencente à deusa. Depois agarrei-a pela mão, atirei a capa em cima dela e conduzi-a fora do quarto. Ela seguiu-me submissa pelo templo afora, sem dizer uma só palavra.

Cruzamos o pátio sombrio, tropeçando em galhos que a tormenta arrancara, e subimos pela parede por onde eu descera. Desci na frente, colocando seu pé em cada pino de tenda, de modo que lhe foi possível chegar ao chão com apenas alguns arranhões. Em seguida tornei a subir e retirei os pinos, de modo que ninguém soubesse que eu entrara no templo. Pus o braço em torno de Arsinoé e de coração latejando conduzi-a para a estalagem. Ela ainda não dissera uma só palavra.

6

Mal porém nos encontramos no interior de quatro paredes de barro, seu comportamento mudou completamente. Cheia de ira, cuspiu para fora da boca uma mancheia de joias de ouro, grampos de cabelo e anéis, e depois caiu em cima de mim, golpeando, dando pontapés e arranhando. Durante todo o tempo soltava as palavras mais horrorosas, mas felizmente para mim seu conhecimento de grego logo se esgotou e ela teve de xingar-me em fenício, o que eu não entendia muito bem. Não tive ocasião de censurá-la por haver roubado a despeito do juramento, tão ocupado estava segurando seus membros agressivos e apertando a palma da minha mão em sua boca, não fosse ela acordar toda a estalagem.

Depois percebi que na realidade ela não gritara muito alto, mas antes reservadamente, como se não quisesse despertar meus companheiros e outros hóspedes da estalagem. Mas naqueles momentos, no silêncio noturno, sua voz soava mais alto em meus ouvidos que tambores de alarme. Logo porém seu contato acordou no meu corpo o fogo de Afrodite, fechei-lhe a boca com a minha e dentro de alguns instantes estávamos deitados, unidos peito a peito. Sentia seu coração bater com a mesma violência do meu, até que ela se entregou enlaçando-me o pescoço, e, sacudindo a cabeça para trás, exalava sua quente respiração no meu rosto.

— Ó Turms, murmurou afinal. — Por que me fazes isto? Eu não queria. Resisti com todas as minhas forças, mas és mais forte do que eu. Seguir-te-ei até aos confins da terra.

Apertou-me ferozmente as ilhargas, beijou-me o rosto e os ombros, acariciou-me os arranhões que fizera e sussurrou:

— Não te feri, não é, querido? Não tive a intenção de fazê-lo. Ó Turms, homem algum foi para mim o que és. Sou tua, única e completamente tua.

Ergueu-se num cotovelo, tocou meu rosto e fitou-me carinhosamente.

— Seguir-te-ei até aos confins da terra — jurou Arsinoé. — Por teu amor abandonarei a deusa, uma vida de luxo e os demais homens. Mesmo que fosses o mais miserável dos mendigos, partilharia alegremente tua sopa penuriosa e ficaria satisfeita tendo apenas água para beber—por seres o que és. Amo-te loucamente, Turms, e tens de amar-me um pouco também, uma vez que correste tamanho risco, raptando-me do templo.

Murcho como uma ameixa esmagada certifiquei-a de meu amor. Ela escutou satisfeita, depois pôs-se a andar de um lado para outro, descrevendo com animação as roupas que contava adquirir. Súbito reparou na opala que eu trazia suspensa do pescoço em um cordão.

— É linda — disse palpando-a distraidamente. — Posso experimentá-la?

Fê-la deslizar do meu pescoço para o dela. Torcendo o corpo de um lado a outro, perguntou:

— Não é linda junto da minha pele? Mas tenho de arranjar-lhe uma corrente de ouro, como aquelas fabricadas pelos etruscos.

Notei que o simples cordão de fibra era feito de fibra de Ártemis, e, assim, fazia parte da opala.

— Mas podes ficar com ela—disse eu sorrindo para Arsinoé. — A opala não me livrou da loucura, uma vez que tão loucamente me apaixonei por ti.

Ela fitou-me e perguntou:

— Que queres dizer? É loucura amar-me? Nesse caso, terminemos o assunto imediatamente e voltarei para o templo. Fica com a tua estúpida pedra, desde que és tão avaro dela.

Rebentou o cordão, atirou-me a opala na cara e começou a chorar amarguradamente. Saltei do leito a fim de a consolar, pus-lhe a opala na palma da mão e prometi comprar-lhe uma corrente de ouro assim que chegássemos a Himéria.

— Em verdade a opala não me é necessária—garanti-lhe. — É-me de todo sem valor.

Olhando-me através das lágrimas, disse ela acusadora:

— Então agora me obrigas a aceitar presentes sem valor! Não és nada considerado. Sim, já sei: queres-me conservar para ser teu cachorro. Oh, por que acendeste meu coração?

Cansado da sua conversa, disse eu:

— A pedra é linda, mas quanto a mim podes atirá-la pela ja nela. Ainda há pouco ela brilhava de encontro a teu colo, mas prefiro olhar os dois lindos seios que a ladeiam. São as joias mais belas e bastam para fazer de ti a mais bela das mulheres onde quer que estiveres.

— Mas decerto não quererás que eu te siga nua até aos confins da terra a fim de partilhar a sorte de um homem pobre! — exclamou ela com voz áspera.

— Escuta, Arsinoé ou Istafra, quem quer que sejas! Neste momento temos coisas mais importantes a fazer do que discutir. Ao fim e ao cabo, teremos a vida inteira para isso. Mesmo que eu tivesse os meios para comprar todas as roupas que enumeraste, elas encheriam pelo menos dez cestos e precisaríamos mais burros e tropeiros para conduzi-los. Temos de partir o mais depressa e o mais despercebidamente que pudermos. Por enquanto usarás as roupas de Aura e assumirás suas feições até alcançarmos Himéria. Quando chegarmos lá, verei o que posso fazer por ti.

— Como hei de usar as grosseiras roupas de uma moça sícula? — perguntou ela. — Como poderia aparecer diante da gente sem enfeitar meus cabelos? Não, não; não compreendes o que me pedes, Turms. Estou pronta a qualquer sacrifício por ti, mas nunca poderia imaginar que esperasses de mim um sacrifício tão humilhante.

Estava pálida à luz da lâmpada, pois eu a arrancara do leito assim como estava. Uma lágrima caía de seus olhos e rolava-lhe pela face. Tentei explicar-lhe que Aura fora a esposa de um médico grego e que Micon tinha podido provê-la de um guarda-roupa bastante regular. Com efeito, Aura era tão moça que não achou necessário pintar os lábios e os olhos, mas que ela, Arsinoé, podia usar a pintura de Tanaquil para parecer mais jovem...

Eu não devia ter dito isso, e minha única defesa é que, naquela ocasião, eu ainda não entendia as mulheres.

— Então me consideras uma mulher decrépita? — começou ela; e nossa discussão foi mais áspera que qualquer outra anterior. Para meu desespero, a manhã cor de cinza começou a penetrar no aposento e o primeiro galo cocoricou em alguma parte da cidade antes que eu lograsse acalmá-la.

Sem me atrever a abrir de novo a boca, pois sempre me parecia dizer a coisa indevida, apressei-me em ir acordar Doro e Micon e em correr a fim de tudo explicar a Tanaquil.

Como mulher experiente que era, imediatamente compreendeu o inevitável e não perdeu tempo em acusações infrutíferas. Vestiu depressa Arsinoé com as melhores roupas de Aura, emprestou-lhe seus próprios sapatos bordados a miçanga (os sapatos de Aura eram demasiado grandes), e ajudou-a a pintar o rosto de modo a ficar parecida com Aura.

Depois despertou seus criados a azorrague, empacotou seus pertences e ajustou suas contas com o estalajadeiro. Enquanto o sol coloria os picos de Érix com um vermelho-róseo, estávamos já nos apressando pela cidade afora e chegamos à muralha no mesmo instante em que os guardas sonolentos abriam as portas. Deixamos a cidade sem que ninguém nos embargasse os passos, e ao começarmos a descer a estrada espiralante dos peregrinos, nossos cavalos nitriram e nossos burros zurraram de alegria.

Tanaquil abrira espaço para Arsinoé em sua própria liteira. A meio da descida o sol já estava de fora, o céu sorria com cintilantes olhos azuis, e o mar tranquilo, mediante suas ondas caprichosas, convidava os navios a iniciarem a temporada marítima. O cone escalvado da montanha ficara verde, no vale bois pretos e brancos aravam os campos, lavradores lançavam as sementes nos sulcos e toda a terra se regozijava irrompendo em flores.

Micon ainda estava tão confuso da bebida, que nos seguiu involuntariamente, balançando-se como um saco no dorso de um burro. Quando viu Arsinoé, suspirou profundamente, chamou-a pelo nome de Aura e perguntou-lhe como ia passando. Aparentemente se esquecera da morte de Aura, ou considerava-a uma simples alucinação da embriaguez. Talvez pensasse que tudo era como devia ser, embora não parecesse tão contente como estivera nos dias anteriores.

Quanto a mim, não me atrevi a falar com Arsinoé durante toda a nossa descida da montanha. Mas quando chegamos ao vale e fomos dar de beber aos animais antes de tomarmos pela estrada de Segesta, ela afastou a cortina para um lado e chamou-me de mansinho.

— Ó Turms! É tão delicioso respirar este ar, e é possível que este pão sujo de cinza seja tão saboroso? Oh, Turms, nunca fui tão feliz! Creio amar-te de verdade! Não mais serás tão cruel para comigo como foste hoje de manhã; não é?

Entramos na estrada de Segesta, e finalmente chegamos a Himéria sãos e salvos. Bem verdade que a penosa jornada nos tornara irritadiços, mas ao menos estávamos todos com vida e ninguém saíra em nossa perseguição. Imediatamente após nossa chegada à cidade, por sugestão de Doro sacrificamos a Hércules o maior galo de Himéria.

LIVRO CINCO

VIAGEM A ÉRIX

1

Nosso regresso a Himéria passou despercebido. Éramos cinco na partida, cinco éramos na chegada. De maneira tão consumada imitara Arsinoé as feições e o porte de Aura, que Micon, com a percepção embotada pelas constantes libações em Érix, realmente acreditou que ela era sua mulher. Foi com dificuldade que o bani dos aposentos de Arsinoé, quando quer que, durante a jornada, ele teimasse em exercer suas prerrogativas conjugais.

Assuntos mais importantes que nosso regresso preocupavam o povo de Himéria. Um navio-correio arrostara as tormentas da primavera a fim de trazer à Sicília a notícia da queda de Mileto. Depois de um longo assédio, os persas haviam tomado a cidade de assalto, pilharam-na, queimaram-na, mataram ou escravizaram seus habitantes. Por ordem especial do rei, Mileto foi arrasada até o chão, em virtude de haver tomado parte na revolta. Não foi fácil destruir uma cidade povoada por centenas de milhares de pessoas, mas o exército conseguiu-o, ajudado pelos engenhos de guerra e milhares de escravos gregos.

Assim terminou a dança da liberdade. Outras cidades jônias sofreram um pouco menos. Em verdade, tiranos gregos tornaram a assumir o poder, mas as cidades conquistadas sofreram nada menos que a matança costumeira, o incêndio, o rapto e o saque. Como sempre acontece, sufocada a revolta, os nativos revelaram-se mais implacáveis que os estrangeiros. Reinstalados os tiranos, com tanta eficácia purgaram a terra dos dançadores da liberdade, que os bastante prudentes para se porem em fuga para o Ocidente com suas famílias e bens, podiam com efeito ser incluídos entre os afortunados.

Tais eram as histórias que se contavam na Jônia. Como eu julgasse já ter desempenhado meu dever na rebelião, não fiquei muito abalado com a sorte de Mileto. Mas deve-se dizer que uma grande parte naquilo que era luxo, requinte e prazer, desapareceu para sempre mercê da sua destruição. Doro e eu brindamos à sua memória com o melhor vinho de Tanaquil, mas não fomos tão longe ao ponto de cortar os cabelos em sinal de luto. Sentimos que teria sido hipocrisia.

De Dionísio obtivemos informações mais fidedignas, pois como era versado na arte do exagero, podia com facilidade reduzir todos os boatos a um núcleo de verdade.

— Atenas ainda não está em ruínas — disse ele, tranquilizador — embora muitos jurem que o próprio rei da Pérsia tenha partido a fim de tirar vingança da incursão dos atenienses em Sardes. O persa precisa em primeiro lugar fortalecer sua posse das ilhas, e lançar um ataque ao continente grego requer preparo demorado. Diz-se, entretanto — e nisto acredito muito — que ele deu instruções a seu escravo favorito a fim de que este sussurrasse frequentemente em seu ouvido: "Senhor, não esqueças os atenienses".

— Assim estão as coisas — rematou Dionísio. — Com a queda de Mileto, o mar oriental é agora fenício, e os inúmeros navios da Jônia são agora persas. Se o continente cair, só restará a Grécia Ocidental, apertada entre Cartago e os tirrenos. Por essa razão será prudente retirarmos nossos tesouros dos subterrâneos de Crinipos e zarparmos a toda pressa para Massília, como se tivéssemos acabado de chegar aqui. Talvez enquanto vivermos, a garra persa ainda se estenda até lá.

Micon ergueu as mãos, horrorizado.

— Decerto exageras, Dionísio! Pelo estudo da história, sei que nenhum povo, nem o Egito nem a Babilônia, lograram governar o mundo inteiro. No que toca a esse assunto, ninguém podia conceber a queda do Egito. Eu tinha talvez doze anos quando se espalhou nas ilhas o boato de que o grande rei Cambises conquistara o Egito. Meu pai, que era homem culto, primeiro recusou-se a acreditar; mas quando a verdade já não podia ser negada, disse que não tinha desejo de viver em tempos assim. Enfaixou a cabeça em um pano, deitou-se na cama e morreu. Foi então que começaram a aparecer na Ática umas jarras enfeitadas de vermelho — sinal de que o mundo virara de cabeça para baixo. Mas nem mesmo Dario pôde vencer os citas.

Doro ficou indignado:

— Cala a boca, médico, pois nada sabes de arte bélica. Ninguém pode vencer os citas, pois eles são nômades, de um lugar para outro vagueiam com seus rebanhos. Não possuem um reino de verdade, e uma vitória sobre os citas não faria honra a nenhum soldado. Compreendo muito bem a ideia da conquista mundial. Os gregos, que se tornaram mercenários nas forças do governador persa, talvez tivessem escolhido a melhor parte. Mas o meu fado ordenou diferentemente, e tenho de zelar pela minha herança enquanto é tempo.

Então calou-se, mordeu o lábio e examinou Dionísio com uma expressão magoada:

— Respeito-te no mar — disse afinal — pois em assuntos marítimos não há ninguém mais sagaz do que tu. Mas eu nasci para combater em terra, e assim sendo, ando perturbado com aquilo que acontece em minha terra. O destino da Grécia está na balança. Não deve essa Grécia Ocidental fortalecer-se enquanto o tempo o permite. A primeira tarefa será libertar Segesta e toda Érix, e varrer as cabeças de ponte cartaginesas da Sicília para o mar.

— Teu plano é bom, espartano — disse Dionísio com brandura — porém muitos já o tentaram. Os ossos dos foceanos apodrecem nos campos de Segesta, e sem dúvida tiveste a oportunidade, durante a tua peregrinação, de prestar uma homenagem naquelas paragens ao espírito do teu falecido pai.

Coçou a cabeça e continuou:

— Mas por que perder tempo com ninharias? Nossa tarefa é partir velozmente para Massília e ali fundar uma nova colônia para irritar os cartagineses:

Doro perdeu a paciência.

— Podes falar partir para Hades, que pouco me importa! Tenho ouvido falar tanto de Massília que a cabeça me dói!

— É aquele golpe de remo que recebeste em Lade — disse Dionísio abanando a cabeça compassivo.

— Golpe de espada, por Hércules! — corrigiu Doro cheio de ira. — E não me tentes a violar as leis da hospitalidade matando-te no lugar! Não tenho a intenção de ir a Massília, mas tomarei posse de Segesta e Érix, às quais tenho legítimo direito como descendente de Hércules que sou. Para isso precisarei de teus navios e soldados, Dionísio, e do nosso tesouro. O risco parece promissor, pois os filhos do segundo marido de minha mulher já estão preparando uma revolta em Segesta, e com a fortuna de Tanaquil compraremos aliados entre os sicânios que habitam a floresta.

Entusiasmava-se com a própria história.

— A conquista de Segesta não será nem ao menos difícil, pois os nobres estão apenas interessados na criação de cães de caça e pagam atletas profissionais para concorrerem em lugar deles. O Monte Érix pode ser inexpugnável, mas tenho uma mulher...

Aí parou para fitar-me, enrubesceu e corrigiu-se:

— Temos uma mulher, sacerdotisa de Afrodite, conhecedora das passagens subterrâneas de Érix. Com seu auxílio podemos conquistar o templo e suas ofertas votivas.

Agora era a minha vez de saltar, perguntando com a voz fremente de raiva:

— Como e quando tiveste tempo de inventar esses planos sem meu conhecimento? Por que Arsinoé não me disse sequer uma palavra a esse respeito?

Doro desviou o olhar.

— É de presumir que tens outros assuntos a discutir—disse sem jeito. — Não quisemos perturbar-te. De boa vontade Arsinoé pensará também por ti.

Micon piscou, sacudiu a cabeça e perguntou:

— Perdoa-me: mas quem é Arsinoé?

— A mulher que julgas ser Aura não é Aura, mas uma sacerdotisa de Afrodite que raptei de Érix — expliquei. — Ela apenas se disfarçou em Aura para ajudar-nos a fugir sem que nos prendessem.

Quando Micon escondeu o rosto nas mãos, prossegui, encorajando-o:

— Não te lembras que Aura morreu devido à tua injustificada curiosidade? Tu mesmo amontoaste álamos brancos em sua pira funerária e ungiste-lhe o corpo!

Micon ergueu de súbito. a cabeça. Seus olhos puseram-se a brilhar e ele gritou jubilosamente:

— Então era verdade! Graças sejam dadas à deusa! E eu pensava que era o vinho! Benditos sejam os ossos de Aura!

De pura alegria saltou do leito e começou a pular em redor da mesa, rindo e batendo as mãos.

— Não admira eu ter desconfiado quando vi como Aura tinha mudado, mas pensei que isso era devido à deusa. Agora sei porque senti ultimamente um tal arrebatamento em seu amplexo.

Quando compreendi de todo suas palavras, derrubei o queixo. Depois crispei os dedos para agarrar-lhe o pescoço.

Doro porém foi mais rápido. O rosto purpúreo de raiva, espatifou uma taça e rugiu:
— Seu miserável charlatão! Como te atreveste a tocar em Arsinoé?

Teria golpeado Micon, porém meu grito o interrompeu.
— O erro de Micon é compreensível disse eu devagar, os dedos comichando; — mas por que tens tanta pressa em defender a castidade e a honra de Arsinoé? E ainda uma vez, como a seduziste para que conspirasse contigo no caso de Érix?

Doro limpou o pigarro.
— De maneira alguma a seduzi, Turms; juro-o em nome da deusa. Magoa-me a conversa vulgar de Micon a respeito de uma mulher tão nobre e sensível.

Eu quis gritar, chorar, quebrar vasos de argila, mas Doro disse apressadamente:
— Domina-te, Turms. Por que abordar tais assuntos em presença de um estranho?

Relanceou o olhar para Dionísio, que respondeu:
— Ouvi com curiosidade teus planos políticos, mas com toda franqueza confesso ter maior curiosidade pela mulher que provocou tais emoções em três homens tão bem dotados!

Mal acabara de falar, e Arsinoé entrou, seguida por Tanaquil que vinha vestida com seus mais belos trajes e coberta de joias que tilintavam e chocalhavam enquanto caminhava. Como contraste, Arsinoé estava vestida com a maior simplicidade, pois trazia apenas uma túnica transparente, presa ao ombro por um grande broche de ouro. O resultado era antes revelador do que discreto. Penteara os cabelos para cima à maneira da deusa e prendeu-os com as joias roubadas do templo. Trazia suspensa, entre os seios, como um amuleto, a grande opala que eu lhe dera. A corrente etrusca, de ouro, donde se dependurava a opala, não era presente meu, pois tudo eu esquecera sobre esse assunto naqueles primeiros e agitados dias de Himéria.

— Dionísio, poderoso guerreiro dos mares — disse ela à guisa de saudação. Sinto-me verdadeiramente feliz em ver-te após ter ouvido tanta coisa a respeito de tuas façanhas, e, cá entre nós, a respeito dos tesouros que armazenaste nos subterrâneos do tirano Crinipos...

Dionísio fitou-a de alto a baixo, e em seguida praguejou:
— Estais loucos, vós três, ou algum cachorro hidrófobo vos mordeu, para que reveleis nossos segredos a uma mulher?

Arsinoé curvou humildemente a cabeça.
— Não passo de uma fraca mulher — confessou — mas crê-me, belo Dionísio, os segredos mais profundos dos homens estão mais seguros em meu coração do que o estão teus tesouros nos subterrâneos do ganancioso Crinipos...

E sorriu um sorriso novo e ávido, que eu nunca antes lhe notara.

Dionísio esfregou os olhos e sacudiu a cabeça maciça.
— A única coisa que minha mãe escrava podia me ensinar era que não confiasse em marinheiros. Mas por mim mesmo aprendi que não se deve confiar na palavra de nenhuma mulher. Mas quando me fitas com esses olhos tristonhos, ó sacerdotisa, domina-me uma grande tentação de acreditar que podes ser uma exceção entre as mulheres.

— Arsinoé — exclamei; — proíbo-te olhares um homem dessa maneira!

Mas foi o mesmo que falar com a parede. Arsinoé nem reparara em mim e foi sentar-se levemente à beira do leito de Dionísio. Tanaquil trouxe outra jarra de vinho e Arsinoé ofereceu a Dionísio uma taça cheia até às bordas.

Distraidamente ele entornou a primeira gota no piso e disse: — Já não me lembro do que disse, mas tuas palavras me espantaram. Homens e mulheres chamaram-me de "forte", mas ninguém ainda se atreveu a me chamar de "belo", nem mesmo minha mãe. Por que empregaste tal palavra?

Arsinoé pousou o queixo na mão e com a cabeça inclinada examinou Dionísio:

— Não me perturbes com teus olhares, homem do mar, pois me fazes enrubescer. Talvez não seja conveniente uma mulher falar desse modo a um homem, mas quando entrei e te vi com esses anéis de ouro maciço nas orelhas, fui dominada por tremores. Era como se eu visse um belo, e grande, e terrífico deus de barba negra.

Depois, num arrebatamento:

— A beleza máscula é rara. Tão rara e tão diversificada! Podem alguns admirar um jovem esbelto... Eu, jamais! Deem-me um homem de membros duros como barrotes, uma barba encaracolada na qual uma mulher possa dependurar-se com todo o seu peso, e olhos maiores que os do mais belo boi. Ah, Dionísio — suspirou ela — respeito tua fama, porém acima de tudo te admiro porque és o homem mais belo que já vi!

Levantou a mão e com seus dedos esguios tocou o anel da orelha de Dionísio. Este se encolheu como ao golpe de uma chibata:

— Por Netuno! — murmurou, levando a mão ao rosto como para alisá-lo; mas recuperando-se, balançou o corpo para o outro lado do leito e pôs-se em pé. Depois praguejou em voz alta — duas, três vezes.

— Imundície! — rugiu. — Imundície, e mais uma vez, imundície! — Não acredito em nenhuma de tuas palavras!

E continuando a praguejar, saiu da sala. Ouvimo-lo arrancar seu escudo do vestíbulo e descer a escada aos tropeções, mas antes que pudéssemos alcançá-lo, ele voltou ao normal, saiu de casa para a rua batendo a porta atrás de si.

Regressamos à sala, olhando desolados uns para os outros. Arsinoé foi a primeira a se recuperar:

— Querido Turms — disse ela em tom de maliciosa adulação — vem comigo. Estás agitado inutilmente. Tenho assuntos a discutir contigo.

Ao sairmos, vi Doro golpear com tal força o rosto de Micon que este recuou até à parede e escorregou para o chão, levando à face uma das mãos.

2

Quando ficamos a sós, encarei Arsinoé como se ela fosse uma estranha. Procurando as palavras adequadas com as quais começar, falei impulsivamente as que não devia.

— Não tens vergonha de aparecer quase nua em presença de um estranho?

— Mas se queres que eu me vista com simplicidade! — protestou ela. — Centenas de vezes me disseste que não podes satisfazer minhas pequenas necessidades, e que nestes poucos dias te afundei em dívidas por muitos anos vindouros com minhas exigências excessivas! Poderia vestir-me com maior simplicidade do que esta?

Enquanto eu abria a boca para falar, ela pousou a mão dominadora no meu braço, mordeu o lábio e disse suplicante:

— Não, Turms, não fales sem antes pesar bem tuas palavras, pois já não aguento mais.

— Não aguentas mais! — exclamei espantado.

— Exatamente. Mesmo a paciência de uma mulher que ama tem seus limites. Durante estes dias em Himéria tenho percebido demasiado claro que não te posso agradar, faça eu o que fizer. Ah, Turms, como foi que isto aconteceu?

E atirou-se na cama, enterrou o rosto nos braços e começou a chorar. Cada soluço me torcia o coração, de modo que finalmente comecei a cismar se não seria eu mesmo a causa de todas as suas faltas. Depois, lembrando-me do olhar escuso de Doro e da expressão de culpa de Micon, esqueci Dionísio. O sangue afluiu-me à cabeça e levantei a mão para bater-lhe. Mas a mão ficou no ar, pois logo reparei no desamparo tentador do seu belo corpo, todo trêmulo sob a transparência do tecido. O resultado natural foi seus braços enlaçarem-me o pescoço e eu de novo experimentar um daqueles momentos em que tudo o mais se desvanece e eu parecia descansar em uma nuvem com Arsinoé.

Dentro em pouco ela se levantou e tocou com frios dedos minha fronte gelada.

— Por que és sempre cruel comigo, Turms, quando te amo com tamanha loucura?

O rosto não lhe traía as palavras. Falava com toda sinceridade.

— Como podes dizer isso? — censurei-a. — Não tens vergonha de olhar-me com esses olhos límpidos, quando mal acabo de saber que me enganavas com dois dos meus melhores amigos?

— Não é verdade — protestou, mas seu olhar desviou-se do meu.

— Se me amasses de verdade... — comecei sem poder ir mais longe, pois a raiva e a humilhação me afogaram as palavras.

Arsinoé ficou séria e continuou num tom completamente diferente:

— Sou inconstante, bem o sei. Ao fim e ao cabo, sou mulher. Talvez nem sempre possas estar seguro de mim, pois eu mesma nunca o estou. — A única coisa de que podes estar certo, agora e sempre, é que te amo, e a ti somente. Do contrário, teria eu abandonado a vida que levava?

Falava com tanta sinceridade que senti serem verdadeiras suas palavras. Minha amargura diluiu-se em remorso.

— As palavras de Micon revelaram...

Mas ela pôs a mão macia em lábios:

— Não continues. Confesso-o, mas não foi por meu gosto. Foi só por tua causa que consenti, Turms. Tu mesmo disseste que tua vida estaria em risco se soubessem demasiado depressa que eu não era Aura...

— Mas Micon disse... — recomecei.

— Naturalmente — confessou ela. — Tens de compreender que o orgulho de uma mulher nesses assuntos deve ser levado em conta. Quando fui obrigada a ceder, não podia comportar-me como uma humilde rapariga sícula...

— Silêncio! — implorei. — Como te atreves a gabar-te? E que dizer de Doro?

— Naturalmente falei com ele — confessou Arsinoé — depois que Tanaquil me revelou seus planos. É ele um belo homem e tentaria qualquer mulher. Talvez interpretasse mal meu interesse, e a culpa não é minha se sou bonita.

— Também ele! — berrei e agarrei a espada.

Arsinoé acalmou-me.

— Não aconteceu nada. Expliquei a Doro que não era possível. Ele me pediu perdão e concordamos em ser simples amigos.

Ela olhava ao longe, pensativa.

— Como vês, Turms, posso ser-lhe útil em seus planos políticos. Ele não é tão estúpido para se opor a quem pode ajudá-lo.

A esperança e a dúvida lutavam em meu interior. — Juras que Doro não te tocou?

— Não te tocou... não te tocou... Deixa de repetir isso! Talvez ele me tocasse um pouco. Mas, como homem, não me tenta: juro-o pelo nome do deus que quiseres!

— Juras por nosso amor?

— Por nosso amor — repetiu Arsinoé após um momento de hesitação.

Vi porém a dúvida em seus olhos e ergui-me:

— Está bem: descobrirei por mim mesmo.

— Não o faças! — suplicou alarmada; logo em seguida sacudiu os ombros:

— Vai, se queres, uma vez que não acreditas em mim. Será melhor assim. Mas estava longe de esperar um tal tratamento de tua parte, Turms.

Seus olhos lacrimosos e acusadores me perseguiam, mas eu quis saber a verdade dos lábios do próprio Doro. Só então ficaria livre de dúvidas. Como era pueril! Como se meu coração pudesse ter um só momento de paz com Arsinoé...

Encontrei Doro no jardim, embalando-se na tépida piscina. A água amarelada cheirava a súlfur e seu corpo vigoroso, maior que seu tamanho natural, brilhava através dela. Para acalmar as ideias sentei-me à beira da piscina, balançando os pés dentro da água.

— Doro — comecei — lembra-te do estádio de Delfos. Lembra-te dos ossinhos de carneiro que atiramos para adivinhar a direção de nossas viagens. Lembra-te de Corinto e da guerra jônia. Certo, nossa amizade está acima de todo o resto. Não me zangarei se apenas me disseres a verdade. Em nome da nossa amizade, te deitaste com Arsinoé?

Seu olhar vacilou. Finalmente confessou:

— Sim: uma ou duas vezes. Não tive má intenção. Suas tentações eram irresistíveis.

A honesta confissão de Doro comprovava que ele era tão criança como eu em tais assuntos, embora na ocasião eu não o percebesse. Arrepios de frio perpassavam-me na espinha.

— Obrigaste-a a ceder?

— Eu? Obrigá-la? — E Doro me fitou admirado. — Em nome de Hércules, como a conheces pouco! Já não te expliquei que não pude resistir-lhe?

E assim, provocado pelo assunto, ficou logo aflito para aliviar a consciência.

— Suplico-te, não contes a Tanaquil. Não quero que ela se aborreça. Como vês, foi Arsinoé que começou, admirando-me os músculos. Disse-me que, como homem, não eras grande coisa comparado comigo...

— Disse mesmo? — perguntei com voz rouca.
— Sim. Parece que Tanaquil tanto lhe gabou minha força que Arsinoé teve inveja. Tu mesmo sabes o que acontece quando ela algumas vezes golpeia com os calcanhares as ilhargas de um homem. Para ser franco, eu não podia pensar em amizade, honra ou o que quer que fosse. Devo continuar?
— Não. Compreendo.
Mas não compreendia...
— Doro: mas por que afirma ela que tu não a atrais?
Ele caiu na gargalhada e pôs-se a flexionar os músculos dentro da água.
— Não a atraio? Talvez ela o dissesse de pena, mas devias estar presente para veres e ouvires por ti mesmo.
Levantei-me tão de repente que quase caí dentro da piscina.
— Então seja, Doro. Não te odeio por isso nem ficarei cismando no assunto. Mas não tornes a fazê-lo.
Os olhos marejados de quentes lágrimas, voltei correndo para casa. Sabia já não poder confiar em ninguém, muito menos em Arsinoé. Esta verdade amarga tinha de revelar-se a todos nós, mais cedo ou mais tarde. Era uma parte da vida, tão fatal como o pão assado na cinza ou um resfriado. Mas uma sensação de alívio me invadiu quando compreendi que não estava em nada obrigado a Doro. A amizade já não me ligava a ele, que a violara...
Quando voltei para o quarto, Arsinoé se levantou açodadamente do leito:
— Então, Turms, falaste com Doro e não te envergonhas de tuas cruéis suspeitas?
— Como podes ser assim descarada, Arsinoé? Doro confessou.
— Confessou o quê?
— Que se deitou contigo, como bem o sabes.
Afundei-me no leito, desesperado.
— Por que mentiste e juraste falso por nosso amor? Nunca mais serei capaz de confiar em ti, Arsinoé.
Ela enlaçou os braços em torno do meu pescoço.
— Mas... Turms, que tolice é essa? Doro não podia ter confessado. Não achas que esse espartano está nos querendo separar semeando sementes de dúvida em tua cabeça? Não posso atinar com outro motivo!
Relutante, fitei-a com olhos famintos e esperançosos. Ela percebeu minha vontade de acreditar e apressou-se em explicar:
— Agora compreendo, Turms. Naturalmente feri seu orgulho de homem rejeitando-lhe as propostas, e, sabendo como és crédulo, ele se desforra, levantando falso de mim!
— Não, Arsinoé — supliquei. — Estou nauseado até à morte. Doro não mentiu, pois conheço-o melhor do que tu.
Ela tomou minha cabeça entre as mãos. Examinou-me um instante, depois atirou-me para um lado:
— Assim seja — disse. — Já não tenho forças para lutar por nosso amor. Tudo está no fim, Turms. Adeus. Amanhã voltarei para Érix.
Que poderia eu dizer? Que poderia fazer senão atirar-me no chão e pedir-lhe perdão pelas minhas feias suspeitas? Ela estava no meu sangue e eu não podia

perdê-la. Galgamos novamente uma nuvem ofuscadora, e, visto lá de cima, tudo na terra parecia insignificante, mesmo as mentiras e as decepções...

3

A temporada marítima estava próxima, e após um inverno de labuta para levantar os muros de Himéria, os homens de Focéia andavam inquietos, farejando o vento e observando os portentos celestes. Dionísio lançara ao mar um novo navio, e ambas as galeras tinham sido calafetadas e alcatroadas com a maior perícia possível. Não ficou um remo, uma corda ou uma laçada de nó que Dionísio não inspecionasse com seus próprios olhos. À noite, já os marinheiros aguçavam suas armas leves, e os marujos, que engordaram no inverno, lutavam para vestir seus peitorais e couraças de escamas de bronze, e para furar novos buracos em suas correias. Os remeiros cantavam rudes cantigas de despedida, enquanto os soldados que no outono se casaram com mulheres de Himéria, começavam a pensar se seria prudente, no final das contas, sujeitar uma frágil mulher aos perigos de uma viagem por mar. Desta forma, a despeito de suas lágrimas e súplicas, deviam permanecer as mulheres em Himéria.

Mas Crinipos decretou que cada homem casado tinha a obrigação de prover de fundos sua mulher, de acordo com a sua posição no navio: trinta dracmas por um remo e cem por uma espada. Para terminar, cada mulher de Himéria, solteira ou casada, que tivesse ficado grávida durante o inverno, tinha de receber dez dracmas retiradas do tesouro de Dionísio.

Irados por essas exigências extorsionárias, os marinheiros se reuniram na praça do mercado para gritar que Crinipos era o tirano mais ingrato e o homem mais ganancioso que já tinham visto.

— Somos acaso os únicos homens de Himéria? — lamentavam-se. — No final das contas, o símbolo desta cidade é o galo, e não temos culpa se fomos contaminados pelo meretrício do lugar! Todo o inverno labutamos como escravos para o tirano, e à noite estávamos tão exaustos que só nos restava ir para a cama. Certamente não é nossa a culpa se as moças da cidade — e também as matronas — vinham sorrateiras se deitar conosco!

Mas Crinipos foi implacável.

— Lei é Lei, e minha palavra é lei em Himéria. Mas de bom grado darei a permissão de levardes convosco vossas mulheres e também as donzelas que deixastes grávidas. A vós compete escolher.

Durante a confusão, Dionísio ficou de parte e não fez a menor tentativa para defender seus homens. Ainda precisava arranjar água e víveres para o navio, e, acima de tudo, reaver o tesouro dos subterrâneos de pedra de Crinipos. Enquanto os homens protestavam na praça do mercado, rasgando as roupas de raiva, ele ia astutamente observando um por um.

Súbito agarrou o braço do remeiro mais barulhento:

— Que marca é essa em tuas costas?

O homem relanceou a vista pelo ombro e disse com açodamento;
— É uma marca sagrada que me protege nos combates, e custou apenas uma dracma.

Um grupo de homens aglomerou-se em torno de Dionísio, cada um mais aflito do que o outro para lhe mostrar seu próprio sinal, isto é, a marca da lua crescente.

Irado, Dionísio perguntou:
— Quantos dentre vós trazem essa marca, e quem foi que a fez?

Mais da metade daqueles homens se dera pressa em arranjar aquele mágico sinal e as feridas ainda não haviam cicatrizado, pois fazia pouco tempo que o adivinho que as fizera chegara a Himéria. Com uma faca afiada ele traçara o crescente na extremidade do ombro esquerdo de cada um, pintara-o com anil sagrado, cobrira-o com cinzas bentas e finalmente cuspira sobre ele um pouco de saliva, benta também.

— Trazei-me o mágico para eu lhe inspecionar a própria omoplata — ordenou Dionísio.

Mas o mágico, que ainda há pouco estivera traçando símbolos sagrados em sua tabuinha num canto da praça do mercado, desaparecera repentinamente e não pôde ser encontrado em parte alguma.

Naquela noite Dionísio veio ver-nos, acompanhado pelo remeiro-chefe do seu navio grande.

— Corremos perigo grave por causa daquela marca azul — disse ele. — Crinipos vem aqui esta noite para discutirmos o assunto. Não falemos a respeito de nossos negócios: ouçamo-lo apenas.

Doro explicou com ansiedade:
— Meus planos estão prontos. Estou satisfeito, Dionísio, porque resolveste juntar tuas forças às minhas, e assim não mais precisamos competir pela chefia.

Dionísio suspirou resignado:
— Assim é. Mas nem uma palavra sobre Segesta na presença de Crinipos, ou ele não consentirá em nossa partida. Não podemos fazer um acordo: eu comandar no mar, e tu em terra?

— Assim será melhor — disse Doro depois de um instante. — Mas quando desembarcarmos não precisaremos mais dos navios: queimá-los-emos.

Dionísio acenou que sim, mas com a cabeça virada para outro lado. Curioso, Micon perguntou:
— Por que estás tão preocupado com aquela marca azul e com um charlatão que ganha a vida iludindo marinheiros impressionáveis?

Dionísio mandou o remeiro verificar se alguma mulher não estava escutando por detrás das cortinas, e explicou:
— Foi avistado um navio cartaginês ao largo de Himéria. Provavelmente e um navio-correio, cuja tarefa será informar de nossa partida a frota cartaginesa.

— Mas Himéria não está em guerra contra os feníncios! — protestei. — Ao contrário, Crinipos é amigo de Cartago. Que tem isso a ver com o mágico, ou a marca?

Dionísio tocou a extremidade inferior da minha omoplata com seu dedo grosseiro e sorriu um sorriso manhoso:

— É esse o lugar exato onde o sacerdote vitimário cartaginês começa a esfolar vivo um pirata. A cabeça, as mãos e os pés, ele não os toca, de modo que a vítima pode continuar vivendo dias e dias. É assim que Cartago pune um réu confesso de pirataria.

— Sim — prosseguiu — fomos descobertos. Os cartagineses sabem que nossa presa não foi obtida na batalha de Lade, e por essa razão não estamos seguros em parte alguma do mar. Decerto também falaram a nosso respeito a seus aliados etruscos, embora isso não importe grande coisa, uma vez que já sabemos que estes não nos consentirão navegar em seus mares.

Micon, que estivera bebendo desde cedo, começou a tremer:

— Não sou covarde — disse ele — mas estou farto do mar; com tua permissão, Dionísio, ficarei para trás, em Himéria.

Dionísio estourou numa gargalhada e bateu-lhe no ombro:

— Fica, se quiseres. O que pode acontecer de pior, é Crinipos ver-se obrigado a entregar-te aos fenícios, que esticarão tua pele com pregos e a dependurarão na porta marítima de Cartago. O espia deles se lembrará de nossas caras, e não esquecerá a fisionomia dos nossos melhores pilotos, pois os fenícios não pensam apenas no dia de hoje, mas nos dez próximos anos, para o caso em que consigamos atingir Massília.

— Mas não vamos partir para Massília! — interrompeu Doro. — Naturalmente que não — concordou Dionísio prontamente.

— Mas eles pensam que sim, simplesmente porque um boato circulou nesse sentido. Por esse motivo é que marcaram até o mais humilde dentre nossos marujos, a fim de nos poderem reconhecer em qualquer lugar e em quaisquer circunstâncias.

Riu-se ao ver o horror impresso em nossas feições.

— Quem mete a mão em vespeira para tirar mel, sabe muito bem o que faz. Sabíeis o que vos esperava quando vos ligastes às nossas forças.

Isto não era estritamente verdadeiro, mas não tínhamos vontade de discutir o assunto. Aos olhos dos fenícios estávamos presos a ele como o cabelo ao couro.

Naquele momento o piloto surgiu no corredor torcendo as mãos e dizendo que a dona da casa e sua amiga queriam entrar. Arsinoé raspou por ele, segurando nos braços um animal de pelo brilhante, que atirou na minha direção.

— Olha o que comprei, Turms!

Olhei o bicho de olhos brilhantes que fungava, e nele reconheci um gato. Os egípcios consideram-no sagrado, mas é muito raro encontrar-se um deles em outras terras. Entretanto eu vira um em Mileto, onde as mulheres da nobreza os conservavam em casa, embora elas devessem ter mais juízo.

— Um gato! — exclamei. — Larga imediatamente esse perigoso animal! Não sabes que ele esconde agudas garras em suas patas macias?

Eu ficara chocado, não tanto por saber que os gatos são dispendiosos, mas porque não tinha certeza como foi que Arsinoé obtivera dinheiro para as compras.

Ela riu-se alegremente.

— Turms, não sejas mau. Põe-no ao colo e acaricia-o. Achá-lo-ás encantador.

E atirou-me o gato, que me enfiou as garras no peito, trepou-me à cabeça, e dali saltou para o ombro do deus doméstico dos fenícios.

— Toda a vida desejei um animalzinho tão encantador — tagarelava Arsinoé.

— Acredita-me: ele é perfeitamente manso. Foste tu que o amedrontaste, Turms, com teu grito de susto. Pensa na sua maciez quando ele estiver deitado em minha cama, guardando meu sono, e com seus olhos brilhando no escuro como lanternas protetoras. Não podes negar-me alegria tão grande!

Sentindo os olhares compassivos dos três homens postos sobre mim, corei e protestei:

— Não gritei nem tenho medo desse bicho. Mas é um animal inútil, e não podemos levá-lo a bordo quando daqui a pouco sairmos para o mar.

— Melhor dizeres "Hades" — observou Dionísio sarcasticamente. — Está bem, Turms: eu não pensava que me sairias o mais língua de trapo de todos nós...

— Mas toda a cidade sabe que estais a pique de partir! — disse Arsinoé com inocência. — O Conselho de Cartago exige que Crinipos vos prenda ou vos deporte. Até o mercador que me vendeu este belo animal sabe disso, e por esse motivo mo vendeu muito barato, a fim de que ele nos traga boa sorte no mar. Dionísio ergueu o braço:

— Que os deuses tenham compaixão de nós! — rogou.

— Está claro que se trata de plano fenício — disse eu. — Atiraram o gato a Arsinoé, para que ele nos traga má fortuna. O mercador deve ser fenício.

Arsinoé apertou o gato de encontro ao peito.

— Ao contrário, era etrusco, e amigo teu, Turms. Chama-se Lars Alsir. Essa a razão por que me vendeu o gato a crédito.

Isso me acalmou, pois dificilmente Lars Alsir me desejaria mal. Dionísio rompeu a rir, cautelosamente estendeu uma mão para o gato e pôs-se a esfregar o queixo com o pesado dedo indicador.

Arsinoé fitou-o gratamente:

— Tu me entendes melhor do que ninguém, Dionísio — murmurou ela. — Não é Turms uma criança, deixando de ver o que se passa mesmo em frente de seu nariz? Nenhum mercador fenício poderia ter-me vendido o que quer que fosse, pois todos interromperam o negócio e alugaram homens armados de machadinhas para se postarem de guarda em suas lojas. Demais, proibiram todos os outros negociantes de negociar conosco, sob a ameaça de banirem no futuro todas as mercadorias cartaginesas. Acho isso uma tolice, pois a tarefa de um negociante é fazer comércio, não impedi-lo.

Ainda distraído a coçar o gato, Dionísio chamou seu piloto e ordenou:

— Vai imediatamente acordar os sacerdotes de Netuno e manda-os sacrificar dez touros de nossa parte, custem o que custar. Se necessário, deixa que um citadino fiel os compre em seu próprio nome. Os ossos da coxa e a gordura podem ficar no altar, mas a carne tem de ser armazenada nos navios hoje à noite.

E voltando-se para Arsinoé:

— Desculpa se te interrompi, mas afitando a ambos — a ti mais o gato — senti um desejo irresistível de fazer a Netuno um sacrifício de touros.

Arsinoé apertou os olhos maliciosamente:

— Dificilmente teria Lars Alsir me vendido o gato, se as pessoas soubessem que sou companheira de Turms. Mas naturalmente ninguém sabe, embora eu desperte grande curiosidade quando caminho pela cidade em companhia de um rapaz que me segura a sombrinha.

Mostrei-me calmo apesar de estar desesperado, pois proibira-a severamente de sair de casa ou chamar a atenção de qualquer modo que fosse. Ela porém olhou-me com ar cortante:

— Isso me lembra que Lars Alsir me disse alguma coisa a respeito de ti e da neta de Crinipos. O que foi que se passou entre os dois?

Naquele momento, naturalmente, o fiel mensageiro de Crinipos chegava para anunciar que seu amo estava a caminho, e um minuto mais tarde o próprio Crinipos entrava no aposento, as sandálias na mão e arfando pesadamente. Seguiam-no um trêmulo Terilo, sua calva coberta por uma grinalda dourada, e — como invocada pelos maus espíritos — a própria Cidipe.

Ao vê-la, Arsinoé atirou o gato para fora do colo e ergueu-se, ameaçadora:

— Desde quando as moças se entregam à perseguição dos homens? Posso crer quase tudo quanto dizem a respeito de Himéria; mas que um pai acompanhe sua filha na caça a um homem que não está interessado...

Deu um passo em direção a Cidipe e soltou uma risada.

— Ora! Nem seios ela tem! Seus olhos são muito apartados e tem pés grandes!

O mais que pude fazer para silenciar Arsinoé foi agarrá-la nos braços e carregá-la para nosso quarto. Ela esperneava violentamente e o gato passou por nós como um raio. Já estava na cama quando ali atirei Arsinoé com tamanha força, que ela teve dificuldade em recuperar o fôlego.

Afinal conseguiu falar:

— Turms, como podes tratar-me com tanta crueldade? A razão é amares aquela moça estragada de mimos? Foi por causa dela que foste a Érix! Então por que me induziste a seguir-te, quando me consideras apenas um brinquedo?

— Poupa tuas forças — respondi. — Nesta mesma noite podemos partir. Embrulha teus pertences e reza à deusa.

Ela agarrou-me a túnica e berrou:

— Não fujas à minha pergunta, traidor! Confessa de uma vez o que essa moça significa para ti, a fim de que eu possa ir matá-la!

— Não tens razão, razão nenhuma! — garanti-lhe. — Ao ver Cidipe fiquei ainda mais surpreso do que tu, e não posso compreender por que o caduco de seu avô a trouxe para uma conferência secreta. Também não posso compreender por que Lars Alsir, que eu acreditava meu amigo, teve de palrar contigo a respeito de assunto tão trivial.

Aparentemente satisfeita, Arsinoé sorriu, depois voltou a falar:

— Agora me lembro. Lars Alsir te mandou um recado, mas que recado é, não posso dizer neste momento, pois mo afugentaste da ideia. Fico contente em ir para um lugar onde não haja garotas frívolas para te desviar, o que parece incrivelmente fácil acontecer...

Só então percebi que a bordo haveria apenas homens, e que uma mulher como Arsinoé, mesmo sem o gato, poderia levar à destruição toda uma equipagem.

Súbito ela palpou o seio:

— Agora me lembro do recado de Alsir.

Sacou para fora um minúsculo cavalo-marinho do tamanho do meu polegar e entalhado em uma pedra preta.

— Enviou-te isto como lembrança. Disse por brincadeira que podes ajustar tuas dívidas com ele mais tarde, quando vieres a teu reino, por isso escolhi algumas joias como complemento do gato. Ele também me deu um cavalo-marinho de ouro a fim de ter a certeza de que eu te entregaria o de pedra preta...

— Que recado é esse? — perguntei impaciente.

— Não me apresses...

E ela franziu a testa para pensar.

— Disse ele que é de presumir que nenhum dano te aconteça, mas que estás ligado à terra. Depois disse — e isto ele gravou em mim — que dois navios cartagineses estão escondidos em uma praia a oeste de Himéria, e que no exterior dos muros da cidade, junto ao altar de Iaco, há uma pira que deve ser acesa, caso partas esta noite. Mais navios de guerra estão a caminho — disse ele — por isso é mais prudente escapares a tempo.

Ela espichou-se na cama tentadoramente, mas não me atrevi a fitá-la. A notícia que ela me dera era da maior importância.

— Tenho de sair — disse apressado. — A conferência começou e Dionísio precisa de mim.

— Nem ao menos me dás um beijo de adeus? — perguntou debilmente.

De olhos fechados inclinei-me sobre Arsinoé, que me segurou a cabeça de encontro ao seio apenas o tempo suficiente para me dificultar deixá-la, depois afastou-me para longe. Deitada na cama e espichando a mão para o gato, luzia-lhe nos olhos um brilho de feroz triunfo.

4

Tivesse ele ousado, e Crinipos em sua cobiça teria certamente se apossado do nosso tesouro e matado Dionísio com toda a sua equipagem. Sendo porém, um homem sagaz, sentia um saudável respeito pela astúcia de Dionísio e estava cônscio de que este tomara todas as providências contra um ataque de surpresa.

Homem velho e enfermo, sabedor de que a morte lhe roía o ventre como um caranguejo, Crinipos se agarrava aos votos pelos quais jurara governar Himéria. E foi assim que o encontrei discutindo com Dionísio sobre a sua quota do tesouro, e a exigir um dízimo como complemento das multas já decretadas.

Cidipe olhava-nos a ambos com insinuantes sorrisos, mas quando fitei seus frios olhos virginais, dei-me pressa em contar o que acabara de saber por intermédio de Arsinoé. No mesmo instante o piloto entrou para anunciar que os fogos sacrificiais já estavam acesos. Dionísio enviou-o então para destruir a pira sinaleira no exterior da cidade e reunir a toda pressa as tripulações.

Defrontado pela realidade, Crinipos parou de resmungar e esboçou um plano de ação. Os homens mais leais de Dionísio tinham de abrir caminho à força até sua casa nas primeiras horas da manhã, derrubar os guardas e assaltar o subterrâneo. Os presentes de despedida deviam ser espalhados pelo chão, como se tivessem caído de algum saco rasgado.

Crinipos riu um riso abafado e alisou sua barba rala.

— Não sei se os fenícios acreditarão na história de vossa fuga, mas o Conselho de Cartago tem muita experiência. Gosta mais da paz e do comércio do que de frívolas discórdias, e logo perceberá que lhe é mais vantajoso acreditar no que digo. Deste modo, minha reputação continuará ilibada, embora eu tenha facultado abrigo a um bando de piratas durante todo um inverno...

Dissemos adeus a Crinipos, agradecemos-lhe a hospitalidade e desejamos-lhe vida longa.

O plano foi executado com rapidez e facilidade. Os guardas de Crinipos largaram as armas depois de um leve protesto, e os homens de Dionísio os amarraram e jubilosos os espancaram, deixando-os cheios de contusões a fim de apresentarem uma prova da luta. O econômico Crinipos deixara a chave do subterrâneo bem à vista para nos tornar desnecessária a inutilização do complicado cadeado. Encontramos nosso tesouro muito diminuído, mas apesar disso havia carga mais do que suficiente para nossos marujos carregarem através da cidade rumo às portas e em seguida à praia, enquanto os guardas zombavam de nossos esforços. A carne sacrificial foi posta a bordo, os depósitos de azeite e ervilhas secas reabastecidos, e os homens até acharam tempo durante seus últimos instantes em terra para roubar alguns odres de vinho. Alguns também acharam tempo para outras coisas, pois ouvimos em várias casas gemidos e gritos de mulher.

A noite primaveril nos envolveu quando pisávamos as pedras úmidas em direção à trirreme já solta das amarras. Ambas as galeras menores deslizaram à nossa frente com um baque de remos e desapareceram na escuridão, de modo que apenas ouvíamos o golpeio rítmico e abafado de seus gongos, do outro lado da água. Então Dionísio ordenou que nosso navio partisse por sua vez. As três filas de remos mergulharam dentro da água, embaraçando-se uns nos outros. Do tombadilho inferior ouvimos berros de dor, enquanto os remadores, desabituados à nova galera, deixavam seus polegares serem apanhados pelos remos. Navegávamos em guinadas incertas para a frente, salvos dos recifes por um vento terral que nos ajudou até que os remadores tornassem a manejar devidamente os remos e o navio começasse a obedecer ao leme.

Assim deixamos Himéria, e a tristeza da partida encheu-me os olhos de quentes lágrimas. Mas não era tanto por Himéria que eu chorava, mas pela minha própria escravização. Só quando Dionísio me chamou para que invocasse o vento foi que compreendi a intenção de Lars Alsir ao dizer a Arsinoé que eu estava ligado à terra. Era Arsinoé que me prendia à terra, que confundia minhas ideias e dava importância a assuntos triviais. O só pensamento de conjurar o vento levou-me a perceber o horrível peso de meu corpo. Arsinoé esgotara-me as forças.

Dionísio ouviu-me a respiração torturada, bateu-me no ombro e disse:

— Não te esforces sem necessidade. É melhor empregarmos os remos até nos acostumarmos com o navio e sabermos como ele reage às vagas. Uma tempestade pode partir o mastro e afundar-nos.

— Qual a nossa direção? — perguntei.

— Deixe isso a Netuno — respondeu ele amavelmente. — Mas verifica se tua espada não se enferrujou na bainha durante o inverno. Como vês, estamos vogando a fim de ir cumprimentar aqueles dois navios de guerra cartagineses, e isso pelo motivo de que ninguém espera que o façamos... Passei algum tempo pescando ao longo destas praias e aí observei cardumes de gordos golfinhos. Em consequências, conheço as balizas para o ocidente e posso adivinhar a angra onde os cartagineses fundearam suas galeras, .. se é que são marinheiros hábeis.

— Pensei que querias fugir-lhes acobertado pela escuridão. Jogaram água na fogueira deles de modo que pela madrugada estaremos longe de suas vistas.

— Mas vão sair em nossa perseguição como um casal de galgos — declarou Dionísio.

— Não; a intenção deles não é travar batalha, mas atrair-nos diretamente para o meio da frota que caminha nesta direção. Por que não tirar partido da situação? Além disso, os remadores ficarão mais depressa familiarizados com o novo navio, se perceberem que têm de escapar aos golpes assassinos de um aríete de bronze. Mas se és tão contrário à luta, Turms, podes ir dormir com a tua Arsinoé debaixo do convés.

O desespero invadiu-me ao sentir o navio jogando sobre as ondas, rumo à escuridão. Nada sabia a respeito de correntes e marés, era incapaz de ler nas nuvens como fazia Dionísio, e o vento já não me obedecia. Eu era apenas terra e corpo. Ao redor de mim tudo acontecia por acaso, nem me servia de consolo a ideia de que Arsinoé me esperava sã e salva embaixo do convés. A certeza de todas as tristezas e prazeres que ela tinha reservados para mim era o meu conhecimento mais amargo.

Ao romper do dia nossas três galeras se juntaram, rumando diretamente para a angra. Vendo-nos surgir quais espíritos de um mar sombrio, os vigias cartagineses mal podiam acreditar no que viam. Imediatamente tambores e cornetas deram aviso, e antes de nos abrigarmos na angra, ambos os navios de guerra avançaram com seus homens armados. No entanto, na confusão nascida da surpresa, berravam-se ordens contraditórias, falhavam as batidas do gongo e os remos se embaraçavam uns nos outros.

Dionísio rugia, infundindo coragem a seus homens, e sua sorte espantosa habilitou nosso navio a perseguir um dos fenícios fugitivos e esmagá-lo contra a praia penhascosa. Gritos de terror se ouviram debaixo de nós ao caírem ao mar os marinheiros de Cartago, pesadamente armados, e ao nadarem os remadores em busca de salvação. Apenas dois arqueiros quiseram investir, mas Dionísio pregou um deles no tombadilho com sua lança enquanto o outro foi varrido para o mar pelos remadores.

Dando o desastre como certo, a segunda galera fenícia rumou para a praia, e sua equipagem fugiu para o abrigo das florestas. Aqueles dentre os seus companheiros que lograram escapar do primeiro navio seguiram-nos, e dentro em pouco, da praia, as setas começaram a cair em cima de nós. Algumas delas entraram nos buracos por onde os remos apontavam, ferindo muitos remadores e proporcionando a Micon uma grata oportunidade de descer. Tão densa era a chuva de setas que Dionísio se apressou em dar ordem de retirada.

— Segundo o costume fenício, eles têm mais arqueiros do que lutadores a espada — disse ele. — Não é por covardia que me afasto, mas porque não quero arriscar nosso navio nos rochedos.

Durante todo esse tempo os cartagineses estavam arrastando seus feridos para terra, encorajando uns aos outros com gritos, sacudindo os punhos para nós e praguejando em muitas línguas.

Irado, Doro ergueu o escudo:

— Vamos à praia e matemo-los! — sugeriu. — É uma vergonha tolerarmos tanto insulto, uma vez que os derrotamos.

— Se descermos à praia, levar-nos-ão para as florestas, onde nos matarão um a um... respondeu Dionísio. Depois continuou pensativo: — O navio que viramos de borco não mais presta para o mar, mas o outro tem de ser queimado, mesmo que sua fumaça nos traia. Não quero que se intrometa em nossa retaguarda.

— Permitam-me aumentar minha fama, indo à praia e conservando à distância esses cartagineses, até que alguém ponha fogo em seu navio — sugeriu Doro.

Dionísio olhou-o de boca aberta, depois deu-se pressa em concordar:

— Não pode haver coisa melhor! Eu próprio o sugeriria, se não receasse que fosse uma tal tarefa demasiado humilde para ti...

Doro reuniu então os soldados em torno de si, perguntando qual deles queria granjear fama imortal a seu lado; mas os homens de Foceia descobriram na ocasião outras coisas mais interessantes do que a fama... Só quando Dionísio observou que a galera cartaginesa poderia conter objetos dignos de serem roubados, é que um homem das galeras se aproximou, apanhou Doro e conduziu-o para a praia. Dois homens com vasilhas de mechas e jarras de óleo galgaram apressadamente o navio cartaginês, mas Doro lhes gritou com toda a calma que não era preciso tanto açodamento.

Vendo Doro postado ali sozinho e sacudindo o escudo em desafio, ao mesmo tempo sobraçando um feixe de lanças, os cartagineses cessaram momentaneamente de gritar. Mas quando notaram um fiapo de fumaça levantando-se de sua galera vermelha e preta, o comandante e dez de seus marujos emergiram furiosos da floresta. Correram direito para Doro, que arremessou as lanças com boa pontaria, derrubando quatro homens. Então, desembainhando a espada, invocou Hércules, seu ancestral, a fim de que lhe testemunhasse a proeza, e correu por cima dos sobreviventes. Muitos escaparam; outros, porém, incluindo o comandante, foram mortos.

Dionísio praguejava, cheio de admiração, ao contemplar a façanha:

— Que guerreiro! Por que teria de receber em Lade uma pancada na cabeça?

Durante uma pausa Doro abaixou-se sobre o comandante cartaginês, e teve tempo de arrancar-lhe os brincos de ouro e a pesada corrente com suas medalhas de leões, antes que os dardos e as setas começassem de novo a chover da floresta. Seu escudo tombou ao peso das lanças que o trespassavam, e ouvimos o estalido de setas se partindo ao lhe tocarem o peitoral. Dentro em pouco vimo-lo extrair uma seta da coxa, e em seguida uma outra penetrou-lhe na boca, furando-lhe uma das faces.

Com um grito de alegria os fenícios saíram correndo da floresta, mas Doro, mancando, embora, se lhes dirigiu tão alto e ameaçador que eles deram repentinamente meia volta e fugiram, invocando, enquanto corriam, o auxílio de seus deuses. Dionísio chorava amargamente contemplando a cena:

— Não posso permitir a queda de homem tão corajoso, nem que isso redundasse em um bem para todos nós!

Naquele instante compreendi que também eu esperava pelo pior. Com uma sensação de culpa, contemplara o combate desigual sem fazer a menor tentativa de acorrer em auxílio de Doro, e agora era demasiado tarde. Dionísio gritou, ordenando a uma das galeras que fosse para a praia em busca de Doro, que vinha vadeando a água em sua direção e manchando-a de vermelho com o sangue que lhe escorria das feridas.

De respiração tão suspensa havia eu acompanhado a proeza de Doro, que só depois de sua chegada ao convés da trirreme foi que notei que Arsinoé estava por trás de mim, fitando Doro com os olhos dilatados de admiração. Trazia em cima da pele apenas uma túnica muito curta presa por um cinto de prata que lhe acentuava a delgadeza da cintura.

Dionísio e os comandantes olharam para ela e esqueceram-se de Doro. Até os remos se engancharam uns nos outros quando alguns remadores a avistaram por uma abertura no tombadilho. Mas Dionísio depressa se recuperou e pôs-se a xingar e a berrar e a dar pancadas a torto e a direito com a ponta de sua corda até que os homens voltassem a suas tarefas. Mais uma vez a água espadanava à frente da proa, e dentro em pouco o casco incendiado ficava para trás.

Tendo tirado a armadura de Doro e contemplado Micon, que lhe aplicava unguentos nas feridas, voltei-me irado para Arsinoé:

— Que significa apareceres diante dos marinheiros com esse vestuário? Teu lugar é embaixo do tombadilho! Vê se não sais de lá! Podias ser ferida por uma seta.

Sem me prestar a menor atenção, ela dirigiu-se a Doro, olhou-o com admiração e disse:

— Ah, Doro, que herói que tu és! Pensei ver em pessoa o próprio deus da guerra e não um simples mortal. Como o teu sangue é carmesim ao te escorrer pelo pescoço! Se pudesse, curar-te-ia esse ferimento da face com um beijo!

Os membros de Doro pararam de tremer e seus lábios se aquietaram, enquanto lhe aflorava ao olhar uma expressão de reconhecimento. Olhou-a com desejo, e a mim com desdém.

— De bom grado teria Turms a meu lado, como no passado — disse. — Esperei-o, mas ele não apareceu. Se soubesse que me olhavas, teria matado um número maior de cartagineses em honra de tua beleza!

Arsinoé olhou-me de relance, franziu os lábios com uma expressão de sarcasmo e ajoelhou-se nas ásperas pranchas junto a Doro.

— Que combate inesquecível! Quereria ter apanhado da praia uma mancheia de areia ou uma concha, como lembrança do teu heroísmo!

Doro riu-se, exultando:

— Eu seria com efeito indigno, se me satisfizesse com areia ou conchas à guisa de troféus de guerra. Aceita isto como lembrança desta hora.

E estendeu-lhe os brincos de ouro do comandante cartaginês, que ainda traziam aderidos pedaços sanguinolentos de lóbulos da orelha do morto.

Arsinoé juntou as mãos de alegria, aceitou a dádiva sangrenta sem a menor repugnância e pôs-se a admirar as luzidias argolas.

— Não posso recusar, uma vez que insistes. Sabes, naturalmente, que as guardarei avaramente, não por seu peso em ouro, mas porque me evocam tua coragem.

Fez uma pausa cheia de expectativa, mas quando Doro continuou calado, ela sacudiu a cabeça:

— Não; no final das contas, não posso ficar com esses brincos, pois se assim fizer não terás nenhuma prova que ateste teu heroísmo.

Para contrariar a isto, Doro sacou a corrente e o medalhão, e lhos mostrou. Arsinoé apanhou a corrente e examinou-a detidamente:

— Sei o que é isto — exclamou ela. — É um emblema de comandante naval. Uma das moças da minha escola ganhou de um visitante satisfeito uma corrente e um medalhão iguais a esses. Lembro-me que chorei de inveja, pensando que nunca ninguém me faria um presente assim.

Doro rangeu os dentes, pois os espartanos não são por natureza de índole generosa, e disse:

— Fica também com eles, se for de teu agrado. Têm pouca importância para mim, e duvido que algum dia Turms possa oferecer-te presentes como esses.

Fingindo espanto, Arsinoé recusou a dádiva inúmeras vezes e declarou:

— Não, não, não posso aceitar, nem aceitaria se não estivesse aflita para apagar uma humilhação que sofri na infância, em uma escola do templo. Só posso aceitar a oferta por motivo da amizade existente entre ti e Turms. Mas como poderei jamais pagar tua bondade?

Longe de mim estava a ideia de amizade ao contemplar aquele indigno espetáculo. Mas quando percebeu que Doro nada mais tinha a oferecer-lhe, Arsinoé levantou-se, esfregou os joelhos nus e disse que não mais o incomodaria, uma vez que ele devia estar sofrendo muito com os ferimentos.

Nessa ocasião Dionísio enfileirara os navios em coluna e aceleraram-se as batidas de remo a fim de vencer o empuxo das correntes da praia. Tendo-nos olhado de soslaio, ele se aproximou, palpando pensativo as grandes argolas de ouro das orelhas.

— Arsinoé — disse ele respeitosamente — julgam os marinheiros que há uma deusa a bordo. Mas olhando-te, se esquecem de remar, e no decorrer do tempo poderão ter pensamentos ainda mais ousados. Para Turms também seria melhor se fosses para baixo e não te mostrasses com tanta frequência...

Percebendo uma expressão obstinada no rosto de Arsinoé, disse eu apressadamente:

— Sei que ninguém pode obrigar-te a isso, mas seria uma pena se este sol escaldante queimasse tua pele alva de leite...

Ela soltou um grito de terror e tratou de cobrir a nudez o mais que lhe foi possível.

— Por que não mo disseste antes? — censurou-me ela, e desceu mais que depressa para o compartimento que os comandantes haviam preparado para o máximo conforto de seu repouso. Segui-lhe no encalço, como um cão fraldeiro.

5

Navegamos por três dias no mar largo, e vento nenhum soprou em nosso auxílio. À noite amarramos juntos os três navios, e o gato de Arsinoé rastejou sub-repticiamente ao longo das amuradas, despertando, com seus olhos afogueados, o temor supersticioso dos marujos. Estes porém não resmungaram, continuando a remar de bom grado, acreditando que cada golpe do remo só fazia distanciá-los cada vez para mais longe das temidas galeras cartaginesas.

Mas na quarta noite Doro armou-se, pôs-se a falar com sua espada, entoou cânticos de guerra para se animar e finalmente enfrentou Dionísio:

— Quais as tuas verdadeiras intenções, Dionísio de Foceia? — perguntou ele. — Já faz muito que escapamos aos navios de Cartago, mas pela posição do sol e das estrelas, vejo que dia a dia navegamos mais para o norte. Por este caminho, nunca chegaremos a Érix.

Dionísio concordou pachorrentamente, fez depois um gesto com o polegar. Imediatamente a tripulação agarrou e acorrentou Doro, tudo com tamanha pressa que este nem teve tempo de puxar pela espada. Doro rugiu ante o ultraje, depois lembrou-se de sua honra e calou-se, contentando-se em lançar sobre Dionísio olhares assassinos.

Este pôs-se então a falar em tom conciliatório:

— Respeitamos-te como herói, e és de nascença muito superior a qualquer um de nós, mas tens de confessar que a pancada na cabeça, que recebeste em Lade, ainda às vezes te transtorna. Quando te ouvi falar com a espada, quando aludiste às estrelas, ao sol e à navegação (dos quais não sabes nada), percebi que para teu próprio bem devia prender-te no porão até chegarmos a Massília.

Os marinheiros também lhe bateram bondosamente nas costas, dizendo:

— Não te zangues conosco, pois foi para teu próprio bem que o fizemos. A vastidão do mar afeta facilmente quem não está acostumado a ele. Mesmo o sagaz Ulisses pediu que o amarrassem ao mastro quando julgou ouvir o canto das sereias... Doro estremeceu de raiva.

— Não estamos navegando para Massília! Ao invés de uma viagem perigosa, ofereço-vos um bom combate em terra; e quando eu conquistar a coroa de Segesta, dividirei convosco a terra de Érix e deixar-vos-ei erigir casas onde educareis vossos filhos para a carreira militar. Dar-vos-ei escravos para o labor dos campos e podereis divertir-vos dando caça aos sicânios e roubando-lhes as mulheres. Dionísio vos priva traiçoeiramente de todos estes prazeres!

A fim de silenciá-lo, Dionísio irrompeu numa comprida gargalhada, bateu nas coxas e gritou:

— Escutai-lhe a lenga-lenga! Nós outros, homens de Foceia, deixaremos o mar para ir cavar a terra? Nunca ouvi nada mais ridículo!

Mas os seus homens começaram a descansar ora em um ora em outro pé, apenas se entreolhando. Remadores saíram de seus bancos e as equipagens das galeras subiram à popa para ouvir melhor.

Então Dionísio falou sério:

— Estamos navegando para o norte, diretamente para Massília, e já estamos em águas tirrenas. Mas o mar é vasto e minha boa sorte continua. Se for necessário, também subjugaremos os navios etruscos e abriremos caminho para Massília. Lá se fabrica vinho tinto; lá, até um escravo pode molhar seu pão no mel, e por poucas dracmas vendem-se moças escravas, brancas como leite...

— Escutai, soldados! — berrou Doro. — Em lugar de perigos ignotos e deuses estranhos, ofereço-vos uma boa terra conhecida, cujos templos são construídos à moda grega, e cujos naturais se orgulham de falar a língua da Grécia. Ofereço-vos uma viagem curta e uma guerra fácil. Já me vistes combater. Ofereço-vos agora uma vida de conforto sob a proteção da minha coroa.

Dionísio quis dar-lhe um murro na cabeça, mas seus próprios soldados intervieram:

— Há muita verdade no que Doro diz — afirmaram eles — pois nem sequer sabemos como nossos parentes de Massília nos vão receber! Os etruscos afundaram com facilidade os navios de nossos pais, e nós temos só três, num total de apenas trezentos homens. São insuficientes quando o mar ficar coalhado do vermelho e do negro dos navios etruscos.

— Atrás do meu escudo, trezentos homens valentes representam um exército! — clamou Doro. — Nem ao menos peço para conduzir, mas para que me sigam. Estais fora do juízo, a menos que acrediteis em mim e não em Dionísio, esse falseador de promessas!

Dionísio ergueu a mão pedindo silêncio.

— Deixai-me falar. É verdade que negociei com Doro. Também é verdade que nada perderemos guerreando em Érix, uma vez que, seja qual for o caso, Cartago não nos perdoará. Mas tudo isso planejei só para o caso de os deuses não favorecerem nossa viagem; e só como último recurso atacaremos algum lugar do litoral de Massília.

No mar, Dionísio era mais poderoso do que Doro, e depois de uma longa discussão, os homens se decidiram pela viagem a Massília. No final das contas, era esse mesmo o objetivo original.

Mas o mar desconhecido era implacável, e os ventos inconstantes. Passaram-se os dias e nossa água de beber apodreceu, muitos caíram doentes e tiveram febris alucinações. Nem as eventuais explosões de Doro na proa contribuíam para melhorar a situação. Arsinoé empalidecia, queixava-se de náuseas contínuas e clamava pela morte. Todas as noites suplicava-me que libertasse Doro a fim de que ele desse início a um motim, pois qualquer destino seria preferível a essa navegação esmada, na qual os únicos alimentos consistiam de farinha bichada e azeite rançoso.

Mas finalmente avistamos terra. Dionísio cheirou e provou a água, lançou a sonda de cera e examinou a lama que veio grudada a ela. Teve porém de confessar:

— Não reconheço esta terra. Estende-se para o norte e para o sul até onde a vista alcança, e receio que se trate do continente etrusco. Afastamo-nos muito para leste.

Dentro em pouco encontramos dois cargueiros gregos, e por eles soubemos que o litoral à nossa frente era com efeito território etrusco. Pedimos-lhe água doce e azeite, mas a equipagem, fitando-nos com desconfiança as barbas emaranhadas e os rostos tisnados, recusou, instando para que desembarcássemos. Os pescadores, disseram, nos ajudariam.

Como eram gregos, Dionísio não quis roubá-los, mas permitiu-lhes que seguissem sua rota, e fez corajosamente nossos navios rumarem para terra. Logo descobrimos a embocadura de um rio e um grupo de cabanas de teto colmado. Era aquele, evidentemente, um país civilizado, pois o povo não fugiu de nós. As casas eram de barrotes, havia chaleiras de ferro, imagens feitas de barro, e as mulheres usavam joias.

A vista daquela terra risonha com suas montanhas azuis era por si só tão deliciosa, que os próprios remadores não quiseram perpetrar nenhuma violência. Abastecemo-nos lentamente de água doce, pois ninguém estava aflito para voltar ao mar, nem mesmo Dionísio.

Súbito surgiu uma carruagem, e um homem armado nos falou severamente. Embora falasse língua estranha, entendemos apenas o suficiente para saber que ele exigia nossos papéis de navegação. Fingimos não entender, e ele olhou perscrutadoramente nossas armas, ordenou que não saíssemos dali e partiu em uma nuvem de poeira. Um pouco depois uma ofegante tropa de lanceiros se aproximou e postou-se de guarda nas vizinhanças.

Não interromperam o abastecimento de nossos navios, mas quando os empurramos para dentro da água eles gritaram ameaçadores, atirando-nos lanças. No instante em que, sãos e salvos, deixamos a praia, uma fileira de fogos de sinalização ardia ao longo da costa e uma frota de rápidos navios de guerra, estreitos e leves de construção, nos perseguia, vinda do norte. De novo rumamos para o mar largo, mas os nossos remadores estavam tão exaustos, que as galeras logo nos alcançaram. Quando deixamos de responder a seus sinais, caiu no tombadilho de nosso navio uma seta munida de uma maçaroca de plumas sanguinolentas.

Dionísio arrancou-a, e disse examinando-a:

— Sei o que isto significa, mas sou homem paciente e não travo batalha a menos que me ataquem.

As velas perseguiram-nos implacavelmente até o cair da noite, quando eles as colheram e nos atacaram. Ouvimos o estalido de remos se quebrando, o som de aríetes de metal esmagando os flancos das nossas galeras, e os gritos de agonia de nossos remadores ao passo que setas e lanças assobiavam penetrando nos buracos por onde os remos apontavam. Nossas galeras adernaram e pararam no mesmo instante em que um navio etrusco deu um encontrão na trirreme, partindo ambos os remos da direção. Furioso, Dionísio apanhou um arpão com sua corrente e atirou-o com tal perícia no navio etrusco que, agarrado pela proa, este deu um súbito arranco e estacou. De nosso alto convés era fácil matar os remadores que acorreram para arrancar o arpão. Um ataque inimigo pela nossa retaguarda não surtiu efeito, pois por mais que se esforçasse, a frágil galera etrusca não era capaz de furar com seu fraco aríete nossas pesadas pranchas de carvalho.

Embora toda a batalha não durasse mais que alguns minutos, grande foi o estrago, principalmente para os nossos navios menores. Conseguimos consertar os remos do leme de nossa trirreme, e as galeras tiveram suas brechas calafetadas com peles de carneiro, mas já era noite avançada quando conseguimos esgotar a água que já nos tinha estragado a água de beber e as provisões recentemente adquiridas.

O pior foi que não escapamos às galeras etruscas. Embora a maioria delas fugisse para a praia, duas não se afastaram, e quando desceu a escuridão, acenderam seus depósitos de alcatrão no tombadilho de popa à guisa de fogos de sinalização.

— Posso quase ouvir a algazarra nas cidades da costa ao passo que cada chefe se apressa em ser o primeiro a alcançar-nos — disse Dionísio com amargura. — Certo, nunca ouvi dizer que os etruscos esfolassem piratas vivos, uma vez que eles próprios já exerceram a pirataria; mas são um povo cruel e amante dos prazeres terrenos.

Em sua ronda noturna, o gato de Arsinoé surgiu silenciosamente da escuridão, parando para se esfregar na perna de Dionísio e depois se espichando para arranhar o convés com as unhas.

Dionísio respirava com dificuldade.

— Esse animal sagrado é mais sábio do que nós! Como vedes, virou a cabeça para o Oriente e está arranhando as pranchas para invocar o vento leste. Arranhemos junto com ele, assobiemos como o vento e invoquemos uma tempestade.

Ordenou aos soldados que arranhassem o convés. Alguns ainda tentaram dançar uma dança Foceia da chuva, mas foi tudo baldado. Até a leve brisa que sentíramos caiu, e o mar se acalmou. Finalmente Dionísio desistiu e ordenou que se amarrassem os três navios juntos a fim de que os marinheiros pudessem repousar e rezar, pentear o cabelo, lavar e ungir os corpos, de maneira a estarem prontos para morrer na madrugada.

Os fogos tirrenos desapareceram, e na treva exclamei para Dionísio:

— Tua boa sorte ainda nos protege. Os etruscos receiam o negrume do mar e regressam à praia!

Ele olhou espantado para cima da água e assim perdeu um momento precioso. Ouvimos um estrondo na proa, e, acendendo as tochas, vimos que todos os remos dos lemes tinham sido cortados pelos furtivos etruscos, que se aproximaram protegidos pela escuridão. Tornaram a acender na distância os fogos em seus depósitos de alcatrão.

Um sentimento de culpa invadiu-me quando pensei em Arsinoé. Ela ainda estaria sã e salva no templo se eu não a tivesse raptado e levado a uma morte certa. Desci ao compartimento onde ela jazia magra e fraca, seus olhos mais negros que nunca ao bruxuleio de uma vela de sebo.

— Arsinoé — falei — os etruscos nos perseguem. Os remos dos lemes estão quebrados, e quando raiar a madrugada, as pesadas galeras etruscas se aproximarão para furar nossos flancos.

Nada pode salvar-nos.

Arsinoé apenas suspirou e disse:

— Tenho contado os dias nos dedos e estou admirada. Cresce em mim um terrível desejo de comer caramujos esmagados, iguais àqueles que se dão às galinhas.

Pensei que tivesse a cabeça transtornada de medo e palpei-lhe a fronte, mas ela não tinha febre. Disse-lhe de mansinho:

— Fiz mal em te raptar no templo, mas nem tudo está perdido. Podemos fazer um sinal aos etruscos e te entregar a eles, antes da batalha. Quando lhes disseres que és sacerdotisa de Érix não te farão mal algum, pois os etruscos são um povo temente aos deuses.

Ela me fitou com incredulidade e pôs-se a chorar:

— Não posso viver sem ti, Turms! Embora eu seja um pouco frívola, amo-te mais do que julguei possível amar a um homem. Além disso, receio grandemente estar grávida de ti. Isso devia ter acontecido da primeira vez, quando esqueci no templo meu anel místico de prata...

— Em nome da deusa — exclamei — isso é impossível!

— Por que impossível — retrucou — ainda que isso seja uma desgraça para uma sacerdotisa? Mas em teus braços de tudo me esqueci. Nunca experimentara nada tão maravilhoso como daquela vez contigo...

Estreitei-a contra o peito:

— Arsinoé, também eu: nunca experimentei coisa alguma como daquela vez. Como sou feliz!

— Feliz! — repetiu ela e franziu o nariz. — Eu própria sou tudo, exceto feliz. Sinto-me tão desgraçada que na realidade odeio-te! Se tua intenção foi ligares-te a mim, Turms, conseguiste o que querias; vê agora se respondes pelo que fizeste.

Segurando-a nos braços, tão frágil e desamparada e amargurada, senti como nunca uma grande ternura por ela. Fosse qual fosse a sua culpa com Doro e Micon, isso nada tinha a ver conosco e eu lhe perdoara. Tal era a confiança que depositava em Arsinoé!

Então lembrou-me onde estávamos e o que se passara, e compreendi que apenas minha força poderia salvar Arsinoé e nosso filho a vir. A despeito da fome, do cansaço e da falta de sono, subitamente me senti liberto do barro terreno. Minha força se acendera dentro de mim qual a chama de uma lâmpada, e eu já não era mortal. Larguei Arsinoé, levantei-me e corri para o convés. Era como se eu caminhasse no ar.

Exultante, alta a cabeça e os braços erguidos, voltei-me em todas as direções e bradei:

— Sopra, vento! Acorda, tempestade, pois eu, Turms, vos invoco!

Tão alto bradei sobre o mar escuro, que Dionísio correu para mim:

— Estás chamando o vento, Turms? Se estás, podes da mesma forma pedir que ele sopre de leste. Isso será mais conforme às nossas intenções.

Meus pés já se moviam incontrolavelmente nos passos da dança sagrada.

— Silêncio, Dionísio! Não envergonhes os deuses! Que eles determinem a direção. Eu apenas invoco a tempestade.

Naquele instante o mar já marulhava, nossos navios balançavam, as cordas rangiam, o ar ficou úmido e uma lufada de vento soprou sobre nós. Dionísio gritou para que apagassem as tochas, o que depressa se fez, mas os etruscos, apanhados desprevenidos, viram o vento açoitar as chamas dos depósitos de alcatrão em direção à galera mais próxima. Em poucos minutos o navio estava em chamas. Acima do rugir da tempestade, ouvimos o mastro do segundo navio etrusco partir-se em dois.

Minha dança ficou mais alucinada, minhas invocações ao vento mais altas, até que Dionísio, para me fazer calar, deu-me um golpe na cabeça, que me atirou deitado no convés. Ao passo que a tempestade se desencadeava, Dionísio cortou as cordas que amarravam juntos os três navios. De uma das galeras gritaram que as peles de carneiro se haviam soltado e que a água penetrava nas fendas. Raivoso e desapontado, Dionísio ordenou aos homens que abandonassem o navio que afundava e subissem para a trirreme, que, ela mesma, estava adernando irremediavelmente. E a segunda galera desapareceu na escuridão estrondejante.

De certo modo Dionísio endireitou nosso navio, levantou o mastro e parte das velas, e a trirreme começou a obedecer aos precários remos do leme.

Com o nascer do sol o mar iluminou-se e a tempestade amainou até ficar reduzida a uma esperta brisa que enfunava as velas. Corremos com as ondas gigantescas em direção do Ocidente, o navio saltando sob nós como uma montaria destabocada. Os homens começaram a rir-se e a gritar, e Dionísio distribuiu por todos eles uma medida de vinho. Sacrificou algo a Netuno, embora muitos achassem a oferenda desnecessária.

Na distância, à nossa frente, avistou-se uma vela. O marujo de vista mais aguda subiu ao mastro e gritou cheio de júbilo que aquela era a vela listrada da nossa perdida galera! Cerca do meio-dia a alcançamos e vimos que não estava tão irremediavelmente avariada.

O vento leste continuou a soprar, e no terceiro dia avistamos umas montanhas azuis a se erguerem como nuvens de encontro ao céu. Durante a noite as correntes nos carregaram com elas, e de madrugada avistamos o contorno de uma montanha corcovada.

Dionísio gritou surpreso:

— Por todos os deuses marinhos, reconheço a montanha, tantas vezes a ouvi descrita! Como devem os deuses estar rindo, pois estamos de volta quase ao ponto de partida! Aquela montanha fica na costa da Sicília, a praia faz parte de Érix, e atrás da montanha ficam a cidade e o porto de Panormos. Vejo afinal que a intenção dos deuses não foi levar-nos para Massília. No entanto, só posso sentir pena, pois eles nos poderiam ter pilotado para Massília com muito menos trabalho! Agora Doro pode assumir o comando, uma vez que parece ser essa a vontade dos deuses. Desço de posto.

Enviou seus homens se informarem se Doro ainda estava vivo, e em caso afirmativo, que o desamarrassem e o trouxessem para o convés. Mas, para dizer a verdade, Micon e eu há muito tempo havíamos cortado seus grilhões, em tão más condições estava ele.

Finalmente Doro apareceu, o cabelo empastado pela água salgada, o rosto enrugado, e os olhos estreitados como os de um morcego que a luz subitânea tivesse cegado. Parecia ter envelhecido dez anos durante aquele mês de prisão. Com voz fraca pediu a espada e o escudo. Dei-lhe a espada, mas fui obrigado a confessar que seu escudo fora atirado ao mar como oferenda aos deuses. Ele sacudiu a cabeça e disse compreender como podia uma tão nobre oferenda salvar o navio da perdição.

— Em consequência, agradecei vossas vidas ao meu escudo, ó infelizes homens de Foceia! — disse ele. — Eu próprio tê-lo-ia sacrificado a Tétis, deusa do mar, que tem boas disposições para comigo. Tive estranhas experiências enquanto pensáveis que eu estava na prisão. Mas nada direi a esse respeito.

Seus olhos tinham a cor acinzentada do sal à medida que ele se virava para Dionísio e experimentava a ponta de sua espada.

— Deveria matá-lo, Dionísio de Foceia; mas vendo a tua tola cabeça finalmente inclinada perante mim, perdoo-te. Chego até a confessar que a pancada de remo que recebi em Lade, às vezes me transtorna.

Riu-se e deu uma cotovelada em Dionísio.

— Sim: pancada de remo, não de espada. Não compreendo por que fiquei envergonhado de confessar que era mesmo uma pancada de remo. Só quando a deusa Tétis e eu nos encontramos no mesmo pé nas profundezas do mar, foi que cheguei a perceber que nada vergonhoso me pode acontecer, mas que tudo quanto experimento é religioso em seu gênero. Por essa razão, Dionísio, agradeço o que me fizeste.

Súbito endireitou-se e berrou:

— Mas basta deste tagarelar idiota! Às armas, soldados! Desçamos à praia e conquistemos Panormos, como tencionávamos!

Os soldados correram em busca de suas lanças, setas e escudos. Quando contamos nossas fileiras, descobrimos que, com Arsinoé e o gato, éramos cento e cinquenta sobreviventes. Trezentos viemos de Himéria, e restar apenas a metade foi considerado de bom augúrio pelos soldados.

Mas Doro ordenou-lhes que se calassem, deixando de falar sobre coisas que não entendiam.

— Éramos trezentos, ainda somos trezentos, e trezentos sempre havemos de ser, não importa quantos tombarem. Mas vós não tombareis, pois de agora em diante sereis "os trezentos de Doro". Que "trezentos" seja nosso grito de guerra, e daqui a trezentos anos os povos ainda falarão de nossas proezas!

— Trezentos! Trezentos! — gritaram os soldados batendo os escudos com suas espadas. De cabeça leve mercê da fome e da sede, esquecemos nossas misérias passadas e impacientemente corríamos de lá para cá no tombadilho.

A água marulhava sob a nossa proa que vazava, e quando ultrapassamos a montanha corcovada, ante nós se estendeu o porto de Panormos com algumas poucas galeras e botes, uma muralha miserável, e, para além, uma fértil planície com campinas e bosques. Mas atrás da planície levantavam-se as íngremes montanhas de Érix, de um azul estupendo.

LIVRO SEIS

DORO

1

A surpresa é a mãe da vitória. Duvido que um só cartaginês de Panormos pudesse acreditar possível que a avariada galera entrando no porto em dia claro fosse o mesmo navio pirata que um mês atrás fugira de Himéria. A cabeça de prata da górgone de Lars Tular, dependurada à nossa proa, levava as patrulhas a pensarem que éramos etruscos, enquanto os gestos pacíficos dos nossos marinheiros e a gíria sem sentido que eles falavam aos gritos à guisa de saudação, contribuíam para a incerteza. Dessa feita, as patrulhas nos olhavam admiradas, sem fazerem soar o alarme em seus tambores de bronze.

De um grande navio cargueiro acachapado, fundeado junto à praia, ouvíamos gritos de advertência e admoestações, para que não remássemos com tamanha rapidez. E quando os homens balançando os pés dentro da água, viram nossos flancos rachados e nossas velas escorridas, puseram-se a rir gostosamente. Curiosos, alguns moradores da cidade começaram a aglomerar-se na praia.

Mas os homens de Foceia, guiados por Doro, saltaram no navio com suas armas, golpearam todos quantos se lhes opuseram e dispararam para a praia. Furando a multidão que acorria em sua direção, subiram o monte e avançaram portão adentro para o interior da cidade, antes que os guardas compreendessem de todo o que se passava. Enquanto a vanguarda vencia a resistência na cidade inerme e matava os homens paralisados de medo, Dionísio com a sua retaguarda apresava os navios na praia apenas com fazer estralejar seu açoite de cordas. Vendo o que acontecera com o primeiro navio, as equipagens dos restantes navios cargueiros não tentaram resistir, mas de joelhos suplicaram misericórdia. Apenas alguns buscaram fugir, mas quando Dionísio ordenou a seus homens que os apedrejassem, eles interromperam a fuga e regressaram.

Dionísio abriu o grande telheiro da praia, onde os moradores de Panormos alojavam os escravos empregados no descarregamento dos navios, e para debaixo dele empurrou os prisioneiros que acabara de fazer, enquanto os escravos libertos, entre estes uma porção de gregos, se prostravam diante de nós, saudando-nos como a seus salvadores. Dionísio pediu-lhes que nos preparassem algum alimento, o que eles fizeram com grande satisfação, acendendo fogueiras na praia e matando algum gado da vizinhança. Mas antes de assar-se a carne, a maioria dentre nós satisfez sua fome mais urgente e dolorosa, comendo farinha crua misturada com azeite.

Tão repentina e bem-sucedida foi a conquista de Panormos, que uma vaga de audácia inundou os homens de Foceia, que levianamente juraram seguir Doro onde quer que ele os conduzisse. Naturalmente que uma boa parte desta coragem nascera do vinho que eles roubaram nas casas após terem matado os homens válidos da cidade.

Em verdade, toda a guarnição da cidade e do porto mal chegava a cinquenta homens armados, pois o povo de Panormos, mercê de sua longa história de paz, achava as armas desnecessárias. Como todos os homens daquela cidade marítima fossem artesãos, e, em consequência, grandemente vulneráveis, a facilidade da vitória de Doro não foi de surpreender. Mas os homens de Foceia acharam que era um milagre nenhum deles ter recebido sequer o menor ferimento, e, cheios de vinho, começaram a considerar-se invulneráveis. E à noite, ao tornarem a contar suas fileiras, que ainda perfaziam trezentos homens — em razão de enxergarem dobrado — também isto começaram a atribuir a algum milagre.

Seja levado a crédito dos homens de Foceia o fato de que, tendo dominado o próprio medo, não molestaram inutilmente os pacatos residentes da cidade. Bem verdade que foram de casa em casa à cata de presa, mas nada tiraram pela violência, apenas apontando para aquilo que desejavam. Contemplando suas mãos sanguinolentas e seus rostos que o mar vincara, os trêmulos moradores cediam tudo quanto eles queriam. Se algum objetava, os homens passavam alegremente para a casa seguinte, — tão contentes estavam com a vitória, a comida, o vinho e o futuro com que Doro lhes acenara, prometendo-lhes a governança de Érix.

Tendo disposto a guarda, o próprio Doro se instalou no edifício de madeira ocupado pelo Conselho da cidade. Quando viu que os únicos tesouros que ele continha eram um mapa urbano e os sagrados caniços do deus fluvial, iradamente convocou o Conselho à sua presença. Os trêmulos patriarcas, em suas longas túnicas cartaginesas, os cabelos atados com fitas de cor, juraram que Panormos era uma infeliz cidade sem recursos, cujos fundos disponíveis iam todos para Segesta em forma de imposto. Com efeito, lamentavam-se: quando quer que dessem banquetes aos deuses ou boas-vindas a visitantes do Estado, tinham todos os convivas de dar emprestadas suas próprias baixelas para a ocasião.

Doro perguntou-lhes ameaçadoramente se eles não o consideravam, como descendente de Hércules que era, digno de um banquete. Após se consultarem com estrídulas vozes, os anciãos lhe garantiram que suas esposas e servos já tinham tomado as providências necessárias para isso, e que em sua honra os escravos já andavam polindo a escassa prata doméstica. Mas impossível arranjar um banquete satisfatório sem a garantia da pessoa e da propriedade.

Doro sorriu tristemente:

— Tendes escamas nos olhos, ó velhos, e já não me reconheceis? Senti, pelo menos, o cálido ar da minha presença! O meu poder não só se baseia nos meus incontestáveis direitos hereditários ou nas armas dos meus soldados, mas também na santificação outorgada à minha soberania por Tétis, a deusa do mar. Talvez não a reconheçais pelo seu nome grego, mas deveis cultuá-la de uma ou outra forma, uma vez que vos empenhais na pesca e no comércio marítimo.

Temerosamente os homens cobriram os olhos com uma ponta da túnica e explicaram:

— Temos o nosso Baal e a antiga deusa de Érix, mas os deuses marinhos de Cartago só podem ser citados em voz baixa.

— De minha parte — disse Doro — posso falar francamente. Entrei num acordo eterno com Tétis, deusa do mar, assim como, num casamento terreno, me casei com uma mulher altamente nascida, descendente dos fundadores de Cartago. Mas uma vez que tão pouco conheceis os deuses marinhos, é-me inútil descrever-lhes minhas aventuras matrimoniais.

Os membros do Conselho prepararam em suas casas uma excelente refeição e trouxeram sua baixela de prata para a sede. Doro não a roubou; em vez disso deu de presente aos membros do Conselho uma grande taça fenícia, de prata, subtraída do tesouro de Dionísio.

Quando este protestou, Doro respondeu:

— Muitas lições amargas tenho aprendido na vida, e talvez a mais amarga de todas foi que, onde está o tesouro de um homem, aí também está seu coração. Devido à minha ancestralidade divina, sempre fui um pouco acima do humano, e por isso tenho dificuldade em compreender esse fato. Só posso dizer que estou onde está minha espada... Não desejo teu tesouro, Dionísio, mas deves confessar que tu e teu navio estaríeis no fundo do oceano, se eu não vos salvasse mediante minha aliança com Tétis, a deusa do mar.

— Estou farto de tuas referências a Tétis e às tuas viagens no fundo do mar — retrucou Dionísio cheio de raiva. — Não pretendo consentir que lides com o tesouro como se ele te pertencesse.

Doro respondeu com um sorriso compassivo:

— Amanhã cedo marcharemos sobre Segesta, e nada melhor do que uma rápida caminhada a pé para a gente se recuperar das provações marítimas. Quanto ao tesouro, temos de transportá-lo conosco, uma vez que não pode ser deixado no navio. A qualquer momento os navios de guerra de Cartago poderão entrar no porto. Naquela fértil planície poderemos arranjar burros, cavalos e outros animais de carga para o transporte do tesouro. Já dei ordem para os reunir, e seus donos podem seguir-nos para cuidar dos animais, pois os marinheiros têm medo de cavalos.

Agora foi a vez de Dionísio ranger os dentes, mas teve de confessar que a decisão de Doro era a única possível. A docagem a seco da trirreme e seus reparos levariam semanas a fazer-se, e nesse ínterim, seríamos vulneráveis a um ataque dos navios de guerra fenícios. Nossa única possibilidade era avançarmos terra, adentro, quanto mais depressa melhor. Tendo o tesouro com eles, os homens de Foceia seriam obrigados a lutar por ele em terra, a despeito dos incômodos ocasionados pelos rigores de uma viagem em terra firme.

— Assim seja — disse Dionísio sombriamente. — Amanhã cedo sairemos para Segesta com o tesouro. Mas é como se eu abandonasse meus próprios filhos, isso de eu abandonar minha trirreme sem defesa na cidade de Panormos.

Doro retrucou com azedume:

— Decerto deixaste filhos pelo caminho, em cada porto onde fundeaste. Queimemos teu navio e todos os outros de Panormos; assim, ninguém será tentado a fugir.

Dionísio franziu a cara à só ideia de fazer uma coisa dessas. — Manda levar a trirreme para a doca seca, e que o Conselho da cidade providencie quanto aos consertos — sugeri eu. — O escudo de prata da górgone será seu protetor. Se os navios fenícios entrarem no porto, o Conselho pode garantir-lhes que a trirreme é propriedade do novo rei de Segesta. Os comandantes cartagineses não se atreverão a imiscuir-se nos negócios internos de Panormos sem voltarem a Cartago para consultar.

Se assim fizermos não perderemos coisa alguma.

Doro coçou a cabeça.

— Que Dionísio se ocupe dos assuntos marítimos. Se ele concordar, não insistirei para que os navios sejam queimados. Além disso é desperdício destruir uma coisa que depois terá de ser novamente feita, e vou precisar de navios para proteger os interesses de Érix no mar.

Doro confiou o bem-estar de Panormos a seu Conselho anterior, prometendo voltar como rei de Segesta para punir ou recompensar, segundo achasse conveniente.

2

No dia seguinte Doro organizou os soldados para uma marcha "tonificante", segundo disse, a fim de os ajudar a se recuperarem das provações do mar. Os soldados haviam espalhado sua fama pela cidade, e quando ele fez sua oferenda votiva, antes da partida, a praça do mercado silenciou e o povo de Panormos contemplou-o cheio de temor. Ele era uma cabeça mais alto do que os mortais, diziam uns aos outros, invulnerável, e de aparência divina,

— A caminho! — disse Doro; e sem olhar para trás, guiou para fora da cidade, revestido de armadura completa, malgrado o calor. Nós outros, "os trezentos" como ele nos chamava, acompanhamo-lo, Dionísio na retaguarda com um pedaço de corda na mão. Descarregamos o tesouro da trirreme e sem grande dificuldade empilhamo-lo no lombo dos animais, uma vez que boa parte dele desaparecera no naufrágio das galeras.

Tendo alcançado a planície, olhamos para trás, e para nosso grande espanto vimos que nos seguiam muitos homens de Panormos. Quando ao crepúsculo começamos a subir a encosta da montanha, nossa retaguarda fora acrescida de centenas de pastores e lavradores, todos armados o melhor que lhes foi possível. Ao acamparmos para a noite, via-se toda a encosta pontilhada de pequenas fogueiras. Parecia que todo o povo do interior estava ansioso por uma revolta contra Segesta.

No terceiro dia de nossa cansativa marcha, os homens de Foceia, desabituados a viajar por terra, começaram a resmungar e a mostrar as borbulhas da pele. Doro então falou:

— Eu próprio marcho à frente de vós e gosto de marcha, a despeito da minha armadura. Como vedes, nem ao menos estou suando. E vós carregais apenas vossas armas!

— Para vós é fácil falardes assim — retrucaram eles — pois não sois igual a nós! Na primeira fonte atiraram-se por terra, molharam a cabeça na água e choraram de mágoa. As palavras de Doro não modificaram a situação para melhor, mas eles tiveram de acreditar na corda de Dionísio e prosseguir na marcha.

Então falou Doro a Dionísio:

— Não és estúpido — confessou ele — e aparentemente estás começando a compreender as responsabilidades de um comandante em terra. Aproximamo-nos de Segesta, e antes de uma batalha, um comandante responsável tem de fazer seus soldados marcharem até ficarem exaustos a fim de que não lhes sobrem forças para desertar. A distância de Panormos a Segesta é precisamente exata, como se os deuses a tivessem medido em nosso benefício. Iremos diretamente a Segesta e postar-nos-emos diante dela em ordem de batalha.

Dionísio respondeu acabrunhado:

— Sabes muito bem o que dizes, mas nós somos marinheiros e não soldados. Por essa razão, decerto não nos postaremos em ordem de batalha, mas ficaremos apoiando-nos uns aos outros em um só corpo, lado a lado e dorso a dorso. Mas se fores à frente, nós te seguiremos.

Doro porém eriçou-se, cheio de raiva, dizendo que travaria a batalha de acordo com as regras da guerra, de modo que as futuras gerações pudessem aprender mediante seu exemplo. Em meio à discussão um grupo de sicanos se esgueirou para fora do bosque; trazia fundas, arcos e lanças. Vinham eles vestidos de peles de animais e tinham tingido o rosto e o corpo de vermelho, preto e amarelo. Seu chefe, que trazia na cara uma medonha máscara de madeira, dançou perante Doro, e em seguida os sicanos depuseram aos pés de Doro as cabeças decompostas e malcheirosas de muitos nobres de Segesta.

Explicaram que os adivinhos os procuraram nas florestas e montanhas, deram-lhes sal e vaticinaram a chegada de um novo rei. Encorajados pelas predições, puseram-se a incursionar nos campos de Segesta, e quando os nobres os persegui-ram com cavalos e cães, armaram-lhes uma emboscada e os mataram.

Agora, entretanto, tinham medo de uma vingança, e por isso acolhiam-se sob a proteção de Doro. Pois vinha de longa data, disseram, uma lenda que passava de pai a filho: de um poderoso estrangeiro que certa vez visitara sua terra, vencera o rei num duelo e dera a terra aos naturais, prometendo-lhes voltar um dia a fim de reclamar sua herança. Chamavam Doro de "Ercle", e manifestavam o desejo de que ele banisse os elamitas e devolvesse a terra aos sicanos.

Doro aceitou a homenagem como se esta lhe fosse devida. Tentou ensinar-lhes a dizer "Hércules", mas quando as bocas dos tais não puderam dar feitio à palavra, abanou tristemente a cabeça. Pouca satisfação tiraria ele de tais bárbaros...

Com efeito, bárbaros eles eram. As únicas armas em metal que possuíam eram umas poucas lanças, facas e a espada do chefe, pois os de Segesta proibiam estritamente os mercadores de vender-lhes armas. Ao invés, possuíam eles outras habilidades. Nunca derrubavam uma árvore onde morasse uma ninfa, nem bebiam da fonte de uma divindade maléfica. Seu sacerdote, disseram eles, bebera uma poção divinatória na noite anterior e vira em um transe a chegada de Doro.

Quando Doro lhes pediu que se lhe juntassem numa batalha campal contra os de Segesta, recusaram. Tinham grande receio de cavalos e cães bravios para se arriscarem a sair das florestas, mas ficariam satisfeitos de animar Doro rufando seus tambores fabricados de troncos cavados.

Ao continuarmos a marcha, mais sicanos foram surgindo para nos olharem espantados e gritarem:

— Ercle! Ercle!

Os camponeses de Panormos ficaram admirados à vista daqueles tímidos nativos que não apareciam nem mesmo para negociar, e que colocavam suas mercadorias em exposição em certos lugares, aceitando qualquer coisa que ali se lhes deixasse em troca.

Agora se desenrolava diante de nós o campo fértil de Segesta com seus altares e monumentos. Mas não vimos vivalma, pois todos se haviam retirado para a cidade. No monumento erigido ao espúrio Filipe de Crotona, Doro estacou e disse:

— Aqui combateremos, a fim de que o espírito de meu pai se apazigue pela humilhação sofrida.

Podíamos avistar pessoas andando açodadamente nos muros da cidade, e Doro mandou os homens de Foceia golpearem seus escudos como prova de que ele não tinha a intenção de tomar a cidade de surpresa. Depois mandou um arauto proclamar aos segestanos seu direito hereditário ao trono e desafiar o rei para um duelo. Depois disso acampamo-nos em redor do monumento comemorativo, comemos, bebemos e repousamos. Malgrado a advertência de Doro para que não pisássemos nas lavouras de cereais, não pudemos evitar fazê-lo, pois éramos muitos milhares, se incluirmos os sicanos à nossa retaguarda.

Creio que o estrago das plantações deixou aborrecidos os homens de Segesta, mais ainda que as exigências de Doro. Tendo notado que em qualquer caso os cereais estavam perdidos e que uma batalha era inevitável, seu governador reuniu os atletas e os jovens da nobreza e atrelou seus cavalos às carruagens que por algumas décadas só tinham sido usadas nas corridas. Nas cidades jônicas, conquanto o rei não tivesse mais poder do que o rei sacrificial, a coroa de cão impunha certas obrigações. Mais tarde soubemos que o rei não estava verdadeiramente desejoso de a conservar, e que, ao atrelar os cavalos, tirara a coroa da cabeça e a oferecera aos que o cercavam. Mas naquela hora nenhum dos circunstantes tinha vontade de a pôr na cabeça...

Excitavam-se reciprocamente os de Segesta para criar coragem, contando as velhas histórias guerreiras de seus avós quando estes se empenharam contra os invasores e recordando os ossos que fertilizaram seus campos. Nesse ínterim, arautos do rei iam de porta em porta convocando às armas os homens válidos, mas os cidadãos disseram francamente que uma controvérsia política referente à coroa de cão não era assunto que lhes dissesse respeito. Dessa forma, os nobres e os donos de terras beberam vinho e fizeram sua oferenda aos deuses infernais a fim de ganharem coragem para morrer com honra se assim se ordenasse. Concomitantemente gastaram um tempo enorme untando e penteando os cabelos.

Tendo ido buscar o sagrado cão, o qual foi levado para o meio da matilha, os de Segesta, finalmente prontos para a batalha, escancaram os portões, fazendo voarem para cima de nós seus carros trovejantes. Eram, os carros, um espetáculo imponente, e já fazia uma geração que não se viam iguais em nenhum combate. Contamos vinte e oito espalhados em falange para proteger os portões. Os cavalos eram magníficos, com suas cabeças emplumadas e seus arreios recamados de prata.

Atrás dos carros vinham os guerreiros armados, os nobres, os mercenários e os atletas. Doro proibiu-nos de contar os escudos para não nos assustarmos. Os guerreiros eram seguidos pelos cães e seus amestradores, e estes, por seu turno, pelos besteiros e arqueiros.

Podíamos ouvir os cocheiros incitando os cavalos. Ao verem as narinas aflantes e os faulhantes cascos se aproximarem, os homens de Foceia começaram a tremer, ao ponto de seus escudos tilintarem uns de encontro aos outros. Muito calmo, Doro estava postado à sua frente, instando com eles para visarem masculamente com suas lanças os ventres dos cavalos. Mas enquanto os carros corriam estrondejando em sua direção, amassando os campos de grão, os homens de Foceia retrocederam para trás dos altares e do monumento, declarando que, de sua parte, Doro que lidasse sozinho com o problema dos carros, pois não tinham o costume de tais assuntos. Mediante isso, as forças restantes de igual modo retrocederam para além da larga vala de irrigação.

Doro arremessou duas lanças, ferindo um dentre os quatro cavalos da quadriga matando o cocheiro, cujo corpo foi arrastado pelo chão. Desperdicei uma de minhas lanças, mas quando um cavalo se encabritou diante de mim, arrojei-lhe uma segunda, com toda a força, na barriga. Acontecesse o que acontecesse, eu estava decidido a não sair do lado de Doro, mas provar-me pelo menos tão valente quanto ele, embora eu não fosse seu igual em força ou no emprego das armas.

Vendo-me avançar aqueles poucos passos na direção dos cavalos, Doro se encheu de fúria e se atirou, com a espada na mão, sobre a parelha mais próxima, fazendo-a rojar no chão. A seta de um arqueiro vazou o olho de outro cavalo. O animal ferido empinou e caiu para trás, revirando o carro e rompendo toda a frente.

Quando o rei de Segesta viu que alguns dos seus incomparáveis cavalos estavam ou feridos ou mortos, perdeu a coragem e gritou aos carros que regressassem. Os carros incólumes deram a volta e o cocheiro que tombara se esqueceu da batalha. Abraçando-se aos animais moribundos, beijava-lhes os olhos e os focinhos, tentando revivê-los com palavras de carinho.

À direita e à esquerda, os cocheiros que haviam retrocedido saltaram para o chão e puseram-se a acalmar os cavalos suarentos enquanto cuspiam injúrias, sacudindo os punhos para nós. Os homens de Foceia aventuraram-se a sair do lado traseiro dos altares e do monumento, e se reuniram em redor de Doro, escudo contra escudo, as forças da retaguarda apoiando fisicamente as da vanguarda. Da mesma forma os rebeldes de Érix, salpicados de lama, tornaram a cruzar a vala de irrigação, valentemente brandindo suas maças e machadinhas e emitindo ferozes gritos de batalha.

Chegou então a vez dos guerreiros armados de Segesta abrirem passagem para os cães e seus treinadores, que lançaram os animais em cima de nós. Encostando a barriga no chão, correram os cães em nossa direção com as presas à mostra. À maneira de Doro, eu trazia couraça e perneiras, e os homens de Foceia lograram com seus escudos conservar os cães à distância. Com efeito, Doro não perdeu tempo em matá-los; mas quando eles lhe saltaram à garganta, assestou-lhes um golpe no focinho que os enviou ganindo para o chão. Acima do ruído e da algazarra ouvimos os gritos de terror dos sicanos que fugiam para o abrigo dos bosques. A fuga dos sicanos de tal maneira divertiu a Doro que este rompeu em risadas, o que, ainda mais que qualquer outra coisa, serviu de estímulo aos homens de Foceia.

A matilha sanguissedenta estava agora junto de nós e dirigia-se para os rebeldes de Érix. Os cães rasgaram gargantas sem couraça, mutilaram coxas e esmigalharam braços nus entre os dentes. Mas os camponeses resistiram firmemente a seus ataques odientos e soltaram gritos de triunfo ao descobrir que os podiam matar a golpes de maça. A matança de cães de raça era uma séria ofensa na terra de Érix, e os camponeses e suas mulheres tinham muitas vezes sentido suas presas sem reagir, e visto os cães mutilarem seus carneiros e amedrontarem seus filhos.

Duvido que a soltura de Crimisos, o cão sagrado de Segesta, fosse proposital. Provavelmente rompera ele sua correia, ou o treinador lhe soltara acidentalmente as rédeas. Fosse como fosse, o manso animal de focinho cor de cinza, que durante anos vivera pacificamente em seu cercado, trotava conhestramente atrás dos outros cães. Muito gordo e de tamanho gigantesco, olhava espantado em derredor, sem compreender o que se passava. Os latidos e os roncos dos animais de sua própria espécie incomodavam-no, e seu focinho sensível refugava o relento nauseabundo do sangue que subia do chão.

Doro chamou o cachorro para junto de si, e ele chegou-se, farejando-lhe os joelhos todo satisfeito, e levantando a cabeça para fitar o rosto de Doro que lhe acariciava a cabeça falando-lhe de mansinho, prometendo-lhe uma moça ainda mais bonita como esposa, uma vez que o coroassem com a coroa do cão. Lentamente o sagrado animal, arfando por causa do seu trote curto, espichou-se-lhe aos pés. Dali olhou carrancudo para a brilhante fileira de guerreiros pesadamente armados, franziu o focinho, e, rosnando, pôs a descoberto suas presas amarelas.

Gritos de espanto se elevaram dos renques segestanos, e o próprio rei, vendo o poder escorregar-lhe das mãos com a perda do cão sagrado, ainda condescendeu em assobiar, mas sem nenhum resultado. O cão só fez olhar amorosamente para Doro e lamber-lhe o sapatão de ferro.

Doro falou então ao cão sagrado, pedindo-lhe que guardasse o monumento de seu pai. Em verdade, era aquele o monumento de Filipe de Crotona, mas Doro provavelmente não se lembrava disso. O cão deitou o focinho cinzento entre as patas e ali ficou, deitado no chão.

Doro fitou os homens de Foceia, bateu no escudo com a espada e saiu ao encontro da fileira indecisa dos guerreiros de Segesta pesadamente armados. Marchei ao lado dele, e quando Dionísio percebeu que estava próxima a hora da decisão, enfiou no cinto o pedaço de corda, apanhou o escudo e a espada, e tomou lugar à direita de Doro.

Doro não olhou para trás, tampouco Dionísio o fez. Enquanto marchávamos à frente, nossos passos necessariamente se aceleraram, uma vez que nenhum dentre nós queria deixar o outro caminhar à testa — Doro, por causa da hierarquia; Dionísio, pela honra, e eu, por pura vaidade. Deste modo, nossa marcha logo passou a trote. Ouvíamos atrás de nós os gritos de guerra dos homens de Foceia e o baque de seus pés à medida que tentavam alcançar-nos. Ao mesmo tempo, os rebeldes de Érix se movimentavam na retaguarda, enquanto a distância ouvíamos o pulsar dos troncos cavados, inferindo daí que os sicanos retornavam de suas florestas.

A distância era apenas algumas centenas de passos, no entanto, me pareceu a caminhada mais comprida de minha vida.

A vaidade fazia minha vista fixar-se em nossos pés que avançavam e eu não erguia os olhos até que o rugido de Doro me fez levantar o escudo em linha com o dele a fim de receber as lanças que furiosamente eram arremessadas contra nós. O braço que segurava o escudo tombou ao peso das lanças; uma destas atravessara o escudo ferindo-me, mas no momento não o notei. Em vão experimentei sacudir as lanças para o chão. Súbito, como na vez anterior, a espada de Doro lampejou a meu lado, e com um só golpe cortou os estilhaços a tempo para que eu erguesse o escudo no momento exato em que caímos de ponta-cabeça na coluna de segestanos pesadamente armados.

Duvido que alguém, a quem foi dado estar em uma batalha de verdade, esteja muito enfronhado a respeito do seu desenrolar, tão absorvido anda ele em salvar a própria vida. A primeira linha de segestanos tinha ligado seus escudos por meio de ganchos, e quando o choque do nosso ataque derrubou alguns homens, estes arrastaram consigo toda a linha que ondulou como uma vaga. Passamos sobre os escudos para a fileira seguinte, e aí foi que começou a verdadeira batalha, espada contra espada e homem contra homem.

Embora os segestanos fossem fracos, sua ira diante dos animais feridos transformava-os em adversários formidáveis. Os nobres combatiam pela sua propriedade e pelo poder hereditário, sem os quais a vida nada significava para eles. Porém mais formidáveis eram os atletas, cuja única função era desenvolver sua força e perícia de lutadores e boxeadores a fim de divertir seus amos. Em nosso combate corpo a corpo, tão juntos que era difícil desembainhar uma espada, os atletas abandonaram seus escudos e armas aos quais não estavam habituados e se puseram a brandir punhos de ferro e a quebrar pescoços.

Emaciados pela viagem e exaustos pela longa marcha, não estávamos em condição de suportar uma batalha prolongada. Nossa única esperança residia no imprevisto e na rapidez. Por essa razão Doro esperava romper pelo meio da linha segestana. Mas a batalha não foi ganha com tanta facilidade, pois ambas as extremidades da frente começaram a curvar-se à medida que avançávamos. Dentro em pouco os segestanos gritaram exultantes, enquanto corriam para cercar nossas forças diminuídas. Cegavam-me o suor e o sangue, tinha o corpo dormente e os braços tão cansados que não sabia como ainda tinha forças para golpear e atirar tantas vezes seguidas. Dionísio berrava palavras encorajadoras:

— Homens de Foceia, nossos avós lutaram nestes campos. Estejamos pois à vontade e lutemos por nossas vidas!

Aos exaustos e hesitantes gritava:

— Lembrai-vos que lutais por vosso tesouro! A ralé de Érix pensa que estamos perdidos e se apronta para saqueá-lo!

Um rugido concertado de fúria ergueu-se da garganta dos homens fatigados. Os segestanos baixaram um momento as espadas, e foi aí que Doro olhou para o céu.

— Escutai! — gritou ele. — Escutai o rumor das asas da deusa da vitória!

Falou em um intervalo de silêncio suficientemente comprido para se tomar respiração, e que às vezes ocorre em uma batalha. Não sei se era simplesmente o sangue latejando-me nas têmporas, mas pareceu-me ouvir claramente o ruge-ruge de pesadas asas sobre nós. Os homens de Foceia também o ouviram, ou assim o afirmaram mais tarde.

Naquele momento, uma exaltação sobrenatural se apossou de Doro e de tal modo multiplicou suas forças que ninguém se atreveu a arrostá-lo. Atrás dele vinha Dionísio, de cabeça baixa como um touro, abrindo passagem com a sua machadinha. Seguiam-nos os homens de Foceia, cegos de ira, e foi assim que, com a força provinda do desespero, logramos romper as linhas dos segestanos pesadamente armados. Atrás deles seus companheiros mal municiados fugiram num terror pânico.

A violência do ataque inesperado apanhou de surpresa o rei de Segesta, que não teve tempo de fugir. Doro o matou com tamanha rapidez, que ele mal teve tempo de erguer a espada a fim de defender-se. A coroa de cão caiu ao solo e Doro a agarrou, levantando-a no ar para que todos a vissem.

Na realidade isso pouco significava, uma vez que os segestanos não tinham em grande estima o rei e a coroa. Com efeito, a rendição do sagrado cão aos pés de Doro os transtornou muito mais do que a morte do rei e a perda da coroa canina. Mas os homens de Foceia não sabiam disso. Gritavam vitória, conquanto a linha segestana se fechasse por trás de nós e o caminho para a cidade ainda estivesse bloqueado com cavalos e guerreiros.

De repente ouvimos gritos de alarma, oriundos das portas da cidade. Os cocheiros, que tentavam levar seus cavalos para um abrigo seguro, inclinaram-se para trás, gritando que tudo estava perdido. O povo da cidade, que acompanhava os acontecimentos do topo da muralha, pensou que a guerra se acabara quando viu os cocheiros retrocederem para a cidade. Em consequência surpreendeu e desarmou os poucos guardas, trancou as portas e tomou nas mãos as rédeas do poder.

Fizemos uma pausa junto às portas a fim de limpar o sangue de nossos ferimentos e tomar fôlego. Doro bateu à porta com seu escudo, exigindo que o deixassem entrar, ao mesmo tempo que segurava no alto a coroa de cão para que o povo a visse. Era demasiado pequena para ele, pois os nobres de Segesta tinham cabeças mais estreitas do que os gregos, e até criavam cães de cabeças afinadas.

Para nossa surpresa as portas se abriram com um rangido e saíram para fora dois filhos de Tanaquil, em sua qualidade de líderes do povo. Com expressão sombria saudaram Doro, deixaram-nos entrar, e apressadamente fecharam as portas atrás dos escassos quarenta sobreviventes dos homens de Foceia. De todos os lados o povo dava vivas a Doro, exaltando sua brilhante ação na batalha.

Depois vimos Tanaquil que vinha pela rua revestida de ricos trajes e trazendo nos cabelos uma tiara cartaginesa, enquanto uma escrava lhe segurava a sombrinha acima da cabeça para indicar que ela descendia dos deuses de Cartago. Não sei até que ponto era autêntico o registro genealógico de Tanaquil nesta última cidade, mas em Segesta o povo abria-lhe passagem com o maior respeito.

Ela fez uma inclinação de cabeça perante Doro e ergueu ambas as mãos, saudando. Doro estendeu-lhe a coroa de cão para ter as mãos livres e olhou em torno com ar um tanto estúpido.

A mim me pareceu que ele podia ter saudado com um pouco mais de calor sua esposa terrena a despeito da sua união no mar com Tétis, a deusa dos membros alvinitentes... Por isso disse eu depressa:

— Tanaquil, saúdo-te de todo coração. Neste momento és a meus olhos mais bela que o sol, mas Arsinoé ainda está junto do monumento com o nosso tesouro e precisamos salvá-la dos nobres de Segesta.

Dionísio também falou:

— Há tempo para cada coisa, e de bom grado eu não o perturbaria em momento tão solene, Doro. Mas o nosso tesouro ainda está junto do monumento comemorativo, e receio grandemente que o roubem os camponeses que nos acompanharam.

Imediatamente Doro voltou a si:

— Assim é. Quase o esqueci — confessou. — Já fiz reparação pelos ossos de meu pai e aplaquei-lhe o espírito. Que o nome do espúrio Filipe seja imediatamente apagado do monumento, e em seu lugar inscrevam-se as seguintes palavras: *A Doro, pai de Doro, rei de Segesta, espartano, o mais belo de seus contemporâneos e três vezes vencedor nos jogos olímpicos.* Como complemento, sua linhagem, a começar por Hércules, na medida em que eu possa me lembrar dos fatos.

Explicamos o assunto aos filhos de Tanaquil que soltaram um suspiro de alívio, dizendo nada terem a opor à retificação de um erro. Ao contrário, declararam-se grandemente aliviados pelo fato de Doro não lhes ter exigido mais.

Disse então Doro:

— Não preciso do tesouro, e Arsinoé é capaz de tomar conta de si, pois vive cercada de homens. Mas deixei o sagrado cão Crimisos me esperando junto ao monumento de meu pai, e ele deve ser trazido para a cidade. Alguém está pronto a ir buscá-lo? Quanto a mim estou exausto da batalha e não quereria refazer uma tal caminhada.

Nenhum dentre os de Segesta se prontificou a ir, e os homens de Foceia sacudiram a cabeça, declarando que estavam tão aniquilados e cobertos de feridas que mal podiam suster-se em pé.

Doro suspirou.

— É pesado o fardo da realeza. Já estou me sentindo desamparado entre os mortais e não me é dado confiar em ninguém. Um rei é o servo de seu povo, e como tal, seu próprio servo em primeiro lugar. Acho, pois, que nada adianta, exceto ir eu mesmo em busca do cachorro. No final das contas não posso abandoná-lo, pois ele se me rendeu e lambeu-me os pés.

Tanaquil rompeu a chorar e suplicou-lhe que não fosse; os homens de Foceia olharam-no cheios de pasmo, e Dionísio declarou que ele estava louco. Mas Doro mandou abrir as portas e saiu sozinho para fora da cidade, os braços lassos de canseira.

Subimos à muralha para observar-lhe a marcha. Os nobres de Segesta tinham feito um círculo protetor em torno dos cavalos; a pequena distância, as tropas de arma ligeira discutiam entre si, e os rebeldes de Érix haviam-se retirado para um lugar seguro, além do canal de irrigação. Na fímbria dos bosques, escassamente visíveis, estavam os sicanos, que uma vez ou outra faziam rufar inquiridoramente seus tambores de troncos cavados.

Doro atravessou o campo de batalha agora deserto, não fossem os cadáveres sanguinolentos e os feridos pedindo água e a presença de suas mães. Saudava chamando pelo nome a cada um dos foceanos que tombaram, louvando-lhe o heroísmo.

—Não estás morto! — proclamava em voz altissonante diante de cada um. — És invulnerável, e ainda somos trezentos, e o seremos por toda eternidade!

Enquanto caminhava entre os caídos, todas as demais vozes silenciaram. Os segestanos olhavam-no incrédulos, e a nenhum deles ocorreu atacá-lo. As pesadas nuvens que sempre encobrem o céu durante uma batalha começaram a romper-se, e o sol brilhou com uma luz ofuscadora no rosto manchado de sangue do espartano.

Os homens de Foceia murmuraram entre si:

— Ele é verdadeiramente um deus e não um ser humano, conquanto não o quiséssemos acreditar.

Ao que Dionísio acrescentou:

— Com efeito, não é um ser humano, pelo menos um ser humano sensato...

Tendo chegado ao monumento, Doro chamou o cão pelo nome. O animal ergueu-se imediatamente, trotou em sua direção sacudindo a cauda e fitou-o amorosamente.

Então Doro invocou em voz alta o espírito de seu pai:

— Estás satisfeito, meu pai? Descansarás em paz daqui por diante e não mais me atormentarás?

Disseram, mais tarde, que uma voz cavernosa respondeu do interior do monumento:

— Estou satisfeito, meu filho, e agora vou entrar no meu descanso.

Quanto a mim, não ouvi essa voz nem creio que ela falasse, pois os de Segesta erigiram o monumento a Filipe de Crotona muitas décadas antes e enterraram o pai de Doro em seus campos, na companhia dos outros que tombaram. Por outro lado, talvez Doro ouvisse aquela voz dentro dele mesmo. Com isto concordo, para não pensarem que acuso Doro de mentiroso.

Os animais de carga foram tangidos para a vala de irrigação, e seus donos estavam muito felizes, acreditando que dentro em breve poderiam fugir com o nosso tesouro. Mas as pontes haviam caído e os homens não se atreviam a conduzir os animais para dentro da vala, pois poderiam afogar-se no lodaçal. Doro os chamou alegremente, ordenando-lhes que voltassem.

Ao ouvir-lhe a voz, Arsinoé saudou-o do dorso de um burro, acusando os desgraçados tangedores de não lhe prestarem obediência e de tentarem fugir, roubando não apenas o tesouro mas também a ela. Quanto a Micon, metera-o num cesto vazio de grão, depois que, no auge da batalha, ele se embebedara até o ponto de ficar estuporado.

Alguns gestos ameaçadores de Doro bastaram para trazer rapidamente de volta os tangedores e seus animais. Mas quando Arsinoé se aproximou trazendo seu gato numa jaulazinha, o sagrado cão de Segesta eriçou os pelos e rosnou, com o resultado de Doro voltar para a cidade bem na dianteira de Arsinoé. Desta vez os de Segesta se incitaram mutuamente a cair em cima de Doro e matá-lo, mas a visão do rosnador Crimisos com suas presas à mostra fizeram-nos retroceder para sua floresta de escudos.

Os pastores e lavradores de Érix tentaram então penetrar na cidade, mas as portas se fecharam inexoravelmente perante eles. Doro ficou primeiramente aborrecido, mas quando os filhos de Tanaquil explicaram que os pobres e indisciplinados camponeses só lograriam causar distúrbios na cidade, Doro confessou que nada lhes ficara a dever.

Nesse ínterim os feridos começaram a queixar-se:

— Por que motivo trouxemos conosco um médico? Tê-lo-íamos engordado com comida e um salário, para ele ficar apenas dormindo e estuporado quando nos é mais necessário?

Porque éramos amigos, mais que depressa "entornei" Micon para fora da cesta e o fiz reviver. Conseguiu ficar de pé conquanto não soubesse o que se passava a seu redor; mas tamanha experiência era a dele, que cumpriu com seus deveres com a mesma perícia — e na opinião de alguns, até melhor — com que os cumpria quando não estava bêbado.

De mim direi que meus joelhos estavam escalavrados, meu braço apresentava um ferimento de lança, e meu pescoço, logo acima da clavícula, fora atravessado por uma seta. Micon teve de rasgar-me o pescoço a fim de extrair a ponta da seta. Disse, entretanto, que meus ferimentos eram de natureza leve, apenas suficientes para me fazerem lembrar que meu corpo era mortal. Refiro-me aos ferimentos só porque Doro começou a reunir e a contar aqueles dentre seus homens que ainda podiam estar de pé e levantar um braço.

— Não quereria perturbá-lo — disse ele — mas os nobres de Segesta ainda demoram na planície protegidos por seus escudos, e pode ser preciso sairmos e continuarmos a batalha.

Isto porém era demasiado para os homens de Foceia, que gritaram protestando e exigindo que ele se contentasse com a coroa de cão que agora lhe pertencia.

Dionísio contou seus homens e chorou amargamente:

— Éramos trezentos, mas agora não há sequer bastantes foceanos para equipar uma galera! Os espíritos não podem remar nem içar velas.

Doro afinal consentiu em tirar o capacete:

— Talvez eu já tivesse terminado minha tarefa — confessou com um suspiro.

Os filhos de Tanaquil também afirmaram que se derramara muito sangue e que Segesta precisava de suas forças pesadamente armadas para manter seu poderio na terra de Érix. Prometeram conduzir todas as negociações necessárias, de modo a poupar incômodo a Doro.

— Meus filhos têm razão — disse Tanaquil. — Já é tempo de descansares. Tua mais importante tarefa no momento é conduzires o sagrado cão de volta para seu canil. Feito isso podemos retirar-nos para discutir sobre tudo quanto se passou.

O olhar de Doro desviou-se intranquilo. Disse com voz fraca:

— Pareces tão distante, Tanaquil. Sinto como se muitos anos decorressem desde o nosso encontro em Himéria.

Tanaquil quis sorrir.

— Emagreci de pensar em ti. Mas logo recuperarei as forças quando estivermos sós, e depois que descansares, me olharás com outros olhos.

Os filhos de Tanaquil depressa declararam que, com os campos de grãos talados e a terra danificada, a ocasião não era propícia para a ereção de um novo templo. Além disso, os sinais tinham de ser examinados e os anos calculados por adivinhos. Ouvindo isso Doro murchou, deixou que lhe tirassem a armadura e o revestissem de uma túnica fenícia bordada com a lua e as estrelas, a ninfa de Segesta e o cão sagrado. O povo conduziu-o ao templo numa procissão festiva, mas o cão sagrado refugava entrar no seu canil. Olhava suplicante para Doro, que teve de arrastá-lo à força para dentro do cercado. Aí o cão sentou-se prontamente e pôs-se a uivar de maneira pressaga. Nem consentiu em comer ou beber coisa alguma dentre as que o povo lhe oferecia.

Doro ajeitou nervosamente a coroa de cão que lhe tinham amarrado na cabeça.

— Os uivos desse cão me ferem os ouvidos e me trazem pensamentos funestos — disse com asperidão. — Se não puderdes silenciá-lo, bater-lhe-ei de chicote!

Felizmente o povo não compreendeu sua ameaça. Mas os uivos de mau agouro acabaram por deprimir também a mim. Voltando-me para Tanaquil perguntei:

— Se não me falha a memória, o costume aqui é casar anualmente a mais bela moça da cidade com o cão sagrado. Por que não está ela aqui para tratar de seu esposo?

— Hoje isso é apenas uma tradição e já não envolve nenhuma responsabilidade—explicou Tanaquil. — Com efeito, a moça apenas partilha com o cão o bolo de casamento para sair logo depois. Mas em honra de Doro podíamos procurar outra moça para consolar o cão...

Podíamos dizer, pela cara de Doro, que não havia tempo a perder. Tanaquil gritou para o povo, e imediatamente uma meninazinha correu para o cercado, abraçou o cão pelo pescoço e começou a cochichar-lhe no ouvido. O cão fitou-a surpreendido e tentou libertar-se, mas a meninazinha insistia. Afinal o cão deixou de uivar e se prestou às carícias da menina. Cheio de inveja, o povo declarou que uma mendiga não era digna do cachorro, mas Tanaquil respondeu com firmeza que muitos outros costumes antigos tinham sido violados naquele dia. Se o sagrado cão Crimisos aceitava e ficava satisfeito, não se poderia impugnar sua decisão.

O cercado era ligado à residência do rei, onde Tanaquil já havia preparado comida e um banho. O edifício tinha estado vazio, e devido à sua coleção de objetos sagrados, muitos deles extraídos de animais, exalava um cheiro desagradável. O rei anterior apenas o visitara cumprindo deveres oficiais, mas Doro estava satisfeito com ele, alojou os homens de Foceia em uma casa da vizinhança, e pediu aos residentes de Segesta que cuidassem dos feridos.

Tanaquil se azafamava a fim de providenciar para Doro todo o conforto possível. Depois que ele se banhou, se untou e foi massageado na medida que seus ferimentos o permitiram, os servos carregaram-no para o reclinatório da mesa de banquete. Ele experimentou comer, mas não lhe foi possível reter a comida. Voltou-se suspirando para Tanaquil e disse:

— Parece que a comida terrena não agrada a este corpo que Tétis tornou invulnerável em seus aposentos submarinos.

— Que queres dizer, nobre esposo? — perguntou Tanaquil fitando-nos desconfiada.

— Dói-te a cabeça? Sem dúvida é o cansaço que te faz vomitar e delirar. Em outros tempos achavas minha comida suficientemente boa para ti.

Doro sorriu desanimado e tornou a vomitar:

— Não sei o que tenho — disse despudoradamente. — Desde que atingi a meta sinto-me fraco, pois já não sei o que quero. Leva embora esta maldita coroa de cão, que cheira horrivelmente! Tudo nesta casa cheira a cachorro! Decerto é isso que me nauseia!

— Aspira minha fragrância, esposo meu! — instou Tanaquil. — Ao preparar-me para receber-te, deixei que ungissem meu corpo e atassem na minha fronte um porta-perfume!

Muito desanimado, Doro cheirou-lhe a testa, depois recuou, fechando a cara:

— Também cheiras a cachorro, Tanaquil!

Pôs a mão no estômago e gemeu:

— É como se eu estivesse a bordo! Estou balançando no leito, tal como balancei nos braços da minha amada. Ah, Tétis, Tétis! Enquanto estiver em terra, sempre te desejarei!

Tanaquil fitou-nos, taciturna. Dei-me pressa em explicar-lhe o que acontecera durante a viagem, enquanto Micon, em sua qualidade de médico, lhe cochichava no outro ouvido.

Ela olhou desconfiada para Arsinoé, mas acenou com a cabeça, aprovando. Depois, dando palmadinhas nas faces de Doro, disse carinhosamente:

— Compreendo e não faço caso da tua união com a tal Tétis, pois não sou ciumenta por natureza. Mas seria melhor ficares recolhido por alguns dias. Quanto mais altivo um rei se mostra ante assuntos triviais, tanto mais respeitado ele é. Já providenciei para ti um vestuário de mulher, de modo que, à maneira de Hércules, teu santo avô, possas executar trabalhos femininos a fim de aplacares os deuses.

Os homens de Foceia escutavam boquiabertos, mas nenhum sorriu. Dionísio concordou em que Doro tinha revelado tão incomparáveis virtudes varonis, que seria indubitavelmente mais prudente para ele próprio vestir por alguns dias uma roupa de mulher a fim de alienar de si a inveja dos deuses.

A promessa de Tanaquil e a compreensão de Dionísio tranquilizaram Doro. Seus olhos fecharam-se e ele caiu de borco no leito. Transportamo-lo para o quarto de dormir e ali o deixamos, a cabeça apoiada ao seio de Tanaquil.

3

Doro ficou recolhido durante doze dias, e nesse período de tempo os negócios de Segesta se encaminharam o melhor possível. Os nobres atacaram repentinamente os rebeldes de Érix, obrigando-os a entregarem as armas e voltarem para seus amos. Aos sicanos, deu o povo de Segesta presentes de sal e vasilhas de barro, insinuando-lhes ao mesmo tempo que regressassem às suas florestas.

O povo também fez a paz com os nobres, permitindo-lhes regressarem à sua cidade acompanhados de seus cavalos, cães e atletas, e convencendo-os de que a tomada do pesado fardo do governo pelo povo era vantagem para os nobres. Não apenas podiam eles conservar os símbolos exteriores de sua classe, mas tendo sido aliviados da responsabilidade de governar, teriam mais tempo para se devotarem à criação de cavalos, à amestração de cães e aos espetáculos de competição atlética. Entretanto, deviam daí por diante consentir que negociantes opulentos e artesãos peritos se casassem com suas filhas e pudessem herdar terras, e também consentir que certos funcionários importantes tivessem cães, embora aqueles não fossem nobres de nascimento.

Doro estava aflito para enviar emissários às grandes cidades gregas da Sicília a fim de proclamarem estas sua obtenção da coroa, mas Tanaquil protestou veementemente:

— Não podes fazer isso, pois o Conselho de Cartago poderia suspeitar que abrigas planos de uma aliança com os gregos. Muita coisa aconteceu quando estavas no mar. Anaxilau de Régio conquistou Zancle com a ajuda de alguns refugiados que se puseram em fuga ante os persas. Quando Crinipos de Himéria soube disso, casou depressa sua neta Cidipe com Anaxilau, que mudou o nome de Zancle para Messina, assinou um tratado de amizade com Cartago, e agora governa ambas as margens dos estreitos. Assim, mediante o casamento, todo o litoral norte da Sicília está na realidade sob a influência de Cartago. Meus filhos terão ainda muita explicação a dar, antes que Cartago reconheça a legitimidade do teu direito à coroa de cão.

Após a colheita, chegaram dois emissários de Cartago, via Érix, para investigar os negócios de Segesta. Eram dois, pois o Conselho de Cartago não confiava assuntos de importância a um só homem, e três seriam demais. Mas naturalmente, os dois faziam-se acompanhar de servidores, guarda-livros, agrimensores e técnicos militares.

Doro deixou Tanaquil preparar um banquete em honra deles. Ela trouxe seu registro genealógico para os hóspedes verem, e garantiu-lhes que Doro logo aprenderia a língua e os hábitos elamitas. De sua parte, Doro levou os hóspedes para uma visita ao cão sagrado. Pouco mais teria para mostrar.

Após demoradas conversações, que Doro permitiu ao Conselho citadino conduzir em seu lugar, os emissários cartagineses reconheceram a Doro como rei de Segesta e de toda Érix. Mas citaram-no a pagar reparações pelos estragos que causara a Panormos. Na realidade, os cartagineses já haviam confiscado a trirreme. Outras exigências foram o reconhecimento de Érix como cidade cartaginesa, o direito de Cartago, em sua qualidade de residência hibernal da deusa, de continuar a receber a renda oriunda das peregrinações a Érix, e o direito de Cartago dar sua aprovação a todos os acordos comerciais com as cidades gregas da Sicília assim como a todos os assuntos referentes à guerra e à paz. E por último, a entrega de Dionísio e outros homens de Foceia a Cartago, onde seriam julgados por crime de pirataria nos mares ocidentais.

Doro aquiesceu a tudo, uma vez que tais exigências apenas reconheciam condições existentes, mas recusou-se a entregar os homens de Foceia. Resistiu obstinadamente, embora Tanaquil tentasse provar que ele nada devia a Dionísio, mas ao contrário, sofrera injustiças sob seu comando.

— O que aconteceu no mar é assunto à parte, disse Doro. — Não posso violar a fraterna aliança que selamos em terra com o nosso sangue.

Mas quando Dionísio soube que as negociações ameaçavam vir abaixo por sua causa, dirigiu-se voluntariamente a Doro:

— Não quero pôr em perigo a realeza que eu próprio te ajudei altruisticamente a obter; deste modo, sairemos de teu caminho e voltaremos ao mar.

Doro ficou radiante com tal resolução.

— Talvez seja essa a melhor coisa a fazer-se, embora eu espere cumprir minha promessa, tornando-te senhor da terra. Mas que posso fazer, quando Cartago não concorda?

Por alguma razão, os cartagineses não exigiram a entrega de Arsinoé, de Micon ou minha, e ficamos residindo em casa de Doro, usufruindo a hospitalidade de Tanaquil, tal como sucedera em Himéria. Entretempo, os homens de Foceia não se sentiam muito à vontade em Segesta. Eram obrigados a se fecharem nos seus quartos e até a pagarem sua própria manutenção enquanto os emissários cartagineses faziam-nos vigiar dia e noite a fim de que não fossem eles repetir a fuga de Himéria. Lá, porém, a praia era mais perto e havia navios aprestados para a partida.

Com a aproximação do outono, sentiam os foceanos como se um nó lhes estivesse apertando as gargantas. Punham-se a esfregar as marcas azuis que traziam pintadas nas costas com tinta indelével, e a imaginar como se sentiriam caso fossem esfolados vivos. Todos os dias os emissários cartagineses, com seus rostos cor de cobre e barbas filetadas de ouro, deambulavam nas cercanias dos alojamentos foceanos, enquanto o seu séquito berrava ameaças. Obedecendo à ordem de Dionísio, os foceanos suportavam os insultos em silêncio.

Como é fácil supor, Doro logo se cansou deles, pois que o atrapalhavam. Os emissários cartagineses tornaram-se impacientes, e exigiram a entrega dos foceanos antes que se iniciasse a estação marítima. Quando falei com eles, fingiram tolerância, garantindo-me que as histórias referentes ao esfolamento de prisioneiros vivos era pura calúnia. Com efeito, diziam, as leis marítimas de Cartago eram severas, mas não insensatas. Possuíam eles minas na Ibéria, que precisavam constantemente de trabalhadores. Os escravos de má índole podiam ter os olhos vazados ou um joelho deslocado a fim de se lhes impedir a fuga, porém nada de pior acontecia...

Expliquei isto a Dionísio, que alisou a barba e respondeu que os foceanos não tinham nenhum desejo de trabalhar nas minas venenosas da Ibéria ou virar mós de moinho em Cartago simplesmente para agradar a Doro...

Dionísio já não me confiava seus planos, embora continuássemos amigos. Certo dia, vendo uma tênue fumaça elevando-se do pátio, para lá me dirigi e pude ver que haviam feito covas no chão e amolgado seus lindos vasos de prata que agora derretiam ao fogo avivado pelos foles. Estavam, ao mesmo tempo, extraindo as pedras preciosas dos objetos contidos no barril das joias e quebrando os entalhes de marfim.

Observei com desconfiança suas atividades e notei que quebravam em pedaços a prata fundida — pedaços que depois eram pesados e repartidos entre eles.

— Meus olhos não podem suportar o espetáculo de uma destruição tão insensata de tesouros de arte — disse eu indignado. — Noto porém que os repartis entre vós outros de acordo com o peso, decidindo segundo um lance de pedrinhas quem fica com as pérolas e as pedras preciosas. Julgo que a mim também me é devida uma quota do tesouro, assim como a Micon. Doro também ficará ofendido se não receber a parte que conquistou com sua espada.

Dionísio mostrou seus brancos dentes num sorriso:

— Ah, Turms, em Himéria gastaste mais do que te era devido como quota. Não te lembras do dinheiro que me tomaste emprestado antes de tua peregrinação a Érix? E à tua volta ainda mo tomaste emprestado para satisfazer os caprichos daquela mulher que trouxeste em tua companhia. De sua parte, Doro nos deve mais do que nós a ele. Mas a Micon outorgaremos alegremente sua quota de médico, se ele nos acompanhar ao tribunal de Cartago. Talvez seja capaz de remendar nossa pele depois que nos esfolarem as costas.

Os homens de Foceia riram por entre o suor e a sujeira.

— Sim; Turms, e Micon, e principalmente Doro, vinde apanhar vossa parte da presa — gritaram eles — mas não vos esqueçais de vossas espadas! Pode surgir alguma diferença de opinião.

Em vista da sua conduta ameaçadora, achei melhor dizer a Doro que eles estavam apenas fazendo sacrifício aos deuses antes de se entregarem. Doro suspirou aliviado:

— Que excelentes sujeitos! É esse o melhor serviço que me poderiam prestar! Agora finalmente estou habilitado a tratar em paz dos assuntos políticos de Segesta.

O júbilo se espalhou pela cidade quando aquele desagradável assunto aparentemente se resolveu sem maior dificuldade. Por motivo de que uma pessoa prontamente acredita naquilo em que quer acreditar, os de Segesta ficaram certos de que Dionísio e seus homens haviam tomado juízo. Naquela noite, os capitães segestanos prestaram atenção aos ruídos que partiam da casa dos de Foceia, enquanto os homens bebiam e se banqueteavam para fortalecer sua coragem. Os emissários cartagineses sacudiam a cabeça com satisfação:

— Já não é sem tempo, pois nosso navio já esperou demasiado tempo em Érix. Esses piratas são ainda mais tolos do que imaginávamos, confiando desse jeito nas leis cartaginesas.

Em sinal de gratidão, fizeram sacrifícios a Baal e a outros deuses, e muniram-se de grilhões e cordas mediante os quais iriam conduzir os foceanos para Érix. No dia seguinte deambularam outra vez nas cercanias da casa e pararam em frente dela numa atitude de expectativa. Dentro em pouco Dionísio e seus homens assomaram no portão, e num abrir e fechar de olhos mataram os membros do cortejo e prenderam os espantados emissários. Não mataram os de Segesta, e simplesmente avisaram os guardas que não se metessem num assunto que não lhes dizia respeito.

Dionísio saiu à rua com a machadinha na mão a fim de se encontrar com Doro e os capitães segestanos:

— Entregamo-nos aos sagrados emissários de Cartago e humildemente lhes rogamos que nos conduzissem a Érix e a seu navio — explicou ele friamente.
— Só podemos lamentar o infeliz incidente causado pelo vergonhoso assalto dos acompanhantes, quando tentamos negociar com os emissários. Ao fazerem isso, tropeçaram em suas próprias espadas e investiram uns contra os outros com suas lanças. Possivelmente também nós, que depressa nos iramos, fomos culpados de golpear alguns deles, desabituados como estamos ao manejo de armas de metal. Mas os emissários cartagineses já nos perdoaram e prometeram não exigir que deponhamos as armas até estarmos a bordo do navio. Se não acreditais em minhas palavras, entrai na casa e perguntai vós mesmos.

Mas os capitães de Segesta não estavam aflitos para entrar na casa dos foceanos, e Doro sustentou que o assunto não lhe dizia respeito, uma vez que Dionísio se entregara aos cartagineses.

Dionísio continuou:

— Só a vossa hostilidade é culpada pelas nossas ações. Os benditos cartagineses concordam conosco e receiam grandemente que nos ataqueis durante o percurso, assim impedindo que eles nos levem vivos a Cartago. Se nos atacardes, ameaçam suicidar-se. Assim o sangue deles recairá sobre vossas cabeças e Cartago jamais vos perdoará.

Enquanto os capitães segestanos digeriam tais palavras, Dionísio sorriu e anunciou:

— Nós, os de Foceia, preferimos navegar para Cartago pela rota de Panormos, uma vez que a conhecemos; mas os chefes cartagineses insistem em Érix, e temos de obedecer. Como prisioneiros, concordamos em ir humildemente a pé, mas não se pode esperar que homens tão distintos façam uma caminhada tão comprida! Em consequência, tendes de arranjar-nos mulas e um guia, para que não nos extraviemos na viagem a Érix.

Os chefes segestanos, compreendendo sua impotência, apenas podiam fingir acreditar que tudo aconteceria de acordo com a promessa de Dionísio.

Em procissão de honra conduziram os emissários cartagineses da muralha de escudos foceanos, atravessando a cidade na direção do portão ocidental. Trataram de amordaçá-los e amarrá-los às mulas, mas fingiram não dar por isso.

Micon e eu acompanhamos os foceanos para o portão. Ali, com infinita arrogância, Dionísio parou e disse:

— Quase me esquecia que as sacolas de dinheiro, os documentos e as tabuinhas de escrita dos benditos emissários ficaram em seus alojamentos. Ide buscá-los depressa, vós outros os oficiais, e trazei ao mesmo tempo carne e vinho, bem assim duas donzelas para aquecê-los na frialdade da noite.

Quando chegaram os pertences dos emissários, Dionísio escarneceu dos chefes de Segesta, envergando um manto ritual cartaginês. Incapaz de ler os rolos de pergaminho e as tabuinhas, relanceou desdenhosamente o olhar por eles e arrojou-os a seus homens, que ali desenharam figuras obscenas, e em seguida, mostrando-as uns aos outros, riram-se às gargalhadas.

Finalmente Dionísio achou de bom aviso partir depois que um dos chefes segestanos teve um colapso de pura raiva, morrendo diante de nossos próprios olhos. Considerando esse incidente um mau presságio, os foceanos apressaram as mulas e saíram para a estrada de Érix.

Não perderam tempo. Tendo repousado apenas nas horas mais avançadas da noite, chegaram na noite seguinte ao porto de Érix, entraram como um enxame no navio que estava esperando os emissários, atiraram a equipagem destes ao mar, arremessaram tochas acesas nos demais navios e fizeram todo o porto transformar-se num caos.

Ao rumarem para o mar largo, levaram consigo os emissários. Um deles ia amarrado à proa a fim de dar sorte à primeira marretada de aríete que se desse contra o primeiro navio visado, e um segundo foi zombeteiramente sacrificado a Baal depois que eles saquearam vários navios atulhados de tesouros, junto à costa africana. Dionísio já não fazia esforços para chegar a Massília, mas se entregava francamente à pirataria, de acordo com a vontade aparente dos deuses. Porque não roubava navios gregos, as cidades gregas da Itália logo começaram a acobertá-lo, e à frota que ele reunira. Com efeito, durante os anos que se sucederam, a audaz atividade de Dionísio no mar muito fez para causar uma deterioração ainda maior às relações já péssimas entre Cartago e as cidades gregas da Sicília.

Tudo isso narrei a respeito de Dionísio e seus homens, porque o primeiro era homem digno de lembrança. Arrolaria os nomes dos trinta que o acompanhavam, mas já não me lembro quais fossem.

4

Naquele inverno em Segesta invadiu-me uma estranha depressão. Não havia razão aparente para isso, uma vez que eu era altamente respeitado como companheiro de Doro, e Arsinoé, de sua parte, se esquecera de seus caprichos e se retirara da presença do público para esperar o nascimento de nosso filho. Engordara e adquirira mais calma, e às vezes, em seus momentos de medo, voltava-se para mim com uma ternura maior que antes. Mas não falava muito, e parecia-me às vezes que eu estava vivendo com uma estranha. Se pensava em nosso filho, também este me parecia um ser desconhecido.

Mas se eu sofria, Doro também sofria. Alcançara a meta, e alcançando-a, perdera-a, de modo que já não sabia o que verdadeiramente desejava. As experiências no mar o transtornaram de tal jeito, que durante suas crises de melancolia seus olhos se fixavam no vazio, como se tudo nele fosse apenas sal encardido. Perdera todo o interesse em Tanaquil e às vezes lhe falava asperamente.

Não tinha inclinação por criação de cães ou corridas de cavalos. Em vez disso, procurava interessar os moços de Segesta no desenvolvimento do corpo, à moda grega. Eles olhavam com respeito suas ágeis *performances* no estádio, mas observaram que nada há de admirável no fato de a gente se exaurir de cansaço, quando atletas profissionais podem obter resultados muito melhores do que qualquer amador.

Doro teve bom êxito na convocação de todos os homens válidos, sem considerar classe ou ofício, para os exercícios militares em certos dias. Muitos se queixaram de dores e muitas vezes se disseram enfermos, mas o povo compreendeu a necessidade de aprender o uso das armas, se é que pretendia conservar seu poder. Doro demonstrou que uma cidade bem armada é mais respeitada nas negociações do que uma cidade fraca, e o povo sabia que, com a chegada da primavera, o Conselho de Cartago o faria responsável pelo destino de seus emissários. Conquanto os de Segesta tencionassem censurar Dionísio por tudo quanto acontecia, um sentimento de culpa induziu o povo a correr até suar e a estirar os membros nos exercícios que tanto desdenhava.

Dentro em pouco gostosamente concordaram com a sugestão de Doro, para que a cidade instalasse uma guarnição permanente de um milhar de jovens tirados dentre os que revelassem aptidões e não quisessem seguir outra carreira. Doro dividiu os jovens em grupos de cem, alojou-os em várias casas e ele próprio às vezes dormia nos alojamentos para evitar partilhar o leito de Tanaquil. Mantinha a mais estrita disciplina e todos tinham de obedecer os líderes escolhidos por ele, mas a despeito disso, os roubos e as violências recrudesciam. A única diferença era que os culpados não eram descobertos tão prontamente como antes. Se algum dos jovens coroados de grinalda era acusado de algum crime, Doro fazia com que o chicoteassem severamente.

— Não estou te castigando pelo crime — explicava — mas pelo fato de teres deixado que te descobrissem.

Isso muito entusiasmava os jovens, que o admiravam mais que ao Conselho da cidade que lhes pagava os salários.

Assim lograva Doro fazer passar o tempo, mas quando quer que o assaltasse uma crise de melancolia recolhia-se ao seu quarto durante muitos dias, deixando de falar até com a própria Tanaquil. Através das paredes ouvíamos Doro invocar Hércules, seu ancestral, e tentar novamente conjurar Tétis, a de membros alvinitentes.

Quando se recuperou, mandou chamar Micon e eu, bebeu vinho conosco e explicou:

— Não sabeis quão difícil é ser rei, e arcar com a responsabilidade do bem-estar de uma cidade inteira! Minha divina herança igualmente complica minha posição e faz de mim um solitário.

Voltou a cabeça com dificuldade:

— Embora eu tivesse aplacado o espírito de meu pai e conseguido sua herança, dói-me a cabeça ao pensar que nada deixarei após mim, exceto uma fama imorredoura. Preciso de um herdeiro para dar um sentido a tudo quanto se passou. Mas Tanaquil já não pode procriar, e não tenho o mínimo desejo de adotar-lhe os filhos, conforme ela sugere.

Confessei que um tal problema era suficiente para dar dor de cabeça a qualquer pessoa.

— Mas dentre nós três, és tu que deves contemplar o futuro com a maior confiança — disse eu, à guisa de consolo. — Os deuses traçaram teu caminho com tanta clareza, que dificilmente poderias agir diferentemente. Se eu estivesse na tua situação, não me incomodaria com herdeiros, pois no decorrer do tempo terás um, se assim foi ordenado.

Achei o momento propício para anunciar o estado de Arsinoé, pois este já não podia disfarçar-se. Era surpreendente o fato de que o experiente olho clínico de Micon já não tivesse reparado nisso!

— Nem todos são igualmente favorecidos da fortuna, Doro. Nada ganhei com as nossas expedições, sou ainda vosso companheiro e não possuo sequer a própria casa onde moro, embora Arsinoé esteja à espera de um filho meu. Já não é possível esconder, pois ela dará à luz dentro de poucos meses, na época mais escura do ano.

Continuei a palrar entusiasmado:

— Naturalmente, pouco sabes a respeito de assuntos de mulher, Doro; mas tu, Micon, já o deverias ter notado há muito tempo. Em consequência, congratula-te comigo e apertemo-nos as mãos. Quanto a ti, Doro, tens todo o resto, mas eu vou ter aquilo que nunca terás, a menos que a situação se transforme inesperadamente.

De um salto Doro pôs-se de pé, derrubando um precioso vaso e perguntou:

— Estás dizendo a verdade? Mas como pode uma sacerdotisa dar à luz um filho?

Micon desviou o olhar e resmungou:

— Tens certeza de não estares enganado? Não desejaria que tal te acontecesse...

De tão contente, não compreendi suas palavras e corri em busca de Arsinoé para confirmar o fato. Tanaquil seguiu-nos, desconfiada.

Arsinoé ficou de pé diante de nós, já deformada e com uma expressão sonhadora no olhar.

— É verdade — confessou humildemente. — Espero um filho que vai nascer na estação mais-triste do ano. Mas garanto-vos que ainda me acho sob a proteção da deusa. Meus sonhos e presságios claramente mo indicaram.

O rosto de Tanaquil escureceu-se de inveja. Arregalando alternadamente os olhos para Doro e Arsinoé, gritou:

— Bem que eu suspeitava, mas não podia acreditar em meus olhos. Envergonhaste minha casa. Não metas a deusa nesse assunto! Isso é fruto do teu próprio ardil ao tentares ultrapassar-me em astúcia.

Doro fitou Arsinoé e ergueu a mão para comandar silêncio a Tanaquil:

— Cala a boca, velha bruxa fenícia, ou ficarás a meus olhos ainda mais feia do que és! Esta casa não é tua, mas a residência do rei que conquistei com minha espada. E não invejes Arsinoé. Em vez disso, considera seu estado como um presságio, embora eu tenha de pensar maduramente antes de decidir como deve ser interpretado.

Cobriu um instante os olhos, depois seu rosto suavizou-se e ele sorriu:

— Não tenhas receio, Arsinoé. Tomar-te-ei sob minha proteção e tudo irá bem. A criança não te cobrirá de vergonha mas de glória. Dize-me: julgas que vai ser menino ou menina?

Arsinoé respondeu envergonhada que ninguém poderia dizê-lo com antecedência, mas que ela previa com uma quase certeza que seria menino.

Pouco me lembro acerca do nascimento, exceto que ele ocorreu na noite mais áspera do ano e que o menino veio à luz de madrugada enquanto uma fria chuva caía sobre a terra. Arsinoé, ela mesma, amamentou a criança, pois a despeito da sua frágil aparência, a deusa a abençoou com abundância de leite. O menino era forte e chorava com vontade desde o começo. Sentia-me tão aliviado que desejei dar-lhe imediatamente um nome, mas Doro observou:

— Não há pressa. Esperemos o presságio devido.

Arsinoé concordou:

— Não ofendas a Doro com essa pressa de escolher um nome. Para nós será melhor, e também para o menino, se o próprio Doro lhe der um nome.

Não me senti feliz com o fato de Doro interferir em assuntos que não lhe diziam respeito. Ele parecia tão interessado quanto eu; contemplava a criança com atenção e até fez uma oferenda de graças no templo que ele roubara ao deus fenício do fogo para dedicar a Hércules.

Ao chegar a primavera com suas chuvas e tempestades tão fortes e violentas que derrubavam árvores nas florestas, Doro foi-se tornando cada vez mais taciturno. Começou a fitar-me de uma certa maneira, e frequentemente eu topava com ele contemplando a criança e conversando com Arsinoé. Assim que eu entrava, interrompiam a conversa, e logo Arsinoé se punha a palrar sobre alguma frivolidade.

Com a aproximação da lua cheia fui ficando inquieto, tinha sonhos maus e começava a andar durante o sono — coisa que nunca antes me acontecera. Senti que Ártemis me perseguia e experimentei muitas maneiras de evitar sair do quarto durante a noite, porém nada adiantou. Fato alarmante era o gato de Arsinoé sempre a seguir-me, esgueirando-se atrás de mim pela porta aberta. Nessas ocasiões, eu acordava já no meio da rua, com o gato esfregando a cabeça de encontro à minha perna nua.

Acordei mais uma vez no meio da noite, com a lua brilhando no meu rosto. Achei-me de pé junto ao cercado do sagrado cão Crimisos, em cujo degrau de pedra estava sentada a moça mendiga que Tanaquil chamara dentre a multidão para cuidar do cachorro. Com o queixo na mão, ela fitava a lua como se estivesse sob a sua magia. Fiquei comovido em pensar que mais alguém ficara acordado por causa da lua, embora esse alguém não fosse mais que uma pobre menina. Durante a celebração anual, ela fora legalmente casada com o sagrado cão segundo o costume tradicional, assara um bolo de casamento e partilhara-o com o cão. Desde então vivia junto do cercado, e, como os escravos e os servos, alimentava-se das cozinhas do rei. Não tinha para onde ir, pois era criatura de baixa extração e perdera os pais.

— Por que estás acordada, menininha? — perguntei-lhe, sentando junto dela no degrau de pedra.

— Não sou nenhuma menininha — respondeu. — Tenho dez anos. Além disso sou esposa do sagrado cão Crimisos e mulher consagrada.

— Como te chamas, mulher consagrada?

— Egesta — respondeu com orgulho. — Devias sabê-lo, Turms. Mas meu nome verdadeiro é Ana. É por isso que o povo me atira pedras na rua e me grita insultos.

— Por que estás acordada? — tornei a perguntar.

Ela me olhou cheia de mágoa.

— Crimisos está doente. Jaz muito quieto, ofega penosamente e não come coisa alguma. Acho que é demasiado velho e já não quer viver. Se morrer, o povo me acusará.

Mostrou-me mordidas em seus magros braços, rompeu em soluços e disse-me:
— Nem mais quer que eu lhe toque, conquanto fôssemos sempre bons amigos. Acho que os ouvidos lhe doem, pois sacode muitas vezes a cabeça. Mas se lhe toco, morde-me.

A menina abriu a porta e me mostrou o cão sagrado arfando pesadamente sobre a palha, uma vasilha de água sequer provada posta junto de seu focinho. Abriu os olhos mas não teve sequer forças para mostrar as presas quando o gato de Arsinoé penetrou como uma sombra no cercado e pôs-se a rodeá-lo. Em consequência, o gato lambeu a água, ganhou segurança, esfregou o flanco de encontro ao pescoço do cachorro e começou a lamber-lhe mansamente a orelha. O cachorro permitiu-lhe que o fizesse.

— Isto é um milagre! — gritei. — Isto se deve ao fato de os animais sagrados se reconhecerem mutuamente. O gato é tão sagrado, que no Egito se mata instantaneamente quem quer que faça dano a um deles. Por que é sagrado... não sabemos.

Disse a menina, cheia de espanto:
— Meu marido está doente e sofre; não posso dar-lhe nenhum lenitivo, mas um gato pode. O gato é teu?
— Não — respondi — é de minha mulher Arsinoé.
— Queres dizer Istafra — corrigiu a menina. — A sacerdotisa que fugiu de Érix. Presume-se que é tua mulher?
— Naturalmente que é. Até possuímos um filho. Devias tê-lo visto.

A menina sufocou o riso com a palma da mão, em seguida ficou séria.
— É ele teu filho de verdade? É Doro quem o carrega nos braços enquanto a mulher o segue, segurando o manto real.

Mas que é uma bela mulher, isso não nego.
Dei uma risada.
— Doro é nosso amigo e adora o menino, uma vez que não tem herdeiros. Mas ambos — a mulher e o menino — são meus. A menina abanou a cabeça com um ar de descrença, depois fitou-me:
— Se eu fosse mais bonita, me tomarias ao colo e me abraçarias bem apertado? Tenho vontade de chorar.

O rosto magro da menina comoveu-me. Toquei-lhe a face e disse:
— Naturalmente que te poria no regaço e te consolaria. Eu mesmo sou às vezes muito infeliz, apesar de possuir mulher e filho, ou talvez por causa disso...

Pus a menina no meu colo, ela apertou o rosto sujo de lágrimas de encontro ao meu pescoço e suspirou profundamente:
— Sinto-me tão bem! Desde a morte de minha mãe ninguém me abraçou assim. Gosto mais de ti do que de Doro, ou daquele balofo Micon. Quando lhe pedi que examinasse o cachorro, respondeu que só examinava gente e queria saber quem lhe pagaria pelo exame do bichinho. Sim — repetiu ela — gosto muito de ti por que és bondoso para comigo. Isso não te leva a pensar em alguma coisa?
— Não — respondi distraído.
Súbito ela me apertou com força.

— Turms, disse ela. — Trabalho arduamente e estou pronta a aprender. Posso aguentar surras e como pouco. Se o cão morrer, não quererás tomar-me sob a tua proteção, nem que seja apenas para eu cuidar de teu filho? Olhei-a surpreso.

— Posso falar a esse respeito com Arsinoé — prometi-lhe afinal. — Sabes cuidar de crianças?

— Até já cuidei de uma criança nascida fora de tempo e conservei-a viva com leite de cabra quando sua mãe a abandonou — disse ela. — Sei fiar e tecer, lavar roupa, preparar comida, e fazer profecias com ossos de frango. Poderei ser-te muito útil, mas preferia ser bonita.

Fitei-lhe o rosto moreno e os brilhantes olhos de menina, e expliquei-lhe mansamente:

— Toda moça é bonita se ela assim o quiser. Devias aprender a banhar-te como as gregas, trazer roupas limpas e pentear o cabelo.

Ela recuou:

— Nem ao menos tenho um pente — confessou — e é este o meu único vestido. Para as festas fui lavada e penteada, ungida e vestida, mas os trajes festivos me foram retirados assim que se comeu o bolo de casamento. Não posso ir nua para o poço a fim de lavar isto...

— Amanhã te trarei um pente e um vestido velho de minha mulher — prometi-lhe; mas me esqueci...

O dia seguinte foi opressivamente quente, tal como se fosse verão; o sol escorchava e o ar estava parado. Os cães uivavam irrequietos em seus canis e muitos rebentavam as correntes, fugindo da cidade. Bandos de pássaros remoinhavam sobre as florestas, dirigindo-se para as montanhas azuladas. Os filhos de Tanaquil chegaram para consultar sua mãe, retirando-se junto com ela para os aposentos interiores.

Depois, antes da sesta, Doro mandou chamar Arsinoé, e fez que ela levasse junto o menino.

— É hora de aparecer a deusa — disse asperamente. — Demasiado tempo prestei ouvidos a desculpas. Prova que ainda és sacerdotisa e mostra tua habilidade. Deves decidir se lanço ou não amanhã uma expedição militar contra Érix!

Tentei dissuadi-lo.

— Estás louco ou apenas bêbado, Doro? Sem dúvida não te empenharás deliberadamente numa guerra contra Cartago?

Arsinoé murmurou no meu ouvido:

— Não digas nada impensadamente, que poderias excitá-lo. Tratarei de acalmá-lo, pois ele confia em mim.

O corpo gotejando suor devido ao calor, esperei atrás da porta. Suas vozes me chegavam num resmungar confuso, como se estivessem discutindo.

Finalmente a porta rangeu e Arsinoé apareceu, apertando de encontro ao peito nosso filho adormecido. Seu rosto estava úmido de lágrimas.

— Turms — murmurou ela agoniada. — Doro está louco varrido. Pensa que é um deus e que eu sou Tétis, a deusa do mar. Finalmente consegui fazê-lo adormecer. Agora está roncando, mas assim que acordar matar-te-á e também a Tanaquil.

Fitei-a sem acreditar no que ouvia.

— A louca és tu, Arsinoé. O calor transtornou-te a cabeça. Que razão lhe assiste para matar-me, mesmo que esteja farto de Tanaquil?

Arsinoé soltou um gemido e cobriu os olhos.

— A culpa é minha — confessou — embora minha intenção fosse das melhores e eu não previsse que ele pudesse ir tão longe.

Como vês, por uma razão ou outra, Doro pensa que o filho é dele, e por causa disso quer que tu e Tanaquil deixeis livre o caminho para ele se casar comigo. Mas nunca pretendi semelhante coisa. Meu plano era inteiramente diferente.

Sacudi-lhe o braço:

— Mas o que foi que planejaste, e o que foi que deu a Doro a ideia de que nosso filho é dele?

— Não grites—suplicou Arsinoé. — É bem de teu feitio agarrares-te a detalhes triviais, quando tua vida é que está em risco. Sabes como Doro é teimoso quando tem uma ideia. Ele próprio reparou que o menino presumivelmente se parece com ele, e eu, por brincadeira, pintei na coxa do garoto um sinal que se parece com o sinal de nascença que se diz trazerem os verdadeiros descendentes de Hércules. Mas nunca imaginei que Doro se voltasse contra ti! Só o fiz com a intenção de que ele nomeasse o menino seu herdeiro.

Vendo-me o rosto, ela fez força para se livrar, e disse:

— Se me bateres, vou acordar Doro. Pensei que ele tivesse juízo bastante para esconder seus sentimentos, mas ele me cobiça e odeia-te tanto depois do nascimento do menino, que já nem quer respirar o mesmo ar que respiras.

Meus pensamentos eram um enxame de furiosas vespas. Devia ter adivinhado que por trás da sua aparente docilidade, Arsinoé estivera tramando um ardil mais perigoso do que aquele que dizia respeito a roupagens e joias. Sabia, no fundo do coração, que ela dissera a verdade, e que Doro planejava matar-me. Um súbito arrepio me assaltou.

— Suponho que esperas que eu lhe fenda a garganta enquanto ele dorme. Mas dize-me primeiro como lograste aquietá-lo. Arsinoé arregalou os olhos e disse inocentemente:

— Apenas segurei-lhe a mão e garanti-lhe que ele veria a deusa em sonhos. De que suspeitas, Turms?

Em seguida empalideceu:

— Se alguma vez duvidaste do meu amor por ti, já agora não podes fazê-lo, pois me seria mais vantajoso silenciar e deixar que ele te matasse. Mas não posso suportar perder-te. Também não desejo nenhum mal a Tanaquil, embora muitas vezes ela me ofendesse.

Esta última sentença ela acrescentou porque sem dúvida notara a aproximação de Tanaquil.

— Posso agradecer-te, Istafra, pelo meu casamento, e também pela minha desgraça. Quiseste morder mais do que podias engolir, e espero que o bocado te afogue. Desconfio que também no mar fizeste uso de tuas seduções; se não, por que começaria Doro a delirar com a tal Tétis de membros alvinitentes?

— Tanaquil — adverti-a — não fales bobagens, embora odeies Arsinoé. Durante a viagem, Arsinoé estava nauseada e cheirava mal; estava úmida de salmoura e incapaz de cuidar de sua beleza. Não podia ter a menor ligação com as visões de Doro. Minhas palavras feriram a vaidade de Arsinoé.

— Que sabes a respeito dos milagres da deusa, Turms? — perguntou iradamente. — Tanaquil é muito melhor conhecedora. Garanto que tudo aconteceu como devia acontecer, pois a deusa sempre teve ganas de assumir um aspecto marinho.

Tanaquil fitou-me com ar astuto e aconselhou:

— Seria prudente se apanhasses aquele castiçal e esmigalhasses a cabeça de Arsinoé. Com isso te pouparias muita mágoa. Mas inútil palrar. Que pretendes fazer, Turms?

— Sim — disse Arsinoé — que pretendes fazer?

Fiquei ainda mais confuso:

— É a mim que cabe resolver o problema que criaste? Assim seja, pois. Vou buscar minha espada e com ela lhe atravessarei a garganta; sem nenhuma satisfação porém, pois ele é meu amigo.

— Sim: faze-o — instou Arsinoé sofregamente; — e enquanto o fazes, apanha a coroa de cão, conquista os soldados para o teu serviço, apazigua o Conselho de Cartago e faze de mim sacerdotisa de Érix por meios pacíficos. Não posso pedir mais do que isso.

Tanaquil abanou a cabeça com um ar de compaixão.

— Nenhum bem te adviria, Turms, se Doro fosse encontrado com a garganta fendida. Mas não tenhas medo. Levei três maridos para a cova e ouso dizer que ainda me resta força suficiente para enterrar um quarto. É de meu dever fazer-lhe este último serviço, antes que ele me tire a vida e mergulhe toda terra de Érix no desastre. Segui vosso caminho, vós ambos, levai convosco esse maldito bastardo e fingi que de nada sabeis.

Tanaquil nos mandou para nosso quarto, onde nos sentamos em silêncio, com as mãos enlaçadas. Eu contemplava nosso filho, tentando descobrir no rosto da criança alguma coisa que desse a Doro razão de acreditá-lo filho seu. Mas por mais que o fitasse, só podia ver que sua boca era a minha e seu nariz o de Arsinoé.

Subitamente a terra estrondejou com um barulho mais terrífico do que ainda me fora dado ouvir. Tremeu o chão debaixo de nós, o soalho fendeu-se, e o ruído de paredes se esboroando chegou a nossos ouvidos. Arsinoé agarrou o menino nos braços enquanto eu a protegia com o corpo, e corremos para a rua, atravessando o portão já entortado. O gato de Arsinoé passou por nós como uma flecha.

O chão tornou a estrondejar e as paredes racharam-se. Em seguida o céu escureceu, o vento começou a soprar e o ar esfriou repentinamente.

— Doro morreu — disse eu lentamente. — Esta terra era dele e tremeu com o seu passamento. Quem sabe mesmo se ele descendia dos deuses, embora fosse difícil acreditar — ele que cheirava a suor humano e derramava sangue humano!

— Doro morreu — repetiu Arsinoé, e em seguida perguntou depressa: — E agora, que será de nós, Turms?

Cheia de susto, a gente carregava coisas para fora de casa, enquanto animais de carga corriam alucinados pelas ruas. Mas com o soprar do vento o ar refrescou e era como se eu ficasse novamente livre.

Tanaquil saiu para fora da residência real. Rasgara seus vestidos em sinal de dor, e trazia nos cabelos um pouco de caliça do telhado. Seguiam-na seus filhos, discutindo em voz alta como sempre.

Arsinoé e eu dirigimo-nos para o quarto de Doro, onde Micon, com seu estojo de médico, examinava com grande espanto o corpo do morto. Doro estava deitado no leito, o rosto enegrecido, a língua inchada e os lábios feridos.

Micon disse devagar:

— Se fosse verão e tempo de vespas, juraria que uma vespa lhe mordera a língua. Isso acontece a um bêbado quando adormece de boca aberta, ou com uma criança que introduz na boca uma vespa que se escondeu em um punhado de amoras. Mas seja qual for a razão, a língua de Doro inchou e afogou-o.

Os filhos de Tanaquil gritaram a uma voz:

— É uma fatalidade e uma singular coincidência! Lembramo-nos bem que nosso pai morreu exatamente da mesma maneira! Sua língua também inchou e sua cara ficou preta.

Tanaquil fitava o negro rosto de Doro, e o corpo que, mesmo na morte, era divinamente bem proporcionado.

— Já nada me importa; mas não te atrevas a tocar em Turms. Volveu seu rosto de velha, dolorosamente sulcado de rugas para Arsinoé:

— Que Turms viva em paz, mas mandaremos esta prostituta da deusa de volta ao templo. Que receba o castigo devido à sua fuga. Ela é escrava do templo, e seu filho também é escravo, e, nessa qualidade, propriedade do templo. Deixam que castrem o menino e o exercitem para sacerdote ou dançarino. Mas primeiro terão de castigar a mulher como compete castigar um escravo fugido.

Fitei Tanaquil postada ali de pé, com seu cabelo tingido e trançado à guisa de um diadema cheio de sujeira, com suas vestes rasgadas e seu velho rosto modelado pela ira. Parecia a corporificação de um estranho deus.

Sorria um sorriso medonho e afugentava as moscas que começavam a esvoaçar sobre a boca e os olhos de Doro.

— Já senti a ira da deusa através da tua presença. Tendo perdido Doro, a quem amava mais do que aos outros maridos, já nada receio, mortal ou divino.

Súbito, porém, sua contenção se esboroou. Deu na própria boca uma punhada que lhe quebrou os dentes de marfim e o sangue lhe jorrou dos delgados lábios. Depois, cravando as unhas nos seios, pôs-se a gemer:

— Não sabeis quão profundamente pode amar uma mulher de idade! Preferia-o morto, antes do que me despyrezando!

Enlacei Arsinoé com o braço e disse com firmeza:

— Estou ligado a Arsinoé, e levá-la-ei comigo, mais o menino, sem consideração por tuas leis. Tenta impedir-me, Tanaquil, e verás o que acontece.

Mais uma vez estava pronto, a espada na mão, para raptar Arsinoé, e morrer, antes do que me separar dela e do menino.

Micon, gorducho e inchado de bebida como estava, reuniu os restos da sua lucidez e disse resoluto:

— Também eu sou estrangeiro nesta cidade e pessoa indesejável se tiver de servir de testemunha quanto à causa da morte de Doro. Por amor da nossa amizade, Turms, sinto a minha responsabilidade em impedir Arsinoé e o menino de caírem às mãos de sacerdotes maléficos.

Os filhos de Tanaquil olharam-na confusos:

— Chamaremos os guardas e fá-los-emos matar? É o modo mais fácil de nos libertarmos deles. Podes determinar o que queres que se faça com a mulher.

Tanaquil apontou um dedo acusador para Arsinoé:

— Fitai aquela cara demasiado bonita! — gritou ela. — Vede como se transforma com cada estado de alma! Se eu a mandar de volta para o templo, é certo que conquistará os sacerdotes. Conheço-a demasiado bem. Não; o melhor castigo para ela é deixá-la ir atrás de Turms como fugitiva, levando o menino em sua companhia. Que o sol lhe enegreça o branco rosto, que seus membros fiquem murchos de penúria. Nem um só vestido, joia ou moeda de prata levarás de minha casa, Istafra.

Arsinoé compreendeu pelo rosto empedernido de Tanaquil que era aquela a sua resolução final. Por um breve instante pareceu sopesar as oportunidades de recuperar no templo sua velha posição, mas depois levantou a cabeça.

— Roupa e joias poderei sempre obter, mas se agora deixar Turms, nunca poderei fazê-lo voltar. Deves ser grata para comigo, Tanaquil. Quanto a mim, tu é que devias estar deitada ali, com a tua feia cara enegrecida e a marca dos dedos de Doro em redor de tua garganta. Se eu silenciasse, deixando que Doro cumprisse a ameaça, tudo seria diferente. Mas não quis perder Turms, nem hesito em segui-lo, mesmo que roubes tudo quanto possuo.

Naquele instante era como se eu tivesse saído para fora de mim mesmo a fim de tudo contemplar do lado externo. Sorri. Meu olhar foi irresistivelmente atraído por uma pedrinha no chão. Curvei-me para apanhá-la, dificilmente compreendendo o que fazia. Era uma pedrinha ordinária, trazida para dentro de casa nos pés de alguém, e o motivo por que me vi obrigado a apanhá-la é coisa que não posso explicar, pois não tinha meios de saber que isso novamente significava o fim de um período em minha vida e o início de outro.

Apanhei a pedra do chão, sem me deixar perturbar pelo fato de que Tanaquil batia o pé e comandava:

— Ide! Ide embora depressa! Antes que eu me arrependa! Ide como estais, pois nem uma côdea de pão nem um vestido tirareis de minha casa!

Assim nos enxotou ela, mas não se atreveu a tocar-nos nem a lançar os guardas em cima de nós. Arsinoé conseguiu agarrar uma pele de ovelha para a criança e eu apanhei a pesada manta de lã de Doro que estava pendurada na parede junto com meu escudo e minha espada. Micon apanhou seu caduceu e seu estojo de médico, e no corredor lançou mão de um odre com vinho pela metade.

Devido à confusão criada pelo terremoto, nossa fuga não atraiu atenção. Verdadeiras multidões saíam da cidade para o campo aberto, levando consigo suas possessões. O terremoto fora com efeito fraco e causou pouco dano. Provavelmente era a terra de Érix que suspirava aliviada pela morte de Doro, descendente de Hércules, pois tivesse ele vivido, certamente a faria afundar-se no desastre.

Enquanto nos apressávamos para o portão do lado norte em meio da lamentosa multidão, Ana, a menina órfã, mulher do sagrado cão Crimisos, correu atrás de nós. Puxando minha túnica, disse lacrimosa:

— O cão Crimisos morreu. Hoje cedo rastejou até o canto mais escuro do cercado, e quando a terra começou a tremer e eu quis tirá-lo para fora, não se mexeu. Mas o teu gato procurou-me, e cheio de medo saltou no meu colo.

Ela envolvera o gato em seu vestido e aconchegava-o contra o peito, de modo que a parte inferior do seu corpo estava à mostra. Não pude desvencilhar-me dela, pois já fazia muito, correndo com o menino nos braços rumo ao portão. Arsinoé agarrara-se a mim, Micon vinha arquejando atrás de nós e a menina não largava minha túnica. Como vedes, nossa partida de Segesta não teve a menor dignidade.

Ninguém nos interrompeu. Atravessamos os campos abertos, tão depressa quanto nos foi possível, e volvemos da estrada para as montanhas, rumo das florestas sempre virentes. Passamos a noite sob as árvores, bem aconchegados uns aos outros para nos aquecermos. Não cuidamos de acender fogo até que encontramos alguns sicanos junto à sua penha sagrada. Eles nos acolheram e vivemos cinco anos em sua companhia. Nesse ínterim, Micon desapareceu, Arsinoé deu nascimento a uma filha e Ana ficou moça.

Mas antes de narrar tais fatos devo contar o destino que teve Tanaquil. Após a morte de Doro, seus filhos reforçaram seu poderio em Segesta, e subornaram os chefes das forças de Doro a fim de que estas os apoiassem; desta forma os oficiais da cidade pouco teriam que dizer. Para salvar as aparências, erigiram uma pira funerária de troncos de carvalho em honra de Doro, e antes de acendê-la, disseram à sua mãe que estavam fartos da sua sede de poder e a mandariam de volta a Himéria. Ouvindo isso, disse Tanaquil que a vida sem Doro tinha pouca significação e que ela preferia partilhar com ele a pira funerária na débil esperança de acompanhá-lo às regiões infernais.

Como seus filhos não protestassem, Tanaquil, vestida com suas melhores roupagens, subiu à pira, abraçou pela última vez o corpo de Doro, e com suas próprias mãos ateou fogo aos troncos. Seu corpo foi queimado junto com o de Doro.

Soube desse episódio pela boca dos sicanos, e é tudo quanto tenho a dizer a respeito de Doro e de Tanaquil.

LIVRO SETE

OS SICANOS

1

Foi assim que ficamos conhecendo os sicanos junto à sua penha sagrada. Segundo o costume, explicaram que nos esperavam e tinham sabido com antecedência de nossa chegada. Um cético poderia pensar que alguns de seus rapazes haviam seguido secretamente nossa caminhada, uma vez que os sicanos tinham a habilidade de transitar invisíveis por suas florestas e montanhas até à hora em que resolvessem aparecer.

Mas em verdade os sicanos possuíam o poder de saber quais e quantas pessoas estavam a caminho de suas terras. Sabiam onde os homens de sua tribo estavam localizados em determinada época e até o que certo chefe estava fazendo em determinada ocasião. A este respeito, valiam como oráculos. Mas possuidores destas habilidades não eram apenas seus sacerdotes. A maioria do povo também o era; alguns as possuíam em alto grau, outros em menor, sem que pudessem explicar o fato. Só raramente erravam, assim como um oráculo também podia errar, ou, pelo menos, assim como as inspiradas palavras de um oráculo são passíveis de interpretações errôneas. Mas não consideravam tais habilidades de qualquer modo notáveis, pensando que outros povos também as possuíssem idênticas.

Tinham ungido com óleo sua penha sagrada, e enquanto esperavam por nós, dançavam danças sagradas em seu redor. Seu sacerdote se revestira de uma máscara de madeira entalhada, assim como de uma cauda e cornos sagrados. Havia um fogo aceso, e no fogo havia vasilhas prontas para o burro que eles sacrificaram e cozinharam à nossa chegada. Consideravam o burro animal sagrado e respeitavam-nos porque surgimos entre eles sob a proteção de um burro. Sendo caçadores peritos, não lhes faltava carne, acreditando que a dura carne do burro lhes infundia força e paciência. Acima de tudo cobiçavam uma cabeça de burro para a colocar no topo de um mastro a fim de cultuá-la em seus ritos secretos. O crânio de um burro, diziam, protegia-os do raio. O burro que mataram não tinha resistido, entregando-se submisso ao sacrifício, o que eles também consideravam um feliz presságio.

Mas tinham medo do gato, não conheciam nome algum para o designar e provavelmente o teriam matado, não fosse Arsinoé tê-lo posto no colo e demonstrado sua mansidão. Respeitavam-na porque ela chegara montada em um burro e com uma criança no regaço. Depois do sacrifício, o sacerdote realizou saltos triunfais diante do menino, indicou que ele devia ser colocado na penha ungida e borrifou-o com sangue de burro.

Depois todos gritaram a uma só voz:

— Ercle! Ercle!

Micon reservara algumas gotas no fundo do odre, e duvido que tivesse aguentado os rigores da jornada se não fosse pelo vinho. Ofereceu uma parte aos sicanos para conquistar-lhes a amizade, mas depois de prová-lo, eles sacudiram a cabeça. Alguns até o cuspiram fora. Seu sacerdote riu-se e ofereceu a Micon uma bebida posta em um nó de árvore. Quando ele a provou, disse que a bebida não era igual ao vinho. Mas dentro em pouco seus olhos dilataram-se e ele clamou que seus membros tinham adormecido, que lhe vibravam as raízes dos cabelos e que podia enxergar através das árvores até às profundezas da terra.

Os sacerdotes sicanos ferviam suas poções sagradas em ritos sagrados, nisso empregando bagas venenosas, cogumelos e raízes que colhiam em certas fases da lua durante várias estações. Bebiam-nas em tais ocasiões, quando queriam entrar em contato com os espíritos infernais e pedir-lhes conselhos. Desconfio que também as bebiam para ficarem embriagados, pois não tinham vinho. Pelo menos, Micon começou gradualmente a bebê-las, e ficou gostando delas durante a nossa residência entre os sicanos.

Enquanto prosseguiam os ritos sacrificiais, o cansaço produzido pela jornada, a proximidade da penha sagrada e a sensação de alívio por termos encontrado santuário entre os sicanos, que nos mostraram amizade em vez de hostilidade — tudo isso se conjugou para me transportar além de mim mesmo. Em meio ao silêncio, enquanto todos esperavam por algum presságio, o pio de uma coruja ecoou muitas vezes na escuridão da floresta.

— Arsinoé — disse eu — nosso filho não tem nome. Demos-lhe o nome de Hiuls, de conformidade com o pio da coruja.

Micon rompeu a rir, bateu nos joelhos e declarou:

— Isso mesmo, Turms. Quem és, para lhe dares um nome? Que a coruja do mato lho dê; quanto ao nome de seu pai, inútil citá-lo...

Arsinoé estava tão fatigada que não pôde protestar. Depois que comemos a dura carne de burro, ela experimentou amamentar o menino, mas o esforço da nossa arriscada viagem e o choque da morte de Doro lhe haviam secado os seios. Ana segurou o menino ao colo, deu-lhe a tomar o caldo quente por um chifre de veado, enrolou-o na pele de ovelha e ninou-o para que adormecesse. Quando viram que o menino dormia, conduziram-nos por um atalho secreto para uma caverna escondida num maciço de espinheiros. Para fazer as vezes de cama havia caniços espalhados sobre as pedras do chão.

Quando acordamos na madrugada cor de cinza, e compreendendo onde estávamos e o que acontecera, meu primeiro pensamento foi para nossa próxima viagem. Mas ao sair da caverna tropecei em um porco-espinho que se enrolou em bola ao contato de meu pé. Compreendi que o animal era um aviso, e que devíamos permanecer entre os sicanos. Esta também seria a medida mais acertada, pois era inútil vaguearmos tanto tempo enquanto eu não sabia para onde ir.

Quando tomei essa decisão, um sentimento de indescritível alívio me invadiu, como se finalmente eu tivesse tornado a encontrar a mim próprio. Desci ao rio para beber e a água me soube deliciosamente. Ainda era jovem e vigoroso, e enchia-me a alegria de viver.

Mas quando acordou, Arsinoé não ficou muito contente em ver o fuliginoso teto da caverna, as pedras do fogão, e os canhestros pratos de barro. Repreendeu-me amargamente, dizendo:

— Então foi isto o que fizeste de mim, Turms: mendiga e pária? Neste instante, com os caniços me espetando o corpo, torno a não saber se te amo ou se te odeio!

A alegria fervia dentro de mim, a despeito de suas palavras. — Arsinoé, minha querida: sempre pediste proteção e um lar que fosse teu. Aqui nos cercam espessas muralhas. Um lar é um lar, embora constando de algumas poucas pedras cheias de fuligem. Tens até criada, e um médico para cuidar da saúde de nosso filho. Com a ajuda dos sicanos, logo aprenderei a procurar alimento para ti e o menino. Pela primeira vez em minha vida sou completamente feliz.

Até então ela trazia a cabeça estreitamente enfaixada dia e noite para esconder os cabelos. Clamava que assim fazia de mágoa pela vida boa que eu destruíra, mas eu acreditava que era para me atormentar, sabendo quanto eu amava as suas louras tranças. Afinal, durante um momento de enlevo, ela arrancou fora a faixa para mostrar-me que seus cabelos louros haviam ficado negros durante nossa estada entre os sicanos.

— Vê por ti mesmo o que fizeste — disse acusadoramente. — Compreendes afinal meu sofrimento? Anteriormente eu tinha o cabelo louro da deusa. Mas agora a vizinhança à qual me sujeitaste me conformou a ela, e meu lindo cabelo ficou igual à áspera crina negra das mulheres sicanas!

Toquei-lhe o cabelo com ceticismo. Era ainda macio como antes, embora fosse preto. Ao princípio isto me pareceu um milagre. Lembrei-me da sua espantosa habilidade em transformar-se, e pensei que a escuridão da sombria floresta e as terríveis noites lhe tivessem em verdade enegrecido os cabelos. Mas a razão triunfou e pus-me a rir:

— Como és vaidosa, Arsinoé! Como sacerdotisa que eras, tinhas naturalmente de tingir os cabelos, uma vez que as tranças da deusa eram como o sol. Não admira teres chorado a perda do teu estojo de beleza. É este o teu cabelo verdadeiro, e eu gosto dele, assim como gosto de tudo em ti, até de tua vaidade, pois isso prova que queres ser a meus olhos mais bela do que és. Naturalmente, milagres acontecem, isso não posso negar; mas como poderia, mesmo a mais caprichosa das deusas, ter pensado em transformar teu cabelo louro em preto?

Os olhos brilhando de raiva, disse Arsinoé:

— Sou uma mulher pertencente à deusa, e esta é a mais caprichosa das divindades. Deves saber isso, Turms, e acreditar nela. Essa é a prova da tua crueldade para comigo. Se eu conseguir propiciar a deusa, talvez ela ainda restaure a loura cor de meu cabelo.

— Exatamente — respondi-lhe zombeteiro. — Isso vai acontecer se algum dia chegarmos a uma cidade civilizada e tiveres dinheiro suficiente para comprar tintura... Neste assunto não podes enganar-me, levando-me a crer no impossível.

Seus delgados dedos agarraram-me os ombros e seus olhos transformaram-se em escuros poços, como em nossos momentos de paixão.

— Turms, em nome da deusa e em nome de nosso filho, juro que é verdade. Sou, naturalmente, mulher, e nessa qualidade, digo-te mentiras em assuntos sem importância, pois és homem e incapaz de tudo compreender. Confesso-o. Mas por que haveria de mentir acerca de alguma coisa que faz mudar toda a minha aparência e minha vida, e me transforma em uma mulher completamente diferente? Deves acreditar no que te digo,

Olhando-a nos olhos e ouvindo-a jurar, comecei a tremer. Se tivesse jurado apenas em nome da deusa, eu não daria credito ao que dizia, pois no passado muitas vezes jurara e mentira. No final das contas, Afrodite é a mais enganosa das divindades, e no entanto a gente é obrigada a amá-la. Mas eu não podia acreditar que ela mentisse, após ter jurado em nome de nosso filho.

O pequeno Hiuls engatinhava no chão da caverna, fora do alcance do olhar de Ana. Tomei-o ao colo e dei-lhe para chupar um osso cheio de gordura.

Disse então a Arsinoé:

— Impõe a mão na cabeça de nosso filho e repete o juramento. Então acreditarei, embora não possa compreender.

Sem um minuto de hesitação, Arsinoé pôs a mão queimada de sol na cabeça de Hiuls, esfregou-lhe o cabelo nascente e repetiu o juramento. Tive pois de acreditar no que dissera. A idade embranquece o cabelo de um homem, e por que não pode o desgosto escurecer o cabelo de uma mulher caprichosa? Não é comum acontecer, mas Arsinoé também não era uma mulher comum.

Quando afinal me convenceu, começou ela a sorrir, enxugou as lágrimas dos olhos, enlaçou-me o pescoço com os braços e ralhou comigo.

— Como podes ofender-me assim, Turms, quando um pouco antes flutuávamos sobre uma nuvem? Pensei que te perdera quando duvidaste da minha palavra. Agora sei que és todo meu, tal como deves ser.

Pôs a mão nos cabelos e perguntou timidamente:

— Sou agora mais feia do que antes?

Pousei nela meu olhar. De ombros nus e o cabelo negro a ressaltar-lhes a brancura, era mais bela do que nunca. Ensartara ela mesma um colar de bagas vermelhas que trazia ao pescoço e a opala cintilava-lhe entre os seios. Contemplando-a, o coração se me dilatou dentro do peito.

— Arsinoé, estás mais bela do que nunca. Não há ninguém igual a ti. Cada vez que te tomo nos braços és uma mulher diferente. Amo-te.

Depois disso Arsinoé se conformou à vida entre os sicanos e se ataviava com pedras de cor, plumas, coral e macios couros. Aprendeu com as mulheres a pintar as sobrancelhas dando-lhes uma forma oblíqua e a agrandar a boca. As mulheres sicanas gostavam de círculos pintados nas faces e de traços serpentinos no corpo, mas tais desenhos eram indeléveis e Arsinoé não queria que se lhe desfigurasse a epiderme. Então inferi que não tinha a intenção de passar o resto da vida entre os sicanos.

2

Micon permaneceu um ano entre nós, e os sicanos lhe traziam seus doentes de longe ou perto a fim de serem medicados. Ele, porém, exercia sua profissão de modo desatento, declarando que os sacerdotes sicanos eram igualmente capazes de tratar ferimentos, colocando talas nos ossos quebrados e submergindo os enfermos em um sono curativo, provocado pelos toques de um pequeno tambor.

— Nada tenho a aprender com eles — dizia — nem eles comigo. Não há diferença. Talvez seja conveniente aliviar as dores do corpo, mas quem curará as dores do espírito, quando nem sequer uma criatura consagrada é capaz de achar paz em seu coração?

Não pude tirá-lo de sua depressão. Certa manhã, tendo acordado tarde, Micon olhou para as montanhas azuis e o sol radiante, tocou a relva, aspirou a tépida fragrância da floresta e segurou minhas mãos entre as suas que tremiam.

— É esta a minha hora de lucidez — disse. — Sou suficientemente médico para saber que, ou estou doente, ou estou sendo lentamente envenenado pela poção sicana. Vivo em uma névoa e já não posso distinguir o real do irreal. Mas talvez os mundos estejam passando uns pelos outros, ou estejam dentro uns dos outros, de modo que às vezes posso viver em ambos simultaneamente.

E riu para mim um de seus raros sorrisos.

— Meu momento de lucidez deve ter pouca significação, uma vez que te vejo sobrenaturalmente alto, e teu corpo brilha como fogo através da roupa. Mas desde que comecei a pensar, tenho meditado na significação de todas as coisas. Por essa razão me consagrei e aprendi muito do que existe por detrás desta realidade. Porém mesmo esse conhecimento secreto é limitado. Só a poção venenosa dos sicanos é que me forneceu a resposta às seguintes perguntas: por que nasci e qual a finalidade da vida.

Soltou minha mão, tornou a tocar a relva e a olhar para as montanhas azuis, depois disse:

— Deveria rejubilar-me com tal conhecimento, porém nada me proporciona alegria. É como se eu tivesse percorrido uma distância muito comprida. Não me consola a ideia de que algum dia tornarei a acordar, de que a terra será verde e bela, e que será uma alegria viver.

Fitei-o compassivo, mas enquanto o fitava era a morte que eu via por detrás do seu rosto balofo. Quis demonstrar bondade para com ele porque era seu amigo, mas o meu olhar só logrou enraivecê-lo.

— Não é preciso te condoeres de mim — disse com aspereza. — Não deves ter dó de ninguém, porque és quem és. Afronta-me o teu dó, pois fui teu arauto, se é que não servi para mais nada. Só peço que me reconheças da próxima vez em que nos encontrarmos. Isso basta.

Naquele momento seu rosto pareceu feio a meus olhos, e a inveja que ele irradiava obscureceu a radiosa manhã. Percebendo isso, ele cobriu os olhos, levantou-se e saiu com passo incerto.

Quando tentei retê-lo, disse:

— Minha garganta está seca. Vou ao rio beber.

Quis guiá-lo até lá, mas ele me repeliu cheio de ira, sem olhar para trás. Não mais voltou do rio. Em vão o procuramos, os sicanos bateram os bosques e os precipícios, até que percebi ter-se ele referido a algum outro "rio".

Não lhe condenei a ação; como amigo concedi-lhe o direito de escolher: ou continuar vivendo, ou acabar com a vida, assim como se acaba uma tarefa que se tornou demasiado pesada. Depois que o pranteamos fizemos um sacrifício à sua memória, e em seguida me senti grandemente aliviado, pois a sua melancolia projetara durante muito tempo uma sombra em nossas vidas. Hiuls, porém, achou grande falta nele, pois fora Micon quem o ensinara a andar, quem lhe escutara os primeiros balbucios, quem lhe fizera brinquedos entalhados com o seu afiado bisturi de médico.

Quando percebeu o que acontecera, Arsinoé ficou indignada e censurou-me por não ter vigiado Micon.

— Sua morte não importa — disse ela — mas pelo menos que esperasse dar à luz a fim de me assistir! Ele bem sabia que eu estava de novo grávida e queria dar à luz à moda civilizada, sem depender destas bruxas sicanas!

Não censurei a Arsinoé suas duras palavras, pois a gravidez tornava-a caprichosa, e, com efeito, Micon poderia ainda ter esperado alguns meses em consideração à nossa amizade. No devido tempo Arsinoé deu normalmente à luz uma menina, sem o auxílio das experimentadas mulheres sicanas, conquanto conseguisse transtornar toda a tribo no período do nascimento da menina. Recusou sentar-se numa cadeira furada, conforme instavam as mulheres sicanas para que fizesse, mas em sua qualidade de mulher civilizada insistiu em dar à luz na cama.

3

Louvo as intermináveis florestas dos sicanos, os carvalhos eternos, as montanhas azuis, os rios fluindo rápidos. Mas durante a temporada que vivi entre os sicanos, sabia que sua terra não me pertencia. Esta ficou-me alheia, assim como os sicanos.

Vivi cinco anos entre eles, aprendendo-lhes a língua e seus estranhos, às vezes espantosos costumes, e devido ao nosso amor Arsinoé estava contente em participar daquela vida, embora de vez em quando ameaçasse partir com algum mercador que vinha ter à floresta. A maioria dos mercadores que chegavam até ali eram de Érix, mas alguns provinham das cidades gregas da Sicília, às vezes de tão longe quanto Selino e Agrigento. Ocasionalmente, algum etrusco trazia aos sicanos um saco de sal, onde, na esperança de grandes lucros, escondia facas e lâminas de machado. De sua parte, os sicanos exibiam couros, plumas coloridas, cascas de árvore de tinta, mel selvagem e cera. Ficavam escondidos, mas depois que me uni a eles, frequentemente lhes servia de intermediário junto aos mercadores que jamais se avistavam com um só sicano durante toda a viagem.

Desta maneira, recebia notícias do resto do mundo, e percebia que os tempos eram intranquilos e que os gregos se espalhavam pelo continente com crescente tenacidade, até às proximidades da região sícula. Os de Segesta também começavam a penetrar cada vez mais fundo nas florestas, com seus cães e seus cavalos. Em muitas ocasiões éramos obrigados a fugir para o topo da montanha a fim de escaparmos do caminho de tais expedições. Mas os sicanos armavam emboscadas a seus perseguidores e amedrontavam-nos com seus terríficos tambores. Como não revelara minha identidade, acreditavam os mercadores que eu também era um sicano que de algum modo aprendera línguas estrangeiras. Embora fossem homens rudes, em cujas histórias não era preciso a gente acreditar, não obstante isso relataram que os persas tinham conquistado as ilhas gregas, até mesmo a sagrada Delos, mediante seu apoio na Jônia. Haviam feito prisioneiros os ilhéus, enviado as mais lindas moças para o Grande Rei e castrado os mais belos rapazes para deles fazer escravos. Tinham até roubado os templos para se vingarem do incêndio do templo de Cibele em Sardes.

Minha proeza perseguia-me até nas profundezas das florestas sicilianas, causando-me transtornos. Segurando na mão a opala de Arsinoé, invoquei Ártemis.

— Ó virgem veloz, santa e eterna, por ti as amazonas sacrificaram o seio direito; por ti queimei o templo de Cibele em Sardes. Lembra-te de mim se os outros deuses começarem a perseguir-me por causa da destruição de seus templos!

Minha inquietação me obrigou a propiciar os deuses. Os sicanos adoravam os deuses infernais, e, em consequência, Deméter, pois ela é muito mais do que a deusa dos feixes de trigo.

E uma vez que nossa filha nascera entre os sicanos, achei melhor chamar-lhe Misme, pois assim se chamava a mulher que dera água a Deméter quando esta andava à procura de sua filha extraviada.

Passaram-se alguns dias, e o sacerdote sicano chegou-se até mim, dizendo:

— Está havendo em algum lugar uma grande batalha e muitos estão morrendo.

Olhou e pôs-se a escutar em todas as direções, finalmente apontou para o oriente e disse:

— É muito longe; para além do mar.

— Como sabes? — perguntei com ceticismo.

Ele me fitou cheio de espanto:

— Não ouves o estrondo da peleja e os gemidos dos moribundos? É batalha grande, ao ponto de chegar aqui tão longe.

Outros sicanos se nos reuniram, mas ouviam apenas o murmúrio da floresta. Confirmaram as palavras de seu sacerdote e foram depressa para o seu rochedo sacrificial propiciar os deuses infernais, a fim de que os espíritos dos inúmeros que pereciam não entrassem nos sicanos que estavam para nascer nem nos animais das florestas. Pacientemente tentaram explicar-me que quando tantos homens morrem de uma vez, seus espíritos se espalham ao redor do mundo, existindo a possibilidade de muitos espíritos estranhos penetrarem até nas florestas sicanas à procura de um lugar de descanso. Mas os sicanos foram incapazes de me dizer quem era que lutava e contra quem era a luta.

O sacerdote sicano bebia a poção sagrada, e eu, dominado pelo nervosismo, pedi uns goles da mesma. Sabia que era venenosa, mas esperava que ela me transmitisse o poder que tinham os sicanos de ouvir o que acontecia a grandes distâncias. Conquanto os olhos do sacerdote já se enxergassem e ele caísse no chão estrebuchando, traguei a amarga poção gulosamente. Mas não ouvi o estrondo da batalha. Em vez disso, tudo à minha volta ficou transparente, e as rochas e as árvores eram como véus através dos quais eu podia enfiar a mão. Finalmente caí nas entranhas da terra entre as vorazes raízes das árvores, e no transe que me tomou vi um brilho de ouro e de prata sob a rocha sagrada.

Quando acordei, vomitei várias vezes até de manhã, e depois durante muitos dias senti-me mais entorpecido do que no tempo em que tinha o hábito do vinho. No meu sombrio estado mental, já não acreditava na história dos sicanos referente à batalha, considerando-a puro delírio. Nada me importava, e eu podia perfeitamente compreender por que Micon quisera morrer depois de ingerir a poção venenosa.

Mas aquele mesmo outono trouxe consigo um mercador grego de Agrigento, que eu outrora encontrara junto ao rio. Gabava-se de que os atenienses tinham vencido o exército persa nos campos de Maratona, perto de Atenas, dizendo ser aquela a maior e a mais gloriosa batalha de todos os tempos, uma vez que os atenienses derrotaram sozinhos os persas, sem esperarem os prometidos reforços espartanos.

Quanto a mim, tal história me parecia incrível quando eu me lembrava como os atenienses fugiram conosco de Sardes para Éfeso, procurando abrigo a bordo de seus navios. Talvez tivessem os persas sofrido uma derrota quando tentaram um desembarque na Ática. Mas os persas não podiam ter transportado tanta cavalaria por mar, e o próprio emprego de navios limitava o efetivo de um exército. Uma tal derrota pouco enfraqueceu as reservas militares do rei, mas, ao contrário, provocá-lo-ia no momento oportuno a lançar uma expedição real na Grécia.

A destruição dos estados livres da Grécia era pois apenas uma questão de tempo. Em lugar de alegria, as notícias de Maratona apenas me despertaram maus presságios. A Sicília já não me constituía um refúgio seguro, a mim que era o incendiário do templo de Cibele em Sardes.

Certa manhã, enquanto me inclinava sobre a fonte para beber, uma folha de salgueiro caiu na superfície da água bem em frente de mim. Quando olhei para cima, vi um bando de pássaros voando a tal altura para o norte, que daí deduzi sua intenção de atravessarem o mar. Pareceu-me ouvir o ruflar de suas asas e seus gritos, e naquele instante tive a intuição de que se aproximava a hora da partida.

Não comi nem bebi, mas avancei diretamente pela floresta até à encosta da montanha, e ali subi para cima de algumas pedras denteadas a fim de ouvir a mim mesmo e examinar os presságios. Tendo saído tão abruptamente, não tinha comigo nenhuma arma, exceto uma faca usada. Ao subir a encosta, senti o cheiro de um animal selvagem e ouvira choramingar. Depois de procurar um pouco, topei com o covil de um lobo, onde havia alguns ossos carcomidos e um cachorrinho de lobo cambaleando desamparado à sua entrada. O lobo é um adversário formidável quando defende seus filhotes, e eu me escondi entre arbustos para ver o que acon-

184

tecia. Vendo que a loba não aparecia e que o filhote gania de fome, tomei a este nos braços e desci a montanha.

Tanto Hiuls como Misme ficaram encantados com o lanudo lobinho, mas o gato andou-me em volta com a espinha dorsal em arco. Dei um pontapé no gato e pedi a Ana que fosse tirar leite da cabra que os sicanos haviam roubado dos elímios. O filhote de lobo tinha tanta fome que sugou gulosamente o leite de cabra nos dedos que Ana mergulhara dentro da xícara. As crianças riam batendo as mãos, e eu também ri.

Naquele momento percebi a linda moça em que Ana se havia transformado. Suas pernas e seus braços pardos eram retos e macios, seus olhos grandes e brilhantes, e sua boca risonha. Trazia uma flor nos cabelos, e foi talvez por isso que a fitei com olhos diferentes.

Arsinoé acompanhou meu olhar e disse:

— Obteremos um bom preço por ela quando a vendermos antes da partida.

Suas palavras trespassaram-me, pois eu não tinha o mínimo desejo de vender Ana em alguma cidade costeira a fim de obter fundos de viagem, não importava o preço que ela pudesse alcançar para ir servir de divertimento a algum rico mercador. Mas achei mais prudente evitar que Arsinoé reparasse no meu pendor pela moça que com tamanha solicitude partilhara conosco dos perigos das florestas sicanas, e nos servira cuidando de nossos filhos.

Tão certa estava Arsinoé da sua própria beleza e de seu poder sobre mim, que mandou Ana descobrir o corpo e mostrar-se por todos os lados a fim de que eu pudesse observar por mim mesmo a bela mercadoria que nos adviera como presente.

Cheia de vergonha, Ana desviou o olhar de mim, embora experimentasse conservar-se de queixo levantado. Súbito cobriu o rosto com as mãos, rompeu em soluços e saiu correndo para fora da caverna. Seu choro amedrontou as crianças, que esqueceram seus brinquedos. O gato tirou proveito da situação: agarrou nos dentes o filhote do lobo e esgueirou-se para fora da caverna.

Quando enfim o descobri, o filhote do lobo estava morto, e o gato roía-lhe o cadáver. Cego de fúria, agarrei uma pedra e amassei-lhe a cabeça. Ao fazê-lo percebi que sempre odiara secretamente o animal. Era como se, matando o gato, eu me tivesse libertado do mal que me perseguia.

Olhei em torno para verificar se ninguém me vira, descobri no chão uma fenda, depressa enfiei a carcaça dentro dela e fechei-a com uma pedra. Ao me abaixar a fim de arrancar um pouco de musgo para esconder a prova, notei que Ana se me acercava silenciosamente e pusera-se a arranhar o chão com o mesmo zelo com que eu o fazia.

Fitei-a com ar de culpa e confessei:

— Matei o gato num acesso de raiva, embora não tivesse a intenção de fazê-lo.

Ana sacudiu a cabeça.

— Fez bem — murmurou.

Espalhamos musgo e folhas no lugar, e ao fazê-lo nossas mãos se tocaram. O contato de sua mão confiante era delicioso.

— Não pretendo contar a Arsinoé que o matei — disse eu.

Ana me fitou com olhos cintilantes.

— Não é necessário contar-lhe — afirmou. — Muitas vezes o gato sumia na floresta, noites e noites de uma vez, e nossa dona receava que ele tivesse sido presa de algum animal selvagem. — Ana — disse-lhe eu. — Não percebes que partilhando comigo um segredo, tu te ligas a mim?

Ela ergueu os olhos, olhou-me corajosamente e respondeu: — Turms, liguei-me a ti quando ainda era menina... Foi naquela noite, quando me tomaste ao colo nos degraus do templo do cão Crimisos.

— Este segredo não tem importância — disse eu — e só vale para evitar uma discussão desnecessária, tu compreendes. Nunca antes menti deliberadamente a Arsinoé.

Entusiasmei-me com o brilho de seus olhos, conquanto certamente não a desejasse. Com efeito, nunca me entrara no pensamento desejar outra mulher que não fosse Arsinoé. Ana talvez o percebesse, pois baixou a cabeça humildemente e levantou-se tão de repente que a flor de seus cabelos caiu no chão a meus pés.

— Equivale a mentir, Turms, guardarmos juntos um segredo? — perguntou ela, movendo a flor com os morenos dedos do pé.

— Provavelmente isso depende da pessoa — respondi. — Sei que é mentir a Arsinoé deixá-la acreditar que o gato desapareceu, sem contar-lhe que o matei num ímpeto de raiva. Mas às vezes é mais caridoso a gente deixar de contar a alguém alguma coisa que lhe cause pena, embora a mentira esteja nos queimando o coração...

Distraída, Ana pôs a mão no peito, prestou-lhe ouvidos um instante e concordou:

— Sim, Turms, a mentira me queima o coração; sinto-lhe as ferroadas.

Depois sorriu de um modo raro, empinou a cabeça e exclamou:

— Como meu coração queima gloriosamente por ti, Turms! E saiu correndo.

Voltamos à caverna por atalhos separados e não tornamos a tocar no assunto. Arsinoé pranteou a morte do gato, mas tinha bastante o que fazer com as duas crianças. Nem mesmo pranteara o gato por amor do bichano mas por pura vaidade, uma vez que perdera o que nenhum dos sicanos possuía.

A princípio me roía uma perturbadora intranquilidade e os presságios que eu não sabia interpretar. Sabia que dentro em breve teria de partir, mas não tinha ideia em que direção. Nem ao menos dispunha dos meios para regressar à civilização onde a gente que não tinha amigos pudesse comprar hospitalidade. Meu único amigo era Lars Alsir, se é que ainda residia em Himéria. Mas a volta àquela cidade era morte certa, uma vez que ali nos conheciam, a mim e a Arsinoé. Além disso eu já era devedor de Lars Alsir, e a lembrança da dívida perturbava-me.

Percebi que estava tão pobre como quando Tanaquil nos banira de Segesta, pois à maneira dos sicanos, só possuía as roupas do corpo e as armas.

Na minha aflição censurei a deusa do socorro, dizendo:

— Santa virgem, as amazonas penduram seus seios em teus vestidos como oferenda. Socorreste a mim e à minha família, de modo que não passamos necessidade de roupa ou de comida. Porém tu mesma me apareceste em Éfeso na figura de Hécate, prometendo que jamais me faltariam riquezas terrenas onde quer que eu delas precisasse. Lembra-te da tua promessa, ó deusa, pois agora preciso de ouro e prata!

Alguns dias depois, nas proximidades da lua cheia, Ártemis me apareceu em sonhos sob o aspecto de Hécate. Vi-a com os três rostos medonhos, brandindo um tridente, enquanto um cachorro preto latia furiosamente a seus pés. Todo o meu corpo ficou banhado em suor e eu acordei, pois mesmo que se esteja de bom humor, Hécate é uma visão apavorante. Mas o tridente confirmou minha crença — a de que eu devia fazer uma travessia por mar.

Encheu-me uma tal exaltação que não pude dormir e entrei na floresta. Encontrei muitos sicanos junto à pedra sacrificial. Olhavam e punham o ouvido à escuta em todas as direções, afirmando que homens estranhos se aproximavam.

— Partamos em sua direção; talvez os encontremos — sugeri. — Quem sabe se não vêm trazendo tecidos e sal?

Em uma das margens do rio encontramos um mercador etrusco que levara sal a Panormos em um pequeno barco a vela. Era em Panormos que pagava o imposto, daí transportando o sal em dorso de burro até às florestas dos sicanos. Vinha acompanhado de três escravos e servos. Tinham acendido um fogo para à noite se protegerem dos animais selvagens e ao mesmo tempo demonstrarem suas intenções pacíficas. Enfeitaram igualmente os burros e os sacos de sal com ramos de pinheiros, e eles próprios dormiam tendo estreitamente agarrado na mão um galho de pinheiro. A floresta sicana gozava de uma terrível reputação, embora os sicanos jamais tivessem, de memória de homem, matado algum mercador que se arriscasse a penetrar em seus territórios sob a proteção de um galho de pinheiro.

Quando rompeu a madrugada, dificilmente eu podia refrear minha impaciência, pois junto do mercador tirreno avistei um homem que dormia debaixo de uma manta de lã belamente tecida. Sua barba era encaracolada, e a fragrância de seus finos óleos penetrava-me as narinas. Não podia compreender o que tal homem viera fazer na floresta sicana em companhia de um humilde mercador.

Fiquei a observá-lo enquanto o dia clareava e os peixes começavam a saltar nas calmas águas do rio. Finalmente o estranho mudou de posição durante o sono, despertou e sentou-se ereto, soltando um grito de terror. Ao ver os sicanos com suas faces listradas sentados em silêncio ao fogo, tornou a gritar e estendeu a mão para a arma que jazia ali perto.

O mercador acordou imediatamente e acalmou o homem, enquanto os sicanos se levantaram desaparecendo silenciosamente na floresta como se a terra os houvesse engolido, e, segundo seu costume, deixando comigo a tarefa de negociar com o mercador. Apesar disso eu sabia que eles viam e ouviam tudo quanto eu fazia, embora nós ambos — o mercador e eu — não pudéssemos vê-los. O hábito de pintar listras na cara os tornava invisíveis, pois um sicano imóvel era à primeira vista como a sombra dos arbustos ou dos caniços.

Quando o estranho se levantou esfregando os olhos de sono, notei que trazia calças largas, donde inferi que viera de muito longe e estivera a serviço do rei dos persas. Era ainda jovem, tinha a pele branca, e logo pôs na cabeça um chapéu de palha de largas abas para proteger o rosto do calor do sol.

Perguntou espantado:

— Estaria eu sonhando? Ou vi de fato árvores se afastando do fogo do acampamento? Vi ao menos um deus estranho no meu sonho e fiquei tão assustado que acordei com o meu próprio grito.

Em sua confusão falava grego, o que o etrusco não compreendia. Não querendo revelar que eu não era sicano, respondi-lhe em grego misturado com palavras elímias e sicanas.

— De que distância vens? — perguntei. — Estranhas roupas, as tuas, Que fazes em nossa floresta? Decerto não és mercador. És sacerdote ou adivinho, ou estás cumprindo alguma promessa?

— Sim, estou cumprindo uma promessa — respondeu sem pestanejar, satisfeito porque falei em um grego que ele pôde entender. O etrusco pouco lhe compreendia a linguagem, embora o tivesse deixado acompanhá-lo em troca do pagamento, conforme depois vim a saber. Fingi desinteressar-me do estrangeiro e pus-me a falar com o mercador, provando do seu sal e examinando o tecido que trazia. Piscando um olho, deu-me a entender que escondera objetos de ferro nos sacos de sal. Sem dúvida subornara os homens da alfândega em Panormos, pois os coletores cartagineses de impostos não se preocupavam muito com a proibição dos elímios contra a venda de ferro aos sicanos.

Falei com o tirreno na gíria do mar, que incluía palavras gregas, fenícias e etruscas. Por causa disso ele me acreditava sicano: um sicano apresado e vendido na infância como escravo de galera, e que na primeira oportunidade regressara para a floresta... Finalmente dele indaguei acerca do estrangeiro. O homem abanou a cabeça com ar escarninho.

— Trata-se apenas de um grego meio louco que anda vagueando do Oriente para o Ocidente a fim de se familiarizar com os diferentes povos e países. Vive comprando quinquilharias, e acho que tem interesse pelas facas sicanas de pederneira e as vasilhas de madeira. Vende-lhe todos os cacarecos que quiseres, contanto que me pagues comissão. Ele não sabe pechinchar e não é pecado enganá-lo. No final das contas, é um sujeito muito rico e que não sabe dispor de seu dinheiro.

O estrangeiro nos fitava desconfiado, e quando o olhei disse depressa:

— Não sou homem de baixa extração. Sereis mais beneficiados se me ouvirdes do que se me roubardes.

E fez tilintar sua sacola de dinheiro, me tentando assim como se tenta a um bárbaro.

Beijei minha própria mão, não em respeito por ele mas em gratidão à deusa que na qualidade de Hécate não me desamparara. Mas sacudi a cabeça e respondi:

— Nós outros, os sicanos, não usamos dinheiro.

Ele espalmou as mãos:

— Então escolhei o que quiserdes dentre as mercadorias do negociante e eu lhe pagarei. Ele conhece o valor do dinheiro.

— Não posso aceitar presentes antes de saber o que se passa — disse eu com ar sombrio. — Desconfio de ti por causa da vestimenta que trazes. Nunca vi antes uma coisa igual.

— Estou a serviço do rei da Pérsia — explicou ele. — E essa a razão por que uso esta roupa que se chama "calça". Venho de Susa, que é a cidade dele, e embarquei na Jônia como companheiro do antigo tirano de Messina, de nome Squites. Mas aparentemente o povo de Messina não queria a Squites, preferindo obedecer a Anaxilau de Régio. De modo que estou vagueando em torno da Sicília para meu próprio prazer e para acrescer ao meu conhecimento de vários povos.

Nada respondi. Ele fitou-me firmemente, afinal abanou a cabeça e perguntou magoado:

— Acaso compreendes o que estou dizendo?

— Compreendo mais do que o imaginas — repliquei. — No final das contas, Squites abriu a cova para ele mesmo, ao convidar os residentes de Samos a saírem para fundar uma nova colônia. Mas que benefício pode o Grande Rei esperar de Squites?

O homem exultou ao ver que eu entendia alguma coisa de política.

— Meu nome é Xenódotos — explicou. — Sou jônio, e discípulo do famoso historiador Hecateu, mas durante a guerra caí prisioneiro do rei.

Vendo minha expressão de repugnância apressou-se a acrescentar:

— Não me interpretes mal. Sou escravo apenas de nome. Se Squites tivesse reconquistado Messina, eu seria seu conselheiro. Squites fugiu para Susa porque o rei de lá é amigo de todos os exilados. É também amigo do saber, e seu médico, natural de Crotona, despertou-lhe o interesse para as cidades gregas da Itália e da Sicília. Mas o rei também está igualmente interessado em outros povos, mesmo naqueles dos quais ainda nunca ouviu falar, e está pronto a enviar presentes a seus chefes e a conhecê-los melhor.

Olhou-me escrutadoramente, alisou a barba encaracolada e continuou:

— Ao alargar o seu conhecimento dos vários povos do mundo, o rei está ao mesmo tempo alargando toda a esfera do conhecimento humano, deste modo servindo à humanidade. Conta entre seus tesouros um mapa-múndi de Hecateu entalhado em bronze, mas em sua sede de saber quer igualmente conhecer o contorno das praias, o curso dos rios, as florestas e as montanhas dos vários países. Em questão de aprender, tudo tem importância para ele, uma vez que os deuses o destinaram a ser o pai de todos os povos.

— Com efeito, tratou as cidades jônias como um pai — observei sarcasticamente.

— Especialmente Mileto, a mais bem dotada de suas filhas...

Xenódotos perguntou, desconfiado:

— Como aprendeste a falar grego, ó sicano de cara pintada? Que sabes da Jônia?

Achei melhor gabar minha própria pessoa:

— Até sei ler e escrever, e tenho viajado por muitas terras.

Como e por que, isso não é de tua conta, estrangeiro, mas sei muito mais do que imaginas.

Ele mostrou-se ainda mais interessado:

— Se assim é, e verdadeiramente sabes e entendes dos assuntos, facilmente compreenderás que mesmo um pai complacente é obrigado a castigar os filhos obstinados. Isso, no que se refere a Mileto. Mas para seus amigos, o rei é o amo mais generoso, o mais sábio e o mais justo.

— Estás esquecendo o ciúme dos deuses, Xenódotos — disse eu.
— São outros os tempos que estamos vivendo — respondeu ele. — Deixemos essas lendas de deuses aos tagarelas. Os sábios da Jônia estão mais adiantados. O único deus a quem o rei adora é o fogo. Tudo tem sua origem no fogo, e por último retorna a ele. Mas naturalmente o rei respeita as divindades dos povos que governa e envia dádivas a seus templos.

— Não ensina um dos sábios jônicos que tudo consiste apenas de movimento e correntes e tremor de fogo? — perguntei. — Trata-se de Heráclito de Éfeso, se não me falha a memória.

Ou julgas que tomou emprestado aos persas sua doutrina?

Xenódotos olhou-me com respeito e confessou:

— És homem culto. De bom-grado eu teria conhecido Heráclito em Éfeso, mas dizem que ele ficou amargurado com o mundo e retirou-se para as montanhas, onde se alimenta de ervas. O rei fez-lhe escrever uma carta onde lhe pedia os pormenores de sua doutrina, mas Heráclito se recusou a recebê-la. Com efeito, apedrejou o mensageiro que a levara, e recusou-se a aceitar os presentes que lhe foram enviados. O rei, porém, não se ofendeu, dizendo que quanto mais velho fica, e quanto mais aprende a conhecer as pessoas, tanto mais vontade lhe vem de balir e comer capim...

Soltei uma risada.

— Tua história é a melhor de quantas ouvi sobre o Grande Rei. Talvez eu até gostasse de ser seu amigo, não tivesse eu me retirado para a floresta e me vestido de couro.

Xenódotos tornou a alisar a barba e afirmou:

— Entendemo-nos mutuamente. Conclui o teu negócio com o etrusco e logo após deixa-me gozar de tua hospitalidade, visitar tua casa, entrar em contato com os chefes sicanos e conversar mais longamente contigo.

Sacudi a cabeça:

— Se lograres pousar a mão na pedra fuliginosa de uma lareira sicana, gozarás da hospitalidade do seu dono e de sua tribo pelo resto de teus dias. Como vês, os sicanos não se mostram aos estrangeiros exceto em combate, e seus chefes até cobrem a cara com máscaras de madeira e os guerreiros pintam o rosto a ponto de ficarem irreconhecíveis.

— São guerreiros hábeis? Que armas empregam? E quantas tribos e famílias existem? — perguntou depressa.

Sabendo que os sicanos me vigiavam, pus-me a dar pontapés nos sacos de sal trazidos pelo etrusco e fingi examinar o tecido que ele oferecia enquanto ia dizendo:

— Não valem nada nas planícies, e a visão de um cachorro ou de um cavalo os enche de um medo pânico. Mas em suas próprias florestas são guerreiros incomparáveis. Fabricam pontas de seta de pederneira e temperam no fogo a ponta de metal de suas lanças de madeira. Seu metal mais precioso é o ferro, e eles sabem forjá-lo quando conseguem obtê-lo.

Para mostrar o que eu queria dizer, abri um saco de sal e tirei para fora uma faca etrusca e uma machadinha. Quando os ergui, toda a floresta pareceu mexer-se.

Xenódotos olhou espantado em torno, enquanto o etrusco dava pés de ouvido em seus criados, ordenando-lhes que escondessem a cara no chão. Depois abriu prontamente os sacos de sal e exibiu os objetos de ferro que havia escondido. Sentamo-nos no chão para os barganhar.

Dentro em pouco, Xenódotos perdeu a paciência, fez tilintar suas moedas e perguntou:

— Quanto custam? Compro-os e dou-os aos sicanos, de modo a podermos continuar com o nosso assunto.

Sua estupidez me pôs aborrecido. Aceitando a sacola de dinheiro, disse:

— Dá um passeio pela margem do rio, e contempla, com o mercador, o voo dos pássaros. Leva os criados contigo. Ao meio-dia, quando voltares, saberás mais coisas a respeito dos sicanos.

O homem ficou zangado e chamou-me de ladrão, até que o etrusco o agarrou pelo braço, levando-o embora. Quando desapareceram de vista, os sicanos surgiram da floresta acompanhados pelos membros de outras tribos que também traziam suas mercadorias. Ao verem os objetos de ferro, atiraram seus fardos no chão e saíram correndo em busca de mais. Os que me acompanharam, puseram-se a dançar a dança sicana do sol. Faziam-no de pura alegria.

Na altura do meio-dia, mais de cem homens haviam deixado mercadorias junto à fogueira, às quais acrescentaram caça, patos selvagens, um veado e peixe fresco. Mas mesmo assim ninguém se atreveu a tocar nos artigos do mercador, receando que as mercadorias sicanas não bastassem como pagamento. Competia ao negociante separar a quantidade que julgasse suficiente para se pagar das mercadorias que trouxera.

Para provar minha honestidade, também mostrei a meus irmãos tribais as moedas persas de ouro da sacola de Xenódotos, mas eles não demonstraram o menor interesse. Fitavam cobiçosamente apenas os objetos de ferro. De minha parte escolhi uma navalha em forma de meia-lua, uma vez que precisava do objeto para melhorar minha aparência. Era ela do mais fino ferro etrusco e cortava sem esforço a barba mais espessa sem ferir a pele.

Ao regressar viu Xenódotos o campo pisado e os montes de mercadorias em torno da fogueira. Então acreditou no que eu dizia: que era possível eu chamar uma centena, ou até um milhar de sicanos da floresta, se isso fosse necessário. Expliquei-lhe que ninguém conhecia a totalidade dos sicanos, nem eles próprios o conheciam, mas se fosse questão de defender a floresta contra o invasor, cada árvore se transformaria em um sicano.

— Os sicanos recuam apenas dos caminhos de terra cultivada, das vilas e das cidades — expliquei-lhe. — De sua própria vontade não darão início a nenhuma guerra, nem mesmo contra os elímios. Se fizerem uma incursão nos estabelecimentos sículos ou elímios, ficarão satisfeitos em roubar apenas algumas cabras e não matarão ninguém. Mas se os de Segesta com seus cães penetrarem na floresta, os sicanos matarão a todos quantos encontrarem, da maneira mais brutal.

Depois de lhe dar tempo de meditar em minhas palavras, devolvi-lhe a sacola e disse:

— Contei todo o teu dinheiro. Tens oitenta e três moedas de ouro de Dario, assim como moedas de prata de várias cidades gregas. Parece que não gostas de carregar cobre contigo, de modo que, mesmo sendo escravo, és nobre. Mas fica com o teu dinheiro. Não podes comprar-me com tão pouco. Dou-te o que sei como presente, uma vez que tais informações podem provavelmente redundar em vantagem para os sicanos. Dessas moedas eles só fariam joias para suas mulheres, e não lhes dariam um valor maior do que aquele que conferem a uma lustrosa pluma ou a uma pedra colorida.

A inata cobiça jônica lutou um instante em seu interior com a generosidade que ele aprendera na corte do rei da Pérsia. Depois, vencendo-se a si mesmo, tornou a estender-me a bolsa e disse:

— Guarda o dinheiro como uma lembrança de minha parte e um presente do Grande Rei.

Respondi-lhe aceitar o dinheiro só para não destoar dos usos civilizados, poupando-lhe o desaire de uma recusa. Pedia-lhe entretanto que ficasse temporariamente com a sacola a fim de que não me fosse necessário partilhar seu conteúdo com os membros da tribo. Aceitei em seguida alguns dentre os objetos de ferro, certa quantidade de sal e de tecidos de cor para a tribo, mas consenti que o mercador conservasse alguns de seus suprimentos a fim de os negociar com os demais sicanos. Minha própria tribo ficaria desconfiada se eu recebesse pelas mercadorias um preço melhor do que o usual.

O etrusco armazenou seus pertences sob cascas de árvore e marcou nitidamente o lugar, sabendo que nenhum sicano lhes tocaria. Fez em seguida seus criados cozinharem a caça que os sicanos haviam trazido em uma panela de ferro, salgou-a pesadamente, sacrificou uma parte a seu deus Turnus, e espalhou a restante em ramos de pinheiro. Por essa altura já a noite descera, e ele tornou a levar Xenódotos e os criados para um passeio ao longo do rio. Mas desta vez foram armados, pois ao crepúsculo os animais pacíficos da floresta iam beber ao rio e os animais selvagens ficavam ali perto de tocaia. Como qualquer pessoa civilizada, Xenódotos receava grandemente a floresta sombria e saltava ao menor ruído, mas o mercador prometeu protegê-lo contra os maus espíritos sicanos. Como prova, mostrou-lhe os amuletos que trazia em torno do pescoço e dos punhos, sendo o mais importante dentre eles um cavalo-marinho de bronze, já verde de azinhavre.

Vendo-o, comecei a tremer, mas quando os homens partiram, fiz um sinal aos sicanos. Eles apareceram em silêncio, engoliram depressa a comida salgada e repartiram pacificamente as mercadorias, de acordo com as necessidades de cada um. O sacerdote da tribo tinha vindo, curioso para ver os estrangeiros, mas nada cobiçou para si, pois sabia poder obter o que quisesse sem se sobrecarregar com um fardo desnecessário.

Foi quando eu lhe disse:

— O estrangeiro que acompanha o mercador vem do Oriente de além-mar e tem boas intenções para com os sicanos. É meu amigo, e, nessa qualidade, é inviolável. Protege-o tu na viagem através da floresta. É homem inteligente entre os de sua própria espécie, mas na floresta uma cobra pode morder-lhe os fundilhos se ele sair do caminho batido para fazer suas necessidades...

— Teu sangue é nosso sangue — concordou o sacerdote, e percebi que olhos invisíveis vigiariam Xenódotos e que os jovens da tribo protegê-lo-iam de todos os perigos em seu giro com o mercador.

Os sicanos apanharam as mercadorias e desapareceram no mesmo silêncio com que tinham vindo, enquanto eu me quedei junto às brasas cintilantes da fogueira. A floresta escureceu, a noite esfriou e os peixes abriam círculos luminosos na superfície do rio. Ouvi o arrulho continuado das pombas do mato, até que finalmente um bando inteiro levantou voo acima de mim, ao ponto de eu sentir a lufada de ar movimentado por suas asas.

Foi esse o último sinal. Saciado e contente, eu sabia que tudo corria bem. Ártemis, na figura de Hécate, cumpriria sua promessa, e Afrodite queria ciumentamente demonstrar que também ela não me abandonara,

Lembrei-me do alado corpo de fogo do meu espírito guardião, e naquele instante ele me pareceu estar ao alcance do meu braço. Meu coração se inflamou e estendi os braços para o enlaçar. Depois, na margem que separa o sono e a vigília, senti o toque de delicados dedos nos meus ombros nus e compreendi que também ele me fizera um sinal embora não pudesse aparecer devido à minha falta de preparo. Nunca experimentara coisa alguma tão maravilhosa como o toque das pontas dos dedos de meu espírito guardião, nos ombros... Era como o bruxuleio de um chama.

4

Quando ouvi a aproximação dos passos do tirreno e seus companheiros, aticei o fogo e acrescentei-lhe um pouco da lenha que os sicanos tinham trazido, pois o arrulhar das pombas augurava uma noite enregelada. A despeito de suas mantas de lã, Xenódotos e o mercador tremiam de frio e correram para o fogo a fim de aquecerem os membros.

— Donde vens e onde obténs o teu sal? — perguntei ao etrusco para passar o tempo enquanto esperava que Xenódotos desse início à nossa conversa. Contudo não queria demonstrar minha ansiedade.

O etrusco levantou os ombros e respondeu:

— Vim do norte, no rumo de além-mar, e voltarei diretamente para casa com o vento sul, de modo a não ter de contornar o litoral da Itália e pagar direitos às cidades gregas. Os gregos fabricam na Sicília seu próprio sal, mas o meu é mais barato.

Tirei da bolsa o cavalo-marinho de pedra preta entalhada que Lars Alsir me enviara antes de minha partida de Himéria. Mostrei-lho e perguntei:

— Reconheces isto?

Ele deu um assobio como se chamasse o vento, levantou a mão direita, tocou a fronte com a esquerda e perguntou:

— Como é que tu, um sicano, obtiveste este sagrado objeto?
Pediu-mo para vê-lo, bateu de leve na sua superfície gasta e finalmente propôs comprar-mo.
— Não — respondi. — Bem sabes que tais objetos não se vendem. Em nome do cavalo-marinho de cor preta, peço-te que me digas donde vens e onde obténs esse sal.
— Queres entrar em concorrência comigo? — perguntou ele. Mas tão somente a ideia de uma coisa assim fê-lo rir. Ninguém jamais tivera notícia da viagem de algum sicano por mar. Seus botes eram troncos cavados a fogo, ou jangadas de caniços sobre as quais cruzavam os rios.
— Tiro sal da foz de um dos grandes rios de minha pátria — respondeu. —Nós outros, os etruscos, temos dois grandes rios, dos quais este fica ao sul. O sal seca-se nas praias marítimas, mas, subindo o rio, chega-se à cidade de Roma, que fundamos. É ali que começa a estrada do sal que corre através do país etrusco.
— Rio acima — disseste.
A curiosidade se me aguçara, e me lembrou a folha de salgueiro que caíra diante de mim na bacia da fonte.
O rosto do tirreno ensombreceu-se.
— Sim, aquela cidade era nossa e construímos uma ponte sobre o rio. Faz muitas décadas, o povo mestiço que povoava a cidade baniu o último rei etrusco, pertencente à culta casa dos Tarquínios. Agora os notáveis e os criminosos buscam refúgio em Roma. Seus costumes são rudes, suas leis severas, e tudo quanto aprenderam acerca das divindades, aprenderam-no sob o governo de nossos reis.
— Por que não a retomais dos usurpadores? — perguntei.
Ele abanou a cabeça.
— Não entendes nossos costumes — disse. — Entre nós cada cidade se governa como bem entende. Temos reis, tiranos e democracias, como os gregos. Apenas as cidades interiores são ainda governadas pelos Lucumos, e Tarquínio de Roma não era um Lucumo sagrado.[4] Cada outono os chefes das nossas doze cidades se reúnem nas santas águas do nosso lago sagrado, e foi numa dessas reuniões que o exilado Tarquínio falou em sua própria defesa e Roma foi tirada à sorte. Quando ninguém aceitou o resultado, o famoso governador interiorano Lars Porsena finalmente a conquistou. Conquistou Roma porém perdeu-a devido às conspirações armadas contra a sua vida pelos jovens citadinos.
— Não tens nenhum amor a Roma — observei.
— Sou vendedor de sal, ambulante, e obtenho o meu sal dos mercadores de Roma — respondeu ele. — Um mercador não ama nem odeia coisa alguma enquanto não cessem os lucros. No entanto os romanos não são o povo do cavalo-marinho, mas o povo do lobo.
Os cabelos do meu pescoço ficaram de pé quando me lembrei do sinal que recebera.
— Que queres dizer com a expressão "povo do lobo"?

---

4. Lucumo sagrado — etrusco da nobreza, que assumia ambos os poderes: o religioso e o civil. A palavra é de origem etrusca: *lucumo*. — N. da T.

— De acordo com suas lendas, a cidade foi fundada por dois irmãos gêmeos, cuja mãe era a virgem da chama sagrada em uma cidade distante, rio acima. Afirmava a moça que o deus da guerra a deixara grávida. O Lucumo da cidade mandou pôr as crianças numa cesta de vime, que depois atirou em um rio na enchente. A cesta foi flutuando até o sopé de uma colina onde uma loba encontrou as crianças, conduziu-as a uma caverna e ali as amamentou em companhia dos próprios filhotes. Se isso é verdade, bem podia mesmo algum deus ter emprenhado a moça e dessa forma ter protegido seus herdeiros. Mas o mais provável é ter sido o pai deles de sangue estrangeiro, pois quando os meninos cresceram, um matou o outro, e o sobrevivente foi morto por sua vez pelo povo da cidade que ambos fundaram. Então os etruscos tomaram as rédeas do poder e impuseram ordem a Roma. Mas nenhum Lucumo tinha desejo de governar uma cidade tão violenta; daí, serem seus governantes meramente reis sob o Lucumo Tarquínio.

Embora a história do tirreno fosse assustadora, não hesitei, pois os sinais eram demasiado claros para se interpretarem errado. A folha de salgueiro referia-se ao rio; o filhote de lobo, a Roma; e as aves tinham voado para o norte com grande alarido... Para lá é que eu devia fugir com minha família, nem tinha eu nada que temer numa cidade que, depois de banir seu rei, acolhia até a criminosos e bandidos.

Xenódotos ouvira com impaciência nossa conversa e afinal perguntou:

— Qual o assunto de conversa tão animada, ou já vos fatigastes de conversar comigo, ó sicano civilizado?

— O mercador está-me falando de sua cidade natal, embora os etruscos geralmente não sejam grandes palradores — respondi. — Mas tomemos a conversar em grego, se é esse o teu desejo. Disse o mercador com irritação:

— Eu não ficaria tão conversador se não me tivesses mostrado o sagrado cavalo-marinho. Este é obra dos antigos, e mais valioso do que o meu próprio emblema de bronze.

Depois, arrependendo-se da sua franqueza, foi descansar e cobriu a cabeça com a capa. Os criados também se dispuseram para dormir.

Quando Xenódotos ficou sozinho comigo, disse-lhe eu:

— Tenho mulher e dois filhos, mas devido aos sinais e aos presságios que recebi, sou obrigado a deixar a floresta dos sicanos.

— Então vem comigo quando eu embarcar com Squites de regresso à Jônia, e dali para Susa — sugeriu ele. — O Grande Rei te dará um lugar de chefe sicano entre seus acompanhantes. Quando aprenderes a língua e os costumes persas, talvez o rei te nomeie rei dos sicanos.

Sacudi a cabeça.

— Meus presságios indicam o norte e não o oriente. Mas se me tomares sob a tua proteção até que eu possa sair da Sicília, te ensinarei tudo a respeito dos sicanos e da terra de Érix, o que não é pouco.

Ele protestou e me chamou de louco por eu deixar de aproveitar uma oportunidade que igual não surgiria aos da minha espécie enquanto eu vivesse.

Fui porém inabalável.

— Como jônio que és, nasceste sarcástico, e o saber aprofundou teu ceticismo. Porém mesmo um cético tem de acreditar em presságios, nem que seja da mesma forma em que acreditavam neles os competidores de Dario quando seus cavalos eram os primeiros a relinchar...

Rimo-nos juntos, mas logo Xenódotos olhou de soslaio para a escura floresta, cobriu a boca com a mão e disse:

— Mesmo assim não rejeito espíritos celestes ou infernais. Bem sei que existem sombras alucinadas, capazes de fazerem gelar o sangue nas veias.

Falamos de muitos outros assuntos enquanto ele cuidava de sua barba, ungia o rosto e trançava os cabelos para a noite. Sentia não poder oferecer-me vinho, mas eram grandes as dificuldades de transporte.

— Mas a tua amizade me é mais inebriante do que o vinho — disse cortesmente. — És um homem forte. Admiro o vigor de teus músculos e tua pele lindamente amorenada.

Pôs-se-me a acariciar os ombros e as faces com suas mãos macias, insistindo para que eu o beijasse em sinal de amizade. Embora ele fosse um homem encantador e cheirasse agradavelmente, não concordei, pois sabia muito bem o que ele desejava.

Quando voltou ao natural, combinamos seguir o etrusco a outros lugares de barganha a fim de conhecer melhor o território sicano e traçar um mapa dos rios, fontes, postos comerciais e montanhas na maior extensão possível da confusa floresta. Disse-lhe que viria ao seu encontro no mesmo lugar com minha família quando se acabassem as mercadorias do negociante. Xenódotos se admirou de eu não marcar com antecedência o dia e o momento de nosso encontro, e me foi difícil convencê-lo que, de qualquer modo, eu seria sabedor da sua chegada.

Ao aproximar-me da caverna através do bosque, ouvi as alegres vozes das crianças, pois Hiuls e Misme não sabiam brincar calados, como as crianças sicanas. Entrei em casa à moda sicana, isto é, sem saudar, sentei-me no chão e pus a mão nas tépidas pedras da lareira. As crianças se apressaram em trepar nos meus ombros, e pelo canto dos olhos notei uma alegria muda no rosto moreno de Ana. Mas Arsinoé estava zangada, bateu nas crianças e exigiu que eu lhe dissesse onde estivera tanto tempo sem lhe dar notícias de mim.

— Preciso falar-te, Turms — disse ela, e mandou as crianças para a floresta em companhia de Ana.

Quis abraçá-la, mas ela me empurrou.

— Turms, minha paciência está no fim. O espetáculo de teus filhos a crescerem bárbaros, sem companheiros condignos, não te confrange? Logo chegará a hora de Hiuls receber educação de um professor competente em alguma cidade civilizada. Não importa onde iremos, contanto que eu possa respirar o ar citadino, caminhar em ruas pavimentadas, visitar lojas e banhar-me em água quente. Fizeste-me tão pobre, Turms, que não exijo muito de ti. Mas isto, pelo menos, me deves; pensa também na felicidade das crianças.

Ela falava tão depressa que não me dava oportunidade de falar, e quando tentei enlaçá-la nos braços, tornou a me empurrar.

— Sim, é só isso que queres de mim, e não faz diferença se estou deitada em áspero musgo ou num colchão triplo. Demasiado tempo prestei ouvidos às tuas desculpas, e tu não me tocarás até que me prometas levar-nos para fora daqui. De outro modo partirei com o primeiro mercador que aparecer, levando as crianças em minha companhia. Acho que ainda sou bastante mulher para seduzir um homem, embora fizesses tudo para destruir minha saúde e minha beleza.

Parou então para respirar. Fitei-a nesse instante com olhos diferentes e não senti nenhum desejo de enlaçá-la. O ódio tornara-lhe o rosto duro como rocha, sua voz era estridente, e as madeixas de seus cabelos se lhe contorciam pelas costas como serpentes. Um feitiço maligno apoderou-se de mim como se eu estivesse a olhar a face da Górgone. Esfreguei os olhos.

Pensando que eu estava à procura de novas desculpas para permanecer entre os sicanos, Arsinoé bateu o pé e explodiu:

— A covardia faz com que te escondas atrás das árvores e fiques satisfeito com uma vida ignóbil! Tivesse eu acreditado em Doro, e seria rainha de Segesta e a própria personificação da deusa para toda a terra de Érix! Não compreendo como pude amar-te algum dia, e não me arrependo de ter gozado prazeres dos quais não participaste!

Percebendo que falara demais, corrigiu-se suavemente:

— Isto é: quero dizer que me encontrei com a deusa e que ela penetrou no meu corpo como antigamente. Agora que a deusa me esqueceu, já não tenho nenhuma razão de evitar as pessoas...

Agora foi sua vez de desviar seu olhar do meu. Enterneceu-se, segurou-me os braços e disse:

— Turms, lembra-te de que só a mim podes agradecer a vida, na ocasião em que Doro planejava o teu assassinato...

Tendo aprendido a mentir para Arsinoé, não me foi difícil esconder meus pensamentos, embora eu sentisse um estrondo nos ouvidos e a compreensão se me fizesse num lampejo subitâneo como se uma camada de escuras nuvens se tivesse rasgado diante de mim.

Disse-lhe então, procurando dominar-me:

— Se em verdade a deusa te apareceu, isso basta como sinal. Partiremos dentro de alguns dias, pois já tomei todas as providências. No entanto, o prazer da minha surpresa foi estragado com a crueldade de tuas palavras...

A princípio ela não me deu crédito, mas quando lhe falei a respeito do etrusco e de Xenódotos, rompeu em lágrimas de alegria, aproximou-se ternamente de mim e teria até me abraçado, tal era sua gratidão. Pela primeira vez teve ela de me adular antes que eu consentisse em tomá-la nos braços. Depois que me acalmei, contei-lhe por gracejo a tentativa de Xenódotos, quando este pretendeu seduzir-me.

Arsinoé fitou-me com seus olhos negros como poços e falou: — Ele está muito enganado se imagina poder encontrar maior prazer num homem do que numa mulher. Se não fosses tão ridiculamente ciumento, Turms, eu poderia prová-lho, a deusa me ajudando...

Com efeito, ela mo provou de uma maneira a tal ponto arrebatadoramente voluptuosa, que meu prazer se aproximava mais que nunca do tormento. Conheci, então, que a amava, não importa o que tivesse ela feito; que a amava justamente porque ela era o que era e porque não podia ser de outro feitio. Levantando os braços violentamente por sobre a cabeça, seu hálito ardente entrava em minha boca; depois, fitando-me com seus olhos estreitos como fendas, murmurou:

— Turms, Turms, quando fazes o amor és como um deus, e não existe outro homem mais maravilhoso do que tu.

Ergueu-se preguiçosa num cotovelo e pôs-se a acariciar-me o pescoço.

— Se bem te compreendi, o tal Xenódotos te conduzirá são e salvo à corte do rei da Pérsia. Veremos as grandes cidades do mundo e tu receberás presentes reais em nome dos sicanos. Tenho certeza que poderei conquistar muitos amigos para ti entre os ouvintes e os videntes do rei. Mas por que escolheste a bárbara Roma, da qual nada conheces?

— Ainda há pouco disseste que te contentarias com qualquer cidade, contanto que eu te levasse para fora daqui. Teu apetite parece aumentar à medida que comes, Arsinoé!

Ela me enlaçou nos braços, dilatou os olhos e suspirou:

— Sim, Turms, meu apetite aumenta como sabes; ou já estás cansado de mim?

Não resisti, embora percebesse com penosa clareza que ela me tentava apenas para me fazer curvar a seus desejos. Quando recomeçou a falar de Susa e de Persépolis, levantei-me para esticar as pernas e dirigi-me para a entrada da caverna.

— Hiuls! — chamei. — Hiuls!

O menino veio se arrastando para mim como um sicano, ergueu-se encostado a meus joelhos e olhou-me admirado. À luz radiosa do sol examinei os membros musculosos daquela criança de cinco anos, o taciturno lábio inferior, a testa e os olhos... Nem me foi necessário procurar-lhe na coxa o sinal de nascença dos Heraclídeos para saber que ninguém a traçara ali depois que ele nasceu. O olhar melancólico de Doro me fitava através de seus olhos, e em seu queixo, na boca e na fronte eu via o rosto implacável do falecido espartano.

Não odiava o menino por causa disso, pois como poderia eu odiar uma criança? Tampouco odiava Arsinoé, pois ela era quem era e nada podia alterar esse fato. Odiava apenas minha própria estupidez por não haver percebido a verdade a tempo. Até Tanaquil fora mais astuta do que eu, e os sicanos, em sua secreta sabedoria, tinham imediatamente chamado o menino de "Ercle" no momento em que o encontraram junto à sagrada penha... Mas o amor deixa a gente cega, mesmo para as coisas tão claras como o dia. Refleti, pensando se o meu amor por Arsinoé não estava se desvanecendo a despeito do agridoce prazer que me invadia quando estava com ela, ou se eu tinha simplesmente superado aquele período de cegueira amorosa.

Estava de todo calmo quando entrei na caverna com o menino. Sentei-me perto de Arsinoé, e quando ela recomeçou a palrar das glórias de Susa e dos favores do rei, puxei o menino para mim.

Segurando-o entre os joelhos e alisando-lhe o áspero cabelo, disse com fingida indiferença:

— Então Hiuls é filho de Doro. Essa a razão por que Doro me queria matar: para ficar contigo e com o menino.

Arsinoé prosseguia em seus pensamentos, e ainda teve tempo de dizer, antes de compreender o que eu dizia, que Susa era o melhor lugar para o menino. Logo porém sentou-se cheia de susto, cobrindo a boca com as mãos.

Soltei uma risada breve.

— Por isso é que é tão fácil jurares pelo menino. Eu devia antes acreditar no teu cabelo do que em tua língua mentirosa.

Arsinoé ficou espantada com a ausência de raiva em mim. Que teria eu ganho se me envenenasse de ódio, o que de nada me serviria?

Ela puxou o menino para o colo, como a querer protegê-lo.

— Por que és sempre tão cruel, Turms? Sempre hás de especular antigas histórias em nossos momentos de felicidade. Naturalmente, Hiuls é filho de Doro, embora eu mesma não estivesse muito certa disso, até que vi na sua coxa a marca de nascença de Doro. Receei terrivelmente que te zangasses. Tudo teria te contado muito antes, mas sabia que em tempo tu mesmo o descobririas. Como mulher, sou às vezes obrigada a mentir-te, por causa de teu gênio irascível. . .

Refleti em qual de nós ambos teria o gênio mais irascível, mas nada disse. Tirando para fora minha faca desgastada pelo uso, dei-a ao menino.

— Deves ter uma faca, pois mesmo que sejas ainda uma criança, tens de ser um homem digno do teu nascimento. Ensinei-te tudo quanto podes compreender nessa idade, e te deixarei meu escudo e minha espada, uma vez que outrora atirei no mar o escudo de teu pai como oferenda em um momento de perigo. Não te esqueças de que o sangue de Hércules e da deusa de Érix te correm nas veias, e que, em consequência, és de nascimento divino. Não duvido que após a nossa partida os sicanos não peçam aos pitagóricos para te educarem visando a tua posição futura, pois tenho a certeza de que muito esperam de ti. Arsinoé começou a gritar:

— Estás louco? Queres deixar teu filho único entre os bárbaros?

Agarrou-me pelos cabelos e martelou-me as costas com os punhos enquanto eu me dirigia para um canto da caverna; depois, de sob uma laje de pedra, puxei o escudo que eu havia escondido ali. A princípio o menino se assustou com seus gritos, mas dentro em pouco pôs-se a brincar com o escudo e a espada de metal. Bastava ver como agarrava o punho da espada com seu débil pulso para a gente saber que ele era filho de Doro.

Percebendo que nada podia me abalar, Arsinoé caiu no chão e começou a chorar amargamente. Suas lágrimas não eram fingidas, pois amava o menino com mais intensidade do que um lobo a seu cachorrinho. Comovido perante sua dor, sentei-me junto dela e comecei a acariciar em silêncio os seus negros cabelos.

— Arsinoé, não é por ódio que deixo o menino aqui, tampouco o faço por desejo de vingança. Se eu pudesse, alegremente o levaria conosco, à vista da amizade que nos unia, a mim e a Doro. Não tenho queixa alguma contra Doro, pois és o que és, e ele nada podia fazer. Qual o homem que te poderia resistir? A vaidade levou-a a escutar-me.

— O lugar de Hiuls é aqui — disse eu. — Porque ele é filho de Doro, e, em consequência, herdeiro da terra de Érix. Os sicanos sempre o chamaram de "Ercle", e sorriam de cada vez que o fitavam. Com efeito, acho que não consentiriam que levássemos o menino embora, mas até penso que nos matariam antes disso. Contudo nada impede ficares com teu filho, se essa é tua vontade.

— Não, não — disse ela depressa. — De maneira alguma ficarei na floresta.

Para acalmar-lhe a dor falei-lhe em termos animadores.

— Falarei de Hiuls a Xenódotos. Mediante ele, os persas ficarão sabendo que um futuro rei, descendente de Hércules, está crescendo na floresta sicana. Talvez teu filho algum dia governe não apenas a floresta e a terra de Érix, mas sob a proteção do rei da Pérsia, toda a Sicília. Tratarei disso, pois o Grande Rei em breve reinará sobre todo o orbe conhecido, numa época que talvez ainda alcancemos.

Os olhos de Arsinoé puseram-se cintilantes ante tal perspectiva e ela bateu as mãos:

— Teus planos são mais inteligentes que os de Doro. Ele veio a Segesta como estrangeiro, e ali ninguém o amava, exceto Tanaquil.

— Uma vez que até aqui estamos de acordo — acrescentei com o coração pesado — falemos também a respeito de Misme. Lembro-me como riste sarcasticamente quando lhe dei esse nome. Seria porque Micon e Misme se parecem um pouco? Já naquele tempo alguma coisa me avisara, fazendo-me dar à menina um nome que sugere o de Micon...

Arsinoé fingiu-se admirada, mas agarrei-lhe os pulsos, sacudi-a e declarei:

— Acabou-se o tempo das mentiras! Misme é filha de Micon. Dormiste com ele na viagem de Érix para Himéria, e foi por tua causa que ele começou a beber. Brincaste com ele como um gato brinca com um rato — para sentires tua força — e afinal ficaste grávida. Isso o arrasou. Bebendo a poção venenosa dos sicanos, afogou-se no pântano, pois já não mais podia olhar-te de frente. A verdade é essa, não é? Ou devo chamar Misme para te mostrar a cara redonda e a boca carnuda de Micon?

Arsinoé bateu nos joelhos com os punhos e gritou enraivecida:

— Mas ao menos tem meus olhos! Foi despeito da deusa, ter Misme herdado a estatura baixa de Micon, mas talvez suas pernas ainda se endireitem. Seja como quiseres, Turms, mas a culpa foi tua por me deixares sozinha dias e dias de uma vez. O pobre Micon me amava tão desesperadamente, que eu não podia deixar de me apiedar dele de vez em quando, embora nunca pretendesse ter um filho seu. Até isso é culpa tua: tirando-me com tanta urgência de Segesta, deixei para trás meu anel preventivo de prata.

Notando minha calma, começou ela a palrar aliviada:

— Tantas vezes Micon se gabou de suas experiências nos navios de ouro de Artarté, que fiquei tentada a lhe mostrar o que mais poderia um homem experimentar nos braços de uma mulher. Acreditava-se irresistível porque Aura perdeu os sentidos quando ele a tocou, mas isto aconteceu devido à fraqueza em que ela estava. Micon não podia concorrer contigo a esse respeito, Turms, embora possuísse seus lados agradáveis.

— Não o duvido! — afinal gritei, perdendo a tramontana. — Tudo compreendo e tudo perdoo, mas o que há de errado comigo? Acaso serei estéril, ou é alguém que se intromete antes de mim na primavera, durante a lua cheia?

Arsinoé pensou um instante.

— Penso que és em verdade estéril, mas que isso não te preocupe. Um homem de índole meditativa não precisa de filhos, e nos tempos que correm muito homem te invejará por teres tudo sem assumires a responsabilidade pelas consequências.

Talvez tua esterilidade seja o resultado do raio do qual me falaste, ou talvez fosses doente em criança. Ou talvez seja isso uma dádiva da deusa, uma vez que ela sempre propiciou o prazer, e só com relutância se submeteu às consequências.

Eu não acreditaria possível poder discutir tão compreensivamente tais difíceis assuntos com Arsinoé e sem que me invadisse um desejo de vingança. Isso vinha provar o quanto eu ficara adulto durante os anos que passei entre os sicanos, embora eu nunca o percebesse. Uma vez quebrado o prato, a raiva não adianta. O melhor é juntar os cacos e fazer com eles o que for possível.

Mas após confirmar o fato de que também Misme não era minha filha, senti-me nu e com tamanho frio que nada absolutamente me poderia aquecer. Como homem teria de arranjar uma finalidade adequada à minha vida, e nada é mais difícil. É mais fácil engendrar filhos e atirar a responsabilidade sobre eles mesmos, enquanto a gente lava as mãos...

Senti-me tão desamparado que me retirei por alguns dias para a solidão da montanha. Assim fiz, não para aguardar sinais e presságios, mas para prestar ouvidos a mim mesmo. A dúvida me invadia e eu já não acreditava em meu poder de invocar o vento. Tudo não passava de cego acaso. Foi por causa de Doro que a terra tremeu e a montanha vomitou fogo à sua aproximação do litoral siciliano. Tornara a tremer por ocasião de sua morte. Ele até engendrara um filho. Mas eu ainda não passara de um homem errante; não sabia donde viera nem para onde ia ou porque ia... Era estéril como uma pedra, e o amor me trouxera sofrimento antes que alegria.

5

Ao voltar da montanha reuni uns poucos objetos sicanos, tais como um arco e algumas flechas de ponta de pederneira, um tambor pintado, um pouco de tecido feito de casca de árvore, uma lança de madeira, armadilhas e ganchos de osso, um pio de madeira para atrair animais e um colar de dentes de bichos selvagens — coisas que eu pretendia enviar como presente ao Grande Rei por intermédio de Xenódotos. Ninguém me proibiu de tirar tais objetos (e mais fossem), pois os sicanos nada tiram de outrem, exceto movidos pela necessidade.

A meia-lua brilhava no céu durante o dia, como se a própria Ártemis estivesse benignamente acompanhando minhas atividades. Com o sol ainda de fora, os sicanos se mostraram desassossegados, e ao crepúsculo tomei Hiuls pela mão e o conduzi para junto da penha sagrada. Tal como os sicanos, eu me tornara sensível aos acontecimentos, e já não era preciso que me fizessem convites explícitos.

Doze anciãos, todos ostentando medonhas máscaras de madeira, esperavam-nos junto à penha sagrada. Pelas caudas animalescas que traziam reconheci-os como sacerdotes, chefes e religiosos das várias tribos. Não me dirigiram a palavra, mas à nossa chegada ungiram a penha, colocaram Hiuls em cima dela e deram-lhe amoras doces a comer a fim de passar o tempo.

Indicaram que eu devia tirar a roupa. Depois que o fiz, revestiram-me de uma pele de gamo e cobriram-me o rosto com uma máscara de veado-galheiro habilmente entalhada e pintada. Depois, cada um por sua vez e de acordo com a classe, bebeu numa taça de madeira um trago da sagrada poção. Fiquei por último. Em seguida formaram-se em linha e puseram-se a andar em torno da penha. Coloquei-me no fim da linha. Um rufar de tambores e um assobio de pios de madeira começaram a soar na floresta. Nossa marcha transformou-se em saltos, e à medida que a poção produzia efeito, a dança ia ficando cada vez mais alucinada, e cada um soltava o grito do animal que representava. Hiuls se divertia grandemente com o espetáculo, e de cada vez que um de nós imitava o grito do animal cuja cauda o definia, o menino piava como uma coruja. Os sicanos tinham isso na conta de bom augúrio.

A dança foi se tornando cada vez mais violenta, a terra a meu redor ficou tênue como um véu e meu sangue latejava ao compasso dos toques de tambor. De repente, para meu grande espanto, vi que animais surgiam da floresta, avançando através da nossa roda até à rocha e tornando a fugir. Um javali selvagem saiu estrondejando dentre o mato com seus colmilhos destilando baba, mas ninguém o atacou, e a fera de novo arremeteu regressando à floresta. O último a aparecer foi uma mansa corça que parou com o pescoço esticado junto à penha para farejar Hiuls e em seguida fugir aos pulos para trás.

Não posso explicar como os sicanos fizeram isso. Havia muitos deles na floresta, como demonstravam os toques de tambor e os assobios. Talvez tivessem roçado a penha com substâncias de cheiro tentador, ou tivessem capturado os animais na intenção de os soltar durante a dança. Mas os animais também podiam ser meras sombras conjuradas pelos sicanos e tornadas visíveis pela sagrada poção. Se assim era, não me explico como Hiuls as pôde ver e depois descrever cada um dos animais.

Com o desaparecimento dos bichos, a dança terminou e os sicanos acenderam uma fogueira. Depois desceram Hiuls da penha e colocaram-lhe ao pescoço um colar feito de dentes de animais e amarraram-lhe tiras de couro colorido em torno dos pulsos e dos tornozelos. Cada um abriu uma ferida no braço e fez Hiuls sugá-la. Indicaram que eu também devia fender meu braço, deixando Hiuls provar meu sangue. Feito isso, os sicanos puseram-se a rir ruidosamente e borrifaram Hiuls com seu sangue, até que este o cobriu da cabeça aos pés.

De repente cada um agarrou um galho da fogueira e desapareceu floresta adentro. O sacerdote da minha tribo e eu apanhamos um galho aceso, e ambos retiramos Hiuls da penha sagrada. Quando os galhos de pinheiro de todo se queimaram, atiramo-los fora. O sacerdote retirou a máscara e levou-a na mão. Também eu retirei a máscara de gamo que acabava de usar. Levamos Hiuls para casa e pusemo-lo na cama, mas o sacerdote nos proibiu de lavá-lo antes que o sangue lhe saísse de todo da epiderme.

Pensei que aí terminava o assunto, mas no dia seguinte de manhã cedo, antes da madrugada, o sacerdote veio à minha procura. Levou-me de volta à penha sagrada, e rindo me mostrou as marcas dos cascos e das unhas dos animais impressas no chão, tocou a penha e disse que durante a noite os bichos tinham lambido a pedra até a deixar limpa, de modo que um estranho já não poderia distingui-la dentre as demais.

Depois que nos acocoramos no chão, disse eu ao sacerdote:

— Vou deixar os sicanos, pois o tempo prescrito para eu descansar entre vós se acabou. Hiuls ficará convosco, mas sua mãe, Misme e nossa escrava Ana me acompanharão.

O sacerdote sorriu, apontou para o norte e abanou a mão como se dissesse adeus:

— Sei disso — comentou. — Receávamos que levasses o menino contigo. Nossa tradição vaticinou sua chegada desde tempos imemoriais.

Apoiado num cotovelo, começou ele a traçar figuras no chão com uma vara.

— Sou um velho — disse. — Com estes mesmos olhos, vi muita coisa acontecer. Com parelhas de bois agora se aram campos onde anteriormente meu pai caçava animais selvagens. Há sicanos que ergueram suas choças na fímbria da floresta e plantaram ervilhas. No decorrer de minha vida, os gregos se espalharam ainda mais além do que os elímios jamais o fizeram. Multiplicaram-se como vermina e constrangeram os sículos a cultivar a terra e a construir cidades. Aquele que constrói uma choça é escravo de sua choça. Aquele que cultiva a terra é escravo de sua terra. Só Ercle nos poderá salvar a nós outros, os sicanos; mas de que maneira, eis o que não sei. Cobriu a boca com a mão, riu-se e continuou:

— Sou apenas um tontarrão, e dentro em pouco, quando se me enfraquecerem os joelhos e minha sabedoria já não puder servir à minha tribo, será tempo de eu me atirar ao pântano. Essa a razão por que estou falando tanto, pois estou muito contente. Se experimentasses levar o menino contigo, teríamos de te matar. Mas ao contrário, trouxeste-nos Ercle e o deixas conosco. Por esse motivo te consagramos um gamo, facultando-te escolheres o que quiseres antes da partida.

Aproveitei a situação para lhe pedir um chifre bem cheio da poção sagrada e alguns dos espinhos envenenados que os sicanos espalhavam na terra quando os nobres de Segesta e seus cães saíam em sua perseguição.

Ele tornou a sorrir e disse:

— Leva o que quiseres. Os sicanos já não têm nenhum segredo para ti, exceto algumas poucas palavras santas, que não te farão falta. Não queres em verdade mais alguma coisa?

Lembrei-me do brilho do ouro e da prata que avistara debaixo da sagrada penha enquanto estava em transe, e percebi que eles haviam inocentemente me consagrado no signo do gamo sagrado de Ártemis. A deusa me aparecera como Hécate, e tudo isso fazia parte de seu jogo, no qual os sicanos não passavam de meros instrumentos de sua vontade.

Apontei para a penha sagrada e disse:

— Guardais vosso tesouro secreto de ouro e prata debaixo daquela pedra.

O sacerdote parou de rir.

— Como podes sabê-lo? — perguntou. — Um tal conhecimento passa, entre os sacerdotes, como herança de pai a filho, e o tesouro ainda não foi tocado em muitas gerações.

Provavelmente os chefes sicanos me dariam uma parte do tesouro, mesmo que eu não lha tivesse pedido, uma vez que eu lhes dera um "Ercle". Mas o tesouro não estava debaixo da penha conforme erroneamente eu acreditara. Ao contrário, o sacerdote me levou numa jornada de meio dia a uma perigosa floresta sicana de carvalhos, cheia de armadilhas e espinhos envenenados. Mostrou-me ali uma caverna tão bem escondida que um estranho não poderia, descobri-la. Ambos juntos limpamos as pedras e a terra que cobriam o lugar até encontrarmos um buraco coberto com casca de árvore. Dentro dele havia uma verdadeira riqueza de pratos de ouro, prata, e amuletos. O sacerdote foi incapaz de me explicar como teriam os sicanos originariamente obtido tal tesouro, mas dizia acreditar que este lhes adviera como presa de guerra no tempo em que os sicanos governavam toda a Sicília.

Aparentemente os objetos tinham sido reunidos em várias épocas, pois alguns eram de execução mais fina, outros mais grosseiros. O mais valioso era uma cabeça de touro que pesava um talento de ouro. O sacerdote instou comigo para que escolhesse o que quisesse, e enquanto eu o fazia, ele me observava atentamente para ver se eu me deixava dominar pela cobiça. Nesse caso, poderia matar-me, pois ficou o tempo todo com uma lança na mão. A revelação do tesouro era provavelmente a última prova que viria pôr em evidência se eu era ou não digno de sua confiança, e se eles podiam consentir que eu vivesse em paz.

Escolhi somente uma taça de ouro que talvez pesasse quinze minas; uma mão pequena, que pesaria menos que uma mina, mas que me agradou como amuleto, e, como complemento, um bracelete em espiral, que talvez pesasse quatro minas e que eu destinava a Arsinoé. Tirei apenas objetos de ouro, pois estes eram mais fáceis de carregar e de esconder, e porque o ouro se tornara então mais valioso que a prata em virtude de as cidades gregas — a maioria delas — terem começado a fundir moedas de prata. Não tirei mais que isso. Em virtude da deusa, na figura de Hécate, ter cumprido sua promessa, eu sabia que não me seria negada riqueza material quando quer que eu precisasse.

O sacerdote afrouxou a mão que segurava a lança, e juntos recolocamos o tesouro em seu esconderijo. Enquanto caminhávamos ao longo da vereda indicada pelo sacerdote, não fiz nenhuma tentativa de marcar as árvores ou recordar os picos das montanhas ou reparar na direção. Isto lhe agradou, e quando nos vimos de novo sãos e salvos na floresta, ele pôs-se a saltar de alegria.

Sabendo que ele confiava em mim, pedi-lhe que mandasse buscar algum pitagórico itinerante ou algum professor grego que se encarregasse da educação de Hiuls depois de nossa partida. Insisti com ele sobre o fato de que Hiuls precisava aprender a ler e escrever, a contar, a traçar figuras e a medi-las. Acrescentando às línguas sicana e grega, devia aprender a falar fenício e elímio, a fim de cumprir a sua tarefa como o melhor dentre os sicanos. A língua etrusca também se poderia provar útil, se ele demonstrasse solicitude em aprender, nem lhe faria mal a prática de algum instrumento de corda. Não me preocupava o seu desenvolvimento físico, pois a vida na floresta cuidaria disso. Quanto ao uso de armas, a própria herança de Hiuls seria seu melhor mestre. No entanto meu coração ainda se enchia de tristeza à ideia de deixar Hiuls entre os sicanos, embora soubesse que eles o acarinhariam e protegeriam melhor do que eu.

Dessa forma endureci o coração e sugeri ao sacerdote:

— Ensina-o a respeitar a sua tribo. Só aquele que aprendeu a obedecer, pode algum dia comandar. Se o vires matar alguém pelo puro prazer de matar, mata-o com tuas próprias mãos e renuncia a Ercle.

Arsinoé gostou do bracelete e afirmou que o mesmo era de antiga execução cretense e que os colecionadores de antiguidades em Tiro por ele pagariam muitas vezes seu peso em ouro. Não lhe contei onde o obtivera e disse simplesmente que os sicanos lho deram em sinal de gratidão por haver ela lhes confiado o menino.

O presente minorou a dor de Arsinoé no instante da partida, e Hiuls não demonstrou nenhum desejo de nos acompanhar. À maneira sicana, partimos sem nos despedir, marcando o dia da partida de modo a encontrarmos Xenódotos e o etrusco assim que eles chegassem ao depósito do mercador à margem do rio.

O mercador declarou que éramos a primeira família de sicanos a aparecer reunida diante de estrangeiros, enquanto Xenódotos se alegrou com os objetos sicanos que eu levara comigo. Após dormirmos a noite junto ao fogo, começamos nossa viagem para Panormos.

No meu disfarce sicano, e após decorrerem tantos anos, eu não receava ser reconhecido em Panormos. Nem pensava que Arsinoé, com seu cabelo preto e o rosto mudado, seria reconhecida por alguém. Os elímios não atacavam sicanos que aparecessem desarmados, como ocasionalmente acontecia, em seus campos cultivados, e com um ramo de pinheiro na mão. Igualmente confiava na proteção de Xenódotos, pois era duvidoso pretender alguém ofender o servo do Grande Rei que chegara à Sicília em companhia de Squites.

Nossa jornada progredia lentamente devido ao lucrativo negócio em que o mercador se empenhava ao longo do caminho. Dessa forma, a jornada não fatigava a Arsinoé, embora ela tivesse de caminhar a pé; Ana também não sentia o fardo de Misme.

À noite, quando deitávamos ao relento ou no interior de alguma cabana de troncos, eu narrava a Xenódotos tudo quanto sabia dos sicanos e fosse susceptível de lhes trazer benefícios. Também lhe confiei o segredo de Hiuls e a fábula acerca de Ercle, mas fi-lo jurar que guardaria segredo, revelando-o somente ao próprio rei ou aos seus mais leais conselheiros nos assuntos que dissessem respeito ao Ocidente.

— Não me preocupa como e quando irá o Grande Rei utilizar-se de tais conhecimentos — disse eu. — Mas talvez lhe traga vantagem o saber que os sicanos estão educando Ercle. Não acho que os sicanos sobrevivam como nação, exceto sob a proteção do Grande Rei, pois são oprimidos tanto pelos gregos como pelos elímios. O próprio rei saberá melhor contra quem há de mandar os sicanos a fim de que eles conquistem o direito de viver na floresta e sobreviver como nação.

Xenódotos declarou que eu era o homem mais belo que ele ainda vira e que gostava ainda mais de mim, agora que eu rapara o queixo à navalha.

Chegou o nariz bem perto do meu rosto a fim de sentir o relento de resina e fumaça que se me apegara à pele após tantos anos de floresta. Igualmente garantiu que meus olhos pareciam os de um gamo. Não o dizia simplesmente por amabilidade. Dia a dia se sentia mais atraído por mim, e era com dificuldade que eu aparava suas aproximações sem ofendê-lo demasiado.

Mas conquanto eu tivesse confiança em sua amizade, não lhe revelei meu nome nem minha identidade, e adverti Arsinoé de que não depositasse muita confiança nele. Quando percebeu a futilidade de suas abordagens e viu que eu não tinha a intenção de acompanhá-lo a Susa, Xenódotos, como homem inteligente que era, começou a fazer a corte a Arsinoé. E porque não o impressionavam os encantos femininos desta última, uma astúcia maior o habilitava a fazê-la curvar-se à sua vontade.

Não desconfiei de suas intenções, mas senti apenas alívio porque ele me deixara em paz e conversava com Arsinoé a respeito da deusa de Érix, a antiga fonte e os ritos. A curiosidade de Xenódotos era inexaurível. Enquanto conversavam, eu tinha oportunidade de conversar com o mercador, buscando obter algumas informações sobre Roma. Mas o mercador era um homem inculto, apenas interessado em seu comércio. Soube, entretanto, que Roma brigava ininterruptamente com seus vizinhos, e que a rivalidade entre ricos e pobres era tão intensa, que de vez em quando os pobres se rebelavam contra o serviço militar a fim de obterem concessões.

Isso não me assustou, pois em todas as demais cidades prevalecia uma situação semelhante. A dança da liberdade fora algo glorioso nos dias da minha desafiadora juventude, quando eu era um estrangeiro e queria rivalizar com os demais jovens de Éfeso, em virtude do amor que dedicava a Dione. Mas já me esquecera o rosto da amada, e mesmo enquanto os caniços ardentes voavam pelos ares em Sardes, deixando queimaduras indeléveis em meus braços, já começara a tremer, compreendendo o que fizera. Obtive com a proeza o favor de Ártemis, mas o destino da Jônia tinham sido bulcões de fumaça e o relento da morte.

Pensava em tudo isso enquanto estava acocorado junto ao fogo sob as estrelas outonais de Érix conversando com o sombrio etrusco, ao passo que Xenódotos palrava animadamente com Arsinoé do outro lado da fogueira. Misme dormia o sono sadio dos três anos em sua pele de ovelha, e ao lume do fogo eu encontrava às vezes o olhar cintilante de Ana. Com uma vara eu traçava distraidamente desenhos no chão, sabendo que vivia uma época tumultuosa até que chegasse o tempo em que o rei da Pérsia restaurasse a harmonia a todas as terras.

6

Chegamos a Panormos como em uma festa processional, com uma grande multidão aglomerada em torno de nós. Fomos diretamente ao porto, e meu coração teve um sobressalto quando avistei o navio etrusco. Era redondo e vagaroso, e estava parcialmente coberto por um convés; fiquei a imaginar em como pudera ele ter feito a longa viagem de Roma à Sicília com seu pesado carregamento.

Os homens da alfândega instalados junto a Cartago saudaram o etrusco entre risadas, e polidamente levantaram as mãos, espantados com o bom êxito do seu comércio. Trataram Xenódotos com respeito e ficaram satisfeitos de olhar de longe para Arsinoé e para a minha máscara de madeira, sem se atreverem a apontar nossas roupas com o dedo. Diziam uns aos outros que era bom sinal o fato de nobres sicanos se aventurarem a sair de suas florestas para o mundo civilizado a fim de aprenderem línguas e costumes urbanos. Isso estimulava o comércio, e, em consequência, os interesses de Cartago.

Panormos e toda a terra de Érix tinham boas razões para estarem em termos conciliatórios com os etruscos de Roma, pois durante os anos precedentes, os administradores de Roma tinham adquirido vastas quantidades de cereais em Érix a fim de impedir uma fome causada pelas desordens.

O povo de Érix esperava que o comércio de cereais continuasse no futuro. Especialmente Panormos se beneficiava dele, pois Roma transportava seus cereais não apenas em navios etruscos mas igualmente em navios de Panormos.

Mas o etrusco, que em sua qualidade de negociante, nunca estava satisfeito, disse com amargura:

— Se os tempos fossem como antigamente e um comércio razoável fosse possível, eu poderia vender as mercadorias sicanas aqui em Panormos, comprar cereais a preço baixo e depois vendê-los por alto preço em Roma. Mas os pretores romanos puseram um limite ao preço dos cereais, assim como se apossaram do comércio de sal e determinaram seu preço em Roma. Anteriormente eu poderia navegar para Cumas e barganhar as mercadorias sicanas por vasos da Ática, cuja beleza e graciosas decorações, nós, os etruscos, admiramos tão profundamente, ao ponto de os colocar nos túmulos de nossos governantes e de nossos Lucumos. Mas os gregos ficaram arrogantes depois de sua vitória em Maratona, e o tirano de Cumas confisca os navios cerealíferos que aportam ali.

Amaldiçoou os gregos e prosseguiu:

— Não. Não me atrevo a navegar para Cumas. O que posso fazer é esperar um forte vento sul e entregar-me aos perigos do mar alto na viagem de regresso à embocadura do rio romano.

Saco a saco, pacote a pacote e cesta a cesta, foi ele carregando o navio. Os homens da alfândega registraram o carregamento em suas tabuinhas de cera, e com um fundo suspiro o etrusco pagou os burros que alugara e atropelou com pragas os condutores, dizendo que em país algum encontrara ladrões que igualassem os da terra de Érix. Isto naturalmente era mentira, pois o povo de Érix lhe consentira negociar livremente com os sicanos, enquanto ele próprio violara as leis de Érix contrabandeando mercadorias de ferro para os sicanos.

Dificilmente eu dirigia a palavra aos cartagineses, considerando mais prudente deixá-los acreditar que, como sicano que era, eu não sabia seu idioma. Até Arsinoé conseguiu dominar a própria língua. Mas quando estávamos no interior da casa que o Conselho de Panormos alugava para estrangeiros, e onde os escravos e companheiros de Xenódotos o saudavam com a maior humildade, Arsinoé não mais pôde se conter.

Arrancando o pano da cabeça, bateu o pé e gritou:

— Por tua causa já corri bastantes riscos no mar, Turms! Não consinto em pôr sequer o pé naquela malcheirosa banheira etrusca! Mesmo que não tema por mim, devo pensar em Misme. Em nome da deusa, Turms, que fazemos nós indo a Roma, quando teu amigo Xenódotos está pronto a nos aplainar o caminho para Susa e a arranjar um promissor futuro para ti na corte do rei, como embaixador dos sicanos?

Agora que se achava entre companheiros Xenódotos era um homem diferente. Trazia o queixo de barba em caracóis orgulhosamente levantado e me observava às furtadelas.

— Não vamos brigar logo após havermos cruzado a soleira — disse ele, conciliador. — Banhemo-nos primeiro, unjamos nossos corpos e esfreguemos para fora deles os rigores da jornada. Comamos comidas bem temperadas, tal como faz a gente civilizada, e refresquemos as ideias bebendo vinho. Só então conferenciemos — tu, Turms, que nem ao menos me revelaste como te chamas! Lembrá-lo-ei prudentemente, e te garanto que tua mulher é mais inteligente do que tu. Não escarneças de seu intelecto!

Adivinhei que ambos se haviam aliado no propósito de me fazerem acompanhar Xenódotos e Squites de regresso à Jônia, e dali à presença do Grande Rei em Susa. Suspeitava igualmente de que Arsinoé tinha impulsivamente contado a Xenódotos coisas que seria melhor não fossem ditas.

Mas eu aprendera, quando da minha estada com os sicanos, a dominar os músculos do rosto. Por isso me calei e simplesmente acompanhei Xenódotos ao banho que seus criados haviam preparado. Arsinoé nos seguiu, pois não tinha vontade de nos deixar a sós.

Dessa forma, nós três nos banhamos juntos, e a tepidez da água e o perfume dos finos óleos nos fizeram enlanguecer após as vicissitudes da viagem. Xenódotos olhava mais a mim do que a Arsinoé, embora polidamente lhe elogiasse a beleza, dizendo não poder acreditar que ela já tivesse tido filhos, e garantindo-lhe que não eram muitas as mulheres da corte do Grande Rei que podiam competir com ela.

— Quando te contemplo — disse ele insinuante — tenho pena de ser tal qual os deuses me fizeram. Mais feliz é Turms, que está habilitado a usufruir de tua beleza incomparável. Com efeito, contemplando-vos aos dois, acho difícil acreditar que sois nativos de Sicana e verdadeiros membros daquela raça morena e de pernas em arco.

Receoso de sua curiosidade, perguntei-lhe rudemente:

— Quantos sicanos viste durante a jornada, Xenódotos? Os sicanos verdadeiros são gente de pernas direitas e belamente conformadas. Observa a nossa escrava Ana. Viste apenas os párias tribais, que cultivam ervinhas à volta de suas choças miseráveis.

Mas Arsinoé foi franca:

— Ana não é sicana. É elímia, e nasceu em Segesta. Entretanto confesso que havia alguns homens surpreendentemente fortes entre os sicanos.

Ela esticou suas brancas pernas na água tépida, chamou uma serva e lhe pediu que lhe lavasse os cabelos.

Naquele momento sua sedução despertou em mim apenas náusea e eu não podia perdoar-lhe haver palrado com tanta indiscrição a Xenódotos. Minha raiva aumentava à medida que comíamos e bebíamos. Ambos nós havíamos passado tanto tempo sem vinho, que logo nos embriagamos. Então Xenódotos provocou habilmente uma briga entre nós dois.

Afinal saltei do reclinatório e jurei pela lua e o cavalo-marinho:

— Meus presságios e sinais são mais potentes do que a tua cobiça, Arsinoé! Se não queres acompanhar-me, irei sozinho!

— Dorme para desanuviares a cabeça antes de fazeres um juramento tão pernicioso — advertiu Xenódotos.

Mas eu estava embriagado de vinho e de amargura, e berrei incontido:

— Tu, Arsinoé, acompanha Xenódotos, se queres obter uma segurança maior do que a que te posso dar. Ser-lhe-á fácil vender-te a algum persa da nobreza. Mas desconfio de que, por detrás das grades de uma casa de mulheres, mais suspirarás pela liberdade do que por uma vida de luxo!

Arsinoé atirou no chão sua taça de vinho.

— Sabes o que tenho sacrificado por tua causa, Turms. Cheguei até a arriscar a vida por ti. Mas tenho de pensar em minha filha. Ano após ano vais ficando mais obstinado e boca-suja, ao ponto de agora eu me perguntar o que teria visto em ti! Xenódotos está à espera de um vento do oriente que o leve a Régio, onde se encontrará com Squites. O vento pode virar amanhã, e essa é a razão por que deves decidir-te. Por mim já decidi em nome da deusa.

Quando viu que sua ameaça não me assustara, ficou ainda mais zangada e gritou:

— Separemo-nos neste mesmo instante, e não tentes deitar comigo à força. Já estou farta de tua cara azeda, e aborreço tanto tuas pernas barbaramente duras que até poderia vomitar!

Xenódotos tentou sufocar-lhe as palavras mas ela lhe mordeu o dedo, pôs-se a berrar com toda a força dos pulmões e vomitou o vinho que bebera. Depois adormeceu, molhada de vinho. Levei-a para a cama e pedi a Ana que dela cuidasse, pois eu estava de tal forma amargado que não tinha vontade alguma de dormir no mesmo quarto.

Quando regressei à sala de banquete, Xenódotos foi sentar-se junto de mim, pousou a mão no meu joelho e disse:

— Sei que és grego, Turms, por tudo quanto ouvi de Arsinoé. Mas confia em mim. Se és um refugiado jônico e receias a ira do rei, posso garantir-te que o persa não deseja a vingança por amor da vingança. O serviço que lhe ofereces pesará mais na balança do que os possíveis erros do teu passado.

Não duvidei de suas palavras, mas como poderia fazer pouco nos sinais que recebera? Tratei de explicar-lhe o assunto, mas ele fez finca-pé no seu zelo pelo serviço do rei.

Depois de me adular alguns instantes me advertiu:

— Não me irrites demasiado, Turms. Se estás pensando no templo de Sardes, não tenhas medo. Tua mulher foi inteligente, confiando-me teus receios. Sei até que és culpado de pirataria. Estás em minhas mãos, Turms. Só preciso chamar os guardas... e estás perdido.

Naquele momento odiei Arsinoé porque ela me colocara desnecessariamente à mercê de um estrangeiro, de modo a obrigar-me a abandonar meus planos e a seguir Xenódotos para o Oriente. Meu ódio longo tempo adormecido irrompeu como o minério fundido de uma montanha cambaleante e me calcinou ao ponto de nada mais me importar.

Afastei violentamente a mão de Xenódotos do meu joelho e disse:

— Pensei que eras meu amigo, mas agora já não penso assim. Muito bem:

chamarei eu mesmo a polícia e me entregarei a ela a fim de que os sacerdotes de Cartago me esfolem vivo. Mas ao mesmo tempo, vende Arsinoé no mercado como escrava fugida do templo, e Misme, como filha de escrava. Tenho a certeza de que a tua reputação se acrescerá enormemente aos olhos do rei, mercê de um tal distúrbio em público na cidade de Panormos. Ainda acrescentei o seguinte:

— Meus presságios são claros e indisputáveis, e a Ártemis de Éfeso e a Afrodite de Érix concorrem uma com a outra em me outorgarem seus favores. Ofendendo-me, ofenderás a elas, e advirto-te do poder de ambas. Eu próprio estou cumprindo o destino em meu interior — destino que nenhuma força humana poderá desviar. Não te acompanharei a Susa.

Quando compreendeu que minha decisão era inabalável, Xenódotos tentou acalmar-me e pediu-me desculpas pela ameaça. Rogou-me que reconsiderasse o caso depois que o sono me desanuviasse o cérebro. No dia seguinte, Arsinoé também mudou subitamente e fez tudo quanto estava a seu alcance para me enternecer. Eu porém fiquei firme e não a toquei. Em consequência, enviou Ana ao templo para comprar artigos de beleza, fechou-se no quarto, e em seguida subiu ao terraço do telhado para secar seu cabelo ao sol. Lograra tingi-los novamente de louro, e enquanto repousava no terraço com eles esparsos, perfazia um espetáculo muito belo, digno de contemplação. Mas suas madeixas tinham agora um lampejo avermelhado, motivo pelo qual censurou Ana, dizendo que a estúpida menina comprara tintura de qualidade inferior.

Julguei-a insensata quando restaurou em Panormos sua aparência de outrora, que os curiosos contemplavam de seus altos terraços. Mas ela se arriscava ao perigo a fim de se fazer a mais bela possível, e, em consequência, mais irresistível a meus olhos.

Xenódotos levou-me ao porto para me mostrar o garboso navio que ele fretara em Régio depois de deixar Squites naquela cidade a conferenciar com Anaxilau. Perguntei-lhe por Cidipe e soube que, desde que se casara com Anaxilau, tinha tido muitos filhos, guiava uma parelha de mulas e criava coelhos em casa. Através de toda Sicília era famosa por sua beleza; também o era nas cidades gregas da Itália. Seu pai governava Himéria.

O confortável navio de Xenódotos não me tentava. Em vez de ir para ele, dirigi-me ao templo etrusco de colunas de madeira, onde o mercador de sal rezava por um bom vento sul, e perguntei-lhe se me queria levar à embocadura do rio romano. Exultou de alegria em arranjar um homem que lhe poderia ser útil nos remos e nas velas, mas, como mercador, escondeu seus sentimentos e declarou que eu devia levar minhas próprias provisões e pagar a passagem.

As rezas do etrusco foram tão eficazes ao ponto de alguns dias depois o vento virar para o oeste e começar a soprar ativamente. Isto calhava perfeitamente aos planos de Xenódotos, que me disse:

— Esperarei até a noite para voltares a teu sentido perfeito, Turms. Mas ao crepúsculo partirei, pois disseram-me que é o tempo mais propício de se navegar de Panormos para leste. Imploro-te que me acompanhes, pois jurei levar comigo tua mulher Arsinoé, sua filha Misme e sua escrava Ana.

Endureci o coração, dirigi-me a Arsinoé e disse:

— Chegou o momento da partida, mas só porque tu a quiseste e não eu. Agradeço-te pelos anos que me deste e não te lembrarei da dor que causaste. Só me lembrarei do bem que partilhamos. Acrescendo o presente dos sicanos, dar-te-ei as moedas de ouro com que Xenódotos me presenteou e ficarei apenas com dinheiro suficiente para o pagamento da minha viagem a Roma. Mas não podes levar Ana em tua companhia. Bem sei que, em tua cobiça, a venderás no primeiro momento oportuno, e eu não quero que lhe aconteça mal algum.

Arsinoé rompeu em lágrimas e gritou:

— Teu coração é duro como pedra! Sou demasiado orgulhosa para te fazer lembrar a tristeza que me causaste, mas é apenas natural fazeres-me presente desse dinheiro. Umas poucas moedas de ouro são uma pequena compensação a tudo quanto perdi por tua causa. Nem tens nenhum direito a Ana. Fui eu que a criei e eduquei, e ela até me estragou o cabelo!

Discutimos por causa de Ana até que exibi a taça de ouro que eu escolhera dentre o tesouro dos sicanos e do qual também fiz presente a Arsinoé. Escondi dela apenas a mãozinha de ouro, que valia mais como amuleto do que como quantia em dinheiro. Arsinoé sopesou a taça na mão, olhou-me desconfiada e perguntou:

— Que desejas com essa garota e em que pode preocupar-te a sua sorte?

Exclamei então indignado:

— Casá-la-ei com algum homem digno, se ela o permitir. Acho dever-lhe isso, pois cuidou bem de nossos filhos!

— Naturalmente, posso comprar uma escrava mais hábil em Régio — retrucou ela. — Será um alívio tirares-me do pescoço esse trambolho, pois há muito ela me fita com olhares malévolos. Mesmo sem ela terá aborrecimentos mais que suficientes. Lembra-te da minha advertência quando a calamidade chegar, Turms.

Mesmo irado como estava, eu tremia e me abrasava com a proximidade de Arsinoé, sem saber como poderia viver sem ela. Tínhamos passado muitos dias em Panormos — dias em que ela não se me humilhara e eu me conservava afastado. Ela pensou curvar-me à sua vontade despertando-me o desejo e ficou enormemente desapontada quando não tentei sequer abraçá-la no momento da partida. Tivesse eu feito isso, e estaria de novo em seu poder; por isso me abstive.

Quase no fim do dia levei-a da cidade para o porto, dei em Misme um beijo de adeus e apresentei a Xenódotos meus votos de boa viagem.

— Por amor de nossa amizade — rogue-lhe — se o vento te obrigara parar em Himéria, procura ali a um nobre mercador etrusco de nome Lars Alsir. Dá-lhe lembranças minhas e paga-lhe o que quer que eu lhe deva, pois para mim é difícil deixar um país ao qual sou reconhecido. É ele um homem culto e pode dar-te muita informação valiosa concernente aos etruscos.

Xenódotos prometeu fazê-lo, mas Arsinoé me censurou acerbamente.

— É esse o único adeus que me dás? Em verdade te preocupa mais uma dívida para com um estrangeiro do que a dívida que tens para comigo?

Cobrindo a cabeça, ela subiu a escada que conduzia para o interior do navio, e Xenódotos seguiu-a com Misme. Até o último momento esperei que Arsinoé se arrependesse e saltasse do navio, mas os marinheiros puxaram a escada para dentro, amarraram-na à amurada e, movendo os remos, conduziram o navio para o mar alto. Ao deixarem a praia, içaram a vela, o ocaso coloriu o navio de vermelho e julguei que Arsinoé para sempre desaparecera de minha vida. Ali na praia de Panormos era tanta a minha angústia, que caí de joelhos e escondi o rosto nas mãos. Subjugava-me a desilusão, e no meu coração amaldiçoava os deuses que de tal jeito haviam zombado de mim. Também não encontrei alívio na lembrança da cobiça e da frivolidade de Arsinoé, pois em verdade ela a todos abandonara em Segesta para viver em minha companhia. E até o último momento eu esperava que de novo o fizesse...

Senti então um tímido toque de dedos no meu ombro e ouvi a advertência de Ana:
— Os fenícios estão te olhando.

Lembrando a minha arriscada situação e minha aparência sicana, tornei a pôr no rosto a máscara de veado-galheiro e atirei aos ombros a capa de lã colorida que Xenódotos me ofertara ao partir. A cabeça orgulhosamente ereta, dirigi-me para o navio etrusco e Ana seguiu atrás, levando na cabeça uma trouxa com os nossos pertences.

Estava de guarda apenas o piloto etrusco que coxeava. Quando saltei para dentro do navio, ele agradeceu aos deuses e disse:
— É bom que tenhas vindo, sicano. Vigia a carga e o navio, de modo que eu também possa fazer um sacrifício e rezar pedindo vento.

Enquanto a noite descia, o rumor de instrumentos músicos fenícios e a algazarra dos bêbados começaram a nos chegar da praça do mercado, de modo que percebi o motivo por que o piloto saltara de alegria ao ficar livre para se juntar à celebração do sacrifício. Depois que ele saiu, Ana e eu descobrimos no navio um lugar para nós. Na treva protetora, finalmente as lágrimas irromperam de meus olhos. Chorei minha perda e a inexorabilidade dos presságios, e não podia pensar em mais nada exceto em Arsinoé.

Na escuridão do navio senti Ana vir se arrastando para o lugar onde eu jazia entre pacotes malcheirosos. Tocou-me o rosto com as pontas dos dedos, enxugou-me as lágrimas dos olhos, beijou-me as faces, acariciou-me os cabelos e, em sua dor, também se pôs a chorar. Não passava de uma menina, mas no estado de tristeza em que eu estava, a mera presença de outra pessoa inspirava compaixão. A mágoa de Ana suavizou minha própria angústia, embora eu não quisesse que ela chorasse por minha causa.

— Não chores, Ana. Minhas lágrimas não passam de lágrimas de fraqueza, e cessarão por si mesmas. Mas eu sou um pobre homem e meu futuro é incerto. Não sei se agi com prudência trazendo-te comigo. Talvez te fosse melhor seguires tua dona. Ana se pôs de joelhos na escuridão e declarou:
— Preferia mil vezes atirar-me ao mar! Sou grata por me levares contigo para onde quer que fores. — Disse isso e buscou meu rosto no escuro.
— Serei o que quiseres, e trabalharei por ti com alegria. Se quiseres, manda marcar minha testa ou os meus lombos com a marca da escravidão.

Seu fervor comoveu-me. Acariciando-lhe os cabelos, respondi:
— Não és escrava, Ana. Proteger-te-ei o melhor que puder até encontrar um homem que possas aceitar.

Ela rejeitou a ideia.

— Não, Turms. Julgo que não encontrarei tal homem. Fica tu comigo, Turms, por favor. Quero ser-te o mais útil possível. E acrescentou hesitante:

— Arsinoé, nossa patroa, explicou-me que eu podia ganhar muito dinheiro oferecendo-me a um bordel de cidade grande. Se queres, estou pronta a ganhar dinheiro para ti, nem que seja dessa forma, embora não o fizesse de coração contente.

Sua sugestão de tal modo me horripilou, que a enlacei nos braços:

— Nem penses numa coisa dessas! Nunca o permitirei, pois és uma garota pura e bondosa. Quero proteger-te e não contribuir para a tua perdição.

Ela ficou enormemente satisfeita por ter-me feito esquecer momentaneamente minha mágoa e obrigou-me a comer o pão e a beber o vinho que trouxera consigo. Sentamo-nos com os pés dependurados para fora do navio, contemplamos as luzes avermelhadas do porto e escutamos o estrondo dos instrumentos fenícios. A proximidade de Ana me abrasou, pois ao menos eu tinha junto de mim uma pessoa com quem conversar.

Não sei como aconteceu, mas o vinho e a música e a confiante presença de uma jovem podiam ter sido responsáveis. Nem eu tenho outra defesa que não seja o fato de um homem ficar tão abalado na sua tristeza profunda, e em sua receptividade à presença de outrem, ao ponto de procurar o esquecimento no rugido do próprio sangue. Arsinoé se me negara, e a boa comida e o ócio na cidade tornaram meu corpo sensível à tentação. Não posso censurar apenas Ana, mas a mim também. Quando fomos repousar, senti-me subjugado com o contato de suas pernas macias. Ela se entregou sem protestar e enlaçou-me o pescoço com os braços. Porém mesmo enquanto eu me deleitava com ela, sentia que suas delgadas coxas não eram as de Arsinoé, e que seu corpo jamais poderia igualar o da minha ingrata sacerdotisa.

Quando nos desligamos, jazemos deitados longo tempo no escuro até que ouvi seus soluços abafados.

Toquei-lhe o ombro nu e disse amargamente:

— Nunca pensei que logo na primeira noite terias de chorar por minha causa. Agora vês que espécie de homem eu sou. Ofendi-te e estraguei tuas oportunidades de casamento. Posso compreender por que choras.

Mas Ana aconchegou-se desesperadamente ao meu corpo e murmurou:

— Não choro devido àquilo. São lágrimas de alegria, porque me possuíste. Não choro a perda de minha virgindade, pois venho poupando-a para ti. Nada mais tenho para dar-te.

Beijou-me fervorosamente as mãos e os ombros.

— Fizeste-me tão feliz! Esperei este momento desde aquela noite enluarada em que me puseste ao colo e eu era ainda uma criança. Não dês atenção às minhas lágrimas, pois apenas choro a minha desvalia. Como pode o cobre barato satisfazer quem está acostumado a abraçar ouro puro?

— Não digas isso—protestei. — Foste simplesmente sedutora em meus braços, e nunca antes possuí uma moça intocada. Fiz-te porém um grande dano. Meu único consolo é eu ser estéril e não precisares recear as consequências. Decerto sabias que Hiuls não era meu filho nem Misme minha filha.

Ana ficou calada. Isso deu-me a entender que ela o sabia, e admirei-lhe a compreensão. Muitas vezes deveria ter querido avisar-me, mas em minha cegueira eu não acreditaria nela. Quase podia ouvir Arsinoé dizendo com sarcasmo: "Acreditas mais em uma escrava do que em mim?"

Na realidade parecia-me ouvir a voz de Arsinoé e sentir-lhe a proximidade. Para esquecer, retomei Ana nos meus braços e a possuí violentamente, tal como o faria a Arsinoé. O mal já estava feito e não havia prejuízo em repeti-lo.

Ela afinal gritou com voz rouca, começou a beijar-me fervorosamente o rosto e suspirou:

— Ó Turms, amo-te; amei-te desde o primeiro instante, e julgo que ninguém pode amar-te tanto, mesmo que não te importes muito comigo. Mas se gostas de mim ao menos um pouquinho, seguir-te-ei para onde quer que vás. Tua cidade será minha cidade, e não terei outros deuses senão tu.

Minha consciência me dizia que eu errara aquecendo minha desilusão com a vida de uma garota, mas a razão me garantia a sangue-frio que me era preferível ter uma companheira solícita e que pouco importava que eu a amasse ou não, conquanto que ela ficasse satisfeita. Era-me inútil ponderar ou lamentar, pois tudo acontecera como acontecera e eu não tive forças de impedi-lo.

Ela afinal se levantou para lavar-se e eu fiz o mesmo. Quando a toquei, senti que seu rosto ainda abrasava e latejavam-lhe as veias do pescoço. Ela me ajudou a adormecer e em seguida enroscou-se no meu corpo. Ouvi debilmente o etrusco e seus homens subirem para bordo e discutirem a respeito de espaço para se deitarem. Parecia-me sentir a presença de meu espírito guardião enquanto o delgado corpinho de Ana aquecia o meu, e este, por sua vez, aquecia o dela. Naquele estado penumbroso entre o sono e a vigília, sentia como se a deusa que eu conhecera apenas como um ente caprichoso me quisesse mostrar através de Ana, um lado dela inteiramente novo. Com um suspiro mergulhei em profundo sono até o clarear do dia.

7

Não havia dúvida, meu espírito decerto me vigiava acordando Ana de madrugada e fazendo-a afastar-se mansamente de mim. Mas só acordei quando Arsinoé, com Misme nos braços, deu-me um pontapé nas costelas e depois na cabeça com a sua sandália enfeitada de prata.

Ao princípio não podia acreditar em meus olhos e pensei que sonhava. Mas ali estava ela, e não tardou que eu percebesse a sua traição. Eu próprio tinha me admirado de como alguém podia navegar de noite para o oeste. Xenódotos e Arsinoé tinham naturalmente tramado juntos, esperando que no último instante eu fosse com eles. Como não cedi, tinham navegado diante do porto a noite inteira, e Arsinoé fora trazida para terra em um barco de pesca. Mas Xenódotos foi bastante inteligente não se deixando ficar para trás, mas continuando a viagem para leste, mercê de um vento oeste bastante rápido.

Depois que Arsinoé desabafou a raiva, de súbito ficou humilde, baixou os olhos e disse:

—Turms, pensaste realmente que eu te poderia abandonar tão levianamente? No final das contas, não tenho outra vida senão tu, pois a deusa ligou-nos um ao outro. Não conheces grande coisa do amor, pois estavas pronto a deixar-me partir por causa de teus tolos presságios.

Meu corpo crêmulo e mãos tateantes a aplacaram, e ela sorriu. A beleza de seu rosto iluminou o imundo navio como a luz solar, e ela disse em voz baixa:

— Agora, Turms, invoca o vento sul, tu que pensas governar os ventos. Invoca o vento, pois assim como a tormenta, ele está dentro de mim.

Ana se nos aproximara descalça e ficou petrificada à vista de Arsinoé. A culpa lhe estava estampada no rosto, mas felizmente Arsinoé não podia sequer imaginar que tinha uma concorrente, muito menos uma concorrente descalça e vestida com cascas de árvore.

Interpretou o choque de Ana como surpresa, atirou-lhe Misme ao colo e disse asperamente:

— Dê de comer à menina, ponha-lhe roupas condignas deste imundo navio e desapareça de minha vista. Queremos ficar sozinhos para invocar o vento.

Um violento calor me inundou, senti-me vigoroso, e, olhando para Ana, já não podia compreender como pude sentir-me atraído, um momento que fosse, por aquela garota de pele escura enquanto Arsinoé estivesse no mesmo mundo que eu. O feitiço da deusa me possuiu e corri para despertar o etrusco e seu piloto claudicante, e tocar para fora do navio os escravos que coçavam a cabeça.

— Apressa-te com teus homens a invocar o vento! — comandei. — Pretendo fazer voar teu navio para Roma nas asas de uma tormenta, e mais rápido que nunca. Celebra com urgência teu sacrifício, pois ao meio-dia içaremos as velas.

Estuporado de tanto beber, o etrusco obedeceu-me. Foi bom que o fizesse, pois do contrário eu o atiraria pela amurada abaixo a fim de ficar sozinho com Arsinoé. Corremos avidamente para os braços um do outro. Ela tinha um vento escaldante no corpo e eu trazia a tempestade no sangue.

Um êxtase me avassalou, a dança sagrada começou a contorcer-me os membros e eu competia com Arsinoé na invocação do vento. Três vezes, sete vezes e doze vezes invoquei o vento sul, até que paramos na proa, nossas mãos enlaçadas, ambos gritando em um santo frenesi. Não sei quanto tempo durou e de onde as palavras se derramavam em minha boca, mas não deixamos de gritar até que o ar escureceu, o vento virou e as nuvens de negras madeixas, tendo o lampejar do raio nos olhos, começaram a rolar das corcovadas montanhas de Panormos para o mar. Os picos das montanhas da terra de Érix se escureceram para além de Panormos e redemoinhos varriam os abrigos e as cestas dos mercadores na praça do mercado; mesmo da cidade ouvíamos o estampido de portões batendo, e maçarocas de colmo, arrancadas dos telhados pelo vento, puseram-se a girar nos ares.

Só então paramos. Nosso sagrado frenesi esmoreceu e olhamos espantados em torno. Vimos o mercador e seus homens correrem para o navio com roupas esvoaçantes enquanto os soldados cartagineses e os homens da alfândega estavam de pé na praia contemplando nosso navio com a mão na boca.

Assim que o etrusco alcançou o navio, um forte torvelinho fez girar a proa, da praia para o mar. Célere chamou ele seus homens, ordenando-lhes que içassem a vela e agarrassem os remos de direção a fim de navegarmos a favor do vento. Na praia os fenícios faziam esvoaçar tiras de pano preto para assinalar a tempestade e erguiam um escudo para impedir nossa partida. Mas o vento arrancou o escudo dos braços do homem que o segurava e carregou-o para o mar espumejante. Rodopiando e batendo a água sob sua proa redonda, o navio avançou para o mar largo, aos empuxões de sua vela remendada.

Enquanto as ondas marulhavam de encontro aos flancos do navio e o vento assobiava nas cordas, Misme começou a chorar de terror e Ana se agachou entre a carga. Mas Arsinoé não tinha medo, agora que me tornara a encontrar. Eu próprio observava quão vigorosamente o navio reagia contra as ondas e notava que o piloto etrusco conhecia seu ofício. Rindo, lhe mostrei na palma de minha mão o cavalo-marinho de pedra preta e indiquei-lhe que, se quisesse, podia abrir mais as velas.

Mas a despeito do meu enlevo desses dias, tinha um tal ressentimento contra Xenódotos, que subitamente desejei se levantasse no mar um furacão que fizesse perigar sua frágil embarcação. Com efeito; o vento fê-lo desviar-se de sua rota, tangendo-o pelo litoral italiano até Possidônia. Somente ali lhe foi possível desembarcar, e ele sofreu uma grande humilhação devido ao estilo persa de suas calças. Em consequência, deixou ele o navio em Possidônia para reparar as avarias e viajou por terra pela velha estrada de Síbaris a Crotona, e dali a Régio, onde se encontrou com Squites.

Isso porém, eu só soube muito mais tarde. Quanto a mim, naveguei para o norte em um navio que rangia nas asas de uma tempestade, tal como os presságios haviam ordenado. Após ajudar o etrusco e o piloto a manobrarem os remos de direção, fui em busca de Arsinoé a fim de ver como ela se sentia. Ao passar entre a carga, cambaleando ao movimento do navio, minha vista se deixou atrair por um seixo que se agarrara em terra a um dos embrulhos e que fora cair quando levado para dentro do navio. Sem perceber o que fazia, abaixei-me para apanhá-lo e fiquei segurando-o na mão. Sua coloração branco-acinzentada me lembrava uma pomba. Então compreendi o que me estava reservado, e pus o seixo na sacola junto com os outros, assim como a mãozinha de ouro e o cavalo-marinho de pedra.

Eram minhas únicas possessões quando parti da Sicília, pois os cálculos de Arsinoé visaram beneficiar a ela própria, ao ponto de se apossar de todo o meu dinheiro. Mas a coisa não me perturbou, pois era grande a minha fé em Hécate.

Eu já não olhava para trás a fim de avistar as montanhas de Érix enquanto saía da Sicília. Só olhava para a frente e em direção ao norte.

LIVRO OITO

OS PRESSÁGIOS

1

Com os cabelos endurecidos pelos rostos borrifos da salmoura, os restos acinzentados pela falta de sono e as mãos irritadas de puxar cordas, avistamos o litoral da Itália. O piloto reconheceu imediatamente as balizas terrestres e declarou que estávamos a apenas um dia de viagem da embocadura do rio que atravessava Roma. O etrusco juntou as mãos, jurando que nunca antes fizera viagem tão rápida e que até um vento sul deixáramos para trás depois do primeiro dia de tormenta.

Na embocadura do rio de Roma encontramos navios de todas as nações, grandes e pequenos, subindo ou descendo o majestoso rio. Avistei de longe o branco brilho ofuscador das bacias de sal que a natureza outorgara generosamente a Roma. Mergulhados no sal até os joelhos, os escravos amontoavam-no com suas pás e depois o transportavam dali.

Sem parar na foz do rio, o mercador alugara bois e escravos e fez amarrarem uma corda na proa arrebatada a fim de puxar o navio à sirga, correnteza acima, no rio que rápido fluía. Tão larga e funda era a água, que mesmo os navios de grande calado podiam navegá-lo até a cidade de Roma, onde, junto ao mercado de gado, encontravam os navios que desciam de outras alturas fluviais.

Barcos desciam passando continuamente por nós, e majestosos troncos de árvores, amarrados em jangadas, flutuavam lentamente ali por perto em seu caminho para os estaleiros. Os tripulantes dos navios gritavam para nós em sua gíria marítima, mas os das jangadas falavam etrusco enquanto os das torres dos navios faziam uso do latim e seus inúmeros dialetos. Ouvindo-os, disse ironicamente o mercador que a língua romana não era uma língua verdadeira, e que todas as palavras referentes a assuntos culturais foram tomadas de empréstimo aos etruscos e corrompidas de uma maneira bárbara.

O condutor chicoteava impiedosamente os escravos e aguilhoava os bois para acelerar a viagem e receber o mais depressa possível seu dinheiro. Mas tive tempo de avistar os salgueiros nas margens, bandos de aves adejando sobre nosso navio e gaviões rodeando os prados e os campos ceifados, com suas asas imóveis. Pareceu-me que as cercanias de Roma não eram senão campinas e jardins, e me foi difícil crer que uma cidade tão próspera precisasse importar cereais de uma distância tão grande quanto a Sicília a fim de conservar a fome a distância.

Mas o mercador apontou os escombros de muitas choças, queimadas pelos próprios romanos. Em suas brigas intramuros, o povo de Roma não poupava sequer os seus, e em suas guerras anuais as áreas cultivadas sofreram à medida que Roma expandia seu poder. Outrora haviam os etruscos tornado fértil uma imensa planície, mediante canais de drenamento. Sob o governo dos reis etruscos, o brutal povo romano fora mantido dentro dos limites, mas quando os cidadãos expulsaram a seu rei, a agricultura e o comércio sofreram com as guerras incessantes e nenhuma cidade vizinha se sentia segura contra a rapacidade romana.

Avistei, em seguida, as colinas de Roma, suas vilas, a muralha e alguns templos. A aponte que os etruscos construíram para ligar as inúmeras cidades que o rio separava era habilmente feita de madeira e a mais comprida que eu ainda vira, embora uma ilha ajudasse a ampará-la. Com efeito, os romanos julgavam a ponte uma coisa tão importante, que seu grande sacerdote herdara da época etrusca o título de "Construtor da Alta Ponte". A crueza dos costumes romanos se ilustra muito bem com o fato de que a manutenção da ponte recaíra no grande sacerdote, embora os etruscos pretendessem com aquele título referir-se a um construtor de pontes entre o homem e os deuses. Para eles, era a ponte simplesmente o símbolo da ponte invisível, mas os romanos tomavam ao pé da letra tudo quanto lhes era ensinado pelos etruscos.

Quando os vigias do porto nos indicaram um lugar de atracação na lodosa margem apoiada em estacas, os inspetores subiram para bordo. O etrusco não fez nenhuma tentativa de os presentear ou de convidá-los a participarem do sacrifício que ele estava celebrando. Afirmou que os oficiais romanos eram incorruptíveis devido à severidade de suas leis.

Na extremidade do mercado de gado, junto a uma coluna, estava postado o executor, pronto a cumprir seu dever. Seu símbolo, que o mercador dizia herdado dos etruscos, era um machado rodeado de varas. A esses executores chamavam os romanos "litores". Em vez de um rei, elegiam anualmente dois oficiais, e cada um desses, de nome "pretor", era acompanhado por doze "litores". Em casos flagrantes, um litor podia prender na rua um criminoso, chicoteá-lo ou cortar a mão de um ladrão com seu machado. Devido a isso, uma ordem exemplar reinava no porto e não era preciso ninguém recear os ladrões, tal como sucedia nos demais portos.

O etrusco deixou o questor examinar primeiro meus pertences e os de Arsinoé, este anotou nossos nomes e acreditou quando lhe dissemos que éramos sicanos da Sicília. O mercador proibiu-nos esconder o que quer que fosse, de modo que o questor contou cuidadosamente as moedas de ouro de Arsinoé e fez pesar nossos objetos de ouro. Tivemos de pagar um imposto muito alto por havê-lo trazido co nosco, pois em Roma só circulava cobre estampado como moeda corrente. Quando perguntaram se Ana era escrava ou livre, Arsinoé depressa declarou que era escrava enquanto eu sustentava que era livre. Os oficiais, que entendiam um pouco de grego, chamaram um intérprete, mas como Ana era incapaz de defender-se declararam-na escrava, imaginando os questores que eu a declarara livre apenas para fugir ao pagamento da taxa sobre escravos.

Deixaram benevolamente o intérprete explicar que se eles registrassem Ana em suas tabuinhas como pessoa livre, ela poderia ir onde quisesse e gozar da proteção das leis de Roma. Dessa forma, quando lhes menti, estive a pique de perder uma pequena fortuna. Acharam a coisa uma boa piada e rindo-se beliscaram Ana enquanto tratavam de adivinhar quanto poderia ela alcançar no mercado. Mas respeitaram a mim e a Arsinoé devido ao nosso ouro. Os romanos eram gananciosos, dividiam o povo em várias classes segundo suas posses, de modo que raramente se permitia aos pobres votarem em assuntos municipais. Mas no serviço militar davam-se aos ricos as tarefas mais difíceis, enquanto os pobres as recebiam menores, e os demasiado pobres não precisavam servir, pois os romanos achavam que a ralé representava um fardo para o exército.

Quando deixamos o navio, o mercador nos levou rapidamente a um novo templo de Turnus a fim de aí celebrarmos um sacrifício. Em verdade, cultuavam-no os romanos sob a invocação de Mercúrio, mas no mesmo templo os gregos de Roma cultuavam-no como Hermes, de modo que se podia presumir tratar-se da mesma divindade.

O templo estava cheio de mercadores tagarelas, oriundos de diversas cidades, todos indagando dos últimos preços do cobre, do couro de boi, da lã e da madeira, pois os preços eram estabelecidos diariamente no templo de Mercúrio, elevando-se ou baixando de acordo com a oferta e a procura. Apenas o preço do grão fora estabilizado pelos oficiais romanos, pois haviam estes por tal forma ofendido os etruscos e os povos vizinhos, que estas fontes de produção se recusavam a vender-lhes cereais.

Depois de sacrificarmos e deixarmos no templo nossas oferendas, o etrusco se despediu de nós.

Não aceitou pagamento pela viagem, embora eu julgasse que ele nos tivesse levado ao templo com a finalidade de regularizarmos o assunto perante o olhar do deus. Ao contrário, até me devolveu o depósito que eu fizera em Panormos.

— Acho que não teria boa sorte se aceitasse pagamento pela viagem. Lembro muito bem como a magia negra lançou meu navio ao mar e como este criou asas de modo que o carregamento não se molhou na tempestade. Dá-me apenas, a este pobre homem que sou, a tua bênção. Isso basta como pagamento, embora eu rogue não me lembrares em outras circunstâncias.

Pus-lhe minha mão no ombro e com a mão esquerda cobri os olhos para abençoá-lo, mas porque fiz esse gesto ritual, eis o que não saberia dizer. O mercador ficou tão assustado, que imediatamente fugiu para a praia, olhando na minha direção através dos dedos.

Assim foi que Arsinoé, Ana, Misme e eu fomos abandonados com as nossas posses no exterior do templo de Mercúrio. Como eu não conhecia a cidade e seus costumes, tampouco entendendo a língua que ali se falava, resolvi ficar naquele mesmo sítio até que um presságio apontasse o rumo que deveríamos tomar.

Arsinoé não se cansava de ver passar as multidões, pois muitos homens a fitavam e até chegavam a olhar para trás. Reparou que todas as pessoas andavam calçadas com exceção dos escravos, mas achou broncas e balofas as mulheres, declarando que suas roupas eram feias. Não teve tempo de dizer mais, pois naquele instante se nos aproximou um velho apoiado em nodoso bordão. Tinha a vestimenta suja e manchada de comida, os olhos vermelhos e imunda a barba grisalha.

— Que esperas, estrangeiro? — perguntou ele.

Adivinhei-lhe o ofício pelo bordão, embora sua aparência não fosse própria a despertar confiança. Mas como era a primeira pessoa que me dirigia a palavra, respondi com afabilidade:

— Acabo de chegar nesta cidade e estou à espera de um presságio favorável.

Ele se mostrou grandemente interessado, e o bordão começou a tremer-lhe nas mãos enquanto explicava:

— Adivinhei que sois gregos, mais pela aparência de tua mulher que pela tua. Se queres, estudarei os pássaros para ti, mas posso levar-te a um sócio que sacrificará um carneiro em tua intenção e lerá os presságios em seu fígado. Isto é porém mais caro do que estudar os pássaros.

Era fraco o seu conhecimento de grego, por isso sugeri:

— Falemos tua própria língua a fim de que eu possa te compreender melhor.

Ele pôs-se a falar na linguagem da cidade, que soava tão áspera e inflexível como se dizia serem seus moradores. Sacudi a cabeça:

— Não entendo sequer uma palavra. Falemos a antiga língua verdadeira. Aprendi alguma coisa em minhas relações com etruscos.

Falando com o mercador, era como se o etrusco que eu aprendera com Lars Alsir em Himéria, de novo irrompesse de minha boca depois de muitos anos de letargia. Ou como se, conhecendo a língua, eu a houvesse esquecido. As palavras me vieram aos lábios com tamanha facilidade, que gradualmente o mercador parou de falar na língua poliglota do mar para falar comigo em sua própria língua.

O homem ficava cada vez mais interessado.

— És com efeito um grego excepcional, pois conheces a língua sagrada. Sou etrusco e verdadeiro áugure, não alguém que apenas recita coisas decoradas. Não me desprezes, embora minha vista fraca me obrigue a procurar um meio de vida, uma vez que já ninguém me procura.

Pôs a mão em pala na testa, olhou-me detidamente e perguntou:

— Onde foi que te vi, e por que me és tão conhecido?

Embora tais palavras sejam em toda parte comuns a profetas errantes, ele falou com tanta sinceridade e era um homem tão venerável a despeito de sua pobreza, que acreditei. Em todo caso não lhe revelei a certeza que eu tinha de que os deuses o tinham enviado até mim precisamente naquele momento e naquele lugar.

Arsinoé ficou imediatamente com ciúme e enfiou seu belo rosto ante o nariz do ancião, perguntando:

— E eu? Não reconheces minha cara, se és em verdade um áugure?

O ancião pôs a mão na testa, fitou-a fixamente nos olhos e começou a tremer:

— Naturalmente que te reconheço, e ao contemplar-te volto aos dias da minha juventude. Não és Calpúrnia, a quem vi junto à fonte dos bosques?

Voltou a si e abanou a cabeça:

— Não; não podes ser Calpúrnia, pois esta já estaria velha se ainda vivesse. Mas em teu rosto, mulher, vejo todas as mulheres que durante a vida me fizeram estremecer. Serás talvez a própria deusa disfarçada em mulher?

Arsinoé riu-se deliciada, tocou-lhe o braço e disse para mim:
— Este velho me agrada. Deve ser um verdadeiro áugure. Deixa-o examinar os presságios para ti, Turms.

Mas o áugure me fitava desorientado:
— Onde foi que já vi teu rosto? — perguntou em etrusco. — Parece-me haver visto uma sorridente imagem tua durante minhas viagens às cidades santas para onde me dirigia a fim de aprender minha profissão.

Tornei a rir.
— Enganas-te, velho. Não visitei nenhuma cidade etrusca. Se em verdade me reconheces, talvez me visses em algum sonho a fim de te habilitares e contar-me os presságios que hoje tiveste a meu respeito.

Ele tornou a murchar e seu ardor se extinguiu. Disse em seguida humildemente:
— Se assim é e se o desejas, estudarei os presságios gratuitamente, embora eu não tenha comido grande coisa estes últimos dias. Um pouco de sopa me fortaleceria o corpo e uma gota de vinho animaria o cérebro de um ancião. Mas não me consideres um mendigo impertinente, embora eu te revele minha necessidade.

— Não te apoquentes, velho — disse eu para acalmá-lo. Teu incômodo será recompensado. Nem convém à minha dignidade aceitar alguma coisa grátis. Se eu próprio sou um doador de dádivas!

— Doador de dádivas! — repetiu ele, levando a mão à boca. — Onde aprendeste tais palavras, e como te atreves a dizê-las com referência à tua própria pessoa? No final das contas não és grego?

Compreendi pelo seu susto que eu dissera sem querer o nome secreto de algum deus etrusco, mas não sabia como as palavras tinham-me vindo. No entanto ri-me, pus a mão no seu ombro e disse tranquilizadoramente:
— Falo mal a tua língua e emprego palavras impróprias. De nenhuma maneira pretendi insultar-te, ou à tua religião.

— Não—protestou ele; — tuas palavras são corretas, mas estão no lugar impróprio. São palavras dos santos Lucumos. Os tempos são difíceis e vivemos na época do lobo, quando até um estrangeiro pode repetir palavras santas assim como um corvo que aprendesse a falar.

Não me ofendi com o insulto. Ao contrário, perguntei-lhe com curiosidade:
— Quem são os Lucumos? Explica-me esse assunto, a fim de que eu nunca mais erre usando palavras certas em lugares impróprios.

Ele fitou-me com hostilidade e explicou:
— Os Lucumos são os santos governadores dos etruscos. Mas hoje em dia aparecem raramente.

Achávamo-nos naquela parte da cidade onde os camponeses que a visitavam e os mercadores de gado tinham seus alojamentos. Mas os estalajadeiros de cabeludos braços que nos tentavam com suas espumadeiras e conchas de servir não nos agradavam e nem entendíamos sua linguagem. As estreitas ruelas eram sujas e lodosas, e Arsinoé declarou que podia inferir do rosto das mulheres a profissão que elas exerciam. Tal lugar, que o velho chamava de Suburra, fora amaldiçoado, e a gente que ali morava se compunha de elementos de má fama e do pessoal dos circos.

O velho nos mostrou o altar que os gregos erigiram a Hércules, perguntando se queríamos alojamentos entre os gregos exilados que ali vieram a fim de exercer seus vários ofícios. O altar parecia bastante antigo e o áugure explicou que, de acordo com os gregos, os fundadores de Roma eram descendentes de Eneias que para ali fugiu depois da queda de Troia.

— Acredite quem quiser — disse ele. — Os gregos são grandes faladores e contadores de histórias, e depressa contagiavam os povos primitivos com seus costumes onde quer que se estabelecessem. Sem querer ofender-te, direi que os gregos com seus costumes são por toda parte como uma doença contagiosa.

— Não me ofendes, e não quero morar entre gregos — respondi.

Explicou ele, igualmente, que Roma também continha mercadores e artesãos fenícios que ali vieram tanto das terras orientais como de Cartago. Mas também entre eles eu não queria residir. O velho afinal nos mostrou uma antiga figueira para cujo sopé os irmãos gêmeos, Remo e Rômulo, foram arrastados pela enchente em sua cesta de vime. Ali foi que a loba os amamentara até que pastores os salvaram.

— Os nomes dos gêmeos foram deformados — afirmou o velho. — Seus nomes verdadeiros eram Ramon e Remon, de acordo com os nomes dos dois rios, até que o rio Ramon teve o seu curso retificado e venceu o Remon. Agora os romanos chamam-no de Tibre, segundo um certo Tiburino que nele se afogou.

Reparei que, enquanto conversávamos, chegáramos a uma rua calçada de lajes. O velho explicou que aquele era o bairro etrusco e que a rua se chamava *Vico Tosco*, pois os romanos chamavam os etruscos de toscanos. Ali moravam os negociantes mais opulentos, os mais hábeis artesãos e as velhas famílias etruscas de Roma. Estas compreendiam um terço das mais nobres famílias romanas. De igual modo, um terço da cavalaria de Roma consistia de descendentes de famílias etruscas.

Olhando em torno de si, disse o áugure:

— Tenho os pés cansados e a boca seca de tanto falar.

— Achas que algum etrusco consentiria em hospedar a mim e a minha família embora eu seja estrangeiro? — perguntei.

Sem esperar por mais, ele bateu seu bordão num portão pintado, entrou e conduziu-nos a um pátio meio coberto, cheio de colunas, e tendo uma piscina de água de chuva no centro e altares enfileirados na extremidade. Ao redor do pátio havia edifícios que se alugavam a viajantes, enquanto a casa principal continha muitos quartos de paredes pintadas, mobiliados com mesas e cadeiras. O estalajadeiro era homem discreto, por isso não saudou o áugure com grande entusiasmo. Mas depois que nos examinou, aceitou-nos como hóspedes e mandou os criados prepararem a comida. Deixando Ana em um dos edifícios do pátio a fim de zelar pelos nossos pertences, entramos para comer.

A sala continha dois leitos reclinatórios e o áugure explicou: — Os etruscos consentem a uma mulher reclinar-se em um leito e comer na mesma sala com um homem. Pode até deitar-se no mesmo leito com seu marido, se assim o desejar. Os gregos apenas permitem que a mulher se sente na mesma sala; mas os romanos consideram uma indecência uma mulher comer em companhia de um homem.

Quanto a ele, encostou-se contra a parede para esperar as migalhas da nossa caridade. Mas convidei-o a partilhar da refeição conosco, ordenando aos escravos que trouxessem outro leito. O velho saiu imediatamente para se lavar, e o estalajadeiro lhe trouxe uma túnica limpa a fim de proteger as almofadas duplas do leito. Enquanto comíamos a excelente comida e bebíamos o vinho da região, a cara do homem foi se iluminando, as rugas de seu rosto se apagaram e suas mãos cessaram de tremer.

Afinal se recostou, a taça de vinho na mão esquerda e uma romã na direita, o bordão jazendo no leito à sua esquerda. Invadiu-me então um sentimento estranho: o de que tinha vivido outrora aquele mesmo instante em uma cidade estranha e em uma sala estranha sob um teto ornamentado de vigas pintadas.

O vinho subiu-me à cabeça e eu disse o seguinte:

— Seja quem fores, ó velho, vi os olhares que trocaste com o estalajadeiro. Não estou acostumado aos vossos usos; mas por que me serviste em taças pretas enquanto deste à minha mulher recipientes de prata e uma taça coríntia?

— Se não o sabes nem o entendes, isso não faz nenhuma diferença — disse ele.

— Mas não é sinal de desrespeito. Esses pratos são antigos.

O próprio estalajadeiro apressou-se em me oferecer uma taça de prata lindamente lavrada em substituição da taça de barro preto. Não a aceitei entretanto, e continuei empunhando esta última. A palma de minha mão estava habituada à sua forma.

— Não sou homem santo — disse eu. — Com certeza te enganas. Ao contrário, como me deixarias beber de uma taça ritual?

Sem responder, o áugure atirou-me a romã que eu apanhei na taça pouco funda sem tocá-la com a mão. Minha túnica escorregara, de modo que a parte superior de meu corpo ficou descoberta. Reclinei-me no leito, repousando em um dos cotovelos e com a taça preta na mão esquerda. Intocada a romã jazia em seu redondo bojo. Quando a viu, o estalajadeiro aproximou-se de mim e pôs-me ao pescoço uma grinalda de flores outonais.

O áugure tocou a fronte com a mão e disse:

— Tens fogo à volta da cabeça, estrangeiro.

— Tua profissão é ver o que não existe — protestei; — mas perdoo-te, pois eu mesmo estou te servindo de mais vinho. Não enxergas fogo também em redor da cabeça de minha mulher? O velho fitou detidamente Arsinoé, em seguida sacudiu a cabeça.

— Não; não há fogo; o que há, é simplesmente a luz do sol se apagando. Ela não é como tu.

Súbito percebi que estava começando a enxergar através das paredes. O rosto de Arsinoé se transformou no rosto da deusa, e o velho perdeu a barba, ao ponto de parecer um homem na primavera da vida. O homem que nos hospedava já não era um simples estalajadeiro, mas um sábio e um erudito.

Rompi a rir.

— Que significa isso de me pores à prova a mim, um simples estrangeiro?

O ancião pôs um dedo nos lábios e mostrou que Arsinoé bocejava profundamente. Dentro de alguns instantes estava adormecida, e o áugure se levantou, ergueu-lhe a pálpebra e disse:

223

— Dorme profundamente e nada lhe acontecerá. Quanto a ti, estrangeiro, deves receber teus presságios. Não tenhas receio. Não comeste nem bebeste veneno, apenas provaste a erva sagrada. Eu também a provei para clarear a vista. Não és um homem ordinário e não te basta um presságio ordinário. Saiamos e subamos o monte sagrado.

Cheio de esplendorosa alegria deixei Arsinoé dormindo e acompanhei o áugure. Mas cometi o erro de atravessar diretamente a parede em direção ao pátio, enquanto o áugure teve de sair pela porta, do que resultou em chegar ao pátio antes dele. Vi então meu corpo caminhando obedientemente atrás do velho, e imediatamente entrei nele, pois só podia falar por seu intermédio. Nunca experimentara coisa alguma tão absurda e temia grandemente ter bebido demais. Entretanto não tinha as pernas frouxas, e o áugure me conduziu para a praça do mercado, indicando-me com o bordão o edifício do senado, a prisão fronteira e muitas outras coisas. Quis levar-me ao longo da via sagrada, mas após caminhar uma certa distância, desviei-me para um lado e dirigi-me para uma íngreme penedia.

Olhando em torno, avistei um templo redondo, de colunas de madeira e telhado de junco, e exclamei:

— Sinto a proximidade de um lugar sagrado!

— Esse é o templo de Vesta — explicou o ancião. — Seis moças solteiras guardam o fogo sagrado que arde em seu interior. Homem algum pode entrar aqui.

Pus-me à escuta.

— Ouço murmúrio de água. Deve haver em algum lugar uma fonte sagrada.

O ancião deixou de protestar e consentiu que eu fosse à sua frente, galgasse os degraus entalhados na rocha e entrasse na caverna. Havia dentro desta um antigo cocho de pedra, onde corria a água caída de uma fenda na parede. Na beirada do cocho jaziam três grinaldas, tão frescas como se alguém tivesse acabado de as pôr ali. A primeira era formada por um ramo de salgueiro, a segunda por um ramo de oliveira enquanto a terceira se compunha de ramos de hera.

O áugure olhou assustado em torno.

— É proibido entrar aqui, pois é esta a casa da ninfa Egéria, que os etruscos chamam de Begoé; o único Lucumo que foi governador de Roma vem aqui à noite para se encontrar com ela.

Mergulhei ambas as mãos na água fria, borrifei-me um pouco com a mesma, tomei na mão a grinalda de hera e disse:

— Prossigamos para o monte. Estou pronto.

Naquele mesmo instante a caverna escureceu e vi à sua entrada uma mulher envolta em tecido grosseiro. Era impossível dizer se era velha ou moça, pois trazia a cabeça, o rosto e até as mãos cobertos, de modo que apenas eram visíveis as pontas de seus dedos segurando o pano. Olhou-me escrutadora por uma fenda, depois desviou-se para um lado e nada disse.

Nem eu sei como foi que aconteceu, mas naquele momento, enquanto eu me afastava da penumbra da antiga cova em direção à luz, eu, Turms, verifiquei pela primeira vez minha imortalidade, com uma dor de cortar o coração. Percebi em meus ouvidos o rugido da imortalidade, senti o hálito gelado da imortalidade nas narinas, provei em minha boca o gosto metálico da imortalidade, vi a chama da imortalidade ante os olhos.

Experimentando essas sensações, percebi que um dia havia de voltar, galgar os mesmos degraus, tocar a mesma água, e, assim fazendo, havia de volver a identificar-me. Nem esta percepção durou mais que o momento que levei em colocar na cabeça a grinalda de hera que em seguida desapareceu.

Beijei a terra, mãe de meu corpo, prevendo que algum dia meus olhos corporais veriam para além dela. A mulher amortalhada se afastou sem dizer sequer uma palavra. Outrora, uma mulher igualmente amortalhada se sentara no divino assento debaixo de um para-sol e eu beijara a terra junto de seus pés. Mas não sabia se aquilo acontecera em sonho, ou na realidade, ou em alguma vida anterior.

Um fino nevoeiro começou a cair sobre o vale entre os montes, apagando o contorno das casas e escondendo de minha vista a praça do mercado. Disse o áugure:

— Os deuses estão chegando. Apressemo-nos.

Pôs-se a subir à minha frente uma íngreme vereda, cada vez mais ofegante à medida que subia, até que suas pernas se puseram a tremer e eu tive de amparál-lo. O brilho juvenil do vinho desaparecera-lhe do rosto, suas faces se enrugaram e sua barba a cada passo mais e mais se encompridava. Quanto mais alto subíamos, tanto mais ele envelhecia, de modo que diante de meus olhos ficou mais velho que um carvalho.

O píncaro clareava, mas abaixo, do outro lado da crista, o trilho circular estava velado pelo nevoeiro. Sem perigo de errar, meus passos conduziram-me a uma rocha lisa.

O áugure perguntou:

— No interior das paredes?

— No interior das paredes — concordei. — Ainda não estou livre. Ainda não me conheço.

— Escolhes o norte ou o sul? — perguntou ele.

— Não escolho: — respondi. — O norte foi que me escolheu.

Sentei-me na rocha com o rosto voltado para o norte, e nem que o quisesse não poderia ter encarado o sul, tão firmemente estava eu dominado pelo meu próprio poderio. O velho instalou-se à minha esquerda com o bordão na mão direita, mediu e determinou os quatro pontos cardeais, repetindo seus nomes em voz alta. Nada disse sobre os pássaros nem sobre a maneira em que esperava vê-los voar.

— Ficarás satisfeito com uma resposta meramente afirmativa ou negativa? — perguntou, assim como é de praxe um áugure proceder.

— Não — respondi. — Os deuses chegaram. Não estou comprometido, mas os deuses são obrigados a me enviar seus presságios.

O áugure cobriu a cabeça, mudou o bordão para a mão esquerda, levantou a direita para o alto da cabeça e esperou. Naquele momento uma suave brisa fez farfalharem as copas das árvores e uma folha nova de carvalho caiu no chão entre meus pés, enquanto em algum sítio na distância, oriundo de outro monte, ouvi o surdo grasnar de gansos. Um cachorro surgiu sem sabermos de onde, rodeou-nos com o focinho farejando o chão e tornou a desaparecer como se avidamente seguisse alguma pista. Pareciam os deuses competir uns com os outros na revelação de sua presença, pois bem longe o baque de uma maçã interrompeu o silêncio e um lagarto se esgueirou a meus pés desaparecendo na relva. Era de crer que os outros sete deuses também estivessem presentes, embora não tivessem dado indícios muito claros de que estavam. Depois de esperar mais um pouco, invoquei os deuses que se haviam revelado:

— Dono das nuvens, eu te conheço. Ó tu, de olhar manso: eu te conheço. Ó tu, de pés velozes, eu te conheço. Ó tu que nasceste da espuma do mar: eu te conheço. E vós, ó deuses infernais: conheço-vos!

O áugure repetiu os verdadeiros e santos nomes desses cinco deuses, e em seguida apareceram os presságios.

Dos juncos do rio levantou voo um bando de aves aquáticas voando para o norte com os pescoços espichados até desaparecer da minha vista.

— Teu lago — disse o áugure.

Um falcão voando alto e em círculo veio tocar o chão, e tornou em seguida a subir para os ares. Um esvoaçante bando de pombas emergiu do nevoeiro e voou rapidamente para o nordeste.

— Tua montanha — disse o áugure.

Vieram então os negros corvos, circulando indolentemente sobre as nossas cabeças. O áugure contou-os.

— Nove anos — disse ele.

Isso marcou o fim dos presságios, mas um besouro amarelo e preto subiu nos meus pés. O áugure tornou a cobrir a cabeça, mudou o bordão para a mão direita e disse:

— Teu túmulo.

Dessa maneira os deuses me faziam lembrar ciumentamente a mortalidade de meu corpo e experimentavam amedrontar-me. Mas dando um pontapé no besouro levantei-me e falei do seguinte modo:

— O ato terminou, ó ancião, e não te agradecerei pelos presságios, pois não é costume a gente agradecê-los. Os deuses eram cinco, e dentre eles apenas o dono do raio era macho. Houve três presságios, dois dos quais se referiam a lugares, enquanto o terceiro dizia respeito ao tempo da minha prisão. Mas os deuses eram apenas deuses terrestres, e seus presságios só diziam respeito à vida presente. Lembraram-me da morte porque sabem que o destino do homem é a morte, mas eles próprios estão ligados à terra em sua qualidade de homens, e desta maneira, mesmo sendo imortais, são iguais aos homens. Também cultuo as divindades veladas.

— Não fales a seu respeito — disse o áugure como advertência. — Basta saberes que existem. Mas ninguém pode conhecê-los, nem mesmo os deuses.

— A terra não os limita. Tempo e lugar não os limitam. Eles governam os deuses, assim como os deuses governam os homens.

— Não fales — tornou o áugure a dizer. — Eles existem. Que isso te baste.

2

Regressamos às ruas dos etruscos e entramos na estalagem para que eu pudesse dar ao áugure sua dádiva. Fomos encontrar o hospedeiro torcendo as mãos.

— Bem bom que voltaste, estrangeiro, pois aqui acontecem coisas que não entendo. Não sei se me convém deixar a ti e a tua família permanecerem nesta casa. Meu negócio se ressentirá se a gente começar a ter medo deste lugar.

Alvoroçavam-se os escravos, gritando que objetos caíam das paredes e que o deus doméstico virara as costas para a lareira. Entrei depressa na sala onde comêramos. Arsinoé estava sentada à beira do leito com um ar de culpa e mastigava uma maçã. Junto dela, em uma cadeira de pernas de bronze, estava um velho decrépito escorando com um dedo a pálpebra caída do olho direito. Trazia uma túnica desbotada com bordados de púrpura, e no polegar, um anel de ouro. Quando me viu, começou penosamente a explicar alguma coisa em latim, mas o estalajadeiro instou com ele para que não fizesse esforço.

— É um dos pais da cidade — explicou o estalajadeiro. — Tércio Valério, irmão de Públio Valério, e amigo dos plebeus. Os acontecimentos destes últimos anos afetaram-no profundamente, pois teve de consentir que matassem seus dois filhos, de acordo com uma lei que seu irmão apresentou e o Senado ratificou. Há pouco tempo estava ele no Senado, na ocasião em que o tribuno fazia a acusação de Caio Márcio, conquistador dos volscos, e o povo promovia distúrbios. Perdeu os sentidos e foi trazido à minha casa, pois os escravos receavam levá-lo para a dele: estava tão mal que podia morrer no caminho. Quando voltou a si, afirmou ter visto sua mulher, embora ela já tivesse morrido de tristeza após a perda dos dois filhos.

O velho pôs-se a falar em etrusco e declarou:

— Vi minha mulher, toquei-a com a mão e conversamos sobre assuntos que só nós dois sabemos. Não sei o que isso significa, pois finalmente tudo escureceu e minha mulher se transformou na mulher que tenho à minha frente.

— O mais espantoso é que um pouco antes eu também vi minha mulher — disse o estalajadeiro — embora saiba que ela está de visita a uns parentes em Veios, e Veios fica a um dia inteiro de viagem daqui! Mas com meus próprios olhos a vi andando pelo pátio. Em nome do meu espírito guardião, juro que a vi e a toquei, e até corri a abraçá-la perguntando: "Quando chegaste de Veios, e por que regressaste tão depressa?" Só então percebi ter tocado esta mulher que despertara do sono e andava pela casa.

— Está mentindo — afirmou Arsinoé. — Ambos mentem. Só agora acordei e não me lembro de nada extraordinário. O velho só me olhava. Não quis trair-te nem presta para semelhante coisa.

Respondi irado:

— Podes virar qualquer casa de pernas para o ar com tuas artimanhas, mas talvez a deusa entrasse em ti quando dormias e em verdade não sabes o que aconteceu.

Tércio Valério foi bastante educado para gaguejar algumas palavras em grego. Voltando-me para ele declarei:

— Enxergaste a visão numa condição crepuscular. Sem dúvida um dos vasos sanguíneos de tua cabeça rebentou com o choque que sofreste na praça do mercado, segundo posso verificar pela tua pálpebra caída. Tua mulher te apareceu na figura de minha mulher para dizer que te cuidasses e não te envolvesses em disputas que te podem fazer mal à saúde. A visão só queria dizer isso.

—És médico? — perguntou Tércio Valério.

— Não; mas era amigo de um dos mais célebres médicos da ilha de Cós. Sabia ele que um certo Alcmeno provara que as perturbações na cabeça afetavam várias partes do corpo. Tua doença está no crânio e a paralisia de teu corpo é sintoma disso, não uma doença em si mesma. Assim nos disseram.

O velho pensou um momento e tomou a resolução de declarar:

— Está visto que os deuses me mandaram a esta casa a fim de conhecer tua mulher e tu também, e encontrar paz no meu coração. Acredito em minha mulher. Tivesse acreditado nela há mais tempo e ambos os nossos filhos ainda estariam vivos. A ambição me cegou e eu pensei que era igual a meus irmãos: não estava contente de viver calado quando se tratava de negócios públicos. Agora minha lareira se apagou, levo uma velhice sem alegria e as Fúrias murmuram coisas em meus ouvidos quando estou sentado sozinho no escuro.

Agarrou então a mão de Arsinoé e prosseguiu:

— Tendes de vir comigo para minha casa como hóspedes. O estalajadeiro levou-me para um lado:

— É homem de respeito e possui milhares de jeiras de terra. Mas faz muito tempo que anda confuso, e a doença concorre para lhe afetar a razão. Poria em dúvida o que ele diz ter visto, não fosse ter-me acontecido coisa parecida. Mas seus parentes vos odiarão se vos hospedardes em casa dele.

Refleti sobre o assunto e afinal respondi:

— Não me compete duvidar dos acontecimentos. Agradeço-te a hospitalidade, que te pagarei assim que fizeres em tuas tabuinhas a soma do que te devo. Irei em companhia deste ancião, minha mulher pô-lo-á na cama e nossa criada cuidará dele. É essa a minha decisão.

Com o rosto corado, o estalajadeiro sacou do cinto as tabuinhas e começou a escrever açodadamente com o estilo. Olhou-me como a pedir desculpa e disse:

— Deves compreender, estrangeiro, que eu antes preferia oferecer-te hospedagem grátis. Devido a certas razões, até te adoraria de joelhos, mas meu negócio é este e estamos em Roma.

Olhou em torno e viu apenas Tércio Valério agarrado à mão de Arsinoé como se buscasse amparo e proteção.

— Quem sabe querem os deuses que busques a casa de Tércio Valério. Lembra-te porém que seu irmão mais velho foi o pretor que muitas vezes incorreu na ira dos patrícios devido à sua lei de apelação. Outro irmão dele também foi pretor, e Mânio, filho desse irmão, foi até ditador. Foi tão bem-sucedido na guerra que em sua honra se concedeu à sua família um assento de marfim no circo. Durante toda sua vida, Tércio tem lutado para rivalizar com seus irmãos. Foi por pura ambição que enviou seus filhos à coluna do executor, quando Públio fez o mesmo com seus dois filhos, e ficou olhando a flagelação e a execução com a mesma impassibilidade do irmão. Esses moços tinham se reunido secretamente para jurar apoio ao último Tarquínio.

Enquanto palrava, ia o estalajadeiro registrando na tabuinha números e mais números em algarismos etruscos. Afinal estendeu-me a tabuinha de cera com um suspiro. Ambos os lados estavam cheios, da direita para a esquerda, e de baixo até em cima.

— Tudo isto comeste e recebeste — garantiu-me. — Também está incluído o que tua mulher, tua filha e tua escrava comeram, e o que tu, com a tua generosidade, deste a meus escravos e aos pobres.

Comecei a somar as parcelas e fiquei horrorizado.

— Mataste a fome de toda a cidade de Roma à minha custa!

Minha intenção não era essa.

Arsinoé bateu de leve na mão venada de Tércio Valério.

— Não sejas sempre tão mesquinho, Turms, murmurou, e empinou a cabeça para captar o olhar estagnado do ancião.

Tércio Valério levantou-se imediatamente e enrolou estreitamente no corpo sua toga barrada de púrpura.

— Deixa a conta comigo — declarou. — O estalajadeiro pode enviar seu escravo à minha casa em busca do cobre. Partamos.

Tentei protestar mas ele foi obstinado e nos chamou de "amigos", enquanto o estalajadeiro coçava o pescoço com o estilo e exclamava todo confuso:

— Se alguma vez duvidei, agora já não duvido! Um romano a pagar a conta de um hóspede! Não! Quando a cabeça lhe ficar desanuviada, vai pôr-se a regatear, e a fazer meu escravo correr de cá para lá entre ambas as casas... Meu cabelo vai ficar branco antes que ele me pague...

Cheio de ira, o ancião arrancou a tabuinha da mão do estalajadeiro e com dedos trêmulos apôs suas iniciais na cera. Depois, sem tornar a olhar o estalajadeiro, segurou o braço de Arsinoé.

— Guia-me tu, minha querida esposa morta, pois estou velho e os joelhos me tremem. E não me censures pela minha extravagância. Foi apenas esta vez, devido à alegria de tornar a encontrar-te tão jovem e bonita como eras durante nosso tempo mais feliz.

Ouvindo isso, comecei a arrepender-me da minha apressada decisão, mas era demasiado tarde, pois Arsinoé já conduzia depressa o ancião através da sala e na direção do pátio, onde os escravos dele já o esperavam para levá-lo a sua casa.

A caminhada não foi longa, e dentro em pouco chegamos ao pátio da antiquada residência de Tércio Valério, a qual, imitando as de seus irmãos, ele edificara ao pé do Vélia. O porteiro era um escravo velho, tão trêmulo como o amo, e o elo que lhe prendia os grilhões ao batente do portão estava há muito apodrecido, de modo que ele o usava apenas quando chegavam hóspedes e por amor às aparências. Nos intervalos andava manquitolando pelo pátio ou pela rua em busca de um lugar ensolarado que lhe aquecesse o velho corpo.

Os escravos carregaram a liteira para dentro do pátio, onde Arsinoé acordou mansamente o velho. Fizemos com que os escravos o pusessem na cama e acendessem um braseiro para esquentar o quarto meio escuro, e enquanto o faziam, notamos que a residência de Tércio Valério governada por escravos decrépitos, andava gravemente negligenciada. Com um profundo suspiro ele enterrou o rosto no travesseiro, mas antes se lembrou de recomendar aos escravos que obedecessem a mim e a Arsinoé, seus hóspedes. Fez então um aceno para que nos aproximássemos, e enquanto nos inclinávamos sobre ele, acariciou os cabelos de Arsinoé, e, por delicadeza, também os meus. Arsinoé pousou-lhe a mão na fronte e disse-lhe que dormisse. Imediatamente ele assim fez.

Quando voltamos ao pátio, pedi aos escravos que regressassem à estalagem em busca de Ana, de Misme e de nossos pertences. Mas em vez de o fazerem, fitaram-nos desdenhosamente e sacudiram a cabeça como se não compreendessem. Mas finalmente o mordomo de cabelos brancos curvou a cabeça perante meu olhar severo, confessou seu nascimento etrusco e mandou os escravos cumprirem minhas ordens. Disse-me que ainda entendia muito bem o etrusco embora os romanos evitassem empregá-lo em público depois do exílio do rei. Os mais fanáticos dentre eles nem mesmo consentiam que seus filhos aprendessem a antiga língua, explicou ele, mas os verdadeiros e nobres filhos dos Pais de Roma ainda continuavam mandando seus herdeiros a Veios ou a Tarquínia, onde passavam algum tempo de sua mocidade adquirindo cultura e boas maneiras.

— Dize-me teu nome e família e o nome de tua mulher e donde vieste a fim de eu poder dirigir-me a ti de maneira adequada — rogou ele com humildade.

Eu não tinha vontade de esconder do mordomo o meu nome verdadeiro, uma vez que ele gozava da confiança de seu amo Tércio Valério.

— Sou Turms de Éfeso e refugiado jônico, como bem podes adivinhar. O nome de minha mulher é Arsinoé. Ela fala apenas grego e a linguagem do mar.

— Turms — repetiu ele — não é nome grego. Como é possível a um jônio falar a língua sagrada?

— Chama-me como quiseres! — exclamei, e fui obrigado a rir. Com um gesto amigável pousei-lhe minha mão no ombro, mas seu contato fê-lo estremecer.

— Os romanos corrompem o nome "Turms" em "Turnus" — explicou ele; — e aqui será melhor te chamares Turnus. Nada mais pedirei, mas servir-te-ei o melhor que puder; assim sendo, perdoa-me a curiosidade, que é uma fraqueza da velhice. Agradeço-te o teres te dignado tocar-me, a mim, criatura inferior.

O dorso ereto, ia ele à nossa frente a fim de nos mostrar os aposentos. Pedi-lhe que me falasse em latim, que era a língua da cidade, a fim de que eu a aprendesse, e ele pôs-se a nomear todos os objetos, primeiro em latim, depois em etrusco. Arsinoé também escutava com tamanha atenção, que percebi estar ela querendo aprender para falar com Tércio Valério na própria língua da cidade, e temi pelas consequências.

3

Tércio Valério não teve outro ataque de paralisia a despeito dos desejos fervorosos de seus parentes, que muito tempo sofreram os sarcasmos do homem que julgavam ingênuo. Mesmo quando moço era tão falto de talento se comparado a ambos os seus irmãos, que lhe chamaram simplesmente Tércio, isto é, o terceiro filho, enquanto no Senado o conheciam por Bruto, o imbecil.

No entanto, não era falto de talento. Seus dons eram simplesmente de uma qualidade diferente dos de seus irmãos que realizavam gloriosos feitos por amor a Roma e ali chegaram a ser os primeiros entre os primeiros. Todos os homens, mesmo o aparentemente simplório, têm o talento que lhes é peculiar e que talvez nunca seja reconhecido pelos que o cercam se não lhe chega a oportunidade de o revelar. A outros, a oportunidade surge apenas uma vez. Tal, entre os romanos, o caolho Horácio que, conquanto fosse homem estúpido, e musculoso, ficou sozinho na praia etrusca para defender a cabeça de ponte romana até que os outros que vinham atrás tivessem tempo de destruir a mesma ponte. A estupidez obstinada era seu talento, ainda que Lars Porsena tomasse a cidade a despeito da teimosia de Horácio em permanecer no seu posto.

Tanta terra e riqueza, tais como Tércio Valério as possuía, não poderiam acumular-se mercê de um homem estúpido. E na minha opinião, também não foi a ambição que o levou a entregar seus filhos aos litores, sendo antes o seu excessivo sentido de responsabilidade como romano e um desejo de emular seus célebres irmãos. Os etruscos que descendiam de famílias patrícias lutavam por ser ainda mais romanos do que os próprios romanos, assim querendo afastar por suas ações o compreensível ceticismo dos plebeus. A gente poderia pensar que aqueles de origem etrusca desejavam o regresso dos reis etruscos a Roma, mas assim não era. Preferiam governar a cidade e o povo na qualidade de patrícios, senadores e oficiais do Estado.

Devido à proximidade de Arsinoé e a meu simples cuidado, Tércio Valério logo ficou bom de seu ataque de paralisia e sua gratidão para conosco foi profunda. Depois que emergiu de seu estado crepuscular, já não imaginava que Arsinoé era sua falecida mulher, embora se lembrasse de que assim pensara anteriormente. Acreditava apenas que o espírito de sua mulher se transportara velozmente para o corpo de Arsinoé a fim de que esta pudesse cuidar dele com maior ternura. Dizia-se venturoso em poder suplicar seu perdão por ter ele desdenhado seus rogos e feito sacrificar ambos os seus filhos.

Quando ficou de novo habilitado a caminhar, arranjei um perito massagista para lhe fazer cuidadosas massagens no rosto, de modo que sua pálpebra já não caía tanto como outrora. A saliva ainda lhe escorria do lábio contorcido, mas Arsinoé limpava-lhe a barba como faz uma filha devotada, usando nesse mister uma toalha de linho que conservava ali perto. Começou igualmente a dirigir o serviço doméstico, aconselhando com paciência os velhos servos e escravas, de modo que o ancião recebesse uma alimentação melhor do que antes. Da mesma forma, eram as salas varridas todos os dias, a poeira removida dos Penates e os pratos lavados. Eu mal a reconhecia, pois nunca antes Arsinoé me parecera dotada para a economia doméstica.

Quando lhe falei do meu espanto, respondeu:

— Quão pouco me conheces, Turms! Não declarei muitas vezes que, na minha qualidade de mulher, bastavam-me a segurança, quatro paredes e alguns escravos para me obedecerem? Agora que os possuo graças a este ancião, que mais posso desejar?

Mas não fiquei contente quando, ao me aproximar dela na cama, vi-a submeter-se mansamente às minhas carícias, mas com o pensamento claramente longe dali. De certo modo devia ficar contente, pois ela criava a desordem quando estava apaixonada, mas quando o fato se repetiu algumas vezes, queixei-me amargamente.

— Ó, Turms, não te agrada nada do que faço! — exclamou ela. — No final das contas, mostro que ainda te amo. Perdoa-me se já não posso participar plenamente da hora da fruição, mas a tua cegueira e meu próprio corpo já me causaram suficiente mágoa. A vida horrível que levei entre os sicanos fez-me compreender que qualquer outra condição seria mais desejável. No final das contas, foi a minha paixão por ti que me baixou ao nível do bárbaro mais brutal. Agora finalmente sinto-me segura. A segurança é a maior felicidade de uma mulher; por isso consente que eu a conserve.

Com referência aos acontecimentos na cidade, posso relatar que a mesma assembleia onde Tércio Valério sofrera o ataque de paralisia, acusou o herói primitivo, Caio Mário. Perseguindo sozinho os volscos fugitivos, tinha outrora forçado a entrada na cidade de Corioli, incendiado as casas mais próximas e mantido abertos os portões o tempo suficiente para que a cavalaria o seguisse. Por essa proeza fora-lhe concedido o privilégio de participar do triunfo ao lado do cônsul que comandara o exército e de receber do povo o apelido honorário de "Coriolano". Mas agora o povo o acusava, alegando que ele o desprezava e secretamente alimentava planos autocráticos. Verdade era que ele sentia amargura contra o povo, pois quando os plebeus subiram a montanha sagrada, tinham pilhado e queimado sua casa de campo junto com as dos outros, fazendo-o marchar debaixo do jugo. Seu orgulho nunca pôde perdoar uma tal humilhação. Os plebeus se acalmaram mediante a aquisição de dois novos tribunos dotados do privilégio de invalidar qualquer édito oficial considerado prejudicial aos interesses do povo. Mas Coriolano obrigou os tribunos a saírem do seu caminho, ostensivamente escarrou à vista deles e empurrou-os.

Coriolano bem sabia que durante o julgamento, os membros de sua própria classe não podiam protegê-lo da ira do povo. Temendo pela vida, evadiu-se aos litores que lhe guardavam a casa, saltou por cima do muro, roubou um cavalo da estrebaria em sua própria casa de campo e cavalgou durante toda a noite para o outro lado da fronteira sulina, rumo à terra dos volscos. Soube-se que estes o receberam com honrarias, deram-lhe novos trajes e consentiram que ele sacrificasse aos seus deuses citadinos. Além disso, eram os romanos tão afamados pela sua estratégia, que não é de admirar terem os volscos acolhido com satisfação um general romano que lhes instruísse as tropas.

Naquele mesmo outono teriam de se repetir no circo os jogos de sete dias por motivo de um erro ocorrido durante a primeira celebração. Os deuses tinham revelado seu descontentamento mediante um presságio desfavorável, e desta forma o Senado empreendeu repetir os dispendiosos jogos, antes que ofender os deuses. Verdade que Tércio Valério observou venenosamente que o Senado aceitara o presságio só porque queria desviar de outras coisas o pensamento do povo, mas esta opinião era apenas dele.

Por seu intermédio obtivemos assentos no palanque do Senado. O Circo Máximo era em verdade alguma coisa com a qual ainda nada víramos parecido. Sua fama se espalhara até os povos vizinhos, de modo que multidões para ele afluíam de todas as direções, até de Veios, que era uma cidade incomparavelmente mais bela do que Roma, situada apenas a um dia de distância. Um numeroso grupo de volscos chegara de Corioli, porém mal acabara de sentar-se, irrompeu um distúrbio e o povo começou a gritar a uma voz que os volscos eram inimigos de Roma e planeavam tomar a cidade durante os jogos.

Até os patrícios levantaram-se dos bancos e finalmente os membros do Senado fizeram coro com os que exigiam a expulsão dos volscos não apenas do palanque, mas de toda a cidade a fim de restaurar a ordem. Os cônsules ordenaram aos litores que retirassem os volscos do Circo e providenciassem para que eles fossem imediatamente para seus alojamentos, reunissem seus pertences e saíssem da cidade. Não se poderia inventar um melhor motivo para a guerra.

O circo romano era completamente diferente dos jogos atléticos gregos, onde homens livres competiam uns com os outros; mas pouco diferiam dos jogos de Segesta, onde atletas pagos e escravos se empenhavam em lutas romanas e de boxe. Mas as corridas de cavalos constituíam sua principal atração. Os romanos aprenderam com os etruscos a arte do espetáculo, mas os combates perderam sua significação original, conservando apenas seus aspectos superficiais. Embora o Grande Sacerdote determinasse os trajes e as armas dos combatentes, por exemplo uma rede e um tridente contra uma espada, de acordo com instruções que foram conservadas, dificilmente ele ainda se lembrava de suas intenções alegóricas.

Por que descrever o circo, que se transformara de um culto aos deuses em simples derramamento de sangue sem qualquer outra significação? O povo romano era em verdade o "povo do lobo", pois sempre aplaudia com delírio os carrascos que entravam na arena com seus malhos a fim de esmigalharem os crânios dos vencidos. Os combatentes eram escravos, prisioneiros de guerra e criminosos, e não sacrificados voluntários aos deuses como foram entre os etruscos. Por que não consentiria o Senado romano que eles se matassem mutuamente para divertir o público, a fim de desviar de seus próprios problemas o pensamento dos cidadãos? É de presumir que aconteça a mesma coisa em todas as idades. Deste modo é-me inútil descrever os vários espetáculos, ou mesmo as corridas de cavalos, a despeito das magníficas parelhas para ali enviadas até das cidades etruscas.

Descreverei apenas o encantamento e os olhos brilhantes de Arsinoé ante os espetáculos daqueles derradeiros dias de outono, enquanto ela batia as brancas mãos quando quer que o sangue jorrasse na areia do picadeiro, ou os cavalos se lançassem na corrida com suas crinas esvoaçantes e as narinas resfolegando. Porém mesmo na agitação em que ficava, não se esquecia de aconchegar a manta aos joelhos de Valério ou enxugar a saliva de sua barba enquanto ele cacarejava de alegria ao presenciar as cenas que de há muito lhe eram familiares.

Nada mais acrescentarei acerca da alegria e do entusiasmo, do horror e da crueldade do circo. Estes sempre existirão, embora sua forma possa mudar, e não as preciso recordar. Quero apenas lembrar-me do rosto de Arsinoé naquelas ocasiões, ainda jovem e radiante. Quero recordá-la, sentada no coxim vermelho, entre o alarido de uma multidão de dez mil pessoas. Só desse modo desejo recordá-la, pois muito a amava.

Os romanos dedicavam os dias mais escuros do ano a Saturno, deus tão antigo e tão sagrado que eles mal se atreviam a consertar-lhe as colunas apodrecidas do templo. Era ainda mais antigo do que Júpiter em seu Monte Capitolino, cujo templo fora erigido por Rômulo, primeiro rei de Roma. Diziam os romanos que Saturno era tão velho como o mundo.

Festejavam-no com as Saturnais, ou Saturnália, que duravam muitos dias, nos quais cessava todo o trabalho e a vida normal se interrompia. As pessoas se presenteavam reciprocamente, embora os romanos, em circunstâncias ordinárias, não fossem inclinados a fazê-lo. Os amos serviam seus escravos, os escravos davam ordens a seus donos e patroas a fim de compensar os pesados dias de trabalho do resto do ano. Em Roma a condição dos escravos não era fácil devido ao medo que ali reinava, oriundo da própria violência da cidade. Desta forma, muitos mandavam castrar seus escravos, não para proteger a castidade de suas filhas e esposas, como se praticava em Cartago e nos países orientais, mas para destruir-lhes a varonilidade e o sentido de rebelião. Mas durante as Saturnais o vinho jorrava, amos e escravos trocavam de lugar, patrícios e plebeus se juntavam como iguais, músicos ambulantes tocavam nas esquinas e nenhum gracejo se considerava demasiado grosseiro.

Aqueles dias excepcionais transformavam completamente a vida de Roma, abolindo a dignidade, a severidade e até a frugalidade. Arsinoé recebia muitos presentes, não somente o pão assado na cinza, frutas e animais domésticos, mas joias caras, perfumes, espelhos e objetos de uso. Atraíra grandemente a atenção a despeito de sua atitude modesta ao passar pelas ruas e praças em companhia de Ana ou de um dos escravos de Valério. Aceitava os presentes com um sorriso melancólico, como se a roesse uma mágoa secreta. Em retribuição dos presentes, Tércio Valério outorgava aos doadores, da parte dela, um boi ou uma ovelha de barro, para lembrar aos presenteados a simplicidade dos costumes romanos tradicionais.

Mas afirmava Arsinoé:

— Estes festejos não são novidade para mim. Em Cartago, as festas dedicadas a Baal eram muito mais selvagens. Posso ainda ouvir a furiosa música dos tambores e dos chocalhos do meu tempo de menina, quando frequentava a escola do templo. Era tal o frenesi dos moços, que estes acutilavam o corpo, tal como faziam os sacerdotes, e os mercadores ricos davam de presente fortunas, casas e navios às mulheres que lhes agradavam. Estes festejos primitivos são na verdade muito pacatos para se compararem às festas de minha mocidade.

Encontrou meu olhar e explicou apressada:

— Não que eu sinta nostalgia por aquele tempo de paixões levianas. Foi a paixão que me afundou num clima destrutor, fazendo-me perder por tua causa tudo quanto lograra realizar. Mas decerto posso agora lembrar a mocidade com um suspiro nostálgico, agora que sou mulher madura e mulher satisfeita com a sua sorte numa casa segura e seu seguro lugar num leito ao lado de um homem inútil...

Dessa maneira fazia-me lembrar que eu não passava de hóspede na casa de Tércio Valério, e que mesmo isso só o devia a seus esforços. Mas estava de tal maneira sob a magia dos presentes, dos festejos e do entusiasmo, que na escuridão da noite me puxava para si, e eu sentia em seu corpo o calor da deusa quando tornava a me enlaçar nos brancos braços e a bafejar minha boca com seu cálido alento.

Mas, deitado no escuro, mais uma vez era feliz, ouvindo-a falar:

— Turms, meu amado, passaram-se meses, e tu nada mais fizeste do que andar por aí de boca aberta. Logo Misme terá quatro anos e é tempo de tomares juízo. Se não pensas em mim e em meu futuro, pensa ao menos em Misme e no futuro dela.

Como se sentirá, vendo no pai um homem ocioso, satisfeito com as migalhas da caridade? Se ao menos fosses condutor de cavalos de corrida ou um bom tocador de corneta... isso já seria alguma coisa! Mas agora não és coisa nenhuma... Suas carícias me faziam tão feliz, que suas palavras não me enraiveciam; tampouco me importava fazê-la lembrar que de fato Misme não era minha filha. Eu gostava muito da menininha e tinha prazer em brincar com ela, que me preferia a Arsinoé. Esta nunca tinha tempo senão para ralhar com a garota.

Espichei as pernas na cama, bocejei profundamente e disse por gracejo:

— Confio em que ainda continues satisfeita comigo como amante. Se assim for, isso me basta.

Ela deixou a palma de sua mão deslizar-se no meu peito nu. — Nem precisas perguntar—murmurou ela. — Homem algum ainda me amou divinamente como tu. Bem sabes disso.

Em seguida ergueu-se sobre um cotovelo, soprou o braseiro de maneira que todo o rosto se lhe iluminou ao clarão avermelhado, e disse pensativa:

— Se é essa a tua única habilidade, Turms, tira pelo menos vantagem dela. Embora Roma seja superficialmente austera em seus costumes, duvido que na realidade difira muito de outras terras. Muito homem galgou uma posição elevada simplesmente mediante a escolha do devido quarto de dormir...

Tal sugestão a sangue-frio fez com que eu me levantasse:

— Arsinoé! — exclamei. — É mesmo verdade desejares que eu durma com uma mulher estranha no propósito de granjear benefícios políticos ou materiais de seu marido ou de seus amigos? Já não me amas?

— Naturalmente, eu ficaria com uns leves ciúmes — deu-se ela alguma pressa em afirmar. — Mas te perdoaria, sabendo que o fazias para o bem de nosso futuro. Só comprometerias o corpo, não o coração, e por isso não teria importância.

Acariciou-me as pernas e riu-se levemente.

— Em verdade, o teu corpo é tão belamente formado e tão adequado à sua função, que receio seja um desperdício usufruir dele somente uma mulher.

— O mesmo digo de teu corpo, Arsinoé—respondi-lhe com frieza. — Tua sugestão é uma ameaça?

Ela pôs a mão na boca e bocejou.

— Desnecessário falares com aspereza — disse ela recriminatória. — Tu mesmo já notaste a diferença que fiz. Não: Tércio Valério não compreenderia nem perdoaria se soubesse que eu era dissoluta. Mas esquece o que eu disse. Falei apenas o que me passou pela cabeça. Outros homens teriam considerado minhas palavras um elogio. Só tu é que és o mesmo cabeça-dura de sempre.

Mal decorreram alguns dias, e quando as desanimadoras consequências do festival ainda se experimentavam por toda a cidade e eu mesmo andava muito deprimido por sentir que não valia nada, Arsinoé se dirigiu apressadamente para mim. Seu rosto estava como que fundido em uma máscara branca muito tensa, não bela a meus olhos, mas horripilante como a de uma Górgone.

— Turms — disse ela asperamente. — Tens reparado em Ana ultimamente? Não lhe tens notado nada diferente?

Não reparara em Ana de algum modo particular, embora lhe sentisse a presença e o olhar brilhante quando quer que me pusesse a brincar com Misme.

— Que acontece com ela? — perguntei surpreso. — Talvez esteja mais magra de cara. Não está doente; pois não?

Arsinoé juntou as mãos com impaciência.

— Como os homens são cegos! Eu também fui cega ao confiar nessa garota! Pensei que lhe tivesse dado uma boa educação, mas agora... ei-la grávida!

— Grávida... Ana? — gaguejei.

— Aconteceu que reparei nela e exigi uma explicação, disse Arsinoé. — Teve de confessar, pois já não pode esconder sua condição. Essa estúpida porcalhona pensou naturalmente que podia enganar-me, a mim sua patroa, e começou a vender-se. Ou quem sabe, com uma estupidez ainda maior, se apaixonou por algum bonito litor ou atleta, e dormiu com ele! Mas eu lhe ensinarei!

Só então, com um sobressalto de angústia, me lembrei de meu próprio crime. Fora eu que, para acalentar a minha solidão no porto de Panormos, me servira de sua virgindade. Mas Arsinoé garantira que eu era estéril, de modo que Ana não podia estar grávida de mim. Eu apenas abrira o caminho, e a culpa me cabia se ela sucumbira à tentação em uma cidade como Roma. Isto porém eu não podia confessar a Arsinoé.

Mais calma, Arsinoé meditou friamente no assunto:

— Ela traiu minha confiança. Que preço teria recebido ao vendê-la se ela já não fosse impura, e como eu lhe teria facilitado as coisas nas condições em que se encontra! Poderia ter ganho dinheiro suficiente para comprar sua própria liberdade, conforme admitem as leis romanas. Mas uma escrava grávida será comprada, quando muito, por algum feitor desejoso de aumentar o número de seus trabalhadores. Mas por que chorar uma jarra partida? Vendê-la-emos com urgência, eis tudo.

Horrorizado, declarei que, no final das contas, Ana cuidara bem de Misme e que Arsinoé não devia preocupar-se com o seu sustento, uma vez que era Tércio Valério quem pagava.

Arsinoé gritou com estridência ante a minha estupidez, sacudiu-me pelos ombros e exclamou:

— Queres uma prostituta para cuidar de tua filha? Que maneiras imaginas que ela ensinará a Misme? E que pensará Tércio de nós ambos, que não vigiamos nossa serva? Primeiro deve Ana ser surrada a azorrague, e eu mesma vigiarei para que o façam com destreza.

Desta vez ainda não pude defender-me, pois tudo aconteceu tão depressa, e meu próprio sentimento de culpa me deixava estupefato. Depois que Arsinoé saiu com grande pressa, permaneci sentado com a cabeça nas mãos, olhando os azulejos coloridos do piso, e só acordei aos gritos de dor que provinham do pátio.

Correndo para fora, vi Ana atada pelos pulsos a um poste, e o escravo do estábulo azorragando-lhe as costas, de modo que já se lhe haviam aberto vários lanhos na epiderme. Arranquei o azorrague da mão do escravo, e, cego de raiva, dei-lhe umas vergastadas na cara. Arsinoé estava perto, o rosto vermelho e toda trêmula.

— Isso basta—disse eu. — Vende a garota se quiseres, mas a um homem digno, que a trate bem.

Ana amontoara-se no chão, ainda presa pelos pulsos, e soluços sacudiam-lhe o corpo embora ela quisesse dominar-se. Arsinoé bateu o pé e seus olhos se arregalaram.

— Não te intrometas, Turms! Ela tem de confessar quem a violou, e com quantos mais ela dormiu, e onde escondeu o dinheiro que ganhou. O dinheiro é nosso, e podemos receber certa quantia do violador, se o ameaçarmos de processo.

Ao ouvir isso esbofeteei Arsinoé no rosto. Era a primeira vez que lhe batia e eu mesmo fiquei com medo. Arsinoé empalideceu, torceu a cara, mas para minha grande surpresa não perdeu a calma.

Quando tirei a faca para libertar Ana, Arsinoé acenou para o escravo e disse-me:

— Não cortes as correias, que são muito caras. Deixa o escravo desatar os nós. Se a garota te é tão querida ao ponto de não quereres saber o que aconteceu, assim seja. Enviemo-la imediatamente ao mercado de gado, para ser vendida. Eu mesma a acompanharei até lá, para ter certeza de que achou um amo digno, conquanto ela não o mereça. Mas teu coração foi sempre mole e tenho de obedecer a teus desejos.

Ana ergueu o rosto do chão, as pálpebras inchadas de chorar. Mordera os lábios até o sangue, pois a despeito da surra recusara-se a dizer sequer uma palavra embora lhe fosse fácil citar-me como seu sedutor. Mas seu olhar não me acusava. Apenas abriu os olhos, como que feliz em verificar que eu a defendia.

Um covarde sentimento de alívio me invadiu quando captei esse olhar e não me ocorreu a ideia de que Arsinoé podia estar agindo com deslealdade. Entretanto senti-me suficientemente cético para perguntar:

— Juras buscar o bem da menina, embora à custa de menos dinheiro por ela?

Arsinoé fitou-me nos olhos, respirou fundo e garantiu-me:

— Naturalmente que juro! O preço não faz diferença, contanto que nos livremos da garota!

Um dos nossos escravos domésticos trouxe-lhe a grande estola usada pelas matronas romanas e nela lhe envolveu a cabeça e os ombros. O escravo do estábulo ajudou Ana a levantar-se, atirou-lhe uma corda em torno do pescoço e assim saíram portão afora: o escravo na frente conduzindo Ana pela corda e Arsinoé atrás, com a estola muito ajustada aos ombros.

Corri atrás dos três, toquei o ombro de Arsinoé e supliquei numa voz embargada de lágrimas:

— Pelo menos anote o nome e a cidade do comprador a fim de sabermos para onde Ana será levada!

Arsinoé parou, sacudiu a cabeça e disse com doçura:

— Turms, querido, já te perdoei, pois já percebi quão mal te conduziste. Aparentemente é como se te estivessem obrigando a consentir na morte de algum animal doente. Num caso desses, o bom amo não confiaria a ação a algum amigo leal, sem procurar saber onde e como a ação se passa, ou em que lugar se enterra a carcaça? É muito melhor, por tua própria causa, ignorares o lugar de destino da garota. Confia em mim, Turms. Tratarei de tudo por ti, uma vez que és tão sensível...

Roçou-me a face com a mão e foi depressa atrás do escravo. Tive de admitir que as palavras de Arsinoé tinham o timbre da razão, mas roía-me uma dúvida e eu me achava culpado, por mais que tentasse convencer-me de que Ana, sendo elímia, tinha de ser naturalmente dissoluta. Se assim não fosse, não teria se atirado a meus braços com tal sofreguidão... Melhor não pensar mais no caso.

Nisto me ajudou Arsinoé, pois ao voltar naquela tarde mostrou-se tão atenciosa, que nem fez menção do preço que obtivera por Ana; mesmo mais tarde não disse sequer uma palavra sobre o assunto. Tal fato em si já deveria deixar-me desconfiado, mas, ao contrário, contribuiu para me fazer esquecer—de tal maneira estava eu firme em casa de Tércio Valério!

4

Estava provavelmente escrito que eu teria de lutar entre paredes durante nove compridos anos — nove anos difíceis — segundo o presságio dos corvos, a fim de conhecer a vida e atingir a idade necessária. Este foi sem dúvida o motivo por que Arsinoé se fez minha mulher, pois duvido que qualquer outra tivesse como ela, logrado êxito na tentativa de agrilhoar-me à terra e à vida cotidiana por um período tão interminável. Com efeito, foi por sua causa que um dia Tércio Valério me chamou de parte para se me dirigir com suas bondosas maneiras de velho.

— Querido filho Turms — disse amavelmente — sabes que te quero bem, e que a presença de tua mulher ilumina meus velhos dias. Mas a doença que me acometeu no Fórum foi um salutar aviso da minha natureza mortal. Tu mesmo sabes que qualquer dia posso cair morto no chão. Essa a razão por que teu futuro tanto me preocupa.

— Bem vês, Turms — continuou ele com sua voz trêmula — embora eu te queira tanto, permite que te diga um velho não ser digna de um homem a vida que vais levando. Precisas enrijar-te. Já olhaste bastante à tua volta para compreenderes os costumes de Roma, e até falas a língua desta muito melhor do que alguns sabinos ou qualquer outra pessoa transplantada para cá a fim de aumentar a população. Basta quereres, e, como qualquer outro, poderás passar por cidadão romano!

Sacudiu a cabeça, sorriu com os olhos cercados de rugas e observou:

— Talvez penses, assim como eu, que é esta uma cidade brutal e implacável. Quanto a mim, desejaria que ela voltasse ao poder de Saturno, mas o lobo do deus da guerra é quem amamenta Roma. Decretaram-no os deuses e eu posso apenas submeter-me. Não considero justos todos os princípios de Roma nem justas suas guerras. Nossa fraqueza é a cobiça e não cedemos a menor parcela de território, a menos que sejamos a isso compelidos.

Tornou a sacudir a cabeça, riu-se e acrescentou:

— Perdoa a um velho se ele se extravia do assunto e volta às mesmas coisas que lhe deram fama de simplório entre seus amigos e parentes. Mas, certo ou errado, minha cidade é Roma, sendo-o também de minha família, desde que nosso progenitor saiu de Volsina há cento e cinquenta anos passados para edificar seu futuro em uma nova terra. Só um estúpido pretenderia transformar seus erros em virtudes, com eles se rejubilando. Não me orgulhei pela morte de meus dois únicos filhos. Foi o erro mais amargo de minha vida, embora a gente me aponte no Fórum e os pais murmurem ao ouvido de seus filhos: "Ali vai Tércio Valério, que entregou seus próprios filhos aos litores para salvaguardar Roma da autocracia." Não me volto para gritar que foi um terrível erro, pois é melhor as pessoas acreditarem numa mentira que traga benefícios a Roma e ajude a mocidade a suportar futuras provações. E estas virão...

Seu corpo começou a tremer e a saliva a lhe escorrer pelo canto da boca deformada, Arsinoé entrou na sala como se passasse ao acaso pelo corredor, enxugou a barba do velho com uma toalha de linho, alisou-lhe docemente os cabelos esparsos e falou-me irada:

— Decerto não estás cansando nosso hospedeiro ou fazendo-o sofrer?

Tércio Valério parou de tremer assim que tomou nas suas a mão de Arsinoé, fitou-a amorosamente e disse:

— Não, minha filha, Turms não está me cansando. Ao contrário, sou eu que o fatigo. Devia lembrar-me que não estou falando no Senado. Tenho uma proposta a fazer-te, Turms. Se quiseres, poderei obter para ti os direitos de cidadania romana em uma parentela das melhores. Como plebeu, naturalmente; mas quando entraste na cidade, tinhas meios suficientes para corresponder às exigências que usualmente se satisfazem no caso de um soldado pesadamente armado. Não podes entrar para a cavalaria, pois isso constitui um caso à parte, mas podes entrar para o exército com a experiência que tens da guerra, segundo tua mulher mo diz e tuas cicatrizes o comprovam. É uma oportunidade para ti, Turms. Depois disso, tudo depende de ti mesmo. As portas do templo de Jano estão sempre abertas.[5]

Eu sabia que se esperava uma guerra muito séria, pois o traidor Coriolano estava exercitando os melhores guerreiros volscos de Roma em táticas de guerra. Supus que poderia adquirir a cidadania romana mediante uma simples petição, uma vez que possuía meios suficientes para pagar minhas armas, sendo que, em tais condições, não precisaria das recomendações de Tércio Valério. Conquanto fosse verdade pensar ele em meus interesses, não era menos verdade que, em sua qualidade de romano, também pensasse nos interesses da cidade. Mesmo um soldado experiente, pesadamente armado iria reforçar o exército, e como novo cidadão seria de esperar que eu combatesse tão bem quanto possível a fim de granjear reputação.

---

5. Isto é: quando se abriam as portas do templo de Jano, isto queria dizer ao povo que Roma estava em estado de guerra. — N. da T.

A lembrança de Tércio Valério era sensata, mas Doro já me havia deixado farto de guerras. A só a ideia de guerrear me punha doente.

Não podia explicar o que sentia, mas era algo tão forte que respondi:

— Tércio Valério, não te zangues comigo, mas não creio estar já preparado para adquirir a cidadania romana. Talvez mais tarde, mas por enquanto nada posso prometer.

Tércio Valério e Arsinoé trocaram um olhar entre eles. Para minha surpresa, não experimentaram convencer-me.

Ao contrário, Tércio Valério perguntou cauteloso:

— Que pretendes fazer, meu filho? Dize se posso aconselhar-te em alguma coisa.

A ideia certamente amadurecera em mim, conquanto só irrompesse em resposta à sua pergunta:

— Há outras terras além de Roma — disse eu. — Para aumentar meus conhecimentos, pretendo viajar para as cidades etruscas. Uma grande guerra referve no Oriente. Sei disso com absoluta certeza, e suas repercussões podem estender-se até à Itália. Perante uma tal avalancha, até Roma se tornará apenas uma cidade entre outras cidades. O conhecimento de outros países é sempre necessário, e meu conhecimento, aliado à astúcia política, poderá beneficiar a cidade de Roma.

Tércio Valério sacudiu a cabeça com entusiasmo.

— Talvez tenhas razão. São sempre necessários conselheiros políticos, conhecedores de terras distantes, e a cidadania romana te seria apenas um empecilho na obtenção dessa experiência, pois te obrigaria a prestar serviço militar. Eu poderia dar-te cartas de recomendação a pessoas influentes de Veios e Caere, a mais próxima das grandes cidades etruscas. Também seria prudente ficares familiarizado com as cidades etruscas do litoral — Populônia e Vetulônia — das quais dependemos completamente para nossos suprimentos de ferro. Com efeito, a força armada de Roma se baseia na livre importação de ferro das cidades etruscas.

Quando Arsinoé se curvou para enxugar a baba que escorria da boca de Tércio Valério, aproveitei o momento e disse com um sorriso:

— Demasiado tempo usufruí de tua hospitalidade, Tércio Valério. Não devo abusar ainda mais de ti, pedindo-te cartas de recomendação. Possivelmente vaguearei sozinho e livre; não sei se a recomendação de um senador romano me será útil para entabular relações com etruscos de categoria. Julgo melhor não amarrar-me a Roma, nem mesmo com as tuas recomendações, conquanto eu dê grande valor à tua amizade.

Ele pousou cordialmente as mãos sobre meus ombros e disse que eu não devia partir tão depressa. Como seu amigo, teria sempre um lugar à sua lareira, quando e por quanto tempo desejasse. Mas a despeito do calor de sua voz, tive a certeza de que aquilo valia como uma despedida. Por uma razão ou outra, ele e Arsinoé queriam que eu saísse de Roma. Minha sugestão a ambos agradou.

Mas seu procedimento feriu minha vaidade, ao ponto de eu resolver prosseguir por meus próprios recursos, e, se possível, acrescentá-los durante a viagem. Deste modo, Arsinoé me atava à terra e à vida cotidiana ainda mais estreitamente do que se eu vivesse em sua companhia. Enviava-me para o meio de pessoas ordinárias a fim de aferir minha capacidade de lucro, e, se necessário, a fim de trabalhar com minhas próprias mãos, coisa que eu nunca fizera antes. Por esse motivo, minha viagem deveria constituir um período de aprendizado, onde eu teria de descobrir as necessidades de uma simples pessoa em um mundo civilizado.

Troquei minhas leves sandálias por um calçado romano de viagem, de solas pesadas, e vesti uma simples túnica e uma capa de lã cinzenta. Meu cabelo crescera, e sem o engraxar, trancei-o em um nó sobre a nuca. Arsinoé riu-se até às lágrimas ao ver minha aparência, assim minorando as dores da separação.

Disse Tércio Valério:

— Tens razão, Turms. Às vezes a gente vê muito melhor do chão do que do píncaro de um templo. Na tua idade, minhas palmas já eram calejadas, e estas mãos, tão largas como pás. Quando te vejo assim, respeito-te ainda mais do que antes.

Eu deveria ter inferido dessas palavras que começava a palmilhar um novo caminho sem saída. Naturalmente, a sorte de Hécate ainda me acompanhava, pois ela provê ajuda tanto nos pequenos como nos grandes assuntos. De modo que, ao parar na ponte para contemplar as águas amarelas da enchente do Tibre, um furioso rebanho de gado passou por mim e ter-me-ia amassado de encontro às grades, não tivesse eu saltado a tempo. Os irados gritos dos guardas acrescentavam a confusão, e finalmente o guia pediu auxílio e sua filha taludinha rompeu em lágrimas. Tornei a saltar para a ponte e agarrei o touro dianteiro pelas narinas, apertando-as o mais fortemente possível. Foi em vão que o touro sacudiu a cabeça, e finalmente sossegou, como se compreendesse ter encontrado seu dominador. Então, todo o rebanho se aquietou e obedientemente seguiu o touro até sairmos da ponte para a estrada, junto à encosta do Janículo.

Ali soltei o touro e limpei o muco de minha mão. O guia se me aproximou mancando e com a mão no dorso, pois na extremidade da ponte o guarda lhe batera com a haste de uma lança. Abençoou-me em nome de Saturno, do que deduzi pertencer ele à gente simples de Roma, enquanto sua filha enxugava as lágrimas e abraçava as vacas do rebanho.

O guia sentou-se numa rede e esfregou as costas:

— E agora, patrão? Posso ler em teu rosto que não és de nossa espécie. Maus tempos os que correm; e a mando de nosso dono, vamos levando o gado para o mercado de Veios, antes que os volscos cheguem e os roubem. Nunca foram tão selvagens, e não sei como eu e minha filha seremos capazes de os conter, agora que tenho as costas machucadas.

Seu desamparo comoveu-me e sua filha era uma bonita garota ainda que descalça.

— Não sei muita coisa acerca de gado — disse eu prontamente — mas estou a caminho de Veios e não tenho pressa. Ajudar-te-ei alegremente a tanger o gado, embora não saiba ordenhá-lo.

O homem ficou muito animado com minhas palavras.

— Esse novo deus Mercúrio deve ser de alguma utilidade no final das contas. Na hora da saída, fiz uma rápida reverência à porta de seu templo, e vê como esse jovem e bondoso deus te enviou em meu auxílio!

Juntamos nossas forças, e ao compasso dos bois lentos, dirigimo-nos para Veios ao longo da estrada batida. Apanhei do chão uma vara flexível, porém logo notamos que andaríamos mais depressa se eu fosse à frente com a mão pousada no pescoço do touro dianteiro enquanto o guia e sua filha seguiam atrás, tocando as vacas que paravam à margem da estrada. Dentro em pouco a viagem prosseguia tão bem, que a garota pôs-se a cantar uma velha canção pastoril. O sol brilhava entre as nuvens e meu pensamento iluminou-se após a tristeza da partida. Ao crepúsculo senti-me grato pela lentidão de nossa viagem, pois os sapatos novos roçavam-me os calcanhares, produzindo-lhes empolas. Tirei os sapatos e os coloquei ao ombro. Pela primeira vez senti como a terra corresponde maravilhosamente aos passos de uns pés descalços!

Quando a noite caiu, encontramos um curral deserto, cuja cerca nos garantiu um sono reparador, pois de outro modo teríamos de nos alternar vigiando o gado. Acendemos uma fogueira para nos aquecer contra a umidade lacerante do início da primavera. O pai e a filha puseram-se a ordenhar as vacas, e quando vi quão dolorosamente o homem se abaixava devido a uma dor nas costas, ofereci-me para ajudá-los. A menina me ensinou entre risadas como devia empregar as mãos na ordenha, e o contato de seus dedos tisnados me faziam vibrar não com desejo, mas simplesmente com a sensação de proximidade de uma criatura jovem. Fiquei surpreso com a maciez de suas palmas, e ela explicou, rindo ante a minha estupidez, que isso era devido à ordenha e ao leite gordo. Disse que mulheres nobres da Etrúria até se banhavam em leite, mas isso, em sua opinião, era um crime contra os deuses, porque o leite, a manteiga e o queijo eram destinados à alimentação humana.

Disse-lhe que era igualmente um grande crime ela deixar leite fresco cair no chão. A garota ficou séria e explicou:

— A necessidade não conhece leis. Não podíamos trazer conosco nenhuma vasilha, e as vacas têm de ser ordenhadas. Do contrário sofrerão, e seus úberes ficarão inflamados, e não obteremos o preço que nosso amo pede por elas.

Olhou para o pai e confessou melancolicamente:

— Dificilmente o obteremos, pois pelas inumeráveis marcas de casco na estrada, vejo que todos os patrícios tiveram a mesma ideia ao mesmo tempo. Receio que os negociantes de gado de Veios venham a pagar o que bem entenderem pelo gado de Roma. Não importa o preço que meu pai obtiver pelo gado: nosso amo não ficará satisfeito e lhe dará uma surra.

— Como o teu amo é severo! — observei.

Mas a garota pôs-se imediatamente a defendê-lo e disse com orgulho:

— Não é mais severo do que os outros. É um romano e um patrício.

Não havia muitas vacas de leite entre o gado, mas pai e filha traziam consigo uma concha, de modo que todos nós podíamos beber o leite que quiséssemos. Depois de fechar o portão do cercado, o guia juntou a palha mais limpa e disse contente:

— Não esperava que arranjássemos uma cama tão boa. Bom sono, patrão.

Tirou a capa e atirou-se na palha, cobrindo-se com a grosseira roupa. A garota espichou-se junto do pai e igualmente ele a cobriu.

Quando me viu em pé, indeciso, a garota sentou-se e me intimou:

— Deita-te aqui, amigo. Aqueçamo-nos uns aos outros, pois do contrário será uma noite bem fria.

Eu já tinha aprendido na guerra jônica a dormir lado a lado com os camaradas, mas isto era algo novo e o cheiro de esterco fazia a palha repulsiva. Para não ofender a garota, retirei minha capa de lã, deitei-me a seu lado e cobri a nós ambos com ela. Uma ponta da capa até chegava a alcançar seu pai.

A garota sentiu o cheiro da lã da capa, apalpou o tecido e disse:

— Tens uma bela capa.

Súbito voltou-se para mim, enlaçou-me o pescoço, premiu o rosto de encontro ao meu e murmurou:

— És um homem bom.

Depois, como que envergonhada de sua expansão, enterrou o rosto no meu peito e dentro em pouco percebi que adormecera em meus braços. Seu corpo aquecia maravilhosamente o meu, assim como um passarinho que, pulsando, aquecesse a palma da minha mão. Sentia ainda o rápido contato de seu rosto, e uma grande felicidade me invadiu. O céu noturno clareou, as estrelas brilhavam radiosamente e sentia-se no ar o frio hálito das montanhas de Veios. Dormi mais profundamente do que o fizera em muitos anos e sem sonho algum — tão próximo estava da terra e dos humanos na minha primeira noite de viagem!

No dia seguinte, à radiosidade das montanhas e à cintilação do sol no alto do céu, tangemos o rebanho por uma estrada cada vez mais íngreme, até que à nossa frente, numa montanha inexpugnável, Veios surgiu esplendidamente, rodeada de muralhas. Brilhavam a distância os telhados pintados de seus templos com as estátuas de suas divindades. Encontrávamos a cada instante pastores romanos, que nos advertiam contra a continuação da viagem, uma vez que os negociantes de gado de Veios estavam tirando vantagem da apertura de Roma, oferecendo preços miseráveis até pelos melhores rebanhos. Os próprios pastores se arrependiam das vendas que fizeram e instavam conosco para que voltássemos com o nosso gado, pois os boatos de um ataque por parte dos volscos tinham sido com certeza exagerados. Era provável que os volscos levassem muito tempo para equipar um verdadeiro exército que se atrevesse a avançar à vista de Roma.

Mas a despeito de suas dúvidas, o guia tinha de obedecer às ordens do amo. Tangemos tristemente o rebanho através da maciça arcada, e os guardas indicaram para onde devíamos levar os animais. Contrastando com Roma, cuja área murada continha vastos prados e pântanos, Veios era uma cidade densamente construída, tendo poucos pastos mesmo em caso de guerra. Sua população era o dobro da de Roma, sua muralha mais comprida do que a delgada muralha de Roma, e suas duas ruas principais, que se cruzavam, eram largas e direitas em comparação com as de Roma. Eram estas pavimentadas com lajes de pedra gastas pelo tráfego, e os frontais das casas que as marginavam eram ornamentados com estátuas de barro, fundidas e brilhantemente coloridas, e várias outras decorações. Até o povo era diferente do de Roma. As pessoas tinham os rostos compridos e as feições delgadas, sorriam simpaticamente e seus trajes eram graciosamente talhados e enfeitados.

Mal chegáramos à praça do mercado, e um grupo de homens musculosos correu para nós a fim de examinar os touros, experimentar os úberes das vacas leiteiras e medir a distância entre os chifres das novilhas. Depois de o fazerem, abriam as mãos no espanto costumeiro, começavam a criticar o gado, dizendo-o sem valor. Num latim miserável, declaravam que ele servia, no máximo, para o corte, e que mesmo seus couros pouco valiam. No entanto apressavam-se em fazer suas ofertas, enquanto mutuamente se fitavam às furtadelas. Deste modo ficamos sabendo que um grande número de negociantes de gado acabara de chegar a Veios. Vinham eles das cidades etruscas do interior, tentados pela notícia de que os romanos estavam vendendo seu gado a um preço ridículo devido a ameaças de guerra. O gado romano era famoso porque os romanos tinham roubado os plantéis da mais fina raça durante as guerras com seus vizinhos, e os patrícios romanos eram conhecidos como peritos criadores.

Os negociantes de gado de Veios tinham reunido suas forças, e até aquele momento vinham pagando um preço muito baixo, preestabelecido, partilhando o gado entre si. Mas a concorrência oferecida pelos negociantes estrangeiros quebrou-lhes a resistência e induziu os negociantes da cidade a concorrerem, não só com eles, como entre si. Os últimos vendedores a saírem da cidade tinham os punhos fechados e juravam espalhar por toda Roma a notícia de que não valia a pena tanger gado para Veios a fim de vender ali, uma vez que os negociantes de gado receavam já não poderem obter bons rebanhos romanos.

O desassisado guia ficaria muito contente em aceitar a primeira oferta para cobrir o preço estabelecido por seu patrão. Mas quando vi em que paravam as modas, instei com ele para que conservasse a calma, dizendo-lhe que ainda faltava muito para o pôr do sol. Sentamo-nos ociosamente no chão, comemos nosso pão com queijo, e pedi vinho a um mascate que o serviu em lindas taças de barro pintado. O vinho nos animou e o gado exausto ruminava calmamente o seu bolo junto a nós.

A garota me fitou com seus olhos risonhos:

— Trouxeste-nos boa sorte, amigo.

Então me lembrei que me era necessário ganhar meu pão como os outros. Disse então o seguinte ao tangedor de gado:

— Bastam o pão e o queijo que me deste para pagar minha ajuda no tanger o gado a salvo até aqui. Permite-me agora tomar parte na barganha. Quero a metade da quantia que exceder o preço imposto por teu patrão. Eis o que me parece de justiça.

Não era a primeira vez que o guia ia ao mercado. Dotado de suficiente astúcia camponesa, respondeu instantaneamente:

— Posso concluir meus próprios negócios, mas não entendo a língua desses estranhos etruscos. És provavelmente mais prático do que eu, e eles não se atreverão a lograr-te tanto quanto a mim. Mas a metade do lucro é demasiado, pois tenho de pensar em meu patrão. Se te contentares com um quarto, te apertarei gratamente a mão.

Fingi hesitar, mas em seguida estendi a mão e selamos o acordo. Isso era tudo o que eu queria, pois ficaria envergonhado de aceitar mais de um quarto do lucro daquele digno homem, o que lhe valeria uma surra. Levantei-me do chão e minha garganta cantou sob a ebriez do vinho. Louvei nosso gado em latim, em etrusco e até em grego, o que os negociantes tarquínios compreendiam muito bem. Enquanto eu descantava seus louvores, os touros, as vacas e as novilhas pareciam adquirir novo brilho a meus olhos, ao ponto de parecerem um divino gado. Começaram então os negociantes a considerá-los com um novo respeito. Finalmente o negociante que viera de mais longe ofereceu o preço mais alto. Os outros cobriram as cabeças como que esmagados, mas riam-se por detrás da fímbria de seus vestidos...

Depois de pesarmos a prata e computarmos o seu equivalente em cobre romano, ficou claro que meus elogios acrescentaram duas vezes o preço estabelecido pelo patrício e quase igualava o verdadeiro valor do gado em tempo de paz. O guia beijou as próprias mãos de alegria e sua filha pôs-se a dançar. Sem hesitação, o pai me pagou um quarto do lucro em prata bem sonante e me confidenciou que escondera, o melhor touro na floresta, onde os volscos nunca o poderiam descobrir. Seria, aquele touro, o começo de um novo rebanho quando a paz retornasse.

Achei melhor separar-me do guia, pois estava impaciente em conhecer a jovial e civilizada cidade que tanto diferia das anteriores cidades que conhecera. A altura montanhosa dava-lhe ar puro, e suas ruas lajeadas nada tinham do costumeiro mau odor de lixo, pois toda a sujeira era transportada em esgotos fechados sob as ruas.

Vivi e prosperei em Veios até o verão, residindo em uma asseada estalagem onde ninguém se mostrava indevidamente curioso pela minha pessoa, nem indagava a respeito das minhas idas e vindas, segundo o costume das cidades gregas. O silêncio e a cortesia do serviço me agradavam. Quando me lembrava das ruidosas e palradoras cidades gregas, sentia como se estivesse num mundo melhor e mais nobre. A estalagem era em si mesma modesta, e adequada à minha aparência, porém mesmo ali não era costume comer só com dois dedos. Em vez disso, usava-se às refeições um garfo de dois dentes. Desde o começo, o criado me trouxera um garfo de prata, como se no mundo não existissem ladrões...

Não fiz nenhuma tentativa de granjear amigos, mas andando pelas ruas e praças do mercado apreciava a compostura do povo e a beleza da cidade, começando a sentir que, comparada a ela, era Roma uma cidade bárbara. Era de presumir que os habitantes de Veios pensavam de igual modo, embora eu jamais ouvisse falar mal de Roma. Viviam como se Roma não existisse, tendo assinado com ela um pacto de não agressão por vinte anos. Mas havia algo tristonho no rosto e no sorriso dos habitantes de Veios.

Na primeira manhã, satisfeito com apenas respirar os ares de Veios, que eram verdadeiro tônico depois dos pântanos de Roma, achei-me numa pequena praça, em frente a um mercado, e ali me sentei num banco de pedra muito gasto. Junto de mim se apressavam as sombras das pessoas, e vi um burro com seu lindo topete e sua cesta de legumes. Sobre uma toalha limpa, uma mulher colocara alguns queijos em exposição.

Suspendendo a respiração, percebi num rápido lampejo ter outrora vivido aquele mesmo instante de felicidade. Como num sonho, levantei-me e virei uma esquina conhecida. Na minha frente erigia-se um templo, cujas colunas fronteiras reconheci.

As estátuas esplendidamente misteriosas e profundamente coloridas do telhado do templo representavam Ártemis defendendo seu cervo contra Hércules, enquanto os outros deuses contemplavam a cena com um sorriso em seus divinos rostos.

Galguei os degraus e penetrei no portão, atrás do qual um sonolento servidor do templo esparziu-me água sagrada com o seu hissope. Crescia em mim a certeza de ter vivido outrora aquele mesmo momento...

De encontro à penumbra das paredes, numa luz que fluía de uma abertura no teto, erguia-se a divinamente bela deusa dos veienses em seu pedestal, com um sorriso sonhador nos lábios. Tinha nos braços uma criança, e a seus pés estava um ganso de pescoço arqueado. Nem me foi preciso indagar que seu nome era Uni. Sabia-o; reconheci-a pelo rosto, pela criança e o ganso, mas, como o sabia? eis o que não posso explicar... Minha mão me subiu para a frente e levantei o braço direito numa saudação ritual, inclinando a cabeça. Algo dentro de mim sabia que a imagem era sagrada e que o lugar onde eu estava fora sagrado mesmo antes da construção do templo e da cidade.

Não se via nenhum sacerdote, mas o servidor adivinhou pela minha vestimenta que eu era estrangeiro e levantou-se do banco para me descrever as ofertas votivas e os objetos sagrados alinhados ao longo das paredes. Minha devoção era tão profunda que lhe acenei para que se afastasse, pois não queria avistar nada no templo, exceto a Uni, a divina personificação da ternura e da bondade femininas.

Só depois me lembrei que tinha visto aquela mesma visão no sonho da deusa no templo de Érix. O acontecimento não era tão fora do comum, pois há sonhos que frequentemente só mais tarde se vêm a cumprir; mas fiquei imaginando por que o meu sonho no templo de Afrodite me conduzira à casa sagrada do amor compassivo e da felicidade maternal, a menos que tudo não passasse de uma zombaria da deusa à minha custa.

No limiar do outono, chegaram a Veios as notícias de que o exército volsco sob Coriolano marchava sobre Roma para vingar, assim diziam, o insulto sofrido pelos volscos no Circo Máximo. Mas as forças romanas não avançaram em campo aberto ao encontro do inimigo como usualmente faziam. Mediante isso, era de prever que sitiariam Roma, por mais incrível que isso parecesse.

Se eu andasse depressa, teria alcançado em um dia a cidade do Tibre, mas em vez disso afastei-me dela, primeiro para o norte a fim de ver o lago dos veienses, e dali para as montanhas na direção do oeste, ao longo das trilhas de pastores, para a cidade de Caere, que ficava junto ao mar. Pela primeira vez em minha vida vi a limpidez e o clarão vermelho de um grande lago ao pôr do sol. Não sabia o que de inexprimível me agitava à vista daquele lago rodeado de montanhas, mas o simples farfalhar dos caniços e o cheiro da água, tão diferentes do fedor da maresia, aceleraram-me a respiração. Pensei que era apenas um viajante desejoso de ver alguma novidade, mas havia no meu coração uma sabedoria muito mais profunda.

Na cidade de Caere suspeitei, pela primeira vez, do verdadeiro poderio dos doze estados etruscos, quando vi a imensa necrópole que se erguia por detrás de um fundo vale. De cada lado de sua sagrada via enfileirava-se uma série de montículos funerários circulares, amontoados em bases de pedra, em cujo interior jaziam enterrados, cercados por suas dádivas rituais, os antigos governantes da cidade.

A vida em Caere era mais ruidosa do que na nobre Veios. De manhã à noite ouvia-se o retinir estrídulo dos artesãos em inúmeras oficinas, e marinheiros de todos os países vagueavam pelas ruas à procura de suas costumeiras diversões em terra. Embora o porto de Caere ficasse longe, na foz do rio, a fama do esplendor e da alegria das cidades etruscas se espalhava a tão grandes distâncias, que os marujos estrangeiros prontamente galgavam a íngreme estrada que conduzia à cidade.

Em vez de andar nas ruas movimentadas, eu preferia respirar os ares da sagrada montanha e a fragrância dos arbustos de menta e de louro na cidade dos túmulos. Explicava o guarda que a santa redondeza das tumbas tinha origem em tempos antigos, quando os etruscos ainda moravam em choças com forma de colmeia; por essa razão, os templos mais antigos, tal o templo de Vesta em Roma, eram também redondos. Falou sobre os Lucumos em vez de falar dos reis, e pedi-lhe que explicasse o que queria dizer com isso.

Ele abriu as mãos de uma maneira que aprendera com os visitantes gregos e respondeu:

— É difícil explicá-lo a um estrangeiro. Um Lucumo é aquilo que é.

Como eu não entendesse, ele sacudiu a cabeça e tornou a experimentar:

— Um Lucumo é um rei sagrado.

Eu continuava não entendendo. Então ele apontou para inúmeros montículos gigantes e disse que eram túmulos de Lucumos. Mas quando lhe apontei o túmulo mais recente, onde o capim ainda não tivera tempo de medrar, fez ele um gesto negativo e explicou como se o fizesse a um bárbaro:

— Não é túmulo de Lucumo. Apenas o túmulo de um governador.

Minha insistência fê-lo impacientar-se, pois ele achava difícil explicar aquilo que parecia evidente.

— Um Lucumo é um governador escolhido pelos deuses — explicou enraivecido. — Ele é descoberto. É reconhecido. É o grande sacerdote, o supremo juiz, o supremo legislador. Um governante ordinário pode ser destronado, seu poder pode ser herdado, mas ninguém pode privar um Lucumo de seu poder, pois o poder pertence-lhe.

— Mas como é ele descoberto? Como é reconhecido? — perguntei — confuso.

— O filho de um Lucumo não é um Lucumo? — E dei ao guarda uma moeda de prata para o apaziguar.

Mas ele não pôde explicar como se reconhece um Lucumo, e o que é que o distingue de uma pessoa comum. Disse entretanto:

— O filho de um Lucumo não é usualmente um Lucumo, embora possa sê-lo. Famílias muito antigas e muito divinas, deram sucessivamente nascimento a Lucumos. Mas vivemos em tempos corrompidos. Só raramente nascem Lucumos nos dias que correm.

Apontou para uma tumba majestática junto da qual passávamos. À frente dela erguia-se uma coluna de pedra branca, encimada por uma cobertura redonda e não pontuda.

— O túmulo de uma rainha — explicou ele com um sorriso, dizendo que Caere era uma das poucas cidades etruscas governada por mulher. O reinado da famosa rainha era lembrado pelo povo de Caere como uma idade de ouro, pois então a cidade prosperara mais do que em qualquer outra época. Disse o guarda que ela reinara em Caere por sessenta anos, mas desconfiei que ele aprendera dos visitantes gregos a arte de exagerar.

— Mas como pode uma mulher governar uma cidade? — perguntei espantado.

— Ela era uma Lucumo — explicou o guarda.

— Uma mulher também pode ser Lucumo? — perguntei.

— Naturalmente — respondeu ele impaciente. — Raramente acontece, mas por um capricho dos deuses, um Lucumo pode nascer mulher. Foi isso o que aconteceu em Caere.

Ouvi-o mas não o entendi, pois o ouvia com ouvidos prosaicos e me havia prometido levar entre a gente uma vida comum. Mas inúmeras vezes atravessei a dificultosa estrada e regressei aos túmulos gigantes que irradiavam um misterioso poder.

Na própria cidade vi outro cenário que me comoveu estranhamente. Junto a uma parede havia uma fileira de bancas, a maioria das quais vendia aos pobres baratas urnas funerárias de cor vermelha. Em Caere, os mortos não eram enterrados como em Roma, mas eram cremados e suas cinzas enterradas em uma urna redonda que podia ser de dispendioso bronze decorado com belos desenhos, ou de simples barro vermelho, tal como a usavam os pobres. Somente a tampa trazia como asa alguma imagem canhestra.

Estava eu olhando para as urnas vermelhas, quando um pobre casal camponês, o homem e a mulher de mãos enlaçadas, chegou para escolher um lugar de repouso para sua falecida filha. Escolheram uma urna, cuja tampa trazia um galo cocoricando. Quando o viram, sorriram de alegria, e o homem tirou depressa da sacola uma moeda estampada, de cobre. Comprou sem regatear:

— Não é uma pechincha? — perguntou o oleiro, surpreendido.

O homem sacudiu a cabeça.

— A gente não regateia coisas sagradas, ó estrangeiro.

— Mas essa urna não é sagrada — insisti eu. — É puro barro.

Pacientemente, o homem explicou:

— Não é sagrada quando sai do forno do oleiro, nem é sagrada enquanto se encontra nesta mesa. Mas quando as cinzas da filha desse pobre casal forem deitadas dentro dela e a tampa se fechar, a urna será sagrada. Essa a razão de seu preço modesto e fixo.

Esse modo de vender era antigrego e inteiramente novo para mim. Apontando o galo que cocoricava na tampa da urna, perguntei ao casal:

— Por que escolhestes justamente o galo? Não seria essa a imagem mais apropriada para um casamento?

Olharam-me atônitos, apontaram para o galo e disseram em uníssono:

— Mas ele está cantando!

— E por que canta? — perguntei.

A despeito da mágoa, ambos mutuamente se fitaram e sorriram misteriosamente. O homem pôs o braço em torno da cintura da mulher e disse-me como se o fizesse à mais estúpida das criaturas:

— O galo está anunciando a ressurreição.

Puseram de parte a urna, e com lágrimas nos olhos fiquei olhando-os se afastarem. De que maneira comovedora, e com que estranha penetração tais palavras me trespassaram o coração! É isto que Caere me faz lembrar. Nem eu podia com maior eficiência descrever a enorme diferença entre os mundos grego e etrusco, do que lembrando que, para os gregos, o galo é o símbolo da luxúria, e para os etruscos, da ressurreição.

De Caere eu pretendia voltar a Roma, mas espalhou-se a notícia da liberação de uma cidade após outra, dada por Coriolano às que estavam antes ocupadas pelos romanos. Ele conquistara Corioli e até Lavínia, que os romanos consideravam de grande importância. Parecia apenas questão de tempo caírem nas mãos dos volscos as bacias de sal da embocadura do Tibre. Por esse motivo, resolvi seguir para o norte a fim de visitar Tarquínia, então considerada a cidade mais significativa e politicamente a mais importante da liga etrusca.

Durante a viagem, bafejado pelo frescor do verão, eu não sabia o que mais admirar: se a segurança das estradas, a hospitalidade dos camponeses, o gado de longos chifres nas pastagens ou os férteis campos que se criaram nos pântanos mediante um trabalho de drenagem. A terra à minha volta era a mais rica e a mais fecunda de quantas vira até então. A drenagem dos campos e a derrubada das florestas tinham demandado várias gerações de perícia e árduo labor. E no entanto os jônios sarcasticamente chamavam os tirrenos de piratas, e os etruscos, uma nação tirana, degenerada pelo deboche...

Não é de duvidar que Tarquínia seja uma cidade eterna sobre a face da terra, e, assim sendo, não me é necessário descrevê-la. Muitos gregos moravam lá, pois os etruscos daquela fervilhante e adiantada cidade admiravam a habilidade dos estrangeiros e se interessavam por tudo quanto era novo, assim como se sentem as mulheres atraídas por soldados estranhos mediante seus capacetes singularmente emplumados... Apenas em matéria religiosa sabiam os etruscos que eram superiores às demais nações.

Os moradores de Tarquínia tinham sede de instrução. Entre eles encontrei amigos, e a despeito de minha aparência, era convidado para banquetes nas casas nobres quando se soube que eu combatera na Jônia e conhecia as cidades da Sicília. Tive de comprar outras roupas, de modo a parecer digno de meus companheiros. Alegremente vesti roupas etruscas de fino linho e delicada lã, e pus à cabeça um gorro baixo, em forma de cúpula. Comecei por tornar a passar óleo na cabeça, barbear-me cuidadosamente e permitir que minhas tranças caíssem livremente pelos ombros. Olhando-me no espelho, já não podia distinguir minha pessoa da de um etrusco.

Nos banquetes, respondia prontamente às perguntas que me faziam, mesmo a respeito de Roma e seus problemas de política interna. Quando os moços verificaram que eu não sentia grande orgulho do meu sangue jônico, começaram a criticar os gregos:

— O poder das doze cidades etruscas outrora se estendia de norte a sul, até o continente itálico. Possuíamos colônias ao longo das praias e ilhas até à Ibéria, e nossos navios navegavam todos os mares, para a Grécia, a Jônia e a Fenícia. No decorrer do tempo, nações famintas desceram do norte. Deixamo-las se estabelecerem em nossa terra e as civilizamos, conquanto destruíssemos algumas, mas elas continuavam a vir pelas gargantas das montanhas. O pior, no entanto, são os gregos, que espalharam suas colônias até Cumas, e instalaram-se na praia, densos como colônias de rãs. Ao norte, estamos sendo esmagados pelas tribos celtas recentemente chegadas e no sul os gregos estão destruindo todo o comércio razoável.

Assim era que trocávamos ideias enquanto bebíamos, mas eu apenas respondia quando perguntado, do contrário ficava de boca fechada. Sendo um ouvinte compreensivo, granjeei muitos amigos, pois a esse respeito os etruscos não diferiam dos demais povos.

Tarquínia era uma terra de pintores, assim como Veios o era de escultores. Lá não havia apenas decoradores murais e pintores de cofres de madeira, mas também uma guilda de pintores de túmulos, que eram entre todos os mais respeitados, e cujos poucos membros tinham herdado seu talento dos próprios pais e praticavam-no como um ofício sagrado.

O cemitério de Tarquínia ficava do outro lado do vale, em cima de uma penedia donde se podia olhar para o norte por sobre jardins e campinas, plantações de oliveiras e pomares que se desenrolavam até o mar e ainda mais além. Os túmulos, embora não fossem tão imponentes como os dos governadores de Caere, eram mais numerosos, e se estendiam até onde o olhar os pudesse avistar. Em frente de cada um, havia um altar para os sacrifícios, e de uma porta desciam íngremes degraus para dentro dos túmulos escavados rudemente na rocha mole. Durante séculos prevalecera o costume de se decorarem os túmulos com pinturas sagradas.

Enquanto vagueava pelo campo-santo, notei que estava aberta a porta provisória, de madeira, de um túmulo recém-acabado. Ao ouvir vozes que provinham das profundezas, chamei para baixo e perguntei se seria permitido a um estrangeiro descer a fim de contemplar a sagrada obra do artista. O pintor berrou como resposta um bando de pragas tão grosseiras como eu nunca as ouvira durante a viagem nem da boca de um pastor; mas dentro em pouco seu aprendiz correu para cima com uma tocha acesa para me alumiar a descida.

Encostando-me à parede, fui descendo cautelosamente os degraus desiguais, quando, para meu espanto, notei o contorno de uma concha entalhada no muro, como se a deusa me estivesse mostrando, por um sinal secreto, que eu estava trilhando o caminho certo. Desse modo os deuses se me revelavam uma vez ou outra durante a viagem, embora eu pouco prestasse atenção a tais sinais. Provavelmente, meu coração estava todo o tempo em peregrinação embora eu não o percebesse, e embora meu corpo, ligado à terra, por aqui vagueasse com seus terrenos olhos curiosos.

O aprendiz me precedeu com a tocha, e dentro em pouco me encontrei numa sala em cujas paredes se escavaram bancos para ambos os cadáveres. O artista começara sua obra pelo forro, e a grande viga central estava ornamentada com círculos e folhas de várias cores em forma de coração, caprichosamente espalhadas. Ambos os declives do teto tinham sido divididos em vermelho, azul e preto, segundo o costume das casas tarquínias. A pintura da parede à direita já estava pronta. Ali, reclinando lado a lado no cotovelo esquerdo sobre um leito acolchoado, estavam ambos, o marido e a mulher que iam morrer a seu tempo, ambos vestidos com seus trajes de festa e trazendo grinaldas na cabeça. Eternamente jovens, o homem e sua esposa se entreolhavam nos olhos com as mãos levantadas, enquanto golfinhos brincavam abaixo deles, nas ondas eternas.

    A alegria de viver que ressumava daquela pintura recente, de tal forma me invadiu, que fiquei parado a contemplá-la, antes de caminhar para o lançador de disco, o lutador e os dançadores que executavam seus eternos jogos ao longo das paredes. Havia na sala muitas tochas acesas, e um doce perfume trescalava do incensório de altas pernas a fim de dispersar o cheiro de umidade da pedra e o odor metálico das pinturas. Depois de permitir-me um tempo suficiente para tudo ver em torno, o artista tornou a praguejar em grego, naturalmente pensando que eu só entendia aquilo.

    — Tolerável, talvez, estrangeiro — observou ele. — Nos túmulos já se fez pior pintura do que esta, hem? Mas neste instante estou a lutar com um cavalo que não quer tomar a forma que eu desejo. Minha inspiração se desvanece, minha jarra está vazia e o pó das tintas faz-me arder desagradavelmente a garganta.

    Olhei para ele e vi que não era velho e que teria aproximadamente minha idade. Pareceu-me reconhecer-lhe o rosto radiante, os olhos ovalados e a boca carnuda.

    Olhou avidamente para a botelha de barro que eu trazia em seu estojo de palha, ergueu alegremente sua mão quadrada de dedos rombos e exclamou:

    — Os deuses te enviaram aqui no momento exato, estrangeiro! Fufluns falou. Agora é tua vez de falar. Chamo-me Aruns em honra da casa de Velturu, meu patrono.

    Osculei respeitosamente minha própria mão e disse rindo:

    — Que a minha vasta botelha seja a primeira a falar. Sem dúvida foi Fufluns quem me mandou até aqui, embora nós os gregos lhe chamemos Dionísio.

    O artista apanhou a garrafa ainda antes que eu lhe retirasse a correia que a pendurava ao meu pescoço, e atirou a tampa a um canto como para demonstrar que eu não mais precisaria dela. Com uma habilidade consumada atirou o vinho tinto no lugar devido sem perder uma gota, enxugou a boca com o dorso da mão e suspirou aliviado.

    — Senta-te, estrangeiro — instou ele comigo, — Vê só: hoje cedo os Velturus zangaram-se comigo, acusando-me de lerdear no trabalho. Como podem os nobres compreender os problemas de um artista? Mandaram atirar água em mim e meteram-me numa carroça, fazendo-me acompanhar com apenas um jarro de água da fonte Vecúnia como provisão! Chegaram a dizer sarcasticamente que ela me supriria inspiração suficiente para pintar um cavalo, pois já inspirara uma ninfa a compor uma eterna encantação para Tarquínia!

    Sentei-me num dos bancos de pedra e ele sentou-se à minha frente com um suspiro, enxugando na testa uma gota de suor. Tirei de minha mochila uma fina taça de prata que sempre levava comigo para provar, se necessário, que não era homem humilde, enchi-a, entornei uma gota no chão, bebi um pouco e ofereci-lhe o resto.

    Ele rompeu a rir, cuspiu no chão e disse:

    — Não te incomodes em fingir. Conhece-se um homem pelo rosto e os olhos, não por seus trajes ou hábitos rituais. O rico paladar de teu vinho fala mais a teu favor do que a taça de prata. Sou amigo tão íntimo de Fufluns, que consideraria puro desperdício o sacrifício de uma gota que fosse!

— Então és grego... — continuou ele sem me inquirir o nome. — Há gregos em Tarquínia, e em Caere eles fazem vasos razoavelmente bonitos. Mas é melhor não tentarem a pintura sagrada. Às vezes comparamos nossos desenhos com tal entusiasmo, que quebramos pratos vazios nas cabeças uns dos outros.

Acenou para o rapaz, que trouxe um largo rolo. Aruns abriu-o e olhou fixamente os dançarinos e lutadores, os músicos e os cavalos, tudo de cor e bem desenhado. Fingia querer mostrar-me os desenhos tradicionais em lugar da pintura, mas seus olhos e a testa franzida lhe traíam a preocupação com a obra inacabada.

— Estes naturalmente ajudam — disse distraído, tateando em busca da taça de prata e esvaziando-a sem ao menos perceber.

— A gente conhece as cores certas sem ser preciso adivinhá-las, e o aprendiz pode traçar com antecedência os contornos das imagens tradicionais. Mas um modelo só é útil enquanto não prende, mas liberta e facilita o livre jogo da imaginação.

Atirou o rolo de desenhos no meu regaço sem sequer tornar a enrolá-lo, levantou-se e dirigiu-se para a parede oposta com um buril na mão. Tinha começado ali a figura de um jovem segurando pelo pescoço um cavalo de corrida. A maior parte estava concluída, faltando apenas a cabeça e o pescoço do cavalo, e as mãos do moço. Chegando cautelosamente para mais perto, verifiquei que o esboço já havia sido traçado na pedra macia. Mas o professor não estava contente. Súbito, começou a traçar um novo esboço. A cabeça do cavalo se erguia com mais expressividade, o pescoço se lhe arqueava mais musculoso, o cavalo vivia. O trabalho fez-se em apenas um minuto; então, num frenesi, Aruns aplicou a cor na cabeça do cavalo sem ao menos seguir com precisão o esboço que acabara de fazer, mas aperfeiçoando-o à medida que pintava.

Um pouco cansado, misturou uma leve tinta castanha, e sem esforço pintou as mãos do moço ao redor do pescoço do cavalo sem ao menos se dar ao trabalho de entalhar o contorno. Finalmente esboçou os braços em preto, de modo que os músculos avultaram na barra azul da camisa de manga curta.

— Bem — disse fatigado — isto deve bastar aos Velturus no dia de hoje. Como pode uma pessoa ordinária entender que nasci, cresci, desenhei, misturei tintas, enfureci-me e gastei toda uma vida simplesmente por causa destes poucos instantes? Tu, estrangeiro, viste que isso durou apenas alguns momentos e provavelmente pensaste: "É muito hábil, esse tal Aruns!" Mas não se trata de habilidade. Há muita gente habilidosa, há até demais. Meu cavalo é eterno e ninguém pintou um cavalo exatamente igual a este. É aí que está a diferença que os Velturus não entendem! Não é apenas a cor e a habilidade, mas sofrimento e êxtase quase mortais foi o que me habilitou a revelar o jogo e o capricho da vida em toda a sua beleza.

O jovem interveio, consolador:

— Os Velturus te entendem. Existe apenas um Aruns pintor. Eles não estão zangados contigo. Só pensam no que mais te convém.

Mas não era assim tão fácil tranquilizar Aruns.

— Em nome dos deuses velados, leva contigo este medonho fardo! Tenho de engolir um oceano de fel antes de poder extrair-lhe uma gota de alegria e por uns raros momentos passageiros sentir contentamento pela minha obra.

Enchi depressa a taça de prata e lha estendi: ele pôs-se a rir. — Tens razão. Alguns tonéis de vinho foram com efeito misturados com o fel... Mas de que outra maneira poderia libertar-me? Meu trabalho não é tão fácil como a gente pensa. Este sóbrio rapaz o entenderá quando tiver minha idade e se desenvolver como espero.

Pousou a mão no ombro do aprendiz. Sugeri voltarmos à cidade e comermos juntos, mas Aruns abanou a cabeça.

— Não: tenho de ficar aqui até o sol pôr. Às vezes fico até mais tarde, pois aqui, nas entranhas da montanha, não existe dia nem noite. Tenho muito em que pensar, estrangeiro.

Apontou a montanha lisa dos fundos, e vi como as imagens alternadamente saltavam vivas e se esvaeciam em névoa perante os olhos dele. Esquecendo minha presença, resmungou com seus botões:

— No final das contas eu estava em Volsina quando se pregou o novo prego na coluna do templo. Os Lucumos consentiram que eu visse aquilo que nenhum homem comum consegue ver antes que caiam as cortinas. Eles acreditavam em mim e não devo trair-lhes a confiança.

Deu mais uma vez pela minha presença e a da minha taça de prata:

— Perdoa-me, estrangeiro. Ainda tens a face lisa, embora tenhas provavelmente a minha idade. Vejo eu mesmo esta minha boca inchada, estes olhos cansados, as rugas na minha testa e os sulcos de descontentamento nos cantos da boca. Mas estou descontente apenas comigo. Todo o resto vai bem. Vivo roendo as próprias entranhas só para criar o que nunca se criou. Os deuses estejam comigo e também contigo, estrangeiro, pois me trouxeste boa sorte e pude resolver a meu contento o problema do cavalo.

Compreendi que suas palavras valiam como uma despedida e não mais quis perturbar-lhe os pensamentos, pois ele olhava fixamente a parede nua e fazia gestos impacientes no ar.

Decerto ficou envergonhado por me haver despedido tão abruptamente, pois disse rápido:

— Os que não entendem, de tudo se contentam, contanto que se lhes apresentem as linhas e as cores tradicionais. Essa a razão por que o mundo está cheio de pessoas habilidosas, às quais o bom êxito sorri e a vida é fácil. O artista verdadeiro só pode fazer concorrência a si mesmo. Não, não tenho concorrente neste mundo. Eu, Aruns de Tarquínia, só concorro comigo mesmo. Se me desejas boa sorte, amigo, deixa aqui tua botija de barro como lembrança de tua visita. Sinto que ela ainda está pela metade e fatigará teu belo ombro se a carregares de volta para a cidade no calor do dia.

Deixei alegremente a botija com aquele homem notável, pois ele precisava dela mais do que eu.

— Ainda nos encontraremos — disse ele.

Não foi debalde que eu notara o sinal da deusa na parede de pedra quando desci à profundeza do túmulo. Estava escrito que eu tinha de encontrar aquele homem e ver o acabamento da pintura que ele planejara. Mas também o encontrara por causa dele mesmo, a fim de habilitar a boa sorte a ajudá-lo em sua obra e salvá-

-lo do maior desespero suscetível de afligir uma criatura humana. Ele o merecia. Já o reconhecera pelo rosto e os olhos. Ele, Aruns, pertencia ao número dos que regressam.

5

Não vi Aruns durante várias semanas nem eu queria descer novamente ao túmulo, com medo de o perturbar em seu trabalho. Mas no tempo da vindima, numa noite de lua, ele me procurou com seus companheiros de taverna, e estava tão embriagado que nunca antes eu vira alguém nesse estado de embriaguez atribuída ao vinho. Apesar disso me reconheceu, parou para me abraçar e beijou-me a face com sua boca úmida.

— Estás aí, estrangeiro! Achei falta em ti. Vem. Minha cabeça precisa de uma limpeza por dentro, antes de eu recomeçar a trabalhar. Vamos beber bastante para eu esvaziar a cabeça de todos os pensamentos inúteis, e, vomitando, limpar o corpo de toda a imundície terrena, antes de entender as questões divinas. Mas por que vagueias à noite pelas ruas com a cabeça lúcida, ó estrangeiro?

— Sou Turnus de Roma e refugiado jônico — achei melhor explicar a seus ruidosos companheiros. Disse em seguida a Aruns: — A deusa me perturba na fase da lua cheia e me empurra para fora da cama.

— Vem conosco — sugeriu ele. — Mostrar-te-ei deusas vivas; quantas quiseres.

Enroscou seu braço no meu e amassou em minha cabeça a grinalda de folhas de vide que pendia da dele. Acompanhei-o, e a seus amigos, até à casa que os Velturus lhe haviam arranjado. Sua mulher, desperta do sono, veio a nosso encontro bocejando, mas não nos mandou embora, segundo eu esperava. Em vez disso, abriu as portas, acendeu as lâmpadas, trouxe frutas, pão de cevada e uma vasilha de peixe em conserva, e até quis pentear o emaranhado cabelo de Aruns, úmido de vinho.

Como homem sóbrio e estrangeiro na cidade, senti vergonha de impor minha presença à noite em casa de um conhecido casual. Deste modo disse meu nome e pedi desculpas à mulher de Aruns.

— Nunca antes conheci uma esposa como tu — disse cortesmente. — Qualquer outra mulher teria esbofeteado o marido, atirado em cima dele uma banheira cheia de água e expulsado a ele e a seus amigos entre pragas, embora seja a época da vindima.

Ela soltou um suspiro e explicou:

— Não conheces meu marido, Turnus. Conheço-o eu, pois faz mais de vinte anos que vivo em sua companhia. Não foi um tempo de rosas, te garanto. Mas fui conhecendo-o melhor ano após ano, conquanto alguma mulher mais fraca tivesse há muito embrulhado suas coisas, deixando-o sozinho. Ele precisa de mim. Fiquei aborrecida por sua causa, pois não provou gota em várias semanas; só meditava e suspirava, andando de cá para lá. Quebrou tabuinhas de cera e rasgou um papel caro, onde fizera uns desenhos. Agora estou melhor. Isto sempre acontece quando o quadro começa a formar-se em sua ideia. Pode durar alguns dias ou uma semana; mas quando a cabeça lhe clareia, ele veste sua roupa de trabalho e corre para o túmulo, mesmo antes de raiar a madrugada a fim de não perder instantes tão preciosos.

Enquanto falávamos, Aruns saiu cambaleando para o pátio, de onde trouxe uma grande jarra de vinho que escondera debaixo de um monte de palha. Arrancou o selo, mas foi incapaz de retirar-lhe a tampa. Finalmente sua mulher abriu destramente a jarra, retirou a cera e entornou seu conteúdo numa grande vasilha de misturar. Mas não insultou Aruns e seus amigos acrescentando água ao vinho. Em vez disso, foi buscar seus melhores pratos e até encheu uma taça de vinho para ela mesma beber.

— É melhor assim—disse com o sorriso experiente de mulher traquejada. — O tempo me ensinou que tudo se facilita se eu também me embriagar. Assim não me aborreço com a quebra de objetos, com os soalhos manchados e os batentes que os hóspedes carregam consigo.

Estendeu-me uma taça. Quando a esvaziei, notei que era da mais moderna cerâmica ática e trazia no fundo a figura de um sátiro de casco fendido lutando com uma ninfa. A cena ficou-me na lembrança como um símbolo daquela noite, pois dentro em pouco entraram dois dançarinos e dirigimo-nos para o jardim onde havia um espaço.

Em Roma me haviam dito que, mesmo no auge da selvageria, as danças etruscas eram sempre danças religiosas, tradicionalmente dançadas para o prazer dos deuses. Entretanto, isto não era verdade, pois depois de dançarem algum tempo com trajes esvoaçantes, as mulheres começaram a despir-se, e desnudando a parte superior do corpo, permitiram-nos usufruir de sua beleza. Um dos convivas revelou-se mestre na flauta, e jamais, quer no Oriente ou no Ocidente, ouvi melodias tão excitantes. Mais que o vinho, aceleravam o sangue em minhas veias.

Finalmente aquelas belas e ardentes mulheres dançaram na relva à luz da lua, apenas vestidas com os colares de pérolas que um dos convivas lhes atirara distraído ao pescoço como presente. Soube que esse conviva era o mais novo dos Velturus, embora seu traje fosse tão modesto quanto os de seus companheiros.

Falou comigo, bebeu comigo e afinal disse:

— Não desprezes estes bêbados, Turms. Cada um é um mestre em seu próprio gênero, e entre eles sou o mais jovem e o mais insignificante. É verdade que cavalgo razoavelmente e posso usar uma espada, mas não sou mestre em coisa alguma.

Distraidamente indicou as dançarinas, que todas eram mulheres maduras.

— Imagino que percebeste serem elas outras tantas mestras em seu próprio gênero. Dez, ou até doze anos são precisos para habilitarem uma pessoa a retratar os deuses com seu próprio corpo.

— Aprecio plenamente tanto a cena como a companhia, nobre moço — disse eu.

Ele não se ofendeu porque eu o reconhecera, pois era ainda jovem e vaidoso embora pertencesse à casa de Velturu e nenhum Velturu deve ser vaidoso por já ser o que é. Pertencia ele a uma família tão antiga, que é de presumir que instintivamente me conhecesse e em consequência não me perguntasse como eu me reunira a seus companheiros. Mas isto percebi só muito depois.

Como Aruns estava tão transbordante de paz com o mundo e consigo mesmo, aproveitei-me da situação para lhe perguntar:

— Mestre, por que pintaste o cavalo de azul? Ele fitou-me com olhos embaciados e respondeu:
— Porque o vi azul.
— Mas — insisti — nunca vi um cavalo azul.
Aruns não se ofendeu. Sacudindo a cabeça respondeu magoadamente:
— Nesse caso sinto muito, meu amigo.
Não falamos mais no assunto, mas suas palavras me serviram de lição. Depois disso sempre via o cavalo azul, não importava que tivesse outra cor.
Nem bem se passara uma semana, e o aprendiz de Aruns chegou ofegante ao meu alojamento e gritou com o rosto enrubescido:
— Turnus, Turnus, a obra está pronta! O mestre me mandou buscar-te para veres em primeiro lugar em recompensa da boa sorte que lhe trouxeste!
Fiquei tão curioso, que tomei de empréstimo um cavalo e saí a galope pelo vale abaixo e encosta acima até a necrópole, levando o aprendiz montado na garupa e agarrado à minha cintura.
— Os deuses nos estão olhando — murmurou o rapaz de olhos brilhantes, enquanto apertava as mãos na minha cintura. Invadiu-me uma estranha certeza: aquele rapaz devia ser o arauto dos deuses.
Quando desci ao túmulo, verifiquei que toda a parede dos fundos tinha sido coberta de vivas cores, respirando harmonia, beleza e uma austera alegria. Aruns não se virou para saudar-me, continuando a olhar fixamente sua própria obra.
As cortinas arrepanhadas de uma casa estival rodeavam o teto. No centro, incomparavelmente acima de qualquer coisa terrenal, achava-se o reclinatório de banquete dos deuses, com suas inúmeras almofadas. Ambos os cones brancos de suas grinaldas de festa emergiam de seus duplos coxins, enquanto suas túnicas se dependuravam lado a lado aos pés do leito. Para a direita do leito divino, e muito abaixo do leito humano, jazia o casal festivo, atrás do qual se postavam os jovens tendo as mãos estendidas em saudação aos deuses. Havia à esquerda uma vasilha de misturar e uma mulher de braços levantados. Olhando o quadro de perto, notei que o artista estendera as pregas da tenda para ambas as paredes laterais, de modo que as cenas que ele pintara anteriormente formavam uma parte de toda a pintura do alto, dominada pelo leito dos deuses.
— O festim dos deuses — murmurei, invadido por um santo tremor, pois meu coração sentia a pintura embora meu entendimento terreno não a pudesse explicar.
— Ou a morte de um Lucumo — replicou Aruns, e por um rápido momento compreendi, com uma clareza ofuscadora, o que queria ele dizer e por que fora ordenado que eu testemunhasse o nascimento do quadro. Mas aquele instante de percepção passou e eu regressei à terra.
— Tens razão, Aruns — disse eu. — Provavelmente ainda ninguém ousou pintar uma coisa igual a essa. Os próprios deuses deviam ter guiado teu pincel e escolhido as cores para ti, pois atingiste o inatingível.
Abracei-o, e ele mergulhou no meu ombro sua cara barbuda e manchada de tinta, e rompeu a chorar. Soluços de alívio sacudiam-lhe o corpo vigoroso, até que afinal se recompôs e esfregou os olhos com o dorso da mão, dessa forma manchando ainda mais a própria cara.

— Perdoa-me estas lágrimas, Turms — suplicou; — mas venho trabalhando dia e noite, e tenho dormido apenas o necessário no banco de pedra até tornar a acordar com a umidade do túmulo. Tenho comido muito pouco. Meu pão tem sido as cores. Direi o mesmo da bebida: o que bebi foram as linhas... Nem sei como pude lograr bom êxito, ou se de fato o logrei. Mas algo diz em meu interior que toda uma era terminou com essa pintura, mesmo que ela continue por mais dez ou vinte anos. Essa a razão por que choro.

Naquele instante vi com os olhos dele e senti com seu coração a morte do Lucumo, e compreendi que uma nova era vinha chegando, mais feia, mais grosseira e mais mundana do que a era presente que ainda se iluminava com a radiosidade dos mistérios divinos. Em lugar de espíritos guardiães e belos deuses terrenos, monstros e espíritos cruéis subiriam dos abismos infernais, assim como sobem os pesadelos à cabeça de uma pessoa empanzinada por excesso de comida.

Nada preciso acrescentar a Aruns e à sua pintura. Antes de partir, enviei à sua esposa um presente caro, mas nada enviei a ele, pois nenhuma dádiva poderia retribuir a alegria que me dera.

Como pude — eu que era pastor ao sair de Roma — dar presentes tão caros? Um dia aconteceu que, andando nas cercanias da cidade, topei com um dossel sob o qual um grupo de nobres moços jogavam dados. Entre eles se encontrava Lars Arnth Velturu, que estendeu a branca mão e me chamou.

— Queres fazer-nos companhia. Turnus? Escolhe teu lugar, bebe um trago e apanha os dados.

Seus companheiros olharam-me surpresos, pois eu trazia minhas roupas ordinárias de viajante, tendo nos pés meus sapatões de sola grossa. Vi zombaria em seus olhos, mas nenhum deles ousou contrariar um Velturu. Vi seus belos cavalos amarrados às árvores e adivinhei que eram, tais como Lars Arnth, oficiais de cavalaria de nobre origem.

Sentei-me em frente de Lars Arnth, enrolei a túnica nos joelhos e disse:

— Não tenho jogado muito, mas sempre estou pronto a jogar convosco.

Os outros soltaram uma exclamação de surpresa, mas Lars Arnth os silenciou, jogou os dados num copo e mo estendeu:

— Jogamos tudo? — perguntou ele, indiferente.

— Como quiseres — respondi, pensando que ele se referia a uma moeda de ouro, ou talvez, desde que tão nobres moços eram seus parceiros, a uma "mina" inteira de prata.

— Bem! — gritaram os moços. Alguns deles bateram as mãos umas nas outras e perguntaram: — Responsabilizas-te por isso? — Silêncio! — berrou Lars Arnth. — Responsabiliza-se, sim, senhores! Ainda que ninguém mais o faça!

Lancei os dados, depois foi a vez dele, que os lançou e ganhou. Dessa maneira, perdi três vezes sucessivamente, e mais depressa do que podia engolir meu vinho.

— Três inteiras—disse Arnth Velturu, e atirou indiferentemente para um lado três lindas fichas de marfim inscritas. — Queres tomar fôlego, amigo Turnus, ou vamos continuar?

Olhei para o céu, imaginando que três "minas" eram um mundo de dinheiro. Silenciosamente invoquei Hécate, lembrando-lhe a promessa que me fizera. Ao virar a cabeça, vi um lagarto escorregar para uma pedra próxima a fim de tomar sol. A deusa estava comigo em sua invocação de Hécate...

— Continuemos — respondi, acabando de tomar meu vinho e lançando novamente os dados, confiante na vitória. Inclinei-me para ler o resultado, pois os etruscos não marcam as faces de seus dados com pontinhos, mas com letras, e vi que fizera o melhor possível de todos os lances. Lars Arnth nem devia ter tentado, mas lançou os dados e perdeu. Desta maneira, ganhei três vezes consecutivas.

Os nobres moços se esqueceram de sua zombaria, e, contendo a respiração, seguiam o rolar dos dados. Disse um deles:

— Nunca vi um jogo assim! Suas mãos nem tremem, nem sua respiração se acelera!

O que era verdade, pois eu fitava os pardais esvoaçantes e me deliciava no azul do céu outonal com a mesma plenitude com que participava do jogo. Um tênue rubor assomara às faces magras de Arnth Velturu e seus olhos cintilavam, embora não lhe importasse ganhar ou perder, e simplesmente usufruísse o entusiasmo pelo jogo.

— Vamos tomar fôlego? — perguntou ele quando ficamos quites e ele recolhia a terceira ficha.

Deixei que enchesse minha taça, bebi com ele e sugeri:

— Joguemos mais uma vez para ver quem ganha e quem perde. Depois tenho de partir.

— Como quiseres — respondeu, e nervoso lançou os dados em primeiro lugar. Imediatamente se desculpou, observando:

— Péssima jogada, mas a mereci.

Ganhei por um ponto, e foi melhor assim para suavizar-lhe a derrota. Em seguida ergui-me para sair.

— Não te esqueças do que ganhaste — exclamou Lars Arnth, e atirou-me a ficha de marfim. Apanhei-a sorridente no ar, observando que ganhar não era com efeito tão importante. Maior alegria fora conhecê-lo e jogar com ele o excitante jogo.

Os moços me olhavam de boca aberta, mas disse Arnth Velturu, sorrindo o seu bonito sorriso delicado:

— Amanhã ou hoje de noite mandarei meu escravo levar teus lucros à estalagem. Lembra-me se eu me esquecer.

Mas não se esqueceu. Só quando o seu bem vestido tesoureiro levou naquela mesma noite à estalagem um talento de prata em forma de doze barras seladas é que compreendi que ele se referira a um talento inteiro!

Um talento de prata era tanto dinheiro, que com ele eu poderia facilmente ter construído uma casa e mandado decorá-la e mobiliá-la lindamente, plantado um jardim e adquirido escravos para cuidar dela. Mas no final das contas, resolvi não mais jogar dados em Tarquínia, e a essa resolução me apeguei, malgrado as tentações.

Assim foi que voltei rico para Roma, depois que os volscos se aquietaram para o inverno. Apesar disso, cumpri meu plano original, de buscar meu sustento com as próprias mãos, e me arrolei como marujo ordinário num navio que transportava grãos, de Tarquínia para Roma.

Num dia nevoento de fim de outono, tornei a pisar a praia junto ao mercado de gado, mas desta vez junto ao cais do Tibre e com o ombro sangrando de puxar o pesado cabo do navio cerealífero. Num saco comum, de pele de cabra, trazia como fruto da viagem tanta prata legítima quanta podia carregá-la um homem, e que na minha qualidade de humilde marinheiro podia até levar à terra sem o conhecimento dos fiscais do imposto. Mas achei melhor não esconder-lhes nada a fim de que pudessem registrar o tesouro nos registros do Estado. Talvez me fosse útil ficarem eles sabendo que eu enriquecera por meu próprio esforço, pois eu já não queria que me conhecessem como parasita de Tércio Valério.

A prata que eu trazia causou espanto ao capitão e aos marinheiros, que juraram em meio de risadas que ter-me-iam morto e arrojado amurada abaixo, soubessem eles que eu trazia comigo um tal tesouro. Mas o tesoureiro pagou sem murmurar meu salário em cobre, metendo cautelosamente o dinheiro na minha bolsa. Respeitava-se em Roma a um homem econômico. Com o saco cheio de prata às costas, as roupas rasgadas, o rosto barbudo e o ombro em carne viva pelo cabo, de novo percorri as exíguas ruas de Roma, respirando seu ar poluído pelos pântanos. Perto do templo de Mercúrio vi o mesmo áugure cego com seu gasto bordão e imunda barba esperando algum estrangeiro de boa-fé a quem pudesse mostrar os panoramas de Roma e predizer um brilhante futuro. Roma já me era muito conhecida; as pedras corroídas das ruas respondiam familiarmente sob meus passos; o gado mugia familiarmente na praça do mercado. O desejo ardia-me no corpo enquanto eu acelerava o passo na direção da casa de Tércio Valério.

O portão estava aberto, mas quando eu quis entrar, o porteiro escravo começou a gritar e a agitar sua vara para mim. Só me reconheceu quando o chamei pelo nome. Tércio Valério estava numa reunião do Senado, disse ele, mas a patroa estava em casa.

A Misme de rosto redondo e cabelo cacheado atravessou o pátio em minha direção e se me abraçou aos joelhos. Levantei-a ao colo e beijei-a, mas foi o olhar de Micon que me fitou através de seus olhos... Ela franziu o nariz, cheirou minhas roupas e disse com ar de censura:

— Cheiras mal... — e saltou para o chão.

Só então tomei tento de mim. Penetrei cauteloso na casa, na esperança de aí encontrar um mordomo que me aprontasse um banho, a fim de eu poder trocar de roupa antes de me encontrar com Arsinoé. Mas naquele mesmo instante Arsinoé veio correndo, parou para fixar a vista em mim com sua alva testa enrugada de ira e gritou:

— Turms, és tu! Que aparência! Eu podia ter adivinhado!

Minha alegria desapareceu, e tirando o saco do ombro, esvaziei-o de modo que as barras de prata caíram tilintando no chão. Arsinoé curvou-se e juntou uma delas, sopesou-a na mão e me olhou com ceticismo. Estendi-lhe os brincos modernos que adquirira em Veios e um broche que tinham fabricado os mais habilidosos ourives de Tarquínia.

Arsinoé apertou-me, a mão que continha as joias, e apesar da minha sujeira me abraçou, beijando muitas vezes o meu rosto barbudo.

— Ó Turms, se soubesses como te desejei, e que horas de agonia vivemos sob a ameaça dos volscos! E tu vagueaste sem cuidados toda a primavera e todo o verão, até o negrume do outono. Como pudeste fazer isso?

Lembrei-lhe friamente que lhe mandara notícias minhas sempre que possível, da mesma forma que fora informado de que ela passava bem. Senti-lhe porém o calor do braço e a maciez do ombro, e tive de ceder. No final das contas ela era Arsinoé, e sem importar o que ela fizesse ou desejasse, meu ardor não diminuíra. Admirava-me de ter podido viver tanto tempo longe dela.

Arsinoé leu seu triunfo nos meus olhos, soltou um fundo suspiro e murmurou debilmente:

— Não, não, Turms. Primeiro toma um banho, depois come e veste uma roupa limpa...

Mas eu já não era grego e a roupa não tinha importância. Minha capa caiu no chão do pátio, minha camisa foi atirada fora na entrada do quarto de Arsinoé, e tirei os sapatos aos pontapés junto de sua cama. Arsinoé! Sua nudez fremia ao contato da minha, seu abraço vibrava a meu abraço, seu alento respondia a meu cálido alento. A deusa tinha um sorriso no rosto caprichoso e nos olhos escuros, e era sedutora, persuasiva, inesquecível.

Assim é que desejo me lembrar de Arsinoé.

6

Durante o inverno me movimentei entre o povo de Roma, até mesmo entre os elementos mal-afamados da Suburra, a fim de aprofundar meu conhecimento da natureza humana. A viagem me ensinara a não ser muito escrupuloso com as minhas companhias ou a escolher amigos atendendo aos possíveis benefícios que daí me resultassem. Só procurava pessoas com as quais sentisse uma certa afinidade, e estas se encontravam tanto entre os pobres como entre os da nobreza.

Em um bordel da Suburra joguei dados com o comissário de um navio de transporte de minério de ferro, oriundo de Populônia. Os ferreiros de Roma precisavam de muito ferro naquele inverno, e quando o comissário perdeu e arrancou as melenas, impensadamente me ofereceu uma viagem grátis a Populônia em troca de mais uma jogada. Também essa ganhei, e ele jurou cumprir sua promessa, pois bem sabia não ser bem recebido na Suburra se deixasse de pagar suas dívidas de jogo.

— Eu mesmo fui em busca de dificuldades — disse ele — mas decerto as mereci devido à minha leviandade. Veste-te ao menos como etrusco e trata, se puderes, de proceder como etrusco. Levar-te-ei a Populônia conforme prometi, mas o resto fica a teu cargo. Nos dias que correm, os guardiães do minério de ferro não dão boa acolhida a estrangeiros.

Consolei-o dizendo que podia falar etrusco sem nenhum esforço, embora anteriormente fingisse conhecê-lo muito pouco, e devolvi-lhe o dinheiro que ganhara, a fim de ele poder comprar um pouco de consolação no vinho e na companhia das mulheres da casa. Quando na manhã seguinte o saudei no seu navio, ia eu vestido com o meu mais belo traje etrusco e chapéu de ponta. Ele ficou contente ao verificar que eu não era uma pessoa vulgar, afirmou que eu podia, como qualquer outro, passar por etrusco e garantiu-me cumprir sua promessa. Mas as tempestades raivavam no mar, e seu comandante queria um carregamento de Roma para a viagem de volta. O Senado prometera trocar o ferro de Populônia por couro de boi romano, mas, conforme o costume, lerdeava nas negociações e regateava no preço.

Em consequência a primavera já reinava quando pudemos partir; levantamos ferro da embocadura do rio romano apenas dois dias antes da chegada dos volscos. Colunas de fumaça ao longo da praia nos advertiam de sua chegada, mas tendo descido o rio a tempo, captamos um vento favorável, conseguindo fugir dos invasores.

Após passarmos por Vetulônia e termos avistado à nossa esquerda a famosa ilha etrusca de minério, atingimos as balizas marítimas de Populônia e fomos escoltados para o porto por um corpo de guardas a fim de haver certeza de que a carga ou os passageiros não desembarcavam antes de chegar a seu destino. Passamos muitas barcaças munidas de anteparos, que procuravam à força de velas e de remos alcançar o porto de descarregamento. Ao longo da praia, e atrás das pontes de descarga, erguiam-se montanhas vermelho-escuras de minério, e para além delas, rolos de fumaça espiralavam das caldeiras de fundição.

Quando nosso navio fundeou e desenrolou-se a escada, cercaram-nos guerreiros revestidos de armaduras de ferro. Nunca antes tinha eu visto espetáculo mais triste, pois sua lisa arma dura não ostentava uma só decoração ou emblema. Seus próprios escudos eram lisos, e seus capacetes redondos chegavam até aos ombros dos peitorais. Havia nos capacetes uns buracos quadrados para os olhos e a boca, de modo que os guardas já não pareciam pessoas e soldados, mas animais inumanos e bichos de carapaça. Suas lanças e espadas também não traziam o menor ornamento.

Os inspetores vinham também vestidos com simples túnicas acinzentadas e subiram desarmados para o navio, onde o comandante lhes mostrou sua tabuinha de navegação selada com os vários selos dos portos visitados e que indicava o roteiro que seguira. O guarda-livros apresentou a lista da carga e em seguida cada marinheiro foi chamado ante os inspetores a fim de fazer declarações.

Todos estendiam as mãos, e os inspetores as examinavam para ver se na realidade elas traziam calos, como sói acontecer aos que passam a vida nos remos ou nos cabos. Só então fitavam os olhos do marinheiro e pouco se importavam com a sua nacionalidade, contanto que ele fosse de fato um marinheiro que ao chegar ao porto nada mais pedia do que uma medida de vinho e uma mulher barata como companheira de cama.

Fui o último passageiro. A rigorosa inspeção que presenciara me deixou contente por motivo de eu não ter querido viajar para Populônia como marinheiro, mas para ali viera com os meus melhores trajes tarquínios e o cabelo trançado caindo pelos ombros.

Para meu grande espanto, o inspetor fitou-me o rosto e em seguida olhou para os companheiros. Os três grosseiros sujeitos me olharam fixamente, depois o mais moço ergueu a mão até à boca. Mas o seu superior olhou-o com expressão penetrante e franziu a cara; depois tomou uma simples tabuinha de cera, imprimiu nela uma cabeça de górgone com seu sinete e ma entregou.

— Escreve o teu nome aí, estrangeiro. Podes ir e vir em nossa cidade como bem quiseres.

Percebi em seu olhar um lampejo de compreensão e desconfiei que ele soubera de minha vinda com antecedência. Receando que quisessem armar-me uma cilada a fim de mais tarde me aprisionarem e me condenarem por excesso de curiosidade, achei mais prudente revelar imediatamente meus projetos.

— Eu também gostaria de viajar até a ilha de minério a fim de ver as famosas minas e visitar as florestas do continente, de onde extraís o carvão para refinar o minério.

O inspetor ergueu as sobrancelhas oblíquas e observou com impaciência:

— Tua tabuinha traz como emblema a imagem de uma górgone. Escreve aí o nome que desejas usar. Isso basta.

Surpreso, fiz um esforço para explicar:

— Sou Turnus de Roma.

Mas o inspetor me interrompeu dizendo:

— Nada perguntei. Nunca alegues que indaguei teu nome, ou o nome de tua família ou de tua cidade.

Tal tratamento era espantoso. A boca do guarda-livros descaiu escancarada e ele começou a olhar-me com novos olhos. Eu próprio não podia entender por que me tratavam com tamanha benevolência em uma cidade que era furtada a olhares estrangeiros com o mesmo cuidado que punham em resguardar os roteiros marítimos e o porto guerreiro de Cartago.

Como cidade, era Populônia igual a seus guardas: desolada, severa e adaptada às suas funções. Seu povo considerava incômodas as honrarias, e a fumaça de suas fundições enegrecera as cornijas pintadas dos edifícios. O emblema da cidade era a górgone, e Sethlans com seu malho era o deus, de modo que no centro do templo ficava Sethlans, ladeado por Tínia e Uni, cada um em sua sala. Isto é para mostrar o respeito que tinham os moradores de Populônia pelo deus do ferro.

Embarquei para a ilha de minério num navio vazio de nome Elba, vi as minas e os campos ainda não explorados, e com meus próprios olhos confirmei que tais reservas infinitas de puro ferro não se podiam encontrar em parte alguma do mundo. Mas estava ainda mais curioso pelo templo do raio, do qual ouvira falar. Estava este situado junto aos campos de minério, no topo do monte mais alto, e cercavam-no estátuas ocas de bronze cobertas de verde azinhavre pela idade e que representavam as doze cidades da Liga Etrusca.

Ali, onde com mais ferocidade raivavam as tormentas e fuzilavam os raios fulgurantes, o mais experiente intérprete de tais meteoros examinava seus presságios para as cidades e as nações etruscas. Para esse propósito havia ali uma pedra lisa com um escudo de bronze quadriculado e orientado segundo a abóbada celeste, e dividido em dezesseis partes menores habitadas por dezesseis divindades, cujos signos apenas os sacerdotes eram capazes de interpretar. Era naquele templo que os aspirantes a sacerdotes do raio recebiam sua última instrução secreta e sua consagração, após dez anos de estudo em suas respectivas cidades sob a orientação dos mais velhos. Mas a habilidade inata e o dom da percepção eram ainda mais importantes do que o estudo, a tradição e os infindáveis precedentes. Um jovem que possuísse um evidente talento para o estudo do raio, podia poupar-se, baseado em percepção comprovada, dez anos de estudo, e receber consagração na idade de dezoito anos.

Durante muitas gerações, o raio fulminara mais de um candidato ao sacerdócio. Mas se sobrevivia ao acidente, não se lhe fazia necessária nenhuma outra consagração e ele era até considerado ainda mais santo que os demais sacerdotes.

A adivinhação pelo raio não se praticava em consultas individuais naquele modesto templo de madeira. Seus presságios diziam respeito a nações e a cidades inteiras, advertindo-as de futuros desastres ou predizendo anos bons e fecundos. Depois que os candidatos de cabelo curto me mostraram o templo e me narraram as histórias das estátuas de bronze, o próprio sacerdote veterano me recebeu e me fitou escrutadoramente. Não falou muito, mas ofereceu-me pão assado nas cinzas e água para beber, instando comigo para que voltasse ao local, se me atrevesse, por ocasião da próxima tempestade.

Não se passaram muitos dias, e negras nuvens puseram-se a rolar da montanha para o Oriente na direção do mar. Tão depressa galguei a senda espiralante que levava ao topo do monte, que feri um joelho na rocha, e espinheiros me arranharam os braços e as pernas. Vi o mar espumejando e o raio longínquo fuzilar sobre Populônia e Vetulônia.

Notando com que sofreguidão eu me dirigia para o templo, o ancião sorriu o sorriso misteriosamente belo dos sábios antigos, dizendo que não havia pressa. Fez-me entrar no templo, e dentro em pouco escutamos o tamborilar da chuva no telhado e o jorro da água que escorria pelas bocas das calhas e as fauces de leão por todos os doze cantos. Relâmpagos azuis de vez em quando iluminavam o interior do templo e o rosto pintado de preto com as brancas escleróticas do deus do raio.

Quando chegou a hora, o ancião fez-me despir a roupa que eu trazia, revestir um cabeção e um chapéu de chuva, e me conduziu para fora. O céu acima de nós estava preto, contudo ele me pediu, embora eu estivesse nu, que me sentasse no centro do escudo de bronze, de face para o norte, enquanto ele próprio se postava atrás de mim. Eu estava molhado até à medula, e à minha frente se cruzavam as forquilhas dos raios, golpeando na ilha seus campos de minério. Súbito tudo ficou branco, e um raio que cobriu todo o céu para o norte saltou das nuvens e tornou a voltar para elas num arco triunfal que a meus olhos ofuscados formou um círculo completo de encontro ao céu e sem tocar o chão. Naquele mesmo instante, o ribombo de um trovão ensurdeceu-me os ouvidos.

Sem se mover, o velho pousou as mãos sobre meus ombros.

— O deus falou — disse ele.

Tremendo de frio e de nervosismo, segui-o de volta ao templo, onde com suas próprias mãos ele me enxugou e me estendeu um pesado manto de lã para aquecer-me. Mas continuava calado, apenas me olhando afetuosamente, assim como um pai olha a seu filho.

Eu também não perguntei coisa alguma, mas algo me obrigou a lhe falar da minha mocidade, e de como então me encontrara ao pé de um carvalho fendido por um raio, nas vizinhanças de Éfeso. Confessei-lhe, igualmente, o meu crime mais secreto, o incêndio do templo de Cibele em Sardes, e depois que lhe disse tudo, curvei a cabeça, à espera da sentença.

Ele, porém, pousou sobre ela uma mão protetora e declarou: — Tinhas de fazer aquilo que fizeste. Não precisas recear a deusa escura, tua bela visitante sobre a terra. Nós, os etruscos, não consideramos criminoso um homem que, atingido pelo raio, mesmo assim sobrevive. Somos sob esse aspecto, semelhantes aos gregos. Ao contrário, ainda há pouco tu mesmo viste o sinal. O que me contaste, confirma o pressentimento que eu tive assim que te vi o rosto.

— Qual era o teu pressentimento?

Ele sorriu tristemente, sacudiu a cabeça encanecida e respondeu:

— Não tenho autoridade para dizer-te até que tu mesmo o descubras. Serás, até esse momento, um estrangeiro na terra. Se às vezes ficares melancólico, se às vezes ficares desolado, lembra-te de que bons espíritos te estão guardando assim como, daqui por diante, também te estão guardando os governadores terrenos de nosso povo.

O brilho desapareceu do rosto do velho e eu vi-lhe apenas os olhos cansados, a barba branca e os cabelos esparsos. Quando a chuva cessou e as nuvens desceram para o mar, ele me conduziu para a entrada do templo e me abençoou em nome de seu deus. O sol brilhava radiosamente, o ar estava claro e a terra cintilava.

Continuei minha viagem para as cabeceiras do Tibre, na intenção de acompanhar o rio até Roma. Apesar das chuvas outonais, descobri o estreito riacho entre os píncaros desolados das montanhas. Pedras agudas cortavam-me o calçado, meu manto se rasgara e minha única proteção contra o frio cortante era uma eventual cabana de pastor.

As primeiras rajadas de neve me acolheram quando saí da floresta, rumo à opulenta cidade de Perúsia. Precisava passar ali a maior parte do inverno, e quando os ventos quentes começaram a derreter as neves dos picos, continuei minha viagem descendo o Tibre. Vagueei por todo o imenso coração da Etrúria num vasto arco ziguezagueante, antes de chegar ao ponto de partida. A parte final da viagem eu a fiz como tangedor de troncos numa imensa jangada que descia o Tibre a serviço de um negociante.

Ao aproximarmo-nos da ponte, avistamos, caída em terra, a torre-catapulta erigida pelos volscos. Vimos igualmente sinais de destruição, mas já o belo capim verde cobrira as ruínas calcinadas. Em ambas as margens do rio, já se construíam novas cocheiras e currais de gado, bois puxavam calmamente seus arados nos campos e pássaros chilreavam por toda parte com os pescocinhos arrepiados.

Eu saíra de Roma em um dia do princípio da primavera, e em um dia do princípio da primavera para ali regressei. Mas não louvarei a primavera em Roma, pois quando afinal tornei a ver Arsinoé, um ano após a nossa separação, notei que ela estava em avançado estado de gravidez e não ficou contente com o meu regresso

LIVRO NOVE

OS LUCUMOS

1

Quando tornei a penetrar no pátio patrício de Tércio Valério, vi que os batentes do portão tinham sido consertados, e pintado de novo o próprio portão. Uma vez em seu interior, descobri que mal reconhecia a casa, de maneira tão completa tinha ela sido vasculhada, e tão numerosos eram os novos assentos e outras peças de mobília recém-adquiridas. A estátua de bronze de uma das Graças, havia pouco saída da fundição, dançava na piscina vestida apenas com um tênue véu, e os amados bois de argila de Tércio Valério com seus arados tinham sido removidos para um recanto mais sombrio. Em tudo isso reparei ao fazer uma pausa para ganhar tempo, depois que me esmagou a primeira compreensão com referência ao estado de Arsinoé.

Enquanto eu me calava, ela palpava nervosamente a fímbria do seu vestido de matrona, olhava para o chão e finalmente disse-me o seguinte:

— Tu me assustaste com a tua chegada repentina, Turms, pois ainda não te esperava. Naturalmente, tenho muitas coisas a explicar-te, mas na condição em que estou não posso suportar nenhuma agitação. Acho melhor ires primeiramente conversar com Tércio Valério.

Retirou-se apressada para seu quarto, rompeu em lágrimas e chamou pelos criados. Assustado com o seu choro, Tércio Valério irrompeu do seu próprio quarto com uma vara levantada. Mas ao reconhecer-me baixou-a, assumindo uma expressão embaraçada.

— És tu, Turms! — disse devagar. — Não esperávamos que voltasses, pois recebemos notícia de que te afundaste em uma tempestade no mar. Era a própria Arsinoé quem ia procurar o marinheiro, na época em que diariamente procurava obter notícias tuas. Trouxe o homem para cá e ele jurou, com a mão na lareira, que te vira ir ao fundo! Nós mesmos temos vivido tempos difíceis com o cerco dos volscos, e não duvidei da história que ele nos contou.

Disse-lhe tranquilamente que devido ao cerco, não me fora possível mandar notícias minhas. Depois acrescentei, com alguma amargura, que as notícias talvez não fizessem falta e que melhor seria eu não ter regressado...

Mas Tércio Valério respondeu depressa:

— Não, não, não me entendas mal, Turnus. És sempre bem-vindo em minha casa e alegro-me porque estás vivo e aparentemente bom de saúde. Juridicamente, o assunto de forma alguma afeta a situação. No final das contas, a própria Arsinoé confessou que vós ambos nunca vos entendestes muito bem e que as circunstâncias a obrigaram a acompanhar-te na falta de outro protetor, pois era ardente o desejo que ela tinha de regressar à cidade de seu nascimento. Onde estava eu? Ah, sim! Não, nada tenho contra ti, tampouco Arsinoé. Afinal, não éreis legalmente casados, pelo menos não o éreis segundo as leis romanas. Quando, apesar da minha idade, a deusa dela me restituiu a virilidade, considerei tal fato um privilégio meu, e, atendendo à condição de Arsinoé, considerei de meu dever casar-me com ela legalmente. Desde então, remocei dez anos, talvez vinte! Não achas que estou mesmo rejuvenescido, Turnus? E o homem que até então fora um velho sensato começou como se fosse um galo a saltar e a arquear o pescoço diante de mim, conquanto as rugas lhe sulcassem como malhas as extremidades dos maxilares. Até havia feito a barba, e arrepanhava a toga com o mesmo donaire de um jovem enfatuado. Tão comovente era o espetáculo, que eu não sabia se devia rir ou chorar.

Vendo que eu não dizia nada, Tércio Valério continuou:

— Naturalmente, as dificuldades são muitas, pois primeiro teremos de provar que ela é patrícia e cidadã romana. Decerto te contou com que caprichos da sorte foi ela abandonada como órfã em terra estranha. Mas sua bravura diante do assédio e a reputação que se granjeou entre as romanas, resultou em grande auxílio, pois as esposas dos senadores fizeram-nos compreender que apenas uma mulher de Roma ter-se-ia comportado com tamanho altruísmo. Isto foi aceito pelo Senado como prova de seu alto nascimento, e ela concomitantemente foi reconhecida como cidadã, e afinal como patrícia. Sem esse reconhecimento não nos podíamos casar, pois a lei proíbe o casamento entre um patrício e uma plebeia.

Raspou o piso com a vara, e um novo mordomo de magníficos trajes apareceu fazendo uma reverência e Tércio Valério lhe ordenou que trouxesse pão e vinho a fim de me apresentar as boas-vindas. Distraído, pousei a mão na lareira. Seu olho experiente notou meu gesto e Tércio Valério se curvou ante a tradição.

Depois de bebermos vinho e partirmos o pão, sentamo-nos um à frente do outro em confortáveis assentos. Desacostumado ao vinho, este subiu à cabeça do velho, e dentro em pouco suas faces e têmporas se ruborizaram profundamente.

— Rejubilo-me por estares reagindo com sensatez ante esse assunto — disse ele. — Isso mostra que és homem compreensivo. Arsinoé teve de confessar que te mandou embora devido ao seu amor por mim, e além disso és estéril e nunca lhe poderias proporcionar as alegrias da maternidade. Não foi por sua culpa que aquele grego cruel se aproveitou de sua situação indefesa, forçando-a a submeter-se. Mas ela mesma é inocente e não pensa o menor mal. Com efeito, respeito-a grandemente por haver ficado com Misme, embora só com ver a menina se lhe despertem tristes lembranças. Bem posso compreender que teu regresso lhe avivasse a lembrança daqueles dias dolorosos.

As mulheres em sua condição são muito sensíveis.

Teve então uns frouxos de riso:

— Sou fazendeiro de coração e acostumado à criação de gado. Por isso não sou indevidamente pudibundo em assuntos sexuais. Mas entre as mulheres de Roma, nunca encontrei uma inocência mais sensível que a de Arsinoé. No entanto, é uma heroína. Foi a mulher mais corajosa de Roma, e, com o auxílio de sua deusa, decisiva em persuadir Coriolano a levantar o cerco e partir para o seio dos volscos. Nesse momento a fronte se lhe fez sombria; e agarrando com força a vara, pôs-se a recordar:

— Antes de partir, os volscos incendiaram e saquearam até as casas patrícias, de modo que sofri grandes prejuízos materiais.

Em seguida voltou a ficar animado:

— Mas a terra continua, e ficamos livres de Coriolano. Os volscos já não confiam nele, pois que levantou o cerco sem dar batalha, conquanto a golpes de esforço, tivessem eles fabricado torres de assédio e aríetes de bronze, com os quais contavam abater as portas da cidade. Agora as matronas romanas acreditam na deusa de Arsinoé e cultuam-na sob a invocação de Vênus. Eu mesmo prometi erigir-lhe um templo em Roma, e pretendo insistir no projeto perante o Senado. Se não o aprovarem, erigirei eu mesmo um templo pequeno com dinheiro de meu próprio bolso.

— Conheço a deusa de Arsinoé — disse eu impaciente. — Não duvido que as mulheres de Roma deem seus grampos e broches cravejados de gemas para a coleta em favor da construção do templo.

— Magnífica ideia! — gritou Tércio Valério. — Tu me entendes melhor do que ninguém, querido Turnus! Arsinoé até vaticinou que os descendentes da deusa Vênus um dia governarão de sua sede em Roma o resto do mundo!

— Continua com a tua história — insisti.

A boca de Tércio Valério pendeu escancarada enquanto ele rebuscava a memória:

— Ah, sim! Comecei com os touros e a pudicícia de Arsinoé. Embora tivesse convencido o Senado, me foi difícil convencer meus parentes. Só quando viram com seus próprios olhos foi que acreditaram que eu recuperara a virilidade. Nós, os romanos, não somos indevidamente pudicos em tais assuntos, mas antes de poder prová-lo, tive de vencer a timidez de Arsinoé, que embora seja mulher madura, é tão tímida como uma garota que pela primeira vez se entrega ao amplexo de um homem.

— Indubitavelmente — disse eu com fel na garganta. — Indubitavelmente.

Tércio Valério evocou o acontecimento com entusiasmo.

— Meus irmãos, o filho de meu irmão e um representante escolhido pelo Senado, verificaram com seus próprios olhos a minha capacidade de cumprir com minhas responsabilidades conjugais tão bem como qualquer outro. Depois disso, ninguém mais duvidou que Arsinoé ficara grávida de mim.

Naquele instante Arsinoé entrou na sala com os olhos inchados de chorar, os passos arrastados e os olhos no chão. Inclinou-se para beijar a testa de Tércio Valério, e de passagem enxugou-lhe carinhosamente o queixo e a baba com uma toalha de linho.

— Decerto não estás te afadigando com assuntos cansativos, meu querido Tércio — disse afetuosamente, olhando-me com um ar de censura.

A cabeça de Tércio parou de vacilar e ele se pôs ereto, como senador romano que era:

— É melhor resolver imediatamente os assuntos desagradáveis, disse ele. — Tudo saiu o melhor possível, restando apenas certos aspectos financeiros a resolver. Quando chegaste à nossa cidade, Turnus, tua propriedade foi por engano registrada em teu próprio nome, mas não acredito que o fizesses por espertreza calculada. Naturalmente, só quiseste proteger o dinheiro de Arsinoé, pois não conhecias as leis de nossa cidade e pensavas que a uma mulher não era lícito possuir propriedade. Ao mesmo tempo registraste em teu nome aquele talento de prata que Arsinoé fez trazerem para ela em tua viagem anterior. No final das contas, o orgulho dela exige um dote, como se eu não fosse suficientemente rico...

E Tércio acariciou a mão de Arsinoé. Digo em honra dela que Arsinoé não se atreveu a erguer os olhos para mim.

— Como homem de honra — prosseguiu Tércio Valério, energicamente — não quererás ter a bondade de transferir oficialmente a propriedade de Arsinoé para seu próprio nome, assim como no ato de nosso casamento eu também lhe transferi certas propriedades minhas e seus escravos? Naturalmente, ninguém pode obrigar-te a fazê-lo, mas receio que teu passado não aguente um processo de revisão...

Fitei o lindo rosto de Arsinoé, o brilho de seus olhos e a brancura macia de seus braços nus.

— Amanhã tratarei do caso — disse. — Só me sinto muito feliz em servir a Arsinoé, tal como a servi no passado. Um talento de prata e uma quantia moderada de ouro amoedado e de objetos compõem um dote a não ser escarnecido nem mesmo por um senador romano. Que isso venha a acrescentar a sua fama entre as nobres mulheres de Roma, embora o seu dote mais precioso seja, naturalmente, sua pudicícia e maneiras exemplares.

Arsinoé nem corou; sacudiu simplesmente a cabeça enquanto acariciava os ralos cabelos do velho senador caduco.

Por que não me enfureci ante mentiras tão desprezíveis? Por que não abri os olhos de Tércio Valério para a espécie de mulher que era realmente Arsinoé? Antes de tudo, por que não a estreitei nos braços, levando-a comigo como o fizera anteriormente?

Porque afinal compreendera a futilidade de tais atos. Arsinoé sabia o que queria; e se preferia riqueza, a segurança e uma alta posição ao lado de um velho amável, empreenderia eu fazê-la mudar de ideia? A jarra se quebrara e o vinho vazara todo para o exterior. Talvez a jarra pudesse de algum modo consertar-se, mas por que atormentarmo-nos, por mais tempo, ela e eu? Se Tércio Valério era feliz, por que haveria eu de perturbar-lhe a alegria, despertando-lhe inúteis desconfianças?

Após ceder de boa mente e sem regatear a totalidade de meus direitos, Tércio Valério fitou interrogadoramente a Arsinoé, como a pedir conselho. Ela sacudiu a cabeça.

Vencendo sua avareza inata, disse Tércio Valério, magnânimo:

— És um ótimo sujeito, Turnus, e mereces compensação por teres salvo Arsinoé daquele grego desalmado e a teres trazido sã e salva para a cidade de seu nascimento. Portanto, com a permissão de minha mulher, pensei em dar-te uma pequena fazenda de quinze jeiras de terra e os necessários instrumentos agrícolas, bem assim como dois escravos. A fazenda está situada na outra margem do rio a alguma distância da cidade e fica perto da fronteira etrusca. Recebi-a como garantia de um empréstimo após a morte de um plebeu na guerra, e embora os escravos sejam idosos, são não obstante um casal de servos dedicados. Os volscos queimaram a casa, mas estão sendo construídos os necessários cercados e pocilgas, enquanto os escravos moram em um abrigo provisório.

Seu oferecimento era inegavelmente generoso se lhe considerarmos a avareza, mas compreendi, após reflexão, que ele me queria fora de sua casa e da cidade o mais cedo possível. Ao mesmo tempo, para cultivar quinze jeiras de terra, seria eu obrigado a requerer cidadania romana, o que queria evitar.

Finalmente respondi:

— Aceito o oferecimento para não envergonhar a tua generosidade, nobre Tércio Valério. Serei feliz em receber uma fazenda como lembrança de Arsinoé, embora me pareça difícil eu mesmo cultivá-la, pois prefiro continuar morando na cidade. Talvez eu possa ganhar a vida ensinando grego a crianças, ou vaticinando o futuro pela leitura da mão, ou aparecendo como dançarino nos sagrados espetáculos do circo...

Arsinoé sacudiu violentamente a cabeça e Tércio Valério sentiu vergonha por mim. Tocando a mão de Arsinoé para acalmá-la, falou-me assim:

— Caro Turnus, sinto-me feliz porque não tens vergonha de confessar tua origem humilde, mas estás contente com o que és, sem aspirares à cidadania, Acho que a Suburra é exatamente o lugar que te compete, pois disseram-me há tempos que gozavas a vida naquele bairro em companhia de gente da tua própria laia, embora eu não tocasse nesse assunto enquanto eras meu hóspede.

Arsinoé enrubesceu:

— Finalmente te traíste, Turms! A Suburra é teu lugar, entre mulheres de má fama, e não posso dizer que ache falta em ti. Arrasta-te na lama, se o preferes; não posso vigiar-te a vida inteira. Tenho de pensar no meu futuro e no filho que me vai nascer. Vai ter com as tuas porcalhonas, e quanto mais depressa melhor! Não quero em minha casa um homem tão notoriamente devasso!

— Ora, ora — disse Tércio Valério tentando acalmá-la. Mas fiquei confortado ao saber que Arsinoé ainda tinha ciúmes de mim, embora tivesse escolhido para si uma vida mais alta. Finalmente ela rompeu a chorar, cobriu os olhos com as mãos e fugiu da sala.

Tudo aconteceu conforme o plano, e dentro em pouco estava eu inspecionando minhas quinze jeiras de terra para além do monte Janículo, perto da fronteira etrusca. O grisalho e desdentado casal temia-me grandemente, e com tremuras me mostrou uma porca na pocilga, algumas cabras e novilhas. O maior tesouro do homem era um couro de boi que ele mesmo curtira e escondera dos volscos, pois teve suficiente inteligência para matar o boi e esfolá-lo antes de os inimigos chegarem.

Naturalmente eu teria o direito de matar o velho casal, incapaz de trabalho como ele era, dando como pretexto a miserável condição em que deixaram cair a fazenda. Isso mesmo que faziam os romanos com seus escravos decrépitos, com a mesma compaixão com que matavam velhos animais de carga. Mas o coração não me permitia fazê-lo, de modo que vendi meu anel de ouro e a faixa cravejada de gemas para comprar com seu produto uma parelha de bois e ajudar os velhos escravos a alugarem o serviço de um pastorzinho cujos pais tinham sido mortos pelos volscos. Tempos depois construí para eles uma casa de verão, decorando suas empenas com ornamentos de barro pintado, segundo a moda etrusca.

Na Suburra, onde alugara um quarto, e na praça do mercado, era-me fácil saber a verdade sobre o incomparável heroísmo de Arsinoé durante o cerco dos volscos — verdade que veio evidenciar haver ela me mandado embora de propósito, a fim de se ver livre e conquistar uma alta posição entre as mulheres de Roma.

Quando os volscos sitiaram a cidade, o povo decidira energicamente não lutar ao lado dos patrícios. Os distúrbios aumentaram no Fórum, e o Senado nem sequer se atreveu a indicar um ditador como fizera em emergências anteriores. Arsinoé descobrira sua oportunidade, frequentando as rodas de costura nas quais as matronas romanas, sem consideração a posições sociais, faziam quentes camisas para aqueles cidadãos altruístas que colocavam a mãe-pátria acima dos conflitos de classe e tremiam no topo das muralhas nos dias e nas noites de um outono enregelador.

Lado a lado com as mulheres patrícias, Arsinoé levara sopa quente e pão fresco das cozinhas de Tércio Valério para as muralhas citadinas. Entre as mulheres patriotas que assim se distinguiram achavam-se Vetúria, a enérgica mãe de Coriolano, e sua mulher Volúmnia, etrusca de nascença, com quem ele se casara por causa do dote e com quem pouco se importava, conquanto ela já lhe tivesse dado dois filhos. Ambas as mulheres —a velha mãe e a esposa humilhada — procuravam provar com seus atos que suas simpatias estavam todas do lado de Roma.

Quando o povo obrigou o Senado a enviar emissários ao campo de Coriolano a fim de fazer a este uma oferta de paz, e quando o sacerdote de Régio em vão tentou convencê-lo, Arsinoé sugeriu que as mulheres de Roma enviassem elas próprias sua delegação a Coriolano. Certamente não poderia ele resistir às lágrimas de sua velha mãe, o olhar recriminador da esposa e a vista dos dois filhos.

Embora as mulheres receassem os volscos, o entusiasmo e o destemor de Arsinoé foram contagiosos, e umas vinte mulheres patrícias a seguiram quando ela saiu de Roma conduzindo a cambaleante Vetúria, a lacrimosa Volúmnia e seus dois filhos. Os soldados, lembrando-se das sopas quentes e das amistosas visitas de Arsinoé, abriram os portões, antes que o Senado tivesse tempo de proibir aventura tão arriscada.

Os famintos e trêmulos volscos ficaram tão espantados com a chegada das mulheres, que aceitaram alegremente a carne e o pão que elas traziam nas cestas e as conduziram em procissão festiva até o campo e a tenda de Coriolano. Ali as mulheres se reuniram ao redor de. uma fogueira para se aquecerem, pois a noite desceu antes que Coriolano consentisse se avistar com sua mãe e seus dois filhos. Ali, junto ao fogo, falara Arsinoé confidencialmente às mulheres a respeito de sua deusa, garantindo-lhes que, como último recurso, ela mesma, com o auxílio da deusa, convenceria Coriolano.

Finalmente Coriolano mandou entrar as mulheres em sua tenda. Sua mãe tinha lacrimosamente amaldiçoado o filho, declarando que o teria estrangulado no berço com suas próprias mãos se soubesse ter dado à luz um traidor. De sua parte, Volúmnia empurrou os filhos para frente, perguntando se ele tencionava destruir a mãe-pátria, berço de seus filhos.

Coriolano, que era um belo homem, e uma cabeça mais alto que os demais romanos, escutou-as pacientemente enquanto olhava com curiosidade para Arsinoé, postada ali perto com a cabeça timidamente inclinada. Mas se bem a conheço, com certeza ela cuidou que Coriolano lhe enxergasse os cachos louro-avermelhados, o pescoço branco, provavelmente até permitindo que sua túnica se abrisse um pouquinho...

Finalmente Coriolano dirigiu algumas palavras ásperas à mãe e à esposa, dizendo que a menos que elas tivessem algo sensato a lhe dizer, ele as mandaria de volta para a cidade. Nesse instante as mulheres empurraram para a frente uma Arsinoé extremamente pudica, instando com ela para que invocasse o auxílio da deusa. Arsinoé explicara que, para fazer isso, precisava ficar sozinha na tenda com Coriolano. Ele então despediu as mulheres e seus guardas.

Mais do que isso não se soube acerca da conversa entre Coriolano e Arsinoé, que ficou até de madrugada na tenda do guerreiro. Quando finalmente apareceu, exausta dos esforços para convencer Coriolano, instou com as mulheres para que rendessem louvores à deusa Vênus e seu grande poder, e caiu sem sentidos em seus braços. Coriolano não apareceu, mas cortesmente enviou guardas que as acompanhassem até à cidade. No mesmo dia ordenou que levantassem o cerco.

Se o fim deste se deveu a Arsinoé e à sua deusa, isso é coisa que não me atrevo a afirmar. À base do que ouvi, concluí que os volscos eram incapazes de tomar de assalto as muralhas de Roma e nem ao menos o tentaram. Ao mesmo tempo, ia o outono muito adiantado, e nenhuma nação do Lácio podia sustentar uma guerra de inverno. Coriolano era hábil comandante, e mesmo sem a intervenção das mulheres teria dispersado seu exército antes do inverno.

Com razão, ou sem ela, Vetúria e Volúmnia ficaram famosas em resultado do acontecimento, e de boa vontade partilharam sua glória com Arsinoé. Receberam os agradecimentos públicos do Senado em sua qualidade de salvadoras da cidade, e daquele dia em diante Arsinoé ficou famosa em toda Roma, respeitando-se sua deusa e sua secreta sabedoria.

Não vi Arsinoé durante muitos meses e nem sequer passei pelas proximidades da casa de Tércio Valério. Devido à sua condição, Arsinoé vivia reclusa. Deu à luz no pino do verão. Uma escrava que eu subornara trouxe-me a notícia, e as longas horas que precisei ficar longe dela pareceram-me insuportáveis. A despeito de todo o mal que me fizera eu a amava e nada podia destruir minha dedicação por ela.

Mas durante a nossa separação meu amor amadurecera e eu já não pensava nela como pensaria na mulher à qual o desejo me prendera, mas como pensaria na pessoa que mais se identificara comigo. Lembrava-me de como me fazia rir em meus momentos de desânimo, e de como eu ficava horas sentado vendo-a fazer habilidosamente o seu tratamento de beleza e palrar sobre pessoas e coisas. Não importava o que fizesse, eu não queria que lhe sobreviesse mal algum, pois compreendia-lhe as mentiras e sua necessidade de segurança.

Seu parto foi difícil e durou um dia e uma noite, pois o menino pesava dez libras. Quando finalmente veio ao mundo, uma tormenta de granizo irrompeu no meio do calor e o raio fuzilou assustadoramente. Mas não fui eu que a provoquei embora tivesse o coração atormentado por causa de Arsinoé.

Quando ouviu os berros do menino que nascera para as dores da vida, quando lhe sentiu o peso no regaço, Tércio Valério ficou delirante de alegria e sacrificou touros, carneiros e porcos em vários templos, como se se tratasse de um acontecimento de Estado. Uma parte da carne foi distribuída ao povo, outra ele a enviou para suas fazendas dando aos escravos um dia feriado, pois dificilmente poderiam eles ter trabalhado nos campos por causa da tempestade de granizo.

Arsinoé, como mãe romana exemplar, amamentou a criança ela mesma e não apareceu em público antes que sua aparência e beleza fossem restauradas. Mas quando veio o outono, vi-a sentada em seu lugar de honra no Circo imediatamente atrás das vestais e perto do assento de marfim de Mânio Valério. Só podia vê-la de alguma distância, pois achava-me sentado do lado oposto, entre estrangeiros e artesãos de outras terras; ela porém continuava tão bela como a deusa e fitei-a muito mais vezes do que aos acontecimentos que se desenrolavam na arena.

Não a busquei para falar-lhe, pois não tinha desejo algum de perturbar-lhe a paz. O tempo passou, e o menino já tinha um ano quando revi Arsinoé.

2

Era o fim do estio e a cidade estava quieta, pois o povo trabalhava laboriosamente nos campos, e os que ficaram na cidade buscavam a sombra e só se mexiam depois de cair a noite. O fartum da imundície, de frutas podres e de couro curtido enchiam as estreitas ruas da Suburra. A deusa Fortuna continuava a sorrir sobre Roma, pois os volscos, tendo-se aliado aos Équos contra a cidade do Tibre, brigaram com eles e empenharam-se numa guerra amarga, assim exaurindo suas próprias forças e as dos Équos, de modo que Roma nada mais teve a recear de nenhum dos dois.

Eu estava ensinando a uma jovem dançarina do Circo Máximo os movimentos da sagrada dança etrusca da grinalda, quando Arsinoé apareceu inesperadamente em meu quarto da Suburra. A culpa não era minha se a dançarina estava nua, pois fazia calor, e, além disso, é melhor para uma dançarina estar despida enquanto se exercita, a fim de conhecer melhor seu próprio corpo. Apesar disso, quis afundar-me no chão quando vi Arsinoé olhar primeiro para mim e depois para a pobre garota que não podia absolutamente se sentir culpada de coisa alguma. Em sua inocência, não teve sequer a inteligência de cobrir-se com um manto, mas continuou postada com o joelho recurvo e as mãos erguidas, na mesma posição que eu lhe queria ensinar.

Arsinoé era a mesma de sempre, mais madura e mais bela do que nunca. Disse sarcasticamente:

— Perdoa-me, Turms. Não quero perturbar-te o prazer, mas preciso falar contigo e hoje é a minha única oportunidade.

Com as mãos trêmulas apanhei as pobres roupas da garota, atirei-as em seu braço, empurrei-a para fora do quarto e fechei as rangedoras portas de madeira. Sentada sem pedir licença no meu assento sem adornos, Arsinoé olhou em volta, suspirou fundamente e sacudiu a cabeça.

— Sinto-o por ti, Turms — lamentou ela. — Embora tivesse ouvido dizer que andas em más companhias, não quis acreditar, e experimentei pensar só coisas boas a teu respeito. Mas agora tenho de acreditar em meus próprios olhos e estou magoada.

A amargura sufocou-me a garganta e eu a via sentada diante de mim tão calma como dantes, como se nada houvesse acontecido.

— Tenho vivido uma vida desregrada e andado em más companhias — confessei. — Ensinava grego a alguns rapazes idiotas e aconteceu que lhes recitei aquele verso de Hiponacte: "O homem tem dois dias felizes na vida: um, quando se casa; outro, quando leva a mulher para a sepultura". Hiponacte morava em Éfeso, e essa é a razão por que tais versos me ficaram. Mas os pais não gostaram de tal ensino e perdi meus alunos.

Arsinoé fingiu não escutar, mas deu um leve suspiro e observou:

— Suas coxas e quadris são muito pesados. É também demasiado baixa.

— Mas tem talento — respondi em defesa da aluna. — Essa a razão por que a estou ajudando.

— Ai, ai, Turms! Pensei que fosses um pouco mais exigente em matéria de mulher. Quem provou os exaltados racimos da uva não quer saber de nabos... Mas sempre foste diferente. No passado o teu mau gosto me espantou muitas vezes.

Distraidamente descobriu a cabeça e meu coração saltou quando lhe avistei os cabelos, penteados ainda há pouco por uma penteadora grega. Pintara o rosto com grande cuidado e só pude ficar maravilhado com o seu donaire ao arrepanhar tão tentadoramente o simples manto de matrona romana que a cobria.

— Como é quente este quarto! — exclamou ela, deixando o manto escorregar dos brancos ombros pelos braços nus. Seus olhos eram graves e escuros, e tinha os lábios descerrados. Mas eu não tinha a intenção de sucumbir a seus encantos.

— Não — disse eu. — Mas dize-me, como te atreveste a vir me procurar, especialmente aqui na Suburra? Não receias pela tua reputação? Decerto não olvidas que és esposa de um senador... — Oh, sim! — concordou ela, e fitou-me com ar de recriminação.

— Mas quem aqui é digno de censura? Tu mesmo não me deixas à mercê de Tércio Valério durante anos de uma vez? Estavas farto de mim, e por isso foi que me atiraste ao pescoço de um velho devasso!

— Arsinoé — perguntei-lhe horrorizado — como podes tudo deformar dessa maneira tão horrível? Não tens vergonha de me acusar cara a cara por aquilo que tu mesma astutamente arquitetaste e executaste?

Ela conseguiu encher de lágrimas os próprios olhos para me fitar com a vista enevoada:

— Quão amargo e injusto és tu para comigo! Sempre pronto a arranjar uma briga, embora há tanto tempo não nos tenhamos encontrado! Nesta altura devia conhecer-te, mas sempre me engano fazendo boa ideia de ti.

Rompeu em soluços, fitando-me por entre os cílios azulados.
Respirei com violência, fechei os punhos mas nada disse.
Arsinoé premiu uma mão na outra, suplicante:
— Por que não dizes alguma coisa, Turms? Por que és tão cruel?
Quase confessei que todo o meu ser se rejubilava radiosamente só de a ver, mas foi melhor para mim não tornar a ceder ao seu poderio. Sentindo fraquejarem-me os joelhos, sentei-me à beira do leito e perguntei:
— Que desejas de mim, Arsinoé?
Ela riu-se jubilosa, deu de mão a todo fingimento, esticou o corpo e estendeu as pernas para que eu as visse.
— Naturalmente, quero de ti alguma coisa, Turms. Do contrário não teria vindo. Mas sinto-me feliz quando te vejo, bate-me estranhamente o coração no peito quando fito a tua grande boca escarninha e os olhos amendoados...
— Não! — roguei humildemente, e olhei em torno em busca de uma faca com a qual cortar-me um dedo, caso fosse tentado a acariciar-lhe a pele contra a minha vontade. Era certo que o faria, pois se a tocasse estaria perdido. Mas afortunadamente minha vontade foi mais forte do que minhas mãos.
— Tu mesmo sabes muito bem que profundo é meu amor por ti! — disse Arsinoé com voz débil. — Mesmo agora, meu coração secretamente te deseja, embora eu esteja ofendendo a Tércio Valério e a meu filho. Mas contenhamos nossas emoções e sejamos apenas amigos. É melhor assim. Quando uma mulher chega à minha idade e sua beleza começa a fanar, o de que ela precisa é segurança. Eu estava cansada de tudo sacrificar aos teus caprichos. Agora estás livre, Turms, e eu possuo um marido compreensivo, que não me faz muitas exigências.
Quando viu que eu me calava, apalpou a cintura e disse com tristeza:
— Envelheci enormemente. Pesam-me os braços e meus quadris se alargaram, não importa o que faça para os diminuir. O último parto rebentou-me os músculos, de modo que meus quadris e coxas estão cheios de estrias brancas que me estragaram o corpo para todo o sempre. Queres vê-las?
Pôs-se a erguer a barra da túnica, mas dei-me pressa em tapar os olhos.
— Devo estar terrivelmente feia — disse ela com um suspiro — desde que já não me queres olhar. Naturalmente, a juventude de uma moça depõe a seu favor, e um fruto liso refresca mais o paladar; mas acredita, meu amigo: não há muita alegria nessa mocidade idiota. Só transtornos te dará, pois já não és moço. A vida dissoluta que vens levando cavou sulcos em torno de tua boca e há rugas sob teus olhos...
— São apenas rugas de riso — obtemperei amargamente. — Sempre tive tantos motivos para rir! Mas dize-me depressa o que desejas de mim. Não quero que arrisques a tua reputação com essa visita a uma casa de má fama e em tão má companhia. Ela ergueu-se, deixou o manto no assento e caminhou para a porta. Empurrando o ferrolho, observou:
— Suponho que me deixarás trancar a porta a fim de podermos conversar em paz.
Passou por mim e olhou pela estreita fresta da janela, de modo a que eu pudesse admirá-la também pelo flanco e pelas costas. Mas quando percebeu que eu continuava impassível, tornou a sentar-se e pousou a mão no meu joelho.

— Sempre foste um homem egoísta, Turms, mas decerto compreendes que tens uma certa responsabilidade para com Misme. A garota tem quase sete anos e já é tempo de a tirar da casa de Tércio Valério. Por mais bondoso que este seja, sempre fica irritado com as traquinagens da menina. Além disso, Misme me faz lembrar desagradavelmente certos infelizes acontecimentos do passado.

— Ah, sim! — disse eu. — Eu não sabia que nasceste em Roma, de família patrícia...

— Acho que não te contei tudo acerca da minha infeliz infância — disse Arsinoé com descaro. — Mas em Roma, Misme é considerada filha ilegítima e isso não convém à minha nova posição. Se eu pudesse fazer de seu pai um patrício, poderia, em consequência, arranjar para ela um cargo de vestal, o que seria a garantia de seu futuro. Mas não se pode pensar em tudo de uma vez. Já me deu bastante trabalho a prova do meu próprio nascimento, como bem podes imaginar. Agora o menino enche a casa e Tércio Valério só pensa nele. Em benefício da minha reputação, pensa ao menos uma vez em tuas responsabilidades para comigo, retira tua filha de minha casa e toma conta dela.

— Minha filha?

Arsinoé zangou-se:

— Naturalmente! De certo modo, Misme é filha tua, ou, pelo menos, filha de teu melhor amigo! Se não pensas em mim, pensa em Micon. Decerto não permitirás que a filha dele seja abandonada!

— Mas não se trata disso — disse eu. — Naturalmente, muito me alegra ficar com Misme, e isso não apenas para te ajudar, mas porque gosto da menina e acho falta nela. Mas... por falar em teu filho, perdoa a minha muito humana curiosidade. A julgar pelo que ouvi e calculei, presumo que ele seja filho de Coriolano.

Arsinoé apertou a mão de encontro à boca e olhou em torno, aterrorizada. Estávamos porém sozinhos, a calma lhe voltou e ela sorriu.

— Não posso esconder coisa alguma de ti, Turms. És entre todos quem melhor me conhece. De qualquer forma, o menino traz em si o melhor sangue patrício e seu pai é o mais cavalheiro dos romanos. Senti dever isso a Tércio Valério. Não; ele não tem por que se envergonhar do filho, embora o pai natural do menino seja estupidamente vaidoso, sendo desta forma obrigado a viver no exílio pelo resto da vida. Mas talvez seja melhor assim, atendendo à minha necessidade de paz...

Sua honesta confissão fez derreter o gelo dentro de mim e pusemo-nos a falar com a mesma animação de outrora. Ela fez-me rir, e novamente compreendi por que a amara e por que continuava a amá-la, pois em todo o mundo não havia outra mulher igual a ela. Fez o que pôde para divertir-me, e assim fazendo também se divertiu, pois eu era a única pessoa que a entendia e na qual ela podia confiar. Contudo não a toquei. As horas voavam, e repentinamente, percebendo que o quarto estava às escuras, ela se enrolou no manto e cobriu a cabeça à maneira de uma respeitável matrona romana.

— Preciso ir-me — disse. — Dentro de poucos dias, Misme te será trazida, e confio em que cuidarás dela como se fosse tua própria filha.

Percebi que Arsinoé pouco se importava fosse Misme educada na Suburra ou algures; entretanto ficara desapontada por ter a menina herdado as faces redondas de Micon e sua compleição atarracada; porque era conhestra nos gestos e não sabia agradar à sua mãe.

Eu porém não podia suportar a ideia de Misme crescer entre elementos de má fama e gente de circo. Levei-a, pois, para a minha fazendinha, deixando-a aos cuidados do velho casal de escravos, e assim comecei a passar mais tempo lá do que o fizera anteriormente. Queria ensinar Misme a ler e a escrever, e ajudá-la a ser uma garota livre e independente, mas não tinha posses para lhe arranjar professor nem era esse o costume em Roma. As meninas eram criaturas tão desprezadas ali, que uma criança do sexo feminino podia até ser abandonada ao relento, e a única educação de uma menina consistia em aprender a fiar, tecer, cozinhar a frugal comida romana e executar pesadas tarefas domésticas. Até mesmo as filhas dos senadores tinham de se contentar com esse regime de educação.

Desprezar a filha foi um erro de Arsinoé, pois Misme possuía um grande poder de compreensão. Tendo deixado para trás a sombria casa e os inacabáveis ralhos, começou a desenvolver-se rapidamente na liberdade da vida rural. Gostava de animais, de boa vontade cuidava do gado e até se atrevia a montar a cavalo e sair a galope pelos pastos. Conservava comigo alguns animais da cavalaria do Senado a fim de aumentar minha renda, pois naquele tempo o Senado ainda supria de cavalos a cavalaria, alojando-os durante o inverno em certas fazendas das vizinhanças. Em certos dias eram os cavalos levados a Roma, quando os jovens patrícios se reuniam nos pastos do deus lobo para aprenderem a cavalgar. Desse modo era-me possível ir a Roma e voltar, considerando que por mim mesmo não podia sustentar cavalos na fazenda. Quinze jeiras não eram suficientes para um luxo desses.

Dentro de alguns anos a pele de Misme ficou rosada e lisa, os membros se lhe adelgaçaram e seu andar já não era pesado, embora ela continuasse arisca como uma novilha. Devido a minhas viagens, tinha de deixá-la longas temporadas com o casal de escravos, mas de cada vez que regressava sentia crescer minha alegria ao ver o brilho de felicidade que seus olhos escuros irradiavam. Ela acorria para enlaçar os braços à volta de meu pescoço e dar-me beijos, e eu não tinha coragem de dizer-lhe que não era seu verdadeiro pai. À medida que crescia, ia ficando linda a meus olhos: suas sobrancelhas se afinaram caprichosamente e seus lábios eram puras pétalas de rosa. Mas na época em que ficou moça, a expressão de seus olhos me lembrava estranhamente a dos olhos inquietos de Micon. Além disso, aprendera a rir-se zombeteiramente de si mesma e dos demais. Tal era a moça em que Misme se transformara.

3

Não descreverei as desavenças de Roma com seus vizinhos, ou suas perpétuas incursões em outros territórios. O problema da distribuição de terras chegou ao Senado, mas já havia muito tempo que Tércio Valério, em atenção a Arsinoé, abandonara seu projeto favorito. Agora que tinha herdeiro, agarrava-se de unhas e dentes às suas terras, deste modo recuperando a confiança de seus irmãos patrícios. Já não era considerado simplório, e, segundo os ditames da necessidade, empurraram-no para a frente a fim de aquietar o povo que ainda acreditava nele, mercê das suas anteriores opiniões. Deste modo, Tércio Valério granjeou influência política, e os patrícios, os senadores e até seus próprios parentes, puseram-se mais e mais a admirar a Arsinoé por ter ela exercido no ancião uma influência tão benéfica.

Nem era ele um homem estúpido, quando concedeu a Arsinoé os luxos que os novos tempos exigiam e aturou com paciência suas extravagâncias. Ele próprio, porém, não saiu de seus antigos hábitos. Ficou saudável e forte, e já não tinha tonturas quando discursava no Senado. Só em casa é que se deixava amolecer.

Soube de tudo isso observando de soslaio a vida em casa de Tércio Valério, e divertia-me enormemente avistar de vez em quando a cara azeda que Arsinoé agora trazia habitualmente, como se a surpreendente vitalidade de Tércio Valério a tivesse arrojado para dentro da cova que ela mesma cavara. De puro tédio e mortificação, parecia ter envelhecido muito mais que o obstinado Tércio.

As notícias da morte do Rei Dario chegaram até Roma. Em verdade, uma tal morte abalou o mundo inteiro. Rejubilaram-se os gregos, promovendo festas de ação de graças no altar de Hércules, pois sentiram ter recuado o perigo que ameaçara o continente grego, e previram, ao mesmo tempo, que as revoltas e os distúrbios, que inevitavelmente acompanham a morte de um governante em um reino tão vasto quanto a Pérsia, iriam proporcionar a seu herdeiro outras coisas em que pensar que não fosse a Grécia. Mas Dario edificara um reino tão poderoso com as nações que governava, que nada disso aconteceu. Ao contrário, seu filho Xerxes, que já não era jovem, diz-se que imediatamente despachou emissários para Atenas e outras cidades gregas, imaginando que um tão leve sinal de boa vontade não envolvia maiores responsabilidades.

Tudo isso acontecera muito longe, mas como as ondulações produzidas na água por uma pedra atirada na lagoa só se espalham lentamente para só se quebrarem ao chegar às margens, assim também foram sentidos em Roma os efeitos desse acontecimento universal. No final das contas, o império persa abrangia todo o mundo oriental, das estepes da Cítia aos rios do Egito e da Índia, de modo que o grande Rei com razão considerava o mundo inteiro o seu parque de brinquedos. Sentia-se pessoalmente responsável no seu papel de portador da paz e da segurança a todas as nações, pondo assim um termo a todas as guerras. Pensando nisso, parecia-me que as disputas de Roma e sua ininterrupta expansão a expensas de seus vizinhos, eram coisa tão insignificante como brigas de pastores por pastagens.

Encontrei meu amigo Xenódotos logo após sua chegada a Roma, no momento em que saía do templo de Mercúrio onde fora oferecer um sacrifício por haver logrado completo êxito na viagem. Abandonara o traje persa e estava vestido à última moda da Jônia; tinha perfume nos cabelos e trazia nos pés umas sandálias debruadas de prata. Até rapara a encaracolada barba... Eu, porém, reconheci-o imediatamente, apressando-me em cumprimentá-lo.

Abraçou-me calorosamente quando me reconheceu, exclamando:

— Estou de sorte! Ia agora mesmo à tua procura, Turms de Éfeso! Preciso de teus conselhos nesta estranha cidade e tenho muitos assuntos a discutir contigo quando estivermos a sós.

Eu tinha o hábito de deambular com os demais em frente ao templo de Mercúrio, quando quer que não estivesse me exercitando na arena do circo, ou ensinando etrusco a algum aluno de acaso, ou negociando com gado ou passando o tempo na leitura das mãos das mulheres da Suburra... Captava, naquele sítio, ares de cidades estranhas e do mundo romano em expansão. Também podia aprender ali algum comércio proveitoso, e mediante o meu conhecimento de línguas, podia servir de guia, ou ser de alguma utilidade a estrangeiros ricos. Mas não disse nada disto a Xenódotos, preferindo deixá-lo acreditar que nosso encontro fora um milagre dos deuses.

Arranjei alojamento para ele e seus servos na estalagem etrusca, a maior e a melhor de Roma. Depois mostrei-lhe o que em Roma era digno de ser visto; mas, como acabava de chegar de Cartago, não o impressionaram os templos romanos, de madeira, e as imagens de barro pintadas por artistas etruscos. Ficou mais interessado pela Constituição romana, que efetivamente obstava o regresso da autocracia ao mesmo tempo amparando os direitos do povo contra a aristocracia. Quando lha expliquei, admirou igualmente a ordem e a disciplina do exército romano. Achava espantoso o Estado não precisar pagar soldo aos guerreiros, os quais não apenas se armavam à sua própria custa (excetuando os cavalos, que o Senado lhes fornecia), como até consideravam privilégio e dever de um cidadão fazer a guerra por puro amor à sua terra natal, sem que todas as vezes lhe fosse necessário partilhar dos despojos! Eram estes vendidos em benefício do tesouro do Estado, e de tal modo receavam os romanos a volta da autocracia, que o cônsul-comandante que presenteava o exército com presa de guerra era imediatamente suspeitado de aspirar à autocracia.

Como eu não queria mostrar a Xenódotos meu quarto na Suburra, disse-lhe que vivia modestamente em minha cabana fora de Roma. De sua parte, não quis ele tocar em certos assuntos na estalagem, embora ali comêssemos e bebêssemos. Desta forma, no dia seguinte caminhamos juntos pela ponte em direção à outra margem do Tibre, contemplamos a paisagem e o gado, e afinal chegamos a minha casa de verão. Disse ele polidamente que a marcha lhe fizera bem e que o ar do campo era bom para os pulmões, mas transpirava tanto que era evidente não ter ele movimentado muito as pernas anteriormente. Ao mesmo tempo engordara e sua curiosidade de outrora se aguçara numa tendência à crítica feita a sangue-frio.

Confessou ter alcançado uma importante posição em Susa como Conselheiro dos Negócios para o Ocidente, e ter granjeado o favor especial do Rei Xerxes, mesmo antes da morte de Dario. Agora, na indispensável reorganização que se seguiu, haviam-lhe confiado, a despeito da sua relativa mocidade, a observação dos assuntos ocidentais, fora da esfera de influência do Rei.

— Em Cartago, naturalmente, possuímos nossa Casa da Pérsia e nosso embaixador — disse ele. — De lá venho, e os interesses do Rei e de Cartago não se acham em conflito, mas ao contrário, de pleno acordo. O Conselho Cartaginês sabe que o comércio seria impossível se o Rei interditasse a Cartago os portos do mar oriental. Desta forma, embora em sua arrogância os mercadores cartagineses recusem dar terra e água ao Rei concordaram, não obstante, num assunto incomensuravelmente mais importante. Por causa disso é que eu mesmo saí de Susa nesta longa e perigosa viagem.

Enquanto caminhávamos, citou de passagem sua casa em Susa com mais de cem escravos que a cuidavam, e a outra, em Persépolis, uma modesta casa de verão, cujos jardins e fontes requeriam apenas cinquenta escravos para a sua manutenção. Mas não mantinha ou sustentava mulher alguma, pois desejava evitar os desarranjos que causam as mulheres, decisão essa considerada louvável pelo Rei Xerxes. Desse fato inferi a razão por que Xenódotos granjeara os favores do Rei, embora fosse ele demasiado sensível para se vangloriar a tal respeito.

De minha parte não queria parecer mais rico do que era. Possuía uma bela fonte rodeada de árvores de sombra que eu mesmo plantara, fizera trazer os reclinatórios da sala de refeições para a beira da fonte e pendurar fitas sagradas nos arbustos. A água da própria fonte era a nossa vasilha de resfriamento, e Misme nos serviu modestos alimentos campesinos tais como pão, queijo, legumes cozidos e um leitão assado que naquela mesma manhã eu sacrificara a Hécate. Minhas travessas eram de pesada argila etrusca, mas as taças pouco fundas provinham de Atenas e foram decoradas por artistas consumados. Não quis, ao mesmo tempo, fazer ostentação das minhas taças de prata.

A caminhada despertara em Xenódotos um grande apetite. Comeu com vontade, e a velha escrava, que temera pela simplicidade de sua cozinha, chorou de alegria quando Xenódotos a mandou chamar para agradecer a refeição incomparável. Ao ver de que maneira encantadora aquele homem do mundo se comportava, e como sabia conquistar o coração da gente simples, comecei a compreender a alta posição que alcançara e a respeitar as belas maneiras persas.

— Não penses que isto é simples fingimento, amigo Turms — disse ele. — A comida frugal se me provou saborosa ao paladar saciado e o vinho do campo traz ainda um sabor de terra. O leitão temperado a rosmaninho também estava delicioso.

Disse-lhe que se tratava de um prato etrusco, para o qual eu trouxera instruções de Fiésole. E antes que o percebesse, estava traçando, com uma vara, um mapa no chão, mostrando a localização das grandes cidades etruscas, descrevendo sua opulência, suas forças navais e as fundições de ferro de Populônia e Vetulônia. Xenódotos escutou atentamente, as horas passaram e Misme trocou nossas coroas de violetas por coroas de rosas.

Enquanto nos bafejava a pesada fragrância das rosas do campo, Xenódotos olhou cautelosamente em torno, ficou sério e disse:

— Somos amigos, Turms, e não quero te tentar nem subornar. Se me disseres se estás contra ou a favor dos gregos, saberei se devo continuar calado ou falar com franqueza. Há muita coisa a falar, desde que eu possa ter confiança em ti.

Eu achara refúgio em Éfeso, Heráclito me criara e eu até combatera três anos pela causa da Jônia. Acompanhara Doro, derramara meu sangue e ficara marcado de cicatrizes na causa da Grécia. Mas quando honestamente examinei meu coração, descobri que já não me importava com os gregos e seus costumes. Quanto mais conhecia os etruscos e quanto mais viajava suas cidades, tanto mais me punha a desdenhar os gregos. Tampouco era romano, e afastara-me de tudo quanto em mim trazia de grego. Era estranho na terra e nem sabia ao certo qual era minha origem.

Expliquei então a Xenódotos:

— Os gregos são admiráveis a muitos respeitos, mas bem no fundo do coração estou cansado deles, e neste país são uns intrusos a abrirem caminho a cotoveladas... Os gregos e o espírito grego corrompem tudo quanto os cerca, e estragam tudo quanto existe.

Não consigo entender a razão da minha grande amargura, mas desde que tomei consciência da mesma, ela me envenenou a cabeça, azedando-me as entranhas. Talvez a culpa caiba às humilhações da minha mocidade em Éfeso. Talvez eu me tivesse ligado demasiado tempo a Doro, e, em consequência, não pudesse gostar do que ele trazia de grego em sua natureza. Micon também me traíra. Até os citas diziam que os gregos tinham mais qualidades para escravos do que para homens livres. Xenódotos abanou a cabeça e disse:

— Eu próprio sou jônio, mas para falar com franqueza, sinto falta nos trajes persas e na verdade persa... O persa é homem de palavra e não trai seus companheiros; mas nós, os gregos, estamos acostumados a trair até nossos próprios deuses com promessas... Bem verdade que no mundo nenhuma cor preta é absolutamente preta, nem o branco é puramente branco, mas servir à causa do rei persa equivale a servir melhor meu próprio povo.

Percebendo que a ideia não me cativava tanto quanto a ele, apanhou depressa uma vara e pôs-se a traçar um mapa na areia a fim de me mostrar como iam adiantados os preparativos para uma expedição.

— O rei vencerá a Grécia por terra — explicou ele. — Por esse motivo, estabeleceu bases na Trácia. As frotas conjuntas da Fenícia e da Jônia acompanharão um exército que nunca antes se viu igual, a fim de garantir seu avitualhamento e as comunicações. Uma ponte de navios, tão firme como a terra, está sendo construída através do Bósforo, e, na eventualidade de tempestades, cavaram-se canais através das penínsulas trácias, de modo que os navios não terão necessidade de as circunavegar. Há nove anos que se fazem tais preparações. Quando o exército se puser em marcha da Ásia para a Europa, cada passo terá sido antes planejado. Bem verdade que Atenas se agita violentamente por todo o mundo grego, dedicando o rendimento de suas minas de prata à construção de novas trirremes. Mas Atenas está realmente desesperada, invadida pelo derrotismo, embora se esforce em parecer corajosa.

Xenódotos sorriu seu fino sorriso e acrescentou:

— Até mesmo o oráculo de Delfos é dúbio e dá respostas ambíguas...

Juntou as pontas dos dedos e observou:

— Foi por isso que vim a Roma, de onde é fácil observar o que se está passando nas cidades etruscas. Eu mesmo não posso e não devo participar ostensivamente das conferências. Externamente, é uma questão que só diz respeito aos interesses cartagineses e etruscos na resistência à pressão grega. Não é necessário saberem os etruscos que o rei da Pérsia está financiando o armamento de Cartago. Mas é importantíssimo saberem os líderes etruscos que o momento é dos mais favoráveis para eles esmagarem os gregos no Ocidente. Dificilmente a deusa da vitória lhes oferecerá uma oportunidade como esta.

Tirei da fonte a jarra de vinho e enchi as taças. Os picos dos montes se avermelhavam e o crepúsculo descia em suas encostas. O cheiro das rosas e do vinho parecia mais forte à medida que a noite esfriava.

— Xenódotos — disse eu — sê franco. Tais preparações e uma frota tão gigantesca não podem ser simplesmente destinadas à conquista do continente grego. Para matar um mosquito não se faz necessário o malho de um ferreiro...

Ele riu-se nervosamente, procurou meu olhar na escuridão e confessou:

— Desde que a Grécia pertencer à Pérsia, o passo seguinte será naturalmente enviar tropas ao continente italiano. Mas o rei não se esquecerá de seus aliados. Decerto sabes que, das cidades amigas, ele nada exige além de terra e água. A retirada de uma simples pedra da muralha bastará como sinal de reconhecimento da supremacia da Pérsia.

Era estranho que eu, que na mocidade me ligara à revolta jônica e combatera os persas, agora escolhesse sem a menor hesitação a supremacia da Pérsia. Mas esta decisão se me amadurecera na alma, no decorrer do tempo, e fiz a escolha de olhos abertos, outra vez comprometido, por motivos terrenos, a lutar contra as forças cegas do destino.

Disse então a Xenódotos:

— Granjeei amigos nas cidades etruscas e me alegrarei em falar com eles antes que seus líderes se reúnam para meterem mais um prego na coluna de madeira do templo dos volscos. Aprendi a admirar os etruscos, e a respeitá-los tanto quanto a seus deuses. Por amor à sua própria segurança, se é que desejam continuar donos de seus mares, precisam eles apoiar a expedição cartaginesa.

— Não te arrependerás da tua decisão, Turms! — gritou Xenódotos. — E não receies por ti. — Informei-me a teu respeito em Éfeso. O rei não te conserva nenhum rancor pelo incêndio do templo de Cibele. Ao contrário, o teu crime concorda inteiramente com a sua política, obrigando-o a uma guerra irreparável contra Atenas. No que te diz respeito, tudo está esquecido e apagado.

Eu porém falei melancolicamente:

— Meu crime é assunto a ser tratado entre mim e os deuses. Não busco o perdão humano.

Compreendendo meu orgulho, ele mudou facilmente a conversa para outros tópicos importantes.

— Compreendes a situação melhor do que eu e sabes o que hás de fazer. Se precisares do ouro persa, tê-lo-ás. Mais tarde serás recompensado pessoalmente por cada navio de guerra tirreno e cada soldado etrusco que, sem olhar as consequências, se alistar na expedição cartaginesa para a conquista de Himéria.

— O ouro persa não me tenta — repliquei. — Tenho o que baste para as minhas necessidades. É mais prudente não fazer circular ouro persa nestas terras, pois os etruscos são desconfiados e facilmente se ofendem. Melhor simplesmente convencê-los de que o futuro de suas cidades portuárias depende dele. Xenódotos sacudiu a cabeça com ceticismo.

— É estúpido e politicamente atrasado, Turms. A guerra exige ouro em primeiro lugar, depois ouro, sempre ouro. O mais, segue logicamente. Mas faze como quiseres. Talvez um dia os favores do rei signifiquem muito mais para ti do que seu ouro...

— Não aspiro a cair nas boas graças do rei — disse eu obstinadamente. — Ao contrário, não concordo contigo. O ouro não decide as guerras; o que as decide é antes a disciplina dos soldados e a perícia no manejo das armas. O que está faminto e magro derrotará o rico e gordo.

Xenódotos soltou uma gargalhada.

— Não há dúvida que engordei e que a marcha me faz transpirar, mas o meu conhecimento aumentou e acredito ter ficado mais esperto do que o seria se vivesse correndo nas florestas sicanas e dormindo no chão duro. Sempre me é possível contratar soldados disciplinados que me protejam dos gregos magricelas... É louco todo aquele que empunha uma espada. O homem inteligente faz os outros combaterem, enquanto ele espia de palanque o resultado do combate.

Suas cínicas palavras me levaram a resolver firmemente a acompanhar os etruscos a Himéria e a combater a seu lado, conquanto a efusão de sangue se me tivesse tornado repugnante. Senti dever-lhes isso se lograsse êxito em induzi-los a participarem de uma guerra longínqua. Mas nada disse a Xenódotos da minha decisão, pois ele a teria considerado risível.

Continuando a sorrir, tirou ele do pescoço uma pesada corrente de ouro, pendurou-a ao meu pescoço e disse:

— Aceita ao menos isto como lembrança minha e da amizade que te tenho. Todos os elos são do mesmo tamanho e não trazem o selo persa... Podes retirar um de cada vez, de acordo com as tuas necessidades.

A corrente me pesava no pescoço como um grilhão, mas não me era possível devolvê-la sem o ofender. Algo em mim segredava que eu estava me comprometendo com alguma coisa que não me dizia respeito; mas por tanto tempo levara uma vida sem finalidade, que ansiava por ações mais significativas.

4

Xenódotos ficou em Roma enquanto viajei para Tarquínia a fim de aí encontrar Lars Arnth Velturu. A despeito da sua mocidade, ele imediatamente compreendeu a importância do assunto e as oportunidades que se ofereciam para a revivescência do decadente poder marítimo etrusco e o aniquilamento da concorrência grega.

— As cidades do interior — disse ele — contêm homens jovens e ambiciosos, mas descontentes com os antigos. Há também rijos pastores e lavradores que ousam pôr a vida em jogo para obterem mais com um só golpe na guerra do que com uma vida inteira a serviço do próximo. Embora as nossas grandes ilhas não possam ceder seus navios, necessários à guarda das minas, as famílias do ferro em Populônia e Vetulônia compreenderão o que para elas representa um bem, e a Tarquínia nos proverá com dez navios de guerra pelo menos.

Levou-me a ver seu pai, Aruns Velturu, que respeitava a tradição ao ponto de não consentir que o chamassem de Lucumo, e em vez disso fazia Tarquínia ser governada por um conselho. Jamais vi homem mais augusto. A despeito de sua posição, recebeu-me cortês e compreensivamente assim que me viu em sua presença. Com o auxílio de um mapa. expliquei-lhe o plano da expedição militar do rei da Pérsia e repeti a afirmação de Xenódotos, de que dificilmente se poderia encontrar ensejo mais favorável para derrotar os gregos.

Ele escutou atentamente, o rosto magro e sem idade, e enfim disse:

— Não acredito seja a intenção dos deuses a de que um só homem ou uma só nação reine no mundo inteiro. Cada nação contribui para manter as outras em equilíbrio. Elas crescem e progridem em virtude da competição mútua. Todas as nações são iguais e o sofrimento humano é o mesmo, não importa que a pessoa seja etrusca, grega ou negra. As nações elevam-se e decaem em ciclos, e já foram mensurados seu crescimento, seu florescimento e seu declínio. As cidades etruscas não são melhores ou mais importantes que as cidades gregas, conquanto nós outros saibamos mais a respeito dos deuses do que os demais povos. Uma criatura humana pode pedir aos deuses um acréscimo de dez anos, uma cidade ou nação pode pedir-lhes cem, mas ninguém pode prolongar a existência para além disso.

Tais palavras de sabedoria me fizeram funda impressão, mas Lars Arnth impacientou-se e disse:

— Meu pai, és idoso, e não compreendes os novos tempos tão bem quanto os moços. A questão da influência grega em terra e no mar é para nós uma questão de vida ou morte. Se Cartago achar que é obrigada a ir para a guerra, precisamos apoiar Cartago. E se apoiarmos Cartago, devemos fazê-lo com todos os nossos recursos.

Seu pai sorriu e disse:

—Ainda és muito jovem, meu filho Arnth. Quem quer que empunhe uma espada, pela espada morrerá. Já não mais oferecemos aos deuses sacrifícios humanos,

Arnth crispou seus finos dedos e rangeu os dentes, mas curvou a orgulhosa cabeça diante do pai, que então sorriu o belo e triste sorriso de um velho etrusco.

— Isto é assunto político, e como tal deve ser resolvido pelo conselho. Se o julgas tão importante, podes tu mesmo viajar em meu lugar para Volsina no próximo setembro. Por que hei de me envolver numa coisa que não posso impedir?

Assim Lars Aruns elevou seu filho à regência de Tarquínia.

No final das contas, seu túmulo estava pronto e decorado com as eternas pinturas do artista Aruns, e ele não tinha o menor desejo de pedir aos deuses um acréscimo de dez anos de vida, o que para um governante bem se podia provar mais oneroso que agradável.

Depois que a conversa terminou com resultados tão inesperados, Lars Aruns levantou-se, colocou levemente as mãos nos meus ombros e disse:

— Tive muito prazer em ver-te, Turms. Lembra-te de mim quando entrares no teu reino.

Tais palavras tanto surpreenderam a Lars Arnth quanto a mim, conquanto outrora, em Himéria, Lars Alsir tivesse dito quase as mesmas palavras, quando então eu as considerara uma simples fórmula de cumprimento, empregada em sinal de amizade. Só mais tarde compreendi que o velho Lars Aruns Velturu me reconhecera, considerando-me arauto dos deuses em tal matéria. Foi por isso que entregou o poder ao filho, preferindo isso a envolver-se num assunto que lhe era penoso.

Já não me foi preciso lutar a favor de Xenódotos, pois Lars tomou a peito o negócio, ele mesmo partiu e mandou amigos para as distantes cidades etruscas a fim de prepararem o terreno. Eu porém decidi não ir às cidades sagradas, mas ficar em Tarquínia, à espera da decisão da Liga.

Na celebração ritual, consagravam-se doze dias aos deuses, sete dias a assuntos de política interna e três dias aos problemas de política estrangeira. Resolveu-se que cada cidade decidisse por si mesma se queria socorrer Cartago ou não, e se o faria em nome da cidade ou simplesmente arrolando voluntários. Os santos Lucumos de Volterra e Volsina anunciaram imediatamente que suas cidades nem sequer permitiriam o levantamento de recrutas voluntários. Eram, porém, cidades interiores, e em tais assuntos a decisão das cidades litorâneas tinha importância muito maior.

Após a assembleia, os emissários cartagineses se aproximaram dos delegados e governantes de várias cidades, solicitando promessas de ajuda. Veios prometeu dois mil homens pesadamente armados, Tarquínia sua cavalaria e vinte navios de guerra, Populônia e Vetulônia dez navios de guerra cada uma, e as cidades do interior, pelo menos quinhentos homens cada, todos completamente equipados. Tudo indicava que esta seria a mais extensa expedição marítima dos etruscos desde que estes destruíram uma frota fenícia muito maior ao largo da Sardenha e em tempos imemoriais.

Ao voltar a Roma, só tive boas notícias de Xenódotos, e fiquei certo que os etruscos apoiariam Cartago tão decisivamente quanto possível, a despeito de velhas dúvidas. Recebi de Arnth uma lista secreta de aderentes. Xenódotos ficou muito satisfeito ao vê-la e declarou que ela excedia às suas melhores esperanças.

— E tudo isto me trouxeste de presente! — exclamou ele. — Agora, que farei com as cabeças de touro feitas de ouro, que transportei comigo à causa de tamanho esforço?

Xenódotos trouxera algumas cabeças de touro modeladas segundo à moda cretense, que pesavam um talento e eram empregadas como moeda corrente em Cartago. Tinham ficado escondidas na foz do rio, do contrário o Senado desconfiaria de riqueza tão imensa, e rindo instei com ele que a levasse de volta, dizendo que a guerra pertencia aos etruscos e que ninguém os subornava ou compelia no intuito de os fazerem participar da mesma.

Mas Xenódotos declarou que ele seria considerado suspeito, e sua informação desvaliosa, se regressasse levando de volta as cabeças de touro.

— Esta riqueza é para mim um puro fardo desde que terminei minha tarefa, queixou-se ele. — É incômoda de transportar e até pode sujeitar-me a algum roubo. Não poderia ter acreditado que tudo decorresse com tal facilidade!

Compreendendo que nenhum benefício poderia advir do incômodo transporte do ouro de volta a Susa, sugeri comprarmos alguns carregamentos de ferro de Populônia, fazê-lo transformar em armas e contratar alguém que as passasse clandestinamente para os sicanos. Com efeito, Hiuls era ainda menino e eu não soubera notícias dele durante todo aquele tempo, mas o ferro fortaleceria sua posição entre os sicanos, e em sua qualidade de filho de Doro, ele saberia empregá-lo. Os sicanos poderiam ou servir os cartagineses como guias ou sustar os gregos com um ataque a Agrigento. Sugeri a Xenódotos que também enviasse algumas cabeças de touro a Lars Arnth, que era moço inteligente e poderia empregar o dinheiro na construção de vários navios de guerra modernos.

Foi esta a nossa decisão, mas ele insistiu que eu aceitasse de presente um talento de ouro, ao menos para prover a despesas imprevistas. Assim, após bebermos uma noite inteira à saúde dos etruscos e do rei, separamo-nos bons amigos.

O Conselho de Cartago escolhera Amílcar como chefe militar e concedeu-lhe poderes autocráticos durante todo o decorrer da guerra. Filho do famoso navegador Hanon, sob cuja direção várias expedições exploraram o oceano para além das Colunas de Hércules, era Amílcar um homem ambicioso. Tinha também habilidades estratégicas, e durante o inverno recrutara forças do interior de todas as colônias cartaginesas, e até da Ibéria, de modo que muitas terras e cores de epiderme se viam representadas em seus exércitos. Além disso, cada nação estava habituada a combater à sua própria maneira e com suas próprias armas, falando ao mesmo tempo várias línguas e possuindo os mais diversos hábitos alimentares o que tudo vinha a criar uma grande confusão.

Por outro lado, o equipamento grego era uniforme. Estavam os gregos acostumados a combater em campo aberto como uma frente movediça, e seus soldados se armavam pesadamente de couraças e escudos de metal. Durante todo o inverno, Gelon e Teron rivalizaram entre si na construção de trirremes. Tivemos notícia de que apenas Siracusa contava, nessa primavera, com uma centena de trirremes em manobras no mar.

Mas a pior surpresa foi o Senado romper repentinamente o acordo com Veios, mandando atirar uma espada sanguinolenta no território veiense. Os emissários romanos falaram em algumas violações de fronteira, mas isto foi mero pretexto. Não poderia mesmo haver acordo, pois cada primavera irrompiam litígios entre os pastores de ambas as cidades. O ataque de Roma a Veios e seus ameaçadores movimentos perto de Caere e de Tarquínia, foram as maiores desgraças que poderiam ter caído sobre a causa etrusca, pois tornou necessário podar pela metade a expedição siciliana. Partimos para a Sicília só quando compreendemos, fosse por isto ou por aquilo, que os gregos conseguiram incitar Roma à guerra contra os etruscos e que os romanos estavam deliberadamente empenhados em incursões para distrair as tropas veienses. Compunham nossa frota quarenta navios leves de guerra, duas trirremes e uma porção de cargueiros com algumas centenas de soldados, a maioria deles pesadamente armados e exercitados no uso da lança, do escudo e da espada à moda grega. Mas não tínhamos cavalaria e Lars Arnth não nos pôde acompanhar. Tarquínia precisava da sua cavalaria para guardar as próprias fronteiras contra Roma.

Ia o estio avançado quando avistamos a praia siciliana, mas a frota cartaginesa, à qual nos juntamos no mar, manobrou com tamanha perícia, que rumamos diretamente para Himéria sem que os gregos nos amolassem, e mansamente remamos em direção à praia. Amílcar havia tomado o porto e a foz do rio e posto cerco à cidade, assim poupando a seus desgostosos mercenários uma marcha exaustiva através da terra de Érix para Himéria, cortando pelas montanhas e a floresta sicana. Havia mais de trinta mil mercenários cartagineses e seu acampamento se estendia ao redor de Himéria, tão longe quanto a vista podia alcançar.

Afastados dos outros na floresta havia um milhar de sicanos, e deixando o chefe etrusco conferenciar com Amílcar, fui depressa ao campo deles. O coração se me derreteu assim que vi aqueles rostos e braços listrados de preto, vermelho e branco. Os sicanos ficaram muito surpreendidos quando lhes falei em sua própria língua e depressa conduziram-me à sua penha sagrada. Ao redor dela estavam reunidos os chefes das várias tribos com suas máscaras de madeira. Vi entre eles um rapazinho vigoroso empunhando meu próprio escudo, e reconhecendo-o a despeito da máscara, corri a abraçá-lo.

Hiuls ainda não tinha treze anos, e sua mocidade o tornava desconfiado. Recuou para longe de mim e os sicanos gritaram iradamente comigo por que com tanta falta de respeito eu fora abraçar seu "Ercle". Mas quando compreendeu quem eu era, Hiuls tirou a máscara, perguntou se eu queria que me trouxessem carne e gordura, e agradeceu as armas que eu lhe mandara. Em seguida explicou:

— Amílcar de Cartago é um valente guerreiro, e estão com ele Baal e muitos outros deuses. Nós outros, os sicanos, estamos saindo pela primeira vez da floresta em forma de exército organizado, a fim de apoiá-lo contra os gregos. Mas cultuamos apenas os nossos deuses e não estamos ligados aos deuses cartagineses ou elímios. Os combates beneficiarão a meu povo ensinando-o a guerrear numa guerra de verdade, e ficaremos ricos com os despojos. Mas depois da guerra voltaremos às nossas florestas e montanhas, e nada mais teremos a ver com os cartagineses ou os elímios.

— Tu és Ercle — disse eu. — Deves resolver pelo teu povo. Aconteça o que acontecer, pensa tão somente no bem de teu povo. Não vou impor-te meu conselho, pois o rei és tu, não eu.

Vendo que eu não queria aconselhá-lo ou exigir presentes em troca das armas que eu mandara, Hiuls ficou à vontade e se sentou de pernas cruzadas no escudo. Mandou seus soldados atirarem as lanças de corrida e observou muito satisfeito o modo certeiro com que as lançavam.

O encontro com os sicanos aqueceu-me o coração. Até cheguei a beber um trago da poção venenosa em companhia dos chefes e de novo habilitei-me a ver através dos troncos das árvores e das rochas. Passei a noite no chão nu, mas o corpo se me tornara frouxo e habituado aos confortos da vida, o que deu em resultado eu apanhar um forte resfriado. Daí em diante achei melhor passar a noite no interior de um navio etrusco.

Tínhamos primeiro de conquistar Himéria e depois decidir se atacaríamos os gregos em terreno de nossa escolha ou se nos fortificaríamos em Himéria, esperando que eles atacassem. O único elemento perturbador era ainda não terem os navios cartagineses da foz do estreito entrado em contato com a frota de Siracusa. As trirremes gregas tinham desaparecido do mar e Amílcar receava que elas lhe cortassem a linha de munições. Declarou ter mais medo disso do que de uma batalha com as pequenas forças terrestres da Grécia.

Conquanto respeitasse tão grandemente a fama dos soldados etruscos, ao ponto de escolher a nós outros para formarmos o centro da sua primeira linha de combate, censurou-nos por sermos muito poucos, assim quebrando a promessa etrusca relativa ao número de tropas que lhe prometeram enviar. E razão lhe assistia de censurar-nos, pois nossas forças eram indubitavelmente mais perturbadoras do que auxiliadoras. Mas o que acontecera, acontecera, e não se podia mudar. De nossa parte, pedimos aos chefes etruscos que expressassem nosso espanto ante a tenda de púrpura de Amílcar, seus reclinatórios de marfim, seus pratos de ouro e prata, suas imagens de divindades e grande número de escravos, objetos esses que tinham ocupado a maior parte do espaço em muitos navios cargueiros. Eu próprio cheguei a dizer que parecia terem os cartagineses dedicado mais tempo ao luxo e ao conforto do que à fortificação de seu campo.

Amílcar invocou Baal e outros deuses, berrou que seus negros e líbios não estavam acostumados a cavar buracos no chão e disse que era muito mais fácil suas tropas acreditarem nos deuses cartagineses quando tivessem a barriga cheia e a cabeça livre de preocupações.

Quando expliquei que os romanos tinham o hábito de cavar trincheiras logo após acamparem, disse Amílcar com dureza:

— Meu modo de guerrear é o modo cartaginês. Creio entender minhas tropas melhor que tu, estrangeiro.

Falando com os brutais mercenários beligerantes já cansados da longa inatividade, percebi que eles estavam perfeitamente preparados para tomar Himéria de assalto. Ardiam no desejo pelos despojos e estavam prontos a arriscar a vida no saque e na violência contra uma cidade grega até se saciarem. Lentamente comecei a suspeitar que Amílcar teria alguma razão política para hesitar ante a muralha de Himéria.

Essa razão ficou evidente em um banquete que os cartagineses nos ofereceram. Súbito abriram-se as cortinas cor de púrpura da tenda e Cidipe entrou na sala trazendo pela mão seus dois filhos pequenos, enquanto os dois mais velhos, de olhos austeros, se lhe agarravam à túnica.

Como mulher madura, era Cidipe ainda mais bela do que fora na primeira mocidade. Seu penteado estava salpicado de pó de ouro, e seu pescoço, os braços e os calcanhares vinham pesados de ornamentos densamente incrustados de pedras preciosas. Seus lábios ainda tinham o mesmo sorriso tentador de outrora, e embora ela tivesse tido quatro filhos, sua cintura era ainda muito delgada e seu traje fenício estreitamente acinturado. Gritamos de admiração ao contemplá-la e saltamos de nossos reclinatórios para beber uma taça em sua honra.

Amílcar muito se divertiu com a nossa surpresa e disse com um sorriso:

— Nossa refém, Cidipe, acompanhou-nos de Cartago com seus filhos para amparar os interesses de Himéria. Deixamos Terilos em Cartago, pois não passa de um político incompetente. Com efeito, é melhor deixar Himéria para Anaxilau, até que um dos meninos fique bastante grande para governar a cidade.

Mesmo enquanto Amílcar falava, percebi-lhe no rosto e na expressão seu claro enlevo por Cidipe. Quem não teria se encantado com mulher tão bela e ambiciosa, e que mesmo quando jovem sabia a sangue-frio como tirar vantagem da sensualidade masculina a fim de alcançar seus próprios fins? Com voz vibrante, instou para que continuássemos o banquete e pôs-se a ir de um reclinatório para outro, chamando pelo nome os chefes cartagineses. Nesses instantes nos esquecíamos de conversar para segui-la com a vista.

Ela afinal sentou-se à beira do meu reclinatório e começou a falar com os chefes etruscos.

— Falo muito mal a vossa língua, ó incomparáveis guerreiros! mas como homens civilizados que sois, naturalmente falais grego. Fui nascida e criada em Himéria, e quando donzela nadei neste rio. Essa a razão por que fico horrorizada com a ideia de que suas casas se acabarão em fumaça e sua riqueza será destruída. Ela já sofreu bastante às mãos dos soldados siracusanos. Se vencerdes os gregos, Himéria cairá sem resistência em vosso regaço.

Amílcar confirmou-lhe as palavras.

— Anaxilau de Régio pediu nossa assistência e nos deixou sua mulher e filhos como reféns, comprometendo-se a combater por Cartago e sua causa até o último homem. Nada lucraremos se destruirmos Himéria: apenas perderemos um próspero centro comercial.

Ergui-me em um dos cotovelos e disse com veemência:

— Apiedo-me de Himéria e seus moradores, mas as leis da guerra são implacáveis. O comandante que deliberadamente se colocar entre dois fogos é um louco. Se nos empenharmos aqui numa guerra contra os gregos, a guarnição de Himéria nos atacará pela retaguarda no momento decisivo.

Cidipe ergueu sua branca mão até à boca, voltou-se para me olhar, fingiu só então reconhecer-me e exclamou alegremente:

— És tu, Turms! Como me alegro em ver teu rosto mais uma vez! Bebamos juntos uma taça de vinho e não falemos tolices!

Premiu a borda de sua taça de ouro de encontro a meus lábios e entornou-me garganta abaixo um fortíssimo vinho. Enquanto eu tossia e o engolia, ela explicava aos circunstantes:

— Não vos ofendais, mas este homem foi meu primeiro amor, e julgo que até o beijei uma vez durante a minha descuidosa meninice. Essa a razão por que ainda sinto por ele um pouco de fraqueza e por que retornam a mim todas as lembranças de juventude quando bebo em sua companhia...

Eu tentava dizer alguma coisa quando ela mandou seus filhos me abraçarem e beijarem-me as faces, e de tal modo insinuou sua mão no meu pescoço que um frêmito me percorreu todo o corpo.

Amílcar não gostou da coisa. Seu rosto se tornou sombrio e ele mordeu o lábio:

— Barremos os portões de Himéria com galhos e troncos, e se for preciso, incendiemo-los para impedir que a guarnição nos ataque. Estou preparado para qualquer eventualidade, e os deuses de Cartago ainda me oferecem presságios favoráveis. Pertence-me o poder de decidir, e não tolero críticas à minha decisão.

Como Amílcar só se interessava por assuntos que lhe agradassem, cessei de falar e contentei-me em observar Cidipe. Ela tocou-me as tranças e murmurou:

— Com efeito, Turms, ainda me lembro vividamente como tua boca beijou a minha e como tua mão acariciou-me o corpo. Certamente eu não era indiferente, embora fingisse sê-lo. Na minha idade, e já agora mãe de quatro meninos, confesso que nunca pude esquecer-te. Certa vez, em uma noite enluarada, até chegaste a aparecer junto de minha cama e eu acordei com um sobressalto, mas tudo não foi mais que um sonho.

Enquanto eu segurava a mão de Cidipe e bebia de sua taça, Amílcar não pôde mais conter-se e saltou do reclinatório de honra, dizendo com voz trêmula que Cidipe já falara muito em sua dupla qualidade de refém e de mulher, e ordenou-lhe que voltasse para a proteção dos eunucos. Somente eu sabia que Cidipe lhe excitara o ciúme de propósito a fim de comprovar a si mesma sua influência sobre ele, pois enquanto se afastava com os filhos, lançou em torno à tenda um olhar triunfante.

5

Invadia-me um fundo pressentimento, e a vida no acampamento de Amílcar não me agradava. Os comandantes etruscos passavam o dia exercitando os soldados no combate peito a peito e em coluna cerrada, e embora ao princípio os mercenários se reunissem em torno de nós para rirem e zombarem de nossos esforços, dentro em pouco seus comandantes sentiram-se emulados e ordenaram às suas próprias tropas que se pusessem a exercitar. Vimos os líbios que ligavam uns aos outros seus escudos da altura de um homem a fim de formar com eles uma muralha defensiva, e ainda vimos outras tropas com cintos de ferro na cintura por onde se encadeavam umas às outras a fim de impedirem que sua linha se rompesse.

Certo dia, chegaram ao acampamento os vigias de Amílcar. Vinham a galope em seus cavalos espumejantes e gritando que os gregos estavam apenas a um dia de marcha, que seu número era infinito, e seus escudos e armaduras fulguravam ofuscadoramente ao sol ao se desenrolarem como as ondas do mar sobre as colinas do continente. A notícia produziu tanto pânico no acampamento, que muitos correram para a praia, e, à força de lutarem, abriram caminho para seus cargueiros. Com efeito, alguns foram esmagados e uma grande quantidade se afogou antes que Amílcar os pudesse dominar a chibata e a golpes de clava.

Soubemos por intermédio dos sicanos o número exato das forças conjuntas de Siracusa e Agrigento, assim como o montante de suas tropas pesadamente armadas, seus besteiros e cavalarianos, pois os sicanos, com as córneas solas de seus pés, podiam movimentar-se pela floresta muito mais depressa do que a cavalaria. Não era o número de gregos o que alarmava, mas antes a ordem e a uniformidade de suas armas. Tornou-se evidente que as forças de Amílcar eram de fato três vezes superiores às dos gregos. Ele tinha certeza da vitória. Mandou acender fogueiras gigantescas ante as divinas imagens erigidas em vários recantos do acampamento, e ele mesmo circulava entre as tropas animando-as e sacrificando carneiros aos deuses.

A escassez dos gregos era entretanto compensada pela sua estratégia. A meio dia de marcha de Himéria eles pararam para observar nosso acampamento e estabelecer contato com a guarnição himeriana por intermédio de pombos egípcios. Mas Amílcar pensou que eles hesitavam diante da sua esmagadora superioridade e planejou mandar suas tropas atacá-los. Mas ficou evidente o motivo por que esperavam, quando as frotas conjuntas de Siracusa e Agrigento, num montante de duzentas trirremes modernas, zarparam na bruma matinal enchendo toda a superfície do oceano. Não só isso, mas a frota vinha do oeste, da direção de Panormos, e não do estreito a leste onde Amílcar fizera fundear toda a sua frota. Assim, não podíamos a princípio acreditar no que víamos e pensamos que os navios eram cartagineses até que os reconhecemos: eram trirremes e ostentavam o emblema grego!

Quando os navios de guerra fecharam o mar, viemos a saber que as forças gregas de terra tinham começado a se movimentar e marchavam a toda pressa para Himéria. Sem hesitação, Amílcar entrou em ação mandando inúmeros avisos para sua frota no estreito, tanto por mar como por terra. Mas apenas dois sicanos conseguiram atravessar, e ao princípio os comandantes de Amílcar não quiseram acreditar no que ambos diziam, julgando aquilo um estratagema grego. Só quando os pescadores do litoral confirmaram o incrível fato de que a frota grega cercara a Sicília é que os comandantes obedeceram à ordem. Mas então já era muito tarde.

Pois na manhã seguinte as forças se desenrolaram em formação de batalha em frente a Himéria, apoiando um dos flancos no rio, outro na floresta e sua pendentes. Contrariamente ao costume, colocaram sua cavalaria no centro com o fito de romper a frente de Amílcar e estabelecer contato com Himéria durante a batalha. Os lúgubres tambores dos sicanos começaram a reboar na floresta, e pela primeira vez o nosso acampamento estava de pé na madrugada penumbrosa, ao marcharem as tropas em boa ordem para as posições indicadas.

Assim que viu a posição da cavalaria grega, Amílcar mudou no último instante seu plano de batalha e fez ambas as alas recuarem para apoiarem o centro. Este consistia de iberos e líbios pesadamente armados e ligados entre si, pois Amílcar não tinha a intenção de deixar o inimigo romper-lhe o centro. Sua falta de confiança em nós outros, os etruscos, nos enraiveceu, nem ficamos satisfeitos com o fato de bárbaros encadeados nos tangerem para a frente assim que a batalha começasse, dessa forma isolando-nos dos navios. Mas a incessante algazarra das matracas cartaginesas e o reboar de suas longas trompas impediram qualquer pensamento posterior. Nem os gregos pararam à espera de nosso ataque, mas enviaram sua cavalaria para a frente, avançando resolutamente contra nós.

Quando viu que a batalha começava, Amílcar ordenou que se acendessem as pilhas de troncos amontoados ante os portões de Himéria para impedir um ataque da guarnição. No último momento também conseguimos afundar agudos postes e estacas no chão à nossa frente enquanto as catapultas atiravam pedras na cavalaria. De outro modo, permanecemos na vereda marcada pelos cascos dos animais.

Durante o primeiro ataque, morreu mais da metade dos etruscos; os que não morreram, ficaram incapacitados. Assim, não tivemos outra alternativa senão retroceder, permitir a entrada da cavalaria em nossa linha e cercá-la com as nossas desfalcadas fileiras.

Colunas de soldados pesadamente armados seguiam a cavalaria. A batalha ficou então mais igual e as cortantes espadas dos etruscos começaram a fazer efeito. Mas a força do ataque ainda nos levava a recuar, e os que dentre nós sobreviveram, não o lograram por seu próprio esforço, mas certamente devido a algum milagre.

Por trás de nós, a muralha de Himéria se escondia em negra fumaça, e a pouca distância a cidade parecia arder em chamas. Depois de irromperem pelo nosso centro, os gregos da cavalaria galoparam para a cidade, e as tropas gregas pesadamente armadas puseram-se a avançar na direção de ambos os nossos flancos, cortando em dois o exército de Amílcar. Nessa altura a batalha ter-se-ia decidido aqui e acolá, não fosse a ala esquerda dos gregos, que avançara até à orla da floresta, ter-se desorganizado com uma arremetida etrusca. Rapidamente atacaram os sicanos e recuaram para a floresta, deixando as forças de Segesta gritando e atacando o flanco grego que se dispersou enquanto os de Agrigento, munidos de armas ligeiras, fugiram procurando a proteção das encostas.

Depois disso foi impossível obter-se uma visão nítida da batalha que raivava violentamente desde manhã cedo até tarde da noite. Eu próprio fora empurrado com os restantes etruscos para o flanco direito junto à fimbria da floresta, onde paramos para respirar enquanto as tropas descansadas de Érix passavam por nós a fim de contra-atacar. Num gesto bem digno dele, Amílcar, no meio do horrível caos do ataque, enviou-nos um correio para nos tirar do meio da batalha. Cambaleando de cansaço, cobertos de sangue da cabeça aos pés, os escudos amolgados e as espadas embotadas, voltamos aos tropeções para a retaguarda a fim de descansar.

Amílcar tinha erigido um grande altar no monte do acampamento e daquele ponto seguiu a batalha com a vista. Com os olhos brilhantes, levantou os braços em saudação, agradecendo-nos o esforço heroico, e mandou seus escravos nos atirarem correntes de ouro. Mas tão amargamente carpíamos nossos camaradas que tombaram, que nem sequer nos demos ao trabalho de apanhá-las do chão.

Com o auxílio dos contra-ataques desfechados pelas tropas de reserva, e com o recuo de sua ala esquerda até o acampamento, Amílcar conseguiu cerrar de novo suas fileiras, mas os gregos que as romperam forçaram o avanço para as muralhas de Himéria, espalharam os troncos chamejantes em frente do portão sul e entraram por este no interior da cidade. Mas os restos de sua cavalaria desfecharam um último ataque de surpresa no acampamento de Amílcar, atirando brandões acesos nas tendas, antes de se retirarem para a cidade.

Depois de saciarmos nossa sede, enfaixarmos nossas feridas e roubarmos comida dos mercadores do acampamento, dirigimo-nos a nossos navios na esperança de aí encontrar os etruscos sobreviventes. O irmão chamava ao irmão; o amigo ao amigo, o comandante ao piloto, o remador a seu companheiro de banco, mas ninguém respondia aos chamados. Então notamos que mal havia gente bastante para equipar os dois navios de guerra, e mesmo isso de nada nos valia, pois as trirremes gregas fechavam o mar. Nossas terríveis perdas provaram que pelo menos sustentáramos a reputação guerreira dos etruscos na batalha de Himéria.

Enquanto no oriente o sol se afundava por entre a fumaça e o caos, vimos os gregos forçarem a ala esquerda do exército cartaginês, tangendo-a para o rio e o mar, ao passo que a guarnição de Himéria, tendo posto no chão seus portões incendiados, caía na retaguarda da vitoriosa ala direita de Amílcar. No acampamento, os saqueadores atiravam-se sobre os carrascos e os marretadores aos quais matavam, para depois começarem a pilhagem a sangue-frio. Na minha opinião, era esse o mais seguro indício da derrota. Em vão tentou Amílcar reunir as forças, mas naquela altura os bárbaros irrompiam em seu próprio acampamento, matando os comandantes. Outros correram para a praia e daí para os navios, na esperança de fugir pelo lado do mar, mas para simplesmente acabarem marretados por aríetes gregos e espetados nas pontas das trirremes.

Consultamo-nos uns aos outros, e os etruscos resolveram ficar nas proximidades de seus navios a fim de esperarem a chegada da noite, quando talvez pudessem esgueirar-se para o mar. De minha parte aconselhei-os a me acompanharem e buscarem abrigo junto aos sicanos, mas como povos marítimos que eram, não podiam resolver-se a abrir mão de seus navios. Por isso fiquei sozinho quando me dirigi, através do acampamento e da orla da cidade, rumo à floresta sicana. Decerto os deuses me protegiam em meio à horrorosa confusão da luta em que gregos e bárbaros se empenhavam para se apossar dos despojos.

Dando-se por derrotado, Amílcar cobriu a cabeça e desceu do monte. Os mercenários gregos abriram-lhe passagem até sua tenda, onde ele fez em pedaços a imagem de Baal e atirou seus estilhaços numa pira sacrificial para que seu deus não caísse sob a influência dos inimigos. De olhos alucinados e boca espumejante como se tivesse tomado veneno, gritou aos guardas que trouxessem Cidipe e seus filhos, e os matassem. Mas aí os mercenários, cuja maioria era oriunda de Régio, insurgiram-se contra ele e puseram-se a saquear o campo. Entretanto alguns deles penetraram na tenda, mas não lhes foi preciso arrastar Cidipe à força, pois ela correu à sua frente, enfiou uma faca no pescoço de Amílcar e arrastou seu corpo para o fogo. Os guardas rodearam Cidipe, protegeram-na e a seus filhos, com seus escudos, e puseram-se a chamar sua parentela grega a fim de que esta ajudasse a entregar Cidipe a Gelon. Como era claro o sentido de realidade política que Cidipe possuía, e quão depressa tomou ela uma decisão!

Mas o Ercle dos sicanos, a despeito de sua pouca idade, era igualmente realista. Vendo que o centro de Amílcar estava irremediavelmente rompido e sua ala esquerda arrasada, despachou depressa seu professor grego, com um ramo verde na mão, para o tirano Teron de Agrigento, e mandou suas tropas atacarem os elímios pela retaguarda enquanto estes perseguiam vitoriosamente os de Agrigento. Durante os dias que se seguiram, as tropas de Ercle mataram e roubaram as forças cartaginesas retirantes, e Teron ficou tão grato a esse auxílio, que enviou a Hiuls um escudo de ouro, uma corrente do mesmo metal e a águia de ouro de Agrigento para que ele a pregasse no escudo.

Mas Hiuls, aceitando o resto, rejeitou a águia, pois não queria ligar os sicanos a Teron.

— Não há dúvida disse — eu a Hiuls — que um político de talento deve ter em consideração apenas seu próprio povo e esquecer-se das leis da honestidade e da honra prevalecentes entre os homens comuns. Mas em suas ações reconheci demasiado bem a sombra de Doro, que tendo granjeado a coroa de cão, estava pronto a abandonar Dionísio e seus soldados.

Quando vi o que acontecera, já não quis encontrar abrigo entre os sicanos, mas voltei à praia a fim de aí partilhar da sorte dos etruscos. Resolvemos não depor as armas, pois a posição de escravo não nos apetecia; ao contrário, resolvemos vender caro nossas vidas. No meio da escuridão equipamos nossos dois navios mais velozes, impelimo-los para o mar, e sem considerações de hierarquia, todos empunhamos os remos.

Vendo os dois navios dirigirem-se para o mar, o tirano Gelon pôs-se a berrar tão alto que lhe ouvimos as pragas acima do crepitar dos navios incendiados na praia. Então dissemos uns aos outros:

— Hoje à noite as vidas etruscas estão a baixo preço e os deuses não nos vigiam no mar. Vinguemos a morte de nossos camaradas, afundando uma trirreme grega em sinal de que o mar ainda pertence aos tirrenos.

Essa resolução nos salvou, pois as trirremes de Siracusa não esperavam pelo ataque e preparavam-se para nos afundar quando estivéssemos em fuga. Enquanto faziam a embarcação recuar e acendiam luzes de sinalização uns aos outros, aumentamos nossa velocidade ao máximo, e quase simultaneamente ambos os nossos aríetes golpearam os flancos de uma das trirremes com um estrondo de pranchas quebradas. Imediatamente o sólido navio adernou e os tripulantes gregos caíram ao mar. Nosso ataque foi tão inesperado, que a princípio eles nem souberam o que sucedia, pois ouvimos o comandante berrar que batera em um recife. Rapidamente nos libertamos do navio que ia ao fundo, esbarramos em outra trirreme e esgueiramo-nos para a escuridão protetora do mar, sem ao menos saber ao certo o que acontecera.

Remamos toda a noite, e quase de manhã um vento levantou-se e nuvens tempestuosas nos perseguiram tangendo nossos navios em direção à costa italiana. Finalmente tivemos de fundear em Cumas para reparar as avarias e obter provisões. Ali o tirano Demadotos nos recebeu amavelmente, mas quando ouviu a notícia da batalha de Himéria e a esmagadora derrota de Cartago, comentou:

— Legalmente, e por testamento, sou o herdeiro de Tarquínio, o último governador de Roma, conquanto ainda não tivesse recebido compensação pela sua propriedade. Nunca tive má vontade para com os etruscos, mas preciso pensar em minhas responsabilidades para com a minha cidade e a minha família. Por esse motivo, receio grandemente ter de apresar ambos os navios até que a herança de Tarquínio seja esclarecida.

Enquanto nos achávamos em Cumas, mais como prisioneiros do que como hóspedes, notícias perturbadoras nos chegaram de Possidônia. Uma ruidosa multidão tinha ali roubado as lojas dos mercadores cartagineses e os armazéns dos tirrenos, mas em vez de punir os criminosos, o autocrata da cidade fizera prender os cartagineses e os etruscos, sob pretexto de que o fazia para os garantir.

Mas notícias ainda piores nos aguardavam. Sobre o mar, nas asas da deusa da vitória, chegaram notícias de que os atenienses tinham destruído inteiramente a frota persa nos estreitos de Salamina, perto de Atenas. Até o Grande Rei havia fugido de regresso à Ásia por um caminho terrestre, antes que os gregos destruíssem a ponte de navios sobre o Bósforo e lhe interceptassem a fuga. Bem verdade que o poderoso exército persa tinha saqueado e queimado Atenas e derribado as imagens dos deuses, mas sofrera pesadas perdas nas Termópilas, e seu inverno na Grécia seria difícil em presença de navios gregos dominando os mares da Ásia. Nem podia o exército persa, enfraquecido pela fome e o frio, dar esperança de vencer na próxima primavera as forças terrestres gregas conduzidas por espartanos, quando apenas trezentos destes foram suficientes para os deter nas Termópilas até que os atenienses tivessem tempo de transportar seu povo para o abrigo das ilhas.

Conquanto eu conhecesse o hábito peculiar aos gregos de exagerarem os sucessos, as mesmas notícias vieram de tantos lugares ao mesmo tempo, que tive de acreditar. Deste modo, a expedição etrusca a Himéria perdeu a razão de ser, pois eu havia tentado consolar-me à ideia de que o sangue etrusco não fora derramado em vão, pois mesmo morrendo tinham eles impedido as cidades gregas do Oriente de acorrerem em auxílio da mãe-pátria.

Depois de tomar conhecimento de nossa crítica situação, Lars Arnth Velturu enviou a Demadotos uma mensagem onde ameaçava retirar de Cumas todos os mercadores tarquínios e confiscar todas as provisões de Cumas em Tarquínia, a menos que ambos os navios de guerra e suas equipagens fossem imediatamente soltos. De sua parte, enviou Gelon um arauto de Siracusa a fim de comunicar que consideraria uma ação hostil se Demadotos libertasse navios de guerra que tinham se ingerido nos negócios internos da Sicília.

Demadotos suspirava e bufava, agarrava a cabeça nas mãos e gemia:

— Qual a desgraça que enviou vossos navios a nosso porto? Meu débil coração não aguenta tal conflito!

Respondemos que a amizade tradicional entre Cumas e os portos etruscos nos dispuseram a buscar refúgio em seu porto.

— Sim, sim, sem nenhuma dúvida — disse ele. — Mas Gelon de Siracusa é homem poderoso e feio. Se ele se ofender, estou perdido, e o mesmo acontecerá ao comércio de Cumas.

Meditou sobre o assunto e afinal descobriu a solução:

— Temos o nosso famoso oráculo, a pitonisa Hierófila, que herdou sua posição desde a mais alta antiguidade, ainda antes da fundação de Cumas. Os deuses falam por sua boca e duvido que mesmo Gelon se atreva a pôr em dúvida suas decisões.

Ele próprio não quis ir à cova da sibila, alegando que a viagem era penosa e que os desagradáveis vapores da caverna lhe davam dores de cabeça. Em seu lugar, mandou um de seus conselheiros em companhia de nós três, que fomos escolhidos à sorte; antes, porém, disse-lhe o seguinte:

— Leva meu presente à bruxa, e exige que ela diga de uma vez sim ou não, sem resmungar bobagens.

A cova da sibila ficava em uma garganta ao alto de uma montanha, e a trilha de cabrito que conduzia para lá estava lisa depois de ser por tantos séculos palmilhada pelos pés dos suplicantes. O templo era simples, desbotado pela chuva e o vento, mas disseram-nos que vastos tesouros se escondiam em suas covas subterrâneas, conquanto nos fosse difícil acreditar nisso ao vermos a aparência de seus sacerdotes. Traziam eles simples faixas de lã em torno da cabeça e uma grosseira túnica de cor parda nos ombros.

Os vapores sulfúricos da caverna eram sufocantes. Ardiam-nos os olhos e tossíamos tanto, que só através de uma nuvem de lágrimas vimos o interior da caverna e Hierófila em seu pedestal. A caverna era insuportavelmente quente, pois havia em sua lareira um fogo perpétuo. Há muito tinha a pitonisa perdido todo o cabelo, mas a vaidade a incitou a usar um chapéu pontudo. Servia-a uma moça abatida e de cabelos desgrenhados, em cujos olhos reconheci os alucinados olhos da pitonisa de Delfos e adivinhei que Hierófila a exercitava para que lhe sucedesse no ofício. Os olhos de Hierófila lembravam pedras cor de cinza. Devia ser completamente cega.

Ao chegarmos, a moça começou a correr intranquila de um lado para outro, e chegou seu rosto junto ao rosto de cada um de nós. Depois rompeu em um riso selvagem e começou a berrar, a gritar e a saltar como uma louca, até que Hierófila mandou que ela se calasse. Fê-lo em uma voz singularmente cavernosa e metálica, que eu não teria esperado dos lábios de uma velha. Depois, o emissário de Demadotos se inclinou perante ela e pôs-se a explicar nossa missão.

Mas Hierófila também lhe ordenou que se calasse:

— Que estás aí a palrar? Sei tudo a respeito desses homens e previ sua chegada a Cumas, na ocasião em que os corvos desapareceram da montanha e voaram em bandos sobre o mar que nos trouxe esses tais. Não permito que os espíritos dos mortos com suas línguas inchadas e olhos escancarados forcem a entrada da minha caverna em companhia destes homens. Ide embora e levai os mortos convosco!

Começou a arquejar e a fazer gestos de repulsa. Depois de mutuamente nos consultarmos, os dois etruscos saíram, invocando os espíritos dos mortos.

A sibila acalmou-se.

— Agora há novamente espaço para se respirar. Mas donde vem esse brilho que me cerca e o rugido de uma tempestade invisível?

A moça, que estivera ocupada a um canto da caverna, aproximou-se. Tocou a mão de Hierófila e colocou-me à cabeça uma coroa de folhas secas de louro.

Hierófila pôs-se a rir um riso reprimido. Depois disse, arregalando para mim os olhos cegos:

— Ó tu, favorito dos deuses: vejo o azul da lua em tuas têmporas, mas o sol brilha no teu rosto. Eu mesma teceria para ti uma grinalda de mirtos e salgueiro, mas contenta-te com louro, pois não temos outra coisa.

O emissário de Demadotos pensou que ela delirava, e cheio de impaciência recomeçou a explicar-lhe nossa missão. Mas Hierófila tornou a interrompê-lo:

— Que importância têm dois navios quando um milhar deles vai se colidir no mar junto a Cumas? Que Demadotos deixe estes homens saírem em paz e solte seus navios. Não são estes, mas os emblemas, a causa das guerras.

Sua voz avolumou-se, como se ela estivesse gritando numa trombeta de metal.

— Demadotos não precisa de navios, mas de emblemas. O deus falou.

Após recuperar o fôlego, acrescentou mais calma:

— Continua teu caminho, homem estúpido, e deixa-me sozinha com o mensageiro dos deuses.

O conselheiro de Demadotos registrou a profecia em uma placa de cera e tentou arrastar-me consigo para fora da caverna, mas a moça caiu em cima dele, arranhando-lhe o rosto com suas compridas unhas. Depois enlaçou os braços em meu pescoço. Era desasseada, mas um tal odor de folhas de louro e ervas aromáticas lhe exsudava da pele e dos vestidos, que sua aparência não era repulsiva. Eu disse que ainda ficaria alguns instantes na caverna, pois era essa a intenção aparente da moça, e o emissário de Demadotos saiu sozinho, tapando a boca com a ponta da capa. Só então Hierófila desceu do pedestal e abriu na parede uma folha de madeira, deixando entrar o ar fresco que imediatamente varreu para fora os vapores venenosos. Através de uma fenda na montanha, vi o céu e o azul do mar. A sibila parou à minha frente, apalpou-me, tocou-me as faces e os cabelos com as pontas dos dedos, e disse comovida:

— Filho de teu pai, reconheço-te. Por que não beijas tua mãe? Abaixei-me, toquei o chão da caverna e beijei a palma de minha mão a fim de lhe mostrar que reconhecia a terra como minha mãe. Todo o meu ser me pareceu subitamente dilatado, e brilhava uma centelha em meu interior. A moça aproximou-se de mim, palpou-me os joelhos e os ombros e esfregou seu corpo de encontro a meus rins. Minha força parece que se diluiu e o suor me escorria das axilas pelas costelas abaixo. Mas Hierófila esbofeteou a moça e empurrou-a para longe.

— Reconheces tua mãe — disse. — Por que não saúdas a teu pai?

Sacudi a cabeça desorientado:

— Jamais conheci meu pai ou minha origem.

Hierófila pôs-se a falar com uma voz que talvez fosse parecida com a de um deus:

— Meu filho, conhecerás a ti mesmo quando pousares a mão no ápice redondo do túmulo de teu pai. Vejo teu lago, vejo tua montanha, vejo tua cidade. Busca e acharás. Bate e abrir-se-te-á. E quando voltares do portão selado, lembra-te de mim.

Súbito exclamou:

— Olha atrás de ti!

Assim fiz mas não vi nada, embora as chamas que fulguravam brilhantemente na corrente de ar iluminassem todos os recantos da caverna. Sacudi a cabeça.

Aparentemente espantada, Hierófila pousou a mão na minha testa e insistiu:

— Torna a olhar. Não vês a deusa? Mais alta e mais bela que os mortais, está olhando para ti e estendendo-te os braços. Traz à cabeça a coroa mural. É a deusa da lua; é também a deusa da fonte. É a deusa da espuma e do cervo, do cipreste e do mirto.

Tornei a olhar mas não vi nenhuma deusa com coroa mural. Em vez disso, outro vulto começou a se formar diante de mim: uma forma rígida, curvada para a frente como a proa de um navio, crescia na parede de pedra da caverna. Vinha cingida de uma túnica branca e tinha o rosto enfaixado. Imóvel; silenciosa, a forma se curvou rigidamente para a frente. Sua posição era a de quem esperava, ou queria indicar alguma coisa. Hierófila retirou a mão de minha testa e perguntou tremendo:

— Que vês?

— Ele está parado — respondi. — Tem o rosto enrolado em faixas de linho e aponta para o norte.

Naquele instante o rugido em meus ouvidos se tornou altíssimo, uma brancura ofuscou-me a vista e eu caí no chão sem sentidos. Quando acordei, me parecia voar no espaço com o céu por cima de mim e a terra embaixo, continuando o rugido a reboar em meus ouvidos. Só quando abri os olhos foi que percebi estar deitado no chão de pedra da caverna, enquanto Hierófila, de joelhos a meu lado, tentava aquecer-me as mãos, e a moça me limpava a testa e as têmporas com um pano empapado em vinho.

Disse Hierófila com sua trêmula voz de velha:

— Tua vinda foi predita e foste reconhecido. Mas não amarres teu coração à terra. Busca somente para ti a fim de a ti mesmo te reconheceres, ó imortal!

Comi pão e bebi vinho em sua companhia enquanto ela me falava de suas visões. Depois, quando afinal saí da caverna, um raio de sol bateu num seixo no chão diante de mim. Era um seixo transparente, monotonamente branco e de forma oval, e enquanto eu o colocava entre as outras pedras da vida contidas no saquinho que trazia ao pescoço, compreendi pela primeira vez que apanhar um seixo do chão significava em minha vida o fim de uma época e o início de outra.

Saindo da cova em estado de ofuscamento, fui reunir-me aos camaradas, e juntos regressamos à cidade, onde Demadotos interpretava à sua moda a profecia do oráculo. Consentiu que partíssemos de Cumas, mas primeiro retirou os emblemas de nossos navios e cuidadosamente os guardou no subterrâneo do tesouro sem os enviar a Gelon. Mas não fizemos caso dos emblemas; nada fazia a menor diferença, contanto que pudéssemos sair daquela cidade inamistosa.

6

No porto de Tarquínia entregamos aos guardas nossos navios avariados. Quando desembarcamos, o povo não nos saudou: virou-nos as costas e cobriu a cabeça. As ruas se esvaziavam à nossa aproximação. Tal era a tristeza que levamos conosco à terra etrusca. Deste modo, ao chegarmos ao porto, separamo-nos uns dos outros em silêncio.

Quanto a mim, acompanhei os dez tarquínios sobreviventes (ou quase isso) até à cidade, onde Lars Arnth nos recebeu grandemente preocupado, mas sem uma só palavra de censura. Simplesmente ouviu a nossa história e fez-nos alguns presentes. Quando os outros saíram, ele me pediu que ficasse.

— É inútil: mesmo o homem mais corajoso nada pode contra a Fatalidade; nem os próprios deuses a podem controlar. Refiro-me aos deuses cujo número e cujos santos nomes conhecemos, e aos quais sacrificamos. Os deuses velados — aqueles que não conhecemos — estão acima de tudo, talvez até da própria Fatalidade.

— Censura-me, maltrata-me, bate-me — supliquei — Sentir-me-ei melhor.

Lars Arnth sorriu o seu belo sorriso melancólico e disse:

— Não és digno de censura, Turms. Foste apenas o mensageiro. Mas estou em posição difícil. Os chefes das nossas quatrocentas famílias estão divididos. Aqueles que são a favor dos gregos me censuram acremente por havê-los combatido sem necessidade. As mercadorias importadas encareceram e os vasos áticos que costumamos colocar no túmulo de nossos governantes só se podem obter a preço de usura. Quem poderia ter previsto o bom êxito dos gregos contra o rei da Pérsia? Mas acredito que estão apenas empregando nossa expedição à Sicília como pretexto para destruir-nos o comércio.

Pousou as mãos em meus ombros e prosseguiu:

— Já demasiado número de nossos compatriotas admiram a cultura grega e adotam o espírito de ceticismo e de ironia que por toda parte acompanha os gregos. Somente as cidades interiores ainda são sagradas, pois nossos portos de mar estão contaminados e envenenados. Não fiques em Tarquínia, Turms, pois logo poderás ser lapidado como um estrangeiro que se intrometeu nos negócios etruscos.

Abri minha túnica e mostrei-lhe a ferida mal fechada de meu flanco e as borbulhas na palma das mãos.

— Ao menos arrisquei a vida pela causa etrusca — disse com amargura. — A culpa não é minha se tive sorte e voltei com vida. Lars Arnth pareceu incomodado, evitou meu olhar e falou assim:

—Para mim não és estrangeiro, Turms. Estou melhor informado e reconheço-te, assim como meu pai imediatamente te reconheceu. Mas por motivos políticos, tenho de evitar transtornos. Nem mesmo por tua causa quereria que te apedrejasse um povo ignorante.

Exilou-me de sua cidade com garantias de amizade, conquanto em sua qualidade de homem rico não percebesse que eu tinha ficado pobre. Já fazia muito tempo que eu dera emprego à corrente de ouro que Xenódotos me dera, pois em Cumas nós outros, os sobreviventes, tudo repartíamos. Tive de vender em Tarquínia minha espada embotada e meu escudo amolgado, e ao passo que os ventos hibernais sopravam das montanhas, vagueei a pé até Roma, via Caere, pois estava muito magro e febril para arranjar trabalho em um navio cargueiro em troca de passagem.

Quando afinal me postei no cimo do Janículo e fitei lá de cima as águas amarelas do rio, a ponte, a muralha e os templos mais distantes, vi que a destruição se estendera tão longe quanto Roma, mas que no meio do deserto, minha própria casa de campo não sofrera dano algum! Misme correu ao meu encontro com suas pernas encardidas e os olhos brilhantes de felicidade.

— Vivemos uma época de horror — explicou ela. — Nem sequer tivemos tempo de fugir para Roma, conforme sugeriste. Mas os homens de Veios enfiaram estacas sagradas em nosso terreiro, razão por que ninguém nos perturbou nem roubou nosso gado. Tivemos uma boa colheita e a escondemos. Agora ficaremos ricos, pois o preço do trigo subiu em Roma. Certamente agora, que tomamos tanto cuidado disto tudo, me comprarás um vestido novo e sapatos para os pés!

Compreendi que minha casa fora poupada graças à previsão de Lars Arnth. Mas pretendendo o bem, apenas me fez mal, pois assim que pisei a ponte que levava a Roma fui preso e entregue a um litor, e atirado a um calabouço da prisão Mamertina. Nas noites frias, gelava a água do piso das celas, meu leito era de palha podre e eu tinha de lutar contra os ratos pela comida que eu mesmo tinha de comprar. Minha febre aumentou, tive alucinações, e quando comecei a recuperar os sentidos só de raro em raro, pensei que ia morrer.

Devido à minha doença, não podia ser julgado e condenado. Em verdade os oficiais consideravam-me um sujeito sem nenhuma importância, e minha prisão foi apenas um ato político, destinado a prover o povo de um bode expiatório pela guerra perdida. Pouca atenção me davam e os cônsules não se preocupavam com a minha sorte.

Contudo não morri. A febre diminuiu, e acordei certa manhã com a cabeça lúcida, mas tão fraco que mal podia levantar a mão. Quando o guarda viu que eu me recuperara, consentiu que Misme me visitasse. Dia após dia havia ela coberto a longa distância de ida e volta à cidade e esperara debalde junto à porta da prisão. Mas a comida que trazia salvou-me a vida, pois o guarda disse que eu tinha comido e bebido durante os meus instantes de lucidez, embora eu de nada me lembrasse.

Quando Misme me viu, desatou em pranto, ajoelhou-se na imunda palha e deu-me de comer com suas próprias mãos, forçando-me garganta abaixo cada bocado e obrigando-me a beber alguns goles de vinho. Quando recuperei os sentidos, adverti-a contra suas vindas à prisão, pois os oficiais também poderiam prendê-la, conquanto ela não passasse de uma criança.

Misme fitou-me com um olhar aterrado.

— Acho que já não sou criança. Compreendo muitas coisas que antes não compreendia.

Meu orgulho me proibiu de informar Arsinoé sobre a minha situação, nem eu queria criar-lhe dificuldades. Embora Misme não mo dissesse, eu sabia que ia ser acusado de traição, sendo a maior evidência contra mim o fato de minha casa de campo continuar de pé, enquanto outras em torno tinham sido destruidas. Por que teriam os soldados veienses poupado minha fazendola, a menos que eu lhes tivesse prestado algum serviço? Minha situação se tornaria ainda pior quando a audiência revelasse que eu participara com os etruscos de uma expedição militar à Sicília. Com efeito, se eu fosse cidadão romano, seria provavelmente açoitado e decapitado, malgrado meu estado de saúde. Mas eu nunca requerera cidadania. Ao contrário, me unira à guilda dos professores, que os romanos desprezavam, apenas para evitar o requerimento de cidadania.

Temia mais por Misme que por mim. Minha terra e meu gado seriam indubitavelmente confiscados pelo Estado e eu mesmo seria no mínimo exilado de Roma. Verdade era que eu ainda possuía a cabeça de touro — só ela valia uma fortuna — escondida na terra, mas se eu tentasse subornar algum oficial, este ficaria com o ouro, cuja possessão seria considerada uma prova ainda mais forte contra mim.

Depois de muito considerar, disse eu a Misme:

— Querida Misme, não mais voltes à fazenda, mas vai em busca de refúgio em casa de tua mãe. És sua filha e ela pode proteger-te. Mas nada digas a meu respeito. Dize-lhe apenas que desapareci, e que por causa disso estás passando necessidade.

— Nunca procurarei a proteção de Arsinoé! — gritou Misme. — Nem ao menos quero chamá-la de mãe! Preferiria trabalhar de pastora ou ser vendida como escrava!

Eu não tinha percebido que ela sentia tal amargura para com Arsinoé:

— No final das contas, ela é tua mãe e te deu à luz — disse eu. Lágrimas de raiva subiram aos olhos de Misme, que gritou: — É uma mãe malvada e cruel! Durante toda a minha infância me desdenhou, só porque eu não sabia ser-lhe agradável! Mas até isso eu podia perdoar-lhe, não tivesse ela me roubado Ana, que me era mais carinhosa do que uma mãe e desde o princípio foi minha amiga!

Fiquei horrorizado, lembrando o modo como Arsinoé tratara Ana. Todos os pormenores do passado voltaram a atormentar-me, e compreendi que Ana sofrera muito mais do que eu julgava. Perguntei a Misme se alguma vez ela notara algo suspeito acerca de Ana e seu comportamento.

— Eu ainda era criança quando aconteceu aquela coisa horrível — disse Misme — mas decerto eu teria sabido se ela se tivesse entregue aos homens, como uma devassa. No final das contas, partilhávamos da mesma cama e estávamos sempre juntas. Foi ela quem me advertiu a respeito de minha mãe, dizendo que não eras meu pai verdadeiro, de modo que já não precisas esconder esse fato diante de mim. Contou-me Ana como Arsinoé deixava exasperado a meu pai verdadeiro, ao ponto de ele ir buscar a morte no pântano. Era um médico grego; não era? e teu amigo também... Mas tu foste o único homem que Ana amou, Turms. Por causa dela eu também te amo, embora não o mereças.

— Não, eu não devia dizer isso—disse ela interrompendo-se. — Foste bom para comigo, e melhor do que um pai verdadeiro. Mas como pudeste abandonar Ana depois que ela ficou grávida de ti?

— Em nome dos deuses — gritei eu — que estás dizendo, desgraçada?

O suor inundou-me a fronte e não foi preciso o olhar acusador de Misme para eu saber que ela dizia a verdade. No final das contas, não tive outra prova da minha esterilidade que não fossem as sarcásticas palavras de Arsinoé.

Misme interrogou-me, escarninha:

— Pensas que foram os deuses que a engravidaram? Tu foste com certeza o único homem que a possuiu. Isto ela me jurou quando começou a sentir medo; mas eu ainda era criança e entendia muito pouca coisa. Agora compreendo e sei que Arsinoé também sabia. Por isso é que Ana foi vendida para o pior lugar que imaginar se possa!

Misme olhava com ceticismo a expressão de meu rosto.

— É verdade que não sabias? Pensei que desprezaste Ana, querendo fugir à responsabilidade. Todos os homens são covardes. Se minha mãe nada me ensinou, ensinou-me ao menos isso. Não me contou onde foi que vendera Ana! mas eu soube pelo escravo do estábulo, antes que Arsinoé o despachasse. Na ocasião, estava em Roma um escravo fenício comprando moças volscas no mercado de gado para as levar aos bordéis de Tiro. Foi a ele que Arsinoé vendeu Ana! O escravo garantiu-lhe que se o filho de Ana fosse menino, mandá-lo-ia castrar e enviar para a Pérsia, e que se fosse menina, seria exercitada desde o começo na profissão da mãe. Senti tal amargura e derramei tantas lágrimas por Ana, que no fundo do meu coração não pude perdoar-te, pois pensava que estavas a par de tudo.

Lágrimas começaram a deslizar-lhe pelas faces, ela me tocou a mão e suplicou:

— Ó meu padrasto, querido Turms, perdoa-me ter pensado tão mal de ti! Por que não guardei o assunto comigo? No entanto, estou contente porque não ofendeste Ana propositadamente. Amava-a tanto, que seria muito feliz se dela fizesses minha mãe, da qual eu também tivesse um irmãozinho ou uma irmãzinha...

Não mais pude aguentar. Meu horror se transformou em raiva delirante, invoquei os deuses infernais e amaldiçoei Arsinoé enquanto viva ou depois de morta, pelo horrível crime que cometera para comigo e a inocente Ana. Minhas pragas eram tão medonhas, que Misme tapou os ouvidos com as mãos. Depois, minha raiva se transformou em angústia, ao compreender que Ana certamente morrera e meu filho para sempre desaparecera. Era inútil procurá-lo. Os bordéis da Fenícia guardavam seus segredos, e uma vez caindo em suas fauces, ninguém poderia salvar-se. Arsinoé sabia-o muito bem.

Fui aos poucos me acalmando e disse a Misme:

— Talvez seja melhor não ires para a casa daquela mulher. Qualquer outro destino é preferível a ficares dependendo dela.

E porque eu não estava em condições de proteger Misme, tive de confiar em seu expediente e inteligência. Falei-lhe da cabeça de touro que eu possuía e era toda feita de ouro, e indiquei-lhe onde a enterrara. Adverti-a a não tentar vendê-la em Roma, mas parti-la em pedaços a serem vendidos em alguma cidade etrusca quando a necessidade chegasse. Depois beijei-a e abracei-a, dizendo:

— Há um espírito guardião que me protege e espero que tenhas o teu, minha boa e amada filha. Não te preocupes comigo. Basta que cuides de ti.

Naquela noite tive um sonho muito claro. Uma mulher de ombros curvados, a cabeça coberta por uma prega de seu manto castanho, entrou na minha cela de pedra. Eu a conhecia no sonho e confiava nela, mas quando despertei, não sabia de quem se tratava. Não obstante, invadiu-me um sentimento de confiança.

Afinal consentiram que eu me banhasse e vestisse roupa limpa, e depois disso conduziram-me à Casa da Justiça. Perguntaram-me por que os ladrões veienses pouparam minha casa de campo da geral destruição, e eu disse não saber coisa alguma a esse respeito, pois me encontrava entre os etruscos, na Sicília. Disse, entretanto, que talvez fossem responsáveis por isso as minhas várias relações de amizade nas cidades etruscas.

A manhã estava fria, e o cônsul e o questor tinham braseiros sob os bancos. Aí estenderam suas togas, ergueram os pés acima do piso de pedra e durante o interrogatório pouco se preocuparam em esconder os bocejos. Baseados na minha própria confissão, incriminaram-me de traição em tempo de guerra, e seu único problema era saber se podiam ou não juridicamente me condenar à morte, uma vez que eu não era cidadão romano. Neste ponto concordaram comodamente em que, aos olhos da lei, eu podia ser comparado a um cidadão de Roma, pois possuía quinze jeiras de terra nas cercanias da cidade, e deste modo poderia ter adquirido a cidadania romana, caso a requeresse. Mas não podiam atirar-me por um precipício abaixo ou arrastar-me para o rio, porque na realidade eu não era cidadão romano. Em consequência, condenaram-me a ser açoitado e depois decapitado, conquanto na minha qualidade de traidor, eu não merecesse uma morte de tal maneira honrosa.

Fosse como fosse, morte certa me esperava, pois a lei romana não conhecia indulto depois de passada a sentença, nem podia eu apelar para o povo sem ser cidadão de Roma. Mas nada receei, pois não acreditava que verdadeiramente ia morrer. Com efeito, minha calma e confiança de tal modo espantaram o guarda, que ele se fez amável, e em muitas ocasiões permaneceu na minha cela conversando comigo.

Arsinoé ouviu citar meu nome após a sentença e fez espalhar a notícia. Misme também quebrou a promessa que me fizera e foi ter com sua mãe, assim que soube que eu seria em breve publicamente executado na praça do mercado. Como resultado Arsinoé apareceu na prisão carregando uma cesta cheia de esmolas a serem distribuídas entre os criminosos e os prisioneiros.

Quando o guarda abriu a porta da minha cela, ela fingiu que não me via e disse à mulher do senador que a acompanhava:

— Este homem me parece grego. Vá andando e lhe darei de comer, pois com os punhos atados não poderá fazê-lo.

Em uma tigela de barro, trouxera a mesma sopa de carne de vaca, de porco e de carneiro, que a tornara famosa durante o cerco dos volscos. Ajoelhando-se junto a mim na imunda palha, pôs-se a dar-me de comer, encostando o rosto junto do meu:

— Ó Turms! — murmurou — que fizeste de ti, e por que traíste Roma, de cujas mãos só recebeste benefícios? Não sei como ajudar-te ou salvar-te a vida. Nem mesmo Tércio Valério poderá ajudar-te, pois está de cama e já não fala. Teve ontem um novo derrame.

Interpretando errado a expressão de meu rosto, pôs a mão no meu peito nu e acariciou-o de leve como no passado, continuando a palrar:

— Estás sujo e magro como um cão perdido! Posso palpar com os dedos cada uma de tuas costelas! Pedi conselho a um jurisconsulto, e ele disse que se fosses cidadão romano, poderias apelar para o povo. Mas um réu de crime de traição não pode requerer cidadania. Oh! Turms, és o mesmo homem impossível de sempre! Devias pelo menos ter pensado em Misme. Agora, por tua causa, ela está pobre e desamparada. Quem julgas que se casará com a filha de um homem executado por traição? Quando afinal pude falar, disse o seguinte a Arsinoé:

— Retira de mim tua mão ou mato-te, agrilhoado como estou! Com a morte diante dos olhos, imploro que digas a verdade ao menos uma vez. Sabias que Ana estava grávida de mim, quando com tanta crueldade a mandaste açoitar e vender como escrava?

Arsinoé jogou a concha dentro da terrina e pediu, aborrecida: — Por que falar de assuntos antigos e desagradáveis, quando ainda podemos fitar um ao outro com olhos viventes? Já me deste bastante mágoa com aquela antipática criatura. Mas se insistes... Naturalmente, não podias enganar-me. No final das contas, sou mulher. Ao primeiro olhar, percebi O que acontecera aquela noite em Panormos, quando te deixei sozinho. E depois, bastou-me olhar para aquêles olhos de cachorro... E ela pensando que ninguém reparava... A princípio, a história divertiu-me, mas podes compreender o que senti ao perceber que ela estava grávida de ti. Sou bastante mulher para não querer um bastardo teu em minha casa.

E mesmo após nove anos, ela enrubesceu de ódio e alteou a voz:

— Poderia estrangular-te com minhas próprias mãos por teres traído a mim e ao meu amor por ti, de maneira tão odiosa!

E sua raiva não era simples fingimento. Não era não: acreditava firmemente que eu, e não ela, era responsável pela triste sorte de Ana. E ainda estava mais fundamente ferida porque, por um capricho da sorte ou de sua própria deusa, ela nunca ficara grávida de mim. De minha parte, eu só sentia gratidão por isso, compreendendo que era esse o desígnio dos deuses. Nada esperava de bom dos filhos de Arsinoé, e mesmo em Misme não podia confiar integralmente.

Arsinoé soluçava de raiva; depois pôs-se a dar punhadas em meus joelhos e confessou:

— Nesta altura, tenho às vezes me arrependido do que fiz, e receio grandemente que Ana e o filho me persigam na velhice em forma de lêmures. Naturalmente, tais coisas não têm importância, e não foi a primeira vez que um amo deixou grávida uma escrava. Mas naquela época eu te amava tão cegamente, Turms! Tinha ciúme e feriste meu orgulho. Mas agora perdoo-te.

Curvou-se sobre mim. Senti o perfume de narciso de seu rosto e notei que avermelhara os lábios e sombreara as pálpebras. Tinha a voz embargada enquanto murmurava:

— Oh! Turms, como te desejei, e quantas vezes me apareceste em sonhos! Mas eu tinha de pensar no futuro. Possuía apenas a beleza. Uma tal mercadoria tem de ser vendida a tempo e pelo melhor preço.

Não pude fazer nada enquanto lhe fitava os olhos cintilantes, sua boca, seu nariz e as faces maravilhosas.

— Arsinoé — falei — ainda és bela; e a meus olhos ainda és a mais formosa mulher do mundo!

Ela abriu a túnica, ergueu o rosto e tocou o mento:

— Como és belo assim deitado, Turms! Sou mulher de idade, Turms; não tarda muito e terei cinquenta anos. Para ser franca, uma vez que é isso o que desejas, devo ser quase dez anos mais velha que tu, conquanto a deusa me ajudasse a parecer anos mais moça do que realmente sou.

— Arsinoé — garanti-lhe — tua beleza jamais murchará. É tão eterna quanto a tua deusa.

Ela se pôs ardente, mas quando sorriu, vi-lhe um brilho de ouro nos dentes da frente.

— Já não tenho os meus dentes verdadeiros — lamentou-se. — Quando Júlio nasceu, perdi a maior parte. Mas um fazedor de dentes etrusco fez-me estes, de marfim e ouro, e tão bem os fixou, que eles são mais fortes que os verdadeiros.

Confessei que eram incomparavelmente melhores do que os de Tanaquil. Em seguida perguntei:

— Como pode teu filho chamar-se Júlio? Não são os Júlios uma das mais antigas famílias patrícias?

Arsinoé mexeu-se, perturbada:

— Sou ramo colateral da família Júlia — argumentou. — Provei-o na época do meu casamento com Tércio Valério a fim de que nosso filho nascesse patrício. Os Júlios são poucos e pobres, mas descendem de Ascânio, filho de Eneias de Troia, que fundou Alba Longa. Vê tu: ambos os meus primeiros filhos não tiveram sorte. Hiuls não passa de um rei bárbaro e Misme é de presumir-se que não chegue a coisa alguma. Mas certos presságios levam-me a esperar grandes coisas de Júlio. Essa a razão por que, à morte de Tércio Valério, não me casarei com Mânio Valério. Além disso, sua mulher ainda vive e parece gozar de muita saúde. Mas um dos Júlios é pobre, mas agradável, e ficou muito amigo de nossa família. Quando me casar com ele, esquecer-me-ei completamente da família Valério, e meu filho será um dos Júlios. A mais velha das vestais, que ainda se recorda dos tempos dos reis e que melhor conhece as famílias antigas, assim me aconselhou.

Mas enquanto ela falava dos filhos, subitamente me lembrei de Ana. Arsinoé reparou nisso e se assustou.

— Naturalmente, fiz mal em vender Ana, mas eu a queria o mais longe possível de Roma. Comprou-a um mercador fenício. Fitou-me com olhos brilhantes.

— Juro pelo nome da deusa, e de Hiuls, e de Misme e pelo meu próprio cabelo, que o navio afundou com seus escravos e sua carga em uma horrível tempestade ao largo de Cumas. Ninguém se salvou, de modo que não te deves preocupar com Ana e seu filho nonato. Não me odeies por sua causa!

Eu sabia que ela estava mentindo. Mas afinal disse:

— Seja como queres, Arsinoé. Então, Ana se afogou... O crime é meu, não teu. Não deves recear os lêmures maléficos. Perdoo-te, e peço-te que me perdoes por eu não ter sido o homem que desejavas. Em nome do nosso amor, continua sempre bela e radiosa como estás agora. Agora e sempre, Arsinoé!

O rosto se lhe iluminou, seu cabelo pôs-se a despedir lampejos dourados, e a luz da deusa começou a irradiar-se de seu corpo como se o próprio sol brilhasse na escura cela. Senti-lhe o perfume de rosas e açafrão. Tremendo enternecido, nela reconheci a deusa e me alegrei, pois Arsinoé não era má de coração. Cruel, caprichosa, egoísta e até falsa, era o reflexo terreno daquela que nascera da espuma. Uma onda de desejo, de ternura e de amor fluía dela para mim, queimando-me o corpo enquanto eu a fitava. Mas não estendi a mão para tocá-la. Aquele gesto pertencia ao passado e eu me libertara de Arsinoé.

Levando a mão ao seio, ela exclamou:

— Que disseste, que me fizeste, Turms? Sinto-me ardente, o coração me lateja e o sangue da mocidade flui em minhas veias! Eu própria sinto como estou jovem e radiante! A deusa voltou a entrar em mim!

Veio-lhe uma ideia.

— A lei e a justiça romanas não podem favorecer-te, mas graças à deusa, se como posso salvar-te a vida. Deste modo, nenhum de nós dois ficará devendo ao outro, embora nunca mais nos encontremos.

Inclinou-se para tocar minha boca com a sua. Seus lábios estavam frios, mas suas faces coravam como as de uma jovem. Foi a última vez que a acariciei: depois disso, nunca mais nos encontramos. Mas meu coração se aquece mercê da sua capacidade de lembrar Arsinoé tal como ela se me apresentou naqueles momentos.

Nosso encontro fez-me tomar uma atitude conformada para com a morte, e todas as manhãs esperava ouvir o alarido da multidão na praça do mercado e os passos dos litores. Dava pouca importância à promessa de Arsinoé. Mas poucos dias mais tarde, a porta abriu-se e entrou em minha cela a mulher vestida de castanho que eu vira em sonhos. Só quando o guarda tornou a trancar a porta foi que me revelou seu rosto murcho, no qual reconheci o da mais velha das vestais. Muitas vezes a vira no Circo, no banco de honra das virgens de Vesta.

— És o homem que procuro — disse ela. — Conheço-te pelo rosto. Via-a muito confusamente, e depois, num instante de claridade, as paredes da cela dissolveram-se e a vi sentada em um pedestal, debaixo de um para-sol. Ajoelhei-me diante dela e inclinei a cabeça.

Ela sorriu o seu tênue sorriso de mulher idosa e tocou-me os sujos cabelos.

— Não te lembras de mim, Turms? Encontraste-me há nove anos no teu primeiro dia em Roma, quando por ti mesmo descobriste o caminho da caverna sagrada, salpicando de água o próprio rosto e escolhendo a hera dentre todas as grinaldas. Isso bastou-me como prova. Mas eu já te havia reconhecido o rosto. Os deuses me confiaram esta missão. Os romanos não podem desonrar-te e matar-te, Turms, pois isso traria desgraça à cidade. Por causa de Roma, tens de ser posto em liberdade. E também por tua própria causa, pois Roma é igualmente tua cidade e te pertence.

Disse-lhe eu:

— Roma não me tem dado grande alegria, ó virgem! A vida aqui se me tornou amarga, de modo que não temo a morte.

Ela sacudiu a cabeça:

— Querido filho, tu que tinhas de vir — sabe que a tua peregrinação ainda não terminou. Ainda não podes descansar e esquecer.

Seus negros olhos me fitaram:

— Abençoado, abençoado é o olvido — admitiu ela. — Mas não nasceste humano apenas por tua própria causa. Vagueaste livremente, mas agora atingiste a idade determinada. Partirás para o norte. É uma ordem. Obedece a teus presságios.

— Tenho de apresentar o pescoço à machadinha — disse eu zombeteiramente.

— Que podes fazer diante disso, ó velha?

Ela pôs-se ereta e levantou a cabeça:

— Teu deus é um deus estranho aos romanos, Turms, mas ele já deu em teu favor suficientes presságios de advertência. O granizo jamais caiu em tuas lavouras. Teu gado jamais adoeceu. Tuas ovelhas tiveram cordeirinhos gêmeos. Os romanos respeitam suas próprias leis, mas temem muito mais os deuses estranhos. A mulher de um nobre senador veio falar-me a teu respeito. A princípio eu não sabia a quem se referia e desconfiei. Mas a deusa dela cuidou de mim quando fiquei surda e cega. Examinei rapidamente o assunto. O Construtor da Grande Ponte, ou Pontífice, achou teu nome em seu livro e o Senado teve de ceder, pois as velhas famílias sabem o que isso quer dizer. Tua sentença foi revogada, Turms, e não serás nem sequer açoitado. Mas tens de sair de Roma. Vai para o norte, onde te esperam. Teu lago te aguarda, tua montanha também!

Bateu rispidamente à porta e o guarda abriu-a incontinenti, trazendo um balde de água. Dentro em pouco apareceu um ferreiro e retirou-me os grilhões. A velha vestal me ordenou que despisse as roupas sujas. Lavou-me então com suas próprias mãos, ungiu-me e trançou meu cabelo. Depois que acabou, o guarda lhe estendeu uma cesta donde ela retirou uma camisa da mais fina lã, com a qual me vestiu. Mas pôs-me aos ombros uma grosseira manta castanha, parecida com a dela. Afinal colocou-me à cabeça uma coroa de folhas e bolotas de carvalho.

— Estás preparado para partir — disse ela. — Lembra-te porém: tudo deve acontecer secretamente, sem que o povo o saiba.

Vai, pois. Apressa-te, cervo sagrado. Os irmãos do campo estão à espera a fim de te escoltarem até à saída da cidade e eles te protegerão caso alguém te reconheça. Como estás vendo, é esta a primeira vez durante a República que um cônsul revoga uma sentença. Mas o povo não o sabe.

Tomando-me pela mão, me conduziu para fora da úmida cela e um guarda nos abriu a porta. Ao entrarmos na praça do mercado, vi-a coberta de um espesso nevoeiro, de modo que os irmãos do campo que nos esperavam envolvidos em seus mantos cor de cinza e com coroas de espigas de trigo à cabeça, pareciam espectros perdidos na bruma.

Disse então a vestal:

— Podes ver por ti mesmo: os deuses desceram à cidade em forma de nevoeiro para protegerem tua partida.

Empurrou-me para a frente e eu não me voltei para lhe dizer adeus, pois algo me dizia que uma mulher de sua qualidade não esperava despedida nem gratidão. A sagrada névoa amortecia os passos e o rodar das carroças, enquanto meus irmãos do campo me amparavam as passadas inseguras, pois ainda estava enfraquecido pela doença.

Na ponte, os guardas nos viraram as costas, e pela última vez cruzei a ponte romana, senti o cheiro do estrume do gado e ouvi rangerem sob meus pés as pranchas gastas. Mas o nevoeiro era tão intenso que eu não conseguia distinguir as águas do Tibre, embora as ouvisse mergulhar mansamente de encontro aos pilares, como a despedirem-se de mim.

No último limite da fronteira ao norte, os irmãos se enrolaram nos mantos e sentaram-se em círculo ao redor de mim, no chão umedecido pela neblina. O vento pôs-se a soprar e as névoas a se dispersarem, enquanto solenemente eles partiam um pão de cevada, e cada um, do mais moço ao mais velho, tomava um pedaço e comia. O mais idoso despejou vinho numa vasilha de barro, que passou de mão em mão. Mas nada me ofereceram.

Um vento norte cada vez mais violento rasgou o nevoeiro em farrapos, limpando o céu. Quando o sol recomeçou a brilhar, levantaram-se como um só homem penduraram-me às costas um surrão de couro e empurraram-me pela fronteira para a terra dos etruscos. Sabia, em meu coração, que agiam acertadamente. O vento norte soprava triunfante no meu rosto, o sangue se me pôs a fluir acalorado nas veias, mas não reconheci a terra que meus pés palmilhavam.

7

O norte era meu destino, e ali peregrinei mais livre do que nunca, pois me despira de minha antiga vida, assim como quem despe uma velha vestimenta. Depois de minha doença, sentia-me mais leve e aéreo. Era como se tivesse asas e não tocasse a terra com os pés. O sol me inebriava, o verde dos prados vicejantes me suavizava a vista, e eu sorria enquanto caminhava. A primavera jornadeava em minha companhia com seus pássaros chilreantes, seus rios que cresciam e seus dias tranquilos.

Eu não me apressava, porém, muitas vezes descansava em abrigos de pastores e em choças redondas, de lavradores pobres. A água era um refrigério ao meu paladar, o pão delicioso. Recuperei as forças e senti o corpo como que livre dos mortais venenos da vida e da opressão das ações, dos pensamentos e do tormento da razão. Era livre, era feliz, estava bem-aventuradamente só em minha peregrinação.

Depois, vieram os montes, sobre cujos cabeços deslizavam nuvens. E finalmente, depois de semanas de jornada, vi campos férteis, encostas cobertas de vinhedos, campos de oliveiras cinza-argento e antigas figueiras. No cimo da montanha se erguia uma cidade com sua muralha revestida de erva, seus arcos e edifícios coloridos. Mas não fui em direção a ela. Em vez disso, um profundo anseio me obrigou a sair da estrada e a subir por entre os bosques diretamente ao pico da montanha mais próxima. À minha frente, pássaros espantados alçavam voo e uma raposa à boca de sua furna fuzilou diante de mim, rumo à encosta da montanha. Um imponente cervo ergueu-se dentre um maciço de arbustos, levantou a galharia e saiu correndo agilmente à minha frente. Encosta abaixo rolavam as pedras sob meus pés, meu manto se rasgara e meu alento se apressava com o esforço; mas ao passo que me afanava encosta acima, sentia a aproximação da santidade. De momento a momento, a sensação era mais forte, ao ponto de eu já não ser somente eu mesmo. Fazia um só com a terra e o céu; o ar e a montanha. Era mais do que eu mesmo.

Vi as entradas dos túmulos, os santos pilares em frente deles, os abrigos dos canteiros e pintores. Vi os santos degraus, mas ainda assim não parei: subi para além dos túmulos, até alcançar o pico mais alto da montanha.

Súbito, uma tempestade desabou. Acima de mim, o céu se arqueava desanuviado, mas o vento soprava como costumava soprar quando, encarnado em um novo corpo humano, eu subia os degraus de meu túmulo, segurando na mão os seixos desta vida. Embora meus escritos desapareçam e a memória me falhe, lerei os acontecimentos desta vida seixo a seixo, e de novo uma tempestade estalará no céu limpo sobre o cabeço da minha montanha.

Para o norte avistei um lago. Na distância, rodeado de montanhas nevoentas, ele tinha um brilho azul, e eu sabia que se tratava de meu lago, de meu formoso lago. Sentia como se pudesse ouvir o farfalhar dos caniços, aspirar o cheiro das praias e provar o gosto da água doce. Enquanto a tempestade raivava, volvi o olhar para o Ocidente por cima dos túmulos, lá onde a montanha da deusa se elevava como um cone azul. E também reconheci esse panorama. Só então permiti que meu olhar descesse os degraus flanqueados de colunas pintadas, e seguisse o sagrado caminho através da planície, e encosta acima, do outro lado do campo. E ali reconheci minha cidade. Esta terra que se desenrolava com seus belos declives enevoados era minha terra e a terra de meus pais. Já a reconhecera nos pés e no coração ao cruzar a fronteira, e enquanto as sombras das nuvens saltavam sobre mim de pincaro a pincaro.

Subjugado por deliciosa embriaguez, caí de joelhos e beijei a terra que me dera nascimento. Beijei a terra — minha mãe — grato por haver enfim encontrado meu lar após uma tão longa peregrinação.

Enquanto descia a encosta, vagos seres de luz cruzavam o céu. Olhei a escuridão tenebrosa do poço sacrificial e me aproximei dos túmulos. Não vacilei em colocar a mão no fuste redondo de um pilar que trazia entalhado um gracioso cervo cheio de susto e em murmurar com voz entrecortada:

— Meu pai, meu pai, teu filho regressou!

Caí no chão tépido ante o túmulo de meu pai, e um inefável sentimento de paz e segurança me invadiu. O sol se punha por detrás do gracioso cone da montanha da deusa; colorindo os montes e as imagens pintadas dos telhados do templo para além do vale. Escureceu e adormeci.

Acordei no meio da noite com o ribombo do trovão. O vento rugia, as nuvens soltaram uma cálida chuva e raios fulguravam em torno de mim. Súbito tremeu a terra sob meus pés ao passo que o raio feriu o pincaro ante mim e senti nas narinas o cheiro da pedra fendida. Meus membros começaram a agitar-se à medida que a antiga dança apoderava-se de mim. Sob a chuva tépida, ergui alegremente os braços e dancei a dança do raio, tal como dançara outrora a dança da tempestade no caminho de Delfos.

Quando acordei, rígido de frio, o sol brilhava radiosamente. Sentei-me para esfregar os membros, e vi que os canteiros e os pintores haviam parado no caminho para o trabalho e me fitavam com olhos temerosos. Quando me mexi, retrocederam, e o guardião dos túmulos ergueu seu sagrado bordão. Depois, palmilhando uma sinuosa vereda, veio chegando o sacerdote do raio, revestido de seu traje de autoridade e a cabeça cingida por uma grinalda.

O guardião foi depressa a seu encontro, e erguendo a voz gritou:

— Eis que ao chegar se me deparou um estrangeiro vestido de castanho, postado junto à tumba real de Lars Porsena. Quando me viu, uma corça pôs-se em pé de um salto e fugiu, mas um bando de pombas brancas desceu rapidamente da montanha da deusa para o vale, pousando em torno do estrangeiro, que dormia Depois chegaram os trabalhadores e acordaram-no. Disse então o sacerdote:

— Vi fulgurantes coriscos de raio no meio da noite e vim ver o que acontecia na montanha sagrada.

Postou-se à minha frente e fitou-me com olhos escrutadores. Súbito, cobriu a vista com a mão esquerda e ergueu o braço direito em um gesto de saudação, como se eu fosse um deus.

— Reconheço-te pelo rosto — disse e pôs-se a tremer. — Reconheço-te pelas tuas estátuas e pelas pinturas que te reproduzem. Quem és e o que pretendes?

— Busquei e encontrei — disse eu. — Em meu coração bati, até que a porta se abriu. Eu, Turms, voltei ao lar. Sou filho de meu pai.

Um velho canteiro batido da intempérie arrojou de si as ferramentas, caiu em terra e começou a chorar:

— É ele! Reconheço-o! Nosso rei voltou vivo para nós outros, tão belo como nos melhores dias da sua varonilidade!

Ter-me-ia abraçado os joelhos, mas eu lho proibi, protestando:

— Não, não, estás enganado. Não sou rei.

Alguns dos trabalhadores correram para a cidade a fim de aí espalhar a nova da minha chegada. Falou então o sacerdote:

— Presenciei os raios. Durante nove anos, tua chegada foi discutida entre os consagrados. Muitos receavam que nunca descobrisses o caminho de volta ao lar, mas ninguém se atrevia a intrometer-se em assuntos divinos e conduzir-te para cá. Nosso áugure te saudou quando da tua primeira visita a Roma, leu os presságios e propagou as novas entre os consagrados. Do mais alto sacerdote do raio na ilha, soubemos que vinhas vindo, e que, exultante por tua causa, o raio traçara um círculo completo, não apenas um fragmento. Dize-me: és um Lucumo de verdade?

— Não sei — respondi. — Só sei que voltei ao lar.

— Sim — concordou ele — és pelo menos o filho de Lars Porsena. Dormiste junto ao túmulo de teu pai. Teu rosto não engana. Mesmo que não sejas Lucumo, tens ao menos sangue nobre.

Vi os aradores no vale deixarem de lado seus arados e seus bois, e os cavadores largarem as enxadas. Um após outro, entraram eles na estrada sagrada e puseram-se a subir em nossa direção.

— Nada peço — disse eu — além da minha terra natal e um lugar onde possa viver minha vida. Não exijo nenhuma herança nem aspiro ao poder. Sou o mais humilde dentre os humildes, agora que logrei alcançar o lar. Conhecia os montes, conhecia a montanha, o lago e o túmulo de meu pai. Isso basta-me. Falai-me acerca de meu pai.

— Tua cidade é Clúsio — disse ele evasivamente. — É a cidade dos vasos negros e dos eternos rostos humanos. Por mais longe que alcance nossa memória, nossos oleiros e escultores esculpiram rostos eternos em argila, macia pedra e alabastro. Por isso foste reconhecido com tanta facilidade. Dentro em pouco verás a imagem de teu pai, pois no fundo da cova ele descansa eternamente em seu sarcófago, com a taça do sacrifício na mão. Na cidade existem igualmente muitas imagens dele.

— Falai-me acerca de meu pai — tornei a rogar. — Nada soube, até hoje, acerca de meu nascimento.

Ele então disse:

— Lars Porsena era o mais bravo dos governadores do interior, mas não se considerava Lucumo, e só lhe chamamos rei depois que morreu. Chegou até a conquistar Roma, conquanto não obrigasse os romanos a restabelecerem seu governador exilado. Em vez disso, deu aos romanos a mesma forma de governo que desde sua morte adotamos em nossa cidade. Temos dois chefes, um Conselho de Duzentos, e oficiais eleitos todos os anos. Ao mesmo tempo, atentamos para a voz do povo. Homens ambiciosos, que seguiram Porsena, todos falharam em suas tentativas de tomar o poder. A menos que achemos um verdadeiro Lucumo, não nos deixaremos governar por homem algum.

— Teu pai era aventuroso e inquieto em sua mocidade — disse o sacerdote do raio. — Tomou parte em uma expedição militar a Cumas, e quando fomos derrotados, perguntou: "O que é que os gregos têm e que é que nos falta?" Foi assim que viajamos para as cidades gregas a fim de ali aprendermos seus costumes.

Na distância, uma multidão branca começou a enxamear para fora das portas da cidade. Alcançaram-nos os primeiros lavradores e pararam a uma distância respeitosa para me olharem, suas mãos calejadas caídas junto aos flancos.

— O Lucumo! — murmuravam entre si. — O Lucumo chegou! O sacerdote voltou-se para eles e explicou:

— É apenas o filho de Lars Porsena que acaba de chegar de estranhas terras. Nem ao menos sabe o que "Lucumo" significa. Não o perturbeis com vossos tolos cochichos.

Mas os lavradores murmuravam, e de lábio a lábio passavam as palavras:

— Trouxe consigo uma boa chuva. Chegou na lua minguante, no dia da bênção dos campos.

Encurvaram folhosos ramos de árvore, agitaram-nos à guisa de saudação e gritaram jubilosamente:

— Lucumo! Lucumo!

O sacerdote do raio perturbou-se:

— Estás agitando o povo. Isso não serve. Se verdadeiramente és Lucumo, tens de ser primeiro examinado e reconhecido como tal. Isso só pode ocorrer no outono, em uma reunião sagrada das cidades, junto ao lago em Volsina. Até então, melhor será não te revelares.

Mas os primeiros recém-chegados da cidade, apressadamente vestidos com o maior apuro, vinham vindo, ofegantes da subida, O murmúrio alteou-se em rugido, ao passo que o povo descrevia o que acontecera. Ouvi até mesmo dizerem que eu viera do céu à terra em um raio, enquanto outros afirmavam que eu tinha chegado cavalgando uma corça. A grita se elevava ainda mais triunfalmente:

— Lucumo! Lucumo!

Chegaram então os áugures com seus bordões recurvos, e os sacerdotes sacrificiais, cada um com seu modelo em barro ou bronze, de rim de carneiro, onde vinham inscritos os nomes e as regiões de vários deuses. A multidão abriu-lhe passagem, e eles se postaram à minha frente, estudando-me atentamente. O sol escondeu-se atrás de uma nuvem e uma sombra caiu sobre nós, conquanto a montanha da deusa, do outro lado do vale ainda fulgurasse com uma radiosa luz solar.

Os sacerdotes estavam em apuros, como só mais tarde percebi. Em verdade, os mais velhos dentre eles eram consagrados e sabiam da minha vinda, porém mesmo esses punham em dúvida o fato de eu ser Lucumo verdadeiro ou apenas filho de Lars Porsena, o que só por si agradava ao povo. Simples presságios e profecias não eram suficientes para provar que eu o era, até chegar a hora em que eu me reconhecesse como tal, e fosse reconhecido nessa qualidade pelos demais. Isto só podia ser feito por um Lucumo verdadeiro, e apenas dois ainda viviam em toda aquela terra. Os novos tempos fizeram que muita gente, especialmente nos portos de mar, suspeitassem da realidade dos Lucumos. Era a influência grega agindo. O cálido vento da dúvida, oriundo da Jônia, varria terra e mar...

Os sacerdotes teriam provavelmente preferido chamar-me de parte e falar a sós comigo, mas a multidão se antecipou. Uma gente risonha e jubilosa enviou do templo para a montanha a divina liteira da qual se apoderaram moços e donzelas coroados de mirto, violeta e hera. Músicos sopravam suas duplas flautas e dançarinos sagrados agitavam seus chocalhos enquanto o povo avançava intrepidamente em minha direção, afinal me forçando a sentar-me no duplo coxim do deus.

Quando começaram a erguer a liteira aos ombros, levantei-me irado e empurrei-os para longe de mim. A música cessou e os jovens me fitaram assustados e esfregaram os braços como se alguém os tivesse ferido, conquanto eu apenas os tivesse empurrado. Caminhei por meus próprios pés até os sagrados degraus e os desci. Naquele instante, o sol rompeu dentre as nuvens, brilhando diretamente sobre mim e os degraus. Enquanto seus raios coruscavam no meu cabelo, a multidão atrás de mim cantava solenemente:

— Lucumo! Lucumo!

Já não estava a multidão alegre e jubilosa, como antes, mas invadida de um profundo sentimento de respeito.

Os sacerdotes vinham logo atrás de mim, e depois vinha o povo, em silêncio e já não mais se empurrando uns aos outros. Assim, cruzei o vale por meus próprios pés e galguei a estrada serpenteante, e ainda por meus próprios pés atravessei o arco que dava entrada à minha cidade. O sol brilhava radiosamente todo o tempo e uma tépida brisa me acariciava o rosto.

Passei calmamente o belo verão em uma casa que os principais da cidade providenciaram para mim. Servos silenciosos cuidavam de minhas necessidades, e eu me estudava, prestando ouvidos a meu próprio eu. Sacerdotes consagrados ensinaram-me aquilo que eu devia saber, acrescentando:

— A sabedoria reside em ti mesmo, caso sejas Lucumo: não reside em nós.

Aquele cálido verão foi o mais feliz de minha vida enquanto eu tateava no afã de descerrar as portas secretas do meu mais recôndito eu interior. Foi um fecundo e belo verão para toda Clúsio — um verão cheio de sol, ventos tépidos e chuva farta. A colheita foi a melhor dentre as que havia registrado memória de homem, e o vinho era doce e bom. O gado prosperava, não se praticou na cidade o mínimo ato de violência, e os vizinhos resolviam pacificamente suas velhas pendências. A boa fortuna me acompanhara a Clúsio após tantos anos difíceis e contraditórios.

Os consagrados me falaram acerca do meu nascimento e de como eu nascera trazendo o rosto coberto por uma membrana. Houve, ao tempo, outros presságios, o que levou os anciãos a predizerem a meu pai que eu seria um Lucumo no seio de meu povo,

Ele porém respondera:

— A mim mesmo não reconheço como Lucumo, embora os homens me tentassem a fazê-lo, pois não sou Lucumo. Bastam a um homem a inteligência, a coragem e a integridade. Compadecer-se dos que sofrem, amparar os fracos, esbofetear na boca o insolente, rasgar a bolsa do ganancioso, conceder ao arador a terra que ele arou, proteger o povo contra os ladrões e os usurpadores. Um governante não precisa de outro guia e não precisa ser Lucumo para fazer isso. Se meu filho for um verdadeiro Lucumo, terá de ser capaz de se encontrar a si mesmo e à sua cidade, tal como o fizeram os Lucumos nos tempos antigos. Ninguém é verdadeiro Lucumo apenas pelo nascimento. Só na idade de quarenta anos um Lucumo se considera como tal, e é como tal considerado pelos demais. Essa a razão por que tenho de renunciar a meu filho.

Assim, quando fiz sete anos, meu pai levou-me a Síbaris, a mais civilizada das cidades gregas da Itália, e aí me confiou aos cuidados de um amigo, do qual exigiu a promessa de não revelar minha origem. Deveria ter-lhe sido custoso fazer isso, pois eu era seu único filho. Minha mãe morrera quando eu tinha três anos e ele não quis tornar a casar-se. Mas achava de seu dever para com o povo sacrificar-me, pois não queria que eu viesse a ser um falso Lucumo.

Era provavelmente sua intenção acompanhar de longe meu desenvolvimento, mas a guerra contra Crotona irrompeu subitamente e Síbaris foi arrasada mais irreparavelmente do que o fora qualquer outra cidade. Das quatrocentas famílias de Síbaris, só as mulheres e as crianças foram enviadas por via marítima para a segurança de Jônia e de Mileto.

Nem mesmo no momento de maior perigo o amigo de meu pai quebrou seu juramento revelando minha origem àqueles que me levaram consigo para a Jônia. E depois de chorada a destruição de Síbaris, os infelizes refugiados foram esquecidos e expulsos de um lugar para outro.

Meu pai foi inesperadamente morto por um javali selvagem; ainda não tinha cinquenta anos, e após a sua morte, muitos acreditaram ter ele sido um Lucumo que preferira ocultar o fato. Outros afirmaram que ele não era tal, pois partira para a guerra, e até consideravam sua morte como castigo por haver ele interferido na política de Roma. Ao fim e ao cabo, o javali selvagem era o animal sagrado dos latinos, e, como tal, ainda mais sagrado do que a loba de Roma.

As irmãs de meu pai vieram ver-me, mas não me abraçaram, e seus filhos me fitavam de olhos arregalados. Declararam que alegremente partilhariam comigo a herança de meu pai, mesmo sem provas da minha origem; mas quando lhes disse que não viera ter ali em busca de herança, partiram aliviadas. Ter-lhes-ia sido muito difícil convencer seus maridos a concordarem com uma divisão do legado, conquanto entre os etruscos a esposa disponha do que é seu e herde em termos iguais aos do homem. Daí que um homem orgulhoso de sua família sempre mencione o nome de sua mãe junto com o de seu pai. Meu nome verdadeiro era Lars Turms Larkhna Porsena, pois minha mãe procedia da velha família Larkhna.

Durante o verão os jovens da cidade exercitavam-se religiosamente para os jogos sagrados a se realizarem naquele outono. Dentre eles seria escolhido o mais belo e o mais forte para representar Clúsio no combate tradicional que determinava anualmente qual era a cidade mais importante. O vencedor seria coroado com uma grinalda e receberia o sagrado escudo redondo da cidade e a espada sagrada, a fim de acostumar-se a eles. Mas os consagrados explicaram que o resultado do combate há séculos não tinha nenhuma significação política. O vencedor obtinha apenas a moça que ele libertara, e a cidade conquistava o lugar de honra na Liga pelo espaço de um ano.

Não prestei muita atenção àquelas histórias que aludem às tradições, pois tinha muito que fazer aprendendo a conhecer a mim mesmo, não mais como simples criatura humana, mas como criatura que já transcendera o humano. Às vezes uma ofuscadora percepção me invadia e eu sentia-me feliz. Depois tornava a sentir o peso do meu corpo e dos meus membros.

Mas não obstante isso, foi o verão mais feliz da minha vida, esse em que buscava às apalpadelas encontrar meu verdadeiro eu. Depois, à aproximação do outono, fiquei tão melancólico, que já não mais podia sorrir. No minguante da lua fui até à praia do sagrado lago em Volsina com os delegados de minha cidade. Mas não me consentiram andar com meus próprios pés, ou cavalgar um cavalo ou um burro. Em vez disso, me levaram em um carro fechado, puxado por bois brancos. Borlas vermelhas ornamentavam a testa dos bois e pesadas cortinas me escondiam à vista do povo.

No mesmo carro, ocultos a olhares humanos pelo mesmo processo, ambos os cones de pedra branca foram retirados do templo da deusa mutável e levados à minha cidade. Mais uma vez reclinar-me-ei no leito dos deuses e partilharei de seu banquete, enquanto gotas mortais cintilam na minha fronte. Por essa razão, eu, Turms, apresso minha escrita a fim de concluir tudo quanto não quereria olvidar.

LIVRO DEZ

O BANQUETE DOS DEUSES

1

O mais azul e cintilante de todos os lagos que eu ainda vira era o lago sagrado de nosso povo, circundado por altas montanhas. A escuridão do outono pousava em sua calma superfície quando primeiro o vi, e aos templos, e ao sagrado círculo de pedras, e ao sulco do arado de onde saltara Tages para proferir seus oráculos, e a fonte da ninfa Begoé. Talvez tivessem Tages e Begoé aparecido igualmente em outras paragens, mas fora a tradição que santificara aqueles lugares na terra de Volsina.

Sacratíssimo para mim era o templo da deusa mutável — o edifício de Voltumna, com suas colunas de pedra, e cujo átrio central era vazio. Guardava-o uma bela Quimera de bronze — leão, serpente e águia em um só corpo — combinando, em sua figura, a terra, o céu e o mundo subterrâneo como um símbolo da mutável. A Quimera guardava inexoravelmente a câmara vazia de Voltumna. Afirmavam os gregos que seu herói, cavalgando um cavalo alado, vencera e matara a Quimera, e na minha juventude em Corinto chegaram até a me mostrar a fonte de Pégaso. Mas entre meu povo a Quimera ainda vive em sua qualidade de símbolo sagrado da mutável, e aí os gregos ainda não lograram extirpá-lo.

Multidões chegavam de todas as cidades para o festival de outono, ainda que apenas aos delegados e seus séquitos fosse permitida a entrada no recinto sagrado e a residência nas sagradas choças. A opulenta e poderosa cidade de Volsina se erigia em sua montanha, à distância de um dia de marcha. Era ela famosa pelas suas artes e ofícios, e grandemente se beneficiava com o festival de outono.

No primeiro dia, de manhã, conduziram-me de cabeça coberta para o edifício da conferência, onde se reuniam os doze delegados das doze cidades. Estavam entre eles os dois únicos Lucumos autênticos, outros cinco que meramente usavam o título, um outro que fora escolhido rei por seu povo, e mais quatro que não passavam de delegados eleitos por seus respectivos conselhos citadinos. O delegado de Clúsio era destes últimos. Alguns dentre os doze eram velhos; outros, porém, tais como Lars Arnth Velthuru, de Tarquínia, que ali viera na qualidade de regente de seu pai, era ainda jovem. Mas todos traziam os mantos sagrados de suas cidades e me fitavam com idêntica curiosidade.

Descobri a cabeça, sabendo que esta era a primeira prova, e a mais simples. Ao passo que perpassava o olhar de homem a homem, tentavam todos fazer-me u sinal — ou com um gesto, ou piscando, ou sorrindo, ou ficando sérios. Tinham virado seus mantos pelo avesso a fim de eu não poder identificá-los por seus emblemas, e no entanto imediatamente reconheci a ambos os Lucumos verdadeiros. Não posso explicar como o soube, mas uma certeza absoluta me invadiu e sorri ante a puerilidade do jogo.

Inclinei a cabeça, primeiro ante o ancião de Volsina, depois cumprimentei o Lucumo moreno da eternamente fria Volterra — homem robusto, que ainda não fizera cinquenta anos. Talvez eu os reconhecesse pelos olhos, talvez pelas rugas de riso ao canto da boca. Cumprimentei os demais apenas com um aceno de cabeça.

Ambos os Lucumos se entreifitaram e deram um passo à frente. Disse o mais velho:
— Reconheço-te, Lars Turms.

Os demais delegados começaram imediatamente a discutir uns com os outros como se eu não estivesse presente, muitos deles declarando que aquilo não era prova suficiente, uma vez que a aparência dos dois Lucumos me poderia ter sido descrita anteriormente ou poderia o delegado de Clúsio ter-me feito secretamente um sinal que os identificasse.

Mas o velho Lucumo pousou a mão em meu ombro, e uma bondade, uma ternura e uma compaixão inefáveis dele irradiavam ao passo que dizia com um sorriso:
— Anda livremente onde e quando quiseres durante todos estes dias, em lugares sagrados ou profanos. Acompanha os sacrifícios, se quiseres. Assiste aos jogos. Nenhuma porta se fechará para ti, e nenhuma porta serás obrigado a abrir.

O Lucumo de Volterra tocou-me o braço. Um sentimento de força e segurança fluía-lhe da mão.
— Prepara-te se o queres, Lars Turms — disse ele. — Ninguém te obriga a fazê-lo. Por que deve um autêntico Lucumo preparar-se? Porque, graças ao preparo, tornar-se-á apto a receber e a experimentar aquilo que antes não experimentara.
— Como devo preparar-me, meu pai? Como devo preparar-me, meus irmãos? — perguntei.

Riu-se o ancião e respondeu:
— Prepara-te exatamente segundo o teu desejo, Turms. Buscam alguns a solidão das montanhas, outros buscam a si mesmos em meio às ruidosas multidões. As veredas são muitas, mas todas conduzem à mesma meta. Podes ficar desperto e jejuar estes dias. Isso às vezes habilita o homem a ver o que de outro modo não veria. Podes também beber vinho até ficares confuso e tremerem-te os joelhos, e tornar a beber depois que acordares e vomitares o que bebeste antes. Podes amar e satisfazer os teus sentidos até à exaustão. Isso também suscita as visões e os sonhos devidos. Na idade em que estou, sinto não ter palmilhado também essa vereda. Agora é demasiado tarde. Estou com quase setenta anos, filho meu, e não tenho vontade de subtrair os deuses o tempo para suportar mais dez anos este corpo doente.

Disse o homem de Volterra:
— Os sentidos deleitam a gente até ao ponto de uma gloriosa exaustão. Podem ajudar-nos a suportar a vida, até a louvá-la. Mas lembra-te igualmente, Turms, que a fome, a sede e a abstinência também se transformam em prazeres se a gente

os prolongar até o ponto de ter visões, conquanto eu não afirme que eles sejam prazeres mais nobres do que a embriaguez e a saciedade. Cada um deve seguir seu próprio caminho. Não posso aconselhar-te qual deles deves tomar. Só posso falar acerca do caminho que eu próprio segui.

O ancião apontou-o com uma vara de aveleira e disse:

— Ele nasceu pastor e viu suas visões na solidão das montanhas. Meu corpo nasceu em uma família antiga. Entretanto, como Lucumo que é, ele bem pode ser mais velho do que eu.

Não me deram mais conselho do que este, mas vi e senti que me reconheceram em seu coração. Como Lucumos e como homens que assim se consideravam, não precisavam de outra prova senão daquela de que eu, Turms, era eu mesmo. Mas por causa da tradição, tinham de provar-me a fim de me habilitarem a encontrar e a reconhecer a mim mesmo. É essa a prova mais angustiosa para um Lucumo.

Naquele dia os vi meter um novo prego de cobre na cinzenta coluna de madeira que o tempo desgastara no templo do Destino. Estava a coluna crivada de pregos, cabeça unida a cabeça, os mais velhos malfeitos e esverdinhados com o perpassar dos anos, mas ainda havia espaço para muitos mais. Os deuses ainda eram os medidores do tempo para os povos e as cidades etruscas.

Durante três dias os delegados conferenciaram sobre assuntos de política estrangeira e a guerra de Veios contra Roma, até que Caere e Tarquínia prometeram apoiar Veios com armas e tropas. Falaram ao mesmo tempo sobre os gregos, e Lars Arnth afirmou que a guerra contra a Grécia era inevitável. Mas ninguém o apoiou. Nenhum dos Lucumos participou da discussão, pois para os Lucumos a guerra não existe exceto em defesa de sua própria cidade; ainda assim, ele perde o seu poder.

Mas enquanto os demais discutiam, o velho de Volsina cochichou em meu ouvido:

— Que façam a guerra contra Roma. Seja como for, não poderão conquistá-la. Decerto sabes que Roma é a cidade de teu pai, e que os presságios mais secretos a ligam à tua. Se Roma fosse destruída, Clúsio também o seria.

Abanei a cabeça:

— Há muitas coisas que não sei, e os consagrados de Clúsio nada disseram a esse respeito.

O velho pousou a mão em meu ombro:

— Como és belo e forte, Turms! Rejubilo-me por ter podido ver-te com meus olhos terrenos! Advirto-te, porém, não creias nos consagrados, pois eles sabem apenas aquilo que aprenderam de cor. Talvez eu ainda não devesse revelar-te assuntos tão secretos quanto estes, porém mais tarde sou capaz de esquecê-los. Teu pai conquistou Roma e lá morou durante muitos anos. Tê-la-ia devolvido a Lars Tarkhon ou a seu filho, se os romanos não o tivessem persuadido de que eram aqueles que a deviam governar... Tentaram até assassiná-lo. Então, na antiga caverna de Egéria, ele avistou-se com a velha vestal que leu e interpretou os presságios em sua intenção. Teu pai acreditou no que ela disse e voluntariamente abriu mão de Roma. Mas devido aos mesmos presságios, ligou seu destino ao de Clúsio. Se Clúsio correr perigo, Roma tem de acorrer em sua defesa. Assim está escrito nos livros sagrados e confirmado por um festim dos deuses.

— Deves saber — prosseguiu — que Clúsio não poderá jamais empenhar-se em guerra contra Roma e deverá falar em sua defesa se seus vizinhos quiserem destruí-la, E se a derrota a ameaçasse às mãos dos etruscos, Clúsio deveria, por sua própria causa, lutar ao lado de Roma antes do que contra ela. Acordo tão firme e sagrado, que os próprios deuses desceram à terra para o confirmar. Entretanto, o único sinal visível desse acordo é o fato de que em Roma nenhuma hasta pública pode ser levada a efeito sem que a preceda a seguinte declaração: "Esta casa é de Porsena", ou "Esta terra é de Porsena", ou "Estes são bens de Porsena."

Lembrei-me ter reparado no modo peculiar com que os leiloeiros romanos davam sanção legal às suas vendas. Percebi, ao mesmo tempo, por que meus pés eram irresistivelmente atraídos para a caverna sagrada; por que a reconhecera e borrifara o rosto com sua água. Não fizera mais que seguir as pegadas de meu pai. E a mais velha dentre as vestais me havia imediatamente reconhecido como filho de Lars Porsena!

Durante sete dias os delegados discutiram matéria de interesse interno e resolveram contornar as disputas. Em seguida tiveram início os sacrifícios e os jogos tradicionais. Os sacrifícios realizaram-se nos templos, mas os combates sagrados se travaram no interior de um círculo de pedra. Os Lucumos e os delegados sentaram-se em doze pedras cobertas de almofadas, e todos quantos conseguiram ingressar no sagrado recinto postaram-se atrás deles, enquanto o resto do povo a tudo assistia das encostas das montanhas e dos telhados das casas. Não se permitia o menor rumor nem os gritos de aprovação, e os combates se travavam em meio ao mais profundo silêncio.

No onomástico do deus Turms, tive de escolher uma ovelha para ser sacrificada em meu nome sobre o altar. A ovelha não resistiu quando a faca de pedra do sacerdote vitimário lhe fendeu a garganta; e depois que o sangue jorrou para o interior dos vasos sacrificiais, o sacerdote abriu-lhe o ventre e arrancou-lhe o fígado. A cor era normal e o fígado sem mancha, porém o dobro do tamanho comum. O arúspice não levou mais longe a interpretação dos presságios, mas logo em seguida ele e seus companheiros me fitaram com novos olhos, curvaram a cabeça diante de mim e saudaram-me à maneira em que eram saudados os deuses.

No dia seguinte, o velho Lucumo de Volsina pretextou alguma razão para me convidar a ir à sua casa. Ao penetrar por entre suas oito colunas, vi um homem rigidamente sentado num assento duro e a olhar diretamente para a frente com os olhos vidrados.

Ouvindo meus passos, perguntou aflito:

— És tu, ó doador de dádivas? Pousa tua mão em meus olhos e sara-me, curador!

Declarei-lhe que eu não era curador, mas apenas um visitante de acaso. Ele porém não me acreditou, e tanto insistiu que, finalmente, de pura piedade, pousei a mão sobre seus olhos. Imediatamente algo pareceu romper-se dentro de mim e eu senti-me enfraquecer cada vez mais até que minha cabeça começou a tontear. Finalmente retirei a mão. Com os olhos ainda fechados, o homem suspirou profundamente e agradeceu-me.

No quarto do Lucumo jazia uma pálida menina, quase uma criança, que estendia as mãos para um braseiro a fim de as aquecer. Fitou-me desconsolada e com desconfiança. Quando perguntei pelo Lucumo, disse-me que ele em breve voltaria, e convidou-me a sentar, nesse ínterim, à beira de seu leito.

— Estás enferma? — perguntei.

Ela afastou as cobertas e mostrou-me as pernas. Os músculos estavam tão murchos que mais pareciam varetas, conquanto por outro lado fosse ela uma bonita menina. Disse-me que um touro a chifrara e pisara quando ela tinha sete anos, e embora as feridas e as machucaduras tivessem sarado, ela se vira desde então incapacitada de caminhar.

Um momento após me cochichou timidamente:

— És belo e bom, doador de dádivas. Esfrega minhas pernas. Ambas começaram a doer-me demasiado quando entraste na sala.

Não era eu um perito massagista, embora na juventude tivesse feito um curso onde aprendera a maneira adequada de massagear meus próprios músculos após os exercícios. Igualmente, depois de uma batalha, era comum um companheiro ajudar o outro, massageando-lhe os músculos enrijecidos. Mas por mais cuidado que eu pusesse na massagem das pernas da menina, ela gemia de dor. Quando perguntei se devia parar, ela respondeu:

— Não, não, não doem.

Afinal o velho Lucumo reapareceu e perguntou:

— Que fazes, Turms? Por que torturas essa pobre menina?

— Ela mesma mo pediu—respondi me defendendo.

— Vais então ajudar a cada suplicante? — perguntou-me com rispidez. — Darás a quem quer que te peça? Pois há bons e maus suplicantes, sofredores culpados e sofredores inocentes. Não percebes que é mister distinguir?

Pensei um momento:

— Não é por sua culpa que esta pobre menina está sofrendo. Mas se eu vir algum sofredor, decerto não poderei distinguir entre o bom e o mau, entre o culpado e o isento de culpa, mas a todos ajudarei se puder. No final das contas, o sol brilha com igual calor sobre os bons e os maus. Não creio possuir maior inteligência do que o sol...

Ele sacudiu impaciente a cabeça, como se protestasse. Depois sentou-se, golpeou um escudo de bronze e pediu que trouxessem vinho:

— Estás muito pálido — disse. — Não te sentes fraco?

Tinha eu a cabeça tonta e minhas pernas tremiam de fraqueza, mas tentei assegurar-lhe que tudo ia bem. Era uma grande honra ser convocado à sua casa, e eu não queria destruir com queixas um prazer tão grande. Bebemos o vinho e me senti melhor. Mas durante todo o tempo ele fitava a menina jacente e ela lhe retribuía o olhar com uma fisionomia esperançosa.

Dentro em pouco o moreno Lucumo de Volterra entrou e nos saudou. O velho de Volsina serviu-lhe um pouco de vinho, e enquanto ele levantava a taça aos lábios, o velho apontou subitamente para a menina.

— Levanta-te, criança, e anda!

Para o meu indizível espanto, o rosto da menina iluminou-se, ela pôs-se a mover as pernas e cautelosamente as assentou no chão. Devagar, agarrando-se ao leito, ficou de pé. Quis correr para ela, de medo que caísse, mas o velho me deteve com uma palavra. Nós três contemplávamos a menina, que cambaleava horrivelmente, dando um passo e depois outro, agarrada à parede.

Chorando e rindo exclamou:

— Posso andar! Posso andar!

Estendendo as mãos para mim, veio cambaleando pelo assoalho, parou à minha frente e beijou-me os joelhos:

— Lucumo! — murmurou com devoção. — Lucumo!

Eu estava tão surpreso como a menina ante o inopinado da cura. Apalpando-lhe os músculos antes murchos, sacudi a cabeça e declarei:

— Isto é um milagre!

O velho Lucumo riu-se benignamente:

— Foste tu que o realizaste. A força proveio de ti, Lucumo.

Ergui as mãos em protesto:

— Não, não: não zombes de mim.

O velho fez um aceno de cabeça para o Lucumo de Volterra, que se dirigiu para a porta.

— Vem e mostra-nos teus olhos, ó tu que creste!

O homem que estava sentado no vestíbulo entrou na sala, as mãos sobre os olhos. Uma e muitas vezes baixou as mãos, olhou em torno e tornou a cobrir os olhos.

— Posso ver — disse afinal. Humildemente curvou a cabeça diante de mim e ergueu o braço em uma saudação religiosa.

— Foste tu que o fizeste, Lucumo! — prosseguiu ele. — Posso ver! Posso ver-te, e à auréola em torno de tua cabeça!

O velho Lucumo explicou:

— Faz quatro anos que este homem estava cego. Estava ele defendendo seu navio contra os piratas, quando lhe pareceu que um gigante barbado lhe deu um terrível golpe na cabeça. Desde então deixou de ver.

O homem aprovou energicamente com a cabeça:

— Sim, o navio salvou-se; mas desde então, deixei de enxergar, e só agora enxergo, depois que me tocaste, Lucumo!

Olhei em torno perturbado, pensando que decerto o vinho me subira à cabeça.

— Zombas de mim — disse em tom de quem acusa. — Nada fiz. Ambos os Lucumos disseram à uma:

— Estão em ti a força e o poder, e a ti pertencem, uma vez que o queiras. Confessa a ti mesmo que és Lucumo de nascença. Não temos dúvida sobre isso.

Eu, porém, ainda não podia compreender. Olhei para o rosto extasiado da menina e para os olhos que ainda há pouco eram cegos.

— Não — repeti. — Não desejo para mim um tal poder. Nem desejo uma força igual. Sou apenas humano e tenho medo.

O velho Lucumo falou então aos dois que tinham sido curados:

— Ide e rendei graças aos deuses. Aquilo que fizerdes aos outros, a vós mesmos o fareis.

E distraído, estendeu a mão abençoando-os enquanto saíam, a menina vacilando sobre seus próprios pés, e aquele que agora via, amparando-lhes os passos.

Depois que ambos saíram, o Lucumo virou-se para mim:

— Nasceste em corpo humano — explicou ele — e é essa a razão por que és humano. Mas és ao mesmo tempo Lucumo, se o admitires perante tua própria consciência. O momento chegou. Não mais receies e não fujas de ti mesmo.

Disse o Lucumo jovem:

— Curam-se as feridas e o sangue cessa de correr quando as tocas. Regressaste, tu que ainda tens de regressar. Reconhece-te perante ti mesmo.

O velho afirmou:

— Um Lucumo pode até ressuscitar os mortos por um instante ou um dia, se ele crê em si mesmo e sente sua força. Mas um ato dessa espécie encurta-lhe a vida e oprime os mortos, obrigando o espírito a voltar para um corpo em decomposição e que cheira mal. Faze-o apenas quando for preciso. Podes invocar os espíritos se o quiseres e dar-lhes forma, de modo que eles possam falar-te e responder-te. Mas isso é um tormento para os espíritos. Faze-o apenas quando for preciso.

Percebendo que eu vacilava entre a dúvida e a certeza, disse o velho Lucumo:

— Sabes o que quero dizer?

Tomou um pedaço de madeira, segurou-o diante de meus olhos e ordenou:

— Olha!

Em seguida atirou a madeira no chão e disse:

— Contempla! É um sapo!

Diante de meus olhos a madeira se transformara em um sapo que deu alguns saltos assustados e em seguida parou para piscar para mim com seus olhos redondos e salientes.

— Segura-o na mão e apalpa-o - ordenou o velho Lucumo com uma risada, quando viu de que maneira desconfiada eu olhava a coisa vivente que ele criara. Envergonhado com a minha própria dúvida, não obstante isso tomei o sapo na mão e senti-lhe a frialdade escorregadia. Era um sapo vivo que lutava em minha mão para escapulir.

— Solta-o disse o velho; e eu deixei o sapo saltar de minha mão. Ao tocar o chão, o sapo tornou a transformar-se diante de mim em um seco pedaço de madeira.

O Lucumo de Volterra apanhou-o por sua vez e disse:

— Não invoco uma criatura subterrânea, mas terrena. Contempla como um bezerro se transforma em touro.

Atirou no chão o pedaço de madeira, e perante mim surgiu um bezerro recém-nascido, ainda úmido e cambaleando em suas pernas vacilantes. Em seguida começou a inchar. Chifres pontiagudos lhe brotaram da cabeça e seu tamanho aumentou ao ponto de finalmente encher toda a sala e não mais poder passar, nem espremido, pelo exíguo corredor. Senti o cheiro peculiar a um touro e vi o lampejo azulado de seus olhos. Era um touro medonho!

O Lucumo estalou os dedos, como que cansado da brincadeira. O touro desapareceu, e no piso de pedra via-se de novo apenas um encardido pedaço de madeira...

— Também podes fazer isso se quiseres — disse o velho Lucumo.

— Sê corajoso. Segura a madeira em tua mão. Dize o que queres ver surgir e isso surgirá!

Como em um sonho, abaixei-me para apanhar o pedaço de madeira e dei-lhe voltas entre os dedos.

— Não invoco nem os seres terrenos nem os subterrâneos, mas os celestes, e a pomba é minha ave — disse eu devagar, olhando firmemente o pedaço de madeira.

Naquele mesmo instante senti as penas, a plumosa tepidez e o rápido pulsar do coração de uma ave na minha mão. Uma pomba branca de neve largou voo, rodeou a sala e voltou para mim tatalando as asas com a mesma leveza do ar, enquanto senti na minha mão o acariciante toque de suas unhas.

O Lucumo de Volterra estendeu a mão para alisar-lhe a macia plumagem:

— Que lindo pássaro criaste! É o pássaro da deusa! Branca de neve!

O velho perguntou:

— Acreditas agora, Turms?

A pomba desapareceu e surgiu de novo em minha mão o encardido pedaço de madeira.

Decerto fiquei atônito, pois ambos riram-se e o velho disse:

— Agora compreenderás por que é melhor que um Lucumo a si mesmo se encontre e reconheça só na idade de quarenta anos. Se fosses um menino e descobrisses em ti uma tal habilidade, serias tentado a brincar e a criar inúmeras formas; assustarias a gente em teu redor, e talvez começasses a fazer concorrência à própria deusa mutável, criando formas que anteriormente não existiam. Isso seria tentar os deuses. Se te sentires só e deprimido, podes criar um animal de estimação, que se deite a teus pés e te aqueça com seu corpo. Faze-o porém apenas quando estiveres só e não o mostres a ninguém. Ele voltará quando o invocares.

O poder irradiava de meu ser.

— E que dizer de uma criatura humana? — perguntei. — Poderei criá-la como companheira?

Ambos se entreolharam, fitaram-me em seguida e abanaram a cabeça, dizendo:

— Não, Turms: não podes criar criaturas humanas. Só podes criar uma sombra esvaecente, e durante um momento invocar um espírito que a encha a fim de responder a tuas perguntas. Mas tanto existem bons como maus espíritos, e os maus podem surgir para enganar-te. Não és onisciente, Turms. Não te esqueças de que nasceste em um corpo humano que te restringe e determina os limites do teu conhecimento. Aprende a conhecer os muros de tua prisão, pois apenas a morte os derribará. Então, tornarás a ficar livre até ser preciso renasceres em outra época e em outro lugar. Mas nesse intervalo, teu descanso será feliz. Não mais me fatigaram naquele dia, mas permitiram-me meditar em paz sobre o que tinha aprendido. Na manhã seguinte, tornaram a pedir que eu comparecesse ante eles, mostraram-me um vestuário endurecido de sangue seco e sugeriram:

— Apalpa este vestuário, fecha os olhos e dize o que vês.

Fechei os olhos enquanto agarrava o objeto mencionado, e um horrível sentimento de opressão me invadiu. Nubladamente, como em um sonho, vi o episódio acontecer e pus-me a relatá-lo:

— Este vestuário pertence a um velho. Está ele voltando de algum lugar para sua casa, e embora esteja suado e cheio de pó, está alegre e caminha lepidamente. Um pastor frenético salta dentre os arbustos e golpeia-o com uma pedra. O velho cai de joelhos, ergue os braços e suplica misericórdia, mas o pastor torna a golpear. Saqueia o corpo enquanto olha apreensivo em torno. Depois, só resta o nevoeiro.

Porejava-me o suor em todo o corpo quando abri os olhos e deixei cair o hediondo vestuário. — És capaz de reconhecer o pastor? — perguntaram eles.

Pensei no que acabava de ver.

— O dia estava quente, — disse, hesitante. — Ele trazia apenas um pano cingindo os rins, e sua pele era queimada de um castanho enegrecido. Tinha uma cara taciturna e uma cicatriz na pantorrilha.

Ambos sacudiram a cabeça e disseram:

— Não dês mais tratos à bola. Os juízes não encontrarão prova suficiente contra o pastor. Indicamos o lugar onde ele esconderá o produto da pilhagem, e empurraram-no para dentro de uma fonte com uma cesta de vime na cabeça, por não se haver condoído de um homem solitário. Mas ficamos contentes porque confirmaste a culpa dele. Não fazemos isto com grande vontade, pois é imensa a possibilidade de errarmos. Mas algumas vezes temos de fazê-lo. Um crime não punido incita a novos crimes.

Para me ajudarem a esquecer meu sentimento de opressão, puseram em minhas mãos duas taças idênticas: ambas negras e ornamentadas com idênticos relevos. Sem sequer cerrar os olhos, ergui-as imediatamente e disse:

— Esta taça é sagrada. A outra é ímpia.

Declararam eles:

— Turms, és um Lucumo. Não estás pronto a confessá-lo e a acreditar que assim é?

Mas eu ainda estava perplexo. O velho Lucumo explicou:

— Podes ler o passado nos objetos. Quanto menos pensares em uma ocasião dessas, tanto mais claras serão tuas visões. Repito que, por causa disso, é melhor que um Lucumo tenha atingido os quarenta anos, antes de reconhecer-se como tal, pois de outro modo seria constantemente tentado a ficar com os objetos e desenvolver esse talento que na realidade tem pouca significação. Muita gente ordinária possui essa mesma habilidade.

— Podes, se quiseres, sair de teu corpo e ver o que acontece em qualquer outro lugar disseram eles. — Não o faças, porém. É perigoso, e tua ação nos acontecimentos seria apenas aparente. Tudo acontece assim como deve acontecer. No final das contas, temos nossos sinais e nossos presságios. O raio, os pássaros, os fígados de carneiros, indicam suficientemente aquilo que desejamos saber.

Ergueram os braços para me saudarem como o fariam a um deus e disseram:

— Assim é, Turms: és um Lucumo. Muito podes, mas nem tudo te é benéfico. Aprende a escolher, aprende a discernir, aprende a restringir. Não te perturbes desnecessariamente nem atormentes os deuses. Para teu povo e tua cidade, basta existires. Basta que um imortal nascesse entre eles sob forma humana.

Tais palavras fizeram-me estremecer. Tornei a erguer a mão em protesto e gritei:
— Não, não! Posso eu, Turms, ser imortal?
Eles no entanto garantiram-me com profunda convicção:
— Assim é, Lucumo Turms. És imortal — se apenas ousas confessá-lo. Rasga finalmente o véu de teus olhos e confessa tua verdadeira identidade.
— Existe em cada homem a semente da imortalidade — prosseguiram eles. — Mas para a maioria dos homens a terra lhes basta e a semente nunca germina. São para lamentar, mas que cada um tenha a sorte que melhor o satisfaz.
Acrescentaram mais adiante:
— Nossa sabedoria é limitada porque nascemos em um corpo humano. Acreditamos que a semente da imortalidade é o que distingue o homem do animal, mas não estamos certos. Tudo quanto vive é um disfarce dela — a mutável. Nem sequer discernimos os vivos dos inertes. Em um momento de esplendor, a gente pode até sentir como uma pedra bruta irradia sob a nossa mão. Não, nossa sabedoria é imperfeita, embora nasçamos Lucumos...
Em seguida enunciaram uma advertência:
— Quando te confessares Lucumo, não mais viverás para ti, mas pelo bem de teu povo e de tua cidade. És um doador de dádivas. Mas os campos de grão não ondularão nem a terra produzirá frutos por tua causa e por causa do teu poder. Tudo acontece simplesmente através de ti. Não te deixes ficar aborrecido. Nada faças para agradar às pessoas, mas tudo faze para as beneficiar. Não te prendas a frivolidades. Deixa as leis e os costumes, os juízes, os governantes, os sacerdotes e os adivinhos que cuidem delas. Torna a tua prisão tão agradável quanto puderes, sem ofenderes a teu povo ou agravares os demais. Embora sejas o grande sacerdote, o grande legislador, o supremo juiz, quanto menos apelarem para ti tanto melhor. As nações e as cidades precisam aprender a viver sem Lucumos. Maus tempos se aproximam. Voltarás, mas teu povo jamais voltará, uma vez terminado o tempo que lhe foi concedido.
Eram eles compassivos em seu ensino, pois sabiam por experiência própria quão esmagador era o fardo que punham sobre mim. O velho Lucumo de Volsina colocou um braço protetor em torno de meu pescoço.
— A dúvida será o teu maior tormento — disse ele. — Em nossos momentos de fraqueza, somos todos atormentados. Tudo acontece em ciclos. Há dias em que teu poder está no auge, e irradias confiança e contentamento. São dias abençoados. Mas o ciclo vira, teu poder reflui, e tudo fica escuro em teu redor. Nesses dias, cala-te, sê humilde e submisso. Quando tua fraqueza é maior, aí é que é grande a tentação.
Disse em seguida o Lucumo de Volterra:
— Teu poder pode crescer e diminuir com as fases da Lua. Ou pode variar com as estações. Ou com as variações da atmosfera. A esse respeito, todos diferimos. Talvez o tempo nos governe mais do que nós a ele, conquanto possamos invocar o vento e desencadear a tempestade. Quando a fraqueza começa a me oprimir, subo ao alto de um precipício. "Se és um Lucumo verdadeiro, atira-te lá embaixo no vale! O ar te conduzirá maciamente até ao chão e não te machucarás. Se não

és um Lucumo verdadeiro, pouco importa que esmigalhes a cabeça." É isto o que murmura a tentação...

Fitei-lhe os olhos cismarentos e uma curiosidade me invadiu:
— Saltaste pelo precipício abaixo? — perguntei. — Responde!

O velho Lucumo começou a rir um riso reprimido:
— Olha as cicatrizes em seus joelhos. Não foram muitos os seus ossos que ficaram inteiros quando o povo de Volterra o retirou do fundo do precipício. Caiu ele em um arbusto que brotava de uma fenda, e isso retardou-lhe a queda. Foi então atirado a um pinheiro e caiu de galho em galho, seus ossos se quebrando ao mesmo tempo que os galhos. Se não fosse um Lucumo, dificilmente poderia tornar a andar. Mesmo assim, tem as costas endurecidas, embora não se possa considerá-lo aleijado. Um Lucumo nunca se machuca ao ponto de ficar mutilado, mas é ocasionalmente lembrado de que é mortal, a fim de não esquecer que nasceu de corpo humano.

Isso também era verdade. Eu experimentara os perigos da guerra e os terrores do mar, mas nenhuma vez fiquei seriamente ferido ou maltratado. Era como se asas invisíveis me tivessem amparado.

O Lucumo de Volterra baixou o olhar e confessou envergonhado:
— Não senti a mínima dor ao cair. Só quando o povo me levantou do chão e recuperei a consciência é que as dores começaram. Em verdade provei amargamente da mortalidade humana, mas foi bem feito e serviu-me de lição.

Sua narrativa a tal ponto me levou à beira de um desfalecimento, que senti minha fraqueza como se todos os ossos de meu corpo se estivessem derretendo.
— Livrai-me deste fardo — supliquei a ambos. — Sou apenas Turms. Tenho de me reconhecer como Lucumo e acreditar em mim, embora não o seja?

Disseram eles:
— Tu és Turms, um imortal e verdadeiro Lucumo. Tens tu mesmo de o confessar a ti próprio, pois já não podes negar que o és.

Mas acrescentaram consoladoramente:
— Nós te compreendemos, pois nós próprios experimentamos o mais terrível dos sofrimentos humanos — a dúvida e a angústia devida à nossa própria imperfeição. Mas na noite do décimo segundo dia, poderás partilhar conosco do banquete dos deuses, assim como nós partilhamos do mesmo depois de descobrirmos e reconhecermos a nós próprios. Ainda somos três a partilhar do banquete, mas no dia de tua morte terrena, Turms, ficarás sozinho com os deuses.

2

No décimo segundo dia efetuou-se o sagrado combate para classificar, entre todas, a principal cidade da Liga. Era um radioso dia de outono, o sol brilhava com seus tépidos raios sobre o lago sagrado e no pico das montanhas. Os Lucumos e os delegados das doze cidades sentaram-se nas doze pedras sagradas da arena. Quanto a mim, postei-me entre os outros em meio à multidão, atrás do delegado de Clúsio, pois ainda não fora publicamente reconhecido Lucumo nem o manto sagrado fora posto nos meus ombros. Por esse motivo, os demais fingiam não me prestar a menor atenção, embora se fizesse uma clareira a meu redor, e ninguém tocasse ou sequer roçasse por mim ao passar.

O primeiro a entrar foi o mais velho dos áugures, com um bordão já gasto na mão. Seguiam-no doze jovens, representando as diferentes cidades. Estariam nus, não fosse a faixa de púrpura em torno da cabeça, e todos traziam o escudo redondo de sua cidade e a espada sagrada. A ordem em que vinham fora tirada à sorte, pois nenhuma cidade etrusca era melhor do que outra; mas uma vez que entravam no interior do círculo de pedra, cada um ia postar-se respectivamente em frente do delegado de sua cidade.

O áugure foi a uma liteira encortinada buscar uma donzela e conduziu-a ao sagrado leito de pedras ao centro da arena. Também ela estava nua, mas, estreitamente atada em redor de seus olhos, havia uma sagrada faixa de lã. Era uma donzela bem feita de corpo e ainda intocada, e quando o áugure desfez-lhe o nó do pescoço revelando-lhe o rosto, ela olhou em torno com um rosto ruborizado e cheio de espanto, e instintivamente procurou esconder sua nudez com as mãos. Vendo-a, os jovens retesaram o corpo, e seus olhos puseram-se a brilhar de sofreguidão pelo combate. Mas com um choque que me tocou as raízes do coração, reconheci na moça a minha Misme.

Em verdade, eu sabia que a mais bela e a mais nobre das donzelas etruscas era escolhida como oferenda, e essa escolha se considerava a maior honra que se poderia conceder a uma moça. Onde descobriram Misme, e por que foi ela especialmente escolhida — isso é que eu não podia compreender. Mas a expressão assustada de seu rosto levou-me a suspeitar de que ela não se submetera voluntariamente ao sacrifício.

Reinava um profundo silêncio, segundo decretava o costume, e eu observava o rápido arquejar dos peitos dos jovens. Mas uma oferenda que reluta não vale nada. Em consequência, o áugure tudo fez para acalmar Misme, até que orgulhosamente ela ergueu a cabeça, tomou consciência de sua mocidade e da beleza de seu corpo, suportou os olhares dos jovens e consentiu que o áugure lhe atasse as mãos com uma faixa de lã.

Não pude mais suportar. O desespero invadiu-me e agitei violentamente os braços. Ambos os Lucumos me fitaram escrutadoramente, e vi que os outros delegados me fitavam com a mesma curiosidade com que olhavam Misme. Abruptamente compreendi que também isso constituía uma prova para mim. Pensavam que Misme era minha filha e desejavam certificar-se se eu estava pronto a sacrificá-la de acordo com os costumes etruscos a fim de provar que eu era um autêntico Lucumo.

Eu não tinha certeza do que poderia acontecer, mas sabia que o leito de pedras ao centro do círculo era um altar sacrificial, diante do qual os jovens teriam de lutar uns com os outros mediante escudo e espada. Somente aquele que, ferido, lograsse saltar para fora do círculo, teria a vida salva, conquanto pudesse o áugure poupar do golpe de misericórdia um combatente gravemente ferido, caso este desfalecesse sem largar a espada.

Fiquei calado, mas, subitamente, o meu olhar encontrou o de Misme. Ela sorriu-me, e algo havia tão impudente e encantador em seu olhar, que nela identifiquei um lampejo de Arsinoé. Não era tão bela quanto esta, e seu corpo ainda era pouco desenvolvido, como deve ser o de uma adolescente. Seus seios entretanto lembravam pequeninas peras agrestes, suas pernas delgadas, os quadris arredondados, a sua timidez desaparecera. Ao contrário, pude perceber pelo provocador lampejo de seus olhos, que ela tinha consciência dos sentimentos que a visão de seu corpo evocava naqueles doze jovens.

Não, não precisava temer por Misme. Ela era filha de Arsinoé e sabia o jogo em que entrara. Não importava a maneira como os etruscos a agarraram: acalmei-me ante a certeza de que ela voluntariamente consentira no sacrifício. Vendo como se tornara formosa, senti-me orgulhoso dela. Depois, ao olhar à volta, súbito encontrei o olhar de Lars Arnth, que estava sentado na sagrada pedra de Tarquínia. Estivera olhando para Misme com a mesma expressão fascinada dos jovens. Agora me fitava e apertou os olhos como se me interrogasse. Instintivamente acenei com a cabeça, consentindo.

Lars Arnth ergueu-se imperiosamente, atirou seu manto aos ombros do jovem tarquínio que estava postado com o escudo e espada no círculo. Depois tirou a véstia, desatou suas faixas braçais e a corrente em torno do pescoço, deixou-as cair no chão e afinal tirou do polegar seu anel de ouro. Como se o assunto fosse evidente por si mesmo, tirou do jovem os sagrados escudo e espada da cidade, ocupou o lugar deste último e acenou para que ele fosse assentar-se em seu lugar, na pedra sagrada de Tarquínia. Tão grande era a honra, que a ordem suavizou o desapontamento do jovem.

O áugure olhou em torno, como que inquirindo se alguém se opunha à troca de combatentes. Depois tocou Lars Arnth com seu cajado, em sinal de aceitação. Lars Arnth era mais delgado que os demais jovens e sua alva pele brilhava com uma brancura de pele feminina, enquanto ele estava ali postado inteiramente nu e em atitude de expectativa, os lábios entreabertos e olhando para Misme, que o fitava diretamente nos olhos. Era claro que a vaidade da moça se sentia lisonjeada ante a prontidão com que o regente da mais poderosa das cidades etruscas arriscava a vida para conquistá-la.

Eu porém tive de sorrir com um alívio indizível, percebendo que tudo aquilo não passava de uma brincadeira dos deuses, destinada a demonstrar quão cego pode ser ainda o mais lúcido dos homens e quão inútil é dar importância a qualquer coisa terrena. Li os pensamentos de Lars Arnth como em pergaminho aberto. Não havia dúvida, a visão de Misme o encantara, mas ele percebera no mesmo instante o quanto ganharia se saísse vencedor no sagrado combate. Sofrera uma derrota em suas negociações de política estrangeira, e sua autoridade em Tarquínia fora afetada em resultado de sua desastrosa expedição militar a Himéria. O velho Aruns ainda vivia, e sua autoridade era inabalável, mas de modo algum era certo que Lars Arnth o sucederia como governador da Tarquínia, embora o tivessem criado para assumir a regência. A política de longo alcance de Lars Arnth era decisiva e ditada pelas circunstâncias, mas não era do agrado da geração antiga ou da gente pró-grega.

Mas, saísse ele vencedor do sagrado combate, e pessoalmente conquistaria para Tarquínia uma posição de honra entre as cidades etruscas. Com efeito, nos tempos antigos, os próprios governantes haviam saltado para o sagrado círculo a fim de lutarem entre si pela supremacia, mas não tinha precedente um regente da atualidade arriscar a vida por amor da sua cidade. Se vencesse, a supremacia de Tarquínia já não seria uma simples formalidade e honraria, mas a vitória seria considerada um sinal divino. Ao mesmo tempo, conquistaria para si a filha de um Lucumo vivente, que era ao mesmo tempo neta de Lars Porsena.

Os deuses sorriram e eu fiz o mesmo, pois tudo era mentira. Acreditavam simplesmente que Misme era minha filha. No entanto, compreendendo isso, percebi ao mesmo tempo que há pequena diferença entre a verdade e a falsidade neste mundo mortal. Tudo depende daquilo que a pessoa pense ser verdade. Os deuses estão acima da verdade e da mentira, do bem e do mal. No fundo de meu coração, decidi reconhecer a Misme como filha e proibi-la de contar a alguém que eu não era seu verdadeiro pai. Bastava que nós dois o soubéssemos: não interessava aos outros. E de todo o coração desejei a vitória de Lars Arnth, pois Misme não poderia encontrar marido mais nobre, conquanto, para dizer a verdade, eu não soubesse se a filha de Arsinoé poderia trazer felicidade a algum homem, ou aos etruscos em geral. Mas por que preocupar-me, se em meu coração a considerava filha minha? Nesse caso, apenas os melhores dentre os etruscos lhe serviam. Pensei ironicamente quão enganada andara Arsinoé a respeito de Misme!

O áugure colocou o cabeção tradicional, de couro preto, nos ombros nus de Misme, e obrigou-a a sentar-se à beira do leito de pedras, os pulsos atados à sua frente. Fez em seguida um sinal com o bastão, e os combatentes atracaram-se com tal violência, que o primeiro impacto se apegou ante nossos olhos em uma faiscante confusão. Mais depressa do que a vista poderia perceber, dois jovens caíram no chão, ensanguentados.

Os outros contestantes teriam agido com maior prudência (assim creio), se tivessem todos se reunido para obrigar Lars Arnth a sair fora do círculo, uma vez que não se atreviam a matá-lo devido a seu nobre nascimento. Lutavam apenas formalmente por amor à honra e aos belos sacrifícios. Ele porém lutava por todo o seu futuro, pelo trono de Tarquínia, e até pela salvação dos povos etruscos, pois acreditava que só sua política poderia libertar as cidades etruscas da fatal pressão grega. Mas como poderiam sabê-lo seus rivais?

Não: à maneira tradicional, avançaram seis contra seis na primeira escaramuça, pararam o instante de um alento para julgar da situação; depois cinco avançaram contra cinco, espadas lampejaram e escudos estrondejaram contra escudos. Ouvimos gemidos de dor, e apenas quatro jovens recuaram, arquejando boquiabertos. Um caíra para fora da arena, dois outros se arrastaram deixando manchas de sangue para trás, a espada de outro lhe foi arrebatada com um golpe que lhe decepou os dedos da mão, outro jazia de costas com o ar golfando em bolhas da garganta fendida, e um outro foi amparado pelo bordão do áugure enquanto ainda tentava brandir a espada apesar de já estar de joelhos.

Sem sequer um olhar para os que caíram fora, os quatro restantes se mediram de alto a baixo. Lars Arnth era um dos quatro, e eu cruzei estreitamente as mãos, esperando que ele aguentasse, e pelo menos, salvasse a vida. Um instante ficaram eles ali, de costas para o círculo sagrado, depois o mais impaciente perdeu a calma e correu de escudo levantado para o adversário mais próximo. Este aparou o golpe no ar com seu escudo e enfiou a espada no corpo do outro. Imediatamente o terceiro rival, percebendo a oportunidade, saltou para trespassar com a espada as costas do defensor, não para matar, mas simplesmente para o tirar fora do combate.

Tudo acontecera com incrível rapidez, e dez dentre os mais valentes e belos jovens etruscos já estavam fora de combate. Pensei tristemente em suas esperanças, e na maneira em como haviam enrijado os corpos e desenvolvido a perícia mediante a prática incessante. Em alguns rápidos momentos tudo se acabara e a esperança desaparecera. Agora só restavam Lars Arnth e o jovem veiense, e o verdadeiro combate podia começar. O resultado já não era determinado pelo acaso e a sorte, e sim pela resistência e os nervos.

A pressa de nada valia. Os dois o perceberam ao rastejar cautelosamente pela orla do círculo, pois ambos dispensaram a Misme o instante de um olhar, que a moça retribuiu com olhos cintilantes. Soube, mais tarde, que o veiense estava entre aqueles que foram em busca de Misme, e que a trouxera nos braços sobre o seu cavalo. Naquela hora e naquele lugar, decidira antes morrer do que entregar-se. Mas a despeito de sua juventude, Lars Arnth frequentara a escola amarga da vida política, e bem conhecia a força da paciência e da perseverança para vencer a resistência do adversário. Esperava pois a sangue-frio, até chegando a largar o escudo e a espichar as pernas.

O jovem de Veios já não mais podia aguentar, mas deu um avanço para a frente, os escudos chocalhando um contra o outro, e as espadas fazendo saltar faíscas luminosas ao se entrechocarem. Mas os jovens eram do mesmo tamanho e igualmente peritos, e nenhum conseguiu trespassar à espada as costas do outro. Depois de trocarem entre si uns dez rápidos golpes, cada um recuou de um salto para tomar respiração. O sangue escorria da coxa de Lars Arnth, mas ele sacudiu energicamente a cabeça quando o áugure se preparava para levantar o bordão. O jovem de Veios distraiu-se e fitou-o, e naquele momento Lars Arnth carregou sobre ele de cabeça abaixada e enfiou a espada sob o escudo do adversário. O jovem caiu sobre um dos joelhos e com tal violência brandiu a espada, que Lars Arnth teve de retroceder. O veiense recebera um feio golpe nos lombos e não podia erguer-se, mas com o joelho ainda no chão acutilou o bordão do áugure e olhou ferozmente para Lars Arnth.

De bom ou mau grado, Lars Arnth foi obrigado a continuar. Parecia perceber que o veiense tinha mais resistência do que ele, e que por isso mesmo tinha de levar o combate a uma rápida conclusão. Mantendo o escudo o mais baixo possível, atacou. Mas o de Veios esquivou-se ao ataque, e com a velocidade da luz, largou a espada, apanhou uma mancheia de areia e atirou-a nos olhos de Lars Arnth. Depois tornou a empunhar a espada e enfiou-a no peito desprotegido do tarquínio. Fê-lo com tal força, que perdeu o equilíbrio e caiu de cara no chão, enquanto Lars Arnth, mais por instinto do que por habilidade, jogou a espada cegamente para um lado, de modo que o adversário sofreu apenas um talho inofensivo. Poderia ter golpeado o jovem veiense no pescoço com o rebordo do escudo ou decepado os dedos com os quais agarrava a espada. Mas Lars Arnth se contentou em pisar-lhe a mão e em premir com o escudo o rosto do jovem de encontro ao chão, mas sem feri-lo o que foi um gesto de nobreza.

O jovem de Veios era intrépido, e mais uma vez tentou se libertar. Só então aceitou sua derrota e um soluço de desapontamento lhe saiu da garganta. Largou a espada, e Lars Arnth abaixou-se para apanhá-la, arremessando-a para fora da arena. Magnanimamente estendeu a mão ao oponente e auxiliou-o a levantar-se, conquanto seus olhos ainda estivessem meio cegos pela areia e seu próprio sangue.

Em seguida fez Lars Arnth alguma coisa que decerto nunca antes acontecera. Ainda ofegando pelo esforço, olhou inquiridoramente em torno, depois chegou-se para o áugure e puxou-lhe o manto, de modo que o velho ficou vestido simplesmente com sua véstia, mostrando as pernas nuas. Com o manto no braço, encaminhou-se para Misme, cortou a faixa que lhe atava os pulsos, curvou-se reverente para tocar-lhe a boca com a dele, e deixando-se cair no leito de pedra, tomou Misme nos braços e cobriu a ambos com o manto do áugure.

Foi esse um gesto tão espantoso, que nem mesmo a mais sagrada tradição pôde sufocar o riso. À vista da expressão desamparada do áugure e de suas pernas finas, rimo-nos ainda mais; e quando Misme esticou um de seus pés nus para fora do manto, e fez seus dedos saracotearem, até os Lucumos riram ao ponto de chorar.

Rimo-nos com gosto ante a inesperada solicitude de Lars Arnth, e ninguém se lhe opôs. Ao contrário, mais tarde todos acharam que um jovem tão nobre quanto Lars Arnth e a neta de Lars Porsena não podiam ter feito o sacrifício tradicional à vista do povo. Decerto Misme e Arnth também se riram enquanto se enlaçavam sob o manto do áugure, deixando o sacrifício para ocasião mais propícia.

Quando o riso afinal começou a diminuir, Lars Arnth atirou fora o manto. Ambos levantaram-se, um segurando a mão do outro e se olhando nos olhos, como que esquecidos do resto do mundo. Formavam um belo par. O irado áugure arrancou de volta o manto, atirou-o aos ombros, bateu-lhes com o bordão na cabeça com mais força do que era preciso, declarou-os marido e mulher, e, Tarquínia, a suprema cidade etrusca. Então Lars Arnth retirou o cabeção preto dos ombros de Misme e virou-o com o lado branco para cima a fim de indicar, segundo a antiga tradição, que a vida vencera a morte. De mãos dadas, saíram ambos para fora do círculo, um manto nupcial foi atirado sobre a nudez de Misme e em sua cabeça colocada uma coroa de mirto. Lars Arnth apanhou seu próprio manto, envergou a véstia, e eu me dei pressa em ir beijar Misme em sua qualidade de minha filha.

— Como pudeste assustar-me assim? — ralhei-lhe.

Misme porém sacudiu a cabeça caprichosamente e riu alto.

— Não achas que agora posso olhar por mim mesma, Turms? Olhando para Lars Arnth, murmurei ao ouvido de Misme que daí em diante era preciso ela me chamar de pai, demonstrar-me o respeito usual nesses casos e não se esquecer que era neta do grande herói etrusco, Lars Porsena. Ela, por sua vez, contou-me que os irmãos do campo se esforçaram em proteger tanto a ela quanto à fazendola, mas que os romanos, enfurecidos, queimaram os edifícios, roubaram o gado e calcaram aos pés os campos, ao saberem que eu fugira da prisão Mamertina. Ela e os velhos escravos se esconderam, e naquela mesma noite ela desenterrou a áurea cabeça de touro, cortou-lhe os cornos, deu um deles ao velho casal de escravos e o outro ao jovem pastor que ficara o guardião de minha fazenda, a fim de que ele pudesse, em nome de Misme, obter apoio para a emancipação do casal.

Depois, mal havia ela devolvido a cabeça de touro a seu esconderijo, as patrulhas veienses, despertas pelo incêndio, fizeram uma incursão na fronteira e raptaram-na. Trataram-na não obstante respeitosamente, embora o jovem que acabara de lutar a apertasse contra ele enquanto cavalgavam.

— Para mim não era grande novidade e eu não tive medo — garantiu-me Misme. — Afinal de contas, o guardião tentava sempre me tocar e beijar, de modo que aprendi por mim mesma a defender-me e já não me supunha feia. Nunca pude consentir-lhe uma liberdade maior; mas agora com o chifre de ouro, ele pode obter uma mulher digna dele e comprar um pedaço de terra. Prometeu igualmente cuidar dos velhos escravos que emancipei.

Olhou-me então com um ar acusador:

— Mas por que nunca me disseste quão bela e requintada é a vida entre os etruscos? Se tivesse sabido, aprenderia a língua deles muito antes disto! Só bondade tenho encontrado tanto em Veios como aqui, conquanto a princípio receasse que era uma prisioneira a ser vendida como escrava. Mas suas belas mulheres me ensinaram a banhar-me e tratar da pele e encrespar os cabelos; diziam-me bela e fizeram-me compreender a incomparável honra que era ser escolhida como a donzela do sagrado combate. Pensei que era por mim que me escolhiam e porque me achavam bela, mas provavelmente me escolheram por tua causa, meu pai. Ouvi muitas coisas a respeito de ti.

Lars Arnth apressou-se em jurar pelo nome dos deuses sorridentes que ela era a moça mais bela que ele ainda vira e que ele arriscara a vida porque compreendera, à primeira vista, que a vida sem ela não valia nada. Decerto acreditava no que dizia, mas eu sabia que o seu enlevado êxtase, enquanto a deusa o cegava com a sua névoa de ouro, era apenas uma das razões por que ele entrara em combate.

Não obstante isso, me rejubilei por causa de Misme e também por Lars Arnth, uma vez que o conhecia e ele era merecedor de toda felicidade humana, caso a filha de Arsinoé pudesse proporcionar a um homem mais felicidade do que transtornos... Entretanto Misme jurou que ela tinha muito mais juízo do que sua mãe e que seria fiel a seu marido, pois em toda terra não podia haver homem mais belo ou mais do seu gosto. Mas eu ainda não podia confiar inteiramente nela, uma vez que Misme julgava necessário jurar, depois de uma tal promessa. Isso parecia sintoma de que começava a desconfiar que não era outra senão filha de Arsinoé... Fitando-lhe os olhos, compreendi que a vida de Lars Arnth com Misme não seria nada monótona.

3

Tudo estava calmo. Ao passo que o sol avermelhava a escura superfície do lago e os enevoados picos das montanhas atrás dele, os sacerdotes erigiram a sagrada tenda dos deuses. À frente desta, mulheres faziam rodar as mós a fim de prepararem os bolos dos deuses com farinha nova. Redes foram atiradas ao rio e pescaram-se os divinos peixes de olhos vermelhos. Um tourinho novo, uma ovelha e um porco foram sacrificados e consagrados aos deuses. Fogueiras ardiam ao relento, enquanto os sacerdotes conferenciavam, repetindo os sagrados versetos, a fim de que os bolos fossem assados e os alimentos preparados à maneira tradicional. Havia muitos anos que não se celebrava o banquete dos deuses.

Enquanto o sol descia, senti a frialdade do lago, a tarda tepidez da terra, a fragrância dos bolos assados e das ervas. Finalmente chegaram ambos os Lucumos, seus mantos sagrados atirados sobre os ombros. Atrás deles vinham os sagrados pratos dos deuses.

— Tu te purificaste? — perguntaram.

— Sim — garanti-lhes. — Meus olhos estão puros. Minha boca está pura. Meus ouvidos estão puros. Minhas narinas estão puras. Todos os orifícios de meu corpo estão puros. Lavei a cabeça. Lavei os pés e as mãos. Todo meu corpo foi esfregado até limpar-se. Pela primeira vez, uso uma véstia tecida da mais fina lã.

Disseram eles com um sorriso:

— Hoje à noite és hóspede do banquete. Turms. És o doador de dádivas. Podes convidar dois deuses para comerem conosco.

Quais escolherás?

Não titubeei.

— Devo à deusa um convite — disse. — Convido aquela que traz na fronte uma coroa mural. Seu santo nome é Turan.

O velho Lucumo fingiu-se espantado e disse maliciosamente: — Tu mesmo nos disseste que a deusa Ártemis foi quem te favoreceu e que Hécate zelou pelo teu bem-estar terreno. Também muito deves àquela que nasceu da espuma e que é adorada em Érix sob a dupla invocação de Afrodite e Ishtar, segundo nos contaste...

— São uma só deusa disse eu — embora esta apareça com aspectos diferentes em lugares diferentes e a povos diferentes. Seu nome verdadeiro é Turan, e a lua é seu emblema. Assim tenho entendido. A ela escolho. A ela convido.

— E teu segundo convidado? A quem escolherás?

Respondi com veemência:

— Escolho o próprio mutável Voltumna. Primeiro não o compreendia. Mas afinal quero conhecê-lo. Em sua honra, o cavalo-marinho já era consagrado do dealbar dos tempos. Sua imagem é a Quimera.

O sorriso se lhes desvaneceu dos rostos, eles se entreolharam e gritaram à guisa de advertência:

— Compreendes o teu atrevimento?

Possuído de santo júbilo, gritei:

— Escolho-o. Convido-o. Voltumna, sê meu hóspede!

Eles então abriram as sagradas cortinas da tenda. A luz brilhante das tochas sem fumaça, vi o alto reclinatório dos deuses com seus inúmeros colchões, e em cada uma das almofadas duplas, os dois santos cones brancos. Um leito baixo tinha sido preparado para cada um de nós ao lado de mesas, também baixas. O vinho estava na vasilha de misturar, e vi as espigas de trigo, o fruto da terra e as coroas.

Disseram os Lucumos:

— Coroa teus hóspedes celestes.

Escolhi uma coroa de hera e com ela coroei um dos cones brancos.

— Para ti, Turan. Tu, como deusa; eu, como humano.

Uma alegria indizível me invadiu. Tomei uma grinalda de capulhos de roseira e coroei o segundo cone.

— Para ti, Voltumna. Qualquer coroa é assim como a desejas. Toma a coroa de capulhos de rosas, tu, como deus; eu, como imortal.

E assim foi que finalmente a mim mesmo me reconheci como imortal. Por que, e como foi acontecer, e por que escolhi a coroa de capulhos de roseira, não poderei dizer. Mas as minhas dúvidas desapareceram como névoa, e o céu do meu coração irradiava a glória da imortalidade.

Estendemo-nos nos reclinatórios, e pesadas guirlandas de flores, de bagas e de folhas outonais foram colocadas em torno de nossos pescoços. Os flautistas puseram-se a soprar saudosas árias em suas flautas duplas, instrumentos de corda ressoavam, e dançarinos, revestidos de trajes rituais, dançavam diante da tenda as danças dos deuses. O repasto nos foi servido em antigas terrinas pretas, e ao comer usávamos velhas facas de lâmina de pederneira, conquanto também nos tivessem dado garfos de ouro, de dois dentes.

A pouco e pouco o som das flautas e das cordas foi ficando mais e mais alucinado, enquanto os dançarinos dançavam a dança da terra, a dança do mar e a dança do céu. Dançaram igualmente a dança da deusa virgem e a dança do amor, a dança dos cães e a dança dos touros, e até a dança dos cavalos. Dos incesórios de altas pernas em torno de nós, nuvens de agradáveis perfumes se elevavam, e o vinho me aquecia o corpo e subia-me à cabeça. Mas quanto mais se prolongava o banquete, tanto mais desapontado eu ficava, ao olhar os dois cones imóveis no alto reclinatório dos deuses.

O velho Lucumo, de seu leito situado à minha direita, interceptou meus olhares e me consolou com uma risada.

— Não fiques impaciente, Turms, pois a noite é longa. Talvez os deuses estejam se preparando para nós, assim como nós também nos preparamos para ir ao seu encontro. Talvez haja grande azáfama nos salões da eternidade enquanto se transportam vestimentas festivas daqui para acolá, enquanto se ungem e trançam os cabelos... Quem poderá saber?

— Não zombes de mim — disse eu, irado.

Ele estendeu sua mão encarquilhada e tocou-me o ombro.

— Esta noite é a mais sublime de tua vida, Turms. Mas o povo também precisa participar da mesma. O povo pode ver os cones que coroaste, pode ver-nos a comer e a beber, pode apreciar as danças sagradas e usufruir da música. Só então ficaremos sós. Só então descerão as cortinas e os hóspedes chegarão.

Ao relento, sob um dossel de estrelas, milhares de pessoas caladas se reuniam para olhar a tenda iluminada. Podia-se sentir o respirar da densa multidão, mas não se ouvia o menor som, pois o povo estava atento ao menor rumor e tinha medo até de mover os pés.

Afinal apagaram-se as fogueiras, um após outro partiram os criados, os dançarinos desapareceram, a música cessou e tudo silenciou. Os brancos cones com suas coroas pareciam subir para as alturas penumbrosas do teto da tenda. Então, o último criado colocou à minha frente um prato coberto e eu vi ambos os Lucumos levantarem-se e olharem firmemente para mim. O criado retirou a tampa, senti o forte cheiro de ervas aromáticas, e vendo pedaços de carne no molho, espetei o garfo em um deles e levei-o à boca. Pelo que pude perceber, a carne não tinha gosto desagradável, no entanto não pude mordê-la ou engoli-la e tive de cuspi-la fora.

Naquele instante baixaram-se as cortinas com um baque. O criado apressou-se em sair da tenda, deixando o prato descoberto a soltar vapor na mesa baixa à minha frente. Limpei a boca com o dorso da mão; enxaguei-a com um gole de vinho que depois cuspi.

Ambos os Lucumos me fitavam, cheios de expectativa.

— Por que não comes, Turms? — perguntaram.

Sacudi a cabeça.

— Não posso.

Eles também sacudiram a cabeça e confessaram:

— Verdade. Nós também não podemos, pois é comida dos deuses.

Com o garfo de ouro, mexi os pedaços de carne que flutuavam no molho. Pareciam apetitosos, e o vapor que soltavam cheirava bem.

— Que carne é essa? — perguntei.

— É carne de porco-espinho — explicaram eles. — O porco-espinho é o mais velho dos animais. À chegada do inverno, se enrola e dorme, esquecendo o tempo, e na primavera torna a acordar. Essa a razão por que constitui a comida dos deuses.

Com as pontas dos dedos, o velho Lucumo apanhou um ovo cozido e descascado, que ergueu para eu ver:

— O ovo é o princípio de todas as coisas — disse. — O ovo é o símbolo do nascimento e do regresso, o símbolo da imortalidade.

Colocou o ovo no bojo da rasa taça ritual, e eu e o jovem Lucumo descascamos outros ovos, que igualmente colocamos em nossas respectivas taças. Então o Lucumo de Volterra levantou-se, tomou cuidadosamente um jarro selado, de argila, abriu-lhe a tampa, tirou a cera do gargalo com uma faca de pederneira e derramou o vinho de ervas amargas em nossas taças rituais.

— Chegou o momento — disse ele. — Os deuses vêm chegando. Bebamos a bebida da imortalidade a fim de ficarem nossos olhos habituados a contemplar sua radiosidade.

Esvaziei minha taça assim como eles o fizeram, e a bebida me queimou a garganta, e meu ventre se insensibilizou. Seguindo seu exemplo, comi então o ovo que descascara.

Disse o velho Lucumo em voz baixa:

— Bebeste a bebida da imortalidade, Turms. Comeste conosco o ovo da imortalidade. Agora cala-te. Os deuses estão chegando.

Enquanto tremendo vigiávamos, os dois cones brancos começaram a crescer ante nossos olhos. As brilhantes chamas das tochas pareceram diminuir e os cones brilhavam mais que as chamas. Em seguida desapareceram, e eu a vi — à deusa — tomando corpo e levemente recostada no leito, mais bela do que todas as mulheres da terra. Sorriu para que eu não sentisse medo, e seus olhos amendoados cintilavam, maravilhosos. Suas tranças porém eram vivas e serpenteavam, e em sua cabeça estava pousada a coroa mural.

Em seguida surgiu ele — o mutável. A princípio brincou conosco. Sentimo-lo como uma lufada de ar frio, e as fracas chamas amareladas das tochas tremularam violentamente. Sentimo-lo depois como água, e lutamos, como se nos afogássemos, a fim de respirar na água invisível que corria de nossas bocas e narinas para nossos pulmões. Tocou-nos os membros e a epiderme como se fosse fogo, até pensarmos que íamos ser carbonizados vivos. Mas não ficou nenhum sinal e ele nos enregelou, ao ponto de nossa pele ficar tão fria como se fôssemos ungidos com óleo de menta. Sua forma flutuava acima de nós com os contornos de um gigantesco cavalo-marinho. Finalmente, cansada de suas brincadeiras, a deusa Turan estendeu-lhe a divina mão. Voltumna acalmou-se e desceu como luz ofuscadora para em nossa companhia comportar-se como criatura humana.

Não me foi preciso servi-los, pois o porco-espinho foi minguando até a terrina esvaziar-se. Mas como partilharam eles do repasto, eis o que não me é possível explicar. O nível do vinho na vasilha de misturar ia igualmente caindo cada vez mais baixo, até que a derradeira gota desapareceu e a vasilha ficou seca. Não estavam famintos, pois os deuses não têm fome ou sede à moda dos humanos; mas tendo chegado na qualidade de nossos hóspedes e com aspectos reconhecíveis, comeram da sagrada comida e beberam do sagrado vinho em sinal de amizade.

O alimento terreno pareceu agradar-lhes e o vinho terreno subiu-lhes à cabeça, assim como sói acontecer em um banquete, pois a deusa sorriu caprichosamente para mim e fitou-me com seus olhos amendoados ao passo que abraçava o pescoço de Voltumna. Ele, o mutável, fitou-me atentamente, como se estivesse tentado a pôr à prova minha resistência.

— Ah, Lucumos! — exclamou subitamente. — Talvez sejais imortais, mas eternos não sois.

Sua voz vibrava como metal e ribombava como a tormenta, possuindo, não obstante isso uma expressão de incalculável inveja.

A deusa Turan alisou-lhe os cabelos carinhosamente e lhe proibiu provocar uma discussão.

— Não tenhais medo dele — disse com uma voz vibrante como sinos de prata, arrulhadora como a das pombas. — Ele, Voltumna, é um deus inquieto. Mas fazei por compreendê-lo. Nós outros aparecemos sob inúmeros disfarces e descansamos em uma só e santa imagem. Ele, não: não tem forma permanente. As mudanças incessantes — a expansão depois da contração, o frio depois do calor, a tormenta depois da calma —fazem-no inquieto.

Os contornos de Voltumna puseram-se a ondular e a cintilar, mas Turan depressa colocou as mãos nos ombros dele, beijou-lhe as comissuras dos lábios e os cantos dos olhos, e disse:

— O presente aspecto é o mais belo e o mais perfeito que até agora assumiste. Continua assim, e não me deixes nervosa, mudando de repente para alguma coisa inteiramente diversa.

Aparentemente a vaidade de Voltumna sentiu-se lisonjeada pela admiração da formosa deusa, conquanto bem soubesse que em sua mutabilidade ele era o deus supremo, uma vez que criara tudo quanto existia e vivia sobre a face da terra, enquanto os demais deuses meramente transformavam, consoante suas distintas maneiras, o que ele criara. Vendo isso, compreendi afinal a vaidade e a rivalidade dos deuses, e a razão por que era possível convencê-los e suborná-los com promessas e oferendas.

Enquanto a ideia se formava em minha mente, súbito senti no ombro o premir de advertência de finos dedos de fogo. Voltando-me, vi com espanto que o ser alado do meu espírito guardião estava sentado à beira do leito, por trás de mim. Pela segunda vez em minha vida ele me apareceu, e sem uma palavra compreendi que de então em diante eu deveria ter mais cautela do que anteriormente. Vendo-o, senti no fundo do coração que o desejava mais que tudo no mundo; sentia sua proximidade vivente, como se metal derretido se agitasse dentro de meu corpo.

Quando olhei em torno, vi que os espíritos guardiães de ambos os Lucumos também haviam aparecido para os proteger com suas radiosas asas. Os espíritos se entreolharam inquiridoramente, como se entre si se comparassem, e suas asas tremulavam. Mas a meus olhos meu espírito guardião era o mais belo dos três.

Voltumna fez um aceno com a mão estendida e disse, acusador:

— Ah, Lucumos, como sois cautelosos, chamando espíritos guardiães para proteger-vos! Que receais?

Disse igualmente a deusa Turan:

— Insultais-me em minha qualidade de deusa, e me ofendeis, preferindo a mim um leito onde vos recosteis em companhia de vossos espíritos guardiães! Fostes vós que me convidastes, e não eu a vós. Ao menos tu, Turms, tens de mandar embora imediatamente o teu espírito guardião! Talvez então eu desça um instantinho e ponha a mão no teu pescoço.

As asas de meu espírito guardião estremeceram de raiva, pois era de temperamento colérico. A deusa Turan fitou-o com olhar crítico, e observou:

— Não há dúvida de que é bonito, esse teu guardião alado, mas decerto não pode rivalizar comigo. No final das contas, sou uma deusa, e eterna como a terra. Ele é apenas um imortal como tu.

Fiquei triste, mas enquanto fitava o rosto radioso do meu espírito guardião, senti-me muito mais perto dele do que da deusa.

— Não posso mandá-lo embora, pois ele veio sem convite — disse eu depressa.

Uma súbita percepção fez-me tremer a voz.

— Quem mo enviou talvez fosse alguém mais alto do que tu.

Não pude continuar, pois naquele mesmo instante um ser imóvel, mais alto do que os deuses e os mortais, se corporificou no centro da tenda. Cobria-o um frio manto de luz e faixas de pano contornavam-lhe o rosto de modo a torná-lo invisível. Era esse ser aquele que nem os deuses conhecem; aquele cujos nomes e números ninguém conhece, nem os humanos nem os deuses ligados à terra. Quando lhe vi a forma imóvel, ambos os deuses terrenos viraram sombras e meu espírito guardião cobriu-me com suas asas, como a indicar que formávamos um só ser — ele e eu. Então senti na boca um gosto de metal, como se já estivesse morto; uma tempestade rugia em meus ouvidos, senti nas narinas um hálito de gelo e o fogo cegou-me os olhos.

Recobrei a consciência em meu leito junto à mesa. As tochas tinham-se apagado, o vinho se entornara no piso de madeira da tenda, o grão tombara das espigas, jaziam no assoalho as frutas esmagadas. Ambos os cones ergueram-se alvinitentes de suas almofadas no alto reclinatório dos deuses, e percebi que estavam iluminados pela alba grisalha que brilhava através das fendas. Suas coroas porém estavam murchas e negras, como que carbonizadas pelo fogo. Senti-me murcho e carbonizado, tanto quanto elas, como se houvera perdido anos de vida naquela única noite. Tinha os membros rijos e dormentes de frio.

Todos despertamos, creio-o, a um só tempo, e nos sentamos com a cabeça nas mãos. Finalmente nos entreolhamos.

— Será que sonhei? — perguntei.

O velho Lucumo de Volsina sacudiu a cabeça.

— Não; se assim fosse, todos teríamos sonhado a mesma coisa. Disse então o Lucumo de Volterra:

— Vimos o deus velado. Como ainda podemos estar vivos? — Isso significa a mudança de uma era—aventou o velho Lucumo. — A anterior se acaba e a nova começa. O deus velado jamais apareceu em um banquete dos deuses. Mas reconhecemo-lo em nossa qualidade de Lucumos. Talvez sejamos nós outros os derradeiros Lucumos, e essa é a razão por que ele veio.

O Lucumo de Volterra levantou a cortina e espiou para fora: — O céu está nublado — disse. — A manhã está fria.

Imediatamente entraram os servos, trazendo-nos uma fumegante bebida composta de leite e mel. Bebi avidamente, e a bebida aqueceu-me o corpo, fazendo-me sentir mais confortado. Trouxeram-nos água para lavar o rosto, as mãos e os pés. Notei que minha véstia estava manchada e que meu nariz tinha sangrado. Doía-me o ventre, como se eu tivesse tragado um veneno mortal.

O velho Lucumo aproximou-se de mim:

— Partilhaste de um banquete aos deuses, Turms; bebeste o vinho da imortalidade. Já não és aquela criatura antiga. Logo perceberás que tudo mudou. Agora te conheces e a ti mesmo te confirmas, ó Turms filho de Porsena, filho de Larkhna?

— Não dessa maneira — respondi tranquilamente. — A terra é minha mãe, o céu meu pai. O sol é meu irmão, a lua minha irmã. Nasci Lucumo entre os humanos. Sou Turms, o imortal. Confirmo ter regressado e que tornarei a regressar. Mas por quê? — eis o que não sei.

— Despe a tua véstia manchada, assim como um dia despirás, como um vestido usado, o teu corpo terreno. Sai fora da tenda dos deuses tão nu como vieste ao mundo em corpo de mulher. Beija tua mãe. Ergue o rosto para teu pai. Saudamos-te, ó Lucumo, ó imortal!

Afastaram as cortinas para os lados. Sob um céu carregado de nuvens cor de cinza, vi os rostos silentes do povo. Uma lufada de vento soprou no meu rosto e as cortinas esvoaçaram enquanto eu despia a véstia e saía fora da tenda. Ajoelhei-me para beijar o chão, e ao passo que o fazia, rasgaram-se as nuvens e o sol rompeu a brilhar sobre mim com seus quentes raios. Se ainda duvidava, já não poderia mais fazê-lo. Meu pai — o céu — me reconhecia como filho. Meu irmão — o sol — me abraçava com seus doces raios. Acontecera um milagre!

Mais forte que o rugir da tempestade, a grita irrompeu da multidão:

— O Lucumo, o Lucumo chegou!

O povo agitava os vestidos e gritava sem parar. Os outros dois Lucumos — meus guias pelo caminho — saíram da tenda e colocaram nos meus ombros o sagrado manto de um Lucumo. Ao mesmo tempo que o manto, a paz e o júbilo me envolveram, enternecendo-me o coração. Eu já não estava vazio, já não estava nu, e o frio alongara-se de mim.

4

Já nada tenho a relatar. Seixo a seixo, segurei minha vida na palma da mão, e os deixei cair de volta, um a um, na mais simples das vasilhas de barro dentre as que se acham colocadas no pedestal da imagem da deusa. Nelas me reconhecerei, e por intermédio delas de mim mesmo me lembrarei quando regressar e descer como estrangeiro os degraus do túmulo e catar uma a uma as pedras na minha mão. Talvez a ordinária vasilha esteja quebrada. Talvez a poeira dos séculos tenha já coberto o chão de minha tumba. Talvez já tenha desaparecido o sarcófago com suas belas imagens esculpidas e já meu corpo se tenha transformado em pó. Mas ficarão os seixos. Quem os interpretará?

Sei, deste modo, que a mim mesmo reconhecerei quando me abaixar para catar os seixos na poeira dos séculos. Subirei então os estreitos degraus, de volta à luz da terra. Com os olhos viventes, verei o belo cone da montanha da deusa, no vale aquém da minha tumba. Conhecerei, e de mim mesmo me lembrarei. E então a tempestade poderá raivar.

É esta a minha crença — a crença de Turms, o imortal. Embora isto que escrevo venha a desaparecer, embora a tinta se esmaeça, o papiro apodreça e as línguas em que escrevi não mais sejam compreendidas, mediante a escrita liguei a cada seixo de minha vida aquilo que desejo seja lembrado.

Tremem-me as mãos, começo a estertorar. Os dez anos findaram e aproxima-se afinal o instante da minha morte, quando então me libertarei deste corpo de argila. Mas o meu povo prospera, o gado aumentou, os campos produziram colheitas e as mães deram nascimento a crianças sadias. Ensinei-os a viver como devem, mesmo depois que eu me for.

Se me faziam perguntas acerca dos presságios, eu respondia: — Existem áugures, arúspices e sacerdotes do raio; crede neles. Não me perturbeis com vossas banalidades.

Deixei o Conselho ditar leis, que o povo ratificou. Os juízes julgavam e os oficiais faziam executar sentenças justas. Eu apenas advertia:

— A lei tem de proteger o fraco contra o forte. O forte não precisa de proteção.

Mas enquanto falava, lembrava Ana, que me amara, e cujo filho, engendrado por mim, ela levara consigo. Eram ambos fracos e não pude protegê-los. Com a maior urgência possível, procurei-os nos confins da terra e até na Fenícia. Mas não se descobriu o menor vestígio deles.

Sentia em mim a dor do crime e rezei:

— Deus supremo, que estás acima dos deuses terrenos — tu, que cobres tua face — tu, imóvel — só tu tens o poder de apagar meu crime. Podes fazer voltar o tempo passado, podes ressuscitar os mortos das profundezas do mar. Repara a minha ação cruel e dá-me a paz. Embora eu me canse desta prisão corporal, prometo remir os dez anos permitidos pelos deuses terrestres, empregando-os no bem de meu povo. Mas não consintas que mal algum aconteça a Ana e à criança, por causa da minha covardia.

Não fiz nenhuma oferenda. Como sacrificar aos deuses velados, cujos nomes e números ninguém sabia? Orei apenas. Eu, um Lucumo, por via do qual as bênçãos fluíam sobre meu povo, nada podia fazer a favor de mim mesmo.

Foi então que um milagre aconteceu. Depois que vivi muitos anos entre meu povo na qualidade de Lucumo, dois pobres viajantes chegaram um dia à minha procura. Inesperadamente, sem presságios, vieram chegando. Vi Ana, e imediatamente a reconheci, embora diante de mim ela curvasse reverentemente a cabeça, bem assim como seu marido. Transformara-se em uma bela camponesa na aurora da vida. Mas seus olhos eram tristonhos quando os ergueu para fitar-me.

A fisionomia de seu marido era bondosa e franca. Por minha causa, vaguearam por grandes distâncias, e agora ali estavam, as mãos entrelaçadas estreitamente e com medo.

— Lucumo Turms—disseram — somos gente pobre, mas viemos aqui para te pedir um grande dom.

Ana então me relatou como uma noite saltara ao mar, perto da Possidônia grega, fugindo de um navio fenício de transporte de escravos, a fim de se furtar ao destino que Arsinoé lhe preparara. Mas as ondas carregaram-na mansamente para a praia onde ela encontrou um pastor amigo. Este a escondera e protegera, e depois do nascimento do menino, cuidara de ambos ao mesmo tempo. Decorridos alguns anos, Ana compreendeu que o amava.

— A boa sorte bafejou-nos com a vinda do menino — disse Ana. Temos a nossa casinha, nossos campos e vinhedos, e algum gado. Mas não tivemos outros filhos, de modo que só possuímos o teu único filho, Turms.

O homem olhou-me, suplicante.

— O menino pensa que sou seu pai, cresce em nossa companhia e adora o campo. Aprendeu a tocar flauta e a compor cantigas. Não sabe o que seja um mau pensamento. Mas andamos tristes por sua causa, sem saber o que fazer. Finalmente viemos até aqui. Exiges a vinda de teu filho, ou consentirás que ele continue vivendo conosco?

Disse Ana:

— És um Lucumo. Sabes melhor do que nós aquilo que fará a felicidade de nosso filho.

Com o coração aos saltos, perguntei:

— Teu filho... onde está ele?

Acompanhei-os para fora e vi um jovem de cabelo cacheado tocando flauta na orla da praça do mercado. Tocava tão lindamente, que o povo se apinhava a seu redor para o ouvir. Sobressaltou-se quando me viu e olhou-me desconfiado, receoso de que eu tivesse feito algum dano a seus pais. Sua pele era de um castanho queimado, e seus olhos, grandes e sonhadores. Estava descalço e trazia no corpo apenas uma vestimenta campesina, de fatura doméstica. Era belo, muito belo. Estavam os três perfeitamente integrados entre si. Minha prece fora atendida.

Olhei para meu filho a fim de implantar suas feições no meu coração por toda eternidade. Depois voltei para a solidão de minha casa. Agradeci a Ana e ao marido por terem vindo, fiz-lhes presentes e reconheci o menino como filho deles. Pedi-lhes que viessem ter comigo quando quer que fosse necessário, mas eles nunca o fizeram. Eu lhes enviava simples presentes, até que eles se desviaram do caminho trilhado pelos gregos sem deixar dito para onde foram. Ana compreendera. Assim foi melhor, tanto para ela como para o menino.

Desde então, vivi para o bem de meu povo. É-lhe suficiente eu viver no meio dele em minha qualidade de Lucumo.

Não lhe consenti guerrear, nem mesmo contra os romanos. Nem lhe permiti tomar parte na guerra de Lars Arnth. Só depois que os ralhos de Misme me amoleceram, foi que deixei irem para a guerra aqueles que o desejassem. Aconteceu isso seis anos depois de Himéria. Mas o fundo caíra e o navio se partiu. No mar, ao largo de Cumas, nossa frota sofreu a maior das derrotas já sofridas por navios tirrenos. O mar já não nos pertence. Os gregos fundam colônias nas ilhas de nossos mares. Em vez de navios, começamos a construir muralhas que defendam nossas cidades. A riqueza de muitas gerações foram gastas com os gregos, que agora acabam de destruir nosso comércio. E cada ano que passa, os romanos se fazem mais ousados, mais insolentes, mais intoleráveis.

Quando tivemos notícia da derrota de nosso povo nas batalhas marítimas ao largo de Cumas, não mais compareci perante o povo, e assim fiz até o dia em que marquei o sítio de minha tumba. Como Lucumo, transgredira, permitindo a participação de meu povo na guerra. Durante dez anos deixei de aparecer em público. Foram dez longos anos, mas meu povo andara bem, e mercê da minha tarefa de escrever, o tempo passou. Agora estou no fim do prazo.

O povo etrusco ainda vive, as cidades do interior prosperam e os oleiros de Veios, os pintores de Tarquínia e os escultores da minha própria cidade, ainda competem uns com os outros na perpetuação de homens e deuses. Minha própria imagem está pronta no interior da montanha, na tampa do sarcófago de alabastro: tenho na mão uma taça ritual e uma guirlanda na cabeça. Prefiro repousar em uma cama de pedra, cercada de pinturas murais e as dádivas de meu povo. Não poderia entretanto ofender meus escultores, pois sua arte conserva uma pessoa, tal qual ela viveu. Nas obras de seus artistas, meu povo e minha cidade viverão mesmo depois da morte. Sinto orgulho de meu povo, sinto orgulho de minha cidade.

Mas estou cansado da prisão de meu corpo, e o dia nascente será o glorioso dia da libertação. A tenda dos deuses foi erigida ante os túmulos da montanha sagrada. Os sagrados cones de pedra se elevaram nas duplas almofadas dos reclinatórios dos deuses. Vem no ar o perfume do outono, o sabor do vinho e da farinha novos. Reúnem-se em bandos as aves aquáticas. Mulheres cantam ao fazerem girar as mós da farinha que se transformará nos bolos de farinha nova, dedicados aos deuses.

E ainda tenho de suportar mais isto. Com as mãos, os braços e o rosto pintados de vermelho; com o manto sagrado do Lucumo em meus ombros; com a coroa de hera na cabeça — serei carregado na liteira dos deuses para o meu leito de morte na tenda dos imortais. Quando o suor da morte porejar na minha fronte, e a negra barra dos vestidos da morte esvoaçar ante meus olhos, devo contemplar as danças dos deuses e partilhar de seu banquete perante o olhar de meu povo. Só então a cortina se fechará. Ficarei sozinho para encontrar os deuses e beber o vinho da imortalidade.

Pela última vez, provarei a vida mediante o bolo de cevada assado nas cinzas, e no vinho misturado com água fresca. Depois... que venham os deuses. Mas anseio não tanto por eles como por meu espírito guardião. Como um corpo de luz, como um corpo de fogo, ele estenderá as asas sobre mim, beijando o hálito de minha boca. Nesse instante, há de finalmente murmurar seu nome em meu ouvido, e eu o reconhecerei.

Graças a isso, sei que morrerei feliz, tão ardente como um jovem ao reconhecê--lo e finalmente enlaçá-lo nos meus braços. Suas poderosas asas carregar-me-ão para a imortalidade. Então entrarei no meu descanso e no meu olvido. Abençoado, bendito olvido. Que perdure cem anos ou mil anos — que importa? Depois, algum dia, eu, Turms o imortal, regressarei.

Este livro foi composto com a tipografia Times New Roman
e impresso pela Promove Gráficas e Editora.